UDL Schreibteam

Escape

Die Flucht nach Costa Rica

Herausgegeben von Ruth Finckh

Der Roman entstand im Rahmen der von Ruth Finckh geleiteten Schreibwerkstatt des Dritten Lebensalters an der Universität Göttingen (UDL) aus einem literarischen Experiment, das seinen Ausgangspunkt bei einzelnen Figuren und dem nautischen Setting hatte.

© 2016 Ruth Finckh

Herstellung und Verlag:

BoD - Books on Demand, Norderstedt

ISBN 9783743128583

Die Verfasser, ihre Figuren und Funktionen

Ruth Finckh: Tina Sommer, Gesamtredaktion

Gerhard Diehl: Redaktion

Eva Jänecke-Lauke: Elvira Pekus

Manfred Kirchner: Conrad Dreyer, technische Unterstützung

Lore I. Lehmann: Anna García und Karima

Helga Margenburg: Markus Mittelstädt

Gerd Pfeifer: Scott Williams und Peter

Brigitte Rosetz: Björn Bäumer

Hansi Sondermann: Rupert Vesper S.J.

Wilfried Seitz: Schiffsbesatzung, nautische Gesamtkoordination, Muhammad al Chatim

Für Anregungen und Kommentare danken wir Albrecht Thiel, Karen von zur Mühlen, Jörg Winkler, Doris Matthäus, Frank Nestel, Sven Tolksdorff und Christian Schmidt Perez.

Escape

Inhalt

Dieter Möllerhoff, Köln, 9. September 2014	1
Mathias Degenhardt, Hamburg, 15. Oktober 2014	1
Klaas Freese, Warnemünde, 16.Oktober 2014	3
Klaas Freese, Hamburg, 17. Oktober 2014	5
Horst Lohfeld, Flensburg und Hamburg, 20. Oktober 2014	7
Georg Schefft (Schorse), 5. November 2014	8
Mathias Degenhardt, Hamburg, 29. Januar 2015	11
Elvira Pekus, 30. Januar 2015	12
Cornelius Knolle (alias Conrad Dreyer), 12. Februar 2015	16
Anna Belloumi (alias García) und Karima, 13. Februar	20
Cornelius Knolle (alias Conrad Dreyer), 13.-15. Februar	27
Anna und Karima, 16. Februar	29
Björn Bäumer, 16. Februar	30
Tina Sommer, 16. Februar	33
Rupert Vesper, 16. Februar	38
Conrad Dreyer, 16. Februar	39
Scott Williams und Peter, 16. Februar	40
Markus Mittelstädt, 16. Februar	44
Kapitän Klaas Freese, 16. Februar	51
Conrad, Anna und Karima, 16. Februar	55
Muhammad al Chatim, 16. Februar	57
Conrad Dreyer und Scott Williams, 16. Februar	60
Björn Bäumer, 16. Februar	63
Tina Sommer und Schorse, 16. Februar	65

Rupert Vesper und Elvira, 16. Februar	68
Elvira und Tina	75
Rupert Vesper, 16. Februar abends	77
Anna und Karima, 16. Februar	79
Tina Sommer, 16. Februar spätabends	81
Conrad Dreyer, 16. Februar	85
Björn Bäumer, 16. und 17. Februar	87
Tina, 17. Februar frühmorgens	90
Markus, 17. Februar	92
Rupert Vesper, 17. Februar morgens	95
Muhammad, 17. Februar	97
Conrad Dreyer, 17. Februar vormittags	100
Rupert Vesper, 17. Februar morgens	102
Elvira, 17. Februar vormittags	105
Conrad, 17. Februar nachmittags	106
Tina, 17. Februar abends	111
Anna und Karima, 17. Februar abends	118
Elvira, 17. Februar abends	120
Rupert Vesper, 17. Februar abends	123
Conrad Dreyer, 17. Februar abends	131
Anna und Karima, 18. Februar morgens	132
Björn, Anna und Karima, 18. Februar	133
Elvira, Muhammad und Tina, 18.Februar morgens	137
Tina, 18. Februar nachmittags	140
Elvira, 18. Februar nachmittags	142
Rupert Vesper, 18. Februar nachmittags	144
Anna und Karima, 18. Februar abends	148
Scott und Peter, 18. Februar abends	153
Rupert Vesper, 18. Februar abends	155
Conrad, 18. Februar abends	163
Markus, 18. Februar abends	165

Björn, 19. Februar morgens	168
Anna und Karima, 19. Februar vormittags	169
Anna und Karima, 19. Februar nachmittags	172
Heinz Petersen und Oliver, Nacht vom 19. auf den 20. Febr.	183
Markus, Nacht vom 19. auf den 20. Februar	186
Rupert Vesper, 19. Februar nachts	189
Jens Albrecht und Kapitän Freese, 20. Februar morgens	193
Rupert Vesper, 20. Februar morgens	196
Siegfried Hottenrott und Jens Albrecht, 20. Februar morgens	208
Rupert Vesper, 20. Februar abends	210
Anna und Karima, 20. Februar	211
Kapitän Freese, Muhammad und Elvira, 20. Februar abends	213
Jens Albrecht, 20. Februar abends und 21. Februar morgens	215
Elvira, 21. Februar morgens	217
Rupert Vesper, 21. Februar morgens	219
Tina und Elvira, 21. Februar morgens	222
Anna, Karima und Oliver Hecht, 21. morgens bis nachmittags	224
Schorse, 21. Februar mittags	229
Elvira, Tina und Muhammad, 21. Februar nachmittags	234
Rupert Vesper, 21. Februar spätnachmittags und abends	238
Conrad, 21. Februar	242
Elvira und Tina, 21. Februar spätnachmittags	244
Schorse, 21. Februar spätnachmittags	246
Conrad Dreyer, 21. Februar abends	248
Siegfried Hottenrott, 21. Februar abends	251
Scott, 21. Februar abends	252
Rupert Vesper, 21. Februar nachts	256
Markus, 22. Februar vormittags	263
Siegfried Hottenrott, 22. Februar	266
Muhammad, 22. Februar	267
Conrad, Hottenrott und Muhammad, 22. Februar mittags	270

Markus, 22. Februar nachmittags	272
Anna und Karima, 22. Februar nachmittags	278
Björn, 22. Februar nachmittags	281
Anna, Karima und Olli, 22. Februar abends	282
Björn, Anna und Rupert, 22. Februar abends	284
Muhammad, 22. Februar abends	287
Heinz Petersen, 22. Februar abends	290
Rupert Vesper, 22. Februar abends	293
Hottenrott, 22. Februar abends	294
Conrad, 22. Februar abends	296
Lohfeld, 22.Februar abends	299
Markus, 22. Februar nachts	304
Anna und Karima, 23. Februar vormittags	308
Conrad, 23. Februar morgens	309
Anna, Björn und Olli, 23. Februar	315
Klaas Freese, 23. Februar später Vormittag	319
Rupert Vesper und Peter, 23. Februar nachmittags	322
Peter, Karima, Tina, Conrad, Scott, Markus, 23. Feb. nachm.	326
Anna und Olli, 23. Februar abends	329
Markus, 23. Februar abends	330
Siegfried Hottenrott, 23. Februar abends	333
Scott Williams, 23. Februar abends	334
Muhammad und Horst Lohfeld, 23. Februar abends	336
Muhammad, Hottenrott, Freese, 24. Februar vormittags	339
Anna und Karima, 24. Februar	344
Markus, 24. Februar vormittags	348
Conrad, Scott, Peter, Tina, Elvira und Rupert, 24. Feb.mittags	354
Anna und Karima, 24. und 25. Februar	359
Muhammad, 24. Februar nachmittags	364
Rupert Vesper und Björn, 24. Februar nachmittags	367
Muhammad, 24. Februar abends	371

Markus, 24. Februar abends	373
Kapitän Freese, Muhammad und Lohfeld, 24. Februar abends	375
Elvira und Markus, 24. Februar abends	387
Muhammad, 25. Februar morgens	394
Rupert Vesper, 25. Februar morgens	396
Siegfried Hottenrott, 25. Februar morgens	399
Conrad, 25. Februar morgens	402
Elvira, 25. Februar morgens	404
Conrad und Horst Lohfeld, 25. Februar nachmittags	405
Muhammad und Abdul Wahabi, 26. Februar frühmorgens	409
Tina, Elvira, Markus, Conrad, Scott, Peter, Björn, 26. Feb.	410
Markus und Conrad, 26. Februar nachmittags	415
Tina und Elvira, 26. Februar nachmittags	416
Conrad und Markus, 26. Februar abends	420
Tina, 26. Februar abends	422
Markus, 26. Februar nachts	424
Markus und Elvira, 27. Februar morgens	426
Muhammad und Abdul Wahabi, 27. Februar morgens	429
Die muslimischen Decksleute, 27. Februar morgens	430
Rupert Vesper, 27. Februar morgens	431
Muhammad und Björn bei den Konyas, 27. Februar abends	436
Conrad, 27. Februar später am Abend	439
Klaus Schiewer, Sven Kurth, Mathias Degenhardt, 28. Feb.	442
Kapitän Freese und Oliver Hecht, 28. Februar vormittags	444
Lohfeld, Freese, Muhammad, 28. Februar mittags	447
Hottenrott, 1. März	452
Tina, 1. März abends	455
Conrad, 1. März nachts	463
Tina, 1. März nachts	464
Rupert Vesper, 1. März nachts	465
Rupert Vesper, 2. März morgens	467

Rupert Vesper, 3. März morgens	471
Tina, 3. März morgens	473
Rupert Vesper, 3. März morgens	474
Elvira, 3. März	477
Markus und Conrad, 3. März	479
Rupert Vesper, 3. März, Spätnachmittag und Abend	485
Rupert Vesper, 4. März	491
Tina, 15. April	492
EIN JAHR SPÄTER	494
Muhammad, Februar 2016	494
Anna und Karima, März 2016	497
Rupert Vesper, Mai 2016	503

Dieter Möllerhoff, Köln, 9. September 2014

„... und deshalb brauchen wir das echte Leben!" Die dicke Faust des Programmchefs Dieter Möllerhoff donnerte so heftig auf den Tisch, dass jüngere Mitarbeiter zusammenfuhren. „Nicht dieses lauwarme Gehampel. Echte Gefühle, echte Krisen, echte Gefahr. Neubeginn! Risiko!" Schweigen breitete sich in der Runde aus.

„Aber wie sollen wir denn ... wir können doch nicht...", stammelte schließlich ein erschrockener Assistent, doch er wurde abrupt zum Schweigen gebracht. „Wir hatten schon letztes Jahr ein Konzept dafür, das schaust du dir gefälligst noch mal an. Ein Probelauf zum Erheben von Daten und zur Vorbereitung eines attraktiven Haupt-Szenarios. Gemischte Gruppe mit projektbezogener Motivation. Maximale Streuung von Alter, Herkunft, Geschlecht. Gezielte Auswahl, aber nur durch geschicktes Marketing. Keine Einführung, keine Information. Alles authentisch. Auswertung durch eine eingebettete Kontaktperson. Denkt euch was aus oder ruft bei dieser Hamburger Agency an. Projektname *Escape*. Bericht am Montag!" Möllerhoff schloss die Sitzung.

Wenig später saß der Assistent seufzend vor einem überfüllten Bildschirm. Ein professionell gestalteter Schriftzug leuchtete auf: *Adventure Investment Agency Hamburg*.

Mathias Degenhardt, Hamburg, 15. Oktober 2014

Der Pförtner konnte die Uhr danach stellen. Pünktlich 9 Uhr 30 schob sich an diesem Mittwoch die große Eingangsglastür auf. Seit zwei Monaten hatte er ihn um diese Zeit hereinkommen sehen. Auf sein „Guten Morgen, Herr Direktor!" durfte er bestenfalls ein kurzes Nicken erwarten. Mathias Degenhardt ging zielstrebig zu dem runden, dunkel verglasten Aufzug in der Mitte der großen Halle. Dovenfleet war eine gute Adresse in Hamburg, die Preise für Büroflächen waren hier schwindelerregend. Neben dem Drucksensor für die vierte Etage das Schild:

> **Adventure Investment Agency**
> **Medien Concept Management**

Er war allein im Lift. Von oben hörte er leise Klänge. „Meditationsmusik", sinnierte er, „Na ja, wer's braucht." An der Seite des großen Spiegels in einem Halter eine frische Orchidee. „Die Location ist perfekt, die beste Wahl," ging es ihm durch den Kopf. „Repräsentativ, logistisch ideal." Die Erwartungen an ihn waren groß. Gestern hatte er beim Wochen-Meeting von seinem CEO ein ausgezeichnetes Feedback erhalten. Schon zu Beginn der Sitzung hatte er den Erfolgsschub gespürt: Sie hatten die Sitzordnung verändert. Jetzt saß er neben Meyerdierks, dem CEO. Er habe „exzellente Arbeit geleistet", hatte er zu hören bekommen. Der Vertrag mit dem Kölner Sender sei ein Meilenstein in der Unternehmensgeschichte. Das Medienbusiness werde als zweites Standbein bald die Finanzgeschäfte überholen. Was zähle, seien Zuschaltquoten. Die anderen Direktoren konnten ihren Neid kaum verbergen.

Zwei Tage zuvor war Mathias bereits vom CEO zum Überseeklub ins Hotel *Atlantik* mitgenommen worden. Im Roten Zimmer hatte das entscheidende Gespräch mit dem Wirtschaftssenator stattgefunden. Geschickt hatte er das Projekt umrissen. Details, die unnötige, vielleicht sogar unangenehme Fragen hätten aufkommen lassen, hatte er souverän überspielt. Ja, er hatte sogar dem Senator und dem CEO die Vision vermittelt, dass Hamburg wieder Medienhauptstadt werden könnte, wenn man nur die Zeichen der Zeit verstünde. Damit hatte er, Mathias Degenhardt, Direktor der Abteilung *Medien Concept Management*, freie Hand bekommen. Das geheime Projekt *Escape* konnte seinen Lauf nehmen. So wie Christoph Columbus mit seiner *Santa Maria* einen neuen Kontinent entdeckt und damit die Welt verändert hatte, würde er mit seiner *MS Pavia* ein Experiment wagen, das Millionen Menschen in ihrem Innersten bewegen würde. „Die materielle Zukunft liegt im Immateriellen, Geld wird mit Gefühlen, vor allem mit

Ängsten und der Sehnsucht nach Anerkennung, verdient. Jetzt gehts an die praktische Arbeit!" Mit diesen Gedanken betrat er sein Büro.

Zur bisher ungelösten Frage der Finanzierung hatte er bereits eine geniale Idee entwickelt, die mit der Ladung des Schiffes zu tun hatte. Man konnte sich da individuell auf ganz besondere, äußerst zahlungskräftige Kunden einstellen ...

Bei der Suche nach einem geeigneten Kapitän war es erst ein vager Einfall gewesen, der ihm durch den Kopf gegangen war, nein, eigentlich war es hirnrissig nach so langer Zeit. Aber immer sicherer wurde er sich seiner Intuition. Er würde Klaas Freese, seinem alten Kumpel aus der Wustrower DDR-Seefahrts-Schulzeit in Warnemünde, das Schiff anvertrauen. Noch heute würde er den Vertrag skizzieren, Details mit dem Justiziar klären und Klaas morgen früh anrufen. Für das Projekt waren der Kapitän und der Erste Offizier, der leitende Nachrichtentechniker, zu wichtig, um die Anheuerung der Reederei zu überlassen. Um die restliche Mannschaft machte er sich keine Gedanken, das war Routine.

Klaas Freese, Warnemünde, 16.Oktober 2014

Seit sie vor fünfzehn Jahren gegangen war, lebte er allein in der kleinen Wohnung in der John-Brinckmann-Straße. Oft war er monatelang weg. Wenn er auf See an die Heimat dachte, dann war es Warnemünde, seine Stadt.

Erstaunt blickte Klaas Freese von der *Ostsee-Zeitung* auf, als das Telefon schrillte. Widerwillig schlurfte er zum Apparat. „Freese!" brummte er knapp in den Hörer. Es kam selten vor, dass er angerufen wurde. „Klaas, alte Saubacke" tönte es fröhlich aus der Muschel, „hier ist Mathes in Hamburg." Kurzes Zögern, man spürte die Unsicherheit. „Mathes... Mathes?" kam es langsam von Freese. „Ja, Mathes ... Mathias Degenhardt! Dein Zimmerkumpel auf der guten alten sozialistischen Seefahrtsschule!" klang es dröhnend zurück. Jetzt brach das Eis!

Als ob er den Hörer in den Mund stopfen wollte, brüllte Freese: „Mathes, du alte Sackratte, du lebst noch? Ich dachte, dich hätten die Gonokokken schon aufgefressen!" „Das ist schon lange her", kam es zurück. „Ich hab' gleich nach der Wende rübergemacht, tja und dann lief's richtig gut. Tolle Frau kennengelernt, mit Kohle. Häuschen in Wandsbek, drei Kinder, Cayenne im Schuppen, und leite auf meine alten Tage noch ne Firma. *Adventure Investment Agency*, haste wahrscheinlich noch nie was davon gehört." Ohne eine Antwort abzuwarten, kam Degenhardt zur Sache: „Ich hab ein Angebot für dich, alter Junge, ich brauch 'nen ,Alten'. Große Fahrt, schönes Schiff, wie wär's?" „Sag mal, spinnst du?" fragte Freese misstrauisch nach. „Klaas, ich hab jetzt nicht viel Zeit, du bist der erste, dem ich das Angebot mache. Du musst dich jetzt nicht gleich entscheiden, aber wenn's dich interessiert, besprechen wir's ausführlich bei einem Pils. Setz dich morgen 10 Uhr 25 in den IC 2373 nach Hamburg. Das Zugticket lass ich dir am Fahrgast-Info-Schalter hinterlegen. Nein, besser, geh in die DB-Lounge, da brauchste nicht zu warten, die wissen am Tresen dann Bescheid. Also, was is?" Freese, offenbar übertölpelt: „Äh jaa…" „Alles klar, alter Junge, ich hol dich dann morgen 12 Uhr 16 am Hauptbahnhof ab. Du siehst mich am Bahnsteigende. Erkennungszeichen: Hansa-Schal." Kaum war das ausgesprochen, hörte Freese nur noch ungeduldiges Piepen am anderen Ende. Aufgelegt!

    Das letzte Mal war er vor vier Monaten eingestiegen. Die *Recruiting Company* in Limassol/Zypern hatte ihm einen Bulk-Carrier anvertraut. Mannschaft fast alle Filipinos. Holz von Leningrad nach Dubai. Leerfahrt nach Chennai. Von dort Zement nach Singapore. Dann Balikpapan/Borneo, Meranti-Tropenholz nach Darwin/Australien. Beim Einklarieren gab's Ärger mit den Behörden, er war ausgerastet, dann hatten sie ihn ausgeflogen. Seither hatte er kein Angebot mehr bekommen. Er trank nicht übermäßig, aber beim *Captain Morgan Gold Label* war der Tumbler schon mal halbvoll, bevor er mit Coke auffüllte. „Mann, Klaas, noch gehörst du nicht zum alten Eisen!", sagte er zu sich und kippte das halbe Glas *Cuba libre* hinunter.

Klaas Freese, Hamburg, 17. Oktober 2014

Pünktlich um 12 Uhr 16 lief der Intercity 2373 in Hamburg Hauptbahnhof ein. Schon von weitem sah Freese den blau-weißen Schal geschwenkt. „Armer Verein", dachte er, „damals in der DDR ... Oberliga ... Europapokal-Teilnahme ... und jetzt runter in die 3. Liga, is nix mehr mit *Leuchtturm des Ostens*". Dann standen sie sich gegenüber. 25 Jahre hatten Spuren hinterlassen. „Sieht jetzt wirklich aus wie'n Wessi", ging es Freese durch den Kopf. Sie umarmten sich, Schulterklopfen, Degenhardt packte mit der Faust Freeses Kinnbart: „Grau biste geworden, Alter!"

Es dauerte nicht lange, bis zwei Pils vor ihnen standen. Die Kneipe hatte Mathes mit Bedacht ausgesucht. *Washington II* war die Stammkneipe von Heinz Petersen, dem Chief vom Museumsschiff. Ihn hatte Degenhardt bereits klug als Leitenden Ingenieur eingeplant und mit einem geschickten Schachzug für die erste Fahrt der generalüberholten *MS Pavia* gewonnen. Scheinbar beiläufig lenkte Mathes das Gespräch auf die alten Seefahrtzeiten. Als junge Spunde hatten sie sich eine Karriere bei der DDR-Handelsmarine versprochen, sie war ein Fenster nach „draußen".

Sehr schnell hatte Degenhardt alle Informationen von seinem alten Kumpel Klaas, die er brauchte. Das Patent für die Große Fahrt war noch gültig. Klaas hatte alle notwendigen Papiere und Nachweise für die Schiffsführung, er war nicht gebunden und er schien gesund zu sein. Den leichten Wasserschleier in den Augen, die kaum merkliche blaurote Verfärbung von Wangen und Nase sah Degenhardt im Übrigen auch öfters in seinen Kreisen, wenn sie sich im Überseeklub im Atlantikhotel bei Whisky und Zigarren trafen. Klaas hingegen erfuhr nur: Festanstellung bei der *Adventure Investment Agency* als Kapitän. Erste Fahrt auf der *MS Pavia* nach Puerto Limón/Costa Rica, sozusagen die Probezeit. „Handsomes" Kombischiff, ehemaliger *Reefer*, wie die Bananendampfer genannt wurden. Knapp 7000 Bruttoregistertonnen, werftüberholt, Stückgut und Passagiere. Das letzte Wort bei der Mannschaftsbesetzung sollte Freesehaben. Mit einer Ausnahme: Der Erste Offizier, der Nachrichteningenieur! Diese Position musste offenbar mit äußerstem Fingerspitzengefühl besetzt werden.

Kurz darauf ging mit einem kräftigen Schwung die Tür auf. Heinz Petersen trat ein, ein Hüne mit einem beeindruckenden Seemannsbart. Er war sichtlich überrascht, dass er den smarten Boss der *Adventure Investment* hier vorfand. Sofort stand Degenhardt auf. „Klaas, darf ich dir Herrn Petersen vorstellen, Dein Chief auf der *MS Pavia*!" Schon wollte Klaas Freese protestieren, er hatte ja noch gar nicht unterschrieben. Auf merkwürdige Weise fühlte er sich aber in der Zeit zurückgesetzt. Unter Genossen wurde nicht verhandelt, man gehorchte oder befahl. Ja, er fühlte sich sogar gebauchpinselt und sah sich schon auf der Brücke in der schmucken, weißen Uniform.

Heinz Petersen kniff die Augen unter seinen grauen, buschigen Brauen zusammen. Auch wenn das strähnige Haar immer mehr einer Halbglatze Platz machen musste und sein zerfurchtes Gesicht auf etliche Jahrzehnte an der Theke des *Washington II* schließen ließ, er war drahtig wie ehemals, als er im Maschinenstand unten die Kommandos gab. Es genügte ihm ein kurzer Blick zu Freese und sein Bauch sagte ihm: „Der Alte ist o.k."

„Klaas Freese, freut mich!" kam es knapp von Klaas. Die Haltung, die Stimme, die Klarheit, ja, so hatte sich Heinz Petersen seinen künftigen „Alten" vorgestellt. So waren die Kapitäne auch damals bei Sloman, Hamburg Süd und Laeisz, bevor die Russen und Balten kamen. Die HAPAG LLoyd hatte ihm ohnehin nie behagt, da hatte er nur arrogante Pinsel kennen gelernt.

„Na dann muss ich mal los!", knarrte Mathias Degenhardt. Jovial klopfte er Heinz Petersen auf die Schulter: „Herr Petersen, erzählen Sie meinem *old fellow* von der *MS Pavia* und was wir vorhaben." Zu Freese gewandt: „Klaas, zischt erst mal gemütlich ein paar Pils. Heinz Petersen bringt Dich dann rüber zur Firma ins Dovenfleet. Die Verträge sind vorbereitet. Heute abend treffen wir uns im Hotel *Atlantik*.

Dort ist für dich, Klaas, auch ein Zimmer reserviert... Tschüüs!", dann war er schon halb draußen.

Horst Lohfeld, Flensburg und Hamburg, 20. Oktober 2014

Aus dem Fenster seiner Wohnung sah er die Flensburger Förde, dort segelte er, wann immer es ihm seine Zeit erlaubte, gerne auch rüber nach Sønderburg, Richtung *Dänische Südsee*.

Horst Lohfeld überlegte nur kurz, dann entschied er sich für eine legere Kombination anstatt des Anzuges. Anthrazitgraue Hose, dunkelblauer Zweireiher, hellblaues Hemd und marineblaue Krawatte, weiß schräg gestreift. Mit dem Mittagszug würde er pünktlich sein. Für 16 Uhr war er eingeladen, Dovenfleet war ihm ein Begriff. Für seine 41 Jahre hatten sich seine Geheimratsecken schon erstaunlich weit in dem welligen, blonden Haarschopf vorgearbeitet. Lohfeld war immer an der Sache interessiert, leibliche Genüsse waren nicht wichtig, man sah es ihm an. Seinen Jungentraum, eines Tages ein Kommando bei der Marine zu übernehmen, hatte er begraben. Seine Ausbildung an der Marineschule in Mürwik war aber erstklassig gewesen. Mit Europas besten Schiffssimulatoren hatten sie arbeiten können. Spezialausbildung in *Elektronischer Kampfführung*. Seinen Abschluss in Informationstechnik hatte er an der *Helmut-Schmidt-Universität*, der Hochschule der Bundeswehr, in Hamburg gemacht. Nach seinen dreizehn Pflichtjahren hatte er keine angemessene Chance gesehen; der Beförderungsstau hatte ihn mürbe gemacht. Dann seine Tätigkeit auf dem Forschungsschiff, es war eine wunderbare Aufgabe gewesen, viel Elektronik, aber immer nur Zeitverträge. Sein *CV*, seinen Werdegang, hatte er bei einer Personalagentur hinterlegt. Schließlich der Anruf: *Adventure Investment Agency, Abteilung Concept Management*, Hamburg Dovenfleet, Direktor Mathias Degenhardt.

Mathias Degenhardt wusste es sofort, er hatte den Instinkt: Lohfeld ist der richtige Mann. Ein Mann, der nicht viel fragt, der versteht, der Karriere machen will. Dass Lohfeld die herkömmliche Qualifikation als *Erster* besaß, daran bestand für Direktor Degenhardt nicht der geringste Zweifel. Entscheidend war für ihn: Er hatte einen exzellenten Informatiker, einen Nachrichtenfachmann, gefunden, dem er nach und nach seine Spezialaufgaben auftragen würde. Ein attraktiver Arbeitsvertrag war notwendig, um etwaige ethische Bedenken in den Hintergrund treten zu lassen. Geschickt lancierte Degenhardt die bedeutende Rolle der *Agency* im Wirtschaftsleben der Hansestadt, die Präsenz im Überseeklub und vor allem die guten Kontakte zum Senat. Raffiniert erreichte er, dass Lohfeld eine seriöse Bedeutsamkeit in dem Projekt sah und von der Wichtigkeit seiner eigenen Aufgabe an Bord der *MS Pavia* überzeugt war. Dann wurde Degenhardt konkret: „Im November geht die *Pavia* in die Werft. Anfang Januar erfolgt die elektronische Einrichtung. Da hätte ich Sie, Herr Lohfeld, gerne dabei, und Ende Januar müsste es mit der Probefahrt klappen. 1. Januar 2015 Vertragsbeginn. Alles klar?!" Mit diesen Worten stand Degenhardt auf und überreichte Lohfeld eine schwarze, in Kunstleder gebundene Mappe. Eingestanzt las Lohfeld: **MS Pavia**. „Hier steht alles drin, schauen Sie es sich bitte an und morgen erwarte ich Ihren Anruf." Dann legte Degenhardt seinen Arm um die Schulter von Lohfeld und führte ihn zu dem ausladenden Panoramafenster. Glühend ging die Herbstsonne hinter der Hamburger Hafen-Skyline unter. Dann zeigte der Direktor nach Südwesten: „Schauen Sie, Lohfeld, da hinten die Elb-Philharmonie, oder *Welle* wie wir Hamburger sagen, da wird in Zukunft die Company residieren. Eine Option auf die Flächen haben wir uns schon gesichert. Die Preise verrate ich Ihnen lieber nicht! Am 16. Februar legen Sie ab, dann können Sie Hamburgs neues Wahrzeichen von der Brücke aus bewundern." Darauf streckte er ihm die Hand entgegen. Für Degenhardt war alles abgemacht.

Georg Schefft (Schorse), 5. November 2014

Schritte hallten spät nachts durch die leeren Gänge und näherten sich. Georg erkannte die Schritte. Zum x-ten Mal klapperten Schlüssel.

Es klackte mehrfach im Schloss, kreischend öffnete sich die Zellentür und Klaus kam herein.

Klaus war einer der Gefängniswärter. Georg allerdings wusste nicht, dass Klaus mit eigenen Augen gesehen hatte, wie er mit ein paar finster dreinschauenden Gestalten vor drei Jahren in das Geschäft von Klaus' Vater gekommen war, um das geforderte Schutzgeld zu kassieren. Allen Beteiligten war bewusst, dass es nicht Georg allein war, der hinter dieser Pest der Schutzgeldzahlungen stand. Es war eine mafiamäßig organisierte Bande, die die Fäden für die ganze Region in den Händen hielt. Die Polizei arbeitete fieberhaft, aber erfolglos an dem Fall.

Klaus war klar, dass Georg nicht gegen die Mittäter und erst recht nicht gegen den Kopf der Bande aussagen würde. Das war zu gefährlich. Erst kürzlich war Knut – ein stadtbekannter Schläger, von dem man wusste, dass er ebenfalls zu der Gruppe gehörte, was aber niemals bewiesen werden konnte – tot aus dem Fluss gezogen worden. Einem Verräter würde es nicht besser gehen.

Die Justiz hatte nicht lange gezögert. Georg war der Prozess gemacht worden. Die Beweislage war eindeutig gewesen und er war, auch zur Genugtuung von Klaus, zu einer langen Freiheitsstrafe verurteilt worden. Zu lange, wie Georg als Einzelgänger im Gefängnis inzwischen feststellte. Er hatte eingesehen, dass er Mist gebaut hatte und hielt sich von den Mithäftlingen, so gut es ging, fern. Er wurde geschnitten und es wurde verdammt einsam um ihn. Er bereute zutiefst, was ihm im Moment aber nichts half. Der Gefängnisalltag zerrte an seinen Nerven und er sehnte den Tag seiner Entlassung herbei.

Dieser Umstand war Klaus nicht verborgen geblieben. Er erschlich sich widerwillig das Vertrauen von Georg und versuchte, ihn dazu zu bringen, auszusagen. Nicht nur Georg, sondern der Kopf der Bande sollte bestraft werden. Bisher war die Mühe allerdings vergebens gewesen.

Georg erhob sich von seinem harten Bett und schaute Klaus, der ihm ein Päckchen Juno reichte und wie immer nach Zigarettenqualm roch, erwartungsvoll an. Er musste etwas Besonderes mitzuteilen haben, sonst käme er nicht zu so ungewohnter Zeit.

„Bist ein bisschen allein, was?", begann Klaus das Gespräch.

„Woher willst du das wissen?"

„Bin doch nicht blöd", entgegnete Klaus mit ruhiger Stimme. „Du erinnerst dich, dass dich der Richter gedrängt hat, gegen deine Bosse auszusagen. Allerdings hast du vor lauter Schiss die Klappe gehalten, und die Quittung sitzt du jetzt ab."

„Ist wohl nicht zu ändern."

„Vielleicht doch!"

Georg horchte auf. „Wie meinst du das?"

„Haste schon mal was vom Zeugenschutzprogramm gehört?"

„Klär mich auf", kam ungewohnt schnell die Antwort, während Georg sich eine Zigarette anzündete.

„Du hast Schiss, dass dich deine Kollegen von der Mafia umlegen, wenn du redest. Richtig?"

„Hättest du auch."

„Es gibt ne Möglichkeit, davonzukommen."

„Und dazu gibt es ein Programm?"

„Ein Zeugenschutzprogramm. Es verschafft dir ne neue Identität. Soll heißen, dass du einen neuen Namen mit allem Drum und Dran bekommst. Damit kannste anonym verschwinden. Du kämst auf der Stelle, na ja, nachdem alles organisiert ist, frei."

„Und was muss ich dafür tun?"

„Du musst aussagen, damit die verdammte Mafia endlich hinter Gittern landet."

„Und ich leiste dann Knut Gesellschaft?"

„Eben nicht. Dafür gibt's doch die falschen Papiere. Du haust ab und hast ne Chance auf ein neues Leben irgendwo im Ausland. Macht es endlich – Klick?"

Mathias Degenhardt, Hamburg, 29. Januar 2015

„What shall we do with a drunken sailor, what shall we do ..." schallte unten von der Pier der Shanty-Chor, bestehend aus betagten Herren mit rotem Streifen-T-Shirt und blauen Halstüchern. Oben an der Reling standen sie und winkten. Direktor Degenhardt hatte alle Register gezogen. Die *MS Pavia*, lange Jahre als Bananenfrachter im Dienst, dann als Museumsschiff ein Touristenmagnet. Jetzt, frisch aus der Werft, wartete sie auf die Probefahrt. Die Spezialisten von Werft und Reederei waren eingeladen. Für den Reederei-Inspektor, Marine Super Intendent Rüders, ein ganz besonderer Tag. Kapitän Klaas Freese und seine Offiziere, tadellos in Handelsmarine-Uniform, mit Mütze. Der Wirtschaftssenator. Der CEO der Dachfirma *Adventure Investment Agency,* Jan Peter Meyerdierks, rechts neben ihm Mathias Degenhardt, Direktor der Mediensparte der *AIA*. Dazu die anderen Direktoren der diversen Subunternehmen der Company. Ausgewählte Vertreter der regionalen Presse sowie der öffentlichen Regionalsender. Links neben Meyerdierks der Mann vom Kölner Sender, Dieter Möllerhoff, dick und rotgesichtig, aufgeregt schwitzend trotz der winterlichen Temperatur.

Das Schiff legte ab. Zwei Tage Skagerrak und zurück. Die Gäste versammelten sich im Salon, Ansprachen, technische Erläuterungen, Managementkonzepte, ausgefeilte PR-Arbeit. Mathias Degenhardt verstand etwas davon. Konkrete Fragen nach Frachtauslastung und Passagierbelegung ließ er mit einem lächelnden „Wir sind sehr, sehr zufrieden!" abgleiten. Ja, es kam ihm vor allem auf die Passagiere an. Auf der Tourismusbörse, der ITB in Berlin, hatte er die Kontakte zu Spezialveranstaltern geknüpft. Er war erstaunt, auf welches Interesse er gestoßen war. Maßgeschneidert konnte er sich die Passagiere aussuchen. Urlauber zu befördern war nicht Aufgabe der *MS Pavia*, das hatte der Kölner Sender hinter verschlossenen Türen klargemacht.

Elvira Pekus, 30. Januar 2015

Elvira Pekus konnte gar nicht aufhören zu schniefen; da sie gerade kein Taschentuch fand, musste sie ein paarmal hochziehen. Sie sah sich im Flurspiegel kurz ihre roten, verquollenen Augen an, atmete tief aus und strich sich ihre eigenwillige Ponysträhne aus dem Gesicht. Die leicht fettigen Haare band sie noch schnell mit einem Haushaltsgummiband zusammen. Sie kramte in ihrer grauen Lederumhängetasche, die sie im Laufe ihrer 20-jährigen Berufsausübung fünf Tage die Woche, abzüglich der Urlaubstage und schnell abzählbaren Krankheitstage, durchgängig zuverlässig begleitet hatte. Sie würde noch ein paar Tempos, Geld und ihren Reisepass brauchen. Als sie nach einigem Suchen alles in ihrer Tasche verstaut hatte, warf sie einen erneuten prüfenden Blick in ihren Badezimmerspiegel und hielt es für angebracht, eine Minute einen kalten, nassen Waschlappen auf ihr noch immer verräterisch fleckiges Gesicht zu halten. Vielleicht würde es ja helfen.

Als sie sich schwerfällig bückte, um ihre Halbschuhe anzuziehen, spürte sie wieder, dass ihre ausgemusterte weiße Klinikhose an empfindlichen Stellen ihres Unterleibs klemmte – unangenehm – vielleicht sollte sie sich nun doch zur bequemeren Kleidergröße 46 bekennen. Aber jetzt hatte sie ganz gewiss keine Zeit zum Einkaufen.

Elvira wollte und musste nur noch weg, dem Unglaublichen, Unvorhergesehenen entfliehen!

Nie hätte sie für möglich gehalten, dass ihr Vorgesetzter, Dr. Heartlich, seines Zeichens Herzchirurg, mit dem sie all die Jahre Seite an Seite als Psychotherapeutin gearbeitet hatte, dass also dieser Chef diesem polnischen Flittchen, pardon, aber wie sollte man diese kurvenreiche blutjunge Krankenschwester denn sonst nennen, dass er also dieser berechnenden Person auf den Leim gegangen war. Es war ein Skandal und eine Schande, das würde er sicher bald selbst herausfinden, ein riesiger Irrtum.

Und nun waren alle aus der Abteilung zur Hochzeit eingeladen, einem rauschenden Fest in exklusivem Ambiente, wie sie der unpersönlichen, aber aufwändigen Karte entnehmen durfte. Wahrscheinlich „musste" er heiraten, dachte Elvira gehässig, sonst hätte sich doch der von ihr so verehrte Dr. Heartlich nicht mit solch oberflächlichen „Qualitäten" begnügt. Konnte man denn mit solchen aufreizenden Kurven tiefgründig und feinsinnig diskutieren? Mann konnte das wohl, das las man ja immer wieder

So, Mantel an, der mittlere Knopf spannte etwas, Schal um, Strickmütze auf, Ponysträhne versteckt, und los ging's schnurstracks zum kleinen Reisebüro um die Ecke.

Wann hatte sie jemals eine Fernreise gebucht, das war sehr lange her, aber früher hatte sie schon gern fremde Länder und Menschen erkundet. Aber das war schließlich früher und eben schon sehr lange her.

Die freundliche Dame im Reisebüro fragte Elvira Pekus nach ihren Wünschen, und als es aus Elvira herausschoss: „Ich will nur noch weg!" blickte die Dame ehrlich besorgt drein und schob ihr wortlos einen Karton mit Kleenex-Tüchern über den Schreibtisch. Das kannte Elvira nur zu gut, nur war bisher sie diejenige gewesen, die Kleenex-Tücher mit besorgter Miene über den Tisch geschoben hatte.

Vorsichtig startete die Dame vom Reisebüro, Frau Scheller, eine behutsame neue Frage: „… und haben Sie schon eine Idee, wo es hingehen könnte?" Oh ja, die hatte sie. Irgendwo in die Südsee, hin zu traumhaftem Wetter, Meer und Palmen und diesen herrlichen braunen fröhlichen Menschen, die immer sorglos, liebenswürdig und hilfsbereit sind.

Sie hatte gerade noch rechtzeitig, nämlich vorgestern Abend, im Fernsehen eine Doku gesehen über eine vom Schicksal schwer gebeutelte deutsche Aussteigerin, die in Tahiti – oder war es woanders? – eine neue Heimat gefunden hatte. Außerdem war ihr sehr bald ein wundervoller Lover begegnet – wahrscheinlich würde er sie bald heiraten – und sie konnte ein komplett neues und glückliches Leben beginnen. Und das wollte Elvira Pekus auch!

Frau Scheller presste kurz die wohl konturierten Lippen zusammen, beleckte sie flüchtig, atmete sichtbar tief ein und sagte dann mit aufmunterndem Blick: „Also Frau Pekus, das ist ja unglaublich, aber da habe ich gerade ein Angebot für Sie, das genau passen könnte. Es gibt noch einige wenige Tickets, sogar zum Sonderpreis, auf einem Bananendampfer, der *MS Pavia* nach Costa Rica. Es handelt sich um ein günstiges One Way Ticket, wie geschaffen für Menschen, die völlig neu beginnen möchten" – „oder müssen", fügte sie kaum hörbar hinzu. „Darf ich Ihnen die Unterlagen mal raussuchen?" Frau Schellers schlanke Finger mit dem stylischen Nagellack flogen schon wie beseelte Wesen über die Tastatur. Sie sah aufgeregt und lächelnd auf den Bildschirm und schwenkte ihn zu Elvira. Bunte Tiere, Urwaldmotive, Vulkankrater, Grotten, Palmen, das Meer, prachtvolle Sonnenuntergänge ...

Sie könnte hier in Hamburg an Bord gehen, Ablegen am Montag, dem 16. Februar 2015 um 17 Uhr. Sie bräuchte nur einige private Daten von Elvira, die würden dann in einem Dossier veröffentlicht, das für jeden Passagier in seiner Kabine ausgelegt werde, um einander besser kennenzulernen.

„Moment mal", warf Elvira aufgeschreckt ein, „das verstehe ich aber nicht. Ich weiß auch gar nicht, ob ich andere Passagiere kennenlernen möchte, und ich will auch nicht, dass ..." – „Also, das würde ich an Ihrer Stelle nicht so eng sehen, das scheint eine Formalität zu sein, auf die der Reiseveranstalter zwar Wert legt, die ich persönlich aber nicht sehr bedeutsam finde", flocht Frau Scheller ein. „Ich denke, Sie werden auf dieser besonderen Fahrt mit diesem früheren Frachtschiff einiges geboten kriegen, was normale Touristen nicht erleben, und das wäre in Ihrem besonderen Fall ..." – „Welchem besonderen Fall?" fragte Elvira verstört. „Na, ich meine, nach all den Enttäuschungen, die Sie in der letzten Zeit erlebt haben, möchten Sie doch gern eintauchen in ein neues Leben, neue interessante Menschen treffen, Menschen mit Niveau und gutem Benehmen..." – „Ja aber..." „Ich sehe, Sie sind Psychotherapeutin, das ist ja wunderbar, dann werden Sie sich sicher sehr wohl fühlen; ach, was sage ich, Sie kennen sich doch aus mit unterschiedlichen Menschen. Also, ich würde da nicht lange zögern, diese Chance, bekommen Sie wahrscheinlich nie wieder. Wenn Sie zustimmen, schicke ich Ihre Unterlagen und Daten an die *Adventure Investment Agency*, und wenn die der Meinung sind, Sie würden gut zu den übrigen zwölf Mitreisenden passen, kann ich Sie buchen für unser günstiges One Way Ticket nach Costa Rica an Bord der *MS Pavia*. Ich habe hier auch noch ein paar sehr schöne Fotos vom Schiff. Die Kabinen sind sehr ansprechend und das Essen soll vorzüglich sein. Außerdem gibt es eine Bar und einigen Komfort".

Zwar wurde Elvira etwas unruhig bei dem Gedanken, mit zwölf „interessanten Menschen" abends an der Bar zu hängen, aber als es in ihrem Bauch ganz leicht und verschämt anfing zu kribbeln, warf sie ihr Befremden und ihre Skepsis über Bord. Dieses Kribbeln hatte sie früher häufig verspürt, bevor sie zu kleinen Abenteuern aufgebrochen war, und es hatte sich sogar zu einem brennenden Tumult ausgewachsen, wenn sie einer heimlichen oder tatsächlichen Liebe begegnet war. Noch völlig verdutzt von dem Wiedererkennen eines uralten, verloren geglaubten Gefühls, willigte Elvira ein und hoffte sogar, einen Platz auf dem Schiff zu bekommen.

Als sie am folgenden Montag den Zuschlag bekam, unterschrieb Elvira den Vertrag, ohne dem Text allzu genaue Beachtung geschenkt zu haben. Sie zahlte bar, verließ verwirrt, aber auch erleichtert das kleine Reisebüro und lenkte ihre Schritte ohne nachzudenken zu Karstadt, Abteilung *Mode für die Reife Frau*.

Cornelius Knolle (alias Conrad Dreyer), 12. Februar 2015

„He Luciano, was gibt's? So spät noch dein Anruf?"

„Cornelius, da kocht was. Ich denke, du solltest ganz schnell verduften."

„Bleib ganz relaxed, was soll denn da schon kochen?"

„Wenn ich das richtig mitbekommen habe von Frido, ist morgen bei dir in der Firma und in der Wohnung ne Hausdurchsuchung geplant!"

„Was? Warum das denn?"

„Die haben vorgestern wohl ne Fahrzeugkontrolle in Kiew gemacht und dabei einen deiner Fahrer verhört, wegen der Ladung des Lkw. Die hatten Bedenken wegen der Fahrzeugpapiere und haben festgestellt, dass es die Fahrzeugnummer zweimal gibt und dass der Lkw in Deutschland auch angemeldet ist, ebenso wie in Warschau."

„Oh Schitt! Dann wird es wirklich eng. Danke erst mal für den Tipp. Kann ich dich diese Nacht noch mal anrufen, wenn ich einiges geklärt habe?"

„Wenn's denn sein muss! Aber bitte nicht auf diesem Handy, du weißt schon, Vorratsdatenspeicherung! Werd ich wohl entsorgen."

Cornelius Knolle, Mitte fünfzig, immer modisch gekleidet, mit Hang für teure Autos, war Geschäftsführer eines Spezialbetriebs für Schrott und Wertstoffrecycling. Mit der Öffnung des Ostblocks hatte er seinen Geschäftsbereich ständig ausgeweitet, eine Niederlassung in

Warschau gegründet und einen recht großen Fuhrpark aufgebaut, mit Lkw-Fahrern aus dem Ostblock wegen der Niedriglöhne, versteht sich. Für die Ausweitung des Fuhrparks benötigte er Fremdkapital. Die Banken forderten aber Sicherheiten wie Fahrzeugbriefe und entsprechende Versicherungsnachweise. Da die Eigenkapitaldecke seines Unternehmens recht dünn war, musste man einen Zinsaufschlag auf das geliehene Kapital bezahlen. Da hatte Knolle eine Geschäftsidee: Mit Hilfe seines Freundes Luciano fälschte er die Fahrzeugpapiere der Neufahrzeuge, meldete sie in Deutschland als Firmenwagen an, verkaufte die neuen Lkws dann an ein Speditionsunternehmen in Warschau und steckte das Geld in die eigene Tasche. So hatte er in den letzten zwei Jahren circa dreißig Lkw mit Krediten der Bank gekauft und nach Polen verschoben. Es gab die Lkw „zweimal". Irgendwann, Knolles Plan, wollte er die Kredite auf Firmenkosten tilgen und dann die Lkw in Deutschland abmelden. Dass die Polizei in Kiew seine Deals aufdecken würde, damit hatte Cornelius nicht gerechnet.

„Du Edeltraud, ich muss nochmal ins Büro und ein paar Unterlagen zusammensuchen. Luciano hat mich gerade angerufen. Ich muss diese Nacht noch nach Warschau, dort ist was mit unserer letzten Lieferung schiefgegangen. Wahrscheinlich muss ich ein bis zwei Tage in Warschau bleiben. Pack mir doch schnell mal meine Zahnbürste ein, du weißt schon...!"

Edeltraud Knolle hatte sich bereits seit ein paar Jahren damit abgefunden, dass Cornelius immer mal wieder plötzlich zu Geschäftsreisen aufbrach und fragte nicht mehr nach.

12.2.2015, 23:30 Uhr: Cornelius Knolle war in seinem Büro angekommen und wählte sofort Natascha an. Natascha hatte Cornelius auf seinen „Geschäftsreisen" manchmal begleitet. „Natascha, komm doch schnell in mein Büro, wir müssen unbedingt reden." „Mitten in der Nacht? So dringend kann das nicht sein. Du kannst mir das doch jetzt auch am Telefon sagen." „Nein, das geht absolut nicht. Ich erklär dir's später."

Natascha parkte um 23:40 Uhr auf dem Firmengelände auf dem Parkplatz der Geschäftsleitung ein. Cornelius erwartete sie schon am Eingang. Küsschen rechts, Küsschen links, dann schnell in das Büro von Cornelius.

„Natascha, meine Liebe, du musst jetzt für ein paar Wochen ohne mich auskommen. Frag nicht warum, je weniger du weißt, desto besser. Ich muss noch diese Nacht abhauen und brauche Bares. Hab' dir auf dein Konto zehntausend Euro überwiesen. Versuch doch mal, an den Geldautomaten hier in der Umgebung Bargeld zu bekommen. Alles was übrig bleibt von den zehntausend Euro gehört dir. Und dann, hier noch einen Kaufvertrag, brauchste nur unterschreiben. Ich überlasse dir meinen Mercedes Cabrio für zwanzigtausend Euro, hast Du mir ja schon ‚in bar' gegeben, Du weißt schon..."

„Aber Cornelius, warum denn das alles? Was wird denn aus uns?" „Bitte frag nicht, fahr jetzt los und hol Geld. Wenn du dann zurück bist, wäre es schön, wenn du mich nach Göttingen zum Bahnhof fahren könntest." Natascha war ratlos, machte sich aber auf den Weg zu den Geldautomaten in der Umgebung.

Cornelius setzte sich an seinen Computer und ging rasch seine Bankkonten durch. „Fast alles abgeräumt, das ist gut. Schnell noch eine Überweisung an die RBC Royal Bank auf den Bahamas." Dann ein Dokumentencheck auf dem Computer. Eilig kopierte er zahlreiche Dateien auf seine externe Festplatte, dann die Entfernen-Taste gedrückt und schon waren die kopierten Dateien auf dem Computer gelöscht. Papierdokumente? Die waren aus den Schreibtischschubladen und dem Aktenschrank rasch aussortiert und genauso schnell im Schredder verschwunden.

„Jetzt noch Luciano anrufen! Oh Shit, wo ist denn nur mein Notfallhandy?" Das Handy mit der Prepaidkarte hatte Cornelius bei der Durchsicht seiner Dokumente unter einem Stapel Papiere verlegt, fand es aber nach kurzer Zeit wieder und wählte Luciano unter seiner Geheimnummer an.

„Hallo Luciano, also ich hau hier gleich ab. Du musst mir helfen. Kann dein Copyshop außer Fahrzeugbriefen auch Ausweise? Weißt du, ich brauch dringend eine neue Identität! Und kannst du eine Route ausfindig machen, über die ich unerkannt aus Deutschland abhauen kann?" „Klar Cornelius, das kostet aber. Am besten, du kommst zu mir nach Hamburg. Dann regeln wir das schon. Und denk dran, bring genug Knete mit! Kommst du allein?" „Klar, bis ich meinem Dummerchen Trautchen das alles verklickert habe, sitz ich schon zwei Wochen im Knast. Und Natascha, na, die kann ich bei sowas sowieso nicht gebrauchen. Und bitte, bitte, vernichte alle Unterlagen, die auf eine Verbindung zwischen dir und mir hindeuten. Wir treffen uns dann morgen, äh... ist ja schon Freitag, also, wir treffen uns dann heute Abend zur gewohnten Zeit am gewohnten Ort! O.K.?" „O.K.!"

In diesem Augenblick kam Natascha von ihrer Geldautomatentour zurück. „Fünftausenddreihundert, mehr ging nicht. Sonst hättest du mir deine Karte noch mitgeben müssen." „Blöd, aber ich denk, das wird vorerst reichen. Da hast du aber einen guten Schnitt gemacht. Tja, des einen Pech, des anderen Glück. Lass uns jetzt nach Göttingen zum Bahnhof fahren. Aber bitte nur bis zum Maschmühlenweg. Die müssen ja mit ihren Überwachungskameras nicht sehen, dass du und ich ... du weißt schon."

Natascha und Cornelius machten sich im Cabrio, das Natascha gerade vor einer Stunde „käuflich erworben" hatte, auf den Weg nach Göttingen. Kurz vor Gieboldehausen bog Natascha plötzlich nach rechts in einen Waldweg ab. „Natascha, was soll das? Ich muss doch nach Göttingen!" „Du glaubst doch nicht, du kannst so einfach von hier abhauen ohne dass ich mich bei dir bedankt habe. Wer weiß, wann ich dich wiedersehe. Es fahren so viele Züge noch ab Göttingen. ‚Des einen Pech, des anderen Glück', wie du immer sagst ..."

Gegen fünf Uhr erreichte Cornelius endlich den Bahnhof in Göttingen, zu Fuß, vom Maschmühlenweg aus, löste am Automaten ein Ticket nach Hamburg und reiste mit dem nächsten Zug ab. In Hamburg angekommen, quartierte er sich in St. Georg in einem Hotel am Bahnhof ein, warf sich aufs Bett und schlief völlig übermüdet ein. Als er erwachte, war es bereits Nachmittag. „Mal sehen, was es Neues in der Welt gibt", murmelte er vor sich hin und schaltete den Fernseher ein. „Oh Shit, was ist das denn, die haben doch tatsächlich meine Firma und mein Haus auf den Kopf gestellt! Und ..., nein ..., das gibt's doch nicht. Zwanzigmillionen soll ich unterschlagen haben! Die spinnen doch, es waren höchstens achtzehn. Und dann auch noch das Bild von mir! Shit, Shit, Shit! Hoffentlich erkennt mich niemand. Hoffentlich hat die Kleine an der Rezeption nicht auch in die Glotze geschaut! Gut, dass mein Hut ein bisschen Schatten aufs Gesicht wirft."

Anna Belloumi (alias García) und Karima, 13. Februar

„Mama, der Mann mit dem Hut ist auch hier in diesem Hotel. Er ist gerade weggegangen." „Wie, welcher ... etwa der aus dem Zug letzte Nacht?" „Ja, der mit dem komischen Hut. Jetzt hatte er ihn auch wieder fast auf der Nase sitzen. Warum guckst du so? Der tut uns doch nichts. Oder doch?"

„Nein, keiner tut uns was. Aber hat er dich gesehen?" „Nein, glaub ich nicht. Er ging doch gerade raus, als ich die Zeitung geholt hab. Hier!"

Wieso war dieser merkwürdige Mann in dem großen Hamburg ausgerechnet im gleichen Hotel wie sie abgestiegen? Er hatte schon in Göttingen den gleichen Zug genommen wie sie und ihre kleine Tochter. Klar, das konnte ein Zufall sein. Oder hatte er sie schon in Göttingen beschattet und sie hatte nur nichts bemerkt?

Sie wünschte, Pablo wäre jetzt bei ihnen. Na gut, ging nun mal nicht. Sie würde die Sache auch ohne ihn durchziehen können. Hauptsache, der Hutmensch war kein Detektiv.

Sie hatte schon schwierigere Situationen erlebt. Blöd war im Moment eigentlich nur die Sache mit den Leuten von *Adventure Invest*-

ment. Pablo hatte alles im Voraus mit denen geklärt, aber jetzt plötzlich machten die hier Zicken. Sie wollten doch lieber kein Kind an Bord haben, das hatten sie ihm gestern Abend gemailt. Diese Arschlöcher. Sie musste doch unbedingt mit dem Kind so schnell wie möglich nach Costa Rica, und fliegen ging nun mal nicht, bei den vielen Kontrollen und so. Nach dem Mittagessen würde sie heute persönlich bei denen vorsprechen müssen. Ihr mädchenhafter Charme hatte ihr schon oft geholfen. Und gerade die Tatsache, dass sie so jung wirkte und doch schon ein Kind hatte und dass sie eine sanfte und heitere Mutter war, machte manche Männer ziemlich wehrlos. Mal sehen, ob sie etwas ausrichten konnte.

Beim Essen maulte Karima. Das Gemüse schmeckte ihr nicht so gut wie in Frankreich. Und sie wollte nun endlich wissen, wie das alles mit dem Papa abgesprochen war und wann sie ihn wiedersehen würde. Ach, und dann fiel ihr ein, dass Maurice aus ihrer Klasse in der übernächsten Woche Geburtstag hatte und dass sie eingeladen war und noch kein Geschenk hatte. Wo sollte sie das denn kaufen? In diesem Kotzarika oder wie das hieß, oder danach in Göttingen, oder erst bei der Rückkehr nach Strasbourg? Anna versprach ihrer Tochter, ihr alles ganz genau mit ihr zu besprechen, sobald sie endlich auf dem Schiff wären und Zeit und Ruhe dafür hätten.

Jetzt musste sie sich erst einmal fertig machen für den Besuch bei den Kotzbrocken, den mutmaßlichen, die diese Reise organisierten. Jeans und T-Shirt wie sonst immer – das ging offensichtlich gar nicht. Pablo hatte ihr beim letzten Skypen noch einmal deutlich gemacht, dass die Passagiere auf dem Schiff keine armen Leute sein würden. Und dass sie als seine zukünftige Frau es ja auch nicht nötig hätte, so nachlässig wie bisher umherzulaufen. Daher hatte sie also in Göttingen schon vor ihrer Blitzreise nach Frankreich ein paar Klamotten zum Aufbrezeln gekauft und war gerüstet. Das war schon schön, was sie nun im Spiegel sah, als sie sich fertig gemacht hatte! Solch ein gelegentliches Verkleiden hatte ihr schon immer gefallen, wie ein kleines Abenteuer. Es durfte nur nicht zur Gewohnheit werden, egal, wie viel Geld ihr zur Verfügung stehen würde. Pablo hatte ihr versprechen müssen, er würde nie versuchen, sie in einen goldenen Käfig zu sperren.

Für Karima hatte sie vorher auch Kleidung kaufen müssen, denn das Kind trug gestern ja nur die Schulsachen und konnte nichts weiter mitnehmen. Die meisten alten Kleidungsstücke, die damals in Göttingen zurückgeblieben waren, passten ihr jetzt natürlich nicht mehr.

Wegen des unangenehmen Schmuddelwetters fuhren sie im Taxi zu dem Bürohaus, in dem die *Adventure Investment Agency* ihren Sitz hatte. Anna hatte gestern am Telefon gemeinsam mit Pablo Argumente zusammengetragen und war nun entschlossen, sich durchzusetzen.

Jedoch: „Ah, Frau Belloumi, schön, dass Sie da sind. Jetzt können wir auch das kleine Missverständnis von gestern ausräumen." Anna bekam einen Kaffee angeboten, Karima einen Apfelsaft. „Wissen Sie, unsere Passagierliste war bereits ausgebucht, wir hätten Sie beide gar nicht mehr adäquat unterbringen können. Aber dann fügte es sich noch in der vergangenen Nacht, dass ein Passagier plötzlich absprang und seine Kabine frei wurde. Ich freue mich mit Ihnen, dass dieses Problem so leicht gelöst werden konnte! Ich soll Sie übrigens von Herrn Gutiérrez aus Puerto Limón grüßen, der anscheinend mit Ihrem künftigen Mann gut bekannt ist!"

Anna bedankte sich sanft und zurückhaltend. Von einem Gutiérrez hatte sie nie gehört, aber machte ja nichts, Pablo hatte ihn anscheinend sehr gut einsetzen können.

Sie sollte nun eine Etage tiefer in ein anderes Büro gehen und mit der Sekretärin alle Formalitäten regeln.

Diese Frau war nicht ganz so geschmeidig wie ihr Chef. „Belloumi heißen Sie? Es gab mal einen Fußballer, aber der war so was wie ein Araber. Sie sind doch wohl nicht auch... Also auf der Passagierliste macht sich das nicht so besonders gut, besonders jetzt mit den ganzen

Islamisten, und dann noch der Vorname des Kindes. Karima! Besser, Sie halten sich ein wenig zurück auf dem Schiff." Anna sagte der Frau nicht, was sie von ihr hielt, machte alle nötigen Angaben, erhielt die Tickets und wandte sich zum Gehen. Da fiel der Sekretärin eine Lösung für den Umgang mit den anscheinend empfindsamen Passagieren ein: Annas algerischer Nachname sollte nur auf den offiziellen Listen für die Behörden erscheinen, auf dem Schiff jedoch sollte sie unter dem spanischen Namen ihres künftigen Mannes geführt werden. García also. Anna lächelte spöttisch und erklärte sich einverstanden. Noch auf der Treppe fiel ihr ein, dass diese Regelung überhaupt völlig in ihrem Interesse war!

Das Schiff sollte erst in drei Tagen ablegen. Sie hatte also noch Zeit, ein paar Dinge einzukaufen, zum Beispiel die „richtige" Kinderzahnpasta für Karima, nämlich die, die nach Himbeere schmeckt. Aber andererseits bedeutete es auch, drei Tage lang sehr vorsichtig und möglichst unsichtbar zu sein. Und das auch noch ihrem Kind annehmbar zu machen, ohne zu viel zu verraten! Karima hätte die Wahrheit noch nicht ertragen und bestimmt große Schwierigkeiten gemacht.

Sie kauften sich Leckeres zu essen und zu trinken für den Abend, den sie im warmen Bett gemütlich vor dem Fernseher verbringen wollten. Karima war schon den ganzen Tag lang sehr unausgeglichen gewesen, teils nachdenklich, teils besonders anhänglich, teils gereizt. Jetzt kuschelte sie sich in den Arm ihrer Mutter. „Mama", sagte sie nach einer Weile, „du bist so schmusig! Der Papa ist ja auch immer lieb, er nimmt mich auch in den Arm, aber du bist so schön weich. Ach Mama, ich hab dich so vermisst, ich habe zuerst ganz oft geweint." Anna versuchte, ihre eigenen Tränen zurückzuhalten. „Ich doch auch, mein Mäuschen, ich auch, du hast mir ja so schrecklich gefehlt."

Karima flüsterte: „Mama, bist du verrückt? Papa sagt, du wärst schon immer etwas verrückt gewesen, aber als du mich dann nicht mehr haben wolltest, wärst du richtig verrückt geworden." „Kind, was sagst du denn da? Wie konnte er dir denn sagen, ich wollte dich nicht mehr haben? Du weißt doch bestimmt noch, wie er dich damals vom Kindergarten abgeholt hatte, und dann wart ihr einfach verschwunden. Ich habe das ganze Jahr nach dir gesucht, mit der Polizei und einem Rechtsanwalt und einem Detektiv und mit Anzeigen in der Zeitung. Und Pablo hat mir die ganze Zeit dabei geholfen. Der Detektiv hat euch dann Gott sei Dank gefunden, sogar deine Schule, wo ich dich dann abgeholt habe."

Karima setzte sich plötzlich ruckartig im Bett auf. „Mama!" rief sie mit zittriger Stimme. „Mama! Du hast – ich glaube – du hast gar nicht mit Papa geredet! Du hast mich gestern einfach von ihm weggenommen! Darum habe ich meine Sachen nicht mit. Er weiß überhaupt nichts davon." Ihre Stimme war immer lauter geworden. „Er sucht mich jetzt bestimmt. Mama!" Sie schubste Anna von sich weg. „Wir machen jetzt gar keine kurze Reise mit dem Schiff, stimmt's?"

Oh Gott, schon war es passiert, ihr Kind hatte verstanden! Sie wollte Karima in den Arm nehmen, wurde jedoch wieder zurückgestoßen. Sie weinten beide. Was für eine Verzweiflung!

Natürlich hatte Anna gewusst, dass Karima sehr an ihrem Vater hing und er an ihr. Sie hätte auch daran denken und nachfühlen können, dass das Kind nun zum zweiten Mal hintergangen und belogen und entwurzelt wurde. Bei den ganzen organisatorischen Problemen hatte sie das jedoch nicht so genau überlegen wollen, denn was wäre die Alternative gewesen? Für immer auf ihr Kind zu verzichten? Nein, dann wäre sie lieber gestorben.

„Kinder vergessen schnell", hatte ihre eigene Oma immer gesagt, wenn sie, Anna, von anderen Menschen bemitleidet wurde, weil ihre Eltern sie als Kleinkind abgegeben hatten und dann für immer verschwunden waren. Anna wusste sehr wohl, dass das ein unsensibler und durchweg falscher Schnack ihrer Großmutter gewesen war. Sie erinnerte sich jedenfalls an Vieles in ihrer Kindheit, auch an die häufigen Schläge, die sie von den Großeltern erhalten hatte. Dieser Spruch konnte wahrlich kein Trost sein.

Nach einer Weile hatte Karima sich wieder in die Arme ihrer Mutter zurückgeschluchzt. Sie war so erschöpft von dieser großen Aufregung, dass sie Annas Vorschlag annahm, alle nun aufkommenden Fragen am nächsten Morgen zu besprechen und erst einmal zu schlafen.

Anna jedoch konnte lange nicht einschlafen. Wie sollte sie bloß mit dieser Situation umgehen? Seitdem Yacine das Kind kurz nach der Scheidung entführt hatte, fühlte sie sich, als sei sie in einer Falle gefangen. Was auch immer sie tat – es konnte zu keinem glücklichen oder wenigstens akzeptablen Ende führen. Anfangs war sie ganz durchgedreht gewesen, irgendwie tatsächlich „verrückt". Sie war auf abenteuerlichen Wegen sogar nach Algerien gefahren, hatte – verkleidet und mit dunkel gefärbten Haaren – versucht, die Eltern Yacines ausfindig zu machen, um Karima von dort zu entführen. Dabei war das Kind in Frankreich, bei anderen Verwandten.

Als nach Annas Rückkehr nach Göttingen ihre Freunde davon erfuhren, wurde sie von einigen fürsorglich unter die Fittiche genommen. Ganz besonders von Pablo. Er lebte allein und äußerte seit Jahren immer wieder stolz, dass er mit der Physik und mit seiner Klarinette verheiratet war, und dass er allenfalls für italienischen Wein und gutes Essen fremdginge. Anna hatte sich häufig über ihn lustig gemacht, er war so egozentrisch, weltfremd, selbstgefällig – und unansehnlich. Sie fand ihn extrem unattraktiv! Ja, und nun war er derjenige, der sich mit Verve für sie und ihre Probleme einsetzte, mit Polizei, mit Konsulaten und Botschaften verhandelte, einen Detektiv engagierte und bezahlte. Er kochte gutes Essen für sie, sprach ihr Mut zu, überhäufte sie mit Geschenken und half mit Geld aus.

Er war immer für sie da. Was für ein Satz! Tröstlich, beschützend, das tat erst einmal gut. Aber ein Gefühl von Bedrückung hatte sie auch häufig dabei.

Pablo und Anna kamen sich näher, wie man so sagt, und als er ihr versprach, im Bemühen um Karima nicht nachzulassen und sie bei Erfolg zu adoptieren, willigte Anna in die Verlobung ein. Er stammte aus Costa Rica, aus einer wohlhabenden und angesehenen Familie. Das versprach Sicherheit, die sie bis dahin nie angestrebt hatte, die ihr jetzt aber als einzige Lösung für ihre vielen Probleme erschien.

Nun galt es, die letzten Hürden zu nehmen. Yacine hatte bestimmt inzwischen Himmel und Hölle in Bewegung gesetzt, um Karima zu finden. Ein alter Bananendampfer war hoffentlich das Letzte, was ihm oder einem Detektiv einfallen würde.

Das war das Eine. Die deutlich weniger berechenbare andere Hürde war der seelische Zustand ihres Kindes. Als Anna aufwachte, saß Karima bereits aufrecht und schaute ernst auf ein Amulett in Form einer Hand, das sie gestern schon am Hals getragen hatte („Das hab ich von Papas Mama gekriegt"). Sofort wurde Anna von ihrem Kind streng befragt, wie jetzt alles weitergehen sollte. Sie hatte sich in der Nacht eine lavierende Antwort zurechtgelegt: Ja, die Entführung war nicht schön, genau so wenig wie die durch Yacine vor einem Jahr, aber sie habe nun mal keine andere Möglichkeit gesehen. Jedoch sollte Karima auf keinen Fall für immer von ihrem Papa getrennt werden, es würde später Möglichkeiten geben, dass sie mit beiden Elternteilen Kontakt haben könnte. Wirklich! Jetzt aber müsse sie bitte alle Anweisungen zur Geheimhaltung befolgen, auch auf dem Schiff, denn sonst könnte es sein, dass das Jugendamt sie beiden Eltern fortnähme. War das schon wieder eine Lüge, fragte sich Anna. Auf jeden Fall war es eine grausame Taktik.

Karima war zutiefst erschrocken. Nach einer Weile fragte sie mit kleiner Stimme, ob Anna dann in „Kotzarika" diesen doofen Pablo heiraten wolle und ob der dann ihr Vater sein solle. Sie erhielt eine vorerst aufrichtige Antwort: Nicht so bald und vor allem auch nur, wenn Karima dann einverstanden wäre. Versprochen!

Nach diesen emotionalen Erschütterungen hatten beide das Bedürfnis, sich um Alltägliches und Organisatorisches zu kümmern. Essen, trinken, einkaufen. Sie begannen sogar, Pläne zu schmieden für die Überfahrt. Die Worte Bananendampfer und Karibik hatten bei

Anna sowieso bereits romantische Vorstellungen ausgelöst, allerdings schwebten ihr dann meistens – gegen besseres Wissen - historische Segelschiffe vor Augen. Ihre frühere Abenteuerlust (Piraten!) regte sich zaghaft.

Cornelius Knolle (alias Conrad Dreyer), 13.-15. Februar

Am Abend, bei Einbruch der Dunkelheit, machte sich Cornelius auf den Weg zu dem mit Luciano vereinbarten Treffpunkt, seinen Hut wieder einmal tief ins Gesicht gezogen. Doch da war niemand. Er wartete schon zwanzig Minuten, da trat ein alter Mann mit einem Pudel an der Leine an ihn heran, und fragte: „Sind Sie Cornelius?" „Wie kommen Sie darauf? Warum wollen Sie das wissen?" „Nun, ja, ich hab eine Zeitlang den Platz beobachtet. Und da niemand sonst hier wartet, müssen Sie Cornelius sein. Schönen Gruß von meinem Großsohn Luciano, der kann nicht kommen, den hat die Polizei geholt, wird schon seit sechs Stunden verhört, ich glaub auch wegen der Geschäfte mit Ihnen. Da müssen wir erst mal warten, wie es weitergeht und ob sein Anwalt ihn raushauen kann. Dann tschüss, wir sehen uns morgen hier wieder, oder Luciano." Schnell hatte die Dunkelheit den alten Mann und seinen Pudel verschluckt und Cornelius ratlos zurückgelassen.

Am nächsten Abend war Cornelius wieder zur gleichen Zeit am vereinbarten Treffpunkt und nach einer Weile kam auch wieder der alte Mann mit seinem Pudel, in Begleitung eines etwa vierzehn Jahre alten Jungen. „Das ist Felice, der Sohn meiner Tochter Maria. Er bringt Sie zu dem Mann, der Ihnen helfen wird. Oh, Mamma mia, hoffentlich geht das alles gut! Wir haben uns nie gesehen! Tschüss, Cornelius."

Felice und Cornelius schlichen durch ein paar finstere Gassen in St. Georg, immer mit Blick nach allen Seiten, ob ihnen jemand folgte. Schließlich klopfte Felice an eine Kellertür. Ein schwacher Lichtschein fiel auf die Treppe, als die Tür von innen geöffnet wurde und eine krächzende Stimme flüsterte „Los, rein mit euch. Ist euch auch niemand gefolgt?" Schnell wurde die Tür von innen verschlossen.

„Sie brauchen also einen neuen Pass?", krächzte ein drahtiges altes, gut gepflegtes Männchen mit Schnauzbart und musterte Cornelius mit einem schnellen Augenaufschlag. „Also, das ist nicht so ganz einfach, allein das Foto ... Na ja, interessiert Sie sicher nicht. Zweitausend jetzt und zweitausend, wenn der Pass fertig ist! Wie möchte der gnädige Herr denn zukünftig heißen?" „Tja, hab ich noch nicht drüber nachgedacht. Conrad für Cornelius wäre nicht schlecht. Dreyer ... ja, Dreyer hört sich gut an. O.k. Das Geschäft ist perfekt. Hier haben Sie die Anzahlung!" Cornelius ergänzte noch „seine" Daten, dann ein Foto, und war kurze Zeit später wieder auf dem Weg zu seinem Hotel. Die wollten vorhin unbedingt seine Anmeldung haben. Nun gut, „Conrad Dreyer" sollte funktionieren.

Am nächsten Abend ging Conrnelius erneut zum Treffpunkt und hatte diesmal Glück: Luciano war da und hatte gute Nachrichten. In zwei Tagen gehe ein umgebauter Bananenfrachter ab Hamburg nach Costa Rica – One-way-Ticket, so Luciano. „Der Pott fährt fast leer zurück, nur ein wenig Stückgutfracht. Und das interessiert den Zoll und Polizei zurzeit nicht", so Luciano. „Komm morgen wieder her, mit deinem Pass. Dann bekommst du das Ticket von mir. Den Ticketpreis und meine Dienste habe ich über deine Filiale in Warschau abgewickelt."

Einen Tag später, nachdem sich Cornelius seinen neuen Pass geholt hatte, traf er sich miz Luciano wie verabredet. „Hi, Cornelius oder soll ich Conrad sagen? Hier, deine Papiere ... hat soweit alles geklappt. Allerdings waren die Plätze eigentlich alle weg. Eine Kröte musste ich deshalb schlucken. ‚Des einen Pech, des anderen Glück', wie du immer sagst. Erklären kann ich dir das jetzt nicht." Luciano schaute sich nervös nach allen Seiten um. War ihm auch niemand gefolgt? „Melde dich, wenn du an Bord bist, beim Ersten Offizier, Horst Lohfeld. Da erfährst du mehr. Bitte, bitte nicht vergessen! Sonst flieg ich auf und du wohl auch. Und nun hau ab, nicht dass uns noch jemand zusammen sieht!"

Schnell hatte die Nacht Luciano verschluckt und Conrad ratlos zurückgelassen.

Anna und Karima, 16. Februar

Endlich, am Abreisetag, warteten Anna und Karima mit ihrem Gepäck in der Hotelhalle auf ihr Taxi. „Da ist wieder der Mann mit dem Hut. Aber jetzt hat er keinen auf", flüsterte Karima. Sie hatten ihn in den vergangenen Tagen nicht mehr gesehen. Auch er bestieg jetzt ein Taxi. Wieder ein Zufall? Anna versuchte, nicht beunruhigt zu sein, gab jedoch für alle Fälle ihrem Fahrer die Anweisung, einen kleinen Umweg zu machen.

Doch als sie bei dem Schiff ankamen, stieg dieser gleiche Mann gerade aus seinem Taxi! Also nun wirklich kein Zufall! Aber was wollte er von ihr, was würde denn jetzt passieren? Mit gepresster Stimme bat sie den Chauffeur, noch einen Moment im Wagen sitzen bleiben zu dürfen. Jetzt hatte sie zum ersten Mal in diesen Tagen richtig große Angst. In der Nähe stand noch ein weiteres wartendes Taxi. War das für sie gut oder erst recht bedrohlich? Vielleicht doch nicht bedrohlich, denn im Wagen saß neben einem Mann ein Kind, ein Junge.

Der rätselhafte Mann wandte sich jetzt dem Schiff zu, ging die Gangway hinauf und wurde dort begrüßt. Ach, er war auch ein Passagier! Auf die Idee war sie ja nun gar nicht gekommen! Dann war alles gut, es sah jedenfalls so aus.

Anna und Karima gingen hinter dem bis jetzt von ihnen so genannten „Hutmenschen" die Gangway hoch und wurden oben von einem freundlichen Mann in Uniform begrüßt. Vielleicht der Kapitän? Er nahm das Ticket entgegen und erklärte ihnen den Weg zu ihrer Kabine.

„Das ist ja ein schönes großes Zimmer!" rief Karima, „Das hab ich gar nicht gedacht, dass auf einem Schiff so große Zimmer sind. Das ist ja größer als in unserem Hotel!"Und Anna hatte nicht gedacht, dass eine Kabine auf einem alten Schiff zwei richtige Fenster haben könnte, nicht nur kleine Bullaugen. In den Wandschränken gab es viel praktischen Stauraum, sogar mehr, als sie benötigten. Alles vielleicht etwas unmodern, aber wohnlich und anheimelnd.

Björn Bäumer, 16. Februar

Um Atem ringend stürzte er die Treppe hinauf, wirbelte Staubwolken und Spinnfäden von Augen und Mund, das Holz krächzte ... gut, dass die Haustür einen Spaltbreit offen war, das Haus sah so verlassen aus ... in der zweiten Etage taumelte er durch die muffigen Räume ... hier, wie verabredet, eine klapprige Liege, er warf sich auf die schmutzige Wolldecke, die der letzte Benutzer ordentlich zusammengelegt hatte.

Sobald er lag, fiel er vor Erschöpfung in eine tiefgraue Bewusstlosigkeit: Regen, nichts als Regen, Staubregen, tropfte, rann, rauschte ... plötzlich erwachte er ... seine Kleidung war trocken, aber er zitterte ... schloss wieder die Augen, und schon waren die Bilder wieder da ... Malah, seine Freundin, die er so vermisste, warum war sie nicht mehr bei ihm? Die beiden Männer ... kräftige Beine in Lederstiefeln ... die engen Pullover formten die muskulösen Arme nach ... entschlossene, dunkle Gesichter ... glühende Augen.

Er meinte, er sei ihnen nicht gewachsen, so dünn und schwach, wie er war ... sie standen einfach da, breitbeinig: „Wo ist unsere Schwester? Was hast du mit ihr gemacht?" ... Er konnte nicht kämpfen, aber er konnte laufen. „Wenn du sie anfasst, werden wir dich erschlagen!" Er liebte sie und tat nichts, was ihr schaden konnte. Er war sprungbereit, musste loslaufen ... „Du hast mich verlassen, Malah, nicht ich dich", schrie er. „Es hat keinen Zweck, Björn, geh," flehte sie ihn an. „Ich muss bei meiner Familie bleiben, das verstehst du nicht. Meine Brüder werden dich überall finden. Geh, geh ..."

Das Getrampel von Stiefeln hinter ihm hallte durch die leeren Straßen. Er lief, lief um sein Leben, schlug Haken wie ein Hase. Er hatte doch ein Ticket für Costa Rica. Der alte Pfarrer von St. Marien hatte es ihm gegeben. Es würde ganz sicher auch für zwei reichen ... „Malah, Malah, wenn du doch mitkommen würdest ..."

Er horchte auf den Gang hinaus, die Straßen dort waren menschenleer, als wäre es das verlassenste Viertel der Stadt ... er kramte in den Taschen der Trainingshose: ein paar Kekse, ein verformtes Stück Schokolade, Kaugummistreifen. Er nahm einen Brocken Schokolade, sollte ja glücklich machen, er musste bei Kräften bleiben, sonst nichts.

Er hatte nicht viel bei sich. Das Handy lag in der Elbe: Man sollte ihn nicht orten, nicht seine Kontakte kennen, seine Pläne nicht erraten ... die Kapuzenjacke war praktisch, er konnte sich unsichtbar machen, auch wenn er sichtbar war. Die dunklen Stoffturnschuhe trugen ihn leicht über das Pflaster ... „O Malah, du standest einfach da, bevor du gingst, irgendwie unschlüssig, du konntest dich nicht entscheiden ... als deine Brüder auf mich losgingen, konnte ich nur noch rennen" ... Er musste sich setzen, ließ sich wieder auf das Lager fallen ...

Die Zimmerdecke senkte sich, eindeutig, zentimeterweise, kam unweigerlich auf ihn zu, berührte fast sein Haar ... die Seitenwände lehnten sich schon an seine Schultern ... er konnte ihnen nicht ausweichen, Knie und Ellbogen schoben sich vor seine Brust... er fühlte sich nur noch wie ein Kleiderbündel, schrumpfte auf Faustgröße, aber auf die Größe einer geballten Faust.

Seine Augen sprangen weit auf: „Wo bin ich?" In der Dämmerung einer leeren Wohnung, in einem unbewohnten Haus, wie es zur Zeit viele gab, von den einstigen Bewohnern überstürzt verlassen, die mit unbekanntem Ziel auf und davon sind, auf der Flucht wie er ... Er atmete auf: Alle Wände waren da, wo sie hingehörten in der Kühle dieses fremden Zimmers ... alles war an seinem Platz, auch seine Arme und Beine ... aber der Albtraum hatte ihn gepackt ... er zog seine Jacke enger um sich herum.

Er rappelte sich auf, tappte in Richtung Fenster, das mit einem Betttuch verhängt war, presste vorsichtig Wange und Ohr auf die Fensterbank, konnte in dieser schrägen Haltung durch die Lücke unter dem Tuch auf die Straße spähen:

Tiefhängende Wolken, treibende Nebelfetzen, wachsende Dunkelheit, die aus dem Asphalt der Straße hervorzuquellen schienen, Böen wirbelten Papierreste und Plastikteile vor sich her durch die Luft ... keine auffälligen Geräusche. Der Traum wirkte noch immer in ihm nach ... er fühlte Enge. Angst. Verlorenheit.

Ja, hier war sein Rucksack, mit einigen Kleidungsstücken vollgestopft. Seine persönlichen Papiere trug er lieber in seiner Unterwäsche. Sein Schiffsticket. Seinen Personalausweis. Einige Fotos ...

Im Hafen wartete das Schiff. Er musste sich beeilen, musste den richtigen Augenblick nutzen. „Ich darf es nicht verpassen ..." Dann Schritte, die näherkamen. Viele Schritte. Schwere Absätze knallten auf das Pflaster. Es waren ungefähr fünf Männer, die rannten auch in Richtung Hafen. Er konnte nur das Leder der Stiefel erkennen. Die Brüder mit Freunden? Oder die Polizei? Er musste vorsichtig sein. Langsam rutschte er vom Fenster weg auf die Knie ... das Tuch durfte nicht zittern ... drückte die Stirn gegen den Heizkörper. Die klatschenden Füße entfernten sich ...

Diese leeren Häuser waren oft kontrolliert worden in der letzten Zeit ... eine Chance für ihn? Oder Gefahr? Er musste hier weg. Sofort. Er öffnete geräuschlos die Tür, schwebte fast über die Treppe hinunter wie ein Geist. Die Haustür quietschte trotz allem. Er hielt die Luft an. Auf der Straße kein Posten. Er ging auf Zehenspitzen in seinen leichten Turnschuhen, lief ganz vorsichtig von Nebenstraße zu Nebenstraße. Schneller. Noch schneller. Er rannte von einer Dunkelheit in die andere. Dann, endlich, kamen die Lichter am Hafen. „Wo liegt das Schiff?" Er bewegte sich jetzt viel langsamer, schlich zwischen den Schatten hin und her, beobachtete die Umgebung. Schließlich der Name *MS Pavia* am Bug in schwacher Beleuchtung. Geschafft.

Tina Sommer, 16. Februar

Jetzt bekam sie doch noch Hunger. Tina seufzte und wühlte in ihrer abgewetzten braunen Umhängetasche nach der Tüte aus der Bahnhofsbäckerei. Ein Laugenbrötchen mit Frischkäse, leicht plattgedrückt und durchgeweicht. Sie biss ohne großen Appetit hinein, während sie in den Nieselregen vor dem Zugfenster blickte.

Norddeutsche Plattlandschaft zog vorbei. Wiesen. Kühe. Silos. Februarkahle Bäume. Wiesen. Alles grau und deprimierend wie der Himmel. Aber wenigstens offen und übersichtlich, sodass man kein plötzliches Erscheinen der AUGEN befürchten musste. Tina sah sich unsicher im Abteil um, in der unvernünftigen Befürchtung, dass die anderen Fahrgäste ihre Gedanken gelesen haben könnten. Aber der dicke Geschäftsmann gegenüber tippte nur weiter auf seinem Tablet herum und die junge Mutter in der Ecke war mit ihrem Sohn beschäftigt. Alles gut. Niemand wusste von den AUGEN. Aber vermutlich gab es die ja sowieso gar nicht. Tina verzog das Gesicht. Seit zwei Jahren quälte sie sich mit der Frage herum, ob sie unter Halluzinationen litt oder ob sie einfach mehr sehen konnte als andere Menschen.

Zum ersten Mal waren die AUGEN während ihrer Trennung von Arno aufgetaucht. Es war in ihrem Deutschkurs geschehen. Oberstufe, kurz vor dem Abitur. Alle standen unter Druck, die Leistungen waren zum Teil bedenklich schlecht gewesen für einen Prüfungskurs. Besonders Sarah und Kevin hatten ihr Sorgen gemacht, obwohl Sarah ja dann später doch eine ganz anständige Klausur abgeliefert hatte. Sie hatten über Kafkas *Verwandlung* gesprochen. Es war ein grauer, nieseliger Vormittag gewesen – genau wie heute. Tina erinnerte sich genau. Und dann hatte sich der kleine Luca Plessberg zu Wort gemeldet, der direkt neben Kevin saß, in der Ecke vor dem großen Geräteschrank. Er hatte sie angesehen, und dann hatten sich seine Augen verändert. Die Pupillen waren verschwunden. Ganz weiß und blind hatte Luca sie angestarrt, aber weiter die Hand gehoben, als sei nichts geschehen. Ihr Herz hatte zu rasen begonnen. Zuerst hatte sie geglaubt, dass Luca sich einen Scherz erlaubte. Vielleicht konnte er die Augen so abenteuerlich verdrehen? Aber erstens war der Kleine dafür viel zu schüchtern und zweitens schienen die anderen Schüler nichts zu bemerken. Kein Tuscheln und Kichern wie sonst immer, wenn jemand einen dieser albernen Streiche plante.

Sie hatte jemand anderen drangenommen. Dann hatte sie behauptet, sie müsse noch Kopien machen und war hinausgerannt. In der Raucherecke hatte sie sich mit zitternden Fingern eine von den Zigaretten angezündet, die sie in einem versilberten Etui für besondere Anlässe aufbewahrte. Später war sie wieder in die Klasse gegangen. Lucas Augen hatten ganz normal ausgesehen und sie war zu dem Ergebnis gekommen, dass es sich um einen kurzen Aussetzer ihres Verstandes gehandelt haben musste. Stress wegen der Abiturprüfung oder so.

Aber dann waren die weißen Augen immer wieder gekommen. Manchmal nur in ihren Träumen, manchmal auch in den Gesichtern wirklicher Menschen um sie herum. Oder einfach so, im Nebel zwischen den alten Obstbäumen hinten im Garten. An der Joggingstrecke am Kiessee. Zwischen den Regalen im Supermarkt. Sie starrten sie an, die AUGEN. Blicklos. Ausdruckslos. Aber immer irgendwie fordernd.

Natürlich war sie zum Arzt gegangen und hatte auch ihren Therapeuten auf die Sache angesprochen. Aber es war keine organische Erklärung zu finden, und auch als Zeichen einer psychischen Erkrankung seien solche Visionen eher untypisch, meinte Joachim, der Psychiater. Den schien das Ganze überhaupt nicht besonders zu interessieren, obwohl ihm Tina nachdrücklich ihre Ängste beschrieb. Eigentlich hatte sie gehofft, er würde beruhigende Worte für sie aufbringen oder sie sogar in den Arm nehmen, denn seit ihrer Scheidung von

Arno war der wöchentliche Termin bei Joachim ihr größter Trost und der seelische Höhepunkt der Woche. Aber mehr als ein Achselzucken war offenbar zum Thema AUGEN nicht drin.

Also hatte sie begonnen, eigene Überlegungen anzustellen. Die AUGEN tauchten immer dann auf, wenn Tina sich verängstigt oder einsam fühlte. Folglich versuchte sie, solche Situationen zu meiden – was in ihrer Lebenslage freilich nicht ganz einfach war. Sie hatte ihre Frühpensionierung vorangetrieben, die ohnehin wegen einer Neigung zu Depressionen und Überlastungssymptomen im Raum stand. Ein wenig traurig war sie schon gewesen, als Direktor Hägemeyer in dem entscheidenden Gespräch so wenig Widerstand leistete. Offenbar konnte man sie am Heinrich-Heine-Gymnasium problemlos entbehren.

Aber dann hatte sie sich zusammengerissen. An einem Spätherbst-Nachmittag vor einigen Monaten hatte sie ihre Freundin Hilde besucht, die in der Nachbarschaft wohnte. Hilde mit ihrem runden Gesicht und ihrem breiten Lächeln war seit Jahren ein Ruhepol in Tinas anstrengendem Alltag. Eine blaue Porzellankanne hatte auf dem Tisch gestanden, die genauso mütterlich aussah wie Hilde selbst und mit dem duftenden Zitronen-Kräutertee gefüllt war, den die Freundin für Krisen jeder Art bereithielt. Tina hatte Tee getrunken und ein bisschen geweint. Hilde hatte zugehört. Dann hatte sie ein Taschentuch und einen Schreibblock herausgeholt und die beiden Frauen hatten gemeinsam eine Liste angelegt mit allen möglichen Plänen und Projekten, die einen neuen Inhalt für Tinas verwaistes Leben hergeben konnten. „Reisen!" hatte Tina spontan ganz oben auf die Liste geschrieben, ohne weiter darüber nachzudenken. Hinterher war sie erstaunt über sich selbst gewesen. Auch Hilde hatte verblüfft gewirkt. Dann hatte sie vorsichtig gefragt, ob Tina nicht lieber einen Konditor-Lehrgang bei der Landfrauenakademie belegen wollte: „Denk doch nur an deine süßen Törtchen und diese unschlagbaren Vanille-Toffees! Wenn du dich ein bisschen weiter ausbilden lässt, könntest du drüben am Park ein gemütliches Café eröffnen. Dann komm ich jeden Tag und trink meinen Cappuccino bei dir! So ein Nomadenleben ist doch nichts für dich. Das passt besser zu deinem verrückten Bruder."

Tina hatte zugestimmt. Ihr Zwillingsbruder Stefan, weitaus abenteuerlustiger als sie, führte ein ungebundenes und offenbar recht erfolgreiches Leben als Geschäftsmann in London. Die Idee mit der Cafégründung war also ganz oben auf die Liste gekommen. Trotzdem hatte der Gedanke an eine Reise sich nicht mehr vertreiben lassen. Einige Tage später hatte Tina ihren Bruder angerufen. „Na, Kleines?", hatte er gesagt – er war siebzehn Minuten älter als sie, daher nahm er sich gelegentlich dieses Recht. Sie hatte geschmunzelt und sich irgendwie geborgen gefühlt bei seiner gönnerhaften Formulierung. Als sie Stefan von der Liste und von ihrem geheimen Reisetraum erzählt hatte, war er sofort auf ihrer Seite gewesen. „Klar doch, geh einfach mal ins Reisebüro! Und frag gleich nach 'ner richtig coolen Destination! Nicht Steiermark oder Toskana oder so. Südamerika, Australien! Ne tolle Fernreise. Was Großes. Wenn du's jetzt nicht machst, wann denn dann? Das Geld wird schon irgendwie reichen. Versuchs mal bei *Faraway Travel* in der Goetheallee, die sind spezialisiert auf sowas. Die finden bestimmt das richtige Abenteuer für dich. Halt mich auf dem Laufenden, Kleines!"

Zwei Wochen hatte Tina noch abgewartet, halb in der Hoffnung, dass die Lust auf diesen verrückten Plan sich verflüchtigen würde. Doch dann hatte sie bei *Faraway Travel* gestanden, mitten zwischen mannshohen Plakaten von exotischen Märkten und verlockenden Stränden, und hatte plötzlich gewusst, dass sie genau das Richtige tat. Ein Problem war natürlich das Geld, doch als sie dem Verkäufer ihre Lebenssituation erklärt hatte, war er plötzlich in einem Nebenraum verschwunden und mit dem erstaunlich günstigen Angebot der *Adventure Investment Agency* zurückgekehrt. Ein One-Way-Ticket nach Costa Rica, auf einem umgebauten Bananendampfer! Das klang wirklich abenteuerlich genug, selbst für Stefans Maßstäbe. Sicher würde sie irgendwann zurückkehren wollen, und dann würde sie den Flug zusätzlich zahlen müssen. Aber das konnte sie ja später entscheiden. Erst einmal war es genau das, was sie sich im Innersten wünschte: Eine Flucht aus ihrem alten Leben!

Allerdings war es nicht ganz einfach, an eines dieser günstigen Tickets zu kommen. Man musste sich bei der *Agency* bewerben, mit einem richtigen Lebenslauf. Offenbar würde man in einer kleinen Gruppe reisen und aus irgendeinem Grund war es erwünscht, dass man die Mitreisenden kennenlernte. Deshalb mussten vorab diese Informationen preisgegeben werden. Ganz wohl war Tina nicht bei der Sache gewesen, doch sie hatte schließlich das Bewerbungsschreiben aufgesetzt und sich einen Baedeker-Reiseführer für Costa Rica gekauft. Stefan und Hilde hatte sie zunächst nichts von all dem erzählt. Das wollte sie später nachholen, wenn sie Genaueres wusste. Doch vor drei Wochen war die Zusage gekommen und dann musste alles plötzlich sehr schnell gehen. Außerdem hatte die Agentur den Kunden in einer etwas gewundenen Formulierung nahegelegt, über die Einzelheiten dieser besonderen Reise nicht allzuviel im Bekanntenkreis zu erzählen, sondern lieber allgemein von einer „Auszeit" zu sprechen. So hatte Hilde nun lediglich von einer Fernreise erfahren, ohne die Bedingungen zu kennen, und Stefan war noch überhaupt nicht informiert. Sie würde ihn vielleicht anrufen, wenn sie in Puerto Limón an Land gegangen wäre. Oder konnte man etwa heutzutage von offener See aus telefonieren? Womöglich e-Mails schreiben? Interessante Frage.

Spannend war auch das Rätsel, warum die AUGEN sich seit ihrem Besuch im Reisebüro nicht mehr hatten blicken lassen. Waren sie zufrieden, weil sich Tina der Herausforderung gestellt hatte? Oder warteten sie nur auf die nächste Gelegenheit, sie wieder in tödlichen Schrecken zu versetzen? Nachdenklich wischte sich Tina die Hände an der Papierserviette ab, die dem Brötchen beigelegen hatte und faltete die Bäckertüte sorgfältig zusammen, bevor sie sie unter die Klappe des überfüllten Bahn-Mülleimers schob. Draußen zogen immer noch Alleebäume durch den norddeutschen Nieselregen. Sie war unterwegs. Das war das einzig Wichtige.

Rupert Vesper, 16. Februar

Kurz vor 15.40 Uhr raste ein passionsroter Audi TT Roadster auf den Kai. Stoppte! Sehr kurz vor der Kante. War knapp. Rupert Vesper lachte, blickte auf seine Armbanduhr. Grad so! In Kürze heißt es „Leinen Los".

Mit einem Satz war er aus dem Wagen, warf einen schwarzgrauen Parka über und hievte zwei große, offenbar schwere Koffer von der Rückbank. Die sportschlanke Frau, die am Steuer gesessen hatte, zog ein Regencape über ihren sperbergrauen Hosenanzug und half Vesper, einen „Harzer Riesenrucksack" aus dem Kofferraum zu heben, den sie ihm auch noch überschnallte. Während er einen der beiden Super-Trolleys hinter sich herzog, eilte Vesper die Gangway hoch, die Frau folgte ihm mit dem anderen Rollenkoffer, wonach beide schnell im Inneren der *MS Pavia* verschwanden. Kurz danach verließ die Frau jedoch das Schiff und lief wie gehetzt über die Gangway zurück auf den Kai. Ein Sekundenrückblick zur *Pavia* – schon brauste ihr Roadster mit knirschenden Reifen und Turbogeheul davon. Der Blick dieser Frau. Tieftraurigernst.So jedenfalls deutete Elvira Pekus das Bild, das sich ihr vom Oberdeck aus bot. Rupert Vesper, der sichtbar verspätet an der Reling eintraf, konnte nur noch die weit entfernten Rücklichter des Audi sehen.

An der „Schiffspforte" war dieAufnahmeprozedur schnell abgelaufen; die wichtigsten Personaldaten waren dem Ersten Offizier bereits von den Anmeldungspapieren her bekannt.

Solveig Braak, die Fahrerin des Audi, eine seit Jahren eng mit Rupert Vesper befreundete Bildkünstlerin aus Hamburg, hatte auf seine Bitte hin, kraft seiner Vollmachtserteilung, bei der Reederei das Teilnahmedokument für diese seltsame Seefahrt unterzeichnet. Dieser Vertrag enthielt neben den obligatorischen Texten eine Sondervereinbarung.

Um das „Leinen-Los-Dinner" nicht sturzflugartig erreichen zu müssen, packte Rupert Vesper zunächst nur die Kleidungskoffer aus, wechselte seine Unterwäsche und zog sich um. Statt des Norwegerpullovers und der tabakbraunen Cordhose trug er einen legeren kieselgrauen Anzug mit anthrazitfarbenem Hemd und schwarzer Strickkrawatte, womit er dem tradierten Bild des Klerikers widersprach, das nicht kirchlich informierte Menschen sich von der Kleidung katholischer Priester machen; obwohl das Schwarz mit Kalkleiste oder Oratorianerkragen längst auf dem Rückzug ist.

Vesper konnte das in ihm aufkeimende Gefühl angenehmer Spannung nicht vermeiden, als er mit flotten Schritten zur Offiziersmesse ging.

Conrad Dreyer, 16. Februar

Conrad atmete tief durch, als er aus dem Taxi stieg und sein kleines Gepäck aus dem Kofferraum nahm. Gott sei Dank! Freiheit statt mehrere Jahre Gefängnisluft. Da störte ihn auch nicht der Geruch von Schweröl-Abgasen, die die *MS Pavia* aus ihrem Schlot in den Hamburger Abendhimmel blies. „Die haben die Maschinen schon angeworfen, das ist gut", dachte er und blickte sich noch einmal um. „Verflixt, noch zwei weitere Taxis! Und da hinten dieser Audi. Was ist hier los? Ich sollte schnell an Bord gehen, bevor mich noch irgend jemand erkennt. Vielleicht sind ja doch nicht alle Spuren verwischt oder die Polizei hat was aus Luciano rausgequetscht. Ich hätte doch meinen Hut aufsetzen sollen", dachte er und schritt mit großen Schritten die Gangway empor. „Conrad, ich heiße Conrad Dreyer", flüsterte er noch auf den letzten Schritten vor sich hin, bevor er von einem Besatzungsmitglied der *Pavia* an Bord begrüßt wurde.

Die Formalitäten waren schnell erledigt und die Kabine gefunden. Das schien doch sehr übersichtlich zu sein auf diesem Schiff. „Nicht schlecht, Luciano! Wie der das wohl wieder hingekriegt hat? Nur so wenige Passagiere auf so einer Fahrt. Das muss doch sauteuer gewesen sein. Aber so wie ich ihn kenne, hat er sicher wieder jemanden bestochen oder erpresst, um an das Ticket zu kommen. Egal! Ich hab ihn fürstlich entlohnt. Wie er an sein Geld in Warschau kommt, soll mich nicht mehr interessieren. Des einen Pech, des anderen Glück. Nur blöd, dass ich mit so wenig Klamotten auskommen muss. Luciano hätte ruhig noch mehr Hemden und Jeans kaufen sollen. Na ja, die werden hier sicher ne Waschmaschine an Bord haben."

Scott Williams und Peter, 16. Februar

„Warten Sie hier bitte!"

Das Taxi bremste, fuhr langsamer und hielt schließlich hinter einem leise vor sich hin rostenden Container am Kai. Der Fahrer ahnte oder wusste, was sein Fahrgast wollte: sehen, wer an Bord ging, ohne selbst gesehen zu werden.

Aber ein Taxi, das nicht fährt, verdient kein Geld. Also:
„Wie lange soll das denn…?"

Von hinten schob sich eine gepflegte, wenn auch von der Sonne braungebrannte Hand am Ohr des Fahrers vorbei bis vor seine Augen. Der unterbrach seine Frage, nahm wortlos die angebotene Fünfzig-Euro-Note aus der offensichtlich nur mit Golfschlägern körperlich beschäftigten Hand und lehnte sich betont geduldig in seinen Sitz zurück.

„Bis ich es Ihnen sage", beantwortete der Mann auf dem Rücksitz die unvervollständigte Frage.

Die Stimme war unpersönlich, vielleicht etwas zu hoch für einen gestandenen Mann. Der Fahrer konnte sich kein rechtes Bild von ihm machen. Eher klein als zu hoch gewachsen, mit unverkennbarem

Bauchansatz, schütterem rotblondem Haar wirkte er, als der Taxichauffeur ihn aus dem Nobelhotel an der Alster abholte, dennoch sportlich alert, selbstbewusst und von einer Höflichkeit, die kalt und von Zweckmäßigkeit bestimmt war. Er stand am Kassenschalter des Hotels und der Fahrer sah, dass er die Hotelrechnung bar bezahlte. Ungewöhnlich für ein Haus dieser Klasse. Neben ihm stand ein Junge, vielleicht acht oder zehn Jahre alt, tat unbeteiligt und erweckte den Eindruck, Nobelhotels als eine Art zweites Zuhause zu betrachten. Beide, der Mann und der Junge, hatten während der Fahrt zum Hafen kein Wort gesprochen.

Jetzt sahen sie interessiert zur Gangway hinüber und beobachteten die Menschen, die sich in der Nähe zu schaffen machten. Da war kein ängstliches Umherblicken, keine Furcht vor Verfolgern, höchstens so etwas wie nachlässige Neugier in ihren Blicken. Der Fahrer beobachtete sie im Rückspiegel.

Ein anderes Taxi kam, fuhr bis an die Gangway, der Fahrer stieg aus und half einer etwas ältlichen Dame – der Chauffeur hinter dem Container würde sie eher als Frau und nicht als Dame bezeichnen – das Gepäck aus dem Kofferraum zu heben, erhielt sein Trinkgeld, stieg wieder in sein Auto und fuhr davon.

„Bestimmt eine Lehrerin", ließ sich plötzlich die kindliche Stimme des Jungen auf dem Rücksitz vernehmen.

Der Fahrgast neben ihm lachte kurz auf. „Du kennst doch gar keine Lehrerin!"
„Aber sie sieht genau so aus, wie Diana ihre Lehrerinnen beschreibt."
„Deine Mutter kennt auch keine richtigen Lehrerinnen. Sie hat eine katholische Nonnenschule besucht."

Die „Lehrerin" hastete die Gangway hinauf, schob die randlose Brille auf der Nase hin und her, schaute sich immer wieder nach dem am Kai verbliebenen Koffer um, zeigte einem der oben an der Reling postierten Bordbediensteten das Gepäckstück, nestelte an ihrer abgewetzten alten Ledertasche herum, schob dem Mann etwas in die Hand, wartete, bis er mit dem Koffer an Bord erschien und ging unter seiner Führung an Deck entlang und nach ein paar Schritten durch eine Tür, die sie vor weiterer Beobachtung schützte.

Inzwischen war ein weiteres Fahrzeug erschienen. Kein Taxi, sondern ein knallroter Flitzer. Ihm entstieg ein schlanker Mann unbestimmbaren Alters. Er öffnete die Tür zu den Rücksitzen, entnahm dem Wagen zwei Koffer und nickte der gutaussehenden Frau, die vorerst hinter dem Steuer sitzen geblieben war, kurz zu, damit sie ausstieg. Er öffnete den Kofferraum. Mit der Frau zusammen hob er einen riesigen Rucksack heraus, ließ ihn sich aufschnallen und betrat dann mit seiner Begleiterin zusammen federnden Schrittes die Gangway.

„Das ist ein Priester", meinte der Knabe auf dem Rücksitz mit Bestimmtheit.

„Wie kommst du denn darauf?", fragte sein männlicher Begleiter. „Der Mann trägt keine Soutane, nicht mal einen weißen Kragen, soweit ich sehen kann. Er hat das reinste Umzugsgepäck dabei – und außerdem anscheinend seine Ehefrau!"
„Aber er ist angezogen wie ein Priester in Zivil."
„Wie ist ein Priester in Zivil angezogen?"

Der Junge antwortete nicht. Der Taxifahrer sah im Rückspiegel, wie er mit den Schultern zuckte. Doch als wenige Augenblicke später die angebliche Ehefrau über die Gangway zurücklief, in den roten Audi sprang und mit quietschenden Reifen davonbrauste, grinste der Bursche triumphierend.

Eine Weile ging das so weiter. Reisende kamen an, wurden vom Jungen beurteilt, gingen an Bord und verschwanden. Kaum jemand kehrte zurück an die Reling, wie das bei Passagierschiffen üblich ist, um den Wartenden am Kai zuzuwinken und sich rufend zu verabschieden. Fast eine Stunde war inzwischen vergangen.

„Ich muss Geld verdienen", mahnte der Chauffeur.

Der Mann auf dem Rücksitz antwortete nicht. Aber erneut schob sich seine braune Hand über die Schulter des Fahrers und ein weiterer Geldschein wechselte den Besitzer.

„Sieh mal!", flüsterte der Junge, „Da schleicht sich jemand an Bord."

Der Fahrer sah es auch. Ein schmächtiger junger Mann, vielleicht ein etwas zu groß geratener Junge, ging geduckt und mit schnellen Schritten – er rannte fast – im Schatten der gerade hinter dem Schiff untergehenden Sonne unter die Gangway, blickte sich um, sicherte nach allen Seiten und lief dann die Laufplanke hinauf. Oben wurde er vom Bordpersonal angehalten, fischte ein Papier aus seinem dunklen Anorak – vielleicht das Ticket – und rannte an der Reling entlang aufs Vorschiff, wo er den Augen seiner Beobachter entschwand.

„Schade", meinte der Junge, „doch kein blinder Passagier."

Die Zeit der Einschiffung ging offenbar ihrem Ende zu. Es kam niemand mehr. Der Mann auf dem Rücksitz schaute nun doch um sich, kontrollierte die Umgebung und schickte sich gerade an, auszusteigen, da kam noch ein stämmiger Mann, der eilig die Gangway hinaufstrebte. Kurz danach erschien eine Frau mit einem Rollkoffer hinter sich und einem kleinen Mädchen an ihrer Seite. Ohne stehen zu bleiben oder rückwärts zu schauen gingen beide an Bord.

„Igitt, ein Mädchen!" sagte der Junge. „Können wir nicht ein anderes Schiff nehmen?"

Er grinste, und der Mann an seiner Seite boxte liebevoll kameradschaftlich gegen den Arm seines Sohnes. Dass es sich bei seinen Passagieren um Vater und Sohn handelt, hatte der Fahrer dem Gespräch entnommen, in dessen Verlauf der Junge seinen Begleiter „Pa" nannte, was sicher als amerikanisierte Abkürzung für 'Papa' gedacht war.

„Jetzt können Sie uns an die Gangway fahren", sagte der Mann und löste seinen Gurt. Er tätschelte den Kopf seines Sohns. „Kein Bekannter in Sicht."

Dann schlenderten sie gelassen an Bord.

Markus Mittelstädt, 16. Februar

Das Schiff, das ihn von hier fortbringen würde, lag direkt vor ihm. Die *MS Pavia*, ein riesiger, trotz der Generalüberholung an einigen Stellen angerosteter Koloss, schaukelte auf dem Hafenwasser. Markus sah sich vorsichtig um. Weit und breit niemand zu sehen. Die Mannschaft und die Passagiere waren schon an Bord, er hatte sie gezählt. Zehn Leute waren es gewesen, acht Erwachsene und zwei Kinder. Wahrscheinlich saßen sie schon beim Essen und die Mannschaft bereitete die Abfahrt vor. Dies war der perfekte Zeitpunkt, genau wie Jens es gesagt hatte. „Timing ist alles", dachte er. Genau wie bei seinen Börsengeschäften damals.

Alle diese Leute besaßen ein offizielles Ticket für die Überfahrt mit diesem Kahn. Er hatte keins mehr bekommen. Und nun blieb ihm nichts anderes übrig, als mit seinen 56 Jahren noch den Draufgänger zu spielen und sich heimlich an Bord zu schleichen. Verrückt! Aber die Gelegenheit war einfach zu verlockend gewesen.

Vorsichtig betrat Markus die schwankende Gangway und zog die Kapuze seines Anoraks tiefer ins Gesicht. Er ging gebückt, sein schwerer Rucksack drückte seinen Körper noch tiefer herunter. Die Sneakers ermöglichten es ihm, geräuschlos zu gehen, aber sein linkes Bein war nicht so schnell wie sein rechtes. Seit dem Unfall zog er es nach und manchmal schleifte der Fuß über den Boden und kratzte ein wenig. Da er diese Turnschuhe trug, fiel es jedoch kaum auf. Es kam ihm vor, als ob die Gangway kein Ende nähme. Er musste sich beeilen. „Nur nicht schwindelig werden!", dachte er, das Wasser unter ihm würde über ihm zusammenschlagen und ihn nicht mehr ausspucken, wenn er hineinfiele.

Das Meer machte ihm Angst, es war so dunkel und so unendlich. Unaufhörlich klatschte das Wasser an die Schiffshaut, selbst hier im Hafen schon. Wie würde es erst auf offener See sein?

Aber Costa Rica! Dort würde das Wasser türkisfarben sein und warm! Konstant angenehme Temperaturen das ganze Jahr über! Dort würde es bunte Fische geben und hellen Sandstrand und Palmen und... Aber erst einmal heil an Bord kommen. Die wenigen Meter kamen ihm wie eine Langstrecke vor. Als er es endlich geschafft hatte, war Jens schon da. Jens Albrecht, der Schiffskoch, wegen seiner stämmigen Statur und der dunklen Haarlocke von allen „Napoleon" genannt. Ein prima Küchenchef und alter Bekannter von Markus, aber wegen seiner Spielsucht immer wieder in Schwierigkeiten. Er stand versteckt in einer dunklen Nische und zog Markus am Ärmel. „Komm!", flüsterte er, „bevor dich jemand sieht!" Markus stellte keine Fragen und folgte Jens, so rasch er mit seiner Behinderung konnte, eine schmale, steile Treppe hinunter, die in einen stockfinsteren Raum führte.

„Rühr dich nicht vom Fleck!" schärfte Jens ihm ein. „Ich komme morgen wieder!" Die schwere Stahltür fiel ins Schloss. Markus war allein.

Es war zu dunkel, um Genaues zu erkennen, aber schemenhaft nahm er Kisten, Kartons und Säcke wahr. Er hoffte inständig, dass es einen ordentlichen Stauplan gab und das Stückgut entsprechend verladen war. Stabilität und Sicherheit waren das A und O auf solchen Schiffen, das wusste er. Aber er hatte keine Zeit, sich darüber Gedanken zu machen, auch nicht, woher die Sachen kamen oder wohin sie wollten.

Er musste an die Wassermassen denken, die bald um ihn herum sein würden. Sie hätten ihm nicht so viel Angst eingejagt, wenn er nicht so tief unten gewesen wäre, allein und in vollständiger Dunkelheit, aus der ein dumpfes Dröhnen und Hämmern ertönte, das offenbar von der Maschine des Schiffs kam. Er glaubte, den Geruch von Öl und Metall einzuatmen und stellte sich vor, wie sich Container und Kisten aus ihren Halterungen lösten oder gar rings um ihn herum explodierten. Mühsam verdrängte er die Vision einer Kollision mit Klippen oder Eisbergen, die sich in die Hülle des Kolosses bohrten und den Rumpf aufschlitzten, während sich das Schiff behäbig seinen Weg hindurch bahnte.

Schlimmer noch als das alles zusammen wären aber Vogelspinnen, die ihn möglicherweise ansprangen, wenn er schliefe. Er hatte schon viel darüber gehört, dass sie in Bananenkisten hockten. Oder Ratten. Ratten waren meist dort, wo Wasser war. Er wusste nicht, was entsetzlicher war, Spinnen oder Ratten. Beides waren Schreckgespenster, gleichermaßen, ein Albtraum!

Er schloss die Augen, aber die Finsternis hinter seinen Lidern erwies sich weiterhin als trostlos. Er klammerte sich an das Wissen, dass sich gegen seine Angst keine Abhilfe schaffen ließ, es sei denn, er nähme es in Kauf, dass man ihn entdeckte. Qualvoll stieg das Bild seiner drohenden Festnahme in ihm hoch: er würde ins Gefängnis zurückkehren, wo ihn diesmal eine besonders harte Bestrafung und Behandlung erwarten würde. Gewiss würde man nicht zimperlich mit ihm umgehen. Man hatte ihn bereits beim letzten Mal behandelt wie einen Schwerverbrecher, obwohl er keinen Mord begangen hatte, sondern nur Betrug in Millionenhöhe. Aber, was heißt „nur"? Okay, es hatte keinen Armen getroffen, trotzdem war der wirtschaftliche Schaden immens gewesen. Auch dafür, dass sein Bruder bei ihrem Unfall gestorben war, hatte er gebüßt. Nie würde er den Anblick vergessen, wie Martin im Straßengraben lag, mit verdrehtem Körper und Kopf, die Augen starr aufgerissen, so, als ob er nicht glauben könne, was er sah. Dieses Bild verfolgte Markus noch immer und noch immer hörte er das Klirren und Knacken von Blech und den dumpfen Schlag, als ein Baum die überhöhte Geschwindigkeit des Porsche abrupt stoppte. Martin war nicht angeschnallt gewesen und er selbst hatte mit viel zu viel Alkohol im Blut den Wagen gesteuert. „Ich kann noch fahren" hatte er nach ihrer Feier behauptet, aufgekratzt vom Erfolg ihres gemeinsamen Deals, der ihnen mehrere Millionen auf das geheime Bankkonto in Costa Rica gespült hatte, von dem die Steuerbehörden nichts wussten und auch nie etwas erfahren würden. Es war eine rauschende Feier gewesen, Champagner in Strömen, blutjunge Mädels, und auch dieser Cornelius Koller, oder Kolle oder Knolle oder wie er hieß, ihr Warschauer Geschäftspartner, war dabei gewesen.

Die Vorstellung, ein paar Nächte unter der Oberfläche des Meeres zu verbringen, verlor allmählich ihren Schrecken, als er an das Zuschlagen der eisernen Zellentüren und das kratzende und zugleich quietschende Geräusch beim Öffnen und Schließen der Riegel dachte, an den Widerhall der Stiefel der Aufseher auf den langen Fluren, an das Brüllen, wenn der Umschluss zu Ende war.

Am schlimmsten aber war die Erinnerung an die Erniedrigung durch den Wärter in seinem Trakt. Nie, wirklich nie, würde er den Anblick der massigen Gestalt im Türrahmen vergessen, wie er dagestanden hatte und sich grinsend den Schritt gerieben hatte, bevor die Zellentür zuschlug und es kein Entkommen gab, es sei denn, er hatte diesem Monster seine gesamte Barschaft ausgehändigt, die er sich in unzähligen, zähen Stunden mit bedeutungslosen Tätigkeiten mühselig erarbeitet hatte.

Unwillkürlich griff er an seinen Brustbeutel, den er eng am Körper trug, und in dem sich das Wichtigste verbarg: sein Reisepass, genügend Bargeld, seine Kreditkarte und der Schlüssel zum Bankschließfach in Costa Rica, das José gehörte. José hatte für sich selbst ein Konto bei der „Banco Uno", einer privaten Bank eröffnet, staatliche Banken wurden zu streng kontrolliert. Viel Geld war sicher nicht darauf, viel Geld auf einem dortigen Konto war verdächtig und José ein schlauer Fuchs. Aber zumindest war er ein Kunde und damit berechtigt, ein Schließfach anzumieten. Ach ja, José, wie es ihm wohl ging? Seit Markus und Martin ihn vor dem Unfall persönlich getroffen und ihm die dicken Bündel Schweizer Franken übergeben hatten, damit er sie in einem Bankfach deponierte, hatten sie sich nicht mehr persönlich gesehen. Bewusst hatten sie eine neutrale, stabile Währung gewählt, die einheimische Währung *Colon* schwankte zu stark.

José war vertrauenswürdig, sie kannten sich schon seit vielen, vielen Jahren, als Martin und er mit ihren Frauen einmal Urlaub in diesem Paradies gemacht hatten, als sie noch die „Viererkette" waren, wie sie sich scherzhaft nannten. Inzwischen hatte sich die Kette aufgelöst, Martin war tot, Regina war eine reiche Witwe und inzwischen wieder verheiratet, sie wusste bestimmt nichts von dem geheimen Bankfach und würde das Geld sowieso nicht brauchen, außerdem war der Kontakt abgebrochen, und Carla hatte ihn verlassen. Weshalb eigentlich? In seinem Gedächtnis öffnete sich ein Loch, das er eilig durch erfreulichere Gedanken zu schließen suchte.

Für seine „Zuhälter-Dienste" hatte José zwei Millionen bekommen. Gut, jetzt waren nur noch zehn Millionen übrig, aber die reichten allemal, um Markus nun allein das bequeme Leben zu ermöglichen, von dem Martin und er gemeinsam geträumt hatten.

Markus kannte sich ganz gut aus in Costa Rica und wusste, dass insbesondere die Hafenstädte Moin und Limón eine hohe Gewaltkriminalität aufwiesen, und dass in den beliebten Touristenzentren gerade Ausländer häufig Ziel von bewaffneten Raubüberfällen waren. Auf die Mitnahme von Wertsachen und Schmuck hatte er deshalb bewusst verzichtet. Er hatte genügend Geld, um sich alles dort neu zu kaufen. Zwar würde er immer nur kleine Beträge aus dem Schließfach holen und mitnehmen, aber es würde reichen, um sich ein angenehmes Leben zu gönnen. Geld öffnete eben doch Tür und Tor, da konnte man sagen, was man wollte. Es hatte ihm auch den Weg auf dieses Schiff geebnet. Und es würde ihm helfen, Carla zurückzubekommen.

Markus ließ sich gegen einen der schweren Säcke fallen und schloss die Augen. Die Erinnerung, wie sie an ihrem Verlobungstag nackt im Wohnzimmer vor ihm herumgetanzt war, jung, geschmeidig, mit einem schlanken, perfekten Körper und für alle Verrücktheiten zu haben, zu denen damals noch keine Wünsche nach Kindern und einem Luxusleben gehört hatten, stieg wie eine Seifenblase vor ihm auf, verweilte einen Augenblick und ließ ihn die Vergangenheit in ihren schillernden Farben sehen, bevor sie zerplatzte.

Als Carla und er geheiratet hatten, hatte Geld noch keine Rolle gespielt, aber irgendwann, schleichend, ohne dass er die Vorzeichen rechtzeitig bemerkt hatte, war alles anders geworden. Er sei ein armer Schlucker und nicht der, mit dem sie alt werden wollte, hatte sie ihm an den Kopf geworfen. Eine Beleidigung hatte die nächste gejagt, sein mieser Job, sein ärmlicher Verdienst, sie habe etwas Besseres verdient. Schließlich sei sie achtzehn Jahre jünger und könne noch immer etwas aus ihrem Leben machen, im Gegensatz zu ihm. Und Kinder wollte sie auch keine mit ihm, Kinder hätten fortwährend Ansprüche, die könne er sowieso nicht erfüllen, und dann brauchten sie ja auch ein Haus, ein richtiges, großes Haus mit einem Garten, so wie sein Bruder eins habe, und sie wolle nicht länger in dieser lausigen Dreizimmerwohnung in Wilhelmsburg wohnen, das sei sowieso eine miese Gegend.

Er hatte Carla entgeistert angesehen und gefragt, warum sie ihn denn überhaupt geheiratet hatte, aber offenbar wusste sie das selbst nicht. Sie hatte offenbar einfach gehofft, er würde auch einmal so erfolgreich sein wie sein Bruder. Na, jetzt war er es ja. Jedenfalls geldmäßig.

Jetzt hatte er so viel Geld, wie er als Ingenieur niemals hätte verdienen können. Das würde Carla gefallen, sicher würde sie dafür auch seine Narbe im Gesicht und seinen leicht hinkenden Gang in Kauf nehmen. Das Geld, das sein Bruder ihm für seine ersten Investments geliehen hatte, hatte ihm die Tür in die entsprechenden Kreise geöffnet und sich vervielfacht. Vielleicht hatte er aber auch einfach nur Talent für solche Geschäfte. Je erfolgreicher er war, desto mutiger wurde er. Mit Insider-Tipps wagte er sich an immer risikoreichere Investments, und mit dem perfekten Timing hatte sich der Erfolg fast von selbst eingestellt. Insbesondere mit seinen Deals im Warenterminngeschäft hatte er viel Kohle gemacht, erst mit Schweinebäuchen, dann mit Weizen und Orangensaftkonzentraten. Die Unwetter in Florida und in Brasilien waren auf seiner Seite gewesen, die gesamte Orangen-Ernte war vernichtet worden und die Kurse ins Unermessliche gestiegen. „Ja, perfektes Timing ist alles", dachte er.

Und dann die Sache in Warschau mit den Schiffsbeteiligungen, wobei sie einen Strohmann hatten, diesen Cornelius irgendwer. Auch der hatte nicht schlecht an dem Deal verdient, aber danach hatten sie sich aus den Augen verloren. Vielleicht war er untergetaucht, vielleicht hatte er sein Äußeres verändert? Na, ihm sollte es egal sein. Er hatte gebüßt und mit dem „Spieler-Leben", wie er es nannte, abgeschlossen. Gerne hätte er wieder als Ingenieur gearbeitet, aber mit sechsundfünfzig nahm einen niemand mehr, da konnte man fachlich noch so gut sein. So würde er eben den Rest seines Lebens in Costa Rica verbringen, vielleicht sogar mit Carla, jetzt, da er ihr das Leben bieten konnte, das sie sich früher immer gewünscht hatte.

Die Narbe, die sich über Markus' linke Schläfe bis zur Wange hinunter zog, schmerzte. Auch sie war ein Resultat des Autounfalls. Diese Narbe entstellte ihn, fand er, und weil man sie nicht weglasern konnte, versuchte er ständig, sie mit einer langen Haarsträhne zu verdecken. Der Narbenschmerz äußerte sich insbesondere bei bestimmten Bewegungen oder Gelegenheiten als Ziehen oder dumpfes Bohren und war eine ständige Erinnerung an seinen toten Bruder. Jetzt war eine solche Gelegenheit. Markus rieb sich die Schläfe, betäubt von seinen eigenen Gedanken, wie ein Fisch, der in ein Netz geraten war.

Allmählich wurde die Kälte hier unten fast unerträglich; Markus merkte, wie seine Hände und sein Nacken steif wurden, und er verkroch sich tiefer im schützenden Kokon der staubigen Säcke. Als er sich anlehnte, spürte er bereits, wie ein wenig Wärme an seinem Rücken hoch kroch. Tief sog er die Luft ein, aber außer Motoren- und Maschinenöl roch er nichts. Keine Gewürze, irgendetwas. Nichts, das ihm den Inhalt der Säcke verriet. Vielleicht war er aber auch schon zu abgestumpft, um überhaupt noch etwas riechen zu können in diesem staubigen, öligen Mief hier unten. Und doch: irgendetwas roch eigenartig und erinnerte ihn an Katzenpisse. Hunger hatte er bisher nicht verspürt, aber er kam fast um vor Durst. Er musste sich unbedingt etwas zu trinken besorgen, wenn er nicht verdursten wollte. In seinem Rucksack war nur noch eine einzige volle Wasserflasche.

Das Tosen des Meeres schien nun manchmal nah, dann wieder weiter entfernt, unaufhörlich brandete das riesige Ungeheuer gegen den Bug des Schiffes. Er wusste nicht, wie spät es war, aber das gleichmäßige Stampfen ließ ihn ahnen, dass sie abgefahren waren.

Die Gedanken in seinem Kopf schaukelten genauso hin und her wie dieser Koloss, auf dem er sich gerade befand, und er sank in eine traumlose Dunkelheit, die alles um ihn herum noch dunkler machte, als es ohnehin schon war.

Kapitän Klaas Freese, 16. Februar

Das Schiff lag am Kamerunkai. Ganz in der Nähe war früher Schuppen 42, der Bananenschuppen gewesen, es gab ihn nicht mehr. Die Besprechung war intensiv und ernst. Kapitän Freese schaute nachdenklich aus dem Kabinenfenster über die Elbe. Da drüben entstand es, das neue Hamburger Wahrzeichen, die *Gläserne Welle*, die *Neue Elbphilharmonie*.

Ohne ein Wort stand der Reederei-Inspektor auf und griff nach zwei Cognacschwenkern.

Sauber aufgereiht wie Kadetten standen die Kristallgläser im seegangsicheren Halter desWandregals. Mahagoni, gediegene Arbeit, wie es sich für einen Kapitänssalon gehörte. Aus seinem Pilotenkoffer holte er eine Flasche, zog den Korkverschluss und stellte sie dem Kapitän vor die Nase.

„Cachaça, guter Stoff, besser als Rum", kam es wie beiläufig von ihm. Kapitän Freese nahm die Flasche und murmelte: „*Armazem Vieira 1840*, den trinkt man pur!" „Eben!" kam es vom Inspektor zurück und er schenkte ein. „Trinken wir auf das Schiff und seinen Kapitän", fuhr er fort.

„Trinken wir auf die Reederei und ihren gewieften Inspektor; heutzutage nennt man Euch ja *Marine Super-Intendents,* oder?" erwiderte Kapitän Freese verschmitzt. Das *Du* erlaubte er sich unbewusst in dem Wissen, dass Inspektor Rüders und er wohl in der gleichen Alters- und Gehaltsklasse angesiedelt waren.

Freese dachte an seine letzte Heuer, sein Jahresgehalt hatte rund 110.000 € betragen. Jetzt bekam er mehr und das bei kleinerer Tonnage. Er dachte auch an das Gespräch mit dem Inspektor und die neuen Herausforderungen. Er hatte durchaus Erfahrung mit Kombischiffen. Bis zu zwölf, gut zahlende, Passagiere durften sie auf ihren Frachtfahrten mitnehmen. Das waren keine affigen Pauschaltouristen mit Großmannsallüren, nein, es waren honorige, kultivierte Leute, die sich noch einen Schuss maritime Freiheit, vielleicht auch etwas Abenteuer gönnen wollten. Nicht wenige suchten einfach nur die Ruhe und den Frieden auf hoher See. Aber aus der Passagierliste für die Reise nach Puerto Limón wurde er nicht schlau. Anders als er es gewohnt war, hatte er von der Reederei sorgfältig zusammengestellte Informationsmappen für die Mitreisenden erhalten. Das Internetangebot flößte ihm Respekt ein, der Vertrag mit *IMMARSAT,* dem technologischen Marktführer für globale Kommunikation, ermöglichte eine fast flächendeckende Netzabdeckung durch Iridium-Satelliten.

Das Bordfunkgerät surrte. „Der Hafenlotse ist im Anmarsch" brummte der Kapitän und schaute auf die Armbanduhr. 15:40 Uhr.

„Na, denn man tau!" und damit stand der Inspektor auf, um das Schiff zu verlassen.

Ein Händedruck an der Gangway. Mit einem knappen „Gute Reise!" drückte er Freese seineVisitenkarte in die Hand: *Dipl. Ing. Carsten Rüders, Marine Super-Intendent.*

KapitänFreese grinste und ging in den Salon, wo sich schon die Passagiere zu seiner kurzen Begrüßungsansprache versammelt hatten.

Als er den Salon betrat, spürte er: Irgend etwas ist anders als sonst. Während ihm üblicherweise bei der ersten Begegnung mit den „Frachtpassagieren" eine herzhafte Unterhaltung und meist auch schon Gelächter entgegen schlug, herrschte heute eine merkwürdig verhaltene Stimmung. „Interessante Gesellschaft" flüsterte ihm der Steward zu und erntete dafür einen missbilligenden Blick von Kapitän Freese. Die Bar im Rücken, bildete sich aus den Anwesenden rasch ein Halbrund um den Kapitän.

Bevor er zur Rede ansetzte, nickte er den beiden Kindern freundlich zu.

„Meine Damen und Herren!", die starke, tiefe Stimme des Kapitäns beherrschte den Raum.

„Im Namen der Reederei begrüße ich Sie herzlich an Bord. Ich bin Kapitän Klaas Freese und für die Überfahrt nach Costa Rica für dieses Schiff verantwortlich. Um 16:00 Uhr heißt es LEINEN LOS! Genießen Sie das Ablege-Manöver oder ruhen Sie sich aus. Ich darf Ihnen Ralf Habermann, unseren Steward, vorstellen, er und seine *boys* werden für Ihr Wohlbefinden an Bord sorgen." Dabei drehte sich Kapitän Freese zur Salon-Tür, wo der Steward mit zwei jungen, dünnen Filipinos stand. Die Boys in schwarzer Hose und weißem Hemd, der Steward zudem mit Jackett und Fliege.

„Um 18:30 Uhr finden Sie sich bitte wieder zu unserem *Leinen-los-Dinner* ein. Bitte haben Sie Verständnis, dass ich und meine Offiziere während der Elbabwärts-Fahrt Ihnen nicht Gesellschaft leisten können. Auf hoher See werden wir die Mahlzeiten jedoch gemeinsam einnehmen. Morgen verlassen wir den Ärmelkanal. In der Biscaya erwartet uns ein frischer Wind. Ich wünsche uns allen ein gutes Auskommen und eine interessante Reise!"

Mit freundlichem Ernst nickte er und verließ den Salon in Richtung Brücke, wo der Erste Offizier mit dem Hafenlotsen auf ihn wartete. Plötzlich entstand Geschäftigkeit auf dem Schiff und drum herum. Die beiden Schlepper bugsierten vorne und achtern. Die Gangway wurde hochgehievt. Laut dröhnend ertönte die Schiffssirene. Die Bordfunkgeräte am Ohr, dirigierten der Zweite Offizier am Bug und der Dritte Offiziere am Heck das Leinenpersonal. Laut klatschend schlugen die schweren *Manilas*, die Festmacherleinen, ins Wasser. Fast unmerklich entfernte sich die *MS Pavia* von der Kaimauer.

Der Schiffsdiesel verstärkte allmählich seinen Herzschlag und ging allen an Bord langsam in den Körper über.

Conrad Dreyer hatte nicht lange überlegt und war an Deck gegangen, lehnte an der Reling und sah den vorüberziehenden Kapitänshäusern von Övelgönne nach, tief in Gedanken versunken. Jetzt war er weg von Deutschland, weg von seiner Familie, von seinen Freunden. Was würden seine Kinder von ihm halten? Wie würden sie darunter leiden, die Kinder eines Ganoven zu sein? Und dann seine Frau und Natascha. Was hatten die vielleicht durchstehen müssen in den letzten Tagen? Polizeiverhöre, Beschimpfungen über Telefon, Beleidigungen auf Facebook, Proteste der Mitarbeiter, die wegen Insolvenz auf der Straße standen. Er hatte all denen, die er zurückgelassen hatte, verdammt viel zugemutet, so sein Fazit. Er war davongelaufen, hatte die Verantwortung für sein Handeln nicht übernommen. War es richtig, fortzulaufen? Würde er das Leid, das er vielen zugefügt hatte, irgendwann wiedergutmachen können? War es richtig, nur an sich zu denken?

Conrad, Anna und Karima, 16. Februar

Als das Schiff, dessen Maschine sie schon eine Weile gehört hatten, sich nun offensichtlich bewegte, fühlte Anna plötzlich in sich eine seit langem ungewohnte Ruhe, fast schon eine Anwandlung von Glück. Sie sah, dass auch Karima im Moment anscheinend etwas entspannter war und drückte sie zärtlich an sich. „Mäuschen, ich glaube, wir werden es uns gut gehen lassen auf diesem Schiff. Wollen wir jetzt mal nach oben gehen und gucken, wie es fährt?"

Von der Reling aus sahen sie die Lichter von Hamburg vorüberziehen, denn es war schon etwas dunkel geworden. Ein Mann stand in ihrer Nähe und schaute, anscheinend in Gedanken versunken, in den Abendhimmel. Karima sah ihn an und zupfte aufgeregt am Schal ihrer Mutter. „Da ist er wieder!", flüsterte sie, „Der mit dem Hut. Aber wieder ohne den Hut. Jetzt kann man ihn richtig erkennen." Anna sah, dass Karima recht hatte. Der Mann, vor dem sie drei Tage lang unsinnigerweise Angst gehabt hatte. Das war ja nun vorbei. Sie beschloss, ihn zu begrüßen.

„Guten Abend! Das war für uns eine große Überraschung, als Sie auch auf das Schiff zusteuerten, nachdem wir uns ja eigentlich schon seit Tagen kennen! Mein Name ist Anna Bell – äh – García und das ist meine Tochter Karima."

Conrad schoss es durch den Kopf: Wurde er doch beobachtet? Woher kannte die Frau ihn? Er hatte nichts bemerkt. Anna García? War die vielleicht vom Costa-Rica-Geheimdienst? Oder hatte Luciano ein Doppelspiel betrieben und jemanden auf ihn angesetzt? Conrad hatte sich schnell gefangen. Jetzt ganz locker und geschmeidig, sich nichts anmerken lassen und mal horchen, was die weiß.

So antwortete er höflich, seinen ersten Schreck überspielend: „Sorry, aber ich kenne Sie nicht. Wo sollen wir uns denn begegnet sein? Äh ... Entschuldigung! Ich heiße ... Conrad Dreyer." Er reichte Anna und Karima die Hand. „Schön, die Elbchaussee und Blankenese bei Lichterschein, und dann die großen Containerkräne auf der anderen Seite. Bald werden wir nur noch Wasser sehen für einige Tage … Jetzt bin ich aber sehr gespannt, woher Sie mich kennen."

Anna lachte leise. „Da haben wir uns also ganz schön unsichtbar gemacht, wenn Sie uns gar nicht gesehen haben! Wir waren im gleichen Zug von Göttingen nach Hamburg und dann erstaunlicherweise sogar im gleichen Hotel, im Centro-Hotel in der Kirchallee." Karima nickte und fügte überraschend hinzu: „Im Fernsehen auch. Im Fernsehen habe ich dich auch gesehen, aber ohne Ton."

Conrad reagierte reserviert höflich: „Da müssen Sie sich irren. Ich war nicht in Göttingen und bin von dort auch nicht mit dem Zug nach Hamburg gefahren. Und ein Centro-Hotel kenne ich nicht. Und im Fernsehen, sagst Du? Wer weiß, wer das war! Sie müssen mich mit jemand Anderen verwechseln". Conrad hatte sich wieder Anna zugewandt. „Verdammter Mist", dachte er grimmig, „diese kleine Kröte. Hoffentlich nervt die nicht während der ganzen Reise. Blöd, dass ich mir noch nicht so richtig ausgedacht hab, woher ich nun komme, was ich für ein Leben geführt hab und weshalb ich jetzt auf dem Schiff bin. Da muss ich gleich heute Abend dran arbeiten, damit ich mich nicht verhaspele. Jetzt sollte ich sehen, dass ich hier schnell wegkomme."

Karima sah zweifelnd ihre Mutter an. „Mama! Wir haben ihn aber doch gesehen!" Anna lächelte erst den Mann und dann ihr Kind an. „Mäuschen, das passiert manchmal, dass Menschen sich ähnlich sehen. Der Mann, den wir gesehen haben, sah tatsächlich etwas ähnlich aus wie Sie. Sie haben wohl eine Art Doppelgänger. Wissen Sie eigentlich, wann und wo es Abendessen gibt? Ich habe inzwischen ziemlichen Hunger gekriegt."

„Ein Glück, die wechseln das Thema", dachte Conrad aufatmend und antwortete: „Wo, weiß ich leider auch nicht. Zum Glück hat das Schiff ja nicht soviel Räume, da werden wir die Messe oder wie das hier heißt sicher schnell finden. Wenn ich den Kapitän richtig verstanden habe, dann müsste es bald soweit sein. Ich werde mich noch ein bisschen frisch machen. Wir sehen uns dann später!"

Auf dem Weg zu ihrer Kabine zupfte Karima am Ärmel ihrer Mutter und flüsterte intensiv: „Mama! Das war der doch! Ich weiß das ganz genau." „Pst! Jetzt komm erst mal rein und mach die Tür zu." „Der Mann hat doch eben gelogen. Warum lügt der denn?"

„Karima komm und setz dich und höre mir mal gut zu. Klar, der Mann hat gelogen, wir beide wissen das. Anscheinend will er nicht, dass jemand weiß, dass er da in dem Hotel gewohnt hat. Keine Ahnung, warum er das nicht will, er wird schon seine Gründe haben. Du weißt doch, dass manche Kinder lügen, weil sie Angst haben. Bei Erwachsenen ist das auch oft so, vielleicht hat er vor irgendwas Angst. Aber uns geht das nichts an, wirklich gar nichts. Wir werden also mit niemandem darüber sprechen, dass wir ihn schon gesehen haben. Ist das ok für dich?" Karima nickte.

Sie sah ihre Mutter listig, wenn auch etwas verlegen, an. „Eigentlich lügst du ja auch, du heißt doch Belloumi und nicht Gatzia oder so." „Ja, genau. Und ich habe ja auch einen guten Grund dafür. Nicht schön, wenn man nicht die Wahrheit sagt, aber geht im Moment nicht anders. So, jetzt aber: Hände waschen, Haare bürsten, und ab geht's."

Auf dem Weg zum Essen hielt Karima plötzlich ihre Mutter an. „Mama", flüsterte sie etwas weinerlich, „wie heiße *ich* denn jetzt?" „Ach Mäuschen", Anna beugte sich hinunter und küsste ihr Kind, „vor allem heißt du wie schon immer: Karima. Mit Nachnamen allerdings vorläufig García, das hab ich dir doch schon im Hotel gesagt. Aber wenn wir angekommen sind bei Pablo, kannst du wieder den schönen Nachnamen deines Papas benutzen. Ok?"

Muhammad al Chatim, 16. Februar

Muhammads Kabine lag auf der Backbordseite, direkt neben der Kabine des Dritten Offiziers.

Das Gepäck hatte man ihm mitten in den Raum gestellt. Die Einschleusung in den Freihafen und an Bord mit dem Fleischtransporter hatte er fast schon als amüsant empfunden, immerhin musste er keine Schweinehälften schleppen.

Das Gespräch mit dem Kapitän beschränkte sich auf das Nötigste. Dies war sicher auch der Zeitnot des Schiffsführers vor dem Ablegen geschuldet. Der Mann gefiel ihm, er spürte seine Gradlinigkeit und Ehrlichkeit. Al Chatim hatte ein zuverlässiges Zeitgefühl, dennoch schaute er auf sein Smartphone und rief die *Gebetszeiten-app* auf. In zehn Minuten war *Adh-Dhur*, das Mittagsgebet. Er richtete seinen Gebetsteppich auf die edle *Ka^bah* aus, sein alter kleiner Messing-Handkompass war ihm dafür eine große Hilfe. Nach dem Gebet würde er die ausgelegte Mappe studieren, die anderen Passagiere interessierten ihn.

Das Gebet tat ihm gut. Vielleicht könnte er in den nächsten Tagen in der Gruppe beten.

Als Journalist hatte er sich sorgfältig über die Reederei informiert. Er wusste, dass es feste Verträge mit der zypriotischen Recruiting-Compagnie gab, die die Schiffe mit bewährten Decksleuten versorgte. Konyas aus Sulawesi, unkomplizierte Muslime, deren Familien seit Generationen mit ihren legendären Frachtseglern, den *Pinisi*, den interinsularen Verkehr Indonesiens bestritten.

Energie der Gruppe in der Spiritualität zu spüren, gehörte zu seinen tiefen Erfahrungen, die ihm vor allem nach dem Tod seiner geliebten Frau Fatima geholfen hatten.

Die Liste mit den Mitreisenden kam ihm merkwürdig vor. Vor allem, was machten alleinstehende Frauen auf so einem Schiff?

Mit der Achtsamkeit von Menschen, die reines Wasser zu schätzen wissen, rasierte er sich sorgfältig und duschte ausgiebig. Gekleidet mit tadellos gebügelten Flanellhosen, dem wärmenden grauen Rollkragenpullover und einem blau-schwarzen, strichkarierten Wintersakko, betrat er kurz vor 15:30 Uhr den Salon. Scheinbar war er der letzte der Passagiere. Zu hören war nur die näselnde Stimme eines halbglatzigen Blonden. Seinem weißem Uniform-Jackett nach gehörte er zum Bordpersonal und stellte sich prompt, seiner wichtigen Funktion bewusst, als Schiffssteward Ralf Habermann vor.

Muhammad al Chatim blickte in die Runde. Seine Mitpassagiere auf dem Weg in die Tropen hatte er sich anders vorgestellt. Da war nichts zu spüren von einer vorfreudig-launigen Erregung in der Gruppe in Anbetracht der doch recht exklusiven Reise. Es herrschte eine merkwürdige Spannung.

Das bereitgestellte *Outlet* mit Kaffee, Tee, Mineralwasser, Säften, Petits Fours und Obst half, die Zeit bis zum Eintreffen des offensichtlich verspäteten Kapitäns zu überbrücken.

Sein Blick wanderte kurz zu einer Frau, etwa in seinem Alter. Weiß Gott keine Schönheit. Ein konturloses Kleidungstück sollte den Körper wohl verstecken, er ahnte warum. Sie erwiderte fest seinen Blick und kam auf ihn zu. Trotz der vielen Jahre, die er im Westen gelebt hatte, war dieser Vorgang für ihn noch höchst alarmierend.

Laut, dass alle im Raum es hören konnten, sprach sie ihn an: „Guten Tag, mein Name ist Elvira Pekus. Ich vermute, Sie sind Mohammed al Schatim. Was verschlägt Sie auf dieses Schiff?" Er war es gewohnt, dass sein Name falsch ausgesprochen wurde, aber diese unverschämte Direktheit verblüffte ihn. Zugleich spürte er eine Kraft, die von dieser Frau ausging, die in ihm ein ungewohntes Interesse weckte.

In dem Moment betrat der Kapitän den Salon und begann sogleich seine Begrüßung.

Muhammad beließ es bei einem entschuldigenden Lächeln und war zugleich innerlich erleichtert, dass der Kapitän ihn vor der erwarteten Antwort bewahrte. Sie zuckte nur mit den Augenbrauen und wandte sich Kapitän Freese zu.

Conrad Dreyer und Scott Williams, 16. Februar

„Verflixt", dachte Conrad auf dem Weg zu seiner Kabine, „ich muss unbedingt an meiner neuen Biografie arbeiten. Die Doppelgänger-Rolle wär gar nicht schlecht. Blöd, dass bis zum Essen nur noch wenig Zeit ist. Und über Costa Rica weiß ich auch fast nichts. Werd mich beim Essen wohl auf Smalltalk beschränken, ansonsten … mal sehn."

Pünktlich um 18:30 Uhr trat Conrad in den Salon. ‚Puh, da haben sich doch einige herausgeputzt', stellte er nach einem Blick über die schon fast vollständig versammelte Gästegruppe fest. „Ich mit meinen drei Hemden und dem einen Jackett. Hoffentlich wird die vornehme Kostümierung nicht zur Gewohnheit und es geht legerer mit den Klamotten zu.' Conrad steuerte auf einen von zwei noch freien Plätzen zu.

„Hallo, ich bin Conrad Dreyer."

„Scott Williams."

„Wenn Sie wollen: Conrad wäre mir recht. Ich denke, das ist einfacher hier an Bord."

„Einverstanden: Scott!"

Sie nickten einander zu. Conrad setzte sich und begann das Gespräch: „Das war ja vorhin eine merkwürdige Begrüßung durch den Kapitän. Ich hab gedacht, ich würde etwas mehr über die Reise erfahren. Ich konnte mich nicht so richtig vorbereiten; hatte nicht geglaubt, dass ich eine Chance hätte, mit an Bord zu kommen. Und dann vor zwei Tagen der Anruf …"

„Na ja, das wird sicher noch", tröstete Scott uninteressiert; gleichzeitig wandte er sich seinem Sohn zu.

Conrad musterte mit einem schnellen Blick in die Runde noch einmal die Gäste des Essens. „Keine weiteren Leute dazugekommen. Anscheinend auch niemand, dem ich schon begegnet bin, außer dieser Anna und ihrer Tochter." Er nahm die Speisekarte zur Hand, die vor seinem Platz auf dem Tisch stand und studierte die Menüfolge. Scott hatte das Gespräch mit seinem Sohn in der Zwischenzeit beendet. Conrad nutzte die Gelegenheit und sprach ihn erneut an: „*Scholle Finkenwerder Art*, hab ich noch nie gegessen. Ich mag keinen Fisch, nicht wirklich. Und Sie, äh..., wir hatten uns ja auf du geeinigt?"

„Ach, weißt du, für mich ist das Was nicht so wichtig, Menschen in unseren Breiten haben keinen Hunger. Das Wie – nämlich wie gegessen wird – ist für mich augenblicklich wichtiger. Mein Sohn und ich haben in letzter Zeit ziemlich wild gelebt, sittenlos meine ich. Jetzt muss er ein paar zivilisierte Gebräuche kennenlernen und sich zu eigen machen."

Conrad sah zu dem Jungen hinüber. So sittenlos, wie der Vater behauptete, sah der nicht aus. Schön, er fasste das Messer ziemlich unbeholfen an, aber die Gabel mit links zu halten, fiel ihm offensichtlich nicht schwer. Wahrscheinlich übertrieb der Vater, um einem eventuellen Missgeschick seines Sohnes vorzubeugen. Oder der Knabe war Linkshänder.

„Wieso denn sittenlos?", fragte er den Vater.

„Wir leben seit ein paar Monaten ohne weibliche Begleitung. Da verrohen Männer."

Beifallheischend sah er zu dem Jungen hinüber, der konzentriert mit dem Fisch auf seinem Teller kämpfte und dem Gespräch der Erwachsenen nicht zu folgen schien.

„Aber auf deine Kleidung achtest du schon", behauptete Conrad und sah seinem Gegenüber lächelnd auf die modische Krawatte.

„Reminiszenz an Peters Mutter. Sie hat uns rechtzeitig und ausreichend mit allerhand Klamotten ausgerüstet."

„Du bist verheiratet?"

„Ach, weißt du, darauf kommt es doch heutzutage nicht mehr an." Scott lenkte das Gespräch – unbemerkt, hoffte er – in allgemeinere Bahnen. „Die Zeiten, in denen Mann und Frau nur mit Trauschein ein

Doppelzimmer im Hotel belegen konnten, sind vorbei. – Und bei der Gelegenheit: Wie sieht Dein Liebesleben aus, wenn ich mir die Frage erlauben darf?"

Conrad war im Allgemeinen nicht auf den Mund gefallen, aber auf diese unverschämt direkte Frage fiel ihm keine passende Antwort ein. Also wich er aus:

„Du scheinst dich mit Schiffsreisen auszukennen?"

„Nicht so richtig. Mehr vom Hörensagen als aus eigenem Erleben."

Scott dachte an die zurückliegenden Monate auf der Segelyacht und musste über seine dicke Lüge grinsen. Er hoffte, dass er es nur innerlich tat. Wie es schien, war hier niemand gewillt, sein Innenleben vor Publikum auszubreiten. Wer es dennoch tat, erzählte Märchen. Wie er selbst. Wie wahrscheinlich alle anderen. Was war auch anderes zu erwarten? Die seltsamen Bedingungen, unter denen die Reisepapiere zu erhalten waren, ließen auf eine geheimnisvolle und seltsam zusammengewürfelte Passagierliste schließen. Irgendwie waren wahrscheinlich alle hier an Bord auf der Flucht. Hoffentlich traf das nicht auch auf die Crew zu.

„Sind Kapitäne immer so wortkarg wie der Mann, der sich vorhin vorgestellt hat?", nahm Conrad seinen ersten Gedanken noch einmal auf.

Scott versuchte, ein unwissendes, fragendes Gesicht zu machen und hob die Schultern. „Auch Kapitäne sind wahrscheinlich Menschen wie du und ich. Der eine so, der andere anders. Vielleicht sind ausgerechnet wir an einen geraten, der ohne viel Worte auskommt."

„Aber sein Schiff scheint er ja zu kennen."

„Hoffen wir's", lachte Scott.

Sein Sohn mischte sich in das Gespräch ein: „Warum haben wir eigentlich nie Schollen gefischt?", fragte er seinen Vater und zeigte auf seinen Teller. „Schmecken ganz gut."

„Schollen leben auf dem Grund, graben sich ein. Oft ragt nur die Schwanzflosse aus dem Sand. Da kannst du sie nicht angeln. Sie müssen mit Netzen aufgescheucht werden. Und im Brackwasser leben sowieso nur die Flundern …"

„Aber wir fischen doch gar …"

Sein Vater unterbrach ihn: „Rotzunge und Heilbutt sind Bewohner des Nordatlantik."

Scott richtete einen starren, strengen Blick auf Peter, der verwundert zurückblickte und seinen Mund, den er offenbar für eine neue Frage geöffnet hatte, wortlos schloss.

„Also von Fischen scheinst du etwas zu verstehen", grinste Conrad.

„Angelesenes Wissen", antwortete Scott kurz angebunden und wandte sich ab.

Das Gespräch zwischen den Erwachsenen war beendet. Vater und Sohn sprachen wieder leise miteinander. Peter lachte und nickte. Dann sah er Conrad mit großen Augen neugierig an. Scott schien etwas Humoriges über sein Gegenüber gesagt zu haben.

Conrad widmete seine Aufmerksamkeit der Scholle Finkenwerder Art.

Björn Bäumer, 16. Februar

Björn war an Bord. Hatte alle Prüfungsprozeduren überstanden. Hier war er sicher. Trotzdem fühlte er eine unbestimmte Unruhe in sich: Hier begann ein neues Kapitel in seinem Leben.

Er hatte ein sauberes Bett, eine Dusche, er freute sich auf das Abendessen (schon seit Tagen hatte es nichts Warmes mehr gegeben). Er konnte sich zurückziehen, aber auch ungestraft auf dem

Schiff herumwandern. Jetzt erfrischte er sich erstmal, tauschte seine Kleidung, kämmte sich sein Strubbelhaar in eine Richtung.

Zur Essenszeit stieg er zur Salon-Etage hinauf, da warteten schon die „anderen", wie er seine Mitreisenden im Stillen nannte. Waren es zehn oder zwölf? Er schaute nicht so genau hin, blickte an ihren Ohren vorbei, mochte keinem in die Augen sehen. Auch er wollte nicht angeschaut werden mit fragenden Blicken: „Wer bist du? Woher kommst du? Warum bist du auf diesem Schiff?" Gottseidank nahmen die anderen ebenso wenig Notiz von ihm, er konnte unter ihnen sein, als sei er durchsichtig. Man wartete offensichtlich auf den Kapitän. Weit mehr Männer als Frauen, auch zwei Kinder bei ihren Begleitpersonen.

Dann konnte das Essen beginnen, der Kapitän hatte Plätze angewiesen, hielt eine kurze Rede, aber Björn hörte nichts, sah nur wenig. Das Essen schien den meisten zu schmecken, Björn bekam nicht viel herunter. Die Frau rechts neben ihm fragte ihn, woher er denn komme. Er gab präzise die Antwort: Hamburg. Die Frau war mit ihrer Tochter beschäftigt und mit ihrem Gegenüber. Auf der linken Seite neben ihm war der Platz frei geblieben. Er war erleichtert. Die Anspannung wich nur ganz langsam von ihm, es dauerte etwas, bis er seine Augen wandern lassen konnte. Er sah den übrigen zu, wie sie miteinander redeten. Nach dem Essen standen die Passagiere noch eine Zeitlang beieinander, Björn unter ihnen.

Dann passierte es: Einer der lautesten Männer wandte sich zu ihm um, schlug ihm freundschaftlich auf die Schulter: „He, Junge, bist du allein auf dem Schiff? Ohne deine Familie? Ohne Freund? Ohne Freundin? Woher kommst du? Ich bin Scott." So viele Fragen auf einmal. Zu viele Fragen. Ernst gemeinte Fragen?

„Ich komme aus Hamburg und studiere", sagte Björn und wollte sich wegdrehen.

„Halt, du bist noch so jung. Was tust du hier zwischen all den Verrückten?"

„Mein Name ist Björn Bäumer", sagte Björn unwillig. „Sie sollten mich nicht duzen. Ich bin vierundzwanzig."

„Hast du schon so viel Dreck am Stecken, dass du nach Costa Rica unterwegs bist?"

„Vor was laufen Sie denn davon?", gab Björn, mutiger geworden, zurück. Dieser freche Kerl hielt sich wohl für den Nabel der Welt.

Der Mann lachte und sagte: „Kein Kommentar, mein schlagfertiger Björn aus Hamburg. Aber wieso bist du – 'tschuldigung – sind Sie allein auf dem Weg in die große weite Welt? Wo sind Ihre Eltern?"

„Die können nicht mitkommen. Liegen auf dem Friedhof."

„Und wieso kommt ein Junge aus Hamburg zu dem skandinavischen Namen Björn?"

„Meine Großmutter stammt aus Stockholm. Mein Großvater aus Köln."

Björn hatte genug. Niemand würde mehr von ihm erfahren, auch wenn er sich freundlich gab. Niemals. Malahs Bild in seinem Hinterkopf knipste er aus. Das Bild seiner Großmutter ließ er zu, er würde sie wahrscheinlich nie wiedersehen. Er drehte sich um und verschwand, wendig und leicht, auf den Füßen eines Marathonläufers.

Tina Sommer und Schorse, 16. Februar

Schorse machte es sich auf dem Platz neben Tina gemütlich. „Mann, die könnt ja meine Mutter sein", dachte er enttäuscht. Ein Blick in die übrige Runde zeigte ihm, dass Frauen, erst recht junge, attraktive, überhaupt in der Reisegruppe Mangelware zu sein schienen. Höchstens die schnuckelige Brünette da drüben. Aber die saß leider zu weit weg. Ob die Kleine ihm gegenüber wohl ihre Tochter war? Ziemlich freches Gör, wie es aussah. Außerdem – was sollte er mit einer Mutti, schnuckelig oder nicht. Seufzend wandte er sich wieder der älteren Frau zu, die neben ihm saß und taxierte sie kurz. Kaum Makeup, aber sonst ne ganz gepflegte Erscheinung. Braune Haare mit grauen Strähnchen, offenbar ungefärbt. Öde Halblang-Frisur. Randlose Brille. Aber diese Augen! Pechschwarz, forschend, fragend. Die wollte alles wissen, das merkte man gleich. Er nahm sich vor, ihr möglichst aus dem Weg zu gehen.

Tina hatte Schorse ihrerseits bereits beim Hereinkommen beobachtet und ihre Schlüsse aus seinem nervösen Rundblick gezogen. Offenbar passte sie nicht in sein Beuteschema, und an unverfängliche Gespräche mit Frauen war er nicht gewöhnt. Armer Kerl. Trotz der legeren, aber gut gewählten Kleidung. Und trotz des gepflegten Dreitagebartes, an dem er ständig herumfummelte wie jemand, der das Barttragen noch nicht lange gewöhnt ist. „Was hat der wohl hinter sich?", dachte sie. „Er sieht etwas scheu aus. Vielleicht bekomme ich im Gespräch mehr über ihn heraus."

Der *Kir Imperial* wurde serviert.

„Champagner is ja eigentlich nicht so meins", bemerkte Schorse, während er sein Glas gegen das Licht hielt. „N' kaltes Beck's is mir lieber."

Tina lächelte über diese ziemlich abrupte Gesprächseinleitung. „Tina Sommer ist mein Name. Also, ich mag diesen Cocktail ganz gerne. Johannisbeerlikör stelle ich sogar manchmal selber her."

„Hat meine Oma auch gemacht." Schorse vermied es lieber noch, den neuen Namen zu nennen, den ihm die Leute vom Zeugenschutzprogramm verpasst hatten. Obwohl „Schorse" ja für „Georg" stand und wirklich mal sein Spitzname gewesen war, sodass er sich bestimmt bald dran gewöhnen würde. Aber diese Madam Sommer würde womöglich an seiner Stimme hören, dass etwas nicht stimmte. Dieser aufmerksame Blick schon wieder...

Doch allmählich fühlte er sich sicherer. Ein paar deftige Sprüche würden genügen, um von der Namensfrage abzulenken. „Der ganze Garten von meiner Oma war voll mit Beerensträuchern. Und im Sommer mussten wir Jungs immer ran und pflücken. Nachher haben wir natürlich von dem Zeug genippt. Hui, das hatte ganz schön Wumms. Ich sach ma so: Drei Burschen soffen Most im Keller, sie mussten aufs Klo, doch der Most war schneller…"

Schorse grinste Beifall heischend, doch Tina schwieg. Nach einer Weile lächelte sie wieder und meinte: „So lange ist das ja wohl noch nicht her. Sie wirken recht jung auf mich."

Schorse fühlte sich irgendwie ertappt. „Na ja, 35. Aber ich mach viel Sport."

„Ach ja? Sport klingt interessant. Welche Sportart denn?"

Sollte das ein Verhör werden? Aber wenn die Alte unbedingt was über Sport hören wollte, bitte. „Hab als Kind schon Bergsteigen gelernt. Freeclimbing und alles. Mein Paps ist Banker, der war froh, wenn er in den Ferien mal wegkam vom Schreibtisch. Und meine Mutter ist Lehrerin, also reichlich Urlaub, wie das bei dem faulen Pack so ist."

Tina schmunzelte. „Das muss ich doch von mir weisen. Obwohl ich, ehrlich gesagt, bei einigen Kollegen durchaus geneigt wäre, Ihnen zuzustimmen. Welche Fächer unterrichtet Ihre Mutter denn, wenn ich fragen darf? Sport möglicherweise?"

Schorse wand sich innerlich. Die Bemerkung über das „faule Pack" war ein Reinfall gewesen. Er kratzte sich verlegen am Bart. „Nee, Deutsch und Mathe. Gymnasium."

„Ach, eine Fachkollegin also. Das ist ja interessant. Aber Sie sind wahrscheinlich nicht besonders an einem Austausch über pädagogische Fragen interessiert. Schule muss man ja auch nicht unbedingt mögen."

„Ach, geht so." Schorse wusste selbst nicht, warum ihm plötzlich daran lag, das Bild zu korrigieren, das diese Frau von ihm hatte. Sie hielt ihn offenbar für einen Trottel, das war deutlich zu erkennen. „Hab mein Abi mit Einsfünf gemacht. Mathe-Leistungskurs und so. Und dann Ingenieurstudium mit allen Schikanen."

Tina holte überrascht Luft. Die Frage lag ihr auf den Lippen, wie es ihm nach der Ausbildung ergangen war und was er von dieser Reise erwartete. Schorse spürte ihr Interesse und verfluchte sich innerlich für seine Geschwätzigkeit. Die sorgfältig ausgearbeitete Tarnung hing schon jetzt am seidenen Faden. Obwohl er doch sonst ganz gut im Lügen-Improvisieren war. Diese Frau machte ihn irgendwie fertig. Sie hatte den gleichen Tonfall drauf wie seine Mutter.

Doch bevor er in weitere Schwierigkeiten geraten konnte, rettete ihn der Kellner. Duftende Lachshäppchen und Melba-Toast wurden serviert.

Tina breitete sorgsam die Serviette auf ihrem Schoß aus, widmete sich den knusprigen Vorspeisen und schien ihre Neugier vergessen zu haben. Doch aus dem Augenwinkel beobachtete sie ihren Nachbarn und machte sich Gedanken über die Frage, wie seine Geschicklichkeit im Umgang mit dem Fischbesteck zu diesem angestrengt proletenhaften Auftreten passen mochte.

Rupert Vesper und Elvira, 16. Februar

Bei der Begrüßung der Passagiere hatte Horst Lohfeld, der 1. Offizier, Rupert Vesper als Professor vorgestellt, woraufhin der, leichten Unmut auf der Stirn, die förmliche Anrede lautschnell auf „Vesper reicht" heruntersstufte.

Was sollte das? Will er den Kahn durch einen Passagiertitel aufwerten oder was sonst für'n Quatsch?

Elvira Pekus saß ihm bei Dinner gegenüber. Sie machte auf ihn im Moment einen scheuen, fast verkrampften Eindruck, ihr Gesicht wirkte etwas angespannt. Was ihn verwunderte. Immerhin hatte er der Passagierliste in seiner Kabine entnommen, dass sie Psychotherapeutin war, also nicht im Schatten der Gesellschaft lebte. Oder hat ihr Beruf sie verkorkst? Wie das bei Caesar der Fall ist. Caesar Vogel, promovierter Psychologe, war einer der nicht ordensgebundenen Seelenklempner der Jesuiten.

Was die äußere Erscheinung von Frauen anging, war Rupert Vesper ein ausgesprochener Ästhet. Solveigs Bild vor Augen, tat Elviras Anblick ihm fast weh. Ihre Haare, sichtbar dünn, zu einem Pferdeschwanz zusammengebunden, und das mit Gummibändern, wie Rupert Vesper entsetzt sah; ihr linkes Auge hatte sie hinter zwei Ponysträhnen versteckt, was ihr verkrampft scheues Wesen noch betonte. Obwohl der Jesuit nicht zu den schnell wechselnden Modetrends schielte und auch nicht pingelig auf die jeweils gültige Etikette achtete, empfand er die nachlässige und fantasielose Kleidung dieser Frau als rahmenverletzend disharmonisch.

In ihrem blassen, etwas großzügigen Gesicht bildeten sich zarte rote Flecken; offenbar ein Zeichen von Nervosität, aber auch von Neugier. Sie sah Vesper an:

„Professor, wie ich höre. Welche Disziplin?"

Rupert Vesper lächelte seine Verstimmung weg und flüsterte schnell:

„Theophil! Müssen Sie aber nicht weitersagen."

Elvira hatte das Kürzel offenbar verstanden. Es gab ihr plötzlich das Gefühl, auf ihrem Terrain und damit auftritts- und gesprächssicher zu sein. Fast bebend vor Neugier beugte sie sich nach vorn:

„Waren oder sind Sie in der Forschung oder mehr in der Lehre tätig?"

Vesper erläuterte:

„Ich war bis vor kurzem an der Hochschule Sankt Georgen in Frankfurt tätig."

„Bei den Jesuiten!"

Dr. Heartlich hatte, von der seelischen Tiefenwirkung jesuitischer Exerzitien beeindruckt, mehrmals Sankt Georgen erwähnt.

„Selber Ordensmann?"

„Nicht mehr!"

„Ich denke, das ist man lebenslang."

„So war es ... anfangs auch gedacht."

„Und...?"

Rupert Vesper hätte sich wegen seiner vorschnellen Offenheit am liebsten auf die Zunge gebissen. Er lenkte deshalb höflichschnell ab: „Sollten wir uns nicht, bevor wir unsere Biografien aufblättern, dem vorzüglichen Essen zuwenden; was...", Vesper lächelte, ...nicht ausschließt, später auf unsere Lebensgeschichten zurückzukommen. Zum Wohle!"

Wobei er Elvira zuzwinkernd sein Glas mit dem „Ölberg"-Riesling hob.

Elvira fühlte eine leichte Hitze in ihrem Körper aufwallen von ihrer Brust bis zum Scheitel – hoffentlich hat das niemand bemerkt – und sie trocknete ihre feuchten Handflächen flüchtig auf ihren weiß behosten Oberschenkeln ab.

Dieser Mann ist ja hochinteressant und macht so einen wundervoll gepflegten Eindruck...

So hatte sie sich immer ihren Vater gewünscht, den sie nie kennen gelernt hatte, was ihre Mutter immer als Segen bezeichnete.... und so gebildet und bescheiden; ein feiner Mann.

„Der Lachs-Toast war ein vorzügliches Entree", sagte Pater Vesper, wobei er sich die Lippen leckte, „obwohl ich zu den ersten Gängen lieber einen trockenen Grauburgunder trinken würde. Aber nichts gegen den vorzüglichen Riesling. Ah – da kommt ja die königliche Geflügelsuppe ... Wie das duftet! Meine Mutter machte sie auch mit Eierstich, dazu ne Mixtur aus Knoblauch-Zwiebel."

„Ich schalte jetzt mal um auf ein kräftiges Bier," sagte Elvira, „obwohl ich lieber *Kö-Pi* als *Becks* trinke."

„Ich werde inklusive Scholle beim Riesling bleiben ...Wein ist meine große Schwäche, ich neige zur Maßlosigkeit. In der Kommunität wurde ich gebremst; auf der freien ‚Wildbahn' muss ich jedoch aufpassen."

„Haben Ihre Exerzitien keine nachhaltige Wirkung?"

„Doch, deshalb lebe ich ja auch noch!" Wobei das Gesicht des Paters erkennen ließ, welchen Zungengenuss ihm die Geflügelsuppe bereitete, während Elvira die „Königliche" eher mechanisch runterlöffelte. Was der Genießer Vesper durchaus sah, aber angesichts der Qualität der Suppe in keiner Weise verstehen konnte. Also doch ziemlich verkorkst!

O Gott, wann hatte sie zuletzt mit einem Mann solche anregenden Gespräche geführt. Ja – und von Genuss schien er etwas zu verstehen, jetzt durfte sie nichts Falsches sagen, wenn sie sich keine Blöße geben wollte, so wenig wie sie von Genuss und Ästhetik verstand. Sie kochte äußerst selten, gönnte sich alle drei Tage eine Fertigpizza und bemerkte resignierend, dass ihre Kleidung immer enger wurde.

„Weshalb sind Sie nicht mehr im Orden? Wenn ich das fragen darf."

„Sie dürfen mich – fast – alles fragen; weil auch ich Sie löchern werde! Mein Ordensweg ist eine recht komplizierte Sache, weshalb ich hier und jetzt nicht gern ... Ah! Die Finkenwerder! Super. Macht Solveig auch immer, wenn ich in Hamburg bin."

„Die Dame, die Sie im Teufelstempo auf den ...? Wobei ich Sie fast im Hafenbecken sah." „Ja, Solveig Braak, die dort lebt und arbeitet."

„Ihre Schwester, Cousine, Nichte ... Oder was?"

„Eine liebe Freundin. Glasmalerin und Bildhauerin. Wir kennen uns seit Jahren."

„Offenbar eine sehr liebe Freundin!"

„Wieso?"

„Sie schien tieftraurig, als sie vom Kai zurückblickte."

Vesper sah sie fragend an.

„Ich sah es von der Reling aus; wollte von dort noch mal einen Blick zurückwerfen."

„Ein Abschied – vielleicht auf immer – tut jedem guten Freunde weh."

„Aber – Freundin? Ich habe Ihnen etwas zugehört. Ist ein Jesuit nicht so etwas wie ein Priester, der nicht heiraten darf und auch sonst nichts mit Frauen haben soll?", fragte Anna García plötzlich von der Seite her.

Rupert Vesper hatte damit gerechnet, dass irgendwann das Thema „Zölibat" auf den Tisch kommen würde; früher hatte es ihn gestört, gar verstimmt, wenn Fragen danach in penetranter Form und in unlauterer Absicht gestellt wurden, und er hatte sich geärgert, wenn das Thema von ihm selbst veranlasst hoch gekommen war. Heute ging er unverkrampfter, lässiger, ja, sogar heiter damit um.

„Auch dies ist eine komplizierte Sache," sagte er lachend. „Vielleicht später mehr darüber. Erfreuen wir uns doch erst einmal weiterhin an den lukullischen Kostbarkeiten. Wozu uns der bereits heranflutende *Aßmannshäuser* begleitet."

Anna lachte.

„Schätzchen," wandte sie sich nach links zu ihrer Tochter. „Dies hier sind also lukullische Kostbarkeiten, das heißt nämlich: lecker! Schmeckt es dir?"

Karima nickte und flüsterte:

„Aber da war was irgendwie fischig."

„Aber ja, stimmt ja. Der Lachs. Ich werde mal dem Steward sagen, dass du keinen Fisch magst. Das ist bestimmt kein Problem. Gleich gibt es übrigens dein Lieblingsfleisch – Lamm!"

Beim Servieren der Deichlamm-Medaillons, zu denen Elvira jetzt auf Spätburgunder umschaltete, hätte diese ihr gottlob noch nicht gefülltes Weinglas umgestoßen, wenn Heinz Petersen nicht vorausschauend ihre Hand ergriffen und die Panne vermieden hätte. Worauf Elviras Gesicht sich mit einer heftigen Schamröte überzog, die aber ungewöhnlich schnell verblasste, als sie den freundlich beruhigenden Blick des Paters und den noch nicht beendeten Händedruck des Leitenden Ingenieurs bemerkte. Zu seinem großen Erstaunen erahnte Pater Vesper, dass es da eine sehr verborgene Schönheit gab, die noch darauf wartete, sich endlich zeigen zu dürfen. Er fragte sich, was diese ungelenke Frau wohl brauche, um sich zu entspannen und ihre abweisende Schale abzulegen.

Elvira war von Weinschluck zu Weinschluck entspannter geworden und nahm aktiver an den Gesprächen teil. So ergaben sich nach der Bayerischen Creme und dem Hippengebäck zum Kaffee folgende Dialoge:

„Selten so feudal gegessen wie heute Abend," sagte Elvira tief aufatmend.

Rupert sah an ihrem Glas den hauchartigen Abdruck ihrer Lippen.

„Es ist ein Luxus; grundsätzlich nicht notwendig," fügte sie hinzu. Womit sie trotz ihres Körperumfanges zu erkennen gab, ein genussfeindlicher Mensch zu sein.

„Dem möchte ich widersprechen!"

„Bitte!"

Der Jesuit begann zu predigen:

„Die Feinschmeckerei ist ein Teil des Schönen. Zudem hemmt eine schöne Nahrung den Alterungsprozess. Gourmets wirken viel jünger als jene, die nur Kartoffeln und Gemüse essen."

„Und warum nennt man die Gicht die *Krankheit der Könige*?"

Elviras Stimme klang gereizt; offenbar empfand sie Vespers Satz als Provokation. Rupert blieb freundlich hartnäckig.

„Das genussvolle gemeinsame Essen wirkt friedensstiftend."

Elvira lächelte spöttisch.

„Höhere Einsichten verleihen den banalsten Dingen ihre Weihe."

Der Pater redete unbeirrt dozierend weiter:

„Die Liebe zu schönen Speisen soll auch großen Einfluss auf das eheliche Glück haben."

„Weil die Liebe durch den Magen geht, Pater – oder schlimmer?", fragte Tina Sommer spottend. Rupert schloss die Augen und spitzte seinen Mund.

„Die Zärtlichkeit, mit der das Essen zubereitet wird, die verbale Verführung zur Erotik des Zungengenusses..."

Elvira rief abwehrend: „Hören Sie auf!", wobei eine heftige Röte ihr Gesicht überzog.

„Sie sind ja ein richtiger Worterotiker...!", rief Anna Garcia dazwischen, während sie den Jesuiten lachend ansah, der denn auch lächelnd weiterredete, den Blick in die Ferne gerichtet.

„Der liebe Gott lädt uns nicht nur durch den Hunger, sondern mehr durch die Lust zum Essen ein. Hierfür belohnt er uns dann durch ein *himmlisches* Vergnügen."

Horst Lohfeld rief amüsiert: „So eine dialektische Begründung der Genusssucht kann nur von einem Jesuiten kommen."

„Original *Jean Anthelme Brillat-Savarin!*" entgegnete der.

„Damit wird das sinnliche Vergnügen vergötzt," sagte Elvira. „Das müssten Sie doch ablehnen."

„Ich bitte Sie! Ein Beispiel: Die Sättigung der Jünger Jesu war für diese sicher ein sinnliches Vergnügen. Und – das Banale wird zum Kult des Abendmahls - zum Sakrament."

„Erst kommt das Essen, dann kommt der Choral!" rief Tina Sommer offensichtlich amüsiert herüber.

Elvira wurde zunehmend unbehaglich zumute, die akademischen Lobeshymnen auf Genuss und Sinnlichkeit wirkten allmählich etwas bedrohlich auf sie. Sie mochte sich aber nicht weiter einmischen, sondern rutschte nur unruhig auf ihrem Stuhl hin und her.

Elvira und Tina

Als der Pater sich der attraktiven Anna García zuwandte, die ihm schräg gegenübersaß, versuchte Elvira, Kontakt mit der Dame zu ihrer Rechten aufzunehmen, Tina. Sie erschien ihr angenehm, von ihr schien keine Gefahr auszugehen, auch wenn sie sich hin und wieder mit spöttischen Bemerkungen in das Gespräch einmischte. Wenn sie das richtig gehört hatte, war Tina Gymnasiallehrerin, sehr interessant.

Elvira lächelte ihr mehrfach etwas unvermittelt aufmunternd zu, sie hätte gern ein Gespräch begonnen, aber da der ungewohnte Alkohol sie leicht verwirrte, wollte ihr einfach keine geistreiche Eröffnung einfallen, und ohnehin war sie keine Meisterin der Improvisation und des Smalltalks.

Zum Glück richtete nun Tina ein paar Worte des Lobes über das Essen an Elvira, und ein Gespräch über Nebensächlichkeiten kam langsam in Gang. „Ganz fantastisch das Menü, finde ich auch", trällerte Elvira in Tinas Richtung, zwar etwas schrill und gepresst, aber diese nickte eifrig, antworten konnte sie gerade nicht, da sie soeben einen großen Schluck Mineralwasser im Mund hatte.

Leider gab es dann ein kleines Malheur, als Elvira ein Butterkartöffelchen in der *himmlischen* Sauce zu zerdrücken versuchte, es aber leider statt dessen gut gefettet in die Richtung ihrer wohlgekleideten Nachbarin jagte. Obwohl diese reflexartig zurückwich, befand sie sich noch im Zentrum der klebrigen Spritzer, die auf ihrer cremefarbenen Hose und dem edlen hellbraunen Wollpullover landeten. In Tinas Augen flackerte kurzes Entsetzen auf. Doch dann gelang es ihr, sich professionell zu fassen und sie sagte unerwartet freundlich zu ihrer vor Schreck erstarrten Nachbarin: „Oh, hier an Bord lebt man wohl gefährlich, ich sollte mich vielleicht besser tarnen!" Zum Glück prustete sie darauf los vor Lachen; Elvira fiel erleichtert ein. Beide stießen nun an auf einen glücklichen und ungefährlichen Verlauf der Reise.

Noch nie hatte Elvira erlebt, dass ihre gefürchtete Ungeschicklichkeit in eine solche Entspannung geführt hatte, und sie versuchte, mit einem leicht alkoholisch verklärten Lächeln ihre verrutschte Ponysträhne hinter das linke Ohr zu bannen.

Während der lockeren Plauderei mit Tina spürte Elvira ein leichtes Vibrieren entlang ihrer Tina zugewandten Körperseite, wie sie es gelegentlich schon früher erlebt hatte bei zunächst vermeintlich unauffälligen Klienten, die aber gut getarnte Geheimnisse in sich bargen, wie sich dann im Verlauf der Therapie herausstellte.

Rupert Vesper, 16. Februar abends

Rupert war nach dem Essen in seine Kabine zurückgekehrt. Jetzt war es höchste Zeit, den Rest der zum Gebrauch bestimmten Kleidungsstücke in die Schränke einzuordnen. Als „Reisender in Sachen Gott" war das für ihn Routine; jedoch waren die Theophil-Touren durch Deutschland und Europa nicht mit dieser Atlantikreise ohne Wiederkehr zu vergleichen. Im Blick auf die relativ kurze Überfahrtzeit war es aber nicht erforderlich, sein gesamtes Inventar in die knappen Stauräume unterzubringen.

Deshalb ließ er zunächst das Meiste in den Koffern, auch den Bücherrucksack plünderte er nur mäßig; er fischte die wenigen Bücher heraus, die er während der Fahrt lesen wollte, wie auch sein Brevier, und stellte sie in der vorgesehenen Lesereihenfolge auf den Nachttisch.

Courtois' Meditationsbuch, Gustavo Gutiérrez' „Theologie der Befreiung," Gedichte von Nelly Sachs und Robert Gernhardt, Hermann Brochs „Tod des Vergil" und „Four Quartets" von T.S. Eliot.

Danach legte er sich aufs Bett und lauschte den Klängen der CD, die der Cool-Jazz-Fan in sein Wiedergabegerät eingelegt hatte. Miles Davis: Filmmusik zu „Fahrstuhl zum Schafott."

Bald jedoch spürte er, wie ihn dieser von ihm „gottverlassen" genannte Sound in eine fast nihilistische Stimmung zu ziehen begann. Nein! Das nicht, nicht jetzt, wo ihn noch immer die melancholische Welle des Abschiedsschmerzes durchfloss. Er konnte schnell im See der Schwermut versinken, obwohl er auch alle anderen Temperamente in sich vereinigte. Ein Erbteil seiner Mutter.

Die anfangs erbetene Diskretion hatte doch nicht funktioniert. So war es denn allgemein schnell rum gewesen, dass der Professor Rupert Vesper Jesuit war. Also hatte er sich erklären müssen. Wobei er als Reisegrund und Fahrtziel zunächst angab, auf der *MS Pavia* nach Costa Rica unterwegs zu sein, um eine Urne mit der Asche seines verstorbenen costaricanischen Konfraters in dessen Heimaterde zu versenken.

So etwas könne man doch heute auf eine elegantere Manier verschicken. Per Luftpost oder... So einige Meinungen. Für ihn sei es Freundespflicht, die würdevolle Bestattung des Aschengefäßes selber zu übernehmen. Warum nicht mit dem Flieger? Sein Freund Ortega habe Zeit, er auch, und: seine umfangreiche Habe sei schifffreundlicher. Außerdem habe er große Flugangst. Das sei ja interessant! Wieso? Wer wie er dem Himmel so nah sei. Er sei nur der Erde und den Menschen nah! Vielleicht bleibe er ja auch in Mittelamerika. Sei er denn emeritiert? Selbst beurlaubt. Eine ängstliche Stimme: Ein Toter an Bord? Das gebe Unglück. Solle man nicht die Asche über dem Meer verstreuen. Unglück durch Asche? So' n Quatsch, so Scott Williams, der etwas vom Gespräch aufgefangen hatte. Was Rupert Vesper mit dem Satz ergänzte, dass er im nächsten Hafen von Bord gehen werde, falls gefordert würde, die Asche übers Meer zu verstreuen. Seine geplante Weiterreise von Costa Rica nach El Salvador verschwieg er.

Von Pater Ortega, seinem verstorbenen Freund, mit dem Virus der Befreiungstheologie infiziert, sah er seine künftige Aufgabe darin, in El Salvador als Lehrer und Seelsorger tätig zu sein. Seine Arbeit sollte vor allem zum Ziel haben, den oft ungebildeten Menschen dort Wissen und Bildung beizubringen, um sie in die Lage zu versetzen, ihr Leben selbstbewusst in die Hand zu nehmen, sich gegen die wirtschaftlich soziale Abhängigkeit zu wehren, sich schrittweise aus der religiösen und politischen Unmündigkeit zu befreien und ihre Zukunft ohne jedwede Ideologien und Mythen zu gestalten.

In Costa Rica bereits wollte er Kontakt zur „Academia de Centroamérica" aufnehmen, um dort den Aufbau und Ausbau eines kirchlichen Genossenschaftswesens anzuregen, das für ihn, nach der Losung „Einer für alle, alle für einen" die ideale Form gemeinschaftlichen Wirtschaftens war. Zudem wollte er versuchen, die Menschen in den mittelamerikanischen Ländern, in denen es kaum Wolken gab, für die Nutzung der unerschöpflichen Sonnenenergie begeistern.

Rupert Vesper wusste, dass er mit all dem gefährliches Pflaster betrat. Er dachte dabei an den Erzbischof Romero, der am 24. März 1980 von Leuten der „Fuerza Armada de El Salvador" am Altar erschossen wurde. Auch Jon Sobrino, sein Mitbruder aus Frankfurter Zeiten, war 1989 allein durch Zufall einem Attentat entkommen, dem sechs seiner Mitbrüder und Mitarbeiterinnen zum Opfer gefallen waren. Zu ihm, nach El Salvador, wollte er von Costa Rica aus fahren, um dort sein umfangreiches Bildungswerk mitarbeitend zu unterstützen.

Ruperts wohlgesinnte deutsche Freunde hatten den Kopf darüber geschüttelt, dass er in einem Alter, in dem die meisten Menschen ihr mehr oder weniger gut dotiertes Pensionärs-Dasein genössen, die Härte einer altersbedingt sicherlich belastenden Pionierarbeit auf sich nehme. Rupert hatte zwar darüber gelächelt, zugleich aber auch den Kloß heruntergeschluckt, der ihm im Hals saß.

Anna und Karima, 16. Februar

Nach dem Dinner, als alle nach und nach aufstanden, flüsterte Karima ihrer Mutter zu: „Ich möchte jetzt gleich in unser Zimmer gehen." Anna war damit einverstanden. Sie hatten für diesen Abend auch noch etwas vor: Karima benötigte eine Puppe, dringend. Ihre Fatima war ja in Straßburg geblieben, und jetzt sollte diese eine Zwillingsschwester mit Namen Laila bekommen, also auch eine Stoffpuppe. Alle nötigen Materialien hatten sie am Vortag in Hamburg gekauft, ebenso wie auch Papier und Stifte zum Malen.

Sie setzten sich an den Tisch, jede breitete ihr Material aus, eine Tüte mit Cashew-Nüssen kam in die Mitte, und sie schauten sich mit verhalten verschwörerischem Lächeln an. „Wie früher immer in unserer Küche, das weiß ich noch", meinte Karima leise. Und nach einer Weile: „Ich male jetzt den komischen Jungen."

„Ja? Wieso komisch? Ich habe ihn kaum gesehen und gar nicht reden gehört."

„Ich auch nicht. Aber einmal hat er mich richtig angeglotzt, so blöd geguckt, und da habe ich eine Grimasse gemacht."

„Waas?" Anna lachte. „Du traust dich ja was! Aber vielleicht ist er eigentlich ganz nett?"

„Vielleicht. Vielleicht aber nicht. Der macht sich bestimmt über mich lustig. Wenn Laila fertig ist, will ich ihr ja das ganze Schiff zeigen und vielleicht trau ich mich dann nicht. Der lacht dann über mich oder zeigt mit dem Finger auf mich."

„Kann natürlich sein, klar, manche Jungen sind ja so. Was würdest du denn dann zu ihm sagen?"

„Weiß ich nicht. Du bist richtig blöd, würde ich vielleicht sagen, oder du bist ja nur neidisch."

„Ja, schon ganz gut. Oder: *Mir* gefällt meine Puppe, das ist die Hauptsache, und *dich* geht das sowieso gar nichts an."

„Ja, genau, oder ich würde sagen, selber! selber! Und *du* hast eine ganz bescheuerte Hose an."

„Nein, Karima, das wirst du nicht sagen! Ich habe dir früher doch schon oft gesagt, jeder kann anziehen, was er will, das geht keinen was an."

„Nee, sag ich ja auch nicht. Aber ich male ihm jetzt eine Hose, die noch viel blöder ist als seine."

Anna lachte und konzentrierte sich wieder auf Laila.

Als Karima im Bett lag, nähte sie weiter und dachte an die beiden Mitreisenden, deren Unterhaltung sie gelauscht hatte. Die Frau konnte sie noch gar nicht einschätzen. Nett oder nicht nett? Sie würde wohl nicht allzu viel mit ihr zu tun haben, denn deren Unterhaltungsthemen lagen meilenweit von ihr entfernt. Eine große Bildungslücke lag zwischen ihnen. Und doch war ihr das nicht so unangenehm wie das geschraubte Bildungsgeschwafel dieses Priesters. Sie verstand ihn teilweise gar nicht, vielleicht war es auch überwiegend heiße Luft. Oder war er vielleicht wirklich ein ganz Schlauer? So wie Pablo? Oh Gott, ja, Pablo, der Oberschlaue. Immerhin war der Pater, auch wenn er fast ihr Großvater sein konnte, recht gut aussehend und hatte eigentlich – also wirklich nur eigentlich – eine angenehme Ausstrahlung. Wenn er gerade mal nicht redete.

Und die Frau, die ihr gegenüber saß? Ja, könnte eventuell nett sein. Sie hatte einige Male zu ihr und vor allem zu Karima herüber gelächelt. Anna nahm sich vor, am nächsten Tag mal die Namen der Mitreisenden in der kommentierten Passagierliste nachzuschlagen. Bisher erinnerte sie sich nur an den Namen des schwarzen Mannes, Muhammad, und an den des geheimnisvollen Typen, des Hutmenschen. Conrad Dreyer. Oder jedenfalls wollte er so genannt werden.

Eigentlich war es ja ein Ding, dass hier sogar ein zweites Kind an Bord war und außerdem noch dieser Mann mit einem viel, viel islamischeren Namen als ihr *Belloumi*. Was hatten die Kotzbrocken in Hamburg für ein Theater gemacht! Der Mann mit dem islamischen Namen war ihr übrigens überhaupt nicht geheuer. Konnte er mit Yacine in Verbindung stehen? Er hatte am Tisch neben Karima gesessen und sie einmal gefragt, ob er ihr Wasser nachschenken sollte. Das war ja nun nicht weiter auffällig. Nun, sie musste jedenfalls wachsam sein.

Tina Sommer, 16. Februar spätabends

Tina säuberte im kleinen Waschbecken der Kabine ihren beigefarbenen Kaschmirpullover, an dem noch immer das Butterfett von Elviras Kartoffeln klebte. Was für eine ungeschickte Frau! Aber glücklicherweise war ja eine Tube Waschmittel in Tinas sorgsam gepacktem Vorrat enthalten. Während der Pullover am Haken der Dusche austropfte, legte sich Tina auf ihr Bett. Es war schmal, aber überraschend bequem. Sie streckte sich aus und atmete tief durch. Noch immer keine Spur von den AUGEN, obwohl sie doch heute ziemlich unter Druck gestanden hatte, um das Packen und die Reisevorbereitungen rechtzeitig abzuschließen!

Liebevoll sah sie zum Schreibtischstuhl hinüber, auf dem ihre abgewetzte alte Ledertasche stand. Eine Art Zuhause zum Mitnehmen, das hatte sie schon zu Lehrerzeiten so empfunden. Die Tasche enthielt einen „Notvorrat Aller Wichtigen Dinge", wie ihr Bruder Stefan diese Kollektion spöttisch genannt hatte. Natürlich war er der einzige gewesen, der jemals die Erlaubnis bekommen hatte, den Inhalt der braunen Tasche zu sichten. Die sorgfältig zusammengestellte Sammlung reichte vom versilberten Zigarettenetui (einem Erbstück, das nur bei besonderen Anlässen zum Einsatz kam), einer stabilen Ersatzbrille, einer Dose mit selbstgemachten Vanille-Toffees und einer Tüte Pfefferminzbonbons gegen schlechten Atem über ein Taschenbuch mit britischen Kriminalgeschichten und eine Packung Heftpflaster bis zu einer Lupe, einer Taschenlampe und einem Schweizer Messer. Natürlich war auch noch Platz für Brieftasche und Bordkarte, aber diese alltäglichen Gegenstände kamen Tina weit weniger wichtig und beruhigend vor als der „Notvorrat". So lange sie die braune Tasche bei sich hatte, konnte ihr nichts geschehen. Zumindest fühlte es sich so an.

Ein Teil des Reisegepäcks war im Frachtraum verstaut, doch den kleinen schwarzen Koffer hatte sie natürlich längst ausgepackt und den Inhalt ordentlich auf die wenigen Fächer des Einbauschranks verteilt. Obwohl sie die meisten Sachen vorläufig nicht gebrauchen konnte – all die leichten Blusen und weißen Leinenhosen waren viel zu dünn für das europäische Winterwetter. Aber schon in zwei Wochen würden sie gute Dienste leisten, wenn man auf Deck in der Sonne sitzen würde. Oder in Puerto Limón beim Dinner. Unter Palmen natürlich. Oder war da jetzt Regenzeit?

Versonnen tastete Tina nach ihrem Reiseführer, den sie auf den Nachttisch gelegt hatte. Da fiel ihr Blick auf einen Stapel zusammengehefteter Blätter, der ihr bisher nicht aufgefallen war. „Kommentierte Passagierliste", stand auf dem Deckblatt. Darunter prangte das Logo der *Adventure Investment Agency*. Richtig, für diese Dossiers hatte sie ja ihre persönlichen Informationen preisgeben müssen. „Damit die Passagiere besser miteinander in Kontakt kommen", hatte es geheißen. Diese merkwürdige, ins Private eingreifende Fürsorglichkeit von einer Reiseagentur machte sie misstrauisch – genau wie einige andere Einzelheiten bei der Buchung. Doch einen Blick in die Liste zu werfen, konnte ja gewiss nicht schaden. Schon, um zu prüfen, was den anderen Reisenden da über sie selbst verraten wurde! Sie blätterte durch, doch bevor sie bei „Tina Sommer" ankam, blieb ihr Blick bei einem anderen Eintrag hängen:

Elvira Pekus, geboren am 30.7.1964 in Wuppertal. Verbrachte einige Kindheitsjahre in Khartum (Sudan), wo ihre Mutter an der Internationalen Universität angestellt war. Studium der Psychologie in Hamburg. Seit 25 Jahren Psychotherapeutin an der Kardiologischen Klinik Dr. Heartlich. Hobby: Züchtung von Bonsais aus einheimischen Baumarten.

Interessant! Diese dicke Frau mit den linkischen Bewegungen hatte eine ganz aufregende Vorgeschichte, einen anspruchsvollen Beruf und dazu noch ein Hobby, das eine Menge Geduld und Geschicklichkeit erforderte. Wie man sich vom ersten Eindruck täuschen ließ! Tina blätterte weiter zu ihrem eigenen Dossier:

Tina Sommer, geboren am 17.12.1966 in Göttingen. Hat einen Zwillingsbruder, der in London lebt. Studium der Germanistik und Anglistik in Göttingen. Von 1990 bis 2014 Deutsch- und Englischlehrerin an einem Göttinger Gymnasium. Geschieden. Keine Kinder. Frühpensioniert. Keine Angaben über Hobbies.

Tina nickte zufrieden. Sie hatte bewusst darauf geachtet, beim Ausfüllen des Fragebogens möglichst wenig Persönliches zu verraten. Ihr Privatleben ging weder die anderen Passagiere noch diese merkwürdige *Adventure Investment Agency* etwas an!

Und plötzlich, ohne Vorwarnung, überfiel sie das Heimweh. Was hatte sie sich eigentlich dabei gedacht, eine solche Reise ohne Rückfahrtticket anzutreten? Natürlich konnte sie jederzeit einen Heimflug nach Frankfurt buchen, aber geplant war natürlich nichts. Sie würde sich selbst darum kümmern müssen, wenn die Zeit gekommen wäre. Falls sie kam.

Sie hatte auch niemandem etwas Genaues über ihre Reise erzählt, sondern nur vage von „Auszeit" gesprochen – so lauteten die Anweisungen der *Agency*, und sie hatte mit ihrer üblichen Gewissenhaftigkeit danach gehandelt. Nun fragte sie sich, ob das vielleicht ein Fehler gewesen war. Vielleicht war sie in die Hände einer dubiosen Bande geraten? Dieser bärtige junge Mann, der beim Abendessen neben ihr gesessen und seinen Namen nicht genannt hatte, kam ihr jetzt ziemlich verdächtig vor. Der Kapitän hatte sich kaum blicken lassen. Die Mannschaft sah bunt zusammengewürfelt aus.

Und überhaupt: Was sollte bei einer längeren Abwesenheit aus ihrer Wohnung werden und der schönen Mahagoni-Kommode und der zwanzig Jahre alten Yucca, die sie einfach in den Flur gestellt hatte? Ihre Nachbarin Hilde würde sich um die Palme kümmern, sagte sie sich beruhigend, und die Einrichtung konnte sie nachholen, wenn sie entschieden hatte, wie es mit ihrem Leben weitergehen sollte. Bisher hatte das alles so vernünftig und überzeugend gewirkt, aber nun kam es ihr plötzlich vor wie das wirre Produkt einer Fieberphantasie. Was würde Stefan zu diesem verrückten Abenteuer sagen? Sicher, er hatte ihr zu einer spannenden Fernreise geraten, aber dies hier würde womöglich selbst ihm unvernünftig vorkommen. Würde Joachim sie nun endgültig aus seinem Leben streichen, in dem sie ohnehin nur während der freitäglichen Sitzungen eine kleine Rolle spielen durfte?

Und was würde Hilde denken, wenn sie entdeckte, dass sie hintergangen worden war und dass ihre Freundin keine Rückkehr plante? Plötzlich glaubte Tina, den Duft des zitronigen Kräutertees zu riechen, den sie erst vor wenigen Tagen wieder einmal mit Hilde getrunken hatte, und sie sah das runde, gutmütige Gesicht der Freundin vor sich, das ihr aufmunternd zulächelte. In ihrem Inneren breitete sich ein wohlbekanntes krampfig-hohles Gefühl aus, das eine nahende Katastrophe anzukündigen schien. Ihr Atem wurde immer schneller und flacher, der Puls raste. Sie drückte den Kopf in die Kissen und weinte.

Als sie wieder aufblickte, starrten durch das Fenster der Kajüte die AUGEN herein.

Conrad Dreyer, 16. Februar

Conrad hatte sich nach dem Essen schnell wieder in seine Schiffskabine begeben. Diese Frage von Scott nach seinem Liebesleben; der war ja wirklich verdammt direkt. Der würde sicher wieder nachbohren. Ja, was war mit seinem Liebesleben? Es würde wohl kaum eine Fortsetzung seiner Beziehung zu Natascha möglich sein, und seine Frau? Da bestand die Beziehung ja auch nur noch auf dem Papier. Warum nicht einfach mit beiden brechen, wenn es sowieso keine Perspektiven mehr gab? Tja, und hier auf dem Schiff würde eine Geschichte von einem betrogenen Ehemann sicher plausibel wirken, zumal es „der beste Freund war, der mit seiner Frau ins Bett gegangen war". „Ja, das geht", dachte Conrad. Je mehr er über seine zweite Identität nachdachte – es war schon spät geworden – desto mehr kam er zu dem Schluss, dass er seine alte Haut total abstreifen sollte oder sich verpuppen und als schöner bunter Schmetterling in Costa Rica von Bord gehen. Nicht viel Zeit, aber versuchen sollte er es, so sein Entschluss. Total abbrechen mit der Vergangenheit und sich als Blauer Morphofalter entpuppen, das wäre ein Plan. Der Blaue Morphofalter hatte ihn schon immer begeistert bei seinen Besuchen als Kind bei Onkel Johannes und der Besichtigung der Schmetterlingssammlung im Dachstübchen, in das sich der Onkel so gern zurückzog.

Conrad war wild entschlossen. Es sollte beginnen, das neue Leben, sofort. Er ging noch einmal zum Salon. Es war zwar schon nach dreiundzwanzig Uhr, aber vielleicht war ja noch jemand von der Mannschaft da. Eine Zigarre, wie er sie gelegentlich mal mit Geschäftsfreunden nach einem Geschäftsessen geraucht hatte, eine letzte. Und damit dieses Kapitel schließen, endgültig! Tatsächlich war noch jemand von der Besatzung anwesend. „Es ist zwar schon spät, aber irgendwie bin ich noch nicht müde. Haben Sie ne schöne Havanna hier an Bord? Ich würde mich noch gern einen Moment an Deck setzen und diesen Tag gemächlich ausklingen lassen." „Schauen Sie mal, wir haben hier drei verschiedene zur Auswahl. Empfehlen kann ich Ihnen die *Montechristo*, die kenne ich noch von anderen Schiffen, auf denen ich gefahren bin". Conrad nickte. „Viel Spaß! Geht aufs Haus." Mit einem Lächeln überreichte der Steward Conrad die Zigarre zusammen mit einem Heftchen Streichhölzer. „Aber bitte achten Sie auf die Rauchverbotsschilder. Es ist nicht überall an Deck möglich, zu rauchen. Sie wissen schon, die Sicherheit ..."

In der Ferne waren noch Lichter von Cuxhaven zu sehen, als Conrad auf das Deck trat. An einem geschützten Plätzchen gleich hinter einem Treppenaufgang lud eine Bank zum Verweilen ein. Conrad setzte sich und zündeten die Havanna an. Herrlich, dieser Hauch von Karibik auf der Zunge. Wie gut mochte die Zigarre erst in Puerto Limón schmecken. „Adieu, Deutschland! Adieu, altes Leben! Adieu, ihr korrupten Geschäftspartner, ihr Zocker und Halsabschneider! Ich schmecke sie, die neue Welt. Und sie schmeckt gut. Endlich mal Zeit, Tennis zu spielen und zu fotografieren. Wie lang ist das alles schon her?"

Goldener Schnitt, Diagonale, Perspektivenwechsel, proportionale Flächenaufteilung, Ausschnittwahl, Spannung im Bild, Gegenlicht, Weichzeichnung: er hatte Spaß gehabt am Fotografieren und er hatte Preise gewonnen. Preise dafür, dass er es verstand, das Positive in einem zu fotografierenden Objekt zu betonen oder das Negative zu verstärken, mit dem Licht zu spielen und so zu abstrahieren. Als er 1998 die Firma übernommen hatte, hatte er aufgehört, mit der Kamera zu malen. Es gab Wichtigeres. Und jetzt? Ja, jetzt hatte er Zeit, hier an Bord. Und in Costa Rica. Er sah sie schon, die neuen Motive. Aber er hatte keine Kamera. Die Fotoausrüstung hatte Edeltraud irgendwann auf den Hausboden gebracht. Na ja, und mit zunehmender Digitalisierung war sie dann veraltet. Heute gelingen ja für den Alltagsgebrauch auch mit dem Handy ganz gute Schnappschüsse. Aber ein Handy hatte er auch nicht. Er hatte ja alle Spuren verwischen wollen. Aber brauchte er eigentlich eine Kamera oder ein Handy? Hatte er nicht damals, als Bilder noch auf Zelluloid abgelichtet wurden, mit vier Fingern oder einem ausgeschnittenen Stück Karton experimentiert, um den besten Aufnahmewinkel zu finden, den Lichteinfall richtig zu treffen und den Ausschnitt festzulegen? Das könnte er doch jetzt auch machen, experimentieren, und dann die Bilder in seinem Kopf abspeichern.

Conrad wurde es langsam zu kühl auf Deck. Die Lichter von Cuxhaven waren am Horizont verschwunden. Der Lotse war von Bord gegangen. Seine Zigarre hatte er aufgeraucht. Es war Zeit, in die Kabine zu gehen. Aber schlafen? Schlafen konnte er sicher nicht gleich. Er hatte angefangen, die Fäden für seinen Kokon zu spinnen. Das war aufregend. Da konnte er sicher nicht gleich schlafen.

Björn Bäumer, 16. und 17. Februar

Björn warf sich in seiner Kabine aufs Bett, stopfte das Kissen doppelt unter den Kopf und sah durchs Bullauge nach draußen. Sah, wie die Lichter wanderten. Gab es noch ein Ufer oder waren das alles Schiffe? Er hörte das Stampfen der Maschinen, spürte das Beben des Schiffskörpers. Sie waren unterwegs, kein Zweifel. Jetzt war er auf dem neuen Weg. Trotz dieser hoffnungsvollen Gedanken war noch immer ein kleiner spitzer Schmerz in seiner Magengrube, den er überwinden musste. Alles ist gut, sagte er zu sich. Ich werde irgendwann irgendwo ankommen, und dann wird es mir besser gehen, viel besser.

Er schlief tatsächlich ein. Schlief lange und tief. Vergaß, wo er war. Vergaß die Zeit. Erst gegen Morgen erwachte er, noch in der Dämmerung, sah, dass er noch bekleidet auf seinem Bett lag, stand dann eine Weile am Fenster und sah dem Wasser zu. Einem plötzlichen Einfall folgend schlüpfte er aus der Tür, tappte unhörbar die Gänge entlang, bis er an Deck war, wo er die kühle Meeresluft heftig einsog. Er, der Sportler, der begeisterte und talentierte Surfer, der sich unbedingt Bewegung verschaffen musste, ging nun ein paar Schritte hin und zurück, versuchte so wenig Aufmerksamkeit wie möglich auf sich zu lenken.

Die junge Frau Anna war auch da. Sie stand an der Reling, streckte sich und machte ein paar Atemübungen. Sie sah den Jungen gehen, trippeln, auf der Stelle laufen, wieder langsam gehen, dann verschwand er aus ihren Augen. Ein paar Schritte weiter sah sie ihn dann am Boden knien, geheimnisvoll flüsternd. Was war hier los?

„Björn", rief sie halblaut, „was tust du da? Hast du was verloren?"

Der Junge reagierte, wie sie befürchtet hatte: Er erstarrte, sein Kopf verharrte in der vorgestreckten Haltung, Arme und Hände blieben in der Luft stehen.

„Björn", sie flüsterte nun, „was ist los mit dir? Kann ich dir helfen?"

Björn erkannte sie. Das war doch die Stimme der jungen Frau mit dem kleinen Mädchen, die sich mit ihrem Gegenüber unterhalten hatte. Langsam setzte sich sein Kopf wieder in Bewegung, schob sich nach links. Er hatte einen ausgestreckten Finger auf seinen Mund gedrückt.

„Psst", machte er, „die Katze."

Tatsächlich, da hockte so ein mageres rotes kleines Ungeheuer auf den Planken, die spitzen Zähne drohend im zischenden Maul. Glühende Augen. Das lange ungepflegte Fell stand flammend um ihren Körper. Die Schiffskatze. Sie war ein paar Schritte zurückgewichen, aber als beide stumm blieben, kam sie wieder näher, nahm das Knabbern wieder auf. Björn hatte ihr einen der letzten Kekse angeboten, die er noch in der Hosentasche bei sich trug.

„Du lieber Schreck! Ein Untier!", lachte Anna leise. Das genügte, das Tier mit einem Satz unter ein Knäuel von Tauen fliehen zu lassen.

„Entschuldigung, Björn, ich wollte das Tier nicht verjagen... Du kannst gut mit Katzen, nicht? Hast du zu Haus auch eine?"

Björn stand umständlich auf, zog die Kniebeulen seiner Hose glatt. „Nein, nein, das wäre für meine Großmutter zu mühsam und ich bin ja dauernd unterwegs in der Uni."

„Und hast du keine Freundin? Du hast doch sicher eine."

„Ach, Malah", kam ein Seufzer aus ihm heraus. „Sie darf kein Tier haben."

„Wieso das denn?"

„Katzen und Hunde sind nicht sauber genug. Sie bringen Krankheiten, sagen ihre Eltern."

„Das ist schade", meinte Anna und beobachtete Björn, wie er auf den Zehenspitzen seine Beine dehnte. „Du läufst gern?"

„Ja, ich nehme an Läufen teil, bin beim Stadtmarathon dabei. Trainiere täglich, aber noch lieber würde ich surfen, am liebsten in der Nordsee vor den Inseln, aber das ist teuer, und ich kann nicht so oft hinfahren. Meine Oma hat mir zum Abi 'nen Surfkurs auf Borkum geschenkt, und seitdem träume ich davon, selbst irgend wann Surflehrer zu werden ... Björns Augen leuchteten, aber plötzlich, als habe er sich erinnert, nichts von sich erzählen zu wollen (und dies alles war schon viel zu viel), wandte er sich der Treppe zu, murmelte noch „Man sieht sich" und weg war er.

Björn verbrachte den ganzen Tag in seiner Kabine. Einmal schlich er sich hinauf, nahm sich zwei Brotscheiben und eine Scheibe Käse und war schnell zurück. Er legte sich auf sein Bett, träumte vor sich hin, wälzte Gedanken, sah auf Meer und Himmel, hatte die Tür einen Spaltbreit offen gelassen. Als er irgendwann ein Rascheln an der Tür vernahm, sah er die rote Katze vorsichtig hereinschleichen und das Zimmer herumtappend inspizieren. Dann ging sie langsam zwischen Bett und Tisch und Stuhl, auf langen Beinen stolzierend, hin und her und blieb vor dem Liegenden abrupt stehen. Beide starrten sich eine Weile stumm an, unbewegt, als fragten sie sich gegenseitig, ob sie es miteinander versuchen sollten, dann war sie mit einem schnellen Sprung auf dem Stuhl, wo Björns Kleider lagen, wickelte sich etwas umständlich um sich selbst und schloss die Augen.

Anna entdeckte, dass Björn weder zum Mittag- noch zum Abendessen erschienen war und beschloss, nach ihm zu sehen. Das morgendliche Zusammentreffen verband sie beide irgendwie, dachte sie. Vielleicht war er krank. Seine Tür war nur locker angelehnt.

„Björn", flüsterte sie sehr leise. Sie wollte ihn auf keinen Fall erschrecken. Der Junge schlief und schnaufte ein wenig. Auf dem Stuhl ruhte die rotfellige Katze. Anna schob die Tür in Zeitlupe wieder zu. Sie hatte genug gesehen.

Tina, 17. Februar frühmorgens

Tina war als erste im Speisesaal, wartete bei einer Tasse Kaffee auf die Eröffnung des Frühstücksbüffets und blickte derweil aus dem Fenster auf eine geschmackvolle Komposition aus schwarzgrauem Meer und dunkelgrauem Himmel. Die Sonne ging offenbar gerade erst hinter einer Barriere aus dicken Wolken auf.

Sie seufzte. Der Schlaf dieser Nacht war unruhig gewesen, sie hätte noch einige Stunden Ruhe gebrauchen können. Und überhaupt: Was hatte ein gesunder Mensch um diese Tageszeit in einem trostlosen Speisesaal zu suchen? Irgendwie schien es ihr nicht zu gelingen, den Lehrerinnen-Rhythmus abzustreifen. Er haftete an ihr wie der

Kreidestaub an der Tafel und zwang sie jeden Morgen pünktlich um 6.30 aus dem Bett, egal wie müde sie war. Sogar hier an Bord und sogar nach einer so nervösen, von Ängsten und Traurigkeit geprägten Nacht. Nachdem sie den plötzlichen Heimweh-Anfall niedergekämpft und am Fenster die AUGEN gesehen hatte, war sie lange wach geblieben und hatte in ihrem Krimi gelesen. Schließlich hatte sie sogar die sorgfältig verschlossene Dose aus der braunen Tasche geholt und einige ihrer selbstgemachten Vanille-Toffees genascht. Der sanfte, butterige Duft, der bei der Herstellung immer die ganze Wohnung erfüllte, gehörte zu den beruhigendsten Dingen ihres Lebens. Fast so therapeutisch wie die Sitzungen bei Joachim, nur preiswerter, dachte sie mit einem bitteren Lächeln. Am Ende war sie wohl eingeschlafen, gestern Nacht, aber der Morgen schien kaum heiterer zu werden als der Abend zuvor.

Ein Schatten bewegte sich in der Tür des Speisesaals und der massige Körper von Elvira Pekus wurde sichtbar. „Guten Morgen!", dröhnte sie zu Tina hinüber. Ihre Stimme klang nicht mehr ganz so gepresst wie gestern Abend beim Dinner, als sie ihre Kartoffel ungeschickt auf Tinas Schoß bugsiert hatte. Tina wand sich ein wenig bei der Erinnerung an die Mahlzeit, die sie zwischen dem jungenhaft pöbelnden Bartträger und dieser dicken Frau eingenommen hatte. Musste sie sich jetzt darauf einrichten, bei jedem Essen mit denselben Tischgenossen beglückt zu werden? Andererseits – dumm schienen sie eigentlich beide nicht zu sein. Vielleicht sogar ganz interessant. Der Bärtige hatte bestimmt irgendein Geheimnis. Und diese Psychotherapeutin mit der Kindheit im Sudan wirkte bei aller Schwerfälligkeit auf eigenartige Weise wach. Sie schien Witterung aufzunehmen, wenn sie neben einem saß. Sie konnte wirklich zuhören, **selbst bei Kleinigkeiten**. Sie schaute einem dabei forschend in die Augen. Irgendwie mitfühlend. Irgendwie hilfsbereit. Irgendwie, wie ... Joachim.

„Möchten Sie sich nicht zu mir setzen?" fragte Tina freundlich.

Markus, 17. Februar

Die Dunkelheit war immer noch da. Dass der Tag angebrochen war, merkte Markus nur daran, dass ein schwacher Lichtstrahl durch die Stahltür hereinfiel, die sich auf einmal leise quietschend öffnete. Vorsichtig rutschte er hinter den Jutesack, an dem er lehnte. In dem schwachen Lichtschein konnte er jetzt weitere Säcke erkennen, die Aufschriften trugen wie *Zucker, Mehl, Kartoffeln, Reis, Bohnen*. Unwillkürlich musste er an „Gallo Pinto" denken, das costaricanische Nationalgericht, das er bald öfter essen würde: Reis mit schwarzen Bohnen, frittierten Kochbananen, einem Stück Fisch oder Huhn und Tortillas. Nur seine ausgetrocknete Mundhöhle verhinderte, dass ihm das Wasser im Mund zusammenlief.

Außerdem waren da stapelweise Kartons und Kisten. Jens hatte Wort gehalten. Dies war wirklich der Laderaum für die Lebensmittel. Hier brauchte er nicht zu verhungern, alles, was er brauchte, war eine Taschenlampe und ein scharfes Messer, um die Kartons aufzuschlitzen. Hoffentlich waren nicht nur Gemüse darin, er hasste Grünzeug aller Art. Wenn er Glück hatte, fand er vielleicht Brot und Käse oder Wurst. Eine Stulle mit Leberwurst würde für den Anfang ja auch genügen. Der Gedanke daran machte ihm schmerzlich bewusst, wie hungrig er war. Der Hunger krallte sich förmlich um seinen Magen und er konnte an nichts anderes mehr denken.

„Na, alter Knabe, wie geht's?" Die Stimme riss ihn aus seinen Gedanken und ließ ihn das ersehnte Leberwurstbrot vergessen. Sofort war Markus hellwach. Diese Stimme kannte er. Er war erleichtert.

„Mensch, hab ich 'nen Hunger!" antwortete er, ohne auf Jens' Frage nach seinem Wohlbefinden einzugehen.

„Hab ich mir gedacht. Guck mal, was ich für dich habe!" Jens hielt Markus einen Teller hin, „Kaltes Lammfleisch, Melba Toast und sogar noch 'nen Hirsepudding. Ist vom Leinen-los-Dinner gestern Abend übrig."

„Wow!" Mehr konnte Markus nicht herausbringen.

„Warum soll's dem vornehmen Pack da oben besser gehen als dir?" Jens grinste. „Nee, war nicht so gemeint. Sind alles ganz nette Leute, besonders eine. Die könnte dir gefallen, sag ich dir. Die sieht aus, als ob sie mal wieder 'nen richtigen Kerl gebrauchen könnte!"

„Also, ich muss schon sagen", antwortete Markus aufgeräumt, „das ist ein echter Service! Erst besorgst du mir das Ticket, dann rettest du mich vor'm Hungertod und jetzt verschaffst du mir sogar noch Frischfleisch!"

Beide lachten.

„Hier noch was für den größten Durst." Jens streckte Markus eine Literflasche Cola entgegen. „Und hier noch 'ne leere Flasche - wenn dich die Blase drückt!"

Damit wandte sich Jens zum Gehen. „Ich muss jetzt. Bevor jemand was merkt."

„Kommste bald wieder?" fragte Markus, und noch im Hinausgehen antwortete Jens:

„Klar. Noch zwei Tage. Dann sind wir aus der Hoheitszone raus. Dann hol ich dich nach oben. Irgendwie."

Dann fiel die Tür ins Schloss.

Markus war wieder allein.

Noch zwei Tage, dachte er. Zwei Tage, hatte Jens gesagt. Die würden auch herum gehen, so wie alle Tage zuvor. Nein, er wollte nicht mehr an das denken, was zurücklag und der Grund dafür war, dass er jetzt hier saß. Er würde seine ganze Kraft darauf verwenden, an das zu denken, was vor ihm lag und daran, dass jede Nacht verging so wie alle Nächte zuvor vergangen waren, und dass jeder neue Tag ihn seinem Ziel ein Stückchen näher brachte.

Die Idee mit einer Tauchschule in Costa Rica war gar nicht so schlecht, fand Markus. Schließlich hatte er vor ein paar Jahren den Tauchschein gemacht und Geld hatte er auch genug. Sein Hinkebein würde ihn dabei nicht behindern. Beim Tauchen fühlte man sich schwerelos und frei. Bei dem Unfall hatte man ihn aus dem Porsche herausschneiden müssen, sein Bein war lange Zeit eingeklemmt gewesen und der Nerv abgestorben. Doch mit gezielter Krankengymnastik hatte man das Bein wieder ganz gut hingekriegt und es war nichts zurückgeblieben von den Lähmungserscheinungen als ein schleppender Gang. Die fehlenden Beinbewegungen konnte er durch entsprechende Armbewegungen ausgleichen, so wie die Schildkröten es machten, die auch nur mit den Vorderbeinen schwammen. Aber so schlimm stand es ja nicht um ihn. Er tauchte ohnehin nur mit Sauerstoffflaschen und war mit deren Handhabung sowie mit den Risiken beim Ab- und Auftauchen bestens vertraut. Und sein Herzschrittmacher? Nun ja, dann musste er eben gut aufpassen und nicht allzu tief tauchen. Nicht tiefer als 10 Meter, hatte sein Kardiologe ihm eingeschärft. Danach sei die Druckbelastung auf den Schrittmacher so groß, dass er sich verformen und es zu einem Totalausfall kommen könne. Na, ein Tiefenrausch war bei ihm also nicht zu befürchten. Hoffentlich gab es auf Costa Rica ein gutes Herzzentrum! Nur für alle Fälle. Er musste das unbedingt herausfinden. Dass private Krankenhäuser nicht immer eine bessere Versorgung gewährleisteten als die staatlichen Kliniken, war Markus bekannt. Private Krankenhäuser verfügten häufig nicht über dieselben technischen und personellen Ressourcen wie die größeren staatlichen Krankenhäuser in San José und außerdem verlangten sie in der Regel eine Vorabzahlung. Wenn diese nicht geleistet werden konnte, verweigerten sie die Behandlung. Doch das bereitete Markus keine Sorgen, Geld hatte er ja genug.

Vielleicht könnte er aber auch Bergtouren für Touristen veranstalten? Obwohl – extreme Höhen sollte er ja ebenfalls meiden. Aber es gab so viele mächtige Bergketten mit hohen Gipfeln und noch aktiven Vulkanen, die trotz des teilweise unwegsamen Geländes bei

Bergsteigern beliebt waren. Die Berghänge waren umsäumt von immergrünen Eichen, Baumfarnen und niedrigem Bambus. Diese großartige Natur begeisterte ihn selbst, er hatte viele Reiseberichte dazu gesehen und gelesen. Ach was, gelesen, verschlungen hatte er sie wie das Meeresungeheuer Odysseus' Schiff.

Wie hatte er eine solch üppige Vegetation in Hamburg vermisst!

Aber was, wenn Jens ihn hier unten verrecken ließ? Nein, daran wollte er lieber nicht denken!

Mist, jetzt hatte er vergessen, Jens um eine Taschenlampe und ein Messer zu bitten. Wenn er bloß nachsehen könnte, was in den Kartons war. Jetzt fiel ihm auch wieder der undefinierbare Geruch auf, den er nicht hatte zuordnen können. Das waren keine Lebensmittel und keine Gewürze, das war eindeutig Katzenpisse! Da war er sich auf einmal ganz sicher.

Er seufzte. Das, was gewesen war, konnte er nicht mehr ändern. Aber die Zukunft, die konnte er ändern!

Ja, er würde Carla zurückerobern! Carla…Carla…Carla… War da nicht irgendetwas gewesen? Irgendetwas, das in seinem Hinterkopf rumorte und das er nicht zuordnen konnte…

Rupert Vesper, 17. Februar morgens

Der morgendliche Lärm hatte Rupert aus dem Bett vertrieben. Nachdem er sein halbstrammes Gymnastikprogramm beendet und die Dusche verlassen hatte, begann er, sich zu rasieren. Rupert Vesper rasierte sich nass. Nach einer ausgiebigen Rasur hast du das Gefühl, alles feinfühliger wahrzunehmen, aber auch verwundbarer zu sein. Es geht alles schnell unter die Haut, dringt porentief ein, und es schmerzt auch leichter; du bist intensiver von allem beeindruckt und – rasiert – kannst du auch vieles besser ausdrücken.

Aber dieser sich täglich wiederholende Vorgang, diese routinierte Schabe, die mehr oder weniger automatisch ablief, in der üblichen Reihenfolge, in ruhigem Tempo, verlief an diesem Morgen anders: Nicht ruhig und präzise wie sonst, sondern ungenau, stockend. Es begann bereits konfus: Er bekam den Schaum nicht so sahnig drauf wie sonst, und er konnte ihn nicht wie üblich von der Haut schaben: schnell, schneidig, wie er und seine Haut es gewohnt waren. Es blieben Härchen stehen, winzige Haarinseln, sogar kleine Stoppelfelder.

Der Bart ist spröde, widerborstig, er sträubt sich gegen die Klinge. Auch die Haut wehrt sich! Sie empfindet den Stahl als stumpf, sie schreit gegen die Klinge. Rupert Vesper schnitt sich ins Kinn. Immer dieselbe Stelle! Der Schnitt war nicht tief, tat nicht mal weh. Kam nur selten vor, dass er sich schnitt.

Er klebte wie immer einen Fetzen Zeitungspapier auf die Miniatur-Wunde und ging zurück in seine Kabine, Dort stellte er sich vor den Wandspiegel und betrachtete nachdenklich sein blasses Wintergesicht.

Er strich über seinen Kopf: Trotz des Filmrömergrau, wie Solveig es nennt, dominiert noch immer die dunkeldunkelblonde Kernfarbe, oder? Die leicht gefurchte Stirn, das weiche Kinn mit dem kleinen Grübchen, die durstigen Lippen, die feinen Falten um den Mund, die mürben Wangen, der Rednerhals, die sportbetonten Schultern...

Rupert ging näher, ganz nah an den Spiegel heran und sah noch genauer in sein Gesicht: Noch recht ansehnlich, oder? Warum jetzt die Frage? Na ja, nicht das Gesicht eines asketischen Jesuiten, auch nicht die Physiognomie eines Kostverächters, auch längst nicht mehr die Visage des hedonistischen Wüstlings. Die Augen: grau, warmes Grau, die Schlupflider: schwere Vorhänge. Der Mund: Lachfähig, leidensfähig, vor allem predigtfähig! Also insgesamt das Gesicht eines – versnobt gesagt – „sinnlichen Puritaners", auf den ersten Blick eher unauffällig. Sein Spiegelbild war das ihm seit langem vertraute und zugleich fremde Bild des eigenen Gesichtes. Wenn er sich länger betrachtete, fand er in seinem Gesicht die Züge seines Vaters wieder, mit den Zügen seiner Mutter verschmolzen. Gesichter von Toten, in meinen Gesichtszügen wieder auferstanden. Eine immer wieder schöne und auch schreckliche Körpererfahrung.

Je mehr er in seinem Gesicht weiterforschte, einige Details unter die Lupe nahm, je mehr er sich analysierte, umso fremder wurde es ihm. Er sah irritiert, dass er dieses dort war und doch nicht war, dass alles an ihm verkehrt war, dass rechts links, links rechts erschien, und dass dieses Bild des Spiegels ihn in einen ganz Anderen umkehrte.

War er ein unverwechselbares Individuum? Oder bestand er aus mehreren Personen? Die Frage war nicht neu, er hatte sie oft gestellt, und sie hatte ihn jedes Mal in Panik getrieben. Und mit dieser vitalen Selbsterfahrung brach wieder mal – wie der Jesuitenpater Rupert Vesper fast schockartig spürte – seine durch Exerzitien und Selbstreflexion scheinbar gewonnene Selbstsicherheit wie ein Kartenhaus in sich zusammen; was ihn, auch das war nicht neu, an die Abgrundkante der Verzweiflung ... und des Unglaubens führte.

Angst im Nacken, Spannung im Herzbereich, leichtes Zittern in den Knien. Ihm wurde flau. Er setzte sich aufs Bett, die rechte Hand auf dem Brustbein. Er spürte einen schmerzhaften Druck in der Zone seines Solarplexus.

Ein plötzliches Hungergefühl riss ihn aus seinem Gedankenwirrwarr, führte ihn zum Notwendigen, zum Nahrhaften – führte ihn einfach zum Frühstück.

Muhammad, 17. Februar

Wie gerne hätte Muhammad al Chatim die Scholle gestern essen wollen. Auf seine Nachfrage, was denn *Finkenwerder Art* sei, hatte er aber erfahren, dass *Speckstippe*, also: SCHWEIN im Essen sei.

Dann hatte er die Boys vom Steward das Wort „harâm" flüstern hören und ihnen dankbar zugenickt. Sie hatten verstanden, harâm das „Verbotene", lag in Form von knusprig gebratenen kleinen Bauchspeckwürfelchen auf der köstlich duftenden Scholle vor al Chatim. Mit einem „Sorry Mister" hatte einer den Teller vom Tisch genommen. Dann war der Steward gekommen: „Entschuldigung, daran haben wir nicht gedacht. Als Mannschaftsessen gibt es heute *ikan madura*, Reis mit Fisch und Chilli. Darf ich Ihnen davon was bringen?" Al Chatim hatte nur genickt. Es war ihm unangenehm gewesen, dass plötzlich alle zu ihm schauten. Mit Mannschaftsessen waren wohl die *halal*, also erlaubt, zubereiteten Speisen für die niedrigen, überwiegend muslimischen Dienstgrade gemeint.

Während sich die meisten anderen nach dem Essen rund um die Bar versammelt hatten, hatte sich al Chatim entschuldigt und in seine Kabine zurückgezogen.

Um sechs Uhr früh stand er auf, wusch sich, sorgfältig in ritueller Langsamkeit, und bereitete sich auf das Morgengebet vor. Bei der zweiten Niederwerfung bemerkte er einen Schatten am Kabinenfenster. Trüb durch die Wasserschlieren drückte sich ein Kindergesicht am Fenster die Nase platt. Es gab nichts, was ihn beim Gespräch mit Allah ablenken konnte. Irgendwann war dann das kleine Gesicht verschwunden.

Als er zum Frühstück im Speisesalon auftauchte, war am Buffet schon reger Betrieb. Erfreut registrierte er die dickliche Haferschleim-Milchsuppe. Genau das, was er brauchte. Er wusste nicht, dass solche Milchsuppen zum Frühstück alter Seemannsbrauch sind, er wusste aber, dass in vielen Kulturen solche oder ähnliche Suppen zu Tagesbeginn verzehrt werden, auch in seiner Heimat.

Dann zog jemand an seiner Hose. „Ich hab' Dich vorhin gesäähen!" kam es kichernd von dem kleinen Mädchen, das gestern im Salon als Karima vorgestellt wurde. „Was hast Du da auf dem Boden gemacht?" Das Mädchen verwunderte und amüsierte al Chatim zugleich. Sie gefiel ihm; es waren die Augen, dunkel, glutvoll wie die Augen der Frauen unter dem *Tschador* im Orient. „Ich habe gebetet", sagte er halbleise zu ihr gerichtet. „Bist Du Mohammedaner?" fragte die Kleine wacker weiter.

„Nein!" sagte al Chatim, lauter als er es eigentlich wollte, „Ich bin Muslim". „Ist das nicht das Gleiche?" insistierte das kleine Biest weiter. Wieder spürte er, wie sich die Blicke auf ihn mehrten.

„Weißt Du was, ich erkläre Dir das später!" sagte er höflich und bestimmt. Karima schien ihn zu respektieren. Da traf ihn der Blick von Björn. Spürte er da einen Hauch von Feindseligkeit? Lange genug im Westen, war es für Muhammad al Chatim nicht ungewöhnlich, dass so junge Bengels wie dieser Björn älteren Menschen oft wenig respektvoll gegenübertraten und er schenkte der Situation keine weitere Beachtung. Erfreut war er über die Höflichkeit, mit der ihn der Kapitän behandelte. Kapitän Freese entschuldigte sich für die Speckstippe auf der Scholle und lud ihn zu einem Schiffsrundgang ein.

Mit den Konyas, den muslimischen Decks- und Maschinenleuten, hatte der Kapitän bislang sehr gute Erfahrungen gemacht, was Einsatzbereitschaft und Arbeitsmoral betraf. Die Muslime aus Indonesien tranken gerne abends ihr Bier, aber *Arrak* wie sie jedes hochprozentige Getränk nannten, tranken sie höchst selten. Alkoholexzesse gab es mit ihnen an Bord nicht. Der Kapitän respektierte ihre Lebenshaltung, insbesondere was die Ausübung des Glaubens betraf. Das Bootshaus auf dem Achterdeck bot Platz für einen Gebetsraum und eine Pantry. Freese sorgte dafür, dass eine einfache Küche eingerichtet wurde. Wasseranschluss war vorhanden, es reichten zwei Gasbrenner für die großen schwarzen Woks. Die Gruppe konnte sich so, wenn sie es wünschten, ihre eigenen Gerichte *Soto Ayam, Nasi oder Bami Goreng, Ikan Trasi* und anderes kochen. Manchmal, wenn sie *Rawon*, die beliebte „Schwarze Suppe" mit Rindfleisch, kochten, ließ der Kapitän es sich nicht nehmen, eine Schale davon mit Reis und *Kroepoek* (Maniok-Chips) mitzuessen. Dann gab es ein großes Hallo und die Konyas freuten sich wie Kinder. Kapitän Freese wusste aber auch, was angestaute Wut, Erniedrigung und Missachtung bei diesen Menschen bewirken konnte; das Wort *amok* stammt schließlich aus ihrem Sprachraum.

Kapitän Freese machte seinen Gast mit den muslimischen Seeleuten bekannt. Der Passagier wurde mit einem respektvollen *salam maleikum* begrüßt. Dem *maleikum salam* als Antwort folgte eine kurze Konversation auf Arabisch. Kapitän Freese verstand nichts davon, spürte aber, mit welcher Achtung seine Leute sich von dem Glaubensbruder verabschiedeten. Zu al Chatim gewandt bemerkte er: „Muhammad, wie Sie sehen, gibt es auch hier an Bord orientalische Gastfreundschaft. Die Gruppe wird Ihnen jederzeit von ihrem *halal food* was abtreten. Sagen Sie einfach dem Steward Bescheid!" Dass der Kapitän nicht „Herr al Chatim" sagte, sondern ihn mit Muhammad siezte, berührte al Chatim sichtlich, er freute sich darüber.

Der Englische Kanal verbreiterte sich, der Seegang nahm zu. Muhammad begann zu gähnen. Müde und appetitlos ging er in seine Kabine, was war los mit ihm? Die Brecher kamen von der Backbordseite. Alles, was er auf dem Kabinentisch abgelegt hatte, wurde weggefegt. Mühsam verstaute er das Wichtigste seefest. Es war ihm speiübel. Nachdem er sich etliche Male zwischen der Toilette und dem Waschbecken hin und her gequält hatte, verkroch er sich in sein Bett wie ein geschlagener Hund und wollte nichts mehr von der Welt wissen. Er war seekrank, *seasick*!

Conrad Dreyer, 17. Februar vormittags

Während des Frühstücks, als er und der „Erste" allein am Büfett standen, nutzte Conrad die Gelegenheit, den ersten Offizier Horst Lohfeld kurz auf seinen geheimnisvollen Auftrag anzusprechen. „Sie haben, glaube ich, Informationen für mich. Kann ich Sie nachher einmal allein sprechen?" „Ich habe gleich Wache. Wenn möglich, sollten Sie dann auf die Brücke kommen. Ist das okay?" „Ja, dann bis gleich."

Kurz nachdem Horst Lohfeld den Salon verlassen hatte, folgte Conrad. Er wurde vom Ersten Offizier bereits erwartet. „Also, diesen Brief hier soll ich Ihnen aushändigen. Es wird von Ihnen erwartet, dass sie ihn nach der Lektüre sofort vernichten. Und dann hier noch diese Kamera für Sie. Das war's schon. Die *Adventure Investment Agency* bekommt von mir eine Rückmeldung, dass ich Ihnen Brief und Kamera ausgehändigt habe. Und falls Sie technische Unterstützung brauchen, zum Beispiel mit der Kamera, dann können sie mich gern jederzeit ansprechen." Conrad war hin- und hergerissen zwischen Verwunderung und Freude über die unverhoffte Gelegenheit zum Fotografieren. „Ich verstehe nicht ganz, was das mit dem Brief und der Kamera soll. Die *Adventure Investment Agency*? Hat die Ihnen nicht irgendetwas angedeutet? Haben andere denn auch einen Brief vom Reiseveranstalter bekommen?" „Ich habe nur den Auftrag, Ihnen den Brief und die Kamera auszuhändigen, der *Agency* eine Rückmeldung zu geben und Sie, wenn nötig, technisch zu unterstützen. Soll ich Ihnen die Kamera mal kurz erläutern? Ist nicht unbedingt eine von der Stange, mit einigen Finessen. Also, die kann zum Beispiel auch Sprachaufzeichnungen." „Ich versteh nur Bahnhof. Ich denke, ich lese erstmal den Brief. Wenn ich dann noch Fragen habe, werde ich mich bei Ihnen melden."

Conrad zog sich in seine Kabine zurück, verstört und verunsichert. Was hatte der Reiseveranstalter mit ihm vor? Der Briefumschlag A4 enthielt ein Schreiben der *Adventure Investment Agency,* mehrere Seiten, eine Bedienungsanleitung für die Kamera und einen Brief von Luciano. Luciano wies noch einmal eindringlich darauf hin, dass Conrad doch bitte, bitte kooperieren möge. Das sei die Bedingung gewesen, unter der er das Ticket noch in letzter Minute bekommen habe. Die *Agency* habe schon einen anderen Kandidaten für die Aufgaben gehabt, den sie auf Lucianos Drängen ausgeladen habe. Dafür hatte Luciano die Karten auf den Tisch legen und Conrads wahre Identität preisgeben müssen. Und wenn Conrad nicht mitmache, werde man nicht zögern, ihn den Strafverfolgern auszuliefern. Luciano, dieser

Zocker. Da hatte er wohl die falschen Karten gespielt, Pech für Conrad.

Stark erregt überflog Conrad die anderen Briefseiten und ließ sich enttäuscht auf sein Bett fallen. War alles vergebens, seine Flucht, seine neue Identität, seine neuen Ziele? Er schloss die Augen. Alles drehte sich, das Bett, das Zimmer, das Schiff. Bilder sausten ihm durch den Kopf, chaotisch, anscheinend zusammenhanglos.

Nach einiger Zeit nahm er noch einmal den Brief der *Agency* zur Hand und studierte ihn, Satz für Satz. Sicher, so dramatisch war das nicht, was die von ihm erwarteten. Ja, das Schreiben würde er irgendwann einmal vernichten. Aber bestimmt nicht jetzt. Und auch den Brief von Luciano. Dass der so einen langen Brief schreiben konnte, und das in flüssigem Deutsch, das hatte er nicht erwartet. Oder hatten die von der *Agency* den Brief schon vorgeschrieben? Und die Kamera? Sicher, die hatte einige Finessen, aber eigentlich war das nur ein aufgepepptes I-Phone. Klar, die verdeckte Sprachaufzeichnung beim Ansehen der Bilder war schon ganz schön listig. Aber sonst?

Conrad warf sich erneut auf sein Bett und begann, nachzudenken. Bislang hatte er die Richtung angegeben, hatte alle Fäden in seinen Händen gehalten. Und nun? War er zur Marionette geworden? Musste er wirklich nach der Pfeife anderer tanzen? Ärgerlich, dass denen seine wahre Identität bekannt war. Tja, des einen Pech, des anderen Glück. Also für ihn: Aus der Traum von einem neuen Leben? Weiter mit der Angst leben, ausgeliefert zu werden? Ratlos rollte sich Conrad aus seinem Bett und ging, in Gedanken versunken, in den Salon, in der Hoffnung, dort einen Scotch zu bekommen.

Rupert Vesper, 17. Februar morgens

Rupert Vesper kam vom Morgenessen. In guter Stimmung. Endlich mal außer Haus ein Frühstück nach seinem Geschmack. Nicht der misslaunig machende Frühmorgenfraß vieler Hotels und Akademien, den er im Eiltempo runtergewürgt hatte, ohne Freude und Genuss; wonach er den Orangensaft zuletzt so lange getrunken hatte, bis der süßsaure Geschmack den Nichtgeschmack der anderen Speisen übertönt hatte. Rupert Vesper war ein Frühstücksmensch. Wie das Frühstück, so der Tag. Und er war, was dazu passte, ein ausgesprochener Kaffee-Freak; für seine Mitbrüder ein Koffeinsüchtiger. Den Kaffee vieler Übernachtungsstätten hatte er meist als Muckefuck empfunden; was offenbar daran lag, dass man dort den Durchschnittstyp des Kaffeekonsumenten im Auge hatte. Um dem Kaffee die gewünschte Intensität zu geben, hatte er, wenn er unterwegs war, zur Verstärkung der Kaffeekraft immer ein Glas „Café Royal" oder Nescafé im Gepäck. Zu seinem freudigen Erstaunen schmeckte der Kaffee hier jedoch schon beim ersten Probieren derart gut, dass eine Geschmacksverstärkung überflüssig war. Und schon spürte er wieder Schluck für Schluck den magischen Moment: Abschalten... nicht denken... nur noch... Tasse... Kaffee... Du.

Ähnlich war es ihm bei seinem letzten Heimatbesuch ergangen. Als er den Patron seiner Berliner Pension nach dem Geheimnis des von ihm als wunderbares Getränk empfundenen Kaffees gefragt hatte, war von dem zunächst die trockene Antwort gekommen, dass er dazu das Wasser nehme, in dem seine Frau seine Dreiwochensocken gewaschen habe, worauf er jedoch schnell den schönen Satz nachgeschoben hatte: Wat heest denn hieha Jehäimnis: Ick spar nich an ne Bohn'n, ick spar nich an ne Bohn'n... det is et. Trotz dieses abkühlenden Satzes hatte Vesper in einem blitzkurzen Moment wieder mal gespürt, dass der Kaffeebohne an sich ein Mysterium innewohnt, zu dem ein primitiver Kaffeetrinker keinen Zugang haben kann.

Er wollte hinaus aufs Oberdeck, um seine Morgenpfeife zu rauchen. Hierfür hatte er heute die uralte Meerschaumpfeife eingesteckt, die ihm sein Großvater vermacht hatte.

„Vesper sieht nicht so aus, wie man sich einen Geistlichen vorstellt. Er wirkt eher wie ein Intellektueller, der seine Sechziger erfolgreich und körperlich gut drauf abgeschlossen hat."

„Und der am Abend über Mozart, Dante und Paul Klee schwadroniert und vermutlich am Morgen drauf mit einer sportgestählten, jung erhaltenen Ex-Gymnasiallehrerin – da kennen wir uns ja bestens aus, Frau Sommer – den Mainkai entlangjoggt."

Diese aus Anerkennung und Spott gemixten Kommentare gaben Tina Sommer und Elvira Pekus von sich, als Rupert den Frühstücksraum mit einem fröhlichen Ciao verließ, wobei er die letzten Worte der Ladies noch hörte und mit leichtem Schmunzeln quittierte.

Oben auf dem Deck lehnte er sich über die Reling, blickte in die Weite.

Der Himmel: grau, grau, grau, die Luft: eisig, schneidend. Das Meer: heute schieferfarben, endlose Wogenreihen, salzweiße Wellengebisse.

Ein Düsenjet donnerte durch die Wolken, riss die Möwenschwärme auseinander. Die Meeresfeuchte überzog die Luft mit einem leichten Firnis. Vesper spürte das atlantische Salz auf den Lippen.

Dieses Meer ist ohne Alter, zeitlos. Vergangenheit, Gegenwart, Zukunft in einer Bewegung. Eine flüssige Masse, die unser Schiff ... die uns ... die mich trägt ... und die gleichzeitig zerbricht.

„Pfeifen an Bord ist nicht erlaubt; holt den Sturm herbei oder zurück", rief Lohfeld lachend von der Brücke herunter, als Rupert Vesper *Cheek To Cheek* vor sich hin pfiff.

„Das wusste ich nicht! Muss noch viel lernen. Ahoi!" gab er zur Antwort.

Einen ähnlichen, vom Aberglauben erzeugten Spruch hatten zwei Matrosen gemurmelt, die bei seiner Ankunft am Kai gestanden und ins Fleet gespuckt hatten.

„Frauen und Pfaffen an Bord bringen Unglück!"

„Sind ja schon manche schnell über Bord gegangen...aus Versehen... aus Unvorsichtigkeit."

Was der offenbar damit Gemeinte als einen ungewöhnlich herzfrohen Willkommensgruß empfunden hatte. Aber, seltsam, woher hatten diese Kerle gewusst, dass er...

Elvira, 17. Februar vormittags

Schade, der stattliche Herr al Chatim war gleich nach dem Frühstück aus dem Salon verschwunden und auch auf Deck nirgends zu entdecken. Als Elvira ihm an Bord zum ersten Mal begegnet war, hatte sie gleich das Gefühl gehabt, ihn schon gut zu kennen, als wären sie sich schon vor langer Zeit begegnet. Das war sonderbar, sie war doch normalerweise so verklemmt und schüchtern, aber bei diesem ansehnlichen dunkelhäutigen Mann ungefähr in ihrem Alter empfand sie so gar keine Scheu, sondern fühlte sich auf eine unbewusste Art angezogen. Er hatte ihr ganz offensichtlich ausweichen wollen, und so ließ sie ihn gehen. Aber sie würde ihm wieder über den Weg laufen, und dann wollte sie mit ihm sprechen, seine Stimme hören, seine Nähe spüren. Bestimmt war er jetzt in seiner Kabine zum Beten, er sah so aus, als wäre er auf eine ganz selbstverständliche, ernsthafte und unaufdringliche Art fromm.

Wie die muslimische Familie, die während ihrer Kindheit im Sudan im Nachbarhaus gewohnt hatte. Gott, war das lange her, dass sie mit ihrem Onkel, ihrer Mutter und ihrem Bruder einige Jahre in der sudanesischen Stadt Khartum gelebt hatte. Ihr Onkel und ihre Mutter hatten beide an der Internationalen Universität gearbeitet. Sie hatten ein englisches Kindermädchen und wenig Kontakt zur einheimischen Bevölkerung. Die einzige Ausnahme war die Nachbarfamilie, die Elvira und ihren Bruder häufig zu sich einlud, um mit ihren drei Kindern Arif, Rashid und Saida zu spielen. Das waren wundervolle Stunden in den geheimnisvollen Gemächern und dem parkähnlichen Garten der Familie gewesen, und immer gab es traumhafte, süße Leckereien aus Sesam, Mandeln, orientalischen Gewürzen und Honig. Sie verkleideten sich oft, tollten mit den zwei Hündchen herum und versteckten sich in den zahlreichen Räumen und verwinkelten Fluren. Es war sicher die schönste Zeit ihrer Kindheit gewesen, aber die Erinnerung daran hatte sie seit langem hinter den Eindrücken all der entbehrungsreichen Jahren verdrängt, die in Deutschland noch folgen sollten. Saida war genauso alt wie sie. Sie waren unzertrennlich, und Rashid, ihr älterer Bruder, versprach beim Abschied, Elvira zu heiraten, wenn er groß wäre und ein reicher Mann geworden sei. Dann wolle er ihr nach Deutschland folgen, sie entführen und nach Khartum zurück bringen. Sie hatte damals, mit fünf Jahren, nichts dagegen gehabt. Wie hatte sie diese Erinnerungen vergessen können? Aber jetzt, in dieser fremden Umgebung, auf dem Schiff, das sie in einen neuen Lebensabschnitt bringen sollte, bekam sie endlich den Abstand, den sie brauchte, um ihr Leben neu zu betrachten und sich selbst wieder näherzukommen. Tot geglaubte Gefühle von Abenteuerlust und Freude am Ungewissen, die sie vor 40 Jahren noch hatten zittern und vibrieren lassen, klopften ganz zaghaft in ihrer Brust. Sie empfand plötzlich eine Leichtigkeit, an die sie sich kaum mehr erinnern konnte.

Sie musste unbedingt mit Al Chatim reden, vielleicht war auch er schon im Sudan gewesen, und sie könnte mit ihm über früher sprechen ...

Conrad, 17. Februar nachmittags

Es war der zweite Tag der Seereise und für 14 Uhr eine Schiffsbesichtigung geplant. Conrad Dreyer war gleich nach dem Mittagessen an Deck gegangen und hatte seine neue Kamera schon einmal ausprobiert. Gegen 14 Uhr kamen nach und nach die anderen Passagiere. Auch Horst Lohfeld war pünktlich an Deck erschienen, wo ihn schon die Reisegruppe erwartete. „Herzlich willkommen, meine Damen und

Herren und liebe Kinder. Ich freue mich auf einen gemeinsamen Rundgang auf unserem Schiff. Sind alle Passagiere an Deck?" Anna, noch in Gedanken bei ihrer Begegnung mit Björn am Morgen, meldete sich zu Wort. „Ich habe den schüchternen jungen Mann seit dem Frühstück nicht mehr gesehen. Er ist anscheinend noch in seiner Kabine. Soll ich mal nachschauen?" Horst Lohfeld blickte auf seine Uhr. „Ich würde jetzt gern starten. Vielleicht stößt er ja noch dazu ... Fangen wir mit einer Frage an: Backbord und Steuerbord; wer kennt sich hier aus?" Peter, freudig erregt: „Na, das weiß doch jeder, oder?"

Während der Junge mit seinen nautischen Kenntnissen protzte, hatte sich Conrad ein wenig seitlich zur Gruppe gestellt und die Teilnehmer fotografiert, mit einem der Rettungsboote im Hintergrund und Horst Lohfeld in der Mitte; die goldenen Knöpfe seine Uniformjacke blinkten im Sonnenlicht. „He, lassen Sie das! Ich will nicht fotografiert werden!", rief Muhammad ihm zu und unterbrach so abrupt Peters Ausführungen, der gerade die Positionslichter erläuterte. Schorse stimmte lautstark in die Forderung von Muhammad ein. Gerade er wollte sich auf keinen Fall fotografieren lassen. Jeder Schnappschuss war ein Risiko, das hatten sie ihm beim Zeugenschutz-Seminar eingehämmert. Die Dokumente mit seinem neuen Namen waren wasserdicht, aber seit es leistungsfähige Gesichtserkennungs-Programme gab, konnte ein einziges Bild im Internet die Tarnung auffliegen lassen.

Vorbei war es mit Backbord und Steuerbord. Conrad wurde von den beiden Kritikern massiv bedrängt. Zum Glück konnte Horst Lohfeld schlichten, indem er erläuterte, dass das Fotografieren an Bord oder auch woanders nicht verboten sei, solange es keine entsprechenden Hinweise gebe. Allerdings dürfe ein Foto, auf dem Personen erkennbar seien, nicht ohne Zustimmung dieser Personen veröffentlicht werden. „Sie werden im Leben so oft fotografiert oder gefilmt und merken es nicht einmal, bei den vielen Handys. Oder haben Sie eine Chance, sich zum Beispiel gegen Überwachungskameras zu weh-

107

ren?", so Lohfeld. Conrad versuchte, die Situation weiter zu entschärfen, indem er den beiden anbot, sich die Bilder später anzuschauen. „Wenn Sie wollen, werde ich die Bilder gern auch löschen. Außerdem fotografieren hier ja noch andere mit ihrem Handy." Verstohlen steckte Elvira Pekus ihr Gerät weg, mit hochrotem Kopf.

Peter konnte seine Erläuterungen zu den Positionslichtern fortsetzen. Karima lauschte gespannt und mit glänzenden Augen seinen Ausführungen. „Woooh, der hat ja richtig Ahnung", flüsterte sie ihrer Mutter ins Ohr. Jetzt ergriff Horst Lohfeld wieder die Initiative. „Ich werde Sie bei dieser Besichtigung auch gleich mit den Rettungseinrichtungen unseres Schiffs vertraut machen. Als erstes zeige ich ihnen, wo Sie Rettungswesten hier an Deck finden und wie Sie damit umgehen können."

Hierauf hatte Conrad gewartet. Das war seine Chance, die Erfüllung seines Auftrags in Angriff zu nehmen. Mit besorgter Miene meldete er ernsthafte Bedenken an und bezweifelte die Wirksamkeit der Westen. „Was soll das denn? Wenn der Pott hier abgesoffen ist, helfen uns die Westen auch nicht mehr, wenn wir im Wasser an Unterkühlung abkratzen." Ein Sturm der Entrüstung fegte dem Querulanten entgegen. Innerlich schmunzelte er über den gelungenen Auftritt, während er mit ernster Miene zusah, wie der Erste Offizier sich bemühte, die Situation wieder zu beruhigen. Das sei ja nicht die einzige Schutzmaßnahme, die hier an Bord für die Sicherheit der Passagiere sorge. Damit wandte er sich den Rettungsbooten zu. „Mann, was machen Sie denn da?", schnauzte er Scott Williams an, der sich schon an der Abdeckung eines Bootes zu schaffen machte und den Motor inspizierte. „Rettungsboote dürfen nur von der Mannschaft bedient und zu Wasser gelassen werden. Bitte lassen Sie die Finger davon, damit die Boote funktionstüchtig bleiben und Sie sich darauf verlassen können!" Scott Willams wollte darauf etwas erwidern, wurde aber von seinem Sohn am Ärmel gezogen. „Ich glaube, wir sollten uns nicht mit dem anlegen", flüsterte Peter ihm zu.

Der Vorfall war das Signal für Conrad, noch einmal provokant nachzuhaken. „Was ist denn, wenn im Notfall die Rettungsboote nicht zu Wasser gelassen werden können? Müssen wir dann von Deck springen, vielleicht zehn Meter oder mehr? Oder gibt es eine Leiter, an der wir herunterklettern können? Und sollten wir das nicht mal trainieren? Auch für den Fall, dass mal jemand über Bord gegangen ist und dann wieder an Deck geholt werden muss?" „Jetzt ist aber gut! Vermiesen sie uns nicht mit solchen blöden Sprüchen unsere Seereise", zischte Tina Sommer. Die anderen Besichtigungsteilnehmer unterstützten sie mit zustimmendem Gemurmel. Und der Erste Offizier ergänzte: „Sie sehen das viel zu pessimistisch. Ich fahre schon über zwanzig Jahre zur See und habe ein solches Szenario noch nie erlebt, kein Mann über Bord und auch kein Notfall mit Wasserung der Rettungsboote. Sollten Sie noch Fragen zum Sicherheitssystem hier an Bord habe, erkläre ich Ihnen das gern einmal unter vier Augen. Und noch einmal für alle: Finger weg von den Rettungsbooten, das ist Sache der Mannschaft." „Und was ist, wenn die Mannschaft komplett ausfällt?" hakte Conrad mit aufgesetzt besorgten Gesichtsausdruck nach. „Schluss, Herr Dreyer, wir besprechen das später!" fauchte Lohfeld und setzte seinen Rundgang in Richtung Maschinenraum fort. Hier bekam er Unterstützung vom Chief Heinz Petersen und einem weiteren Mannschaftsmitglied, die die Gruppe aufteilten und nach und nach einen Blick in den Maschinenraum gestatteten.

Lohfeld blieb an Deck und erklärte den Gruppen nach der Besichtigung des Schiffsdiesels die Feuerlöscheinrichtungen des Schiffs. Als Conrad zu einer weiteren Frage ansetzen wollte, zog ihn Lohfeld zur Seite und forderte ihn – Gesicht gegen Gesicht – dazu auf, nicht schon wieder zu provozieren. Conrad war überrascht über den resoluten Ersten Offizier und hielt sich mit seinen Fragen zurück. „Geht ja besser, als ich dachte. Des einen Pech, des anderen Glück.", freute er sich im Stillen.

Anna erinnerte sich an ihre Begegnung mit der Schiffskatze. „Herr Lohfeld, kann es sein, dass wir hier an Bord Mäuse oder Ratten haben? Ich habe heute morgen eine Katze gesehen. Ist die hier auf der Jagd nach solchem Ungeziefer?" „Verdammter Kater, hat er es doch wieder an Bord geschafft! Den hatten wir doch in Hamburg über Bord ge… äähhh, von Bord gescheucht. Also, von Ratten und Mäusen kann der Kater nicht leben, denn die haben wir nicht."

Am Ende der Besichtigung wurden die Teilnehmer auf der Brücke von Kapitän Freese begrüßt, auch hier aufgeteilt in zwei Gruppen, da für alle Teilnehmer gleichzeitig nicht ausreichend Platz war. Er erklärte den Reisenden Navigation, Radar und Echolot. Peter durfte die Meerestiefe messen und Karima, unterstützt von Klaas Freese, mit dem Steuerstick das Schiff kurz lenken. Conrad war das alles zu wenig. Er hakte nach. „Das ist ja alles ganz nett. Aber was ist, wenn Sie durch Nebel keine Sicht mehr haben und da kommt ein Schiff Ihnen auf Ihrem Kurs entgegen? Sie telefonieren gerade mit Ihrer Reederei. Gibt es denn einen Autoalarm, wenn Sie auf Kollisionskurs sind? Und wie ist das mit Notrufen anderer Schiffe?" „Wie war gleich Ihr Name?" „Conrad Dreyer." „Nun, Herr Dreyer, wir sind immer mindestens zu zweit auf der Brücke. Selbst wenn ich telefonieren würde, so wäre immer noch der Rudergänger hier und könnte entsprechend reagieren. Wissen Sie, Sie fahren hier mit einer deutschen Reederei. Glauben Sie mir, wir verstehen unser Handwerk."

Auf dem Weg zurück zu ihrer Kabine hatte Karima die vielen provokanten Fragen von Conrad noch nicht verarbeitet. „Du, Mama, der Hutmann macht mir Angst. Immer diese Fragen. Schiffsuntergang, Feuer, Ratten und Mäuse, Schiffe fahren aufeinander zu und können zusammenstoßen. Was ist mit dem Mann? Der kam mir schon gestern komisch vor. Verfolgt der uns?" „Nee, Karima. Das glaube ich nicht. Ich glaube, der wird selbst verfolgt oder glaubt, dass er verfolgt wird. Solche Fragen stellt niemand, der hinter anderen her ist, glaube ich."

Conrad hatte sich am Ende der Führung mit Schorse und Muhammad verabredet. Bereitwillig zeigte er ihnen die von ihm gemachten Fotos und bot an, die Bilder zu entfernen, auf denen die beiden zu erkennen seien. Dann löschte er zwei Fotos. „Also, wenn Sie solche Angst haben, fotografiert zu werden, dann sollten Sie auch dieser Elvira Pekus auf den Zahn fühlen. Die hat mit ihrem Handy ebenfalls an Deck rumgeknipst."

Als Conrad seine Kamera wieder wegstecken wollte, wurde er durch ein Blinksignal und den Hinweis „Akku leer" stutzig. Dreißig Fotos, und das Gerät nur etwa eine Stunde an, das konnte doch nicht sein? „Irgendwas stimmt nicht mit der Kamera", dachte Conrad. "Ich muss wohl morgen noch mal mit Lohfeld sprechen. Der wollte mir ja sowieso noch was erklären."

Irritiert, aber im Grunde zufrieden zog er sich in seine Kabine zurück. Hatte er doch heute erfolgreich für seine neue Identität gearbeitet.

Horst Lohfeld war nach der Schiffsführung genervt bei Klaas Freese auf der Brücke geblieben. „Das ist ja eine stressige Truppe. Vor allem dieser Dreyer, ein richtiger Kotzbrocken. Der zieht alle runter. Ich möchte gern mal wissen, was der damit bezweckt." Während Lohfeld seinem Kapitän all die Einwände und Befürchtungen Dreyers schilderte, kontrollierte er nebenbei die Kommunikationsprotokolle des Bordcomputers. Was war denn das? Ein unbekannter Client hier an Bord?

Tina, 17. Februar abends

Als Tina abends den Salon betrat, herrschte dort eine ungewohnte Atmosphäre – ruhig, aber irgendwie angespannt. Nur wenige Tische waren besetzt. Der beim Dinner angekündigte Spieleabend hatte wohl einige Passagiere eher abgeschreckt. Pater Vesper lehnte mit mürrischer Miene an der Bar und ließ sich einen *Black Velvet* nach dem anderen reichen. Er wirkte nicht so, als habe er Interesse an „Mensch-ärgere-dich-nicht". Darin war er sich offenbar mit Schorse einig, der nur kurz brummte, das sei ein Babyspiel, und verschwand, sobald er sein Bier ausgetrunken hatte.

Aber die Kinder waren natürlich mit Begeisterung bei der Sache. Karima spielte an einem Ecktisch Mühle mit ihrer Mutter und brach bei jedem gelungenen Zug in kleine Begeisterungsrufe aus. Neben Anna türmten sich bereits die geschlagenen schwarzen Steine, während Karimas weiße Truppen noch fast vollzählig das Spielbrett bevölkerten.

Scott und Conrad knobelten am Nachbartisch. Sie ließen die Würfelbecher lautstark auf die Tischplatte knallen und führten heftige Debatten darüber, wie die Ergebnisse zu bewerten seien. „Ein General gibt drei Strafpunkte, ist doch klar!", polterte Conrad gerade. „Ganz egal, ob der aus der Hand war oder nicht!" „Seh' ich anders", hielt Scott dagegen, „Generäle und Straßen gelten nur, wenn sie aus der Hand sind, nicht zusammengewürfelt." Er blieb äußerlich ruhig, doch seine Stimme klang noch etwas gepresster und heller als sonst. „Sie haben doch keine Ahnung vom Knobeln, hab ich ja gleich gewusst!", knurrte Conrad, griff aber doch nach einem zerfledderten Handbuch, das die Knobel-Spielregeln nach dem Meisterschafts-Standard aufführte.

In einer anderen Ecke des Salons beugten sich Björn und Peter über ein Schachbrett. Überrascht sah Tina den jungen Studenten an. Seine gewohnte Zurückhaltung schien ganz verschwunden. Er hatte eine rosige Gesichtsfarbe, die Brille war ihm vor lauter Konzentration auf die Nasenspitze gerutscht. Selbstsicher bewegte er die Hand über das Brett. Peter dagegen war offensichtlich in die Enge getrieben worden. Er biss sich auf die Unterlippe, kratzte sich am Kopf und warf schließlich seinen König um. „Hat doch gar keinen Sinn mehr! Du hast mich schon wieder plattgemacht!", rief er verzweifelt. „Na hör mal, für deine zehn Jahre spielst du doch gar nicht schlecht!", erwiderte Björn, schob seine Brille zurecht und unterdrückte ein Lächeln. „Und außerdem siehst du das auch ganz falsch. Schau mal, wenn du jetzt deine Dame auf F7 setzt, dann..."

Tina wandte sich ab. Hier war offenbar gerade kein Platz für sie. Sollte sie wieder in ihre Kabine gehen? Aber darauf hatte sie überhaupt keine Lust. Spielen hatte ihr immer Spaß gemacht, auch wenn sie in letzter Zeit nicht viel dazu gekommen war. Einmal hatte eine Schulklasse einen Poker-Abend organisiert und sie dazu eingeladen. Sie hatte dem Elternvertreter am Ende das ganze Spielgeld abgenommen. Keiner in der Runde hatte nämlich damit gerechnet, dass sie so eiskalt bluffen konnte! Bei der Erinnerung musste sie lächeln. Dann seufzte sie – es war lange her, dass sie so lauthals gelacht hatte wie an diesem Abend damals. Sie hatte sich plötzlich befreit gefühlt. Als könnte sie auch jemand anders sein. Jemand Kühnes, Außergewöhnliches. Jemand wie Stefan. Was er wohl von dieser Reise denken würde? Vielleicht sollte sie ihn anrufen, mit diesem Satellitentelefon in der Kabine, und ihm erzählen, dass sie wirklich unterwegs war, wie er es ihr geraten hatte. Mehr noch: Sie – ausgerechnet sie! – hatte sich auf ein Abenteuer mit ungewissem Ausgang eingelassen. Er würde nicht schlecht staunen. Und dann würde er sie an den Sommer vor 40 Jahren erinnern, als sie gemeinsam ausgerissen waren. Die Eltern hatten Tina Stubenarrest verordnet, weil sie ein paar zusätzliche Flecken in den blöden alten Schulatlas gemacht hatte. Da hatte sie heimlich ein paar Kekse, eine Wasserflasche, ihr Taschenmesser und ein paar weitere Kleinigkeiten in den Rucksack gesteckt, um wegzulaufen. Sie hatte alles ordentlich gepackt, genauso sorgsam, wie sie heute noch den „Notvorrat aller wichtigen Dinge" zusammenstellte. Dabei hatte ihr Zwillingsbruder sie neugierig beobachtet. Er hatte sie so lange ausgefragt, bis sie ihm von ihrem Plan erzählte. Da war er ganz selbstverständlich mitgekommen. Sie hatten im Wald eine Hütte gebaut, hatten „Robinson" gespielt und einander geschworen, nie, nie mehr zurückzukehren. Sie waren einen ganzen Nachmittag lang richtig glücklich gewesen. Aber dann hatte der Vater sie gefunden. Er hatte sie beide nach Hause geschleppt und Stefan hatte fürchterliche

Prügel bekommen. Tina nicht, aber nur weil sie ein Mädchen war und angeblich bloß „die dummen Streiche ihres Bruders mitgemacht" hatte. Dabei war das Ganze doch ihre Idee gewesen! Sie hatte versucht, Stefan in Schutz zu nehmen. Natürlich hatte ihr niemand geglaubt. Und danach ... danach war irgendwie nichts mehr wie vorher gewesen. Sie war sehr brav geworden und Stefan sehr wild. Tina schluckte. Doch – sie würde ihren Bruder anrufen. Bald schon. Wenn sie herausgefunden hätte, wie daskomplizierte Satellitentelefon funktionierte.

Die fröhliche Stimme von Anna riss sie aus ihren Gedanken. „Kommen Sie doch hier herüber, Frau Sommer! Karima und ich sind gleich fertig mit unserer Partie Mühle. Dieses Kind zieht mich völlig über den Tisch. Vielleicht versuchen Sie mal, die junge Dame zu schlagen?" Tina nickte und zwinkerte Karima freundlich zu. „Magst du mir nachher auch mal eine Chance geben?" Die Kleine strahlte.

Tina setzte sich in die Nähe der Mühle-Spielerinnen und griff nach einer herumliegenden Zeitschrift. Ziellos blätterte sie zwischen Mode- und Kosmetik-Tipps herum, als ihr plötzlich ein Artikel ins Auge fiel: „Soul-Food für jeden Tag! Schwarzer Tee und liebevoll hergestellte Süßigkeiten wärmen unsere Seele." Sie studierte ein Dutzend Rezepte für Gewürztee und Cookies, selbstgemachte Pralinen und Sahnebaisers. Als Karima ihr auf die Schulter tippte, um sie zu der versprochenen Mühle-Partie einzuladen, lächelte Tina ihr versonnen zu. „Sag mal, magst du eigentlich Vanille-Toffees?", fragte sie die Kleine. Die zuckte die Achseln. „Kenn ich nicht. Was issn das?" „So eine weiche Süßigkeit aus Sahne und Zucker und Vanille. Ein bisschen wie Karamellbonbons. Denkst du, das könnte dir schmecken? Und deiner Mama auch?" „Jaaa, denk ich schon. Ist das sowas wie Toffifee? Hast du welche dabei?" „So ähnlich. Nein, ich habe im Moment keine dabei, aber ich hab welche in der Kabine. Die hab ich selbst gemacht." Tina spürte allmählich Begeisterung und Zuversicht wachsen. Soul-Food. Vielleicht konnte sie etwas unternehmen, um die gereizte Stimmung an Bord ein wenig zu lindern. „Was, so Toffees kann man selber machen?", fragte Karima. „Genau. Und ich hab mir gerade gedacht, dass wir es uns alle morgen mal ein bisschen gemütlich machen könnten, mit einer schönen Kanne Tee und Kandis und den Toffees. Was meinen Sie dazu, Frau García?"

Anna zögerte einen Moment. Die Vorstellung eines Teestündchens mit selbstgemachtem Süßkram hatte für sie einen ähnlichen Reiz wie eine Schrankwand mit eingebautem Fernseher. Brr. Aber sie sah das Leuchten in Tinas Gesicht und die fröhliche Unbefangenheit in den Augen ihrer Tochter und erwiderte: „Ich finde, das hört sich ganz herrlich an. Und nun bin ich gespannt auf den Ausgang der Mühle-Partie!"

Tina gelang es mit knapper Not, Karima zu schlagen. Sie versuchte, dem Mädchen hinterher einige lehrreiche Hinweise auf die richtige Spieltaktik zu geben, blitzte aber bei der jungen Dame ab. „Ich kann das schon voll gut! Keine Sorge!" Auch Anna verzog leicht genervt das Gesicht. Tina entging es nicht. Sie errötete. Wahrscheinlich hatte sie wieder den gefürchteten, gönnerhaften Lehrerton angeschlagen. Etwas beschämt zog sie sich zurück und überließ Peter, der inzwischen frustriert die Schachpartien mit Björn aufgegeben hatte, ihren Platz. Jetzt hatte Karima um jeden Stein zu kämpfen und unterlag am Ende doch. Peters Jungen-Ehre war gerettet.

Der Spieleabend bewegte sich auf ein relativ frühes Ende zu. Björn verließ in Ermangelung eines Schachpartners den Salon, Conrad brach das Knobelturnier ab und erzählte Scott irgendwelche Jagdgeschichten. Der Pater warf, lässig an die Bar gelehnt, seine trockenen Kommentare in die Diskussion.

Da trat plötzlich Horst Lohfeld durch die Tür. Unter dem Arm hielt er einen großen, bunt bedruckten Karton. „Bitte entschuldigen Sie, dass ich erst jetzt mit meinem Angebot hereinplatze, wo der Spiele-Abend schon in vollem Gange ist! Ich hatte ganz vergessen, dass noch dieses Präsent der *Adventure Investment Agency* auf Sie wartet. Es wurde mir vor unserem Reiseantritt übergeben, um das Bordleben ein wenig zu bereichern. Vielleicht haben Sie ja Freude daran." Der Erste Offizier stellte die Kiste auf den Tisch und zog sich zurück, ohne weiteres Interesse zu zeigen. Auch Pater Rupert verschwand. Er verspürte ebenfalls wenig Neugier auf das Präsent, sondern sehnte sich nach einem Pfeifchen Tabak auf dem Oberdeck.

Die Kinder aber stürzten sich sofort auf das Paket, als handele es sich um ein verspätetes Weihnachtsgeschenk. Was es ja nach den Worten des Offiziers irgendwie auch war. „Merkwürdig", dachte Tina, „dass diese *Agency* sich dermaßen liebevoll um uns kümmert ... Erst bekommen wir preiswerte Tickets, dann die ausführlichen Dossiers über die anderen Mitreisenden und jetzt auch noch ein Unterhaltungspaket. Ob da was dahintersteckt?"

Doch sie vergaß diese Gedanken schnell, als die Kinder die Klebebänder abrissen und den Karton öffneten. Zuoberst lag ein nagelneues, einladend glänzendes Poker-Set mit grüner Spielmatte, Karten und Pokerchips in Form von echten Münzen. Es wurde ausführlich bewundert. „Kann denn jemand hier Poker spielen?", fragte Karima aufgeregt. Tina nickte und bot allen Interessenten einen Anfängerkurs an. Doch Scott und Conrad, die neugierig dazugekommen waren, winkten ab. Selbstverständlich beherrschten sie die Spielregeln längst. „Gut. Dann treffen wir uns demnächst mal zu einer Pokerrunde?" Tina schmunzelte, denn sie vermutete, dass die Sachkenntnis der Herren nicht allzu weit reichen würde. Doch zu ihrer Überraschung ließen sie sich auf die Herausforderung ein. „Machen wir", meinte Scott, „und am besten holen wir auch noch den Pater dazu. Wie ich den einschätze, hat er auf sowas mehr Lust als auf *Mensch-ärgere-dich-nicht.*"

Als das Pokerset ausreichend gewürdigt war, wandten sich die Kinder wieder dem Karton zu, denn sie hatten längst gesehen, dass er noch eine weitere Überraschung enthielt. Es handelte sich um eine dunkelrote Kiste mit der Aufschrift *Escape*. Anders als das Poker-Set war sie nicht mit einer Herstellerangabe oder einem anderen Aufdruck versehen. Stattdessen klebte ein computergeschriebener Zettel darauf: „Liebe Passagiere der *MS Pavia*! Dieses aufregende Brettspiel wurde eigens für Sie entworfen. Es soll Ihnen die Zeit auf dem Schiff verkürzen und Ihre Reise zu einem unvergesslichen Erlebnis machen. Viel Vergnügen!"

Alle hielten den Atem an, als der Karton geöffnet wurde. In kleinen Fächern, säuberlich geordnet, lagen Halbedelsteine verschiedener Farben. Offensichtlich sollten sie als Spielsteine genutzt werden. Das Spielbrett war mit schwarzem Samt bezogen und wies Felder verschiedener Größe auf. Niemand sagte etwas, bis Scott schließlich das atemlose Schweigen brach: „Ziemlich ‚wertig', das Ganze, wie man so sagt. Wollen wir uns mal die Spielregel ansehen?"

Er griff in den Karton und zog ein dunkelrotes Heft heraus. Die Spielregel war, wie sich herausstellte, nicht schwer zu verstehen. Die Aufgabe bestand darin, mit den eigenen Steinen die Felder des Gegners zu umzingeln, ihn einzukreisen, bis er sich nicht mehr bewegen konnte. Aber man durfte auch Bündnisse bilden, sich absprechen und einander zur Flucht aus der Umzingelung verhelfen, was den Namen des Spiels erklärte. Doch man war an solche Vereinbarungen nicht gebunden, durfte jederzeit Verrat begehen und die früheren Partner zu Fall bringen.

An diesem Punkt der Erklärung zog sich Conrad leise aus dem Salon zurück. Er musste in Ruhe nachdenken, denn er konnte sich des Eindrucks nicht erwehren, dass dieses merkwürdige Präsent in irgendeinem Zusammenhang mit seinem Auftrag stand. Aber in welchem? Sollte er die Kamera einsetzen? Seine Überlegungen wurden jedoch durch ein unangenehmes Grummeln in seinem Magen gestört, das offenbar mit dem Schwanken des Schiffes zu tun hatte.

Im Salon wurde das Spiel am Ende doch nicht gleich ausprobiert, sondern es verschwand – sehr zum Bedauern der Kinder – erst einmal wieder in der Kiste.

Die Erwachsenen fanden, man solle besser zu einem späteren Zeitpunkt in Ruhe noch einmal darauf zurückkommen. Und vielleicht waren manche von ihnen darüber auch ein wenig erleichtert, denn von dem roten Karton ging ein merkwürdiger Sog aus.

Anna und Karima, 17. Februar abends

An diesem Abend konnte Anna ein sehr zufriedenes Kind ins Bett bringen. Genauer gesagt, mit fester Stimme ins Bett beordern, zwei Stunden später als sonst.

Karima hatte schon den ganzen Tag lang gute Laune gehabt. Zuerst hatte sie von ihrer Mutter gehört, dass es auf diesem Schiff eine Katze gab, eine scheue rote Katze. Die wollte sie später mal suchen gehen. Dann gab es beim Frühstück herrliche kleine Pfannkuchen mit Ahornsirup. Sie schaffte sieben Stück davon! Dann, nach dem Mittagessen, wurde jedem, der Interesse hatte, das ganze große Schiff gezeigt. Nicht ganz das ganze, aber doch ziemlich viel. Der Hutmann hatte komische Fragen gestellt und das hatten alle doof gefunden. Das Schiff schaukelte schön stark, und sie musste immer wieder huch! rufen, wenn sie ins Torkeln geriet. Der Kapitän ließ sie und diesen Jungen dann mitmachen und sie durfte sogar eine Weile den Steuerstick halten! Der Junge hieß Peter.

Und dann das Allertollste: Spieleabend nach dem Abendessen! Zuerst spielte sie Mühle mit ihrer Mutter, dann mit der einen Frau, die sie öfter anlächelte. Die andere Frau war gar nicht da. Dann mit diesem Peter, aber der gewann immer. Schade, dass der Mann, der immer so traurig guckte, sich nur für Schach interessierte. Sie hätte zu gern mit ihm und ihrer Mutter zusammen Mensch-ärgere-dich-nicht gespielt. Die anderen Männer hatten keine Lust dazu. Der, den alle Schorse nannten, sagte, das sei ein Spiel nur für Kinder. Der wusste bestimmt nicht, dass man das auch ganz schwer spielen kann, mit Sperren und so. Na ja egal, sie fand den sowieso nicht nett. Sie war jetzt doch müde und schlief schnell ein.

Anna nähte weiter an der Puppe Laila, denn diese sollte am folgenden Tag ihre private Schiffsführung bekommen. Bei ihrer entspannenden Tätigkeit dachte Anna nochmals über das Gespräch nach, dem sie am vergangenen Abend beim Essen mehr oder weniger gelauscht hatte. Ihr war natürlich immer deutlich gewesen, dass es mit ihrer Bildung nicht weit her war. Yacine und während des vergangenen Jahres auch Pablo hatten nicht gezögert, ihr das immer wieder unter die Nase zu reiben. Der Unterschied: Pablo lächelte über ihre Unwissenheit und fand sie einfach „süß", während Yacine es anfangs unternommen hatte, ihr ein gewisses Maß an Bildung zu vermitteln. Besonders damals, als sie mit siebzehn von zu Hause weggelaufen war und sich mit Yacine wochenlang bis nach Schottland durchschlug, hatte er ihr unterwegs Vieles über Literatur und Politik und über sein Heimatland Algerien erklärt. Noch heute, noch hier auf diesem Schiff, besaß sie den Zettel, auf dem er ihr damals – in der muffigen B&B-Pension in Gretna Green – Teile von einem Text von Albert Camus aufgeschrieben hatte. Auf Französisch und aus dem Kopf. Zu Hause in Deutschland hatte er dann den deutschen Text für sie kopiert, obwohl ihm die Übersetzung nicht gut gefallen hatte. Anna zog den alten Zettel aus der Klarsichthülle für ihre Papiere und las die Zeilen einmal wieder, mit vager Sehnsucht im Herzen nach jener Zeit und auch nach dem Yacine von damals:

Nous arrivons par le village qui s'ouvre déjà sur la baie. Nous entrons dans un monde jaune et bleu où nous accueille le soupir odorant et âcre de la terre d'été en Algérie. Partout, des bougainvillées rosat dépassent les murs des villas; dans les jardins, des hibiscus au rouge encore pâle, une profusion de roses thé épaisses comme de la crème et de délicates bordures de longs iris bleus. Toutes les pierres sont chaudes.

Wir kommen durch das Dorf, das bereits am Rande der Bucht sichtbar wird. Eine Welt von Gelb und Blau tut sich auf und hüllt uns ein in den bitter-süßen Sommergeruch der algerischen Erde. Rings branden die Bougainvillerosen über die Mauern. In den Gärten leuchtet das noch blasse Rot der Hibiskusbüsche, wuchern die dichten, rahmfarbenen Teerosen und blühen in schmalen Reihen die hohen blauen Schwertlilien. Alle Steine sind heiß.

Wie verzaubert war sie gewesen, wenn Yacine ihr diese Zeilen vorsprach und sie an seinen Augen sah, wie groß seine Sehnsucht nach Algerien war. Später – in dem eiskalten Untermieterzimmer in Hannover – hatte sie einmal versucht, das beschriebene Bild zu malen, doch das war gründlich danebengegangen. Die flirrende Hitze, die fast grausame Sonne, die berauschenden Düfte der Kräuter – nichts von alledem hatte sie einfangen können. Und das hatte nicht nur an der Kälte gelegen.

Das war nun acht lange Jahre her, und den Zettel hatte sie nie fortwerfen mögen. Sehr viel war inzwischen passiert. Aber sie hatte kaum etwas vergessen aus jener Zeit. Sie war damals sehr, sehr glücklich gewesen.

Je nun. Vorbei. Schnee von gestern.

Laila war fertig geworden. „Voll schön", würde Karima morgen früh sagen. Anna legte sich schlafen.

Elvira, 17. Februar abends

Elvira war früh zum Abendessen gegangen und hatte sich nur kurz mit ihren Tischnachbarn unterhalten, und auch Muhammad al Chatim war sofort nach dem Essen aufgestanden und verschwunden.

Auf einen Spieleabend hatte sie nun wirklich keine Lust. Gesellschaftsspiele, besonders solche, bei denen es vorwiegend auf das Glück ankam, hatte sie schon als Kind gehasst, weil es in der kleinen Familie immer um Leben und Tod zu gehen schien, und wer es schaffte zu gewinnen, machte sich über den Verlierer lustig, entsetzlich!

Sie verzog sich also früh in ihre Kabine, ohne recht zu wissen, wie sie den langen Abend rumkriegen sollte, aber das war schon lange ihr

Problem gewesen, wenn sie nicht gerade arbeiten musste. Sie setzte sich auf die Bettkante und schlug ein Buch auf, doch es konnte sie nicht richtig fesseln. Gelangweilt ließ sie es auf ihrem Schoß liegen und griff nach dem kleinen Stapel zusammengehefteter Blätter, den sie, wie die übrigen Reisenden, bei der Einschiffung in ihrer Kabine vorgefunden hatte. „Kommentierte Passagierliste" stand in offiziösen Druckbuchstaben auf der ersten Seite. Komisch, sie hatte noch nie davon gehört, dass man auf Seereisen so ausführlich über die anderen Passagiere informiert wurde. Offenbar war das Heftchen ein besonderer Service der *Adventure Investment Agency*. Sie hatte bisher noch nicht hineingesehen, doch nun, da sie die Namen mit Gesichtern verbinden konnte, begann sie, die Liste interessant zu finden. Bereits der erste Eintrag ließ ihren Atem stocken: *Muhammad al Chatim, geboren am 18.02.1963 in Omdurman/Sudan. Muslim. Beruf: Journalist. Studium der Politikwissenschaften in Kairo, Germanistikstudium in Deutschland.*

Kein Wunder, dass der so gut Deutsch konnte. Aber er war im Sudan geboren! Und außerdem ... ein Blick auf das Datum eröffnete ungeahnte Möglichkeiten.

Während sie darüber nachdachte, wie sie die Gelegenheit nutzen sollte, Muhammad näher zu kommen, wurde sie plötzlich kräftig durchgeschüttelt, die Liste flog in die Ecke, ihr aufgeschlagenes Buch rutschte zu Boden, ihr Wasserglas kippte vom Nachttisch und sein Inhalt tränkte unerbittlich die eben noch makellosen Seiten ihrer neu erstandenen Reiselektüre *Traumzeit*. Bei dem Bemühen, das vollgesogene Buch aufzuheben und trocken zu tupfen, presste sie ihren frisch gefüllten Bauch kurz aber heftig, und von da an war es vorbei mit jeglicher Entspannung und Gemütlichkeit. Das Schiff begann zu rollen, also abwechselnd tief ins Meer einzusinken, um sich in regelmäßigen Abständen wieder hoch zu arbeiten. Die Motorengeräusche erschienen ihr lauter als bisher – sie hatte vorher auch gar nicht auf sie geachtet – und unter ihren zittrigen Füßen spürte sie das schwere Stampfen der Maschinen. Ihr Mageninhalt schien bei jeder Schiffsbewegung in die entgegengesetzte Richtung zu schwappen, und Elvira ließ sich schweißgebadet auf ihr Lager sinken, in der Hoffnung, das Abendessen nicht wieder hergeben zu müssen. Nachdem sie sich nach einigem Durchhalten dennoch von ihrem Nachtmahl hatte trennen müssen, entschloss sie sich endgültig, in Zukunft kleinere Mahlzeiten zu sich zu nehmen.

Sicher waren sie jetzt in der offenen See auf dem Weg zur Biskaya und das Elend würde noch einige Zeit anhalten. Darüber hatte sie bei ihrer Planung, sich mit dem Schiff in eine neue Zukunft aufzumachen, nicht nachgedacht. Sie hatte insgesamt in letzter Zeit wenig nachgedacht, und sie wollte zumindest während der Überfahrt auch keinen übermäßigen Gebrauch von ihrem Hirn machen, immerhin ihrem bisher besten Begleiter.

Und dann fiel sie in einen leichten Dämmerschlaf und sie sah sich in einem fernen Land an einem endlosen hellen Sandstrand mit Palmen und azurblauem Wasser. Sie ging barfuß durch den heißen Sand, und als sie an sich hinuntersah, bemerkte sie, dass sie ein weites luftiges Kleid trug mit fröhlichem Blütenmuster in kräftigen Farben. Auch konnte sie auf Anhieb mehr als sonst von ihren wohlgeformten Füßen sehen, ohne dass so viel die Sicht behindernder Bauch dazwischen war. Ein erneutes kräftiges Rucken brachte sie zwar mental zurück in ihre Kabine, aber sie hatte den kurzen Traum noch lebhaft vor Augen. Plötzlich wurde ihr bewusst, wonach sie sich sehnte, was sie schon lange abgelegt hatte, was sie sich nicht mehr zugetraut hatte. Ihr Herz begann zu rasen, und wenn ihr Bett sich friedlich in der Horizontalen gehalten hätte, hätte sie augenblicklich ihre Pläne aufgeschrieben, so aber versuchte sie sie bis zum nächsten Tag zu behalten und schlief darauf beruhigt ein, ohne sich weiter von den Wellenritten der *MS Pavia* stören zu lassen.

Rupert Vesper, 17. Februar abends

Vesper musste raus an die Luft, die Atmosphäre im Salon ging ihm auf den Keks, in doppeltem Sinn, nicht nur wegen des Lärms, den er seit Längerem nicht mehr vertragen konnte; vor allem war es das Durcheinander der Stimmen, die Kakophonie bei den Gesellschaftsspielen, vor allem beim Kartenspiel und Knobeln.

Nach Schiller ist der Mensch erst im Spiel ganz Mensch. Was aber bei den oft gewinnorientierten Spielen kaum der Fall ist; dort treffen sogar den leisesten Zwischenrufer die Giftpfeile der Spieler.

Als Vesper sich an der Bar schon den zweiten *Black Velvet* über den Tresen reichen ließ, rief Scott Williams zu ihm rüber: „Jesus war ein Asket, Jesuit!"

„Quatsch!", rief Vesper zurück. „Jesus war ein Genießer, ein Freund des Alkohols. Als auf der Hochzeit zu Kana die Weinkrüge leer waren, hat er nicht gesagt, trinkt Wasser, das ist gesünder; er hat die Krüge mit neuem Wein gefüllt; und auch Prosit dazu gesagt; das wäre mit Sicherheit ebenfalls geschehen, wenn es Whisky gewesen wäre."

Den akustisch verstehbaren Gesprächen an den spielfreien Tischen hatte er jedoch zugehört, und das nicht nur mit halbem Ohr, weshalb er die Gespräche ab und zu in der für ihn typischen Kurzform kommentierte. Rupert Vesper zeigte außerhalb der ihm vertrauten wissensernsten Reviere eine „ambulante" Art, die derart wirkte, als sei er nur im Vorbeigehen; wobei er aber genau hinsah und vor allem, beichtvaterroutiniert, zuhörte wie ein Richt-Mikrophon. Er griff aber, wie hier, nur selten in Gespräche ein; und wenn, dann mit einer knappen Bemerkung, die oft aber jedes Gespräch eine Weile stocken ließ, egal wovon die Rede war. Durch leise kurze Fragen brachte er den, der gerade etwas sagte, liebenswürdig lächelnd aus dem Konzept. Erzählte jemand etwas so lebhaft, dass alle wie gebannt zuhörten, sah Vesper ihn an, und fragte dann gespielt harmlos: „Ach ja – so war es?" Oder: „Im Ernst?" Oder, wenn jemand auf ein Jagdereignis anspielte:

„Und – rannte der Keiler auf Sie zu?" Es war nicht genau zu sagen, wie es kam, aber bei diesen Fragen begann jeder an dem Erzählten zu zweifeln, und der Erzähler verlor sofort seine narrative Oberhoheit. Vielleicht war es aber auch Vespers Dialekt, dieser sandtrockene Brandenburger Sound, der seine Einwürfe liebevoll ironisch werden ließ. Obwohl er seine Frage eher beiläufig stellte, nahm er sofort einen Aspekt ins Auge, den kaum jemand beachtet hatte; womit er den Gesprächspartnern das Gefühl gab, bis zu diesem Moment das Wesentliche an der Sache übersehen zu haben. Diese Taktik der subtilen Bewusstseinsverschiebung hatte übrigens eine gewisse Ähnlichkeit mit den Taschenspielertricks, die er früher mit einigem Erfolg auf Kleinkunstbühnen vorgeführt hatte.

Von seinen Auftritten als Nebenerwerbs-Zauberer berichtete er Scott in einigen Sätzen, zog sich dann aber vor dessen zudringlichem Interesse zurück. Er musste an Deck. Vor allem auch deshalb, um in Ruhe seinen *Dunhill Early Morning* zu rauchen – Orient mit etwas Virginia, leicht gepresst und angeröstet. Für alle Fälle hatte er sich kurz vor seiner Abfahrt nach Hamburg im Sachsenhausener Tabakladen „Weisheit" mit einer ganzen Dosenbatterie *Dunhill Early Morning* und *Dunhill London Mixture* mittlerer Stärke eingedeckt; Solveig hatte bei Wolsdorff Tobacco am Überseeboulevard zusätzlich drei 50er Dosen *Bells Three Nuns* gekauft. Sie wusste, dass er diesen extrem geschmacksintensiven Tabak immer in Phasen starker Nervosität und Depression rauchte, auch – sein Wort – bei temporärer Denkschwäche; weshalb sie beim Kauf davon überzeugt war, dass es ihn früher oder später wieder mal erwischen würde. Womit sie richtig lag. Rupert Vesper steckte wieder aus aktuellem Grund die Three-Nuns-Dose in die Seitentasche seiner bretonischen Kaban-Jacke, die Solveig vor Jahren für ihn gekauft hatte. Er zog die maritime Strickmütze über den Kopf und ging langsam zum Oberdeck.

Auf dem Weg dahin hatte er erneut das Gefühl, dass ihm etwas Fuchsbraunes über die Füße sprang und, noch irritierender, dass ihn ein Laserpointerblitz traf. Unverifizierbare Dinge bereiteten ihm, der mit unerklärlichen Dingen bestens vertraut sein sollte, ein unangenehmes Gefühl. Was er aber schnell wieder verdrängte.

Auf dem Oberdeck lehnte er sich an die Reling und zündete seine Pfeife an. Wobei er genau auf den Pfeifenkopf blickte, um zu sehen, ob sie auch zog, danach pfeifenraucherlangsam das abgebrannte Streichholz in die Streichholzschachtel schob und die Schachtel wieder in die Tasche steckte. Um den seetypischen Funkenflug zu vermeiden, schützte er mit der linken Hand den rechtshändig gehaltenen Pfeifenkopf gegen das heftig schreiende „Orkanbaby". Auf der Anzeigetafel stand immerhin Stärke 7.

Der Sturm hatte den Himmel zerrissen, Wellenattacken ausgelöst, das Meer bellte zur Reling hinauf. Der scharfe Wind folterte seine Haut.

Die sturmzerfetzten Wolken rennen derart schnell nach Osten, als müssten sie eine dringende Botschaft nach dort senden. Ja, meine Botschaft: Solveig, liebste Freundin, ich weiß, wie sehr ich dir wehgetan habe, und dass ich dieses leider nicht wieder gutmachen kann.

Das hätte er ihr ins Handy sprechen oder per E-Mail senden sollen. Er schaffte es nicht.

Dafür hörte er jetzt in seinem Ohr Solveigs Stimme: Du hast vom Gefühl der Verantwortung geredet, Jesuit. Weißt du was? Gemessen am Wert eines verantwortungslosen Lebens der Freiheit, Ehrlichkeit und Leichtigkeit ist dein Verantwortungsgefühl dem Endgültigheiligen gegenüber das unangenehmste, lästigste und lächerlichste Gefühl. Weshalb du dich von diesem dir selbst auferlegten schmerzhaften Unsinn befreien solltest. Rupert, Mann Gottes! Was mich vor allem verletzt: Dass du deinen Entschluss gefasst hast, ohne vorher mit mir darüber zu reden! Meinst du, ich hätte dich zurückgehalten, Pater? Als du meine Vorstellung einer gemeinsamen Lebensernte

125

liebevoll fies weggelächelt hast, habe ich bereits innerlich von dir Abschied genommen.

Solveig hatte kurze Zeit vor seinem Fluchtbekenntnis vom Herbst des Lebens gesprochen, und den Gedanken geäußert, die Früchte ihres jeweiligen Wirkens gemeinsam zu ernten und zu genießen; vielleicht sogar gemeinsam alt zu werden.

Wir müssen ja nicht hautnah zusammenleben, miteinander aufwachen, wie ich es manchmal so sehr gewünscht und – zu deiner Abwehr – auch angesprochen habe. Mir würde künftig genügen: Hin und wieder essen gehen, hierüber und darüber reden, Vorträge, Ausstellungen besuchen, Konzerte hören, auch etwas halbkeusche Zärtlichkeit, wie bisher; es würde gehen, sicher. Eine offene Beziehung. Erwartungslos. Forderungslos. Planungslos. Verstehst du? Die Dinge auf uns zukommen lassen. Vieles unternehmen, Schönes erleben; auch miteinander verreisen, noch mehr von der Welt kennen lernen, vor allem vom noch unbereisten Europa.

Ihre Gedankenspiele wurden offenbar mit inspiriert durch das gemeinsame Erleben einer „Rosenkavalier"-Aufführung in der Frankfurter Oper. Worin es um Vergänglichkeit und um Unwiederbringliches geht, auch um das Verrinnen von Zeit. Die Menopausen-Melancholie des Monologs der Marschallin: „Die Zeit, die ist so ein sonderbar Ding... auf einmal, da spürt man nichts als sie ..." hatte in Solveig eine Wehmutswelle ausgelöst. Rupert schämte sich im Nachhinein, dass er dies nicht erkannt und deshalb nicht respektiert hatte; woraus Solveig erneut sehen konnte, dass in ihm wieder der zur emotionalen Distanz hinexerzierte Jesuit am Gange war.

Solveig gehörte generell zu jenen Frauen, denen gute Texte und Musik unter die Haut gehen; egal, ob es „Tristan", die „Matthäus-Passion" oder ein halbkitschiges Melodram auf dem Theater war; sogar ein gut gebauter Schlager konnte sie zu Tränen rühren. Was aber schnell wieder in einem selbstironisch erlösenden Lachen aufgelöst wurde. Von Rupert mit einem „Dank sei Gott" quittiert.

Sein Gang, im Salon schon im Schritt-Tempo, wurde auf einmal schleppend, als Björn ihn plötzlich von der Seite her mit „Guten Abend" ansprach. Was ihn verwunderte, denn der junge Mann, der neben Pädagogik und Geografie auch Sport studierte – was ihn offenbar dazu antrieb, selbst am kalten Morgen auf dem Oberdeck Körpergymnastik zu machen – wirkte auf ihn etwas unbeholfen scheu; was jedoch eine Täuschung nicht ausschloss. Die Art, wie Björn sich ihm näherte, machte deutlich, dass er ein Gespräch mit ihm suchte.

„Frisch hier oben!"

Einer dieser kurzen Sätze, die oft ein Gespräch einleiten. Wie jetzt von Björn. Ebenso kurz der Pater.

„Geht so! Frieren Sie nicht?"

„Im Moment geht's noch!"

Björn trug eine dieser nicht unbedingt seetüchtigen Kapuzenjacken.

„Wir haben's ja nicht weit."

Björn empfand es offenbar als sympathisch, dass Pater Vesper ihn nicht duzte, wie einige andere an Bord. Die mannhaften Verbrüderungen, das Glas über Kreuz, mit pseudoschwuler Umarmung, möglichst noch im schwitzenden Zustand. So was konnte er nicht ab. Auch auf der Uni ging ihm dieses Pseudokameradschaftliche auf den Wecker. Wie er von seiner Oma wusste, hatten sich früher die Studenten generell gesiezt; „Du" sagte man in Verbindung mit dem Nachnamen. Also: Bäumer, du!

Vesper sah ihn fragend an.

„Und – weshalb sind Sie auf der Flucht?"

Björn schien erstaunt. Das Wort „Flucht" hatte bisher nie jemand in den Mund genommen.

„Ich habe das Gefühl, dass es sich bei allen an Bord auf irgendeine Weise um Flüchtige handelt," sagte er, womit er selbst einer Antwort auswich, unausgesprochen aber nach Vespers Fluchtmotiv fragte.

Vesper stimmte ihm innerlich zu. Auf diesem Schiff waren zwei Menschentypen zu erkennen: Die einen, die bereits wussten, dass sie verloren hatten oder verloren waren, und die anderen, die es noch nicht wussten oder nicht wissen wollten. Das Psychoklima an Deck und im Salon hatte etwas Depressives. Trotz des nervösen, aufgesetzten Lachens und Lärmens verzweifelte, trotzerfüllte Gesichter; Menschen, die sich in sinnloser Aktivität oder in passiver Haltung der Selbstaufgabe widersetzten. Wobei Pater Vesper sich in diesem Moment in keiner Weise davon ausnahm.

Er sah seinen neuen Gesprächspartner nach dessen Antwort mit weiterfragendem Blick an.

Björn wiederholte in Kurzform die nur wenigen Passagieren bereits erzählte Ursache seiner Flucht, sein „Türkendrama", das seine Liebesgeschichte fast zu einer Romeo-Julia-Tragödie hatte werden lassen. Als er davon berichtete, dass seine Malah von ihrer moslemischen Familie praktisch eingekerkert sei, konnte er seine Tränen kaum zurückhalten. Malah, die Muslima, habe sich, was den Jesuiten vielleicht interessiere, von der Gestalt der Jungfrau und Gottesmutter angezogen gefühlt, es habe sie beeindruckt, dass Maria der von prüden Männern dominierten Kirche etwas Frauliches, Mütterliches, ja, etwas Erotisches verleihe oder wieder zurückgebe; das im totalen und brutalen Gegensatz zu ihrer Religion. Das Marianische, so Pater Vesper, sei aber nur in der Verehrung der Madonna stecken geblieben, es habe die maskuline Herrschaftsstruktur der Kirche in keiner Weise verändert. Leider! fügte er hinzu.

Björn hatte sich auf dem Schiff zunächst frei gefühlt, hatte aber trotzdem das ungute Empfinden, von etwas noch Unbekanntem beobachtet zu werden. Was ihn aber am meisten bedrückte: Die sternenweite Entfernung von Malah, die er noch immer liebte, wobei er glaubte, dass dies auch umgekehrt der Fall war, und dass sie ebenso unter der Trennung litt wie er.

Rupert Vesper lächelte.

Björns Gesicht zeigte Enttäuschung; er wirkte fast etwas beleidigt.

„Ist die Geschichte für Sie kitschig oder komisch oder gar unglaubwürdig?"

„Ich bitte Sie. Nein! Bei Ihrer Erzählung habe ich im Rückblick mich selber gesehen, mit meiner katholischen Gitarre vor der Mauer einer protestantischen Gottesburg, angebellt von einem grimmigen Wolfshund hinter den Eisengittern des *Palazzo Pitti*, in dem man meine heißgeliebte Gwendolin vor mir versteckt hielt. Ihre calvinistischen Eltern, sehr betuchte, kulturell aber weniger gebildete Großkaufleute, waren anfangs mit unserer Beziehung einverstanden, das aber nur so lange, wie ich für sie der „Kulturwauwau" war, mit Gwendolin musiziert habe, sie und auch ihre Eltern ins Schillertheater und in die Deutsche Oper begleitet und dazu meine laienkennerhaften Kommentare gegeben habe. Als ich sie aber wegen ihres darstellerischen Talentes animiert habe, in Paul Claudels *Partage de Midi* die Ysé zu spielen, kam brutal die konsequente Wende. Gwendolin im Stück eines erzkatholischen Dichters! Ab sofort wurde ihr jeder Kontakt mit mir untersagt. Da wir jedoch auf demselben Gymnasium waren, uns deshalb täglich sahen, und ich, trotz der Hundehatz, meine „Nocturnes" nicht beendete, wurde meine Prinzessin von einem Tag zum andern in ein Internat gesteckt. Weitweitweg. Vermutlich Schweiz. Nie wieder etwas von ihr gehört. Mein Erleben damals, ähnlich dramatisch wie Ihre Geschichte, war letztlich, wenn auch beiderseits mit Tränen, gottlob nicht fluchterregend ..."

Der Wind, inzwischen über der angezeigten Windstärke, riss ihm den letzten Satz vom Mund.

Björn zog jetzt eine Zigarette aus der Schachtel und begann zu rauchen.

„Als Leistungssportler?"

„Die tristen Storys machen mich..."

Rupert Vesper lachte, wandte sich gegen See und Wind und verbarg sein Gesicht hinter dem Kragen seines Kaban.

„Um das Thema abzuschließen: Denken Sie nicht auch, dass wir beide schon am Anfang unserer Geschichte Scheiße gebaut haben?"

„Wieso Scheiße?"

„Wir hätten von vornherein wissen müssen, dass es mit unseren Mädchen niemals gehen würde."

„Sind Sie da sicher? Wir! haben uns jedenfalls geliebt."

„Das habe ich auch geglaubt; aber ja! Das Ganze allerdings mal vom Kopf her betrachtet, abseits der seelischen Erregung und des jungmännlichen Samendrucks: Das, was wir so vollmundig Liebe genannt haben, hatte keinen Ankerplatz in unserem Leben; es war nur auf die kurzen Stunden jugendlichen Glücks beschränkt; eine Zeitlang war das aufregend, romantisch, letztlich aber eine todgeweihte Sache. Wir hätten wissen müssen, dass diese Beziehung scheitern würde. Es hat, sicher auch bei Ihnen, nicht an Warnsignalen gefehlt. Wir haben diese Zeichen ignoriert oder uns geweigert, sie zu begreifen; ich habe damals, wie Sie vermutlich jetzt, nicht rechtzeitig die vernunftbestimmte Reißleine gezogen; auch waren wir, wie unsere geliebten Wesen, weder fähig noch bereit, radikale Konsequenzen zu ziehen, miteinander bis ans Ende zu gehen, wie wir es uns vielleicht im Liebeswahn gelobt haben."

„Was heißt das genau?"

„Dass unsere lieben Freundinnen alles hätten verlassen müssen, ihre Familien, ihre religiöse Heimat, alles, worin sie groß geworden sind und – woran sie auch jetzt noch gefesselt sind. Die Sache wäre sicher nicht – wie man sagt – nachhaltig gewesen; nach dem kurzschnellen Glück wäre der große Katerjammer gekommen. Mit allem was vorher nicht bedacht worden war. Alle – vor allem wir Jungen oder Männer – hätten unverantwortlich gehandelt.

„Sie sehen das sehr pessimistisch."

„Nein, nur vernunftbestimmt – was es ja auch geben soll. Vielleicht waren wir aber auch nur verliebt in die Bilder, die wir uns voneinander gemacht haben."

Björn zeigte kopfschüttelnd, dass er diesen Satz nicht akzeptierte. Worauf Rupert, jetzt sanft ironisch lächelnd, sagte: „Das Ende unserer Minidramen hat immerhin keine Toten hinterlassen. Und: Das Leid gemeinsam zu erleben ist doch manchmal schöner und erregender als die gemeinsame Erfahrung des Glücks."

„Sie sind ein jesuitischer Kabarettist, Pater."

„Verlassen Sie sofort das Oberdeck. Oder wollen Sie nicht nach Costa Rica?" rief Oliver Hecht, der Dritte Offizier von der Brücke herunter.

„Kommen Sie, Björn, das ‚Orkanbaby' nimmt uns ohnehin die Sprache."

„Gehen wir nach unten? Ich würde gern mit Ihnen weiterreden. Über ne andere wichtige Frage."

„Gern. Aber der Laden da ist längst geschlossen. Wird ohnehin Zeit. Vielleicht später. Okay?"

„In Ordnung. Gute Nacht. Wir laufen uns ja nicht weg."

„So ist es!"

Conrad Dreyer, 17. Februar abends

Conrad Dreyer hatte nach dem Spieleabend noch schnell „seine" Kamera geschnappt und Horst Lohfeld aufgesucht, trotz der steifen Brise, die dem Schiff zusetzte. Schließlich fehlte ihm noch ein Ladegerät und außerdem wollte Conrad wissen, warum der Akku der Kamera sich so schnell entladen hatte. Lohfeld bot an, sich das Gerät noch einmal genauer anzusehen. „Sie können es morgen früh bei mir wieder abholen. Und ein Ladegerät hab ich dann auch noch für Sie. Ich werde den Akku über Nacht wieder aufladen."

Der erste Offizier hatte die Schiffsbesichtigung vom Nachmittag und das merkwürdige Verhalten Conrads noch nicht vergessen und sprach ihn direkt darauf an. Conrad, recht bleich im Gesicht, erklärte Lohfeld: „Ich bin kein Freund von Seereisen. Schon beim geringsten Wellengang wird mir schlecht ... so wie jetzt. Das Gerede über Notfälle mag ich auch nicht. Und diese Sicherheitshinweise gehen mir auf die Nerven. Entschuldigen Sie, ich glaube, ich muß ..." Er brach das Gespräch mit dem Ersten ab, flüchtete in seine Kabine und verschwand auf der Toilette, wo sich der Mageninhalt gefühlt dreifach den Weg zurück über die Speiseröhre suchte. Für den Rest der Nacht versuchte er vergeblich, gegen die Übelkeit anzukämpfen. Gegen Morgen schlief er dann endlich ein, verschlief das Frühstück – auf das er auch gern verzichtete – und steckte gegen Mittag vorsichtig seine Nase nach draußen. „Gott sei Dank, kein Seegang mehr!"

Anna und Karima, 18. Februar morgens

Als Anna aufwachte, saß Karima schon mit Laila am Fenster und zeigte ihrer neuen Puppe das wild bewegte Meer. Laila war tatsächlich „voll schön" geworden, auch „voll schick": Etwa 25 cm lang, sehr schlank, mit langen schwarzen Zöpfen, einer schmal geschnittenen roten Jacke, eng anliegender schwarzer Hose, roten Filzschuhen und einem grünen, breitkrempigen, geflochtenen Hut auf dem Kopf. Sie sah so aus wie ihre Zwillingsschwester Fatima, die ja in Frankreich geblieben war.

Karima war schon voller Tatendrang und warf sich mit Schwung auf ihre noch im Bett liegende Mutter. „Na, was machen wir denn heute so alles?" fragte sie mit unternehmungslustigem Blitzen in den Augen. Und bevor Anna überhaupt antworten konnte: „Ich weiß schon was: Ich nehme Laila mit zum Frühstück und dann zeige ich ihr das Schiff! Ich weiß schon alles, was du jetzt sagen willst. Das Schiff schaukelt ganz schön doll, und der Wind weht richtig laut, und wir müssen vorsichtig sein. Sind wir aber auch. Und wenn irgendwo der Peter ist und was über Laila sagt, dann ist mir das ganz schnurzepiepe. Und außerdem ist er gar nicht so blöd. Und außerdem möchte ich wissen, ob wir nachmittags zu diesem Tee oder sowas von der einen Frau gehen? Sie hat gesagt, es gibt Toffees, die sie selbst gemacht hat, mal sehen, ob die so lecker sind wie die in ... ach, egal. Und außerdem redest du fast gar nicht mit den anderen Erwachsenen hier, manche sind doch ganz nett. Also ich hab Lust. Wir gehen da hin, ok?"

„Ja, ja, ist ja gut. Ist ok, nun zerquetsch mich aber nicht!" Anna lachte. „Ganz lange können wir übrigens nicht dabei bleiben, denn ich habe mit Pablo verabredet, vor unserem Abendessen endlich mal mit ihm zu skypen."

„Ach der!" sagte Karima nur.

Björn, Anna und Karima, 18. Februar

Björn erwachte überraschend frisch und entspannt. Die Katze war verschwunden. Er schloss die Tür und machte sich fertig. Er ging – viel zu früh – Richtung Frühstücksraum, hatte deswegen noch Zeit für ein paar Umwege hinunter und wieder hinauf, bis er auf Anna und ihre Tochter traf, die auch schon unterwegs waren.

„Mama, da ist ja der Börn", rief die Kleine und zupfte ihre Mutter am Ärmel. „Wo hast du denn deine Katze gelassen?", rief sie ihm im Laufen entgegen. „Schläft die vielleicht noch?"

Björn schreckte auf, war abrupt stehen geblieben: „Nein, nein. Sie war sicher die ganze Nacht unterwegs und muss jetzt ausschlafen, irgendwo in einer Ecke auf dem Schiff."

„Ausschlafen? Ich dachte, sie liegt gemütlich in deinem Bett."

„Nein, nein", fing Björn wieder an, „sie kam am Abend herein, wir begrüßten uns, redeten ein wenig miteinander, verabschiedeten uns, und weg war sie."

„Ach, wirklich?"

„Weißt du denn nicht, dass Katzen nachts jagen? Sie fangen dann dicke Spinnen und Mäuse."

„Iiiih, hat sie dir das erzählt?"

„Natürlich", antwortete Björn.

Die Kleine lachte: „Kannst du denn katzisch reden?"

„Man kann sich mit Katzen ohne Worte unterhalten. Das lernt man mit der Zeit."

„Oooh", machte Karima. „Sind Spinnen und Mäuse denn ihr Leibgericht?"

„Sie ist hier zu Hause. Das Schiff hat vieles zum Essen eingelagert, das mögen auch die Mäuse."

Björn kam sich wie ein Lehrer vor.

„Da muss man ja schon froh sein, dass wir die Katze haben, sonst würden wir verhungern..."

Nun musste Anna auch lachen: „Schatz, geh mal schauen, ob Peter schon kommt."

Und schon hüpfte die Kleine davon.

„Ich muss mich erstmal entschuldigen", sagte Anna mit Nachdruck. Björn machte große Augen. Wenn er eine kleine Pause brauchte, hatte er sich angewöhnt, mit einem langgezogenen „Waaas?" zu beginnen. Entschuldigt hatte sich noch nie jemand bei ihm. Anna wiederholte: „Ich muss mich jetzt endlich entschuldigen", sagte sie, „als wir die Katze morgens entdeckten, habe ich Sie geduzt, ohne nachzudenken, nur so aus einem Gefühl heraus ..."

Über Björns Gesicht ging ein winziges Lächeln: „Das hab ich ja auch getan." Einen Augenblick Stille. Und dann sagte Björn, dieser Björn, sagte mutig in Annas Lächeln hinein: „Können wir es nicht dabei belassen?"

Anna machte ein ernstes Gesicht, obwohl sie eher jubeln wollte: „Okay, okay."

Sie packten sich Brot und Aufschnitt auf die Teller und setzten sich zusammen an einen Tisch.

„Karima?"

„Sie wird sicher gleich mit Peter um die Ecke kommen. Kinder haben immer Hunger", erklärte Anna. Wieder eine Pause. „Sag mal, Björn, wäre diese Reise auf dem Schiff mit deiner Freundin zusammen nicht viel schöner gewesen? Ihr beide ohne die Familien?"

Björns Stirn bekam wieder die gewohnte Falte. „Ach, das ist es ja. Die Familie lässt Malah nicht aus den Augen. Die Brüder beobachten sie andauernd, sie kann nichts unternehmen. Mich verfolgten sie, haben mich sogar schon geschlagen."

„Du hast ihr doch sicher eine Nachricht zukommen lassen?"

„Nein, ich hab das Handy in die Elbe geworfen, damit ich gar nicht erst in Versuchung komme." Er musste sich häufig räuspern.

„Ach, Björn, was machst du? Hast du keinen Freund, der dir helfen könnte?"

„Meine Großmutter soll nicht zwischen die Fronten kommen. Und wenn Popa etwas tun will, er kennt Malah, dann muss er es von sich aus tun, ich will ihn nicht darum bitten."

Anna lachte: „Was ist das denn für ein komischer Name? Wer ist denn Popa?"

Björn blieb ganz ernst. „Er ist sowas wie ein Vaterersatz", sagte er, „ein alter katholischer Pastor, mit meinen verstorbenen Eltern sehr gut befreundet. Seit Kleinkindertagen nenne ich ihn den Popenpapa, also Popa. Ich besuche ihn oft, auch mit Malah zusammen, wir spielen dann 2-Schach-1."

Nun war es an Anna, große Augen zu machen.

„Ein Part wird dabei doppelt besetzt. Das Doppel darf jeden Zug kommentieren. Malah hat schon viel gelernt."

„Ja, Björn, über Malah müssen wir noch reden, vielleicht lässt sich an deinem Problem doch einiges drehen."

Gerade kam Karima mit Peter im Schlepptau hereingestürmt und rief: „Guck, das ist Börn, der hat eine Katze, die frisst Spinnen und Mäuse und sowas. Er kann mit ihr sprechen."

„Ich weiß, ich weiß", antwortete Peter. „Das ist die Schiffskatze."

Björn grinste und nickte, packte zwei geschmierte Brote zusammen und erhob sich.

„Wie heißt die denn?" Diesmal Peter.

Björn war schon fast draußen und überhörte die Frage. Ja, ja, das musste sich ändern.

Gegen Abend suchte Björn den Koch auf. Ein mürrischer, etwas bärbeißiger Typ. Der stand da, den Rücken Björn zugewandt, gerade mit dem Schnippeln von Gemüse beschäftigt. Obwohl Björn ihn grüßte, kam kein Gruß zurück.

„Die Katze? Welche Katze denn? Gibt es hier eine bescheuerte Katze?", brummte der Mann. „Ach, Sie meinen diesen wahnsinnigen Kater, dieses rote Untier?", blubberte er weiter. „Hab noch von keiner Geschlechtsumwandlung gehört!"

Kein Wunder, dachte Björn, dass seine Katze so wild und aufgedreht war, so frech und wenig anschmiegsam, sie war also ein Kater. Gut, damit konnte er leben.

„Kriegt sie ... nein, er denn auch was zu fressen?"

Ob er ihn denn durchfüttern wolle, kam die gebrummelte Antwort. „Nein, natürlich nicht. Wie denn auch..."

Hinter der Tür standen zwei kleine Schüsseln für Wasser und Fressen. Aha!

Mäuse und Ratten könne er dem Biest nicht versprechen, da klaue der Kater wohl, was er könne ... Björn bedankte sich höflich, lief noch ein wenig seinen Parcours durch, treppauf, treppab, schaute dabei nach dem Kater, aber entdeckte ihn nicht.

Elvira, Muhammad und Tina, 18.Februar morgens

Obwohl Elvira eine unruhige und ziemlich üble Nacht hinter sich hatte, so genoss sie es doch am Morgen, dass Schiff und See sich einigermaßen beruhigt hatten. Als sie in den Salon trat, frühstückten Tina und Schorse bereits an verschiedenen Tischen. Björn hatte sich zu Elviras Erstaunen mit Anna und Karima zusammengesetzt. Doch sie nahm sich nicht die Zeit, über diese verblüffende Entwicklung nachzudenken, sondern berichtete allen erst einmal eilig von der Entdeckung, die sie am Vorabend in der Passagierliste gemacht hatte. Da trat auch schon Muhammad in den Salon, und automatisch streckte sich Elvira innerlich, da sie seine souveräne Körperhaltung bemerkte und bewunderte. Alle Anwesenden erhoben sich, wie von Elvira vorgeschlagen, und begrüßten Muhammad mit einem kehlig-fröhlichen „Happy Birthday, lieber Muhammad, Happy Birthday to You, happy...!" Er, der sich sonst so gerne im Hintergrund hielt, war plötzlich Mittelpunkt der Gesellschaft. „Elvira Pekus scheint die Initiative ergriffen zu haben", dachte er, „doch woher hat sie diese Information?"

Höflich verlegen bedankte er sich für die Glückwünsche. Björn schien sich eher widerwillig den Gratulanten anzuschließen. Muhammad schaute ihn fest und freundlich an: „Danke Björn!" Ein verlegenes Lächeln schlich sich auf dessen Gesicht. Bei etlichen Gästen waren die Spuren des rauen Seegangs zu erkennen. Es blieb erstaunlich viel auf dem Frühstücksbuffet zurück. Mit Orangensaft prostete Elvira Muhammad zu. Da verdunkelte sich seine Miene. Vor einem Jahr noch, als sie in das hübsche Reihenhaus in Pinneberg eingezogen waren, hatten sie mit Freunden seinen Geburtstag gefeiert. Auch die Söhne waren aus England und Kanada gekommen. Noch nie hatte er Fatima, seine Frau so glücklich gesehen, endlich in Frieden, endlich in Freiheit. Warum hatte sie sterben müssen und nicht er? Muhammad war entschlossen, sich seine Traurigkeit nicht anmerken zu lassen, doch sein Lächeln wirkte gequält. Nein, heute würde er sich Allah zuwenden!

Elvira, ein wenig irritiert über Muhammads gedämpfte Geburtstagsfreude, setzte sich zu Tina an den Tisch. Die beiden Frauen begrüßten sich so herzlich, als würden sie schon lange zusammen frühstücken. Elvira hatte wie meistens einen guten Appetit, aber da fiel ihr die Sache mit dem Bauch wieder ein, und sie nahm sich vor, nur das zu essen, was sie besonders ansprach. Warum sollte sie auch weiterhin alles wahllos in sich hineinstopfen, wo sie doch langsam spürte, dass sich ihr eigentlicher Hunger wohl mehr auf das Leben bezog.

Wie oft hatte sie das schon bei ihren Klienten beobachtet, und wie lange hatten die gebraucht, um das zu verstehen. Und nun sie? Sie griff zu einem Glas Orangensaft und trank ihn in kleinen Schlucken beinahe genüsslich aus. Na bitte, ging doch.

Tina hatte sich schon etwas leichter und eleganter gekleidet, wohl im Bewusstsein, dass sie in südlichen Gefilden unterwegs waren. Elvira hatte, sie wusste nicht warum, ein buntes Gewand mitgenommen, das ihr Onkel ihr vor Jahren aus dem Sudan mitgebracht hatte. Das würde sie vielleicht am Nachmittag über ihre Hose ziehen. Ob es wohl noch passte?

Tina fragte nach Elviras Bonsai-Bäumchen, was dieser die willkommene Gelegenheit gab, den besonders hübschen kleinen Ahorn zu beschreiben, den sie seit Jahren hegte und pflegte. Als Elvira Interesse und Bewunderung in den Augen ihrer Gesprächspartnerin sah, fühlte sie sich gleich viel besser. Auch Tina war nun bereit, einige Einzelheiten aus ihrem Leben zu berichten, zum Beispiel dass sie noch einen Zwillingsbruder in London habe, den sie gelegentlich besuche. Mit London hatten sie ein gemeinsames Thema, da Elvira dort in ihrer Jugend während eines Sprachaufenthaltes in einer Familie gewohnt hatte. Sie war damals heftig verliebt gewesen, aber das Leben ging anders weiter, und sie hatte die kurze glückliche Zeit ganz weit in ihrem Inneren versteckt. Merkwürdig, warum eigentlich? Sie würde bei Gelegenheit versuchen, sich daran zu erinnern. Beide lachten über pubertäre Verliebtheiten, vielleicht nicht ganz ohne Bitterkeit, aber sie lächelten etwas versonnen, bevor sie sich wieder ihren Pancakes und der köstlichen Konfitüre hingaben.

„An den Pancakes scheint echte Vanille zu sein.", meinte Tina, „Die schmeckt einfach anders als das billige Vanillin-Zeug, finden Sie nicht? Übrigens: Gestern Abend hatte ich trotz der Schaukelei eine ganz gute Idee, glaube ich. Es geht ja den meisten von uns anscheinend nicht besonders gut. Nicht nur wegen des Seegangs. Manche Passagiere wirken sehr nervös, ist Ihnen das auch aufgefallen?"

Elvira nickte. „Das find ich auch. Einige sind geradezu ängstlich, nicht wahr? Als würden sie verfolgt oder bedroht und hätten Schlimmes zu befürchten?" Sie sah ihrer Nachbarin forschend ins Gesicht.

Tina schluckte. Konnte diese Frau etwa Gedanken lesen? Vor ihrem inneren Auge tauchte die struppige Schiffskatze auf. Gerade erst kurz vor dem Frühstück war Tina dem Biest begegnet, das unverhofft um die Ecke bog. Es hatte einen seltsamen kleinen Schrei ausgestoßen und sie mit gesträubtem Fell angesehen. Und die gelben Katzenaugen waren plötzlich ... Tina verbot sich, die Erinnerung weiter zu verfolgen. Sie war sicher nur nervös, einfach nervös – wie anscheinend fast alle hier an Bord. Mit bemüht ruhiger Stimme antwortete sie Elvira: „Ich hatte vor allem an die Schiffsführung gestern gedacht und an diesen unsäglichen Herrn Dreyer, der ständig Fotos machen will und alle verrückt macht. Aber wie dem auch sei – Ich habe mir Folgendes überlegt: Schwarzer Tee ist gut für den Magen und Vanilleduft ist gut für die Seele. Ich möchte mit dem Schiffskoch sprechen und heute Nachmittag eine kleine Teestunde im Salon veranstalten. So richtig mit Assam und Kandis – falls der sowas an Bord hat. Dazu würde ich auch ein paar von meinen selbstgemachten Vanilletoffees anbieten. Gestern beim Spieleabend habe ich mit einigen von unseren Mitreisenden schon über die Idee gesprochen, sie finden sie gut. Selbst die kleine Karima möchte meine Toffees probieren. Hatte ich Ihnen schon erzählt, dass ich dafür ein ganz besonderes Rezept verwende?" Sie erging sich in Details über zerlassene Butter, Karamell und die Vorzüge von frischer Sahne gegenüber Kondensmilch. Es sei von entscheidender Bedeutung, den richtigen Moment zum Abgießen der heißen Toffeemasse zu treffen, um den Bonbons genau die richtige Konsistenz zwischen Cremigkeit und Bröckeligkeit zu verleihen.

Elvira schmunzelte ein wenig. Glaubte diese etwas weltfremde Dame etwa wirklich, die Sorgen der offensichtlich vom Leben gebeutelten Passagiere durch Tee und Toffees beheben zu können? Aber irgendwie war es auch wieder eine rührend charmante Idee...

Tina, 18. Februar nachmittags

Leise summend schüttete Tina am frühen Nachmittag bräunlich glänzende Kandisstücke in kleine Porzellanschälchen, die sie auf den Tischen im Salon verteilte. Ein besonders schönes Stück Kandis hielt sie zwischen zwei Fingern ins Licht, um die dunkle Verfärbung in der Mitte zu betrachten. Fast wie Bernstein, dachte sie. Etwas ist eingeschlossen. Gefangen zwischen durchsichtigen Wänden. Erstarrt, auch wenn es federleicht zu schweben scheint.

Eine plötzliche Beklommenheit stieg in ihr auf. Eilig warf sie das Kandisstück in den Mülleimer und machte sich daran, das Geschirr, das auf dem Servierwagen bereitstand, zu verteilen und die Tische mit bunten Servietten zu schmücken.

Der Schiffskoch und der philippinische Küchenhelfer hatten zunächst etwas irritiert gewirkt, als Tina ihre Idee vorgebracht hatte, waren aber dann doch zu höflich gewesen, um ernsthafte Schwierigkeiten zu machen. Eine Packung mit erstklassigem Assam war rasch gefunden, auch der unerlässliche Kandis und etwas Sahne. Auf gebogene Sahnelöffelchen aus Friesland musste man natürlich verzichten, aber zur Not würden auch Kaffeelöffel genügen. Die Kanne war vorgewärmt, der Tee konnte aufgegossen werden. Auf dem Servierwagen standen eine große Keksschale und die Packung mit den hausgemachten Vanille-Toffees bereit.

Tina fühlte sich nervös wie eine ungeübte Gastgeberin. Dabei gab es dafür doch überhaupt keinen Grund! Als Gastgeberin brauchte sie sich schließlich gar nicht zu präsentieren, denn dies war ja nicht ihr Haus, sie war für den Verlauf des Nachmittags also nicht verantwortlich. Und andererseits hatte sie früher viele fröhliche Feste im Kollegenkreis organisiert, war berühmt gewesen für ihre Eclairs und Törtchen. Sie und Arno waren großartige Gastgeber gewesen. Damals, bevor Arno sie völlig unerwartet wegen einer Jüngeren verlassen hatte. Und bevor die AUGEN ... Tina schluckte. Sie wollte jetzt nicht daran denken. Nicht ausgerechnet jetzt. Entschlossen goss sie das heiße Wasser in die Kanne. Ein aromatischer Duft stieg auf.

Wer sich wohl zu der kleinen Teerunde einfinden würde? Elvira hatte ihr Kommen versprochen. Dieser schüchterne junge Björn sah auch aus, als ob er vielleicht Teetrinker sein könnte. Etwas Warmes, Starkes würde ihm ohnehin guttun. Der bärtige Schorse-Macho dagegen würde wohl eher nicht auftauchen. Hoffentlich auch nicht der grässliche Dreyer mit seiner Kamera! Aber dieser kultivierte, wenn auch redselige Pater würde sicher einen guten Tee und ein nettes Gespräch zu schätzen wissen. Und die hübsche junge Anna mit der kleinen Karima wäre auch willkommen. Die Kleine hatte sich gestern Abend richtig auf die Toffees gefreut. Und der goldbraune Assam aus gepflegten Tässchen würde ihr sicher auch gefallen. Oder durften Kinder in diesem Alter noch keinen Tee trinken? Tina war zwar Lehrerin gewesen, aber mangels eigener Kinder fehlte ihr viel alltägliches Wissen. Sie seufzte. Ohnehin würde sie es einfach drauf ankommen lassen müssen. Wer kam, der kam.

Elvira, 18. Februar nachmittags

Nachdem Elvira zur nachmittäglichen Teestunde eingeladen worden war, kam sie von dem Gedanken an weiche, klebrige, unsagbar himmlisch süße handgemachte Toffees, wie sie sie von ihrem Schüleraustausch in England kannte, nicht mehr weg. Sie hatte die kantigen unregelmäßigen Brocken immer nur in winzige Portionen zerbissen, um länger daran lutschen zu können, es war wie eine Sucht, sie konnte kaum damit aufhören, bevor sie nicht den Inhalt der ganzen Tüte und auch noch die letzten winzigen Krümel auf ihrer gierigen Zunge hatte zergehen lassen. Der Geruch von Kindheit stieg ihr in die Nase, das Gefühl, nur zu schmecken, ohne darüber nachzudenken oder sich gleich wegen der gewaltigen Näscherei Vorwürfe machen zu müssen. Sonnenschein, Vogelgezwitscher, Stimmen, freundliche Menschen, Urlauber, englische Wortfetzen ...

Das Ganze sollte alle beruhigen. Beruhigen? Wer auf dem Schiff musste sich denn beruhigen? Tina vielleicht selbst? Wenn sie darüber nachdachte, hatte sie wirklich kurz einen sehr verstörten Augenausdruck bei ihr wahrgenommen, nur ganz flüchtig. Oder hatte sie sich da getäuscht? Schluss jetzt, sie war schließlich nicht mehr in ihrem Job, und das war auch ganz gut so! Oder?? Sie hatte ein recht gutes Gespür für die Nöte anderer Menschen, jedenfalls hatte man ihr das häufig gesagt. Wenn sie doch nur sehen könnte, was ihr selbst, Elvira, fehlte.

Schon kurz vor der angesetzten Zeit fand sie sich in ihrem bunten, morgenländischen Gewand und den roten Sandalen im Salon ein. Sie hatte sich die Haare gewaschen und gewagt, sie offen zu tragen. Naja, da sollte wirklich mal ein Friseur mit frischen Ideen ans Werk. Vielleicht hatten sie ja irgendwann mal einen Landgang.

Wer wohl kommen würde? Sie wollte jetzt mal alle etwas genauer unter die Lupe nehmen, um herauszufinden, ob an Tinas Eindruck etwas dran war, alle seien irgendwie angespannt. Sie musste ja nicht gleich mit jedem reden. Schon gar nicht mit diesem widerlichen Hanswurst mit dem Fotoapparat, auf solche Typen stand sie nun gar nicht. Da war Muhammad schon eine andere Erscheinung, der Mann war wirklich interessant, vielleicht sogar geheimnisvoll. Ihr Herz hatte einen kurzen Aussetzer, als sie Muhammad draußen vorbeigehen sah. Sie schaute ihm kurz hinterher, dann erschienen Karima und Anna laut kichernd in der Tür. Fast gleichzeitig betrat Pater Vesper gut gekleidet den Raum. Er trug ein offenes anthrazitfarbenes Hemd, eine kieselgraue Hose und einen marineblauen Blazer mit goldenen, kreuzblumenwappenverzierten Knöpfen. Er wirkte ungekämmt, als sei er soeben aus dem Bett gestiegen. Aus seiner Hand lugte ein schmaler Gedichtband. T. S. Eliot: *Four Quartets*. Na das war doch mal ein guter Anfang.

Tina, die im Hintergrund einen Tisch mit bunten Servietten schmückte, schien etwas hektisch und unsicher, vielleicht könnte Elvira anbieten, ihr zur Hand zu gehen, aber ob sie wirklich eine Hilfe wäre? Nachher würde sie noch Toffees verschütten und drauftreten, wer weiß.

Da war doch wieder Muhammad vor dem Fenster. Er stand einfach da, sah nach unten und lächelte entspannt. Was gab es da denn wohl? So hatte er sie, Elvira, jedenfalls bisher noch nie angelächelt. Sie trat wie beiläufig ans Fenster, um einen möglichst unauffälligen Blick auf die Quelle seiner Erheiterung zu werfen – und das war doch wohl nicht möglich, da saß doch dieses unsägliche zerzauste Vieh von einer Schiffskatze vor ihm und zerkaute genüsslich einen Fischkopf. Ih, wie eklig und schmierig, wie konnte man davor nicht nur nicht flüchten, sondern auch noch vor seinen Füßen zusehen und dann noch lächeln?

Rupert Vesper, 18. Februar nachmittags

Elvira wandte sich wieder dem Salon zu, wo die ersten Gäste Platz genommen hatten. Sie ließ sich an einem kleinen Tisch gegenüber von Pater Vesper nieder und genoss die Teezeremonie. Als sie nach einiger Zeit bemerkte, dass der Pater, eigentlich ein leidenschaftlicher Kaffeetrinker, den kalt gewordenen Tee beiseiterückte und gelangweilt ein Toffee zwischen den Zähnen hin und her schob, ergriff sie die Gelegenheit, ihm von ihrer katholischen Freundin Sophia zu erzählen. Diese hatte nach ihrer Scheidung wieder geheiratet, war dadurch aber von den Sakramenten ausgeschlossen, was dieser Frau, einer naiven, aber vitalen Katholikin, erhebliche seelische Probleme bereitete.

„Warum ist Ihre Kirche so unbarmherzig, Pater?" fragte Elvira.

„Das sollten Sie mich wirklich nicht fragen."

„Warum?"

„Vielleicht später."

Es machte ihn jedes Mal unwirsch, wenn er, einer der schärfsten Kirchenkritiker, in den Zwiespalt geriet, bei sachberechtigten wie sachunkundigen Attacken gegen die Kirche aus „Nibelungentreue" die Rolle des Verteidigers zu übernehmen, oder – was ihm als „Dissidenten" nahe lag, emotional aber schwer fiel – fundierten Angriffen der oft kirchenfeindlichen Kontrahenten nicht zu widersprechen, obwohl diese oft mit Misstönen verbunden waren.

Aus seiner Arbeit an der Basis, wohin er immer wieder strafversetzt worden war, kannte er sehr viele scheidungsbedingte seelische Konflikte, die er als einfühlsamer Seelsorger oft selber mit erlitt; weshalb er die harte Haltung der Institution Kirche verurteilte, gegen die er, auch auf anderen Feldern, bis zur Verzweiflung gestritten hatte.

Geschieden, schuldig oder unschuldig, war leider nicht nur ein Urteil, sondern vielfach auch ein Verurteilen. Geschieden zu sein war oft verbunden mit Einsamkeit, Tränen und Trauer, mit dem Gefühl des Ausgestoßenseins, zerschlagener Hoffnung und verlorener Liebe. Inzwischen litten Millionen unter dem Los des Geschiedenseins. Nicht selten war eine Scheidung jedoch auch ein Versuch, neue Wege zu gehen.

Vesper versuchte, Elvira deutlich zu machen, dass nicht wenige Seelsorger eine andere Seite der Kirche vertreten. „Das Urteilen und Verurteilen ist oft besonders stark im Wirkungsraum der Kirche zu finden, aber auch unter Kirchenfremden. Es gibt den Glauben an die Unauflöslichkeit einer gültig geschlossenen Ehe – das auf dem Evangelium gründende Sakrament. Jedoch hat mich in meiner pastoralen Praxis oft die Tatsache erschüttert, dass ein Einzelschicksal im Bann der Gebote und Gesetze verloren ist. Viele meiner Mitbrüder wissen um diese Not. Trotz zahlreicher noch zu klärender Fragen, um die sich auch Papst Franziskus ehrlich bemüht, ist es unsere feste Überzeugung, dass Menschen aus gescheiterten Ehen ihr Heimatrecht in der Kirche behalten. Wiederverheiratete Geschiedene, um die es in Ihrem Fall geht, sind keineswegs aus der Kirche ausgeschlossen, und ebenso wenig exkommuniziert. Deshalb haben meine mutigen Mitstreiter und ich diese Menschen zu klärenden Gesprächen, aber auch zur Liturgie eingeladen; und das in frecher Erwartung des Bannstrahls aus Rom. Die christliche Gemeinde hat – von Jesus Christus zigmal vorgeführt – ein freundlicher Ort vorurteilsfreier Aufnahme und praktischer Hilfe zu sein. Basta!"

„Danke für die freundliche Erklärung, lieber Pater!" sagte Elvira. „Das ist für mich recht informativ, aber für meine Freundin Sophia an ihrem Ort kaum hilfreich."

„Leider gibt es unter Klerikern noch immer zu viele herzlose Dogmatiker und Duckmäuser."

„Wie sind Sie mit solch einem Fall, falls es den je gab, konkret umgegangen?"

„Es gab bei mir viele Fälle. Ich hab sie auf meine Weise gelöst. Den Menschen zum Heil, denke ich."

„Wollen Sie das näher erläutern?"

„Nein! Es waren jeweils Einzelfälle, die einer individuellen Lösung bedurften. Jeder Priester muss sich im konkreten Fall fragen und souverän entscheiden, ob er dem Gesetz folgt oder seinem Herzen – der Liebe Christi."

Viele Geschiedene oder in „Wilder Ehe" Lebende hatten, oft in Wanderhütten des Taunus, vor ihm gegenseitig ihr Eheversprechen wiederholt, worauf er ihnen das „Sündenhafte" ihrer Verbindung mit Augustins Satz „Liebe und tue was du willst" kirchenstrafgefährdet kühn weggesegnet hatte. Was er jedoch Elvira gegenüber verschwieg, weil er spürte, dass seine Sicht des Problems – obwohl im Gegensatz zum kirchlichen Handeln – die Fragende nicht überzeugt hatte; was sicher mit ihrer Konfession zusammenhing, die das Sakramentale der Ehe nicht anerkennt und deshalb solche Probleme auch nicht nachvollziehen kann.

Weshalb er froh war, dass sie nicht weiter insistierte, und er das nächste Toffee ungestört auskauen konnte.

Ähnlich war es auch, als Tina Sommer ihn zum zweiten Mal konkret zum Zölibat ausfragte; zu diesem Thema, das offensichtlich auf bestimmte Frauentypen eine besondere Faszination ausübt – was nicht selten sogar, wie er und viele seiner Mitbrüder es erlebt hatten, zu stalker-ähnlichem Verhalten ausgeartet war. Die Anzahl der hochemotional und auch erotisch aufgeladenen Briefe, Emails und Anrufe, die er erhalten, ignoriert und vernichtet hatte, waren nicht zu zählen. Bei Tina Sommer hatte er jedoch nicht den Eindruck, dass sie zu dieser verkorksten Sorte Frauen zählte; ihre Frage war sichtlich von der gymnasiallehrereigenen Neugier gesteuert, was er daran sah, dass sie während des Gespräches ihre rahmenlose Brille in dauerndem Wechsel zwischen Nasensattel und Stirn hin und her schob.

Der fiktive Fall, den er ihr nannte, war zwar ein hinkendes Beispiel; trotzdem für ihn eine plausible Analogie zur zölibatären Problematik und zu dem daraus folgenden Handeln.

„Jemand lernt die Frau seines besten Freundes kennen." So seine Einleitung. „Zwischen den beiden entsteht sofort eine starke gegenseitige Anziehung, die mit einer enormen erotischen Spannung geladen ist. Was für beide zum kaum erträglichen Problem wird. Ihre Zuneigung stellt die ehesakramentale Bindung der Frau vor eine harte Prüfung, so wie diese Ehe für den geliebten und liebenden Freund eine treuebegründete Grenze darstellt; fast eine Analogie zur Tristan-Isolde-Tragik oder zum Lancelot-Ginevra-Drama. Beide aber nehmen es auf sich, diesen schmerzhaften Konflikt auszuhalten. Eine ... ich nenne es mal ... hochethische Leistung."

„Das ist ein intelligentes und phantasievolles Gleichnis, Pater Vesper; es reicht aber nicht, die reale menschliche Tragik des permanent unterdrückten Liebesverlangens angemessen wiederzugeben. So wie ich mir nicht vorstellen kann, dass Ihre offenbar beendete Beziehung zu jener, wie ich höre, traurigen Dame, die Sie zum Schiff gebracht hat, frei von Erotik gewesen ist. Entschuldigen Sie, dass ich so persönlich werde."

„Ich bedaure, liebe Frau Sommer, Ihnen nicht die Antwort geben zu können, die Sie von mir erwartet haben. Entschuldigen auch Sie – aber dazu fällt mir Hamlets Satz ein: *There are more things in heaven and earth...*

„Ich kenne den Text! Aber wir leben nicht mehr zu Zeiten Elisabeths, wir leben im Jetzt."

Worauf Rupert Vesper auf seine Armbanduhr blickte und „Pardon, meine Radiosendung!" mit einer eleganten Verbeugung den Raum verließ. Mit Verdruss – aber auch mit Heiterkeit.

Anna und Karima, 18. Februar abends

Der „Toffitee" – ein Wortspiel von Karima, die so gern Toffifee aß – war tatsächlich recht nett gewesen. Anna würde sich wirklich mehr um Kontakte bemühen müssen, das hatte ihr Kind ganz gut erkannt. So war sie schon immer gewesen: einerseits hatte sie vor kaum etwas richtige Angst – sie konnte auch ganz schön freche Antworten geben, wenn man ihr komisch kam – andererseits war sie leider auch manchmal reichlich schüchtern und gehemmt. Na ja, heute Nachmittag war sie jedenfalls gut drauf gewesen, und Karima auch.

Nun also über Skype der erste ausführlichere Kontakt zu Pablo. Bild und Ton waren erstaunlich gut, es gab daher keinen Vorwand, wegen schlechter Verbindung die Unterhaltung gleich abzukürzen. Pablo redete leicht verlegen und fremdelnd wie früher, aber das war kein Wunder: er hatte seine Mutter neben sich und sie Karima, auf Wunsch eben dieser Mutter.

Nach den ersten Sätzen über das Schiff, das Wetter und die Mitreisenden bemühten sich Mutter und Sohn um Karima: Pablo sagte zu ihr, sie sähe so artig aus, sie würde doch bestimmt ihrer hübschen Mama immer Freude machen, oder? Karima guckte befremdet, nickte aber höflich. Dann musste er übersetzen, was seine Mutter dem Kind mitteilen wollte: Sie würden sich schon alle auf das liebe Kind freuen. Sie, die künftige Großmutter, würde ihr jetzt gerade das Kinderzimmer einrichten, mit schönen teuren Vorhängen, auch das Klavier aus Pablos Kindheit käme da hinein, und der Klavierunterricht würde bereits geregelt werden. Anna hörte fassungslos zu, nichts von alledem war mit ihr vereinbart worden. Es würde also ganz sicher Kämpfe geben müssen.

Nun sprach Pablo wieder mit ihr. Und gleich mit einem Paukenschlag: Er sagte bedauernd, dass er die beiden leider nicht in Puerto Limón abholen könne und deshalb seinen Cousin zur Begrüßung schicken müsse. So weit, so gut. Jedoch dann die Begründung: Er habe eine Schrankwand für den Salon bestellt, sie würde genau zur Ankunftszeit des Schiffes geliefert, und er wolle doch die Aufstellung persönlich überwachen.

Eine **SCHRANKWAND!!eine Schrankwand!**
eine SCHRANKWAND!
Für den **Salon!! Eine Schrankwand für den Salon!**

Die Verabredung war gewesen, dass Pablo und Anna ihr künftiges Heim gemeinsam planen und einrichten wollten, und zwar weitgehend nach Annas Geschmack. Also ganz sicher ohne Schrankwand. Sie fühlte, wie ihre höflichen Gesichtszüge verrutschten. Die künftige Schwiegermutter sagte noch, das Möbel sei aus edlem Holz und in edlem Design hergestellt und sehr teuer gewesen. So etwas hätte sie sich bisher ja bestimmt nicht leisten können. Auch Pablo verstand nicht, was Anna denn daran offensichtlich irritierte, und er betonte den hohen Preis ebenfalls. Nur Karima, das kluge Kind, schien zu fühlen, wie es Anna ging: sie schnappte sich Laila und sagte laut und entschlossen zu ihrer Mutter, dass sie längst schon zum Dinner erwartet würden. Anna verabschiedete sich höflich, Karima war schon aus dem Kamera-Bereich verschwunden, und beide gingen stumm und ohne weiteren Kommentar zum Essen. Sie sprachen nicht über Klavierunterricht, nicht über Schrankwände, nicht über die neue Schwiegerbzw. Großmutter. Sie blieben stumm, auch während des Essens.

Gegen 20 Uhr fanden sich außer Björn alle Passagiere im Salon ein, um sich nach dem Gallo Pinto weiter auf ihr Zielland einzustimmen. Christoph Lüders, der Zweite Offizier hatte eine deutschsprachige CD des costaricanischen Tourismusverbandes mitgebracht und führte sie nun vor. Was für herrliche Landschaften hatte dieses kleine Land zu bieten! Besonders beim Anblick der weiten, malerischen Sandstrände lächelten einige der Anwesenden verträumt, anscheinend voller Vorfreude, und der bärtige Macho Schorse mit abenteuerlustigem Glitzern in den Augen.

Gerade dieser Kerl war es dann allerdings, der die Vorführung nach einigen Minuten rüde unterbrach. Er hatte die Kamera von Conrad Dreyer heimlich vom Tisch genommen, schwenkte sie nun in der Luft herum und rief triumphierend: „Liebe Freunde! Eine freudige Mitteilung! Die Fotos von heute habe ich gerade gelöscht!" Dreyer tobte und verlangte seine Kamera zurück. Schorse weigerte sich. Nach einem Augenblick des Erschreckens brach Applaus bei den übrigen Passagieren aus. Selbst Karima klatschte heimlich mit. Angespornt durch die Unterstützung richtete der Übeltäter die Linse lachend auf Dreyer selbst und veranstaltete ein wildes Blitzlichtgewitter. Christoph Lüders, der die Ereignisse zuerst wie versteinert beobachtet hatte, stürzte auf Schorse zu und hielt ihn fest, sodass Dreyer ihm die Kamera entreißen konnte. Beide Kontrahenten verließen schließlich den Raum, doch der Rest der Passagiere brauchte eine Weile, um sich einigermaßen zu beruhigen.

Aber wenig später folgte der nächste Zwischenfall. Gerade als der Kommentator im Film von den sich im leichten Wind wiegenden Palmen schwärmte, sprang Karima plötzlich von ihrem Sitz auf, zeigte auf den Bildschirm und schrie aggressiv: „Immer diese blöden Palmen – Palmen sind überhaupt nichts Besonderes – die gibt es überall – nicht nur in dem blöden Kotzarika – in Kotzarika, da kotzen alle nur – Kotzarika ist zum Kotzen, darum heißt das auch so!" Alle waren konsterniert, auch Anna, doch bevor irgendjemand reagieren konnte, war Karima aus dem Raum gelaufen und hatte die Tür hinter sich mit lautem Knall zugeschlagen.

Anna arbeitete sich aus der gemütlichen Sitzecke heraus, so schnell sie konnte, und lief beunruhigt hinter ihrer Tochter her. Sie fand Karima schluchzend auf dem Boden vor der Kabinentür. Sie nahm ihr großes Kind auf den Arm, trug es hinein und legte es auf das Bett. Karima hielt sich die Hände vor das Gesicht, lag gekrümmt auf der Seite zur Wand hin, mit angezogenen Beinen, und wimmerte in sich hinein. Anna wurde abgewehrt, sie konnte sie vorerst nicht erreichen.

Erst nach einer Weile durfte sie Karima an sich ziehen und streicheln und behutsam ihr verschmiertes Gesicht säubern. „Mama", hörte sie eine kleine, klagende Stimme, „ich weiß, dass ich nicht kotzen sagen soll. Ich weiß auch, dass das nicht Kotzarika heißt."

„Ja, Mäuschen, ich weiß, dass du das weißt."

„Ich will da nicht hin. Warum willst du denn nicht einen anderen Mann heiraten? Juanito oder Florian? Die mag ich viel lieber als den Pablo. Viel, viel lieber."

„Aber du kennst Pablo doch fast gar nicht."

„Doch! Er war doch ein paar Mal zusammen mit den anderen bei uns, früher, aber ich weiß das noch. Und da hat er überhaupt nicht mit mir geredet. Als wäre ich gar nicht da. Alle anderen waren netter als der."

„Weißt du, ich glaube, er muss erst mal lernen, mit einem Kind umzugehen. Er hatte ja keine Geschwister, er kennt sich mit Kindern gar nicht aus. Ich denke, er wird sich jetzt große Mühe geben, dich zu verstehen und gut mit dir auszukommen. Aber ein bisschen wirst du ihm dabei auch helfen müssen."

Karima sah ihre Mutter an, als würde sie ihr am liebsten eine gegen Pablo gerichtete Antwort geben, doch ihre rebellische Energie war wohl für heute aufgebraucht. Sie ließ sich gerade noch ausreden, dass das Frühstück am nächsten Morgen für sie „voll peinlich" sein würde, dann schlief sie fest ein, noch nicht ganz ausgezogen und mit ungeputzten Zähnen.

Und Anna? Anna löste das schlafende Kind aus ihrem Arm, setzte sich in den Sessel und versuchte vergeblich, nicht nachzudenken. Seit dem Skype-Telefonat mit Pablo und seiner Mutter drängte sich ihr die Erinnerung an ein Gespräch auf, das sie vor etwa zwei Wochen, kurz nach Pablos Abflug nach Costa Rica, mit dem von ihm angeheuerten Detektiv geführt hatte. Der Typ – er wirkte glatt, kalt, effizient – hatte tatsächlich kurz zuvor in Frankreich Yacine und Karima ausfindig gemacht und wollte nun mit ihr besprechen, wie sie Karima ihrerseits wieder nach Deutschland holen könnte, mit seiner Hilfe und mit Pablos Geld natürlich. Nachdem er mit Anna die Organisation dieser Rückholung geregelt hatte, fragte er sie mit ironischem Lächeln, ob ihr klar wäre, welches Glück sie habe, ihr Kind nun wiederzubekommen. Anna drückte nochmals ihre große Dankbarkeit aus, doch er wehrte ab: er meinte nicht seine Leistung beim Aufspüren von Vater und Kind – das sei sein Beruf und er sei ja gut bezahlt worden – sondern... nun ja, und hier zögerte er etwas, ob sie etwa glaube, sein Erfolg sei von dem Herrn García tatsächlich gewünscht gewesen??

Anna hatte versucht, diesen Satz nicht wie eine Bombe in ihr Leben einschlagen zu lassen und beschimpfte den Detektiv als Verleumder. Doch der hatte dann noch einen drauf gesetzt: Ein bisschen Pech habe er ja nun allerdings gehabt, der Herr Verlobte, nach dem günstigen Einkauf einer schönen Frau müsse er sich nun doch mit dem fremden Kind arrangieren. „Ja, junge Frau, auch ein ausgebuffter Detektiv hat manchmal ein menschliches Gewissen!"

Das war zu viel. Dieser Mann beleidigte sie und Pablo und verletzte sie, aber sie musste es hinnehmen, denn sie brauchte ihn ja noch für den letzten und entscheidenden Teil seines Auftrags.

Und jetzt? Sie hatte sich bisher gescheut, an die Sprüche des Detektivs zu denken. Alles üble Verleumdungen eines Mannes, der vor ihr als guter Mensch dastehen wollte?

Oder war sie mit ihrem Kind womöglich auf dem Weg zu einem „Kotzarika"?

Scott und Peter, 18. Februar abends

Als Scott und sein Sohn nach einem ereignisreichen dritten Tag an Bord abends in ihre Kabine zurückkehrten, fing Peter zu lachen an:

„Das scheint doch noch eine interessante Reise zu werden."

„Wie kommst du darauf?"

„Na, die Kleine vorhin ..." Er kicherte gar nicht jungenhaft vor sich hin. „Kotzarika! – Hätte auch von mir sein können."

„Lach nicht!", meinte Scott, aber er grinste dabei. „Es scheint sie ganz schön mitgenommen zu haben. Warum sie das Land wohl nicht mag?"

Peter ging auf die Überlegung nicht ein. Er war immer noch fasziniert: „Hätte ich der Kleinen gar nicht zugetraut. So in aller Öffentlichkeit, vor allen Leuten ... ganz schön mutig! – Richtig cool, würde mein kleiner Bruder sagen."

Scott wusste nicht, wie er sich verhalten sollte. Einerseits gab er seinem Sohn recht: Die Kleine war in der Tat mutig. Andererseits: Von guter Erziehung – oder was du dafür hältst, wandte seine innere Stimme ein – zeugte die Ausfälligkeit nicht so richtig. Aber was bedeutet schon gute Erziehung? Waren seine Söhne etwa gut erzogen? Hoffentlich nicht, lachte sein inneres Alter ego.

Scott beobachtete seinen Sohn. Peter war jetzt in dem Alter, da Söhne schamhaft werden. Jetzt ging er in das kleine Kabinenbad, um sich auszuziehen. An Bord der *Carina*, dem Boot, auf dem sie seit Monaten gelebt hatten, waren sie oft nackt umhergelaufen. Wenigstens in karibischen Gewässern. Diana, die Jungen und er. Aber während der letzten Wochen hatte sich Peter immer wieder eine Hose angezogen. Zuerst war das seiner Frau aufgefallen:

„Ich glaube, ich sollte in Zukunft einen Pareo oder etwas ähnliches an Bord tragen", hatte sie gemeint und als er, Scott, sie fragend ansah, fuhr sie fort: „Unser Ältester fühlt sich unwohl, wenn er nackt ist. Und wahrscheinlich schämt er sich seiner Mutter, wenn sie nur ihre braune Haut spazieren führt."

Zuerst hatte er gelacht. Aber dann beobachtete er seinen Sohn. Und es war wirklich so: Peter war der einzige an Bord, der nicht nackt in der Sonne lag. Scott sprach ihn an – wenig einfühlsam, wie er heute wusste: „Wirst du plötzlich schamhaft?"

Peter war rot geworden, hatte alle Prüderie abgestritten, war zwei Tage lang – wie um seine Lockerheit unter Beweis zu stellen – von morgens bis abends hüllenlos an Deck gewesen, hatte aber am dritten Tag doch wieder seine Bermudas angehabt. Und Diana trug von nun an ein dünnes Baumwollkleidchen.

Jetzt kam Peter mit seinem gestreiften kurzhosigen Pyjama bekleidet aus dem Bad und bewunderte die Tochter der jungen Frau, die Scott bisher kaum beachtet hatte: „Kotzarika finde ich einfach *magnifique*. Vielleicht kann man mit der Kleinen doch noch was anfangen."

Sie waren während der letzten Monate meistens in französischen Gewässern der Kleinen Antillen gesegelt. In den Häfen wurde französisch gesprochen. Und nun waren die Redewendungen der beiden Jungs mit französischen Sprenkeln durchsetzt.

„Warum lachst du?", fragte Peter seinen Vater.

„Weil du bis gestern noch Mädchen – und vor allem kleine Mädchen – ebenso zum Kotzen fandest wie die Kleine Kotzarika."

„Darf ich meine Meinung nicht ändern? Du redest doch auch mal so und mal wieder anders."

„Darüber wollen wir uns diesmal nicht streiten. – Schlaf gut! – Ich lass' mich nochmal an der Bar bei den anderen Machos sehen. Bis morgen!"

Rupert Vesper, 18. Februar abends

Ja!... *Gallo Pinto*! Hat Ortega schon empfohlen – Costa Ricas Traditionsgericht. Gibt's bestimmt auch in El Salvador. An sich ein Frühstück; im Blick auf den Costa-Rica-Film hat es unser Chefkoch „Napoleon" aber zum Abendessen servieren lassen.

„Frau Pekus, Frau Sommer, sagen Sie mir, wie sich unser vorzügliches Gericht zusammensetzt. Ich behaupte zwar ein Gourmet zu sein, sehe aber in der Regel nur die appetitanregende Oberfläche der Speisen; von ihren Substanzen und Gewürzen verstehe ich Bahnhof. Hab bisher überwiegend nur die Kollegs- und Hotelküchen kennen gelernt. Muss aber künftig sicher selber kochen. Zwar hat Solveig mir in den letzten Tagen einige Grundkenntnisse beigebracht ..."

„Solveig", unterbrach ihn Elvira, „ihre Freundin, die am Kai ... was ist mit Ihnen und ihr?"

„Reden wir bitte vielleicht später drüber."

„Das haben Sie schon mal gesagt."

„Jetzt erneut: Später!.... Zum *Gallo Pinto* bitte."

„Wie Sie sehen: Weißer Reis, der bereits am Vortag gekocht sein muss, und gekochte schwarze Bohnen," sagte Tina.

„Die *Frijoles negros*, die auf der Karte stehen?"

„Genau; in der Pfanne mit Öl etwas angebraten, durchgerührt, kräftig gewürzt..."

„... was ich sehr mag ..."

„... und, wie Sie gesehen haben, mit frisch gebackenen Maistortillas serviert. Wahlweise gibt es noch, so wie wir's gerade erleben, Spiegeleier, ein Omelette, gebratenen Käse und kleine *bistéc*."

„Die schön durch sind, mittig, genau richtig!"

„Das Ganze begleitet von gebratenen *Plátanos maduros* – wie der Küchenchef vorher erklärt hat – mit einem Schälchen *Natilla*."

„Süßsauer, finde ich, nicht so streng wie der Sauerrahm früher bei uns zuhause."

„Jeder mag es halt anders."

„Und – wie Sie sicher auch schmecken", schaltete Elvira Pekus sich ein, „hat der Koch die Mischung aus Bohnen und Reis raffiniert gewürzt, mit scharfer Worcestersoße, die auch hier auf dem Tisch steht ..."

„O jaaaa!"

„... und Koriandergrün." Elvira war froh, mit diesen halbwegs narrensicheren Bemerkungen ihren Beitrag zur kulinarischen Debatte geleistet zu haben und begnügte sich anschließend damit, Tinas etwas gönnerhaftem Vortrag zu lauschen. Die stellte sich als die reinste Gourmet-Expertin heraus und schob selbst den predigtgewohnten Pater in die Rolle eines beflissenen Schülers.

„Was hier auch noch dabei ist, obwohl es nicht zum Standard gehört: Fein gehackte Zwiebeln, Staudensellerie und Gemüsepaprikawürfel."

„Das Ganze hat, wie ich empfinde, einen leichten Geschmack nach Kokos... richtig... oder?"

„Durchaus! Der Chefkoch hat den Reis vermutlich mit Kokosmilch zubereiten lassen."

„Dazu fehlt mir der regionale Wein. Wie ich aber gehört habe, wurde erst 2012 das erste Weingut in Costa Rica eröffnet. Immerhin hat ‚Napoleon' uns einen staubtrockenen *Cabernet Sauvignon* auf den Tisch stellen lassen."

Mit ihrem kräftigen Applaus zeigten die Passagiere der Küchencrew, wie sehr ihnen das *Gallo Pinto* gemundet hatte; eine lukullische Einstimmung auf die optische Begegnung mit dem Reiseziel. Als Lüders, der „Zweite", den Costa-Rica-Film anlaufen ließ, wurde es im Saal schnell still.

Gut gemacht, der Film, fand Rupert Vesper – nur schade, dass er immer wieder gestört wurde. Zuerst durch den lautstarken Auftritt wegen der Kamera dieses lästigen Conrad Dreyer, dann durch das kreischende kleine Mädchen, das sich offenbar über seine eigene Wortschöpfung „Kotzarika" nicht beruhigen konnte. Dennoch: Mittelamerikanische Landschaften, wie man sie sich vorstellte. Durch Pater Ortega hatte Vesper bereits, auch über eine private Lichtbildreihe, einiges über das Land erfahren, weshalb der Film ihm nichts völlig Neues vermittelte. Trotzdem war er beeindruckt von der Bilderfülle: Die Bergketten der *Cordillera de Talamanca,* die Vulkane *Arenal, Irazú* und *Pocás,* die zauberhafte Karibikküste, die tropischen Nebelwälder; darin der *Arbol de Guanacaste,* Costa Ricas Nationalbaum. Wow! Die Baumkrone, 40 Meter Durchmesser, leicht schuppige Rinde, doppelt gefiederte Blätter, um die 25 Zentimeter. Rupert Vesper war ein Baumfreak, in seinen Ferien auf dem Lande – viele Berliner Kinder waren in den 50er Jahren Gäste westdeutscher Bauernfamilien – hatte er Stunden, sogar Tage, in seinem Baumhaus verbracht, hatte, was er auch heute noch gern behauptete, mit seinen Bäumen geredet, hatte ihnen seine Geheimnisse, sein Glück und Leid anvertraut, und sie hatten ihm geantwortet; er hatte ihren sonnenwarmen Geruch eingeatmet, er hätte einen Baum mit geschlossenen Augen erkennen können; er hatte ihre Haut gestreichelt, hatte sie umarmt und liebkost. Später hatte er Bäume aller Art mit dem Bleistift aufs Papier gebannt; mappenvoll. Jeder Baum mit einer interessanten Gestalt konnte ihn auch heute noch in Begeisterung versetzen. Vielleicht konnte er sich irgendwann einmal mit Elvira Pekus unterhalten. Von deren Bonsai-Hobby hatte er in der Kommentierten Passagierliste gelesen. Andererseits: Das systematische Verkrüppeln von Bäumen widerstrebte ihm zutiefst.

Jetzt die Würgefeige – *Cabo Blanco* ... und ein Foto des *Bronzekopf-Elvirakolibris.*

„Ihr Bruder, Elvira!" rief Muhammad plötzlich Elvira Pekus zu.

„Wieso Bruder? Haben Sie genau nachgesehen?" Elvira war stolz und verblüfft über ihre eigene Schlagfertigkeit.

Muhammads Zähne leuchteten auf. Wie immer, wenn er lachte.

Nach der Filmvorführung gingen die Trinkfreudigen an die Bar. Rupert Vesper neben Elvira Pekus, Tina Sommer und Muhammad al Chatim, kurze Zeit später stieß auch Scott Williams dazu. Tina Sommer trank weiter ihren *Château Montaigne,* Elvira wollte einen trockenen Riesling, al Chatim Tee, während der trinkfeste Jesuit *Bombay Sapphire* bestellte. Ein exzellenter Gin, dessen Mix aus Zitrone, Mandel und Süßholz den oft melancholischen Wermutgeschmack angenehm übertönt.

Dann die amüsante, teilweise auch kakophonische Nachlese des Costa-Rica-Vorgeschmacks:

Das wechselfeuchte Klima ... nur am Pazifik ... an Karibik-Ost gut erträglich ... im Frühling und Herbst trockener ... für Europäer gut auszuhalten ... Klima- und Naturschutz haben dort hohe Bedeutung ... wenn die 1,5 Millionen Touristen nicht ... sind Sie ein Tourist? ... phantastisch die Bilder vom Nationalpark ... die Mantelbrüllaffen in den Baumwipfeln ... Affen haben was Verwandtes, finden Sie nicht? ... 94 Prozent Mestizen und Weiße dort, nur drei Prozent Schwarze ... das Gesundheitssystem ist vorbildlich ... die öffentlichen Hospitäler sind aber total überfüllt ... weil die meisten sich die Kosten der privaten nicht leisten können ... Die Lebenserwartung aber im Schnitt bei

78 Jahren ... und das in Mittelamerika ... dafür stabile politische Verhältnisse dort ... Präsidialrepublik ... Einkammer-Parlament, keine Querschüsse aus den einzelnen Regionen wie bei uns ... wusste gar nicht, dass Costa Rica der zweitgrößte Bananenexporteur der Welt ist ... trotzdem großes Elend der Arbeiter auf den Plantagen der *United Fruit Company* ... weiterer Exportschlager: Kaffee ... die traditionelle Musik ... in *La Guaria Morada* wird die Nationalblume besungen ... die lilafarbene Orchidee ... und was besingen wir? Fußball! ... Die Ticos, die Costaricaner, sind noch fußballverrückter als wir ... in vier Weltmeisterschaften qualifiziert ... und so weiter und so weiter.

Als Rupert Vesper seinen dritten Gin vor sich stehen hatte, fragte ihn Scott Williams mit lauerndem Lächeln:

„Sagen Sie, Pater, in diesem Buch von Greene ... wie hieß das noch? ... gab es doch einen Schnapspriester."

Elvira und Tina runzelten die Stirn.

„War das nicht in Costa Rica?"

Rupert gab, von Scotts offensichtlicher Spitze ungerührt, zurück:

„Sie meinen sicher *The Power and the Glory* von Graham Greene. Nein, die Story spielt während der Revolution in Tabasco, Mexiko; Hauptfigur ist ein alkoholabhängiger Priester, der Vater eines Kindes ist, als Seelsorger unter den Armen sein Leben riskiert, was er auch verliert. Kurz bevor er erschossen wird, gibt's dieses eindrückliche Gespräch mit seinem Verfolger. Beide bekennen einander, im Elend der Welt verlassen zu sein. Typisch für Greene und die katholische Nachkriegsliteratur: Selbst in der tiefsten Finsternis – ein hauchdünner Lichtspalt."

„Ich hab das Buch nicht gelesen," sagte Scott, nun ein wenig kleinlauter, „nur davon gehört."

„Gibt's sicher bei *Amazon*. Lesen Sie es nicht! So was vorwiegend Düsteres ist nichts für hoffnungssüchtige Flüchtige. Sind wir hier doch alle. Oder?... Aber, lieber Williams, mit Ihrer Frage haben Sie doch auf was anderes angespielt."

Scott sah ihn an. Ertappt grinsend. Er hatte bei Vesper den Punkt getroffen, wo dieser neben anderen Stellen – Solveig, Kirche – sehr verwundbar war.

„Lindenblattschuss!" sagte Vesper, wobei eine Mininarbe auf seiner Schläfe zuckte. „Ja, ja! Ich muss künftig wohl aufpassen, dass ich meine Arbeit so nüchtern wie möglich erledige."

Scott Williams wechselte schnell das Thema: „Lieber Pater, es gibt doch diese schönen Jesuitenwitze. Haben Sie nicht welche auf Lager?"

Vesper zögerte. Die meisten waren ziemlich ausgelutscht. Außerdem: Wollte dieser Williams ihn noch mal provozieren? Na ja:

„Alte Kamellen, aber, wenn Sie wollen ..."

Die Gruppe zeigte offenes Interesse.

„Ein Schiff geht unter ..."

„Nein, bitte nicht so was!"

„...Franziskaner, Benediktiner und Jesuit kommen schwimmend davon. Der Franziskaner und der Benedetto werden von Haien gefressen, der Jesuit nicht. Warum?"

„Respekt unter Kollegen!" rief Björn Bäumer, der eben den Raum betreten hatte.

„Hallo, Björn, Sie kennen sich aber gut aus!"

„Noch'n Witz, Pater Vesper!" rief Scott, bei dem sichtbar der Schwips im Anzug war.

Der Jesuit dachte kurz nach.

„Tut mir leid ..."

„Bitte weiter, Pater!"

„... sagt Petrus zu dem jungen Mann, der vor der Himmelspforte steht; aber du musst eine gute Tat vorweisen, sonst kann ich dich nicht reinlassen. Nach kurzem Überlegen sagt der Mann: Ich habe gesehen, wie eine Rockermeute einer alten Dame die Handtasche wegnehmen wollte. Da bin ich hingerannt, hab das Motorrad des Anführers umgestoßen, ihm ins Gesicht gespuckt und seine Braut beleidigt. Und wann war das? fragt Petrus. Na ja, so vor etwa drei, vier Minuten." Und schnell kam dann auch von anderen „Barhockern" ein Witz nach dem anderen; totales Durcheinander.

Plötzlich wurde es in der Runde wieder ernst, selbst Vesper legte sein philanthropisches Lächeln ab, als Themen aufs Tapet kamen, auf die mehr oder weniger alle geschockt und empört reagierten. Die Kulturwelt erschüttere, sagte Lohfeld erregt, dass die Terrormiliz Islamischer Staat damit begonnen habe, viele assyrische Kulturgüter zu zerstören. In Mossul hätten sie Molotowcocktails in die Zentralbibliothek geworfen und Gebäudeteile in die Luft gesprengt, 5000 Jahre alte Schriften seien öffentlich verbrannt worden. Barbaren schlimmster Art, brummte al Chatim böse; sie würden die Schätze der Menschheit zerstören, die kulturelle Vielfalt auslöschen. In Ninive seien bedeutende antike Bildwerke zertrümmert, sagte Tina Sommer; es sei für sie, als würde die Sphinx in Ägypten zerstört. Was ihn an die furchtbare Szene erinnere, als die kulturlosen Horden das Irakische Nationalmuseum in Bagdad geplündert und dabei ebenfalls viele Kulturgüter zerstört hätten, klagte al Chatim. Vor vielen Jahren sei Syrien noch ein schönes und interessantes Reiseland gewesen, sagte Pater Vesper; er sei einige Male dorthin gefahren, habe auch in Palmyra Station gemacht, dort wo die IS-Krieger jetzt neben vielen Statuen auch die herrliche Löwenskulptur aus dem Allat-Tempel zerstört hätten. Was jedoch der Ehrlichkeit halber auch in diesen Kontext gehöre: Unter den Assad-Regimes hätten die Christen nichts zu befürchten gehabt; was auch unter Saddam Hussein der Fall gewesen sei: Tariq Aziz, zum Beispiel, Vizepremier des Irak und enger Berater Saddam Husseins, sei Mitglied der chaldäisch-katholischen Kirche gewesen.

Nachdem Scott Williams mit einem Schluck *Darjeelwarten* den Hippengebäckrest heruntergespült hatte, begann er zynisch zu lächeln. „Wenn wir uns so heftig über Kulturzerstörungen in anderen Ländern empören, dann sollten wir mal zurückblicken auf die Zerstörung deutscher Kulturgüter durch die Bombardements der Alliierten."

„Ich bitte Sie!" rief Tina Sommer erregt, „das ist doch eine völlig andere Sache; damals war Krieg, den wir – um es nicht zu vergessen – selbst ausgelöst haben."

„Okay", sagte Vesper, „trotzdem erinnern mich die Bilder der zerstörten syrischen Städte an die Ruinen Berlins, durch die ich als Kleinkind mit meiner Mutter gefahren bin. Und das noch Jahre nach dem Krieg."

„Wurde über dieses Thema nicht schon alles gesagt?" fragte Horst Lohfeld, sichtlich auf weitere persönliche Bekenntnisse lauernd.

„Fast alles!" sagte Pater Vesper.

„Wie meinen Sie?" fragte Lohfeld.

„In den Archiven schlafen noch viele Dokumente, die drauf warten, geweckt zu werden."

„Diese Sammlungen werden durch den Wahnsinn in Nahost kräftig aufgefüllt," sagte Elvira Pekus.

„Sehen Sie einen Ausweg?"

„So lange Menschen die Erde bevölkern, wird das weltweite Morden kein Ende haben," sagte Vesper, während er den *Bombay Sapphire* ruckartig runterschluckte, „das gewaltsame Töten kann, so weit wir dazu willens und fähig sind, leider immer nur kurzzeitig gestoppt werden."

„Es muss ein Trost für die Krieger sein, dass die Gräuel auf beiden Seiten dieselben sind. Niemand ist je allein schuldig!Ein Zitat!", sagte Tina Sommer.

„Manchmal jedoch," sagte Vesper, jetzt mit einem ginbeseelten Lächeln, „können diese Kriege sogar 70 Jahre ruhen, wie wir es in Mitteleuropa seither dankenswerterweise erleben."

Die danach länger andauernde, nur durch das leise Klirren der Gläser unterbrochene Gesprächspause bewirkte, dass sich einer nach dem anderen wortlos verabschiedete und die Bar-Runde sich auflöste.

Conrad, 18. Februar abends

Es war schon deprimierend, diese Ablehnung durch die anderen Passagiere. Conrad hatte sich nach der Katastrophe während des Costa-Rica-Films frustriert in seine Kabine zurückgezogen.

Es war bereits gemein gewesen, wie ihn Scott Williams höhnisch angegrinst hatte, als er zum Abendessen gekommen war. „Na, Conrad, wo warste denn heute Nachmittag? Hast wohl keine Einladung zur Teeparty bekommen, oder? Aber tröste dich, die haben dich nicht vermisst." Teeparty? Schließlich erfuhr er aus den Gesprächen der anderen von Tinas Veranstaltung. Aus Tee machte er sich eigentlich nichts. Aber ausgesperrt zu sein war doch hart. Und dann die schlimmere Katastrophe: Schorses Diebstahl der Kamera während der Filmvorführung, das Löschen der aktuellen Bilder und dann diese alberne Knipserei: Fotos von Conrad, der Salondecke, den Stühlen, der Leinwand. Nur um ihn zu provozieren! „Liebe Freunde", hatte Schorse gerufen, „eine freudige Mitteilung: Die Fotos von heute habe ich gerade gelöscht". So ein Mistkerl! Und dafür hatte der von den anderen Passagieren auch noch Applaus bekommen. Vor Wut bebend hatte Conrad schließlich Schorse die Kamera entrissen, fluchtartig die Info-Veranstaltung verlassen und sich in seine Kabine zurückgezogen. Er würde morgen früh gleich mit dem Ersten Offizier sprechen, um Sicherheitskopien der Fotos auf einem Computer des Schiffs oder auf einer anderen Speicherkarte abzulegen.

Wie sollte es weitergehen? Die Mitreisenden lehnten ihn ab. Dabei hatte er doch diesen ominösen Auftrag, der ihn zwang, sich unter die Passagiere zu mischen. Er musste sich eine Rolle zurechtlegen, die dazu passte, die zu ihm passte. Ein Provokateur musste er sein, den die Leute ertragen konnten. Ein Gaukler, ein ... Till Eulenspiegel! Ja, das konnte er versuchen. Aber würde es wirklich funktionieren?

Oder sollte er lieber nach Deutschland zurückkehren? Aber das ging nicht, da wartete sicher die Staatsanwaltschaft mit einem Haftbefehl auf ihn. Was wusste die Polizei in Costa Rica? Würde die *Agency* denen seine tatsächliche Identität mitteilen, wenn er seinen Auftrag nicht erfüllen konnte? Das war leicht möglich, bei dem Widerstand, der ihm hier auf dem Schiff entgegenschlug. Conrad fühlte sich elend, fast wie gestern, als das schwankende Schiff ihn mehrfach auf die Toilette getrieben hatte. Auch heute hatte er das Gefühl, auf vibrierenden Planken zu stehen. Sein Magen drehte sich schon wieder. Hätte er die Flucht nach vorn in Deutschland wagen und sich der Staatsanwaltschaft offenbaren sollen? Vielleicht wäre es ja bei einer Bewährungsstrafe geblieben. Er hätte mit seinen Millionen auf den Bahamas vermutlich den wirtschaftlichen Schaden seiner Geschäftspartner abwenden und damit Anzeigen und Klagen verhindern können. Sicher, er wäre dann nicht mehr vermögend gewesen. Und wie er seinen Lebensunterhalt bestreiten könnte nach einer Verurteilung, war ihm auch nicht klar. Aber die jetzige Situation war unerträglich und schwindelerregend. Er saß zwischen allen Stühlen.

Conrad lag die halbe Nacht wach, spielte immer wieder verschiedene Szenarien durch und verwarf sie alle wieder. Er fand keine Lösung für seine verfahrene Situation. Schließlich schlief er, total übermüdet, ein.

Markus, 18. Februar abends

Noch zwei Tage, hatte Jens gesagt. Markus hatte mitgezählt. Nach seiner Rechnung war heute aber bereits der dritte Tag, und der ging offenbar jetzt zu Ende, wenn sein Zeitgefühl ihn nicht im Stich ließ. Einsam und dunkel wie all die Tage zuvor.

„Jens ist und bleibt ein Schwein", dachte Markus. „Man kann ihm einfach nicht vertrauen! Weder seinen Versprechungen noch beim Glücksspiel." Als er ihm am zweiten Tag das kalte Lammfleisch und die Flasche Cola gebracht hatte, hatte Markus fast schon vergessen, welch linker Hund der kleine „Napoleon" sein konnte. Danach war er zwar noch ein paarmal zu ihm heruntergekommen, aber er hatte jedes Mal seine verdammten Streichhölzer mitgebracht und ihm erklärt, dass es Essen nur gegen Zippeln gebe. Notgedrungen hatte Markus mitgemacht. Was soll man machen, wenn man Hunger hat. Da war diese Zippelei noch das geringere Übel, fand er.

Dieses dämliche Zippeln war absolut nichts für ihn, ein Spiel für kleine Kinder, selbst die konnten mit ein bisschen Glück erraten, wieviel Streichhölzchen man verdeckt in der Hand hielt. Aber was konnte er schon von Jens erwarten? Einem Spielsüchtigen war es offenbar egal, womit und um was er zockte, Hauptsache, er konnte spielen. „Na, ja, wer seine Lehre abbricht und sich bei Unterschlagungen erwischen lässt, der ist sowieso nicht der Schlauste!" dachte Markus und versuchte, das Rumoren in seinem leeren Magen zu ignorieren. Jens war seit dem Nachmittag nicht wieder da gewesen.

Seine eigenen Geschäfte waren doch von einem völlig anderen Kaliber gewesen, aber davon hatte Jens ohnehin keine Ahnung. Das ging eindeutig über dessen Horizont hinaus. Schon als Ingenieur war Markus nicht schlecht gewesen, aber als Börsenhai fast unschlagbar. Jens wusste wahrscheinlich noch nicht mal, wie man Ingenieur schreibt. Wäre es eine normale Situation gewesen, hätte er jemanden wie diesen Kerl erst gar nicht kennengelernt. Aber Gefängnis und Glücksspiel waren keine normale Situation und diese, in der er sich gerade befand, auch nicht. Wozu regte er sich also auf? Jetzt hockte er hier unten und war auf Jens angewiesen, diesen kleinen „Napoleon", der immerhin ganz gut kochen konnte und ihn schließlich nicht ganz verhungern ließ. Dass Markus ihn fast jedes Mal gewinnen ließ, um ihn bei Laune zu halten, das hatte Jens offenbar noch nicht gemerkt.

Die See war unruhig und die Dünung heftig gewesen. Den ganzen Tag über hatte das Schiff geschaukelt und gestampft, dass es Markus Angst und Bange wurde. Allmählich wurde der Seegang ruhiger. Er hatte keine Ahnung, wo sie sich befanden und lauschte angespannt auf das Schlagen der Wellen, wenn sie sich am Bug brachen. „Die Hoheitszone", dachte Markus, „vielleicht haben wir die Hoheitszone noch gar nicht verlassen. Vielleicht ..."

Das gleichmäßige Branden der Wellen machte ihn müde. Ihm fielen ihm die Augen zu.

Sein Kopf sackte gegen den prallen Rucksack, den er als Kopfkissen benutzte. Etwas Hartes drückte gegen sein rechtes Ohr. Aha, eine Kante des Einbands seines *Ransmayr* machte sich bemerkbar! Er hatte *Die letzte Welt* mitgenommen, weil er dieses Buch immer mitnahm, egal wohin er fuhr. Zu dieser Reise ins Unbekannte passte es aber ganz besonders gut, fand er. Er liebte Mythologie über alles, insbesondere diese fantastische Geschichte über die Suche nach dem verschollenen römischen Dichter Ovid und seinen *Metamorphosen*.

Schon als Junge hatte Markus mythologische Geschichten verschlungen. Er war mit Odysseus durch das griechische Meer gesegelt, er hatte die Belagerung Trojas miterlebt und gefunden, dass es gemein sei, diese stolze Stadt durch so etwas Hinterlistiges wie ein Pferd aus Holz zu Fall zu bringen. Er hatte Herkules bewundert und sich gewünscht, so zu sein wie er, mindestens aber so wie Martin: stark und mutig. In der Mythologie gab es Götter und Helden, aber auch Verlierer, und Markus vermutete, dass es diese Mischung war, die die Sagengestalten so lebendig, fast menschlich, machte.

Er selbst kam sich manchmal vor wie einer der Verlierer, vielleicht wie Sisyphos, der listige König, der schließlich leidvoll für seine Taten büßen musste. Unermüdlich war er auf Gewinn bedacht gewesen und hatte sich durch manchen Betrug großen Reichtum erworben, genau wie er, Markus, selbst. Irgendwie lebten die Mythen auch in der heutigen Zeit weiter, fand er.

Schade, es war zu dunkel hier unten, um ein paar Seiten zu lesen, aber den ersten Satz der *Letzten Welt* wusste Markus auswendig: „*Ein Orkan, das war ein Vogelschwarm hoch oben in der Nacht; ein weißer Schwarm, der rauschend näher kam und plötzlich nur noch die Krone einer ungeheuren Welle war, die auf das Schiff zusprang. Ein Orkan, das war das Schreien und das Weinen im Dunkel unter Deck ...*"

Das passte wie die Faust aufs Auge, dachte er. Ein Orkan schien zwar gerade nicht über dem Meer zu toben, aber auch dieses Schiff wurde von der Strömung hin und her geworfen. In Gedanken sah er die Kämme der Wellen, wie sie sich brachen und auf das Schiff zusprangen. Und er, im dunklen Schiffsbauch, musste mit in diesem Rhythmus. Doch die Bewegungen waren gleichförmig und schaukelten Markus in einen Traum, der ihm Angst machte:

Er träumte von Carla, er sah sie im Eingang einer unterirdischen Höhle stehen, bewegungslos und starr, eingehüllt in ein weißes Tuch, ihr Gesicht ebenso weiß wie der Stoff, die Lippen blutleer, die grünen Augen stumpf, die goldenen Punkte darin erloschen. Es waren tote Augen. Er selbst saß in einem Ruderboot, allein auf einem Fluss, das Boot trieb auf diese Höhle zu. Vor ihm im Wasser ein dunkler Schatten, der mit der Bewegung des Wassers auf und ab schwappte. Er versuchte, den Schatten zu fassen, aber es gelang ihm nicht, die Strömung trieb ihn weiter und weiter fort. Das Rauschen des Wassers vermischte sich mit dem Rauschen in Markus' Hirn und auf einmal erkannte er, dass der Schatten ein Kopf war. Es war sein eigener Kopf, und er selbst war Orpheus auf der Suche nach Eurydike, die er für immer verloren hatte.

Markus wachte schweißgebadet auf, verstört hörte er noch immer das schimmernde, weiße Rauschen, doch allmählich ebbte es ab. Noch immer spürte er eine unglaubliche Schwere auf sich. Er versuchte, sie abzuschütteln, doch es gelang ihm nicht. Er rieb sich die Augen, um auf die Leuchtziffern seiner Armbanduhr zu sehen, und spürte etwas Nasses. Er musste im Traum geweint haben!

Björn, 19. Februar morgens

Starker Wind war aufgekommen, die See war ziemlich kabbelig und wurde immer unruhiger. Björn konnte sein Einfach-Daliegen nicht mehr genießen, rollte ab und an auf seinem Bett hin und her, schließlich sprang er auf, übte Aufrechtstehen, breitbeinig, die Füße fest auf dem Boden, um die Bewegungen des Schiffes aufzufangen, dachte dabei positiv an die Spielgeräte seiner Kindheit, Wippe und Schaukel, die das Auf und Ab mitschwingend zuließen, aber diese Wellen da draußen kamen zu ungleichmäßig, gaben nur selten Ruhe, so dass sie unkontrollierbar waren. Björn geriet schnell aus dem Takt und fürchtete, seekrank zu werden. Hier ging es um Stabilität und Balance, aber nicht um Spaß und Spiel.

Das Wasser schlug hoch gegen die Schiffswände. Das Bullauge war dauernd mit Wasser bedeckt, also keine Aussicht auf den Horizont oder den Himmel, wie oft empfohlen. Die Katze? Der Kater? Der war sicher schon einiges gewöhnt und gegen Schiffsbewegungen immun. Die Reisegefährten? Er wusste, einige lagen schon matt in ihren Kojen.

Er hoffte auf frische Luft und stieg an Deck. Einige Mitreisende hatten sich an der Reling verteilt und bemühten sich um Ruhe. Er hörte, dass der Schiffskater bei Beginn des stärkeren Wellengangs ein Unglück gehabt habe und sich irgendwie in den Tauen verheddert hatte oder so ähnlich. Er musste das Tier finden. Er rief nach ihm. Eher leise.

„Katze", rief er, „Kater!" Wirklich, ein Name musste her. In seiner Kabine hatte er das Tier *Kumpel* genannt – es schien ein Kater zu sein. Aber war das ein Name zum Rufen?

Er warf, wie im Märchen Hänsel, kleine Brocken mit Brot und Schinken auf die Treppe, die rutschten ein wenig hin und her, aber dufteten ganz herrlich. Tatsächlich, der Kater erschien, ganz vorsichtig, kroch fast auf dem Bauch, schien eine Pfote nachzuziehen, blieb auf Abstand. Er sprach leise mit dem Tier, das äugte mit seinen glühenden Augen zu ihm hinüber. Als er die Kabinentür aufschloss, schoss es hinein.

Der Kater hatte sich offensichtlich leicht verletzt. Björn nahm eine Socke, berührte ganz vorsichtig die verletzte Pfote, wickelte sie darin ein, und das Tier ließ es geschehen. Trotz der Verletzung sprang es mit einem Satz auf das Bett und da lag es nun, ruhig und entspannt, und Björn holte sich die zweite Scheibe Brot, brach Teile davon ab, legte sie dem Kater auf die Decke und biss auch selber kräftig hinein.

Anna und Karima, 19. Februar vormittags

Beim Frühstück kündigte Horst Lohfeld für den Abend eine Überraschung an. Pater Vesper habe sich bereiterklärt, ein lange vernachlässigtes Hobby wieder aufzunehmen und die Mitreisenden damit zu unterhalten. Die Passagiere staunten. Auch Anna war verblüfft. Als Entertainer hatte sie den gelehrten Jesuiten bisher nicht gesehen. „Was kann das für ein Hobby sein?", fragte sie Tina, die neben ihr am Büffet stand und bunten Obstsalat in ihr Müsli löffelte. Tina wiegte nachdenklich den Kopf und rückte die Brille auf der Nase hin und her. „Vielleicht will er ein Quiz veranstalten? Aber bei seinen anspruchsvollen Fragen hätten wir wohl alle keine Chance. Oder aber ... ich hab neulich beim Spieleabend gehört, wie er eine Bemerkung darüber machte, er sei früher einmal als Zauberer aufgetreten. Vielleicht geht es darum?" Anna war begeistert. Eine Zaubershow? Das konnte ja spannend werden. Sicherheitshalber erzählte sie ihrer Tochter aber noch nichts von dieser Aussicht. Doch Karima hatte ohnehin andere Interessen. Nach dem Frühstück wollte sie ein Weilchen mit Peter auf dem Schiff umherlaufen und den Kater suchen.

Plötzlich polterte sie atemlos zurück in die Kabine zu ihrer Mutter: „Mama, hör mal zu, ich weiß einen Witz von einem Schiff! Also: Der Steward fragt einen Mann: Soll ich das Essen ins Wasser kippen oder wollen Sie das vorher noch essen? Verstehst du?" Sie warf sich lachend aufs Bett. „Der Mann ist seekrank. Verstehst du? Also, ob er das gleich ins Meer tun soll. Der Mann k..., äh, der übergibt sich nämlich immer."

„Ja, der Witz ist wirklich lustig. Er passt so gut im Moment, wo fast alle seekrank sind. Woher hast du den denn? Von Peter?"

„Nein, von meinem neuen Freund. Ich hab überhaupt zwei neue Freunde. Der mit dem Witz heißt Olli und der andere heißt Dojo, genauso wie das Haus, wo du immer Aikido gemacht hast, und der weiß, wo die Katze oft ist, aber sie war eben nicht da."

„Schätzchen, was erzählst du da für interessante Sachen. Deine neuen Freunde sind doch wohl Männer hier vom Schiff, oder? Erzähl mir mal von ihnen!"

„Keine Zeit! Vielleicht hat Dojo jetzt die Katze gefunden. Und ich hab ein ganz tolles Versteck entdeckt – so einen Wandschrank unter der Treppe, wo alte Schwimmwesten drin liegen. Der Kater war nicht drin, aber wir könnten da eine Höhle bauen. Und ich muss das auch noch Peter und Börn sagen. Der Dojo hat gesagt, Karima ist ein schöner Name und seine Cousine heißt auch so. Tschüss, ich bin bald wieder da."

Eine halbe Stunde später war Karima zurück, etwas unzufrieden. Ihre neuen Freunde mussten arbeiten. Der Kater ließ sich nicht blicken. Björns Kabinentür war geschlossen. Peter war auch nirgends zu sehen.

Aber etwas Neues hatte sie doch zu erzählen: Sie war von dem Mann angesprochen worden, den sie beim Beten beobachtet hatte. Der beim Essen immer neben ihr saß. Er war ganz freundlich und hatte sie gefragt, wie ihre Puppe hieß. Der Name Laila gefiel ihm, aber als sie sagte, dass die Zwillingsschwester Fatima hieß, guckte er ganz komisch. Aber nicht unfreundlich. Dann wollte er wissen, warum ihre Puppen und sie selbst arabische Namen hatten. „Ich habe ihm dann gesagt, er soll dich fragen, du weißt das besser. Das war doch richtig so, oder?"

Anna nickte. „Das hast du gut gemacht. Komm, wir gehen jetzt mal zusammen raus, es stürmt so schön. Vielleicht sehen wir ja doch irgendwo das kleine rote Ungeheuer. Oder unseren Freund Björn."

Nein, diese beiden trafen sie nicht, aber dafür einen der neuen Freunde Karimas. Sie stemmten sich gerade übermütig gegen den Sturm, hielten sich an den Händen und lachten, als vor ihnen „Olli" aus einer Tür kam und an die Reling trat. Es war der nette Offizier, der sogenannte Dritte, der gelegentlich mit ihnen an der Tafel saß, wenn er nicht gerade Dienst hatte. „Na", rief er gegen den Sturm Karima zu, „hast du dein Frühstück schon ins Meer gekippt?" Sie wollte sich ausschütten vor Lachen. „Nein, ist noch alles drin." „Na, vielleicht klappt's ja mit dem Mittagessen!" „Neiiin!"

Anna sah es mit Staunen. Die beiden alberten so vertraut miteinander, als würden sie sich schon länger kennen. Der Mann war sehr sympathisch, das hatte sie schon einmal beim Essen gedacht. Er war noch ziemlich jung – so Anfang bis Mitte Dreißig. Schön war er nicht, aber er sah angenehm aus: braungebrannt, mit schon so einigen Falten im Gesicht, das malefizfarbene lange Haar trug er mal als Pferdeschwanz, mal als Knoten am Hinterkopf. Seine Uniform stand ihm nicht ganz so schnittig wie seinen etwas älteren Kollegen, er war etwas untersetzt. Jedenfalls war es nett, ihm zuzusehen. Jetzt lächelte er sie an, winkte Karima zu – „ich muss wieder arbeiten!" – und verschwand.

„Siehste", sagte Karima begeistert, fast wie verliebt, „das ist mein Freund! Und Dojo ist eigentlich genau so nett, nur kann er nicht so gut Deutsch sprechen."

Anna und Karima, 19. Februar nachmittags

Beim Mittagessen saß der Dritte Offizier mit an der Tafel. Schon vor dem Essen wollte Karima von ihm einen neuen Witz hören. „Nein, du kleines Rübchen, es gibt jeden Tag nur einen Witz, also morgen wieder einen. Und du kannst mich heute auch nicht mehr besuchen, denn ich werde bald schlafen gehen. Ich hab nämlich heute Hundewache."

„Hundewache? Hey, was ist das denn? Es gibt hier ja gar keine Hunde." „Nur, weil du die noch nicht gesehen hast? Den Kater hattest du ja auch nicht gleich entdeckt."

Karima guckte sein Pokerface zweifelnd an. „Verarschen kann ich mich selber", sagte sie unsicher, als einige der Passagiere lachten. „Okay, Mädelchen, ich habe mich nur ein kleines bisschen über dich lustig gemacht. Leider kein Hund hier an Bord, schade. Bei der Hundewache nach Mitternacht scheint der Hundsstern am Himmel. Daher der Name. Alles klar?" „Na gut, und wann scheint der Katzenstern?" Wieder lachten alle, und Karima hatte sich aus ihrer Verlegenheit gerettet.

Es würde also schwieriger werden, ihrer Mutter nach dem Essen zu entwischen. Anna wollte nämlich mit ihr etwas „Schule" machen, vor allem Rechnen. Und danach wollte der Pablo schon wieder skypen. Bei denen in Costa Rica war es dann Vormittag. Schon komisch, aber sie wollte nicht fragen, warum das so war. Sie wollte das gar nicht erklärt kriegen.

Das Rechnen machte dann eigentlich doch Spaß. Danach las ihre Mutter ihr etwas aus Robinson Crusoe vor, das Buch hatte sie in der Bibliothek gefunden.

Schließlich war es so weit: Skype-Time. Anna öffnete ihr hübsches kleines Netbook und siehe da: Mutter und Sohn waren bereits online. Ja – wieder saß die Mutter neben ihm, und sie war es auch, die das Gespräch eröffnete. Und plötzlich wusste Anna, an wen sie diese Frau erinnerte: an die Loriot-Mutter in „Ödipussi". Ja, genau! O Gott! Und war Pablo womöglich auch wie der – wie hieß der Filmsohn denn noch? Es würde ihr schon noch einfallen.

Mutter und Sohn benahmen sich recht nett und lächelten viel. Pablo fragte Karima, worauf sie sich denn am meisten freue in Costa Rica. Sie guckte höflich und verlegen, doch dann fiel ihr etwas ein: auf die Faultiere! Die sahen alle so süß aus und so kuschelig. Mutter und Sohn zeigten sich gerührt von dieser niedlichen Schwärmerei, bis Karima sagte, sie wolle die im Urwald besuchen. „Im Urwald!" rief Pablo aus. „Du bist wohl eine kleine Abenteurerin wie deine Mutter! Nein, nein, das wird nicht möglich sein. Aber hier in der Stadt gibt es einen kleinen Zoo mit mehreren Faultieren. Da kannst du sie sehen."

Das war's. Für Karima war das Land jetzt wohl endgültig erledigt. Anna wusste, eine große Menge Touristen besuchten jedes Jahr dort den Urwald, auch eine bekannte Faultierbaby-Aufpäppelstation. Sie hatte Karima davon erzählt. Wieso mussten ihr diese beiden feisten Typen... Oh! Anna bekam einen Riesenschreck, konnte den Satz gar nicht bis zum Ende denken! Was für eine Formulierung benutzte sie denn da in Gedanken für den Mann, den sie demnächst heiraten würde! Den sie doch eigentlich inzwischen – oder nicht? – irgendwie liebte?

Anna errötete heftig, ihr war heiß und plötzlich auch übel. Mit dem wilden Seegang begründete sie eine sofortige Beendigung des Gesprächs.

Sie ging mit Karima hinaus an die frische Luft, diesmal nicht übermütig und lachend. Die Wasserspritzer, die über die Reling auf sie niedergingen, verursachten jedoch eine bessere Laune und frischere Gedanken. Zum Glück begegnete ihnen draußen Björn, und mit ihm verabredeten sie, nach dem Abendessen gemeinsam die Show des Paters anzusehen. Dieser stille Björn tat ihr und ihrem Kind wirklich gut.

Rupert Vesper, 19. Februar

„Ich bin erst relativ spät zu den Jesuiten!", sagte Rupert Vesper, als Muhammad al Chatim ihn, sichtlich nur aus Berufsneugierde, nach seinem beruflichen Werdegang fragte.

„Was haben Sie vorher gemacht?"

„In Berlin Literatur und Kunst studiert, auch maßvoll in der 68er Szene mitgemischt; daneben aus Lust, aber auch zwecks Kohle als Zauberer gearbeitet."

In seiner Zeit als Magier wie auch im politischen Aufruhr der damaligen Zeit hatte Rupert Vesper sich exzessiv allen möglichen Genüssen des Lebens hingegeben; Alkohol, Drogen, Sex; von ihm poetisch „Wein, Weib und Gesang" genannt. Die grenzenlos ausgenutzte Freiheit hatte ihn gefährlich straucheln lassen, bis er körperlich, aber noch mehr psychisch am Ende gewesen war. Der Magier Alexander Adrion, sein Mentor, vordem Theologiestudent, hatte ihm zur Vermeidung des totalen Absturzes empfohlen, so schnell wie möglich seinem Leben einen Ordnungsrahmen zu geben. Worauf Rupert seinem Rat gefolgt war, an einer jesuitischen Exerzitien-Woche für Laien teilzunehmen. Schon die ersten Einkehrtage hatten bei ihm, wie er später gestand, eine „spirituelle Evolution", aber auch seinen Willen zum Einstieg in den Orden bewirkt; etwas, das noch immer unbegreiflich für ihn war.

„Aber Zauberer – das das sind Sie doch immer noch," schob Muhammad lächelnd nach.

Rupert Vesper sah ihn fragend an.

„Als jemand, der Brot und Wein in Fleisch und Blut verwandeln kann. Oder ist das nur symbolisch gemeint?"

Worauf Vesper, innerlich darüber verstimmt, dass erneut etwas Theologisches auf den Tisch kam, sachlich kühl erklärte: „In Hegels „Ästhetik" können Sie lesen: ‚Das Symbol steht für etwas – und es enthält zugleich etwas von dem, für das es steht.' Womit die gedachten Gegensätze dialektisch überwunden werden. Was jeden Streit darüber beendet. Jedenfalls für mich. Okay?"

Worauf Muhammad al Chatim, der ihn offenbar hatte provozieren wollen, lächelnd schwieg. Für al Chatim schien Hegel den deutschen Intellektuellen so eine Art Übervater zu sein. Zu seinen Studienzeiten hatten al Chatim vor allem die Auswirkungen Hegelschen Denkens in Gestalt des Dialektischen Materialismus und Wissenschaftlichen Sozialismus interessiert. So wie er in Berlin 1991 mit Kommilitonen gegen Bush's Irak-Krieg demonstrierte, sah er auch in Hegel den Revolutionär. Mit seinem Stubenfreund Hölderlin in jungen Jahren als *Jacobiner* bezeichnet, wurde Hegel später auch als Atheist und Antichrist beschimpft. Zu gerne hätte al Chatim mit Vesper diskutiert, aber die merkwürdig politisch entrückte Art von Vesper und die Gefahr auf religionsphilosophisches Glatteis geführt zu werden, ließen al Chatim schweigen.

Vesper war zufrieden, dass er mit diesem Hegel-Trick ein weiteres Gespräch darüber ausgebremst hatte. Er war strikt dagegen, mit etwas nur Dahingesagtem über Gott und die Welt oder – noch schlimmer – mit halbgarer Kirchenkritik belatschert zu werden, es sei denn, jemand würde ein ernsthaftes Religionsgespräch wollen; für ihn vorausgesetzt, dass es dem Gesprächspartner um etwas Persönliches, existenziell Wichtiges ginge, nicht um Christian Morgensterns Frage, wie viel Engel auf einer Nadelspitze Platz haben könnten. Nachdem das Wort *Zauber* die schnelle Runde gemacht hatte, war er von mehreren Passagieren gebeten worden, seine Zauberkünste im Rahmen der abendlichen Unterhaltungsstunden vorzuführen; was auch sofort die Zustimmung der Schiffsleitung gefunden hatte, die an möglichst vielen Abwechslungen an Bord interessiert war.

Der relative Ernst seines Jesuitenlebens hatte Vespers Zauberlust keineswegs gedämpft. Weshalb einige Magier-Utensilien – jedoch nur Spielkarten und Würfel – zu seinem Inventar gehörten, aber auch Alexander Adrions Buch: „Die Kunst zu zaubern. Mit einer Sammlung der interessantesten Kunststücke zum Nutzen und Vergnügen für jedermann". Die er auch jetzt am Zauberabend einsetzte, zu dem die von der Kommandobrücke angesagte „Windstärke 7 bis 8 mit Vorbereitung der Sturm-Taue", den passenden Rahmen gab; der aber auch die Bewegung und Haltung der Passagiere beeinträchtigte. Weshalb einige von ihnen, grüngelbblass im Gesicht, sichtlich froh waren, mit Heiterkeit erregendem Seemannsgang einen festen Sitz erreicht zu haben. Knabbereien, Bier, Wein, aber auch Tee – als Beigabe bereitgestellt – schienen deshalb zunächst wenige Abnehmer zu finden. Ein etwas vorlauter Passagier – es schien Scott zu sein – rief aus dem Hintergrund:

„Pater, zaubere, dass der Sturmwind Ruhe gibt. Wie dein Boss es so toll hingekriegt hat. Wo war das noch mal?"

„See Genezareth!" rief Tina Sommer.

Der Angesprochene tat, als hätte er die Einwürfe nicht gehört; vielleicht war es auch so.

Für seine Vorführung brauchte Rupert Vesper keine Bühne; nur einen kleinen Tisch, der vor allem bei den Kartenkunststücken in der Mitte des Publikums stand, wodurch man ihm über die Schulter sehen konnte, was den Reiz des Pseudomagischen erhöhte. Wie es die ihn umkreisenden Zuschauer offenbar auch empfanden. Als bildliche Präambel oder optischen Hintergrund seiner Zauberstunde hatte er einen originalgroßen Farbdruck des Ölgemäldes „Der Taschenspieler" von Hieronymus Bosch an die Wand geheftet und sich dazu bereit erklärt, das Bild später zu interpretieren, falls dieses gewünscht würde.

„Ein Zauberer kann eher einen König spielen, als dass ein König das Zaubern erlernt." Mit diesem Statement leitete er seine Zauberstunde ein, nur um diesen etwas hochtrabend klingenden Spruch nach Alexander Adrions Art schnell wieder zu relativieren. Zauberkunststücke seien für ihn Kammerspiele des Scheins, pure Taschenspielerei; der Magier sei lediglich ein Illusionist. Die Zuschauer sollten und würden von ihm nichts Außergewöhnlicheres erleben, als sie es sicher schon von anderen Zauberleuten gesehen hätten.

Abraham a Santa Clara habe den Leuten, die den Tausendkünstlern zusahen, den Rat gegeben: „Ein Gaffmaul muss hier Schlösser tragen. Im Fall das schlaue Hokusspiel nur Augen, keine Mäuler will: Und will man's mit der Weltlist wagen, so braucht man, soll der Wandel taugen, verschlossenen Mund und tausend Augen."

Und mitten im Lachen der Zuschauer begann der „Magier an Bord!" mit seiner Spielshow: Er warf drei Würfel in ein Glas, gab dieses Björn Bäumer in die Hand mit der Bitte, das Glas zu schütteln und von der Unterseite des Glases die dort sichtbaren Würfelzahlen zu addieren. Kaum dass der fertig war, nannte Vesper ihm eine Zahl. Worauf Björn bestätigen musste, dass es die gleiche Zahl war, die er ermittelt hatte.

„Ein Zauberer wünscht sich nur, dass seine Täuschung einen Augenblick vorhält. Er versucht erst gar nicht, dir weiszumachen, er täusche nicht, sagte der kluge G.K. Chesterton," sagte der Zauberpater; wandte sich darauf ab und bat darum, dass jemand von den Zaubergästen drei Würfel im Becher durcheinander schütteln und auf dem Tisch ausrollen lassen sollte. Worauf er weiter bat, alle oben sichtbaren Werte zu addieren, dann einen Würfel aufzunehmen und die Unterseite des Würfels zu der eben erhaltenen Summe hinzuzuzählen. Dieser Würfel sollte noch einmal auf dem Tisch ausrollen und die jetzt erhaltene oben sichtbare Zahl zum vorhandenen Ergebnis addiert werden. Dann drehte er sich um, und kurz darauf nannte er exakt die ermittelte Zahl. Was seine Zuschauer, vielleicht auch nur die Leichtergläubenden, wie erwartet, in nicht geringes Erstaunen versetzte.

Zwischen den folgenden Spielen nahm der Magier einen kleinen „Konzentrationsschluck" zu sich und gab, während er einen Stapel Spielkarten mischte, einige seiner üblichen Rahmen-Zitate zum Besten: „Sich täuschen zu lassen, gilt nach landläufiger Auffassung als elend. Ich behaupte dagegen, dass es ein großes Unglück ist, über alle Täuschungen erhaben zu sein. Der Geist des Menschen ist nun mal so angelegt, dass der Schein ihn mehr fesselt als die Wahrheit! Schreibt Erasmus von Rotterdam 1509 in seinem Buch *Lob der Torheit.*"

Dann schrieb er etwas auf einen Zettel und steckte diesen in einen Umschlag, den er Tina Sommer übergab. Darauf legte er 16 Spielkarten in unterschiedlicher Farbreihenfolge auf den Tisch: erste Reihe Schwarz - Rot - Rot - Rot. Dann Rot - Schwarz - Schwarz -Schwarz und so weiter. Darauf bat er Conrad Dreyer, eine Streichholzschachtel auf irgendeine Karte zu legen, dann mit der Schachtel vier Bewegungen in verschiedene, von ihm vorgegebene Richtungen auszuführen. Nach Erreichen der Schlussposition bat er, den Umschlag zu öffnen. Die Schachtel lag bei dem gleichen Kartenwert, den er anfangs aufgeschrieben hatte.

Und wieder gab Vesper einen Kurzvers zum Besten, diesmal von Orson Welles: „Der Zauberkunst das Wunderbare zu nehmen, wäre ebenso zerstörerisch, wie die Musik des Tons zu berauben."

Vesper legte dazu einen kleinen Stoß Papierzettel auf den Tisch, bat die Teilnehmer, ihm Namen bedeutender Persönlichkeiten aus Geschichte oder Gegenwart zu nennen. Es fielen Namen wie John F. Kennedy, Albert Einstein, Louis Armstrong, Napoleon, Admiral Tirpitz, Otto Waalkes und andere.

Vesper schrieb diese Namen auf, faltete die Zettel und legte sie in einen Sektkühler. Darauf bat er Elvira Pekus, einen Zettel wieder herauszugreifen und ihn fest verschlossen in der Hand zu halten. Elvira war die Spannung anzusehen, die sie bei diesem Experiment empfand. Vesper schloss die Augen, schien sich in einen Zustand äußerster Konzentration zu versenken, begann dann zögernd mit Andeutungen zur Zeit, zu den Lebensumständen und dem Schicksal eine noch nicht genannte Persönlichkeit einzukreisen, bis er dann mit offenbar absoluter Sicherheit den Namen John F. Kennedy nannte. Es war der Name, den Anna García genannt hatte.

Vesper ließ sich zwei ziemlich volle Sektgläser geben und fragte, was denn wohl passiere, wenn er den Inhalt des einen in das andere schütten würde. Die meisten Zuschauer waren vom Überlaufen der Flüssigkeit überzeugt. Darauf goss Vesper mit großer Gelassenheit den Inhalt des einen Glases zum Inhalt des anderen Gefäßes, ohne dass ein Tropfen verlorenging. Großes Erstaunen. Aber nicht bei Scott Williams, der, offenbar in Kenntnis der optischen Täuschung, spöttisch lächelnd zugesehen hatte. Nun entlarvte er, zur offen gezeigten Freude des Zauberers, die Illusion als Alltagsphänomen: die konische Form der Sektgläser sorgte dafür, dass sie voller erschienen, als sie waren.

Plötzlich ließ vermutlich ein ungewöhnlich kräftiger Wind- und Wellenstoß den Salon erzittern. Gefolgt von totalem Lichtausfall. Ein hörbar Unverzagter, es klang nach Scott Williams, rief forsch: „Das gehört bestimmt zur Magie. Gleich wird Gottes Stellvertreter zu uns sagen: Es werde Licht!"

Vesper spürte den Anflug erneuten Unmutes, schwieg aber zu dieser albernen Anspielung. Und genoss auf einmal förmlich die Dunkelheit, wobei er ahnte und jetzt auch wunschte, dass sie länger dauern würde. Und da dies offensichtlich der Fall war, packte er seine wenigen Utensilien zusammen; eine derart lange Unterbrechung ließ – nicht nur aus psychologischen Gründen – eine Fortsetzung des Programms nicht zu; jedenfalls würde er, wie früher in ähnlichen Fällen, nicht weitermachen.

Als die Notlampen durch den Raum irrlichterten und wenig später die volle Beleuchtung zurückkehrte, hatte er den Zaubersaal schon verlassen. Und mit ihm auch „Der Taschenspieler" des großen Malers. Während der Ansage des Ersten Offiziers Lohfeld, dass die Zauberstunde zu einem späteren Zeitpunkt fortgesetzt werde, was sicher auch im Sinne des zaubernden Professors sei, war dieser bereits in seiner Kabine. Wo er sein Zauberzeug unwirsch in den Schrank zurücklegte, um danach, Wasser trinkend, naturdemütig dem gewaltigen Vorsturmwind der Biscaya zu lauschen.

Eigentlich war es ganz gut, dass der plötzliche Stromausfall die Zaubershow beendet hatte, denn sonst hätte Anna ihr Kind bestimmt nicht vor dem offiziellen Ende loseisen können. Karima war fasziniert von den Kunststücken; sie, Anna, allerdings auch. Sie vermutete natürlich, dass es alles Tricks waren, aber sie durchschaute nicht einen einzigen von ihnen und konnte nichts erklären. Daher schlug sie Karima vor, am kommenden Morgen den Pater – also Rupert, so wollte er anscheinend lieber genannt werden – einfach mal auszufragen. Beide, Mutter und Tochter, hatten eine gewisse Scheu, ihn anzusprechen, aber vielleicht musste man das einfach mal durchbrechen?

Als sie sämtliche Zu-Bett-Geh-Rituale durchhatten, also Zähneputzen, Geschichte vorlesen lassen, ein Lied singen, noch etwas trinken, noch einmal Pipi machen, trotz ganz furchtbaren Hungers jegliches Essen verweigert kriegen, unbedingt noch einmal trinken – als dies alles bewältigt war, schlief das Kind endlich ein, und Anna war wieder mit ihren Gedanken allein.

Gern wäre sie jetzt in die Bar gegangen, wie anscheinend abends die meisten Passagiere, hätte mit jemandem Smalltalk gemacht und einen schottischen Whisky getrunken. In den ersten Jahren ihrer Ehe hatten Yacine und sie das jeden Dienstag getan, einen kleinen Absacker in Erinnerung an ihre Fahrt nach Gretna Green. Eine Erinnerung an ihre Trauung dort an einem Dienstag. Heute war zwar Donnerstag, aber den Whisky hätte sie gut gebrauchen können.

Doch natürlich konnte sie Karima nicht einfach allein lassen. Und mit wem hätte sie denn in der Bar auch reden sollen? Björn wäre sowieso nicht dort. Die beiden Frauen? Die wirkten irgendwie nicht zugänglich und entdeckten sich anscheinend gerade gegenseitig mit großer Sympathie. Die Macho-Männer? Sie schreckten Anna nicht, diese Art Gequatsche kannte sie aus ihrer Jugend von dem Umfeld ihrer Großeltern, und sie wusste, dass solche Typen meist ihre zarten Seiten hatten. Aber sie hatte keine Lust, auf die Suche nach diesen Seiten zu gehen. Gehörte Scott zu den Machos? Er hielt ja mit, durchaus, aber war er von der gleichen Sorte? Dann war da noch dieser undurchsichtige Muhammad. Über den würde sie gern mehr wissen, um sicher zu gehen, dass er nicht in Verbindung zu Yacine stand. Aber warum sollte er eigentlich? Yacine war Atheist und dieser Muhammad anscheinend ganz besonders gläubig – wo war da eine Verbindung? Es sei denn, die ganze Beterei und das *haram-halal*-Theater war nur Tarnung. Blieb noch der Pater, also der Rupert. Ohne Zweifel, er war ihr sympathisch, sie hatte durchaus etwas Vertrauen in ihn, ja, sie fand ihn sogar attraktiv, aber seine Art zu reden nervte sie immer wieder. Als würde er sich aus irgendwelchen Gründen dahinter verschanzen. Durfte er natürlich auch, das taten sie ja anscheinend alle, jeder auf seine Art.

Sehnsucht hatte sie sowieso nicht nach Smalltalk, sondern danach, mit einem Menschen ihres Vertrauens über ihre riesigen akuten Probleme reden zu können! Es gab aber doch niemanden, nirgendwo. Anna war in ihrer Ratlosigkeit allein.

Der Schock über das nachmittägliche Gespräch mit Pablo wirkte natürlich noch nach. Also der Schock über ihre feindselige Einstellung zu ihm. Zynisch, abgebrüht? Passte das vielleicht auf sie? Bei dem Gedanken an die bevorstehende Schrankwand hatte sie sogar eine geradezu kriminelle Fantasie gehabt: Mutter und Sohn standen bewundernd vor der Schrankwand, in dem ominösen Salon. Sie überlegten, welche edlen Gegenstände sich darin würden unterbringen lassen, zogen an einer sperrigen Tür – und wurden von dem edlen Möbel erschlagen! Deshalb kam dann der Cousin ganz in Schwarz zum Schiffsanleger, er war gut aussehend und schlank. Sie erbte das schöne Haus, entsorgte die Schrankwand und heiratete den Cousin.

Am schlimmsten an diesem Szenario fand Anna den Gedanken, dann diesen Cousin heiraten zu wollen. Nicht nur, dass der vielleicht in Wirklichkeit dick, alt, dumm, glücklich verheiratet und Vater von fünf Kindern war – nein, die Tatsache, dass ihr überhaupt einfiel, ihre Probleme wieder durch eine Heirat lösen zu wollen. Heirat, das bedeutete ja nun mal, mit dem Mann zu vögeln. Eine Art von Prostitution?

Was war bloß aus ihr geworden? Oder war sie eigentlich schon immer so gewesen? Nein, nein, ihre Beziehung mit Yacine war doch ganz anders gewesen: Sie hatte alle materiellen Schwierigkeiten mit ihm durchgestanden. Erst als er endlich mit dem Studium fertig war und eine Stellung bekam, also Geld verdiente und eine richtige Wohnung bezahlen konnte, ging ihre Ehe den Bach runter. Und selbst dann war sie nie fremdgegangen. Na gut, das war eben Liebe gewesen, und jetzt hatte sie sich offensichtlich von Pablo einkaufen lassen, das hatte der Detektiv ja wohl nüchtern auf den Punkt gebracht.

Na und? Pablo hatte ihr Karima versprochen, und sie hatte Karima bekommen. Erstaunlich nur, dass sie es damals nach einigen Monaten geschafft hatte, sich einzureden, in ihn verliebt zu sein und daher schließlich auch mit ihm schlafen zu können. Dieser Selbstbetrug wäre gar nicht nötig gewesen, denn bei einer nüchternen Betrachtung des Deals hätte sie ja doch alles ganz genau so durchgezogen. Sie hatte jetzt Karima wieder! Nichts Anderes zählte wirklich.

Heinz Petersen und Oliver, Nacht vom 19. auf den 20. Februar

Heinz Petersen, der Chief, wie der Leitende Ingenieur an Bord genannt wird, war zufrieden.nach den umfangreichen Werftarbeiten, die auch den Schiffsdiesel betrafen, war er kurznachdem er den Heuervertrag unterschrieben hatte, zur zweitägigen Probefahrt in die NordseeRichtung Skagerrak eingeladen worden. Die robuste, schwere Bauweise machte die Maschine unverwüstlich, sofern man sie zu fahren wusste. Das Abnahmeprotokoll des Reederei-Inspektors hatte die Einlassungen des Chiefs berücksichtigt. Im Prinzip hatte sich an der Maschine nichts verändert.

Der MAN Neunzylinder mit dem modernen Abgasturbolader K9Z hatte den „richtigen Klang". Der Chief war der Dirigent dieses Orchesters, er brauchte keinen Taktstock. Es reichte, wenn sich das Ohr am grauhaarigen, halbglatzigen Schädel leicht dem ein oder anderen Kolben zuneigte. Dann rumste der meterstarke Kolben mit hartem Schub die fast drei Meter in den Zylinder und mit ihm im Zweitakt die anderen.

So wie auf den antiken Galeeren der dumpfen Schlagtrommel das gleichmäßige Einpatschen der Riemen folgte, folgten die Pleuelstangen mechanisch scheppernd den Kolben. Die Ventile waren dabei die Flötenspieler. Unverdrossen stampfte die Maschine durch das schwere Wetter in der Biscaya. Die starke Dünung, der auf der anderen Seite des Atlantiks ausgelöste Wellengang, ließ langsam nach.

Petersen hatte am gemeinsamen Essen im Salon teilgenommen und anschließend aus dem Hintergrund die Zaubershow beobachtet. Der Pater machte das ganz elegant, fand er, aber er hatte das Gefühl, einen Teil dieser Tricks bereits aus Hafenkneipen in aller Welt zu kennen. Mit weniger Schnörkeln allerdings. Gerade strich der Chief sich zufrieden durch den Bart und wollte dem Steward das übliche Signal geben, als plötzlich das Licht ausfiel. Das Schiff lag im Dunkeln.

Rund um ihn wurde es unruhig. „Bleiben Sie ganz unbesorgt", ließ er seinen Bass vernehmen. „Gleich ist das Notlicht da. Eine Kleinigkeit, die meine Truppe im Maschinenraum spielend unter Kontrolle kriegt." Durch das Anspringen der Notlichter und die kurz darauf wieder einsetzende Vollbeleuchtung fühlte er sich bestätigt. Wäre er jetzt überflüssigerweise aufgesprungen, hätte das bei den Passagieren doch nur Panik verbreitet. „Wieder mal alles richtig gemacht", dachte er und nickte dem Steward zu. Wie in alten Zeiten ließ er sich den Tumbler halb mit Korn eingießen, um dann selbst den Rest mit Sinalco aufzufüllen. Irgendwie hatte er aber das schale Gefühl, dass er früher mehr hatte vertragen können. Kurz vor Mitternacht ging Petersen in seine Kabine. Die Kornflasche war tatsächlich nicht leer.

Die *Hundewache*, von Mitternacht bis vier Uhr früh, hatte der Dritte Offizier Oliver Hecht, von Karima vertraulich „Olli" genannt. *Sirius*, der „Hundsstern", war zu dieser Jahreszeit zum Zeitpunkt der Wache nicht mehr zu sehen. Oliver schmunzelte. „Das kleine Rübchen würde jetzt bestimmt wieder von ‚Katzenwache' reden", sinnierte er und dachte an das lachende Gesicht von Anna bei diesem Ausdruck. Doch dann rief er sich zur Ordnung. Er musste sich auf seine technischen Aufgaben konzentrieren.

Oliver gehörte schon zur „GPS-Generation". Navigation ohne Satellitensteuerung war für ihn nicht vorstellbar; er empfand es sogar als Demütigung, wenn der Alte ihm zwischendurch die Aufgabe gab, die Schiffsposition mit dem Sextanten, dem „Besteck", und der Karte zu ermitteln. Sternennavigation kam ihm vor wie Leben in der Steinzeit.

Das schwere Wetter in der Biscaya brachte unweigerlich einen Zeitverlust mit sich. Oliver gab daher das Kommando VOLLE KRAFT. Der Maschinen-Assistent schüttelte den Kopf, erhöhte jedoch die Drehzahl. „Zweiundzwanzig Knoten." „Noch zehn Minuten, dann löst mich der Zweite ab", dachte Oliver. Es war seine zweite Reise als Dritter. Plötzlich ging die Anzeige für die Schraubenumdrehung auf Null, zugleich kam in brüchigem Deutsch die Meldung aus dem Maschinenleitstand: „Dritter, es gibt Problem!" Bevor er richtig nachdenken konnte, hörte Oliver bereits schwere Schritte – das war nicht die Wachablösung. Kapitän Freese erschien, Schuhe, keine Socken, Hose, Unterhemd. „Was ist los?" brüllte er. Eingeschüchtert kam ein „Ich, ich weiß nicht", vom Dritten. „Ich übernehme, wecken Sie sofort den Chief!" dröhnte der Alte, „und den Ersten!"

Kapitän Freese hatte den berühmten Siebten Sinn, das feine Gespür, wenn mit seinem Schiff etwas nicht stimmte. Dann war er, trotz seines Alters, schnell wie eine Katze auf der Brücke.

Petersen, der Chief, erschien wie ein Gespenst am Brückenluk, nur … kein Gespenst konnte eine solche Alkoholfahne haben. Dahinter, ernst, Horst Lohfeld, der Erste.

Ohne eine weitere Erklärung wies Freese den Ersten an: „Herr Lohfeld, gehen Sie auf Handsteuerung! Ich schau mir mit dem Chief die Maschine an." Das „Sie" war für Lohfeld ein Alarmzeichen, normalerweise sprach ihn der Alte mit „Horst" an.

Wortlos und mit eiligem Ernst betrat Kapitän Freese kurze Zeit später den Maschinenraum, hinter ihm wie ein Schatten der Chief. Behende glitt der Alte, beide Hände an den Handläufen, den steilen Metallgitter-Abgang hinab zum Maschinenstand. Dort wartete schon aufgeregt der indonesische Maschinen-Assistent Puspowardojo, an Bord nur „Dojo" genannt. Über viele Jahre hatte Kapitän Freese mit indonesischen Besatzungsmitgliedern gearbeitet. Wenn es um schnelle, klare Ansagen ging, hatte er das nötigste Repertoire aus der *Bahasa Indonesia*, der indonesischen Einheitssprache, parat. „Apa kabar (was ist los)?" fragte er laut. „Nga tahu (ich weiß nicht)" kam es unsicher zurück, „mungkin explosi di dalam piston empat". „Kolben vier", wiederholte der Kapitän und war schon auf dem Weg dorthin. Fast wie ein Schemen folgte der Chief. „Er hat recht, Brennraumexplosion, das Pleuel und der Kreuzkopf sind beschädigt, da ist auf See nichts zu machen", brummte der Kapitän in sich hinein. Dem Chief wurden die Knie weich, diese Reise hatte er sich gemütlicher vorgestellt. Er spürte den skeptischen Seitenblick des Alten, der offensichtlich an seinen Fähigkeiten zweifelte.

Zum Maschinen-Assi gerichtet „Dojo! pelatan (langsame Fahrt)!", dieser nickte, es war eher eine Bestätigung des Alten. Er wusste, was die Maschinenleute in solchen Fällen zu tun hatten.

„Chief, Sie bleiben hier!" Ohne weitere Worte verließ Kapitän Freese den Maschinenraum Richtung Brücke. Auf dem Weg begegnete ihm der Schiffskoch. Freese wunderte sich, dass dieser schon so früh an Deck war. „Gut dass ich Sie treffe, Albrecht!" Jens Albrecht schwante Böses. „Wir müssen heute noch einen Hafen zur Reparatur anlaufen, stellen Sie sich darauf ein!" „Is was mit der Maschine?", kam es vorsichtig vom Smutje. „Ja, es ist ernst!" antwortete der Alte knapp. Instinktiv ahnte der Schiffskoch die Chance, aus dem Schlamassel mit dem Blinden Passagier herauszukommen.

Er holte tief Luft: „Kapitän Freese ich muss Ihnen etwas mitteilen!" Was kurze Zeit später vom Kapitän folgte, war ein Ausbruch, wie ihn noch keiner erlebt hatte, der mit Kapitän Freese jemals zur See gefahren war. Endlich ruhiger geworden, sagte er: „Sie wissen, Albrecht, was das für Sie bedeutet. Holen Sie den Mann, aber dalli!" Geduckt schlich der Smutje davon. Mit einer solchen Reaktion hatte er nicht gerechnet. Er hatte auf ein wenig Dankbarkeit in dieser heiklen Lage gerechnet.

Markus, Nacht vom 19. auf den 20. Februar

Hätte Markus gewusst, dass sie nicht nur längst die Hoheitszone, sondern auch bereits die Biscaya hinter sich gelassen hatten und sich bereits mitten auf dem Atlantik befanden, wäre ihm vielleicht ein wenig wohler gewesen. So saß er schon den vierten Tag tief unten im Schiffsbauch und wusste nicht, wie lange er hier noch ausharren musste. Auf Jens war wirklich kein Verlass. Was es oben im Speisesaal wohl jetzt zu essen gab? Es fiel Markus verdammt schwer, seinen knurrenden Magen weiter zu ignorieren. Seinem Zeitgefühl nach musste es bereits Mittag sein. Der Smutje war nach dem Lammfleisch nicht wieder aufgetaucht, er hatte kein Abendbrot und kein Frühstück gebracht. „Wird Zeit, dass der Kerl mit Essen kommt", dachte Markus, „auch wenn ich wieder mit ihm zippeln muss". Er stellte sich vor, wie „Napoleon" schwitzend vor dem heißen Herd in der Kombüse stand, sich die fettige Haarlocke aus der Stirn strich und hin und wieder eine Schweißperle in die Suppe tropfen ließ.

Seine Gedanken wurden von einem eigenartigen, stotternden Geräusch unterbrochen. Markus lauschte angestrengt. Dieses Geräusch hatte er in den ganzen vier Tagen hier unten noch nicht gehört. Es knallte dumpf. Das Schiff schien langsamer zu werden und zu schlingern. Gut, dass die Ladung ordentlich festgezurrt war, soviel hatte er bereits herausgefunden. Ihm wurde mulmig zu Mute. Er war hier im Dunkeln gefangen und konnte sich beim besten Willen nicht vorstellen, was das sein konnte.

In diesem Moment öffnete sich die Stahltür. „Ah, endlich Essen", dachte Markus, als er Jens erblickte. Aber Napoleon hatte kein Essen dabei, sondern er sagte nur tonlos: „Komm mit!" Als Markus nicht gleich reagierte, wiederholte er die Aufforderung, diesmal etwas barscher.

„Wohin mit?" fragte Markus konsterniert, doch dann fiel ihm ein, dass Jens ja versprochen hatte, ihn nach Erreichen der Hoheitszone an Deck zu holen. „Ist es soweit? Sind wir aus der Hoheitszone raus?" vergewisserte er sich, doch der Smutje antwortete nur knapp „Der Kapitän braucht dich!"

„Mich? Wieso?" Markus verstand nichts, absolut nichts.

„Mensch, wir haben 'nen Maschinenschaden und du musst helfen. Ich hab gesagt, du kannst das! Lass mich bloß nicht hängen!"

„Weiß der Kapitän etwa von mir?"

187

„Ja, ich hab's ihm gebeichtet. Hab auch gesagt, dass du Maschinenbau-Ingenieur bist. Aber frag nicht, wie er reagiert hat. Windstärke 12 ist eine sanfte Brise dagegen. Ich bin wohl morgen fällig. Also, komm jetzt! Rasch!"

Die ungewohnte Helligkeit blendete Markus, aber er folgte dem Smutje die schmale Treppe hinauf. Als sie auf der Brücke erschienen, hatte sich Kapitän Freese bereits ein wenig beruhigt, zumindest äußerlich, was aber nicht bedeutete, dass sein Ärger verflogen war. Der schmorte wie explosiver Zündstoff tief in ihm und konnte sich bei nächster Gelegenheit so heftig entladen, dass es besser war, ihm nicht in die Quere zu kommen.

„So, so", brummte er, „Sie sind also der Blinde Passagier, der ne Maschine reparieren kann, wenn man diesem Schweinehund hier Glauben schenken darf", wobei er sich Jens zuwandte. Eigentlich sah dieser Kapitän recht friedlich aus, doch seine imposante Statur und seine funkelnden Augen wirkten respekteinflößend und das „Wir sprechen uns noch!" hing ungesagt in der Luft. Markus setzte zu einer Erklärung an, weshalb er ohne Ticket an Bord sei, doch der Kapitän unterbrach ihn bereits bei den ersten Worten. Er wollte nichts davon hören. Nicht jetzt und nicht hier. „Aber wir sprechen uns noch!" Jetzt waren sie wirklich da, diese Worte, und sie klangen sehr bedrohlich. Im Bruchteil von Sekunden lief ein Film in Markus' Hirn ab, und dieser Film hatte kein Happy End.

„Wir haben keine Zeit zu verlieren!" Dann rief der Kapitän seinen Maschinisten und den Chief, die knapp das Problem erklärten, ohne Fragen zu Markus' Anwesenheit zu stellen. „Können Sie helfen?" waren die einzigen Worte, die jetzt direkt an ihn gerichtet wurden, und Markus, schon die Lösung im Hinterkopf, sagte fest und schlicht „Ja". Es klang verlässlich.

Rupert Vesper, 19. Februar nachts

Um zu verhindern, dass die „Nachzaubergedanken" ihm den Schlaf rauben könnten, hatte Rupert vorsorglich eine Flasche *Geisenheimer Kläuserweg* in sein Zimmer mitgenommen; ein Spätburgunder aus dem Rheingau. Solveig hatte in seinem Auftrag den Schiffsreisevertrag um einen – ihrem Freund sehr wichtigen – Passus erweitern lassen; wonach Professor Dr. Rupert Vesper S.J. vorzugsweise berechtigt war, auch außerhalb der Mahlzeiten und des regulären Barbetriebs alkoholische Getränke seiner Wahl – soweit diese an Bord vorhanden waren – in Empfang zu nehmen; das selbstverständlich gegen separate Bezahlung.

Zum Ausklang, auch zur Beruhigung seiner Nerven wollte er zu diesem trockenen „Roten" Bachs Toccata BWV 910 hören. Jedoch hatte diese Musik, die ihm in ähnlichen Situationen ausgesprochen gut getan hatte, heute nicht die gewünschte seelisch stabilisierende Wirkung. Wie oft nach applausgekrönten Zauberabenden oder nach theologischen Vorträgen mit positivem Echo, ergriff ihn auch jetzt wieder eine ihm unerklärbare Niedergeschlagenheit; im Moment verbunden mit dem Eingeständnis seiner Feigheit, die ihn vor dem Ordensgericht hatte fliehen lassen.

Vor dem Tribunal hätte er dem Chefinquisitor Pater Josip Tibulski S.J. gegenüber gestanden, dieser „Theophil-Koryphäe", die ihn in Fachpublikationen der Irrlehre angeklagt hatte, mit einer – wie Rupert ehrlich zugeben musste – glänzenden theologischen Widerlegung seiner Situationsethik. Seine schriftlichenEntgegnungenwaren, vom Selbstzweifel angenagt, fern jeder Vesper-Brillanz. Josip Tibulski, dessen Glaube im „Feuer kommunistischer Zwangslager zu Edelstahl gehärtet worden war", galt nicht nur in theologischen Fakultäten als Märtyrerautorität. Allein deshalb unanfechtbar.

Rupert öffnete die Spätburgunder-Flasche, setzte sie an die Lippen, probierte kurz, nickte, is okay, und trank weiterhin aus der Flasche, weil in dem inzwischen wellenartig bewegten Zimmer jedes

Weinglas, wie auch ein Zahnputzbecher, schnell vom Tisch gerutscht wäre.

Die Begründungen seines vom Jesuitengeneral verfügten Ordensausschlusses waren vielfältig und ebenso brisant. Abgesehen von wiederholten Verstößen gegen die Ordensregeln waren seine revolutionären Thesen das Zentralmotiv für seine Entlassung aus dem Orden; nachdem die Ordensleitung ihm vorher bereits – im Lauf seiner Ordenszeit nun schon zum x-ten Mal – jede Lehrtätigkeit untersagt und Publikationsverbot erteilt hatte.

Einer seiner theologischen Sprengsätze: Die Auferweckung Jesu sei kein faktisches Ereignis; weder zeitlich noch örtlich fixierbar. Die Geschehnisse seien in einer antiken Bildersprache erzählt worden; missionstechnische Formeln. Die Auferweckung Jesu sei keine Aufhebung der Naturgesetze, auch sei die Reanimation eines Leichnams keine Voraussetzung für die Erweckung zum ewigen Leben. Trotzdem sei die Auferstehung Jesu ein im tiefsten Sinn reales Geschehen. Nicht für den neutralen naturalistischen Beobachter, sondern für den, der sich mit seiner vernunftbegründeten Glaubenskraft auf das *Unglaubliche* einlasse; ein intellektuelles, ein existentielles Wagnis.

Noch radikaler hatte er in weiteren Vorträgen vor einem atemlos lauschenden Publikum ausgeführt: „Die modernen Wissenschaften haben bewiesen, dass der Kosmos seinen eigenen Gesetzen folgt, also autonom ist, nicht von außen dirigiert wird. Deshalb muss der christliche Glaube in echtem Sinn „religionslos" werden, also nicht mehr rückwärtsgewandt, sondern nach vorn gedacht und gelebt. Erst die christlich fundierte Aufklärung hat den Glaubensraum freigemacht für ein antimythologisches, intellektuell verantwortbares Gottesverständnis."

Mit dem neuen Denken über Gott ändere sich auch die Moral. "Die Gebote und Verbote, die Gott angeblich auf dem Sinai mitgeteilt haben soll, sind heute in einem anderen Kontext zu lesen und zu verstehen, was ihre zeitlose Wahrheit und Bedeutung in keiner Weise mindert;

weshalb es auch mit einer Anpassung an den so genannten Zeitgeist nichts zu tun hat."

Der trinkfreudigfeste Jesuit war jetzt wieder dabei, „unmäßig im Essen und Trinken" zu sein; neben der Weinflasche hatte er sich, weil es halt zum Wein passt, und auch zur Vermeidung des ihn oft später quälenden Sodbrennens, noch zwei Kanten Brot von der Küche mitgeben lassen. Schmeckt wie echtes Bauernbrot. Erdig... knusprig... einfach klasse...

Auch über das Thema „Sünde und Vergebung" dachte Vesper völlig anders. „Die Sündenfall-Erlösungs-Fixierung hat auf Menschen und Gesellschaft letztlich nur negativ gewirkt." Statt dieser Tradition, die noch immer Theologie und religiöse Praxis dominiert, propagierte er eine neue Schöpfungstheologie.

„Als Ebenbilder Gottes sind wir Kinder Gottes, und damit Erben seiner Schöpfungskraft, und nicht primär die Erben einer Ursünde. Das Erbe der Schöpfungskraft Gottes verpflichtet uns, an der noch unabgeschlossenen Schöpfung mitzuwirken. Wir müssen diese Kreativität realisieren, aber auch mit ihr ringen. Denn die Schöpfungsfähigkeit kann ebenso fruchtbar wie furchtbar sein; aufbauend wie zerstörend. Theologie und religiöse Praxis müssen eine neue Schöpfungstheorie formulieren. Es muss ja nicht so bleiben, dass im Pentagon oder im Kreml ein größeres schöpferisches Potenzial vorhanden ist als im Vatikan. Ich hoffe auf jene Suchenden, die ihre kreative Phantasie als Spielfeld des göttlichen Geistes in sich und auch in anderen Menschen entdecken."

Veni creator spiritus! Das Leitwort, das die Thesen dieses rebellischen Jesuiten beherrschte.

Das Verwerfen der Sündenfall-Erlösungs-Tradition und die neue „atheistische" Sicht des Glaubens, beides revolutionärtheologisches Dynamit, wurde denn auch vom Ordensgeneral mit den Worten verurteilt: „Das sind Irrlehren. Da ist die Messe aus! ... Rien ne va plus!"

Prekärer war für Vesper jedoch der Verdachtsvorwurf, Vortrags- und Autorenhonorare nicht ordnungsgemäß an den Orden abgeführt zu haben; ein eklatanter Verstoß gegen die Gütergemeinschaft. Er konnte diese Vorwürfe nicht dokumentengestützt widerlegen, wie es der Orden verlangt hatte. Seine Beteuerung, einige Honorare verschiedenen hilfsbedürftigen Menschen und Gruppen als Spende zugewandt zu haben, wurde natürlich als nicht glaubwürdig angesehen.

Bei der *hochnotpeinlichen Befragung* hatte er die Gelder verschwiegen, die ihm für seine Vortragstätigkeit in Wirtschafts- und Gewerkschaftsseminaren wunschgemäß „unter der Hand" zugeflossen waren, die er jedoch, wie von einem weitsichtig finanzklugen Freund empfohlen, an Solveig abgetreten hatte, weshalb sie auf ihrem Konto gelandet waren; durch die Anzahl der Seminare und der privat verlegten Bücher eine recht ansehnliche Summe. Kurz vor seiner Flucht hatte Solveig diese Buchwerte in Bargeld, Reiseschecks und Goldbarren umwandeln lassen; was ebenfalls der kluge Finanzfreund erledigt hatte. Geht nichts über Seilschaften.

Dem ordensinternen Prozess, in dessen Mittelpunkt jedoch die Verurteilung seiner Häresien stand, war er mit seinem überraschenden Verlassen der *Gesellschaft Jesu* zuvorgekommen.

Rupert hatte danach befürchtet, dass seine Gegner im Orden „über die Bande gespielt" seine bisher von der Ordensleitung nicht beanstandete Beziehung zu Solveig Braak als antizölibatär in den Schmutz ziehen würden. Wobei er nicht ausschloss, dass man ihre Wohnung – heute ist alles möglich – verwanzt hatte.

Seine ans Paranoide grenzende Furcht war, was er auch hätte wissen müssen, unbegründet. Der auf vielen Feldern fortschrittliche Jesuitenorden war, wie im Fall Luise Rinser – Karl Rahner, im Hinblick auf offen gelebte Freundschaften ihrer Patres zu Frauen ungewöhnlich tolerant, soweit diese nicht gegen die Moral und gegen das Ansehen des Ordens verstießen. Bei Fragen des Glaubens und der Sittenlehre gab es jedoch, wie Rupert leidvoll erfahren hatte, kein Pardon.

Erfreulicherweise war seine Abreise aus Deutschland positiv begleitet worden durch die Zusage einiger renommierter Theologen, deren Namen noch bedeckt gehalten wurden, seine „Irrlehren" zu verteidigen oder ihnen eine differenziertere Form zu geben.

Vesper hob wieder die Flasche an den Mund: Prost, ihr Jesuitenärsche! Nicht so laut – Rupert! War 'ne kluge Idee, die Flasche mitzunehmen. Der bis zum letzten Tropfen ausgesaugte Spätburgunder aus dem Rheingau spülte ihm die enervierenden Nachtgedanken aus dem Hirn und ließ ihn in einen traumlosen Schlaf sinken.

Jens Albrecht und Kapitän Freese, 20. Februar morgens

Noch nie in seinem Leben hatte sich Jens Albrecht so leer und gedemütigt gefühlt. Im tiefsten Inneren hatte er von Anfang an gewusst, dass es schieflaufen musste. Aber er war ein Spieler und die Neigung zu Realitätsverlust war Teil seiner Persönlichkeit. Das Desaster war da, aber es war für ihn nicht klar zu fassen. Für den Kapitän schien er nicht mehr zu existieren. Stoisch nahm er die morgendlichen Vorarbeiten für das Frühstück auf. Sein philippinischer Küchenhelfer Jonathan, genannt „Johnny", von seinem Vorgesetzten an herrische Befehle gewöhnt, war verwundert, dass der Deutsche so kleinlaut war. Am Küchenfenster backbords, auf Relingshöhe sah er den Ersten, Lohfeld, vorbeigehen. Kurze Zeit später stand dieser am Küchenluk „Herr Albrecht, bitte machen Sie für uns belegte Brötchen. Wir frühstücken auf der Brücke. Sechs Personen ... und geben Sie dem Steward Bescheid!"

„Jawoll, Herr Lohfeld!" antwortete der Koch beflissen. „Hast Du verstanden Johnny?", sagte er dann gleichgültig zu seinem Küchenhelfer.

Das Brückendeck war in der Werft neu konzipiert worden. Den ursprünglichen Kartenraum und die Funker-Kammer gab es nicht mehr. Stattdessen einen modern eingerichteten Besprechungsraum, ausgestattet mit einem ovalen, drei Meter langen Tisch und schwarzen, gepolsterten Arbeitssesseln. Eingelassen in den Tisch eine Leiste mit Steckdosen für die notwendigen Anschlüsse der Rechner. An der Decke ein Beamer und an der Wand gegenüber dem Fenster zur Brücke eine 2x3 Meter große Projektionsfläche. Nach wie vor gab es den Kartenschrank mit großen, platten Schubladen und der Arbeitsfläche. Daneben eine kleine Sitzecke mit Kaffeemaschine und Zubehör.

Ohne ein Wort zu sagen, setzte sich Kapitän Freese in den Sessel am Tischende. Die höhere Rückenlehne machte jedem klar, wem dieser Sessel zugedacht war. Rechts vom Kapitän nahm der Erste, Lohfeld, und links der Chief, Peters, Platz. In der Seefahrt nennt man dieses Dreiergestirn auch die *Die Eisheiligen*. Neben dem Ersten konnte dann der Zweite Offizier und neben dem Chief der Dritte Platz nehmen. Dem Dritten, Oliver Hecht, stand die Müdigkeit sichtlich ins Gesicht geschrieben. Mit einer kurzen Handbewegung bedeutete der Kapitän dem Mann, den der Schiffskoch heute Morgen aus dem Trockenlager geholt hatte, sich ans andere Tischende zu setzen. „Herr ... wie ist nochmal Ihr Name?" setzte der Kapitän betont kühl an. „Markus Mittelstädt" kam es fest vom anderen Tischende. „Erklären Sie den Herren, was Sie hier machen!" fuhr der Kapitän fort. Offensichtlich lag ihm daran, seinen Leuten zu bedeuten, dass er sie alle in die Situation einbinden wollte und dass er an Bord keine Unregelmäßigkeiten duldete. Was im Falle von Markus Mittelstädt sicher noch eine Untertreibung war. Scheinbar unberührt von dem erbärmlichen Zustand des hohlwangigen Mannes mit der Narbe an der Stirn hörten die fünf Schiffsoffiziere der knappen, stereotyp vorgetragenen Schilderung des fast Sechzigjährigen zu. Hin und wieder schüttelte der eine oder andere leicht den Kopf. „So, wir wissen jetzt alle Bescheid. Ich werde mich mit der Reederei später ins Benehmen setzen, wie wir mit Ihnen umgehen. Jetzt geht die Maschine vor, und wenn Sie uns dabei helfen können, umso besser!" dann fuhr der Kapitän mit seinen klaren Anweisungen fort.

„Chief, wir brauchen schnellstmöglich die Orderliste für die Reparaturteile. Setzen Sie sich mit Herrn Mittelstädt an den Rechner und erstellen Sie dazu ein pdf-Dokument!" Der Chief nickte, sichtlich erleichtert, dass er einen hatte, der was von dem Computerkram und auch der Maschinentechnik verstand. „Herr Lohfeld, so wie es aussieht, müssen wir Porto anlaufen, melden Sie uns an und bereiten Sie alles vor!" Dann schaute er Oliver Hecht durchdringend in die Augen: „Ich dachte, ich hätte mich klar ausgedrückt, wie die Maschine zu fahren ist." Der Dritte schaute beschämt zur Seite. „Ich setze mich jetzt mit der Reederei in Verbindung!" damit stand er auf und verschwand in seinem Kapitänsoffice. Durch die Türglasscheibe war zu erkennen, wie er sofort zum Satellitentelefon griff. Den Reederei-Inspektor erwischte er beim Rasieren. „Mensch, Freese, was wollen Sie denn so früh?" Karsten Rüders, der Reederei-Inspektor und Hauptverantwortliche für den Technischen Betrieb, wusste sofort, heute gibt's Arbeit und es musste schnell gehen. Der Kapitän schilderte die Situation. „OK, schickt die Teile-Order, wie immer pdf, ich ruf gleich die MAN-Leute hier an. Vielleicht kriegen wir die Sachen ja morgen noch in den Flieger!", tönte es an Freeses Ohr. „Ja, ich weiß, es ist Freitag, aber ihr schafft das schon. Ich hoffe, der Agent in Porto ist greifbar" antwortet er. „Alles klar, Freddy, halt die Ohren steif!" Sie kannten und schätzten sich seit Jahren. Dann war die Verbindung unterbrochen. Die Sache mit Jens Albrecht würde er direkt mit der Personalabteilung besprechen, über die Reaktion machte er sich keine Illusionen. „Hoffentlich taugt der Ersatz was", dachte Klaas Freese, wandte sich dem Bildschirm mit dem Navigations-System zu, gab den neuen Kurs und die Wegepunkte ein, dann schaute er den Wetterbericht an, nickte zufrieden und dachte: „Vor Mitternacht müssten wir fest sein in Matoshinos dem Hochsee-Hafen von Porto."

In der Zwischenzeit hatten der Chief und Markus die Orderliste fertiggestellt. Der Kapitän warf einen Blick drüber „Sieht ganz ordentlich aus!" brummte er. „Ich werde die Liste gleich mal durchgeben, Rüders' Leute werden sie nochmal checken." Schließlich entschied er sich, in den Salon zu gehen, um die Passagiere zu informieren. Knapp und sachlich erfuhren sie, dass heute noch überraschend Porto angelaufen werde und morgen ein Landgang drin sei.

Von Markus erzählte er bei dieser Gelegenheit noch nichts, den würde er erstmal zum Schlafen in die Lotsenkammer schicken, und dann gab's genug in der Maschine zu tun.

Zurück in seinem Office erwartete er den Anruf seines Inspektors. Bis dahin ging er in seinem Rechner Dokumente, Frachtpapiere und Instruktionen für die Reise nach Puerto Limón durch. Kurz vor neun kam der Anruf von Rüders. Orderliste passt. MAN verschickt die Teile mit der 15:50 Uhr Maschine der *Iberia*, Flug IB 5445. Der Agent ist informiert, wird die Zollformalitäten für die Teile regeln und den Transport zum Hafen organisieren.

Dann kam die Frage von Rüders: „Klaas, glaubst du, der alte Petersen, dein Chief, packt das?"„Mach' Dir keine Sorgen, der ist schon am Reparaturplan!" Von Markus erzählte er wieder nichts. Dabei zog Kapitän Freese die Stirn in Falten. Schließlich entschloss er sich, direkt den Geschäftsführer der Reederei anzurufen. Die Sache mit dem Blinden Passagier war ihm dann doch zu brenzlig.

Eigentlich hatte er es nicht anders erwartet. Ohne Papiere war der Kerl in Porto nicht von Bord zu kriegen. Deutsches Konsulat, Wochenende, Fehlanzeige. Also würde er mit nach Costa Rica reisen, bis dahin müssten die Behörden wohl entsprechende Papiere haben. Beim Koch gab's kein Pardon, so waren die Regeln. Ende des Beschäftigungsverhältnisses bei Ablösung in Porto. Rückflug auf eigene Kosten. Er würde es ihm noch heute mitteilen müssen.

Rupert Vesper, 20. Februar morgens

Mit einem besonders strammen Frühmorgenprogramm setzte Rupert Vesper einen harten Kontrapunkt zu seiner gedanklichen und alkoholischen Ausschweifungsnacht. Sein Austritt aus dem Orden bedeutete keineswegs das Ende der jahrelang antrainierten Kurzexerzitien, die, für ihn das Wichtigste, aufs Ganzheitliche ausgerichtet waren. Nach einer Minimeditation über den Satz *Gott, Du trägst alles Seiende über dem Abgrund des Nichts* ... folgte der ebenfalls obligatorische gymnastische Übungszirkel, der auch heute nicht ohne Schmerzen in den Muskeln und Gelenken ablief.

Unter seinem Haar über der Schläfe: die vernarbte haardünne Schnittstelle. Das „Abzeichen" eines überlebten, fast tödlich verlaufenen Autounfalls, in seiner wilden Zeit, mit geliehenem Sportwagen. Vesper war auch heute noch ein rasanter Autofahrer. Bis auf diesen todnahen Unfall jedoch bisher keine körperlichen Schäden.

Während er für die geistliche Betrachtung größtmögliche Stille brauchte, wurden seine Körperbewegungen von Jazzrhythmen unterstützt: *Light My Fire...!* Friedrich-Gulda-Trio.

Bevor er hinausging schnell noch aus dem Radio das Stakkato der Morgennachrichten:

„Der oppositionelle und regimekritische Bürgermeister von Caracas, der Hauptstadt Venezuelas, Antonio Ledezma, wurde vom Geheimdienst des Landes festgenommen. Er soll sich laut Aussagen des linkpopulistischen Präsidenten Nicolás Maduro wegen seiner ‚Vergehen gegen die Verfassung und gegen den Frieden im Land' vor Gericht verantworten."

Auch der Maduro schafft es nicht, eine dialektische Lösung zwischen Freiheit und sozialer Gerechtigkeit hinzukriegen. Dieselbe Pleite wie in Kuba. Scheiße! Das große Thema auch meiner künftigen Arbeit, nehme ich an.

„In Thailand hat die gesetzgebende Versammlung ein Gesetz beschlossen, mit dem kommerzielle Leihmutterschaft für Ausländer endgültig verboten wurde. Was ebenso für Leihmuttergeschäfte für gleichgeschlechtliche Paare gilt..." Los, raus!

Auf der einen Seite war er brennend interessiert an den Geschehnissen der Welt; andererseits kotzte ihn das Kurzatmige und letztlich Unverbindliche der puren Nachrichten an.

Das hatte nichts mit echter Information zu tun, da fehlte die notwendige Kenntnis- und Deutungstiefe, auch der lange Atem des Vortrags.

Heute wollte er zum Frühstück einen „Kaffee brutale", um die letzten Nachtspurenreste in seinem Hirn zu tilgen. Deshalb verstärkte er heute den Morgenkaffee, was ja hier glücklicherweise sonst nicht notwendig war, pro Tasse mit einem Löffel *Café Royal*. Elvira Pekus sah es und rief ihm zu: „Aber Pater, wie ich weiß, soll zu starker Kaffee nicht gesund sein."

„Danke, liebe Frau Pekus. Ich habe aber gelesen, dass Koffein die Sterblichkeitsrate von Nervenzellen erheblich herabsetzt. Wissenschaftler haben nachgewiesen, dass Koffein und verwandte Substanzen den Aktivitätszustand bestimmter Rezeptoren im Gehirn verändern, und damit einen schützenden Effekt auf Nervenzellen haben. Weshalb Koffein in klinischen Studien sogar als Therapeutikum bei Parkinson getestet werden soll."

„Sie werden lachen, Professor, ich kenne auch etwas von diesem Koffeintest; vielleicht ein wenig genauer, nämlich, dass epidemiologischen Studien zufolge **mo...de...ra...ter** Kaffeekonsum das Risiko einer Parkinson-Erkrankung herabsetzen kann. Beachten Sie bitte das schöne deutsche Wort maßvoll."

„Diese Kardinaltugend müsste Ihnen doch geläufig sein", setzte Tina lächelnd hinzu.

„Wieder eine Stelle ohne Hornhaut. Aber – um beim Wort zu bleiben – danke für die Maßregelung."

„Etwas anderes, Pater: Wie geht es Ihrer Urne? Ist sie beim Sturm nicht zerbrochen?"

„Nein, sie ruht in trockenen Tüchern."

„Ist es denn erlaubt," fragte Tina neugierig, „dass sich ein katholischer Priester verbrennen lässt?"

„Früher hat die Kirche die Feuerbestattung verboten, die auch heute noch in konservativen Kreisen unüblich ist, obwohl sich inzwischen auch viele Katholiken verbrennen lassen. Zu meinem Mitbruder: Ihn hat ein aggressiver Gehirntumor an den Rand des Wahnsinns gebracht und auch wahnsinnig wütend gemacht. Deshalb wollte er nicht, dass dieser „Dämon Satans", wie er den Tumor genannt hat, ihm ins Grab folgen würde. Seinen Verbrennungswillen habe ich gegen den Widerstand der meisten Kommunitätsbrüder erfüllt, wie auch seinen Wunsch, die Asche in seine Heimat zu überführen."

„Woraus deutlich wird, dass Sie sich souverän über alle Konventionen hinwegsetzen, Pater."

„Danke! Ich nehme an, dass es ein Kompliment sein sollte, Frau Sommer."

Mehr noch als der feuilletonbegleitete Kaffeegenuss gehörte das Genießen des Pfeifentabaks zu seinem Morgenritual. Also ging er – Ciao! – in seine Kabine, zog einen wärmeren Pullover und seinen Kaban an, setzte seine Golfmütze auf, nahm Tabakbeutel und Pfeifenbesteck – immer vier Bruyere drin – und ging zum Oberdeck. Dort war es zwar noch recht kühl, was aber durch den warmen Rauch des *Dunhill London Mixture* ausgeglichen wurde, der die Innenwände seines Mundes streichelte.

Vesper stützte sich auf die Reling und blickte hinaus auf das „Schlachtfeld" des nächtlichen Sturms. Das Meer: noch immer leicht fauchend, in der Tiefe leise gurgelnd; auf der Oberfläche die Reste des blaugrünen Netzes, die das Unwetter auf dem Meer hatte liegen lassen. Der Himmel war jedoch violett-golden-grün, wie oft nach einem Sturm.

Das Meer zeigt wieder mal die endlose Gegenwart seiner wechselhaften Wellenspiele.

Er hatte sie fast übersehen: Elvira Pekus. Offenbar vor ihm heraufgekommen, saß sie auf einer Gerätekiste – hinter einem Vorsprung des Deckaufbaus. Anscheinend suchte sie die jetzt noch relative Ruhe an Deck und wie Vesper die Klarheit und Kühle der Morgenluft. Als sie ihn sah, stand sie auf und kam auf ihn zu; nicht mehr scheu wie am Anfang, sondern offen lächelnd. Sie trug auffallend farbige Regenschutzkleidung und eine kesse Windschutzmütze. Ungewöhnlich. Sonst meist so dröge gekleidet.

Sie sahen sich an. Zunächst schweigend. Jesuit und Psychotherapeutin in Lauerstellung. Der Seelsorger spürte, dass diese Frau nicht so sehr fragegeil, sondern vielmehr bekenntnissüchtig war, ebenso wie er selbst, entgegen seiner äußeren Coolness, insgeheim wünschte, sich während dieser Schiffsreise einem anderen Menschen rückhaltlos zu offenbaren. Obwohl er zunächst daran zweifelte, dass diese Frau, nicht zuletzt wegen ihres geschmacklosen Äußeren, die Intelligenz und Sensibilität hatte, das ihr Mitzuteilende adäquat aufzunehmen und sinnvoll einzuordnen; wobei er Intimes mit einschloss.

Obwohl ihm der psychologische Mechanismus bekannt war, erschien es ihm jetzt erneut leichtfertig, ja, fast albern, attraktive Menschen als intelligent anzusehen, unordentliche Menschen dagegen für inkompetent zu halten; weshalb auch, womit Marketingleute spielen, die sympathische Ausstrahlung einer Werbefigur auf das beworbene Produkt zurückwirkt; wie aber auch die Sympathie zu einem Autor, Referenten, darstellenden Künstler die Wirkung seines Werkes, Beitrags oder Vortrags beeinflusst. Rupert Vesper hatte jedoch oft erlebt, dass manche unattraktiven Frauen erstaunlich klug, einfühlsam und auch hilfsbereit waren, während ... nein, jetzt nicht die umgekehrte Vorurteilsmasche ...

Er glaubte wahrzunehmen, dass in Elviras Gesicht nicht unerhebliche seelische Verletzungen und auch leichte Verletzlichkeit eingezeichnet waren. Deshalb ihre Frustkorpulenz und Nachlässigkeit?

Um im „Frage-Antwort-Duell" gegenseitig Bekenntnisse herauszulocken, kann man durch offensive Selbstoffenbarung sein Gegenüber zum gleichen Verhalten provozieren oder – Gegenvariante – den Anderen durch dessen Aushorchen dazu reizen, dem Fragenden selbst Selbstbekenntnisse zu entlocken.

Rupert Vesper beherrschte, sündenbekenntnistrainiert, die inzwischen fast ausgestorbene Kunst des Zuhörens. Er hörte zu, mit halb geschlossenen Augen, mit seinem aufmerksamen Schweigen und verbindlichen Lächeln. Er konnte zuhören, weil er offenbar nichts von dem Anderen erwartete, nichts kritisierte und wohl auch Sauereien vergeben konnte, lange bevor sie ihm offenbart worden waren. *Die Kunst des Zuhörens ist die Kunst des Fragens. Und die Frage ist die Demut des Herzens.* So seine Statements zu diesem Thema. Was Elvira Pekus offenbar spürte, weshalb sie sich Zeit nahm, ihre Probleme vor ihm auszubreiten. Als Psychologin sah sie gewisse Parallelen zwischen ihrem Anliegen und dem Rupert Vesper unterstellten Konflikt, der – dessen war sie sich sicher – die von ihm verlassene Frau und seinen Zölibat betraf. Weshalb sie auch die Gesprächsinitiative ergriff. Vesper war zunächst froh, dass Elvira nicht eine nächtliche Stunde sondern den hellen Tag zu diesem Gespräch gewählt hatte. Egal wie der Dialog zwischen ihr und ihm auslaufen würde, die Situation hier oben schien ihm dafür passend zu sein. Klare Kühle. Kühle Klarheit. „Ehrlicher" Wind. Gut für offenen Austausch. Und das *en face*. Bei Licht. Nicht hinter nächtlichem Visier, wo sich das Wahre gern versteckt. Selbst das Intime trifft in der kühlen Helligkeit auf gegenseitiges Vertrauen.

„Kein Morgen ohne Pfeife!"

„Stimmt! Jeder hat seine Vorliebe."

Nach einer kurzen Pause dann: „Pater – zwischen uns sind noch Fragen offen, deren Antwort Sie zweimal vertagt haben; es sei denn, dass Sie den Vorhang endgültig geschlossen haben."

Vesper zog den Pfeifenstiel aus dem Mund und lachte.

„Gott hab ihn selig, den guten Reich-Ranicki! Aber meine Antworten stehen sprechbereit auf der Bühne. Also bitte! Aber keine Frage über Orden und Ordensaustritt."

„Diese Sache ist mir ohnehin fremd."

„Und – keine Fragen, die unter die Gürtellinie blicken. Meine Beziehung zu dieser Frau, zu der Sie mich sicher befragen wollen, ist auch „a-sexual" kompliziert genug. Sollten Sie also so ‚naturalistisch' insistieren, wie Frau Sommer, wäre unser Gespräch schnell am Ende."

„Mich interessiert der Grund Ihrer Flucht!"

„Flucht ist ein schönes Wort. Flucht wovor, oder Flucht wohin – zu neuen Ufern?

„Lieber Herr Vesper! Keine philosophische Formel bitte, sonst bin ich auch schnell wieder unter Deck. Genauer gefragt: Mich interessiert die offenbar problembehaftete Beziehung zwischen Ihnen als Priester und der Frau, von der Sie sich getrennt haben, was, wie ich es sehe und denke, ein wesentliches Motiv oder sogar der wahre Grund ihrer Flucht ist."

Vesper holte tief Luft. Hey! Wieso will diese Frau den Grund meiner Abreise besser kennen als ich darüber weiß. Ich habe bisher nur wenig von mir preisgegeben. Will sie nur ein Psychoexperiment machen, oder ist es eine berufsvoyeuristische Masche?

Er klopfte seine Bruyere aus, wechselte die Pfeife, stopfte diese und zündete sie an; alles mit verkrampft ruhigen Gesten, die deshalb seine Nervosität und innere Spannung kaum überdecken konnten. Ihm war deutlich anzusehen, dass Elvira ihn unsicher gemacht hatte;

dass er dabei war, seine sonst gezeigte Überlegenheit zu verlieren. Trotzdem wollte er sich darauf einlassen.

Sie fuhr fort: „Mich interessiert die seelische Situation eines Mannes und einer Frau, die sich aufgrund ihrer – ich nenne es mal – fast schicksalhaften Beziehung getrennt haben; wobei ich nicht weiß, wer von beiden der Aktive war, wenn es ihn überhaupt gibt. Der Grund meines Interesses: Ich sehe ... doch, ich sehe deutlich, dass Sie bei all Ihrer sonst gezeigten legeren Haltung zutiefst unter der Trennung von Ihrer Frau leiden."

Rupert Vesper sah sie etwas verstört an.

„Ja, ich sag einfach mal: Ihre Frau; was denn sonst? Darf ich das behaupten? Oder ist Ihnen das zu persönlich?" Rupert Vesper war anzusehen, dass er mit sich darüber rang, ob und inwieweit er dieser noch fremden Frau etwas von seinem Inneren mitteilen sollte. Am Anfang hatte er gedacht, dass sie das Gespräch mit ihrer „Konfession" eröffnen würde; etwas, was sie, wovon er überzeugt war, ebenso bewegte, wie das Befragen seiner inneren Befindlichkeit. Es dauerte eine Weile, bis er seine jesuitische Contenance und seinen professoralen Habitus an den Haken hängte.

„Wenn ich rede, gehe ich davon aus, dass Sie sich mir gegenüber ebenso öffnen – ich spüre, dass Sie es wollen. Ja, Sie haben recht: Ich blute wie ein Schwein! Und das noch mehr, weil ich spüre, dass auch Solveig höllisch leidet."

Dieses Bekenntnis und auch Elviras sichtbare Betroffenheit ließen beide eine Weile schweigen. Rupert blickte erneut weit hinaus auf die See.

Die Dunstschleier über dem Meer: nur noch gazedünn, vom Sonnenlicht fast aufgelöst; das Wasser: in der Nähe blaugrünviolett, in der Ferne regenbogenfarben. Diese sich unendlich streckende Wasserfläche, das ununterbrochene Ein- und Ausatmen der See. Aber das

Meer zeigt ein majestätisches Desinteresse, die Natur interessiert sich nicht für uns; wir sind ihr gleichgültig, schnurz piepe.

„Banal gefragt: Wie beginnt eine solche Beziehung?" fuhr Elvira endlich fort, den Fragezyklus erweiternd, „Wie hat es mit Ihnen begonnen?"

„Bei uns sicher nicht anders als in vielen anderen Fällen, die vielleicht weniger ungewöhnlich sind. Wir sind uns zum ersten Mal – wie sollte es auch anders sein ..." Vesper lachte, „... in einer Kirche begegnet. Dort sollte ich Solveigs Entwürfe eines Verkündungsfensters begutachten, das sich im Zentrum der Apsiswand befindet. Sie können mit ‚Verkündung' etwas anfangen?"

„Ich bin keine Heidin, Professor, auch kunsthistorisch nicht ungebildet."

„Pardon! Also: schon der Bildgedanke hat mich umgehauen. Im rechten Fenster Gabriel, passend in Violett-Grün-Gold. Im Gegenfenster Maria. In Augenhöhe mit dem Engel! Das allein eine Novität."

„Wieso?"

„Die demütige Magd des Herrn dem Erzengel positionsgleich ebenbürtig! Wenn das nichts ist? Dann: Die Jungfrau marientypisch im kobaltblauen Gewand, aber einfach geschnitten, und ärmellos, Arme nackt!! Eine sinnliche, empfängnisbereite junge Frau. Eine feministische Provokation!"

Was eine Menge Staub aufgewirbelt hatte. Der Vorsitzende des Bauausschusses, ein erz-konservativer Richter, hatte fast alles vereitelt. Rupert aber hatte es geschafft, die Mehrheit des Kirchenvorstandes von der Konzilskorrektheit des Bildwerkes zu überzeugen; er hatte zudem für Solveig ein weit höheres Honorar durchgesetzt, als im Etat eingeplant war.

Danach hatte ihre Beziehung eine „hochempfindliche Note" bekommen und sich trotz der zeitlichen und geografischen Distanz von der sachbezogenen Freundschaft zu einer engen Bindung entwickelt. Weshalb sie sich, so weit es zeitlich und geografisch möglich war, immer wieder, oft in Verbindung seiner Seminare und Lektoren-Sitzungen, getroffen hatten, um gemeinsam Theateraufführungen, Konzerte, Ausstellungen zu besuchen, aber auch einfach nur die Natur zu genießen oder sich im Hotel und später in ihrer Wohnung über ihr Denken und Empfinden auszutauschen, umrahmt von klassischer Musik oder gepflegtem Modern Jazz aus Radio oder von LP.

Die Beziehung zwischen ihnen war ausgespannt zwischen der so genannten platonischen Liebe und einer – wir sind keine blutlosen Geschöpfe – subtilen erotischen Zuneigung; was, wie beide empfanden, mit einer todgefährlichen Eisgratwanderung zu vergleichen war, deren Reiz in der körperlichseelischen Angst vor dem jederzeit möglichen Absturz lag, wogegen das Überstehen der Gefahr ein ebenso körperlich-seelisches Glücksgefühl verursachte. In Momenten äußerster Erlebnisdichte hatte Rupert jedoch das schmerzhafte Empfinden, an das Kreuz einer unerfüllbaren Liebe genagelt zu sein.

Nachdem er seinem längst fälligen Rausschmiss zuvorgekommen war, war es Solveigs inständige Hoffnung gewesen, dass er zumindest seinen Lehrstuhl als Philosoph behalten und weiterhin in Deutschland lehren würde, wobei sie ihm gegenüber offen zugab, dass sie das auch aus egoistischen Gründen wünsche; denn seine fernmündliche und schriftliche, aber auch hin und wieder seine physische Nähe sei für sie etwas Lebensnotwendiges. Insgeheim hatte sie jedoch noch intensiver gehofft, dass er neben seiner Ordenszugehörigkeit auch die Zölibatsbindung abwerfen und mit ihr ehelich zusammenleben würde; was seine lebenslang gültige Priesterschaft keineswegs berührt hätte.

„Konnten oder können Sie ein Versprechen gegenüber dem Orden nicht beenden?"

„Jeder Ordenspriester gibt seine Gelübde nicht den Oberen gegenüber ab; er verpflichtet sich Gott gegenüber. Weshalb dieses ebenso endgültig ist wie mein Priestertum, das aufgrund seines sakramentalen Charakters lebenslang besteht; egal ob ich ledig oder verheiratet bin."

Ihre Beziehung hatte einen Hitzegrad erreicht, der für beide unerträglich geworden war und ein „So Oder So" gefordert hatte. Rupert Vesper war geflohen, legitimiert durch den Bruch mit dem Jesuitenorden und den durchaus ehrlichen Willen zum späten Neuanfang; im tiefsten Grund aber aus Angst vor der Entscheidung, konsequent mit dem Zölibat zu brechen und mit Solveig zusammenzuleben oder mit ihr im engen Nebeneinander zu sein. Weil er nicht fähig und bereit war, sich klar so oder so zu entscheiden, hatte er panikartig, für Solveig brutal, seine Beziehung zu ihr beendet. Was beiden heftige Verlustschmerzen zugefügt hatte und noch immer zufügte, und in Rupert bereits Entscheidungszweifel erzeugte, die ihn nicht mehr losließen: weshalb er seiner Trennung jesuitisch trickreich mit dem Wort „zunächst" „zurzeit" etwas vom Endgültigen nahm.

„Spielt der Alkohol bei dir erst dadurch so ne Rolle – oder hast du schon früher gesoffen? Ich sag jetzt einfach mal du, okay?"

„Klar, Elvira! Der Alkohol als notwendiges Auftaumittel, um nicht in der Kältekammer zu erfrieren, in die mich Solveig … quatsch, in die ich mich selber eingesperrt habe."

„Auch so ne selbstironische Maske. Du weißt aber, wie schnell man wieder abstürzen kann?"

„Dem Alkohol ist der Absturz egal."

„Der Jesuit als Zyniker! Der Alkohol ist die Autobahn zur Hölle."

„Nicht selten aber mit guter Absicht, mit guten Zielen."

„Ich mag nicht auf dieser Schiene weiterreden. Also: ehrlich oder Schluss mit dem Dialog."

„Okay! … Ehrlich!"

Seit seinem Eintritt in den Jesuitenorden hatte Vesper nicht einen Tropfen Alkohol angerührt, den geringsten Begierde-Anflug prompt und wirksam wegexerziert. Erst als in ihm die ersten Zweifel an der Wahrheit des orthodoxen Glaubens geweckt waren, und, damit verbunden, die Spannung zwischen dem zölibatären Priestertum und seiner liebeerfüllten Freundschaft zu Solveig eine immer stärkere Energie bekam, brach die längst überwunden geglaubte suchtartige Neigung zum Alkohol wieder auf. Er hatte im Suff x-mal gegen die Regeln des Ordens verstoßen; inzwischen für ihn nichts Revolutionäres mehr, nur ein Ignorieren vorgestriger Konventionen. Höhepunkt seiner geschickt geheim gehaltenen Sucht war jedoch sein alkoholisierter Auftritt am Altar, was ihn dann schließlich bewogen hatte, Sitzungen der „Anonymen Alkoholiker" zu besuchen, und sich heimlich psychotherapeutisch behandeln zu lassen, aber auch strengste Formen interner Autoexerzitien durchzuziehen. Doch trotz seiner Geheimhaltungstaktik und der Diskretion einiger Mitbrüder wurde seine Sucht im Orden bekannt; er hatte sogar Ausnüchterungszellen kennengelernt. Vesper bekam Verwarnungen, Disziplinarstrafen und Redeverbote; später sollten seine Alkoholvergehen auch Mitgegenstand der Anklage im Prozess sein.

„Lieber Rupert, offensichtlich ist dein Versuch vergeblich, das, was dich schmerzt, im Alkohol ersaufen zu lassen. Also – hör auf! Kehr schnell wieder um! Geh zurück zu dieser Frau, die dich liebt ... ja, Mann, die du liebst. Und – wenn ich etwas von eurer so genannten Frohen Botschaft verstanden habe – dann gibt es doch nichts Größeres als die Liebe. Du wirst lachen, Pater, ich habe vor einiger Zeit mal was Theopsychologisches gelesen; darin steht, dass jeder Mensch in seiner Liebe zu einem anderen Menschen zugleich auch Gott liebt. Für mich etwas zu fromm, aber vielleicht was für dich, Priester."

Von diesem Dialog offensichtlich betroffen, ließen beide Gesprächspartner eine größere Pause eintreten. Elvira zog den Kragen ihrer Wetterjacke hoch, anscheinend begann sie zu frieren.

Vesper sah es und handelte. Er wollte unbedingt das Ende des Gesprächs vermeiden; zumal Elviras Bekenntnis noch offen stand.

„Komm, lass uns nach unten gehen."

„Du willst jetzt über mich reden, Seelsorger, he?"

„Wäre es nicht an der Zeit, Schwester?"

„Ich denke, während unserer Fahrt haben wir dazu noch ausreichend Zeit. Im Moment aber ... ich denke, du auch ..."

„Du hast ein feines Gespür, Madame."

Siegfried Hottenrott und Jens Albrecht, 20. Februar morgens

Hottenrott stand sehr spät auf. Das verschmutzte Waschbecken störte ihn nicht. Was er dann im Spiegel sah, machte ihn stolz. Die Boxernase und das Tattoo über der rechten Brustwarze. Vor sieben Jahren, er hatte lautstark seinen Geburtstag im *Führerbunker*, so nannten sie ihre Stammkneipe, gefeiert, hatte er sich die blutige Nase geholt. Sie feierten auch den ersten Brandanschlag auf das Heim. Die Zeitungen berichteten darüber. Der ganze Ort wusste, wer zur *Elbgau-Kameradschaft* gehörte. Das Verfahren war eingestellt worden. Sie gingen raus, grölten das *Horst-Wessel-Lied*, er, Siegfried Hottenrott und seine Kameraden. Dann kamen sie, diese linken Arschlöcher. Einige kannte er noch von der Berufsschule, blasierte Fachoberschüler. Er stand kurz vor dem Ende seiner Kochausbildung. Da hörte er von der anderen Straßenseite: "Der HOTTENTOTT ist wieder besoffen!" Alles konnte man zu ihm sagen, aber nicht HOTTENTOTT. Er rastete aus. Seine Kameraden mussten ihn zurückhalten, aber das Nasenbein war gebrochen. Dann musterte er als Kochsmaat an. Die Arbeit gefiel ihm. Drei Jahre später war er Schiffskoch. Zu seinen schönsten Erinnerungen gehörten die Liegezeiten in Vera Cruz/Mexico. Als *Alémán*, als Deutscher, war man da angesehen. Hauptsache kein *Gringo*. Den Führer *Adolfo Hitler* kannte man und nickte anerkennend, wenn sein

Name fiel. Da hatte er sich auch sein Tattoo stechen lassen. Zwei Runen verschlungen mit den Worten *Ehre und Treue.*

Nach der letzten Reise hatte er drei Wochen Urlaub und jetzt Bereitschaft. Er musste sich darauf einstellen, ganz kurzfristig einzusteigen. Er sah seine geröteten Augen, noch von gestern Abend. Auf der Ablage leuchtete das Smartphone auf. Schon erklangen die ersten Takte des *Badenweiler Marsches,* auf seinen Klingelton war er stolz. Er kannte die Stimme, es war die Mieze aus der Personalabteilung der Reederei. „Herr Hottenrott, es ist soweit. Morgen geht's nach Portugal. Die *MS Pavia* braucht Sie. Es geht nach Puerto Limón. Ich habe Ihnen eine email geschickt. Da finden Sie die nötigen Informationen. Abflug Hamburg, E-Ticket, die Heuerunterlagen, wie gehabt. Ich rufe Sie in einer Stunde nochmal an. „Die *MS Pavia*" dachte er „Werftkomplettüberholung, sollen sogar Passagiere mitfahren". Siegfried Hottenrott war sehr zufrieden.

Etwa zur gleichen Zeit, das Mittagessen war durch, fischte in der Kombüse der *MS Pavia* Johnny, der Küchenhelfer, die weichgekochten, gepökelten Rindfleischstücke aus dem Sud. Die gekochten Salzkartoffeln und Rote Bete-Knollen standen mit den blond buttergeschmälzten Zwiebeln ebenfalls dampfend bereit. Dann dreht er alles gemeinsam durch die *Erbsenscheibe* des Fleischwolfes. In der großen Mengschüssel rührte dann sein Chef Jens Albrecht, der „kleine Napoleon" alles durch und schmeckte den dicken grau-rosa Brei ab. Dabei zog er den ausgestreckten Zeigefinger durch die Pampe und leckte ihn genüsslich ab. Natürlich wusste er, dass im Original Labskaus Salzheringe eigentlich mit hachiert wurden. Er fand es kulinarisch angemessener, das fertige Labskaus mit Salzdillgurke, Matjesfilet und Spiegelei anzurichten. Sichtlich zufrieden mit dem Ergebnis, wies er Johnny an, die Masse in zwei Braisières, rechteckigen Schmorpfannen, zu verteilen. Er selber strich dann die Oberfläche der Masse exakt glatt und dressierte sie mit der Küchenpalette in Wellenform. Ein halbe Stunde vor dem Abendessen müssten sie dann in die „Röhre" mit Oberhitze.

Die leicht gebräunte Kruste auf dem Labskaus war das Beste. Er würde es gleich nachher beim Alten erwähnen, dass es Labskaus geben wird. Er wusste, nichts aß Kapitän Freese lieber.

Freese saß hinter seinem Schreibtisch als Jens Albrecht anklopfte. „Kommen Sie herein!" Freese hatte den Smutje für 14 Uhr bestellt, er war pünktlich. „Nehmen Sie Platz!" Er wies dem Koch den Lehnstuhl ihm gegenüber am Schreibtisch zu. Verlegen faltete und knetete Jens Albrecht seine Hände zwischen den Oberschenkeln. Ohne Umschweife kam der Kapitän zur Sache: „Herr Albrecht, die Reederei sieht sich gezwungen, das Arbeitsverhältnis mit Ihnen umgehend zu beenden. Sie wissen warum! Nach dem Arbeitsvertrag endet in solchen Fällen die Beschäftigung mit der Ablösung. Der neue Koch kommt morgen Nachmittag. Das heißt, morgen Abend vor Auslaufen gehen Sie von Bord. Der Erste macht bis dahin Ihre Papiere fertig." Jens Albrecht war wie betäubt, bis zum Schluss hatte noch gehofft. Jetzt war es aus! An das Labskaus dachte er nicht mehr. Zögernd, fast hilflos, stand er auf. Kapitän Freese schaute ihn an, sein Ton wurde etwas milder: „Herr Albrecht, Sie sind ein sehr guter Schiffskoch, das werden wir Ihnen attestieren. Bringen Sie Ihr Leben in Ordnung. Nicht nur Alkohol kann eine Sucht sein. Vielleicht sprechen Sie mit der Seekasse, es gibt da Hilfen." Dann wandte sich der Alte dem Bildschirm zu. Albrecht verließ mit gesenktem Kopf den Raum.

Rupert Vesper, 20. Februar abends

Als Rupert hörte – an Bord war alles schnell rum – dass es in Porto einen Zwischenstopp mit entsprechendem Landgang geben sollte, bat er sofort Lohfeld, über Funk die Telefonnummer der *Faculdade de Belas-Artes da Universidade do Porto* in Erfahrung zu bringen. Die denn auch prompt kam: Tel. 351 22 605 7100. Dort erfuhr er die Privatadresse und Telefonnummer seines Freundes Tiago de Carvalho, den er, wenn möglich, bei dieser Gelegenheit wieder mal treffen wollte.

Sie hatten in den 50er Jahren gemeinsam das Berliner Jesuitengymnasium besucht, bis zum Abitur. Tiagos Vater war damals Leiter der Konsularabteilung der portugiesischen Botschaft gewesen, die Familie hatte im Diplomatenquartier Tiergarten, in der Nähe ihrer Canisius-Schule, gewohnt. Tiago war später mit seiner Familie nach Portugal zurückgekehrt, hatte in Lissabon studiert, dann viele Jahre als Professor für Philosophie, Architektur und Kunst an der Uni in Porto gearbeitet. Während Rupert nach seinen „Irrfahrten" Jesuit geworden war, hatte Tiago geheiratet und war Vater von zwei Söhnen. Seine Frau war vor einigen Jahren an Krebs gestorben. Seither lebte er allein; seine Professur übte er nur noch mit halber Kraft aus.

Rupert und er hatten über die Jahre hinweg miteinander korrespondiert, waren sich einige Male in Lissabon begegnet. Es war immer ein auch trinkfreudiges Wiedersehen gewesen, bei dem sie ihre Jugendabenteuer wieder hatten aufleben lassen, auch ihre gemeinsamen Reflexionsfahrten, die so genannten „Oasen", und ihre Sozialpraktika und Auslandsaufenthalte. Tiago war am Telefon hocherfreut, Rupert auf diese ungewöhnliche Weise einmal wieder zu treffen; er wollte ihn am Samstag am Hafen in Matosinhos mit seinem Auto abholen. Rupert kramte in seinen privaten Aufzeichnungen nach möglichen Fotos und Erinnerungstexten.

Anna und Karima, 20. Februar

Ein merkwürdiger Tag war dies, von Anfang an. Schon in der Nacht hatten sich die Motorengeräusche des Schiffes ungewohnt angehört, das hatte Anna in ihrer Schlaflosigkeit registriert. Beim Frühstück war Herr Habermann, der Steward, unkonzentriert, er vergaß zum Beispiel Kaffeemilch nachzuholen, obwohl er bestimmt dreimal daran erinnert wurde. Von den Offizieren war zum ersten Mal niemand mit am Tisch, der Kapitän auch nicht, sie waren anscheinend alle sehr beschäftigt.

Irgendwann erfuhren die Passagiere endlich, dass es tatsächlich in der vergangenen Nacht ein Vorkommnis gegeben habe: einen Maschinenschaden, dessen Vorbote wohl der Stromausfall während der Zaubershow gewesen war und der im nächsten größeren Hafen behoben werden müsse, nämlich in Porto! Also eine Kursänderung. Wahrscheinlich würden sie am kommenden Tag während der Reparatur die Gelegenheit zu einem ausführlichen Landgang haben.

Porto – das war ja wohl in Portugal. Anna hatte zuhause einen großen Bildband über Kacheln in Spanien und Portugal, und eine Weile lang, vor etwa zwei oder drei Jahren, hatte sie sich selbst an der Herstellung von glasierten Kacheln versucht. Es wäre doch ganz ungewöhnlich, wenn es gerade in Porto keine Gebäude mit Kacheln gäbe! Sie wollte also unbedingt morgen mit Karima an Land gehen.

Nachmittags war Karima wieder unterwegs. Vormittags hatte sie bei ihren Streifzügen den Dojo getroffen, der ihr klargemacht hatte, dass dies nicht gerade Ollis Tag war, dass er sich ausruhte und ihr wahrscheinlich erst am kommenden Tag wieder einen Witz würde erzählen können. Sie solle nicht traurig sein, hatte er gesagt, und ihr dann noch ein Foto von seiner Cousine Karima gezeigt: eine erwachsene Frau mit zwei Kindern und zwei Hühnern auf dem Bild.

Aber jetzt am Nachmittag hatte sie Glück: zuerst sah sie von weitem ein Stückchen Katze hinter einem Kasten verschwinden, und dann doch noch ihren Freund Olli. So lustig wie sonst war er tatsächlich nicht, aber so ein Witz war ja auch nicht so wichtig. Sie erzählte ihm, dass ihre Mutter und sie morgen in Porto Kacheln suchen wollten. Er sagte, dass es gerade in Porto ein paar ganz tolle Häuser und Kirchen mit Kacheln gäbe, dass er da schon oft gewesen sei und dass er nachher ein paar Tipps auf einen Zettel schreiben wollte, den sie dann mitnehmen könnten.

Anna freute sich so sehr darüber, dass sie sich durch die trübselige Stimmung beim Abendessen nicht runterziehen ließ, und für Karima war der Abend sowieso gerettet durch den Nachtisch: Wackelpudding mit Vanillesoße! Es war zwar der rote und nicht der tolle grüne, aber das war schon in Ordnung, und außerdem kriegte sie noch zwei dazu, von der einen Frau, Elvira oder so ähnlich, und von dem Schorse. Der war eben doch ganz nett, auch wenn er beim Spieleabend rumgemeckert hatte. Mensch-ärgere-dich-nicht ist vielleicht doch mehr für Kinder, kann ja sein.

Kapitän Freese, Muhammad und Elvira, 20. Februar abends

22:30 Uhr. Mit dem Glas beobachtete Kapitän Freese das heranrauschende schwarz-gelbe Lotsenboot. Dem Ersten zunickend verließ er die Brücke, um auf das Hauptdeck zu kommen.

An der Steuerbordseite hatten die Decksleute schon das Fallreep vorbereitet. Wenige Minuten später war der portugiesische Lotse an der Relingsluk. „Boa noite para todos!" rief er freundlich den Schiffsleuten zu. „Boa noite piloto!" antwortete Kapitän Freese und drückte dem drahtigen Mann die Hand. Mit einem „Let's go!" ging er voraus zur Brücke, vom Lotsen gefolgt. Anderthalb Stunden später klatschten die Schleppleinen ins Wasser, das Schiff war fest vertäut. Matosinhos war der Hochseehafen für Porto. Der Hafen lag wirklich günstig, jeweils eine Viertelstunde nach Norden zum Flughafen oder nach Süden hin das alte Porto. Freese war zufrieden, bis jetzt klappte alles tadellos. Noch am Abend hatte er erfahren, dass die Ersatzteile schon in Hamburg-Fuhlsbüttel seien und dass der neue Koch mit derselben Maschine morgen ankommen werde. Bevor er sich die Nachtruhe gönnte, ging er noch in den Maschinenraum. Dort herrschte disziplinierte Geschäftigkeit. Das Schiff lag jetzt ruhig und fest. Nun konnten die Arbeiten mit dem schweren Kettenzug am Zylinder beginnen.

Heinz Petersen, der Chief, war über seinen neuen „Assistenten" Markus gar nicht so unerfreut. Er staunte, wie geschickt sich der „Blinde" anstellte, war auch froh, dass ihm der ganze EDV-Kram von Markus abgenommen wurde. „Meine Herren, wie sieht's aus?" rief

Freese vom oberen Laufgang den Männern in den Overalls zu. „Allens klaar Kaptaain!" brüllte Petersen zurück. „So wie's aussieht kommen die Teile morgen wie geplant!" damit verschwand der Kapitän aus dem Maschinenluk. Achtern, am Ankerspill, sah er seine indonesischen Decksleute. Sie winkten ihm zu. „Selamat malam!" rief er und erkannte, dass auch Muhammad al Chatim zwischen den Männern saß. Muhammad hatte seine westliche Kleidung gegen einen bequemen Kaftan getauscht und unterhielt sich angeregt mit den Männern. Den Kapitän bemerkte er erst spät.

Vor vier Stunden, während des Abendessens auf See, hatte noch eine gedrückte Stimmung geherrscht. Es hatte sich herumgesprochen, dass der Schiffskoch morgen abgelöst würde. Das Bedauern galt weniger dem gekündigten Koch, als der Befürchtung, dass das schmackhafte Essen für den Rest der Reise nicht mehr so selbstverständlich sein würde. Der Nachtisch war nicht unbedingt Nouvelle Cusine, Götterspeise mit Vanillesauce, fand aber dennoch guten Anklang. Elvira allerdings schob ihr Schälchen der glücklich strahlenden Karima hinüber. Dann wandte sie sich an Muhammad: „Muhammad, was meinen Sie dazu, dass Jens uns morgen verlässt?" Bedächtig wischte sich Al Chatim mit der Serviette die Lippen ab: „Für ihn tut es mir leid, es gab aber sicher gute Gründe für seine Entlassung. Morgen kommt der Neue." Dann schwenkte er um: „Elvira, haben Sie Pläne für morgen in Porto?"

Für eine gefühlte Sekunde blieb ihr Herz stehen. Das war dumm, sie hatte sich gerade mit Tina zu einem Einkaufsbummel und Friseurbesuch verabredet, und nun diese verlockende Einladung.

„Es tut mir leid, aber ich habe mich schon mit Tina verabredet", stammelte sie etwas zerstreut und stand da wie eine Statue, in sich versunken. Boah, was war das für ein heißes Gefühl, das da gerade in ihr aufstieg? Sicher hatte sie wieder diese roten Flecken am Hals, für jeden sichtbar, von ihr nicht zu kontrollieren. Und dann sah sie vor sich, wie sie mit Tina über die Märkte gehen würde, in kleine Geschäfte vielleicht, sogar gemeinsam zum Friseur, sie würden zusammen lachen, sie würden sich von früher erzählen, sie könnten sich näher kommen. Vielleicht würden sie auch gemeinsam auf Muhammad treffen. Sie musste tief Luft holen, denn in ihrer Brust machte sich ein längst verschollenes Gefühl bemerkbar, eine lange nicht mehr erlebte Erregung durchwehte sie plötzlich, Erinnerungen daran, wie sie mit ihrer Schulfreundin Klamotten getauscht und sich geschminkt, verschwörerisch gekichert und kleine Abenteuer ausgeheckt hatte.

Ein Räuspern von Muhammad weckte sie jäh aus ihrem Traum, sie musste sich kurz wieder in die Gegenwart einfinden und sagte nur: „Wer weiß, vielleicht laufen wir uns in Porto über den Weg?"

Muhammad lächelte sie an und entschuldigte sich, dass er sich zurückziehen werde. Mit den muslimischen Decksleuten war er übereingekommen, dass sie möglichst gemeinsam die vorgeschriebenen Gebete durchführen würden. Die Konyas mit ihren weißen, runden, bestickten Käppchen waren glücklich, dass da jemand war, der in der Sprache des Propheten, Allah habe ihn selig, aus dem Qu-ran rezitieren konnte.

Es war die Zeit des Nachtgebetes Al-^Ischâ´. Würdevoll vollzog Muhammad al Chatim die vier Gebetseinheiten. In der ersten und zweiten Gebetseinheit rezitierte er die Sure Al-Fâtihah und eine weitere Sure. Dann erhoben sie sich alle und lehnten sich an die Reling. In der Ferne waren die Lichter von Porto zu sehen. Morgen würde er vielleicht in Porto in die Moschee gehen, gegenüber der Heroismo Metro Station, vor einigen Jahren hatte er sie schon einmal besucht.

Jens Albrecht, 20. Februar abends und 21. Februar morgens

Am Abend hatte er eine merkwürdige Distanz der Mannschaft ihm gegenüber gespürt. Er hatte schon viele Abschiede von Bord erlebt, die meisten etwas wehmütig, aber immer hatten viele Flaschen gezischt, wenn der Kronkorken sich bog. Dieses Mal fühlte er sich beschissen, allein, voller Selbstvorwürfe, voller Vorwürfe gegen die Welt und vor allem voller Hass auf Markus. Er werkelte noch lange in der Kombüse rum, ratlos, was er mit sich selbst anfangen sollte. Der überraschende Reparaturstopp in Matosinhos bedeutete auch eine Veränderung des Speiseplans für Sonnabend. Eigentlich hatte er null Bock, was Aufwendiges zu kochen, dann aber wollte er wieder einen anständigen Abgang hinlegen. So entschied er sich für Hühnersuppentopf. Im Schnellgang taute er fünf Suppenhühner auf und brachte sie in der großen *Marmite* mit einer gespickten Zwiebel zum Köcheln. Später am Abend, er war immer noch in Kochmontur, schaltete er den Herd ab. Morgen früh würden die Hühner weich sein. In seiner Kabine holte er dann die angebrochene Flasche Tequila aus dem Spind, schenkte sich ein und begann systematisch die nächsten Schritte zu planen. Übergabe – Übernachtung – Rückflug – Jobsuche. Als erstes arbeitete er die Proviantlisten ab, sozusagen die Kücheninventur. Dann suchte er sich einen Rückflug über „Billiger fliegen.de". Montag 23.2. würde er noch einen günstigen Flug bekommen. Zum Schluss reservierte er noch zwei Übernachtungen im *Hotel Amadeo* in Matosinhos. Wieder schenkte er sich Tequila ein, packte seinen Seesack und Rollkoffer, um dann lustlos in den Pornoseiten des Internets zu stöbern. Als die Tequilaflasche leer war, merkte er, dass ihm die Jobsuche entglitten war. Gleichgültig zog er sich aus. Ohne den abendlichen Gang in den Waschraum kroch er in die Koje.

Am nächsten Morgen, er hätte fast verschlafen, tauchte er, noch schlaftrunken, in der Kombüse auf. Dem philippinischen Kochsmaat musste er nichts sagen, der kannte die Frühstücksroutine. Jens machte sich an die gekochten Suppenhühner. Sauber hatte er das Fleisch von der Karkasse und der Haut befreit und schnitt es schräg in mundgerechte Stücke. Johnny hatte das Wurzelgemüse schon geputzt und in der Küchenmaschine zerkleinert. Dann brachte der Smutje die Hühnerbrühe zum Kochen, gab das Gemüse rein, die Fleischeinlage und schmeckte die Suppe noch ab. Statt Muskat nahm er lieber *Macis*, Muskatblüte, das gab einen feineren Geschmack. Die vorgekochten

Fadennudeln sollten erst kurz vor der Ausgabe dazukommen, damit sie nicht weich aufquollen.

Er spürte die Betretenheit seines Küchenhelfers, sagte aber nichts. Dann wusch er sich die Hände, trocknete sie am *Torchon*, dem Küchenhandtuch. Ohne ein Wort zu sagen, verließ er die Küche und ging zum Arbeitsraum des Ersten Offiziers. Lohfeld begrüßte ihn nicht unfreundlich und gab ihm mit den Worten: „Alles Gute für Sie, Herr Albrecht. Der neue Koch kommt heute Nachmittag. Sie brauchen nicht auf ihn zu warten!" den Umschlag mit den Arbeitspapieren. Die Hand gab er ihm nicht.

In seiner Kabine öffnete Jens Albrecht hastig den Umschlag. Das Arbeitszeugnis! Er las: „Herr Albrecht hat auf eigenen Wunsch unser Unternehmen verlassen. Für die Zukunft wünschen wir ihm alles Gute!" Kein Wort zu seinem Fehltritt. Dann schaute er sich die Gehaltsabrechnung an und war zufrieden. Gegen Mittag verließ er das Schiff. Kaum jemand schien davon Notiz zu nehmen. Auch Markus blickte nicht auf, als Jens an ihm vorüberging.

Elvira, 21. Februar morgens

Elvira blickte nach dem Frühstück auf die grauen Lagerhäuser am Hafen und überlegte, was sie eigentlich mit Tina unternehmen wollte. So recht planen konnte sie nicht, war sie doch in keinster Weise auf Porto vorbereitet, wie auch ehrlich gesagt auf nichts anderes. Sie würde sich aber nach luftiger, wehender Kleidung umsehen, die ihre zu zahlreichen Rundungen schmeichelnd verstecken sollte. Ein tiefer Seufzer entwich ihr bei dem Gedanken an fließende Stoffe und farbentrunkene Blumenmuster. Vielleicht würde sie auch ein Paar paillettenbestickte Sandalen finden, ihre Füße konnten sich immerhin sehen lassen, das hatte sich nicht geändert.

Ja und vielleicht könnte ihr ein Friseur mehr Fülle ins Haar zaubern und ihrem Gesicht einen ansprechenderen Rahmen geben. Aber, wie zum Teufel sollte sie sich in Porto verständlich machen? Das fiel ihr ja schon in ihrer Muttersprache oft schwer genug.

Sie hatte ihr Halstuch vergessen und lief noch einmal zu ihrer Kabine. Auf dem Rückweg vernahm sie plötzlich ein wüstes Rumoren und ein mittlerweile nur zu bekanntes Kreischen aus einer Holzkiste ganz in ihrer Nähe. Ignorieren und weitergehen? Hilfe holen? Oder Ärmel runterlassen, sich geschickt positionieren und den Kistendeckel vorsichtig von hinten anheben? Im Bruchteil einer Sekunde entschied sich Elvira für die letzte und riskanteste Option. Kaum dass sie den unerwartet schweren Deckel einen Spalt weit geöffnet hatte, sauste auch schon ein hellroter drahtiger Pfeil um Haaresbreite an ihr vorbei und sie sah die verstörte Furie hinter ein paar zusammengerollten Tauen verschwinden. Elvira hatte sich fast schon an den beinahe täglichen Schrecken gewöhnt, so zuckte sie nur gespielt gleichmütig die Achseln und wandte sich wieder dem Geschehen an Deck zu.

Der Himmel war leicht bewölkt, ein für die frühe Jahreszeit milder Wind wehte in sanften Böen, und aus dem kühlen unwirtlichen Norden kommend, fühlte sich Elvira beim Verlassen des Schiffs wie in einer anderen Welt, voller Frühling und ungewisser Verheißungen.

Sie hatte sich entschlossen, ihr schmuckloses schulterlanges Haar offen zu tragen, was sie schon seit langem nicht mehr gewagt hatte, was ihr im Vorgriff auf einen Friseurbesuch aber vertretbar erschien. Richtig wild fühlte es sich an, wenn ihr ein Windhauch die Haare sanft durcheinanderwirbelte und die einsame ungeordnete Ponysträhne aus dem Gesicht strich.

Aber sie fühlte sich gleichzeitig etwas unsicher und verletzlich und hoffte sehr, dass jetzt von niemandem eine kritische Bemerkung zu ihrer Frisur oder ihrer Kleidung kommen würde. Dann würde sie sich sofort wieder in das stachelige graubraune Gewand eines staubigen Igels am Straßenrand zurückziehen, das so gut zu ihr gepasst und sie unsichtbar gemacht hatte.

Alle, die an Land wollten, betraten die Gangway, und am liebsten hätte sich Elvira bei Tina oder Muhammad untergehakt, aber das ging ja nun mal gar nicht! Was war bloß los mit ihr?

Rupert Vesper, 21. Februar morgens

Die *MS Pavia* lag im Hafen von Matosinhos. Rupert Vesper stand, Reisetasche über der Schulter, mit anderen Passagieren an der Reling. Durch Rauchwolkenschwaden verdüstert, sah man Schlote und turmhohe Silos, gewaltige Quaderblöcke aus brüchigem Beton, mit rostigem Wellblech bedeckte Förderbänder, kegelförmige Schotterberge, Baracken und ausrangierte Güterwagen, alles bedeckt von blassgrauem Geröll und Staub. Das von der Industrie dominierte Umfeld des Hafens war für Rupert der faszinierende Ausdruck materieller Kraft, wie er es zugleich ästhetisch als abstoßend empfand.

Die *Pavia* lag fest vertäut. Rupert blickte auf den Kai und wartete darauf, dass die Gangway heruntergelassen wurde. Der Anblick der Hafenanlagen, die riesige *Refinaria do Petrogal* und der kakophonische Geräuschpegel verwirrten ihn nach der Weite des Meeres mehr, als er erwartet hatte.

Als er schließlich die Gangway herunterstieg, musste er erst einige Sekunden das Hafengewühl durchblinzeln, bis er – seine „Platte" glänzte wie früher – Tiago entdeckt hatte, der ihm „Olá! Olá!" zurief; offenbar hatte auch Rupert sich wenig verändert.

Mit festem Boden unter den Füßen, wollte er erstmal tief und lange durchatmen. Aber die Luft schmeckte hafentypisch nach Öl, Kohle und Metall ... auch nach Schwciß.

Neben ihm Elvira Pekus und Tina Sommer, die sich gemeinsam auf den Weg zur Metrostation machten. Elvira mit offenem Haar, nicht mehr dieses stachelige Graubraun, keine Karmeliterrobe mehr; sie wirkte richtig unternehmungsdurstig. Sehr unterschiedlich, die Erscheinung dieser Frau.

„Hallo, Professor! Allein unterwegs? Wo soll's langgehen?" Sofort sahen sie aber, dass ein Mann mit grauem Haarkranz ihn umarmte. Konnte in seinem Alter sein. Der Pater scheint alle Welt zu kennen. „Bom dia, Rupert! Como estás?" „Estou bem!" Rupert kannte noch etwas von Tiagos Sprache.

Der zog ihn durch die Menge zum Parkplatz und schob ihn schnell in seinen Wagen.

Schnell und geschickt lenkte er das Fahrzeug durch den Hafendschungel von Matosinhos. Und kurz drauf waren sie schon in Porto. Tiago fuhr zu seinem Haus in der Rua da Vilar, ging mit Rupert hinein, um etwas zu trinken und für die vorgesehene Stadttour eine Reiseflasche mit Mineralwasser zu füllen.

An der Stirnwand der Wohnung eine – wie Tiago sagte – Farbstudie des Gemäldes *La gare inondée* oder *The Flooded Station* von Marie-Hélène Vieira da Silva. Beide erinnerten sich an ihre Vor-Abiturfahrt zur documenta 1964, mit ihrem Kunstlehrer Aegidius Hausmann. Wo sie auch einige Bilder von Vieira da Silva gesehen hatten. Die documenta 64 war für sie alle eine Offenbarung gewesen.

„Vieira da Silvas *Les Grandes Constructions* hat mich damals schon umgehauen. Die scheinbar endlosen Raumfluchten, die sich ineinander verschränken; das Grauweißgrau, das diese enorme Tiefe der Bildräume bewirkt."

„Ihre Bilder vermitteln mir was Ausweglosiges", nuschelte Vesper, „sie machen depressiv."

„Obwohl sie anders auf mich wirken – Melancholie und Tod waren die großen Themen ihres Lebens und ihrer Kunst. Worüber ich auch mit ihr ausführlich geredet habe, als ich ihr in Paris begegnet bin."

„Bist du?"

„Einige Jahre vor ihrem Tod. Habe damals über die *Pariser Schule* gearbeitet. ... So, mein Freund, jetzt aber los! Mit dem Bus durch die

Stadt. Gibt ne Menge sehenswerter Orte." "Aber tempo moderato, bitte." "Wann musst du wieder an Bord?" "Irgendwann!" "Nein, keine Sightseeingtour, Rupert. Nur einige Highlights. Später aber unbedingt nach Ribeira in die Altstadt, zu Dom Tonho." Tiagos Lieblingslokal. "Und – einen Abstecher zu den *Caves do Vinho do Porto*?" fragte Rupert lüstern. "Wenn, dann aber erst, wenn die Abendsonne aufgeht. Bist du noch immer so'n Schlucklöwe, Rupert? Dann vielleicht besser bei mir zuhause."

Oben auf dem Hügel, von weitem zu sehen: *Sé Catedral.* "Diese Stadt hat etwas Mystisches", sagte Tiago; "noch immer, selbst für mich. Nur schwer zu beschreiben, ändert sich je nach Ort, Zeit und Tageslicht. Lohnt sich wirklich, darauf zu achten, Rupert!"

Tiago zog die Mineralwasserflasche aus seiner Umhängetasche. "Hier – nimm!" Er hatte bemerkt, dass Rupert sich, obwohl es nicht sonderlich warm war, die offenbar trockenen Lippen leckte. Sie saßen auf einer Bank im *Jardim de S. Lazaro,* dem ältesten Stadtgarten; nahe Tiagos Institut der *Belas Artes.* Rupert genoss sichtlich den Anblick der weiträumigen Anlage, der alten Linden, Magnolien und Akazienbäume; er spielte mit dem Wasser des Marmorbrunnens, der einst zum Kloster Sao Domingo gehört hatte.

In der mit portugiesischem Pflaster ausgelegten Rua de Santa Catarina – das *Café Majestic.*

Außen *Art Nouveau* pur. "Optisch eine Wucht, Kaffee und Kuchen teuer und mäßig. Service ist jedoch okay. Kurz reingucken, Foto machen, wieder gehen," sagte Tiago. Rupert blickte in den Jugendstil-Spiegelsaal: Ein grauer Barpianist am morschen Flügel, machte mit aneinandergereihten Septakkorden ein paar ältere Typen melancholisch, suhlte sich in Tonfilm-Evergreens: *As Time Goes Bye.* Was denn sonst? "Gehen wir doch besser in die Rua do Almada, zu *Miss Pavlova.* Die heiße Schokolade und Mandeltorte dort: Umwerfend, sag ich dir." Was Rupert, als sie dort waren, ebenso empfand.

Tina und Elvira, 21. Februar morgens

Ein frühlingshafter Tag, ganz anders als das schmuddelige Februarwetter in Hamburg! Tina stand auf der Gangway und atmete die leichte, salzige Morgenluft ein, die nach Öl und Hafen roch. Sie trug eine der weißen Leinenhosen, die sie eigentlich für Costa Rica eingepackt hatte, dazu aber nicht die vorgesehene Bluse, sondern den beigefarbenen Pullover vom Abreisetag. So warm war es dann auch wieder nicht, und sie wollte keine Erkältung riskieren. Über ihrer Schulter baumelte die abgewetzte braune Ledertasche mit dem „Notvorrat Aller Wichtigen Dinge" und einer zusätzlich eingepackten Regenjacke. Es konnte losgehen!

„Alles klar – wollen wir uns auf den Weg machen?" hörte sie hinter sich die Stimme von Elvira. Sie drehte sich um. Elvira sah ungewohnt aus mit den offenen Haaren, doch der etwas unsichere Ausdruck in ihrem Gesicht war der gleiche wie in den vergangenen Tagen. „Merkwürdig", dachte Tina, „manchmal tritt sie so souverän auf, scheint über alles Bescheid zu wissen, kümmert sich um andere Leute – und dann wieder steht sie da wie ein kleines Mädchen, das Angst hat, ausgelacht zu werden. Ein bisschen dicklich, nicht besonders hübsch, aber voller Sehnsucht nach einer Einladung zum Mitspielen." Eine Welle von Zuneigung flutete in Tina hoch. „Was haben Sie denn heute vor? Und überhaupt ... wollen wir nicht einfach Du sagen?", fragte sie freundlich und wunderte sich überhaupt nicht darüber, dass die andere leicht errötete. „Gern, ich bin Elvira. Aber das weißt du ja längst." Es folgte ein kurzes Schweigen, während die Frauen zusammen die Gangway hinuntergingen. Zaghaft hakte sich Elvira schließlich bei Tina ein und erklärte, sie habe einen Friseurbesuch geplant. „Hier in Matosinhos?", fragte Tina und sah stirnrunzelnd das wenig attraktive Hafenviertel an. „Bestimmt gibt es hier auch Friseure, aber ich schlage doch vor, dass wir lieber die Metro do Porto nehmen. Die Fahrt dauert nur eine halbe Stunde, und in Porto spricht der Friseur vielleicht sogar Deutsch oder Englisch. Nicht, dass du am Ende mit einem Irokesenschnitt aus dem Salon kommst, weil dich einer falsch versteht!"

Elvira musste kichern. Es war herrlich, mit Tina herumzualbern – genau so hatte sie sich das Shoppen-Gehen mit einer Freundin immer vorgestellt. Früher, wenn sie die anderen Mädchen aus der Klasse dabei beobachtet hatte, wie sie vergnügt in schnatternden Grüppchen zum Einkaufen zogen. Sie selbst war selten gefragt worden, ob sie mitkommen wollte. Und nun hatte sie eine eigene Freundin, die mit ihr eine fremde Stadt erkunden wollte! Sie sah Tina von der Seite an. Die war gerade dabei, in ihrer Umhängetasche nach dem Zettel zu suchen, der die Abfahrtszeiten der Metro do Porto enthielt. Das braune Taschenmonster war aber das einzig Unförmige an dieser attraktiven Frau, fand Elvira. Die gutgeschnittene Leinenhose, der schicke Pullover. Dazu die kleinen, dekorativen Perlenohrringe – sie verstand ganz offenbar etwas aus sich zu machen. Warum hatte sie dann wohl immer wieder dieses verängstigte Flackern in den Augen?

„Hier, jetzt hab ich ihn!" Tina hielt triumphierend den kleinen Fahrplan in die Höhe, den ihr der Erste Offizier ausgedruckt hatte. Wenig später saßen die beiden Frauen in der Metro.

In einer der schmalen, gekrümmten Straßen, die zum Douro-Ufer führten, entdeckten sie ein winziges, aber anspruchsvoll dekoriertes „Hair Studio" mit goldgerahmten Spiegeln und zwei bequemen Friseursesseln. Der Friseur sprach zwar nur gebrochen Englisch, doch Elvira gelang es rasch, mit Hilfe von Bildern aus verschiedenen Zeitschriften ihr Anliegen zu erklären.

Die Enden sollten etwas angeschrägt werden und der Pony gestuft, so konnte sie ihr Haar noch wehen lassen, aber ohne dass ihr immer etwas ins Gesicht fiel. Tina betrachtete aus dem Hintergrund bei einer Tasse Mocca Elviras Veränderung mit Interesse und Freude. Sie lächelte und Elvira lächelte in den wuchtigen Spiegel zurück, sie zwinkerten sich zu. Als sie den Friseurladen verließen, schob sich Elvira ihre Sonnenbrille auf den Kopf, so wie sie es überall beobachtet hatte, und ihr Gesicht gefiel ihr gar nicht schlecht, wenn sie es verstohlen in einem der vielen Schaufenster musterte.

Anna, Karima und Oliver Hecht, 21. Februar morgens bis nachmittags

Beim Frühstück überreichte der Steward Anna einen handgeschriebenen Zettel:

<u>Azulejos!</u> So heißen hier die Kachelbilder.

Mit dem Bus 507 hier vom Terminal (oder U-Bahn, aber da sieht man ja nichts unterwegs) bis zum Bahnhof São Bento. Bahnhofsvorhalle voller grandioser Kachelbilder! Dicht bei diesem Bahnhof die Igreja (=Kirche) São Ildefonso und noch eine weitere (irgendwas mit Carmo).

Moderne Street-Art-Kachelwand in der Rua da Madeira, noch nicht fertig, interessant!

Viel Spaß! Oliver

„Siehste", sagte Karima triumphierend, „hat er doch gestern versprochen! Jetzt hat er das gemacht, jetzt finden wir alles."

Mehrere der anderen Passagiere gingen in Richtung U-Bahn, doch Anna und Karima folgten natürlich dem Rat ihres Freundes Olli. Der Bus erschien nach etwa 15 Minuten, und gerade, als er abfahren wollte, kam noch ein Mann angelaufen, den sie nicht sofort erkannten: Oliver Hecht in Zivil, in Jeans und Anorak! „Das nennt man hechten", keuchte er atemlos und ließ sich hinter den beiden auf den Sitz fallen. Er hatte überraschend doch die Erlaubnis zum Landgang erhalten, sollte allerdings in der Stadt etwas besorgen für den Ersten und auch etwas für den Kapitän.

Während der etwa halbstündigen Fahrt wechselte Karima viele Male ihren Platz und bequatschte mal ihre Mutter, mal ihren Freund, der sie schließlich fragte: „Zum Frühstück gab es heute wohl echtes

Quasselwasser?" „Neiiin", sagte sie, lachte und redete nach einer Sekundenpause weiter. Ihre gute Laune ließ sich nicht bremsen und war durchaus ansteckend. Anna und Oliver kamen dann doch einige Male zu Wort und sie erfuhr von ihm, dass er Portugal und die Sprache nicht nur von Landgängen kannte, seitdem er zur See fuhr, sondern schon durch seine Eltern, mit denen er früher jedes Jahr Urlaub hier gemacht hatte und die nun, als Rentner, auf den Azoren wohnten. „Auf den Azoren! Dann wirst du sie wohl nächste Woche besuchen?" Nein, das wäre eher unwahrscheinlich, meinte er, vielleicht würde das Schiff ja nicht oder nur zu kurz dort anlegen. Der Reparaturaufenthalt hier hätte die bisherigen Pläne wahrscheinlich verändert.

Die Kachelwände im Bahnhof waren wirklich sehr eindrucksvoll. Ganze Geschichten wurden dort beschrieben. Viele Menschen drängten sich in der Halle, normale Reisende und Touristen, die die Wände fotografierten. Anna hielt Karimas Hand fest in der ihren und ließ sie nicht eine Sekunde los. Die Menschenmenge war ihr nicht geheuer, obwohl ihr der Verstand sagte, dass ihre Vorsicht wohl übertrieben war.

Etwas erleichtert gingen sie nun die Rua da Madeira entlang bis zu einer Häuserfassade, auf der ein riesiges Mosaik aus unterschiedlich gestalteten quadratischen Kacheln in Arbeit war. Man sah Textzitate, Hammer und Sichel, Herzen, Totenkopf, Smileys und vieles mehr, alles unter dem Motto „Quem és, Porto? – Wer bist du, Porto?" Ein Schild informierte, dass es sich um ein Kollektivwerk handelte der Menschen von Porto. Es sollte in vier Monaten beendet sein und dann 3000 Kacheln umfassen. Schade, dass sie nicht in Porto wohnte – Anna hätte sehr gern selbst eine Kachel entworfen und sich auf dem Gesamtbild verewigt.

Auf dem Weg zur Kirche *São Ildefonso* kamen sie an einem Stand mit Süßspeisen vorbei und aßen Milchreis aus Plastikschälchen. Sehr lecker, und Olli meinte, er brauche für heute zu seinem Glück nur noch eine zweite Spezialität, nämlich *pudim flan*, eine Art Karamellpudding.

Die Außenwand der Kirche *São Ildefonso* zeigte jede Menge Kachelbilder. Eindrucksvoll, ja, doch, durchaus. Aber Anna entschied für sich, sie nicht zu mögen, die Kirche selbst nicht und nicht die Bilder. Als sie überlegte, warum sie so für Kachelbilder geschwärmt hatte, wurde ihr klar, dass sie sie nur weniger monumental mochte, also eher an Bänken in Parks, an Brunnen, Gartenmauern, Balkons, vor allem, wenn sie umrankt waren oder überhaupt in Verbindung mit Pflanzen standen. Das hatte viel Charme und dafür konnte sie sich begeistern.

Anscheinend waren ihre beiden Begleiter erleichtert, dass auf eine weitere Kachel-Kirche verzichtet werden konnte. Oliver schlug vor, ein kleines Restaurant am ältesten Park Portos aufzusuchen, am *Jardim São Lázaro*. Es hieß *Madame Gertrude*, und da der Name seiner Mutter Gertrud war, kam seine Familie bei jedem Porto-Besuch hierher, gewissermaßen als Gag. Natürlich auch wegen des guten Essens und der altertümlichen charmanten Atmosphäre. Doch im Fenster des Lokals besagte ein ebenfalls altertümliches Schild: Geöffnet ab 18 Uhr.

So gingen sie also zu einem anderen Restaurant am Park, zum *Guedes*. Es war schlicht, fast spartanisch eingerichtet, wie ein Imbiss, und bot nur einige spezielle Suppen und viele Sorten saftige Schweinefleisch-Sandwiches an. Doch dieses Essen hatte es in sich, und aus einem ehemaligen Geheimtipp war schon lange ein angesagtes Lokal geworden, sagte Oliver, und zwar, ohne dass die Preise merklich gestiegen wären. Innen waren alle Tische dicht besetzt, es duftete wunderbar nach Gebratenem, köstliche Dampfschwaden zogen durch den Raum. Aber auf dem Bürgersteig standen auch einige Tische in der milden Februarsonne, hier ließen die drei sich nun nieder.

Karima war mit ihrem *sande* bald fertig und langweilte sich, weil Oliver und Anna sich erlaubten, auch manchmal miteinander Erwachsenenthemen zu besprechen. Oliver schlug vor, Karima könne doch zu dem Klettergerüst in dem sehr kleinen und übersichtlichen Park gehen. Karima wollte gerade aufspringen, als ihre Mutter sie mit lauten „Nein" festhielt und unsanft wieder auf den Stuhl zog. „Du bleibst hier sitzen, bis wir mit dir da hingehen!"

„Och Mama!" Auf diesen Appell hin fauchte Anna ihr Kind an: „Hast du nicht gehört, was ich gesagt habe?" „Hey, Anna, mach doch meine kleine Kumpeline nicht so an!" Oliver hatte entspannend wirken wollen, doch Annas Reaktion war ganz erschreckend: Sie erstarrte, schaute ins Leere, und Tränen begannen ihre Wangen herunterzulaufen. Sie sagte nichts, sie schluchzte nicht, sie bewegte weder ihre Gesichtszüge noch ihren Körper und schien kaum zu atmen. Sie saß da wie eine Statue, nur die Tränen liefen und liefen.

„Mama!" flehte Karima. „Mama, ich bleibe ja auch sitzen. Ich will gar nicht klettern. Bitte wein doch nicht!" Oliver war auch erschrocken. „Anna, entschuldige bitte. Ich habe wohl etwas Falsches gesagt. Entschuldige!" Er guckte ratlos Karima an. Die schaute schnell weg und sagte leise: „Wegen dem Papa. Glaub ich."

Anna nahm die Hand ihrer Tochter und küsste sie. „Es ist gleich vorbei. Gleich." Aber es war nicht gleich vorbei, Anna konnte einfach nicht aufhören zu weinen. Oliver, der sich natürlich nichts erklären konnte, legte kurz und sacht seinen Arm um Annas Schultern und schlug vor, sie solle mit Karima schon mal in den Park gehen, sich auf eine der sonnenbeschienenen Bänke beim Klettergerüst setzen. Er würde inzwischen bezahlen und gleich nachkommen. Dann könnten sie entweder reden oder schweigen, jedenfalls Karima beim Klettern zusehen. Und die warmen Strahlen der Sonne seien doch manchmal bei Kummer tröstlich.

Er kam dann nach, mit einer für Sechsjährige eigentlich verbotenen und daher bestimmt aufmunternden Cola-Dose unter dem Arm und mit einem Coffee-to-go in jeder Hand. Anna hatte aufgehört zu weinen, wirkte jedoch wie betäubt. Sie hatte noch kein Wort gesprochen, putzte sich fortwährend die Nase und trank schließlich ihren Kaffee in kleinen Schlucken.

„Anna", sagte er nach einer Weile, „wir kennen uns ja so gut wie gar nicht. Aber dass es dir überhaupt nicht gut geht, habe ich jetzt gesehen. Manchmal kann man ja mit Fremden besser über Probleme und Kummer reden, als mit Freunden oder Partnern. Wir werden uns nach dem Anlegen in Puerto Limón wahrscheinlich nie wieder sehen – willst du nicht versuchen, mit mir zu reden? Meine Mutter hält mich zwar für einen Luftikus, aber so richtig kennt sie mich nicht. Geheimnisse von Freunden sind bei mir gut aufgehoben. Was meinst du?"

Er schaute Karima an, und mit Erfolg: sie sagte, sie wolle jetzt endlich klettern gehen. Er war schon oft beeindruckt gewesen von der Sensibilität und Herzenshöflichkeit vieler Kinder. Karima war jedenfalls solch ein Kind, genauso wie seine Nichte.

Anna dachte nach, und schließlich sagte sie: „Ja, ich glaube, ich will es mal versuchen. Also," sie holte tief Luft, „Karimas Vater hat ..." Hier verließ sie der Mut. Oliver wollte ihr helfen: „Karimas Vater erwartet euch in Costa Rica, nehme ich an, aber..." „Nein, nein, nein, es ist alles ganz anders." Und nun gab es für sie kein Halten mehr, sie erzählte ihre Geschichte, nur unterbrochen, wenn Karima kurz zur Bank kam und einige Schlucke Cola trank. Anna bemühte sich, keine Namen zu nennen, auch keine Ortsnamen, aber davon abgesehen hielt sie kaum etwas zurück.

Als Anna geendet hatte, fühlte sie sich erschöpft und leer, aber beide Gefühle waren nicht unangenehm. Die überschwere Last, die sie getragen hatte, schien etwas leichter geworden zu sein.

„Ach, Mädel, du sitzt ja in einer bösen Falle. Das tut mir wirklich sehr leid. Es kann doch nicht sein, dass es dafür keinen Ausweg gibt! Das geht doch nicht."

Anna lächelte resigniert. „Mir ist jedenfalls noch kein Ausweg eingefallen. Aber mach dir keinen Kopf. Du glaubst gar nicht, wie erleichtert ich bin, dass ich über alles reden konnte. Ich danke dir sehr! Und jetzt brechen wir hier mal auf, ja? Karima bemüht sich schon sehr, das Klettern weiterhin interessant zu finden."

„Ja, sofort, aber einen Moment noch", damit zog er Anna auf die Bank zurück. „Du willst bestimmt nicht, dass ich mit irgendjemandem darüber rede. Aber könntest du eine Ausnahme machen? Meine Mutter hat bis zu ihrer Rente in einem Frauenhaus gearbeitet. Sie ist vielleicht nicht die allertollste Mutter, aber sie ist wirklich immer sehr tüchtig gewesen, und ich vertraue ihr in solchen Dingen hundertprozentig. Ich würde sie gern mal um Rat fragen, per Mail. Wäre das ok?" Anna überlegte eine Weile, dann fand sie die Idee ganz gut. Schaden konnte es ja eigentlich nicht, dachte sie.

Unterwegs gab Anna allen einen Flan-Pudding aus, und Oliver erstand in einem Souvenirladen eine blau-weiße Kachel für Anna und eine mit dem bunten, stilisierten portugiesischen Hahn darauf für Karima. Beim Bahnhof trennten sie sich für eine Weile, weil Oliver noch zwei Besorgungen für seine Vorgesetzten machen musste. Anna und Tochter schauten derweil ein paar Geschäfte an und fanden ein schrilles T-Shirt für Anna und eins in intensivem Pink mit violetter Glitzerschrift darauf für Karima.

Schließlich trafen sie sich in der Kachelhalle wieder und fuhren von der nahen U-Bahn-Station „nach Hause" – wie Karima sagte – also zum Schiff zurück.

Schorse, 21. Februar mittags

Schorse lehnte an einer Hafenlaterne in Porto und langweilte sich. Am Morgen hatte er sich ein wenig in Matosinhos umgesehen, da das Schiff nun einmal dort angelegt hatte. Doch es war wenig zu entdecken gewesen außer einem hässlichen Sandstrand, gesäumt von Betonburgen, einer protzig dekorierten Markthalle und einem gigantischen Kunstobjekt namens „Anemone", das aussah wie ein außerirdisches Küchensieb. Matosinhos wollte offenbar gerne was darstellen, war aber bloß eine Vorstadt mit Hafen, hatte er beschlossen und war in die Metro do Porto gestiegen.

Hier gefiel es ihm schon besser. Die Stadt hatte irgendwie Flair, interessant aussehende historische Gebäude und dazu die eleganten Brücken über den Douro. Konnte man aushalten. Er sah sich nach einem Café um, denn sein Magen begann allmählich zu knurren und das Butterbrot, das er sich vom Frühstücksbüfett an Bord mitgenommen hatte, war längst vertilgt. Aber wohin? Schickimicki kam nicht in Frage, das gab seine Reisekasse nicht her, und die vielen Weinbars lockten ihn auch nicht. Ihm stand mehr der Sinn nach kaltem Bier.

Er streunte durch steile Gassen mit unmöglich schmalen, bunt gestrichenen Häusern. Anmutige Balkongitter, zwischen denen Wäsche auf der Leine flatterte. Klapprige Garagentore, verziert mit abenteuerlichen Graffiti-Kunstwerken. Möwengeschrei, Autohupen, verschiedene mittägliche Küchen- und Stadt-Gerüche in der kühlen Luft. Schorse bemerkte die drei sportlich gekleideten Fremden nicht, die ihm in einigem Abstand folgten. Sie schienen es nicht eilig zu haben, ihn einzuholen, gaben sich aber auch keine besondere Mühe, ihre Anwesenheit zu verheimlichen. Doch er drehte sich nicht um. Sein Hunger bohrte immer drängender.

Irgendjemand auf dem Schiff hatte heute morgen von einem Lokal *Santa Francesinha* gesprochen, das man unbedingt ausprobieren müsse. Es sei nicht schwer zu finden. Die Francesinhas, fette, preiswerte Toastbrote mit Schinken, Käse und Tomatensoße, sollten angeblich den Hunger für einen ganzen Tag stillen. Doch als Schorse endlich vor dem Restaurant stand, stellte er fest, dass die Warteschlange vor der Tür sich bis um die nächste Ecke zog. Seufzend kehrte er um und schlenderte die Straße wieder hinunter.

Die Snackbar *Guedes* lockte ihn an. Eine Tafel am Eingang pries auch hier die hausgemachten Francesinhas und es duftete herrlich nach gebratenem Speck. Doch als er gerade einen der klapprigen Metallstühle auf dem Bürgersteig zu sich heranziehen und nach der Karte greifen wollte, hörte er eine vage bekannte Frauenstimme rufen: „Nein! Du bleibst hier sitzen, bis wir mit dir da hingehen!" Als er sich umsah, erkannte er Anna, die junge Frau vom Schiff, die mit ihrer Tochter Karima und dem Dritten Offizier an einem Ecktisch saß und offenbar eine erregte Diskussion mit ihrer Tochter führte. Glücklicherweise hatte sie ihn noch nicht bemerkt. Doch es gab nur wenige Sitzplätze auf dem schmalen Bürgersteig und wenn er hierbliebe, würden die drei ihn sicher bald entdecken. Sein Bedürfnis nach einem Gespräch mit der Dame oder gar mit dem Offizier hielt sich sehr in Grenzen. Also machte er sich lieber davon, leise murrend wegen des erneuten Misserfolgs.

In einer Bäckerei kaufte er schließlich ein belegtes Brötchen, um den ärgsten Hunger zu stillen, und kletterte dann durch schmale Gassen den Berg hinauf. Von unten hatte er gesehen, dass hier eine der eleganten Stahlbrücken begann, die den Douro überspannten, und er hoffte, sich die Stadt von oben ansehen zu können. Aussichtspunkte hatten ihn schon immer fasziniert, und dort, wo bei anderen Leuten Höhenangst saß, wohnte bei ihm eine unbändige Freude an Licht, Weite und offenen Horizonten. Die drei Fremden blieben vorerst weiter zurück, ließen ihn aber nicht aus den Augen.

Oben auf der Brücke war es eiskalt, ein heftiger Wind wehte ihn fast über das Geländer. Winzige Wölkchen zogen am hellgrauen Himmel entlang, Möwen kreischten ihm um den Kopf. Schorse sog begeistert die Luft ein und bewunderte die Kulisse von Porto, die fast wie das bunte Spielzeugdorf wirkte, das er früher immer rund um seine Eisenbahn aufgebaut hatte. Damals im Hobbykeller, zusammen mit Torsten, als die Welt noch überschaubar und das Leben nicht so kompliziert gewesen war. Schorse seufzte. Ob er seinen Bruder noch mal wiedersehen würde? Das Zeugenschutzprogramm erlaubte nicht viele Kontakte zu früheren Bezugspersonen, und auch das erst nach längerer Zeit. Nein, er wollte sich mit diesen Sorgen jetzt nicht abgeben. Er beschloss, nach unten in die Stadt zurückzukehren, wo es wärmer war und wo hoffentlich auch endlich ein vernünftiges Essen zu finden sein würde.

Zahllose Treppen und Gassen führten ihn wieder zurück ans Douro-Ufer, doch noch immer bemerkte er die drei Schatten nicht, die ihm gelassen in einigem Abstand folgten.

Schließlich wählte er ein kleines Bistro an der Uferpromenade, das durch seinen *Schöller*-Sonnenschirm und die angegrauten Plastikstühle anheimelnd wirkte und verträgliche Preise versprach. Francesinhas gab es hier nicht, doch er bestellte einen Teller gegrillte Sardinen und ein Bier. Beides war von erstaunlicher Qualität und Schorse lehnte sich zufrieden zurück.

Gut, dass hier keine weiteren Mitreisenden zu sehen waren. Er hatte bewusst alle Angebote abgelehnt, sich heute irgendwem anzuschließen. Diese Lehrerin mit dem bohrenden Blick war glücklicherweise gleich mit der Dicken abgezogen. Aber Scott hatte ihn gefragt, ob er mit ihm und dem Bengel mitkommen wolle, und sogar die Nervensäge Dreyer war auf ihn zugehoppelt. Das fehlte gerade noch, dass er mit dem Kerl einen Ausflug gemacht hätte und sich dabei schon wieder hätte knipsen lassen müssen! Jedes Foto war ein Risiko – Bart hin, Bart her! Er kratzte sich an den lästigen Dreitage-Stoppeln, die immer noch nicht recht zu einem Teil seines Gesichtes werden wollten.

Was er nicht bemerkte, war, dass nur zwanzig Meter von ihm entfernt, an einem Tisch im Nachbarcafé, die drei Fremden sich im gleichen Augenblick mit Abbildungen gerade dieses Gesichts beschäftigten.

Es handelte sich um unauffällige, aber sportlich aussehende Leute, zwei Männer und eine Frau. Sie trugen Jeans und Lederjacken, kauten an ihren Sandwiches und beugten sich über eine Mappe mit Fotos. Auf allen Bildern war Schorse zu sehen – lässig an die Reling der *MS Pavia* gelehnt oder im Gespräch mit Scott. Andere, offenbar ältere Fotos zeigten einen geschäftsmäßig gekleideten jüngeren Schorse ohne Bart.

„Ganz klar, das ist der Kerl.", urteilte einer der Männer und nahm einen weiteren Schluck aus seinem Bierglas. „Die paar Stoppeln verkleiden ihn nicht. Mit der Schönlings-Fresse hätte er schon eine Gesichts-OP gebraucht. Mister Georg Schefft, neuerdings genannt Schorse, Jahrgang 1980, Ingenieur und Erpresser. Weiß der Teufel, was den geritten hat, überhaupt mit dem Schutzgeld-Quatsch anzufangen und am Ende noch den Boss zu verpfeifen. Hat er doch nicht nötig gehabt. War ein Fehler. Und mit unseren Kontakten zur Polizei hat er wohl auch nicht gerechnet. So ein Foto flutscht halt ganz schnell mal ins Internet. Cora, jetzt bist du an der Reihe. Wir bleiben dran, übliches Verfahren. OK?"

Die braungebrannte Frau, die er mit „Cora" angesprochen hatte, nickte stumm. Sie griff in die Jackentasche, holte einen hell rosa Lippenstift heraus, zog sich die Lippen nach und schwang ihren Rucksack über die Schulter. Ohne Gruß stand sie auf und schlenderte in das Nachbarcafé hinüber, während ihre beiden Begleiter sich wegdrehten, als habe sie nie dabeigesessen.

„Hi", sagte die junge Frau zu Schorse, der noch immer zufrieden vor seinem Sardinenteller saß. „Gibt's hier ein gescheites Bier oder sollte ich besser 'ne Ecke weitergehen?" Schorse sah sie erstaunt an. „Woher wissen Sie, dass ich Deutscher bin?", fragte er. Sie deutete grinsend auf seine Schuhe. „Mit so robusten Ledertretern laufen nur deutsche Touristen rum, das weiß ich aus Erfahrung. Schließlich bin ich schon die dritte Saison hier unten!"

Schorse nickte verständnisvoll. Sicher kannte man irgendwann seine Pappenheimer, wenn man in der Tourismusbranche arbeitete. Aber was mochte das Mädel wohl genau treiben? Sie war anscheinend viel draußen, das sah man an der knackigen Bräune und den hellen Strähnen im mittelblonden Haar. Nicht unattraktiv, die Kleine. „Sport und Animation!", antwortete sie auf seine Frage und erklärte, sie bringe Kreuzfahrt- und Hotelgäste zu interessanten Sport-Events in der Umgebung. Zum Beispiel gebe es da wirklich tolle Kletterfelsen im Dourotal, noch unentdeckt vom Tourismus. „Free-climbing und so."

Nun war Schorse hellwach. Vielleicht würde der Tag doch noch eine spannende Wendung nehmen.

Elvira, Tina und Muhammad, 21. Februar nachmittags

Der Friseurbesuch hatte hungrig gemacht. Elvira und Tina machten sich auf die Suche nach etwas Essbarem „in gepflegter Atmosphäre", wie Tina sich ausdrückte. Als die beiden in die breite Einkaufsstraße *Rua Santa Catarina* einbogen, blieb Elvira plötzlich stehen. Sie deutete erregt auf eine üppig dekorierte Jugendstil-Fassade. „Das hab ich vorhin auf einem Plakat gesehen! Keine Ahnung, was es ist, aber es sieht unglaublich aus, findest du nicht? Wie in 'nem Film! Ob das wirklich alt ist?"

Tina zog gelassen den Reiseführer aus der Tasche, den sie kurz zuvor in einem Kiosk erstanden hatte. „*Café Majestic*", las sie vor, „eines der schönsten und ältesten Kaffeehäuser von Portugal. Gegründet 1921, berühmt für seinen Spiegelsaal und für seine geschmackvollen Dekorationen. Joanne Rowling soll in den 90er Jahren hier die ersten Kapitel von *Harry Potter* geschrieben haben." „Von besonders leckerem Essen steht da nichts", meinte Elvira stirnrunzelnd. „Und preiswert sieht es auch nicht gerade aus", setzte Tina hinzu. Sie sahen einander an. Schwiegen. Schmunzelten. Die Entscheidung war gefallen. Elvira lachte: „Komm, lass uns reingehen! Das muss einfach sein!"

Sie setzten sich an einen der kleinen geschnitzten Holztische, die in zwei langen Reihen die Wände des dämmrig-prunkvollen Spiegelsaals säumten. Irgendwo spielte jemand Klavier, livrierte Kellnerinnen huschten von Seite zu Seite. Eine Gruppe portugiesischer Schüler begrüßte lärmend das Eintreffen riesiger Milchshakes. Zwei Senioren fotografierten das Geschehen aus allen Blickwinkeln, bis sie dezent darauf hingewiesen wurden, dass Blitzlicht hier verboten sei.

Tina und Elvira genossen das Erlebnis in vollen Zügen und warteten ohne Ungeduld auf die Kellnerin. Sie bestellten Käse- und Schokoladenkuchen, Kaffee und zwei Gläser weißen Portwein „zum Probieren". „Diese Spezialität gibt es nur hier, bei uns ist sie kaum zu bekommen", erläuterte Tina sachkundig. „Ganz interessant", dachte Elvira irritiert, „aber langsam find ich die ständigen Belehrungen etwas anstrengend. Ob ich ihr das wohl sagen kann, ohne sie zu ärgern? Sonst ist es schön mit ihr, ich riskier besser nichts." Vorläufig hielt sie also lieber den Mund. Nur als Tina den Käsekuchen naserümpfend wegschob: „Zu wenig Sahne und zu süß!", bemerkte Elvira kurz: „Meine Schokotorte ist richtig lecker."

Als sie anschließend vom Teller aufblickte, sah sie im Spiegel eine dunkle, hochgewachsene Gestalt das Café betreten. Muhammad! Sie drehte sich um, winkte ihm eifrig zu und rief: „Setzen Sie sich doch zu uns und probieren Sie den weißen Portwein!" Erst als der Satz gesprochen war, fiel Elvira siedend heiß das muslimische Alkoholverbot ein. Doch Muhammad schien den Vorschlag nicht anstößig zu finden. Er setzte sich lächelnd zu den beiden Frauen und bemerkte: „Weißer Port ist wirklich etwas Besonderes. Ein kleines Schlückchen genehmige ich mir auch ab und zu – so streng lege ich unsere Gebote nicht aus."

Er bestellte ein Sandwich und ein weiteres Glas Port, stieß mit den Damen an und plauderte unbefangen über die Einkaufsmöglichkeiten in der Stadt. Er schien sich erstaunlich gut auszukennen und empfahl ihnen eine originelle Boutique in einer Nebenstraße der *Rua Santa Catarina*, gleich hier um die Ecke.

Elvira lehnte sich glücklich zurück und beobachtete sich selbst für einen Augenblick von außen. Hier also saß sie, Elvira Pekus, einstige Außenseiterin und hässliches Entlein, in einem schicken Café in einer fremden Stadt und unterhielt sich angeregt mit ihrer klugen Freundin und einem gutaussehenden, weltgewandten Südländer. Wer hätte das vor einigen Wochen noch gedacht? Sie griff noch einmal nach dem Portweinglas und ließ das Getränk wie flüssigen Sonnenschein über ihre Zunge rinnen. Wirklich lecker!

Doch dann begann der Portwein, Elvira etwas zu Kopfe zu steigen, die lauten Stimmen um sie herum drangen auf sie ein. Plötzlich fühlte sie einen gewaltigen Kloß in ihrer Brust Raum ergreifen, und aus der vorherigen kurzen Euphorie heraus entstand die bange Frage: „Wie lange noch, was wird sein, wenn wir in Costa Rica angekommen sind? Wo will ich überhaupt hin? Was habe ich vor, wo und wie will ich leben? Darf ich überhaupt dableiben? Werde ich nicht noch einsamer sein als früher?"

Sowohl Tina als auch Muhammad mussten ihr Entsetzen bemerkt haben. Tina fragte völlig ernüchtert: „Elvira, was ist los? Ist dir nicht gut, war was mit dem Essen?" Elvira drehte ihr nur leicht den Kopf zu und stieß hervor: „Was werdet ihr tun, wenn ihr in Costa Rica ankommt, wo könnt ihr hin, habt ihr irgend einen Plan? Ich kann wirklich behaupten, dass ich die Fahrt bisher genossen habe, aber ich hab nicht an das Ende gedacht, und jetzt weiß ich nicht, ich häng irgendwie in der Luft, ich hab keinen Fuß mehr auf der Erde, ich wollte alles hinter mir lassen, aber jetzt weiß ich nicht mehr, wo oben und unten ist." Tina kniff die Lippen zusammen, Muhammad rutschte unruhig auf seinem Stuhl hin und her. Keiner der beiden wagte, etwas zu sagen, Elviras Augen jagten panisch zwischen beiden hin und her. Wenn sie doch nur jemand auffangen und in den Arm nehmen würde, damit sie wieder Herrin ihrer Gedanken würde!

Da fühlte sie plötzlich Tinas warme Hand auf der ihren. Sie fand wieder zu ihrer sachlichen Haltung, das Denkvermögen meldete sich zurück, die Fragen und der Druck aber blieben. Dankbar sah sie Tina an, wagte aber nicht, ihre Hand länger unter Tinas zu belassen, zog sie sanft hervor, sie brauchte sie schließlich auch, um eine Taschentuch aus ihrem Rucksack zu angeln.

„Du hast recht", hörte sie Tina plötzlich sagen. Die Stimme der Freundin klang genauso gepresst wie ihre eigene kurz zuvor. „Das hier ist keine normale Kreuzfahrt zum Vergnügen, sondern ein One-Way-Trip. Zuerst hab ich gedacht, ich wäre die einzige an Bord, die vor irgendwas davonläuft, aber inzwischen seh' ich das anders. Wir sind alle irgendwie auf der Flucht, jeder vor seinem eigenen Dämon. Manche sind außen, andere in einem selber. Meine sind innen." Sie schluckte. „Ich hab immer wieder Panikattacken, wisst ihr." Sie unterbrach sich und sah Muhammad an: „Bitte entschuldigen Sie, Herr al Chatim, ich habe Sie eben einfach so geduzt." Muhammad machte eine begütigende Geste, ohne aber seinerseits ein vertrauliches Du anzubieten. Tina fuhr fort: „Diese Angstzustände haben keinen klaren Grund, aber sie fingen an, als mein Mann mich verlassen hat. Ich war ganz sicher, dass es mir besser gehen würde, wenn ich mein altes Leben hinter mir lassen und ein fremdes Land auf mich wirken lassen könnte. Aber inzwischen glaub ich, dass das leichtsinnig war. Ich bin nicht mehr die Jüngste. Ich hab keine Ahnung, was ich in Costa Rica anfangen werde. Außer Spanisch lernen, das steht schon mal fest. Irgendwo wird sich sicher ein Sprachinstitut finden und einige Grundkenntnisse hab ich auch. Aber sonst? Und danach? Und wenn das Touristenvisum abläuft? Ganz ehrlich: Ich weiß es nicht. Angeblich wird man am glücklichsten, wenn man gelernt hat, das Schicksal auch mal herauszufordern und Dinge dem Zufall zu überlassen. Aber es fühlt sich nicht wirklich gut an. Im Moment jedenfalls. Ich hab immer noch Angst, nur etwas andere Sorgen als vorher. Und Heimweh hab ich auch." Tina schwieg und presste die Lippen zusammen. Elvira reichte ihr eines der Taschentücher aus der soeben geöffneten Packung und blickte Muhammad an. Ob jetzt wohl auch von ihm eine Enthüllung zu erwarten war?

Doch Muhammad hüstelte nur entschuldigend und blickte auf die Uhr. Er habe noch einige Einkäufe zu erledigen und die Damen wollten ja sicher in Ruhe in den Boutiquen stöbern. Er müsse jetzt also leider los. Er erhob sich, zahlte und verschwand. Die beiden Frauen lächelten ihm mit feuchten Augen hinterher. „Da hatte aber einer Muffe, was?", meinte Elvira halb spöttisch, halb bedauernd.

Rupert Vesper, 21. Februar spätnachmittags und abends

Von *Miss Pavlova* aus, es begann zu dämmern, gingen Rupert und Tiago zur Praca da Ribeira, zu *Dom Tonho,* dessen Patron „Warum so lange nicht hier gewesen?" Tiago herzlich begrüßte.

Zuerst die *Caldo verde.* Ihr intensiver Zwiebel- und Knoblauchgeschmack, verbunden mit Paprikawurst und Kohl, machen sie zu einem deftigen Vergnügen. Dazu je eine Scheibe *Broa,* einer Art Maisbrot. Das Ganze eingeleitet mit einem White Port. „Ein geiler Gaumenreiz", wie Tiago dazu sagte. „Spitze!" Rupert leckte sich die Lippen, die *Tripas á moda do Porto*; eine Schale mit Fleisch, Kutteln, Speck, Wurst nach Porto Art, mit Karotten, weißen Butterbohnen, Zitrone, Koriander, dazu körnigen aromatisierten Reis. Das war ganz nach seinem Geschmack. Und, dem Jesuiten steht die feuchte Trinklust in den Augen, ein *Quinta da Romaneira,* dem recht bald ein *Quinta dos Murcas* folgte, zwei berühmte Rote aus dem Douro-Tal. Als Abschluss ein Port Fonseca, dazu eine Platte mit Käse, Nüssen und Schokoladendesserts. Ein Menü, das Rupert Vesper sichtbar Lust auf noch mehr Douro-Quinta machte. Worauf Tiago, der seinen Freund kannte, sich selber aber etwas mehr zurückhielt, daran erinnerte, zu ihm nach Hause fahren zu wollen. Wo sie dann doch auch weitermachen könnten. Rupert ließ sich eine Karte des *Dom Tonho* geben. Vorher doch noch einen Kaffee brutale, bitte.

Kaum in Tiagos Wohnung ging es zwischen den beiden erst richtig los. Tiago hatte dazu eine Flasche *Quinta da Lixa Alvarinho* geöffnet, ein *vinho verde,* der im Glas grüngolden leuchtete und im Kerzenlicht eine fast mystische Aura entfaltete, was in Ruperts Augen ein ähnliches Leuchten entzündete. „Ein Vetter eures Rheingaurieslings!"

Wenn er herausgefordert wurde, über Architektur zu reden, konnte Tiago ungewöhnlich lebendig werden. Vor allem, wenn es um ihre alten gemeinsamen Themen ging, worüber sie schon früher geredet und gestritten hatten: Moderner Kirchenbau. Liturgie und Architektur. Glaube, Kunst und Umweltgestaltung. Themen, die sie angesichts der kurzen Zeit kaum zu Ende diskutieren konnten. Weshalb Tiago heute offensichtlich wenig geneigt schien, sich in ausführliche und intensive Auseinandersetzungen zu stürzen. Trotzdem:

„Sämtliche von uns zu umbauenden Räume haben primär dem Menschen zu dienen. Er steht im Zentrum des Bauens. Ich will das *Bauhaus* dahin fortschreiben, dass sich das Sachliche mit dem Humanen verbindet. Was vor allem den Kirchenbau betrifft. Ich will den Beton verbannen. Ich plädiere nur noch für Holz. Wände, alles aus Holz. Und helles Oberlicht. Intimität und Offenheit. Der Gemeinschaftsraum als kollektiver Wohnraum. Die Menschen sollen sich auch in der Kirche fühlen wie zu Hause."

„Das hört sich gut an, Architekt. Leider aber haben eure sakralen Bauwerke außen wie innen noch immer diese kalte Fabrikatmosphäre, die frieren lässt. Und es sind intelligente Schläge in abgestandene Gewässer, Theaterräume wie früher, mit durch Raum und Licht erhöhter Bühne, passend zur vertikalen Liturgie; für mich die Form des Untertänigen."

„Ich denke, dass Gott – für mich sowieso nur eine Hilfsvokabel – uns nicht im Staube kriechen sehen will, sondern uns als seine Söhne und Töchter in Augenhöhe liebend ans Herz drückt."

Rupert machte eine längere Trinkpause. Was Tiago veranlasste, schnell das Theo-Thema zu beenden, indem er aus der Küche einen Korb mit Brot, Wurst und Käse holte und, obwohl noch etwas vom *Quinta da Lixa* in der Flasche war, einen *Deu Le Deu Alvarinho* öffnete, den er im Glas goldgelb funkeln ließ; anschließend ging er hinaus, um kurz darauf mit einer Traversflöte und einer 8-chörigen Renaissance-Laute wiederzukommen.

„Was soll das, Portugiese?"

„Erste Frage, Passagier: Wann musst du wieder an Bord sein?"

„Zweiundzwanzig Uhr! Ich weiß nicht, ob Freese es genau nimmt. Am frühen Morgen gehts jedenfalls wieder los."

„Vorschlag, Rupert: Du rufst – oder ich rufe – den Kapitän an, um ihm zu sagen, dass es aus privaten Gründen später wird; sagen wir um ein Uhr. Und ob das okay ist. Ich bring dich dann mit dem Taxi!"

Rupert war, allein des Weingenusses wegen, damit einverstanden, dass Tiago die Verlängerung bewirkte; was der auch tat.

„Dann zweite Frage, Jesuit: Hast du seit Berlin, auch seit Lissabon nicht mehr gespielt, hat dich deine Theophil musiktaub gemacht?"

„Wie kommst du denn darauf? In Frankfurt, auch in Hamburg haben wir ein phantastisches Musikleben; neulich erst hab ich mit Solveig ..."

„Zu der Dame komm ich noch. Ich habe vom praktischen Musizieren geredet, Dialektiker!"

„Ich sehe, dass du mich testen willst, Baumeister!"

„Na, komm schon!"

In Berlin hatten sie, animiert und gelenkt durch ihren Musiklehrer Friedensreich, alle möglichen Blas- und Zupfinstrumente ausprobiert und sogar öffentlich vorgestellt.

Und auch jetzt waren sie schneller als gedacht dabei, aus ihren Instrumenten Lieder und Tänze des 15. und 16. Jahrhunderts hervorzulocken. Ein diagonaler Ritt durch die Renaissance-Musik. Ihr Spiel wurde von Trinksprüchen und kräftigen Schluckserien unterbrochen, aber auch, wie sollte es bei diesen Hirnakrobaten anders sein, von Kurzreflexionen über Musik, quasi ein Atemholen zwischen jedem Stück.

„Die Macht der Musik übersteigt die Macht von Worten, du eloquenter Jesuit. Musik hat die Kraft, uns innerlich zu bewegen. Und – spürst du nicht auch die physische Wirkung, die von ihr ausgeht? Solange Musik erklingt, sind wir der Resonanzkörper."

Bei dem französischen Chanson *Ma belle si ton ame* von Gilles Durand lief es bei Rupert besser. Der *vinho verde* hatte ihm – glaubte Rupert – geradezu Flügel verliehen, im Gegensatz zu seiner Zunge, die Wort für Wort schwerer wurde. *Se sent or allumer – De cette douce flame ...*

„Das Humanste an der Musik ist, dass sie Menschen über alle Grenzen hinweg vereint."

So Rupert. Tiago war plötzlich in der Lage, das von seiner Flöte virtuos verzierte Chanson *Doulce Memoire* des Spaniers Diego Ortiz ohne Noten zu spielen. Rupert musste passen. „Du Schlot!" „Für den Fall, dass ich irgendwann keine Noten mehr lesen kann, habe ich in meinem Hirn tausend Noten gespeichert." „Das passiert mir nur beim Jazz!" „Aristoteles meinte, die Augen seien die Organe, die uns in Versuchung führten, die Ohren hingegen würden uns etwas lehren. Das auditive System soll sich in größerer Nähe zu jenem Teil des Gehirns befinden, der unser Leben regelt – also zu Regionen, in denen das Empfinden von Schmerz, Freude und anderen existentiellen Gefühlen seinen Sitz hat." Rupert spürte plötzlich seine Fingerkuppen, er sah auf die Armbanduhr. „Tiago ... Tiago!"

„Nur noch eins, Rupert, das Letzte!"

Mille Regretz, dieses wehmütige Abschieds-Chanson von Josquin Deprez: *Welch Bedauern, dass ich dich verlassen muss ... dein liebendes Gesicht so fern von mir sein wird ... Ich erleide so große und schwere Schmerzen ... dass meine Tage bald gezählt sein werden ...* Plötzlich, aus heiterem Himmel – aber nicht grundlos – Tränenbäche. „Scheiße!" „Nicht drüber reden, Freund!"

Conrad, 21. Februar

Conrad hatte sich an den letzten beiden Tagen an Deck und im Salon nur selten blicken lassen. Er wollte einfach ein wenig Ruhe aufkommen lassen, um dann wieder besser seinem Auftrag nachgehen zu können. Horst Lohfeld, der mitbekommen hatte, wie viel Ablehnung Conrad von den anderen Schiffsgästen entgegenschlug, bot ihm an, die Bilder ganz offen als Fotoshow mit Laptop und Beamer zu präsentieren. Dann würde Conrad sicher mehr Zustimmung erhalten. Das war schließlich von einiger Bedeutung für den Auftrag der *Agency*. Für das Problem der Seekrankheit hatte der „Erste" ebenfalls eine erprobte Lösung parat. Er riet Conrad, das Problem mit einer Hängematte zu entschärfen. Da anscheinend die Kabine schon einmal auf diese Weise genutzt worden war, hatte Conrad die Matte, die ihm Lohfeld überlassen hatte, schnell beim Sturm am Donnerstagabend hervorgeholt, sie an den Wandhaken aufgehängt und darin übernachtet. Ihm war zwar immer noch mächtig übel, aber die Flucht auf die Toilette blieb ihm diesmal erspart. Man konnte sich also mit der Seekrankheit arrangieren.

Conrad hatte sich am Freitag mit seiner Kamera immer dann auf den Weg gemacht, wenn die anderen Gäste abwesend waren. Einen fantastischen Sonnenuntergang mit mächtigen Wolkentürmen, Reling und Taue im Vordergrund, Spiegelungen der Wolken in den Fenstern der Brücke, Möwen auf dem Deck oder im Gleitflug parallel zum Schiff, der Chief bei seiner Maschine, die Kombüse und die Küchenmannschaft: er hatte alles fotografiert, mit dem Licht gespielt, Situationen bewusst überzeichnet oder romantisch verklärt. Selbst der Kater hatte sich abbilden lassen, als er sich an einen Vogel anschlich. Nur Passagiere, die hatte er diesmal nicht geknipst. Und die Fotoshow, die am Abend beim Essen nebenher gelaufen war, hatte die Mitreisenden neugierig gemacht. Rupert Vesper hatte sogar von der inspirierenden Darstellung der Naturgewalten geschwärmt. Nur Schorse und Scott waren skeptisch geblieben und betrachteten die Aktivitäten von Conrad weiterhin kritisch. Waren das wirklich alle Bilder oder hatte er sie doch heimlich abgelichtet?

Begeistert hatte Conrad die Nachricht aufgenommen, dass in Porto ein Zwischenstopp eingelegt werden solle und der Samstag für einen Landgang freigegeben werde. Konnte Conrad doch endlich sein Bekleidungsproblem lösen und sich noch für den Rest der Reise mit Hemden, Hosen und Schuhen eindecken. Seine Kasse würde er an einem der Geldautomaten in Porto wieder auffüllen. Blöd nur, dass seine Bank auf den Bahamas samstags nicht arbeitete. Er hätte gern eine größere Transaktion in US-Dollar über die Partnerbank in Porto vorgenommen, um so in Costa Rica gleich „flüssig" zu sein. Aber das ging nun leider nicht.

Conrad war zusammen mit Scott und Peter von Deck gegangen und hatte das am Kai liegende Schiff fotografiert. Scott hatte ihn dabei kräftig angeknurrt, denn er glaubte, mit auf dem Bild zu sein, einem Bild mit dem Schiffsnamen darauf. Das ging überhaupt nicht. Conrad beruhigte ihn: Er werde das Bild wieder löschen, falls Scott darauf zu erkennen sei. Später in Porto liefen sich Scott und Conrad noch zweimal über den Weg, was Scott anscheinend als Nachspionieren auslegte und Conrad entsprechend anpfiff. Die beiden schienen keine Freunde zu werden.

Conrad war erfolgreich mit seinen Bankgeschäften am Geldautomaten, hatte eine große Tasche voll Kleidung erstanden und ein wenig „Chemie", so seine Definition für Rasierwasser, Deodorant und Parfüm. Bei einem Espresso in einem Straßencafé hatte er den Entschluss gefasst, von einer Telefonzelle aus zu Hause anzurufen. Er musste vertraute Stimmen hören, die seiner Frau, auch wenn sie sich nicht mehr viel zu sagen hatten und die Stimmen seiner Töchter. Die starke Sehnsucht ließ ihn alle Vorsichtsmaßnahmen vergessen, als er von der Telefonzelle am Ende des Platzes seine Telefonnummer wählte. „Knolle ...", die Stimme seiner Frau am anderen Ende blockierte Conrad komplett, sein Herz raste, sein Atem stockte. „Hallo, wer ist denn da ...?" Er war wie gelähmt. „Verdammte Saubande, lassen Sie uns doch endlich in Ruhe! Es ist widerlich, dieser Telefonterror." Dann hatte Edeltraud Knolle das Gespräch abgebrochen. Mit zitternden Händen legte Conrad den Telefonhörer auf. „Natascha? Nein, das geht nicht! Damit sollte endgültig Schluss sein." Er spürte mit jedem Pulsschlag das Blut durch seinen Kopf schießen und ein starkes Rauschen in seinen Ohren. „Nein, zurück geht nicht. Ich muss einen anderen Weg suchen. Ob die wohl unser Telefon abhören? Ich muss ..."

Conrad nahm „seine" Kamera und die Einkaufstasche und ging auf Fototour, wanderte durch die Altstadt runter zum *Praça da Ribeira* am Rio Douro. Dort traf er auf Elvira und Tina, die die Februarsonne von Porto genossen und ihn, nachdem sie gegen seine erneuten Fotografierversuche heftig protestiert hatten, in ein Gespräch über seine gestrige Bildershow verwickelten. Elvira sprach ihn mit erwartungsvollem, ein wenig mitleidigem Gesichtsausdruck an: „Wenn ich an Ihre super Fotos denke, die Sie gestern Abend gezeigt haben, dann wäre es Ihnen doch vielleicht möglich, ein ganz persönliches Porträt von Tina und mir zu machen? Nur für uns?" Conrad willigte ein. Im warmen Abendsonnenlicht gelangen ihm einige sehr schöne Bilder, wie auch Tina und Elvira fanden. Er würde den Ersten Offizier bitten, die Fotos an die Mailadressen der beiden zu senden.

Elvira und Tina, 21. Februar spätnachmittags

Nachdem Muhammad so eilig verschwunden war, verließen auch Elvira und Tina das Café und versuchten, sich daran zu erinnern, wie sie die exklusive Boutique, die ihnen Muhammad empfohlen hatte, finden konnten. Und tatsächlich, beide waren begeistert von dem kleinen Lädchen mit den ausgefallenen Kleidungsstücken, von all den Spitzen und Blüten, Pailletten und Glanzgarnen. Aber war das was für zwei gestandene germanische Weibsbilder, die bis dato gar nicht die Absicht gehabt hatten, über ihr wirkliches Alter hinwegzutäuschen? Sie nahmen noch dankbar den kostenlosen Prosecco mit, den es –

wohl aus Anlass eines Jubiläums – gab, aber dann kam Elvira doch auf ihren Plan zurück, einen Wochenmarkt aufzusuchen. Auf dem Stadtplan in Tinas Reiseführer fanden sie den *Mercado Bolhao*, von dem Elvira sofort eine lebhafte Vorstellung entwickelte, denn mit Märkten, besonders Flohmärkten, kannte sie sich aus.

Die Nachmittagssonne schien noch warm und mild, der Verkehr rauschte, fröhliche Stimmen ringsherum, Verkäufer priesen gut gelaunt und lautstark, aber für die beiden leider unverständlich, ihre Waren an. Es waren um diese Jahreszeit noch nicht viele Touristen unterwegs. Elvira befühlte bunte Seidenstoffe und schnupperte an Baumwollballen. Der Geruch erinnerte sie an schöne Momente ihrer Kindheit im Sudan. Schließlich erstand sie eine bunt bedruckte weite Leinenhose und mehrere passende Blusen, die sie hinter einem wackeligen Paravent anprobierte. Tina hielt ihre Sachen, begutachtete den Sitz der Oberteile und fand durchaus anerkennende Worte.

Tina selbst probierte einige Blazer an. Mit viel Gekicher und Gelächter, einige gefüllte Papiertüten in der Hand, machten sie noch einen Abstecher in ein Marktlokal, das bei den Einheimischen sehr beliebt zu sein schien. Sie bestellten sich Kaffee und Francesinhas. Dann lehnten sie sich entspannt zurück, beobachteten das Getümmel um sich herum, doch keine von ihnen hatte das Bedürfnis, zu reden.

Beide fuhren zusammen, als sie plötzlich von irgendwo ein durchdringendes: „Hallo die Damen" vernahmen und sofort die zwanghaft muntere Stimme erkannten. Conrad Dreyer war also auch hier, wieder ganz der Kotzbrocken. Süßsäuerlich sah Elvira ihn an, und schon richtete er seine Kamera auf sie. Das war zu viel! „Herr Dreher, wer hat Ihnen erlaubt, uns ungefragt zu fotografieren?" Dreyer lächelte süffisant und tat immer noch zwanghaft fröhlich: „Dreyer ist mein Name, Gnädigste, also welcher Fotograf kann denn einem solch attraktiven Motiv entsagen, da muss man doch abdrücken, wenn man zwei bekannte Damen beim Kaffee antrifft."

Elvira schäumte, aber im selben Moment bemerkte sie eine winzige, flüchtige Veränderung in Dreyers Gesicht und wusste sofort, dass sie ihn mit ihrem wütenden Protest verletzt hatte. Sie hatte es noch nie ertragen können, jemandem wehzutun. So war es auch jetzt. Und da endlich kam ihr ihre Professionalität zu Hilfe, ihr fiel sofort etwas ein, wie sie ihr Gegenüber wieder aufbauen konnte, ohne ihm weitere unkontrollierte Knipsereien zu erlauben.

„Allerdings, Herr Dreyer", begann sie mit aufmunternder Stimme, aus der jegliche Entrüstung gewichen war, „wenn ich an Ihre super Fotos denke, die sie gestern Abend gezeigt haben, dann wäre es Ihnen doch vielleicht möglich, ein ganz persönliches Porträt von Tina und mir zu machen? Nur für uns?" Sie bemühte sich, ihn erwartungsvoll anzusehen. Dreyer strahlte vor Freude und Eifer, zückte wieder seinen Apparat, gab noch ein paar Tipps, und dann hatte er die beiden im Kasten, fröhlich lächelnd, Wange an Wange.

Schorse, 21. Februar spätnachmittags

Die tiefstehende Sonne ließ die Felsen im Dourotal rotgolden leuchten. Gewaltige Klippen an einem Steilhang mitten im Wald, offenbar bisher von niemandem beachtet, geschweige denn für Hobby-Kletterer erschlossen. Weit oben wippten Kiefernzweige einladend im Wind. Wenn man bis auf das kleine Plateau dort gelangte, dann hatte man sicher einen tollen Ausblick über die Baumwipfel und konnte anschließend recht bequem über den bewachsenen Hang wieder absteigen. Schorse nickte anerkennend der braungebrannten Sportskanone zu, die neben ihm am Auto lehnte. „Coole Location. Gefällt mir. Kann ich gleich loslegen?" „Logisch, die Sonne geht bald unter, dann wird's hier ungemütlich. Aber die Wand ist in einer halben Stunde zu schaffen und bergab geht's durchs Gebüsch." Cora zog die Kiste mit den Kletterschuhen und der Ausrüstung aus dem Kofferraum. Unterwegs hatten sie sich mit dem Nötigsten eingedeckt, teils in einem überfüllten Büro, das offenbar als Tourenzentrale diente, teils in einem Sportgeschäft. Cora blickte nach oben zum Plateau und stutzte. „Scheiße, das wird wohl heute doch nichts mehr." Sie runzelte die Stirn. Schorse sah sie fragend an. „Der Haken für das Sicherungsseil ist abgebrochen. Da oben hatten wir einen reingeschlagen, war die einzige Stelle, die ging. Ohne den läuft gar nichts. Es sei denn..."

Schorse grinste. „Free Solo? Hab ich auch schon gemacht, allerdings nicht in der Höhe. Aber ich probier's. Wär doch schade, jetzt noch umzukehren." Vor dieser Frau einen Rückzieher zu machen – das ging gar nicht. Sie würde ihn für einen Schlappschwanz halten.

Er zog die Kletterschuhe an und betrachtete die Felswand, um eine geeignete Route auszuwählen. Zwar fühlte er sich nun doch ein wenig beklommen, aber die Sache sah nicht allzu schwierig aus. Der Fels war stabil und von Vorsprüngen übersät, die Händen und Füßen Halt bieten würden.

Wenig später war er unterwegs. Wie eine Eidechse drückte er sich an die Klippe, die noch ein wenig Sonnenwärme abgab, und schob seinen Körper in einem geschickten Zickzackkurs nach oben, weiter und weiter. Seine Finger tasteten routiniert nach immer neuen Kerben, gruben sich in winzige Vertiefungen. Mit den Zehen balancierte er auf fingerbreiten Simsen. Das machte ihm so leicht keiner nach! Wie immer beim Klettern vergaß er Raum und Zeit, seine Vergangenheit und seine unsichere Zukunft. Es gab nur noch die Felsen und den Wind, den Schmerz in seinen aufgerissenen Händen und den Atem in seiner Lunge. Zum ersten Mal seit langer Zeit fühlte er sich glücklich.

Schon nach wenig mehr als zwanzig Minuten erreichte er das Plateau. Er zog sich mit einer letzten, großen Anstrengung auf die graswachsene Stufe hoch und genoss den Ausblick über das abendliche Dourotal, der tatsächlich die Mühe lohnte. Unten stand die Gebräunte neben dem Auto und winkte anerkennend zu ihm hoch.

Keinen Augenblick bemerkte Schorse die Schatten hinter ihm. Der Stoß kam völlig unerwartet. Selbst für einen Schrei fehlte ihm die Zeit, bevor er mit einem dumpfen Geräusch auf den Felsen am Fuß der Klippe aufschlug. Einen Augenblick lang herrschte Schweigen. Dann rannten drei kräftige Gestalten herbei, zogen sich eilig Handschuhe an, beugten sich über den zerschmetterten Körper und überprüften routiniert die Lebensfunktionen. Mit dem erwarteten Ergebnis.

Herumliegende Steinbrocken wurden herangerollt und über die Leiche getürmt. Genug.

Zwei Motoren heulten auf, Kies knirschte, dann kehrte wieder Stille ein. Die letzten Sonnenstrahlen färbten die Klippenspitzen golden.

Conrad Dreyer, 21. Februar abends

Horst Lohfeld hatte nach dem Dinner in der Bar den Beamer und den Laptop aufgebaut und den Passagieren angeboten, sie könnten die Bilder, die sie heute in Porto gemacht hatten, gern einmal den anderen Mitreisenden zeigen. Das Privileg, Bilder zu zeigen, stehe selbstverständlich nicht nur Herrn Dreyer zu! Dennoch hatte Conrad schnell seinen Speicherchip in den Laptop gesteckt und eine Bildershow gestartet. Anscheinend hatte aber niemand weiter fotografiert oder wollte seine Bilder zeigen. So blieb es bei den Fotos, die Dreyer während seines Altstadtbummels gemacht hatte.

Die meisten Passagiere hatten es sich in den abgewetzten Sesseln gemütlich gemacht und verfolgten halb gelangweilt, halb amüsiert die Vorführung. Tina und Elvira saßen nebeneinander und tuschelten: „Hast du gesehen? Da war gerade das *Café Majestic* drauf. Und das tolle blaue Haus mit dem Blumenbalkon. Da sind wir auf dem Rückweg auch vorbeigekommen." „Nee, das war vorher, glaub ich. Auf dem Weg zur Boutique." „Meinst du?"

„Hast du keine Kacheln fotografiert?", krähte plötzlich die helle Stimme von Karima dazwischen. „Davon gibt's in Porto doch ganz viele, sogar außen an den Kirchen. Schau mal, ich hab eine dabei, mit einem tollen Hahn drauf!" Karima hob die glasierte Kachel in die Höhe, die Olli ihr geschenkt hatte. Conrad stoppte die Bildershow und zuckte etwas hilflos mit den Achseln. „Tut mir leid, kleine Dame. An die Kacheln habe ich beim Fotografieren nicht gedacht." Innerlich wand er sich bei diesen Worten. Warum redete er so geschwollen herum? Schließlich hatte er doch selber zwei Töchter und sollte wissen, wie man mit heranwachsenden Mädchen umging. Aber auch seine Kinder hatten ihn, wenn er ehrlich war, manchmal unsicher gemacht. Edeltraud hatte die Erziehung im Grunde allein übernommen; er selber war nur zu besonderen Gelegenheiten in Aktion getreten. Und dann hatte er sich unwohl gefühlt und oft genug solche peinlichen Phrasen benutzt wie „kleine Dame". Woraufhin der Rest der Familie ihn schallend ausgelacht hatte. Conrad schluckte und sah sich verwirrt um, als die lehrerinnenlaute Stimme von Tina Sommer zu ihm durchdrang, die einen Vortrag über Kachelkunst hielt.

Gegen Ende der Präsentation hatten sich fast alle Passagiere in der Bar eingefunden, bis auf diesen bärtigen Schorse und Rupert Vesper, der, wie es hieß, den Abend bei einem Freund in Porto verbrachte. Als Muhammad eintrat, ging Conrad freundlich lächelnd auf ihn zu: „Guten Abend, Herr al Chatim. Haben Sie Lust auf eine kleine Plauderei? Wir hatten bisher kaum Gelegenheit dazu. Ich lad Sie auf einen Drink ein. Was darf ich für Sie bestellen?" Muhammad war von dem Wortschwall derart überrascht, dass er Conrad nur staunend ansah. So hatte er ihn noch nie erlebt. Er wagte nicht, die Einladung abzulehnen. „Einen Saftcocktail bitte, ohne Alkohol. Oder lieber einen Espresso!" Conrad bestellte. Noch während er ein erstes Mal an seinem Whisky nippte, schoss er seine Frage heraus: „Wie ich gesehen habe, sind Sie gläubiger Muslim. Ich kann nicht verstehen, dass Muslime sich auf Allah berufen und im gleichen Zusammenhang ‚Ungläubige' erschießen wie zuletzt in Paris beim Überfall auf Charlie Hebdo. Sieht der Koran denn vor, dass Ungläubige zu ermorden sind?" Muhammads Gesicht verfinsterte sich. Eigentlich hatte er keine Lust, über Glaubensfragen zu diskutieren. Er vermutete, dass Conrad den Islam mit Rückständigkeit gleichsetzte. Um jedoch nicht unhöflich zu erscheinen, bemerkte er lächelnd: „Wissen Sie, Herr Dreyer, Christen und Muslime haben sich seit Mohammed bekämpft, aber auch friedlich zusammengelebt. In beiden Religionen gibt es konservative Radikale – denken Sie bitte dabei an die katholischen Inquisitoren oder bestimmte Evangelikalen-Vereinigungen in den Staaten. In allen Religionen der Welt gibt es Strömungen, die von sich behaupten, die wahren Vertreter der richtigen religiösen Weltanschauung zu sein. Und dann sind da noch die Juden. Denken Sie, wir können heute Abend eintausendvierhundert Jahre Geschichte aufarbeiten?" Conrad ließ sich nicht beirren: „Sorry, das war für mich doch nur eine einfache Frage, wer nach dem Islam als ungläubig zu sehen ist und ob der Koran die Tötung Ungläubiger vorsieht." Als habe er den angriffslustigen Unterton nicht bemerkt, entgegnete al Chatim ruhig: „Glauben Sie mir, Herr Dreyer, **den** Islam gibt es nicht, aber den Koran. Und wie der auszulegen ist, darüber streiten seit Jahrhunderten unsere Gelehrten. Auch der Koran nennt die Steintafeln, die Moses auf dem Berg Sinai übergeben wurden. Da heißt es: *Und töte nicht den Menschen, den Gott für unantastbar erklärt, es sei denn bei vorliegender Berechtigung...* Diese letzten Worte werden leider sehr missbraucht." Dann wechselte er das Thema: „Was haben Sie heute erlebt? Fanden sie Porto schön?" Conrads Lust auf eine solche Plauderei verging recht schnell, zumal Muhammad rasch durch geschickte Fragen die Initiative übernahm und über sich selbst kaum noch etwas offenbarte. Als beide ihre Getränke ausgetrunken hatten, verabschiedete Conrad sich deshalb mit dem Hinweis, der Tag heute sei anstrengend gewesen.

Scott, der das Gespräch mitbekommen hatte, übernahm Dreyers Platz und fragte Muhammad beiläufig, was er denn so von dem penetranten Knipser halte. Es blieb aber bei einem kurzen Wortwechsel, denn Muhammad, der anscheinend kein Interesse an einer solchen Unterhaltung hatte, verschwand bald Richtung Kabine.

Siegfried Hottenrott, 21. Februar abends

Siegfried Hottenrott hatte schon häufiger Transfer mit dem Flieger zum *Einsteighafen* gehabt. Er genoss es, Flugpassagier zu sein. Unverhohlen schaute er den *Iberia*-Stewardessen in ihren engen Kostümröcken hinterher, auf den Hintern. Schäbig grinsend und den Kopf leicht geneigt. Sie waren eine knappe Stunde in der Luft, da hob er beim Vorbeischlängeln der dauergeschminkten Flugbegleiterin die leere, grüne Becks Bier-Dose. Es war schon die vierte. Fast unmerklich zog die Frau die Mundwinkel runter, sagte aber nichts und nickte nur leicht. Zwischenlandung Barcelona.

Bei der sechsten Bierdose kam die Landeansage für den *Aeroporto San Francisco ... Porto*. Ungeduldig stand er am Gepäcktransportband. Draußen warteten Taxis. Zwanzig Minuten später war er an der Gangway. 20:15 Uhr. Hottenrott wuchtete sein Gepäck hoch. Oben stand einer der indonesischen Decksleute Wache. Ohne ihn zu grüßen schnaufte Hottenrott: „Wo find ich den Ersten?" Der dünne Farbige wies mit dem Daumen Richtung Brückendeck. Der Rest lief wie gewohnt. Kaum hatte er sein Gepäck in der Kammer untergebracht, trieb es ihn in die Kombüse. Dort klarte Johnny gerade vom Abendessen auf. Augenblicklich erstarrten seine Bewegungen als er Hottenrott sah. „Ich bin dein neuer Boss!" Der Ton mit dem Hottenrott den Kochsmaaten ansprach, verhieß nichts Gutes. Johnny begnügte sich mit einem „Alles klar, Boss!". Ohne weitere Worte inspizierte Hottenrott die Küche, die Kühl- und Gefrierräume und das Trockenlager. Dann nahm er die Küchenordner mit in die Kammer und sah die Listen und Speisepläne durch. „So jetzt noch'n Anlegerbier beim Steward und dann kann's losgehen!" dachte er. Den Steward fand er oben im Salon. Er blieb stehen, deutlich verunsichert, als er die illustre Passagiergesellschaft sah. Dann kam Ralf Habermann auf ihn zu. „Bist Du die Ablösung für Albrecht?" Hottenrott nickte und streckte dem Steward die Hand entgegen. „Ich bin Siggi, Siegfried Hottenrott. Haste mal'n Bier für mich?"

„Klar Smutje, ich trag's in die Liste ein!"

Steward Habermann ging nicht auf „Siggi" ein und hatte auch nichts zu verschenken. Den Passagieren nickte Hottenrott nur zu, dann verschwand er in seine Kammer. „So hat halt jeder ne andere Kinderstube!" hörte Muhammad eine Stimme aus dem Kreis der Passagiere. Er nickte innerlich.

Hottenrotts Kabine war tadellos. Die Boys vom Salonsteward hatten ihm alles vorbereitet. Die Bettwäsche lag in der Koje bereit. Er dachte an gestern, den Abschied von seiner Mutter. Eine Frau, die nie ihr Leben hatte leben können. Es war immer das Gleiche mit seinen Urlaubszeiten gewesen. Am Anfang freute sich die Mutter. Es gab dann frischen Apfelstrudel, auf dem Bett lag zur Begrüßung seine Lieblingsschokolade. Dann wurden ihm die Treffen im „Führerbunker" wichtiger, meist kam er angetrunken nach Hause, vernachlässigte sich. Die Vorwürfe der Mutter kamen immer öfter. Er fuhr sie dann grob an, um zu hören: „Du wirst mal wie dein Vater!" Sein Vater war vor vier Jahren gestorben, irgendwas mit der Leber.

Obwohl er todmüde war, wälzte er sich unruhig in der schmalen Koje. Das ruhige Tuckern des Schiffsdiesels im Leerlauf mochte er.

Scott, 21. Februar abends

„Ey, ich glaub, ich geh ins Bett." Peter hatte ungewöhnlich früh die Nase voll von der Geselligkeit an Bord. „Willst du dir etwa die spektakulären Urlaubsfotos von unserem Freund Dreyer entgehen lassen?", fragte Scott ironisch, ließ seinen Sohn aber dann ohne weiteres gehen. Vielleicht war er müde von dem ausgiebigen Stadtbummel in Porto, oder er wollte sich in Ruhe in den Krimi vertiefen, den sie gemeinsam in einer internationalen Buchhandlung ausgewählt hatten.

Scott selbst zog es vor, noch einmal im Salon vorbeizuschauen. Als er eintrat, hielt Tina gerade ein kleines Referat über *Azulejos*, portugiesische Kacheln: „... könnte man sie als eine eigene Kunstform bezeichnen, weil die ästhetischen und technischen Voraussetzungen der *Azulejos* ganz grundlegend von anderen bildnerischen Verfahren abweichen. Aber nun dürfen wir doch vielleicht den Rest ihrer interessanten Präsentation genießen, Herr Dreyer? ... Herr Dreyer?" Tina beendete ihren schwungvollen Kurzvortrag, von dem Conrad, in seine eigenen Gedanken versunken, kein Wort mitbekommen hatte, mit ihrer herausfordernden Frage und ließ den Namen „Dreyer" anschließend gekonnt dramatisch im Raum hängen. Man merkte ihr die Klassenzimmer-Erfahrung an. Genau so hatte sie bestimmt unaufmerksame Schüler vor der Klasse bloßgestellt! Das Publikum kicherte. Auch Scott musste grinsen. Die Blamage geschah dem selbstherrlichen Dreyer ganz recht. Aber Tina hatte sich angehört wie Rupert Vesper. Wo mochte der Pater wohl stecken?

Conrad errötete. Nach einigem nervösen Gefummel gelang es ihm, die Bildershow wieder in Gang zu setzen und den Faden seiner Kommentare aufzunehmen.

Als die Präsentation vorbei war, holte sich Scott einen Whisky an der Bar und überließ sich für eine Weile schweigend seinen Gedanken. Wie würde es in Costa Rica weitergehen? Diana und Josèphe waren dort immerhin gut angekommen, das hatte er in dem kurzen Telefonat erfahren, das er aus einer Telefonzelle in Porto geführt hatte. Das unbefangene Hantieren mit dem Satellitentelefon in der Kabine und mit dem Handy, das er bei anderen Passagieren neidvoll beobachtete, war leider zu riskant für ihn. Viel zu leicht konnte man die Verbindungen orten, und dann würde Interpol womöglich schon in Puerto Limón auf ihn warten. Aber solange er sich unterhalb des polizeilichen Radars bewegte und im richtigen Moment die richtigen Bestechungsgelder aus der Tasche zog, würde schon alles gutgehen. In einigen Wochen würden sie im Besitz von brauchbaren Papieren für die Jungs sein, und dann konnte man endlich an eine Schulanmeldung für Peter denken. Scott seufzte bei dem Gedanken an eine solche ungewohnte Festlegung, an Miete oder gar Hauskauf, an einen Vorgarten und spießige Nachbarn. Im Vergleich zu den monatelangen Segeltörns und abenteuerlichen Atlantik-Überquerungen der letzten Jahre war das doch eigentlich kein lebenswertes Leben. Aber die Jungs ... Diana hatte ja recht. Es war nicht zu ändern.

Scott lenkte seine Aufmerksamkeit auf das hitzige Religionsgespräch, das sich mittlerweile zwischen Conrad und Muhammad entsponnen hatte. Dieser Dreyer war doch wirklich von allen guten Geistern verlassen. Er konnte es einfach nicht lassen, mit seiner aufdringlichen Knipserei und seinen Provokationen den Leuten auf die Nerven zu gehen. Glücklicherweise ließ der Sudanese sich aber nicht aus der Ruhe bringen und versuchte, eine harmlose Plauderei über den Landausflug in Gang zu bringen. Woraufhin Dreyer prompt verschwand.

Scott wandte sich daraufhin selbst an Muhammad: „Na, das war ja wohl ein bisschen anstrengend, oder? Was halten Sie denn von unserem knipsenden Freund?"

Doch Muhammad ging nicht auf das Bündnisangebot ein, sondern starrte nur mürrisch in seine leere Espressotasse. „Verständnis für fremde Religionen ist nun mal nicht jedem gegeben.", bemerkte er kurz und fügte mit einem bitteren Lächeln hinzu: „Taktgefühl auch nicht. Aber man kann Streitigkeiten ja aus dem Weg gehen – und sollte das auch tun, besonders wenn man in der westlichen Gesellschaft einer Minderheit angehört."

Damit machte auch er sich auf den Weg in seine Kabine.

Scott zögerte. Sollte er sich einer anderen Gruppe im Salon anschließen? Aber es war schon zehn Uhr; die meisten Passagiere schienen nach dem anstrengenden Landgang müde zu sein. Im Morgengrauen würde das Schiff Matosinhos verlassen und sich endlich auf den Weg nach Costa Rica machen.

Unter den Männern waren ohnehin nicht so viele, deren Gesellschaft Scott reizen konnte. Dieser junge Björn wirkte reichlich schlaff, Dreyer kam überhaupt nicht in Frage und der Sudanese ließ sich selten auf ein Gespräch ein. Der Pater war noch immer nicht an Bord; er war bis Mitternacht abgemeldet, wie der Steward sagte. Blieb noch Schorse, der bärtige Sportler. Wo steckte der eigentlich? Mit plötzlichem Schrecken erinnerte sich Scott, dass auch beim Abendessen schon Schorses Fehlen aufgefallen und kurz zum Thema gemacht worden war. Alle waren davon ausgegangen, dass es sich um eine harmlose Verspätung handelte und das Gespräch hatte sich bald anderen Fragen zugewandt. So war die Sache schnell wieder vergessen worden. Doch nun fehlte der Typ immer noch, und zwar offenbar ohne Abmeldung.

Irritierende Phantasien begannen, sich in Scotts Kopf auszubreiten. Eine Vermisstenmeldung. Polizei an Bord. Zeugenbefragungen. Verzögerte Abfahrt. Und das Schlimmste: Personenkontrollen. Passformalitäten. Fingerabdrücke. Die gefälschten Papiere, mit denen sie bei den laxen Hafenbehörden ganz gut durchgekommen waren, würden einer genauen Überprüfung nicht standhalten. Scotts Herz begann zu hämmern. Doch er zwang sich zur Ruhe. Wahrscheinlich hatte der Kerl in irgendeinem Portweinkeller hemmungslos zugelangt, war besoffen zum Schiff getorkelt und hatte sich in der Kabine aufs Bett geworfen. Dort lag er sicher herum und schnarchte seinen Rausch aus; man brauchte nur hinzugehen und nachzusehen.

Scott eilte zu Schorses Kabine und riss die Tür auf – dies war kein Moment für Rücksichtnahme. Doch die Kajüte war leer. Herumliegende Kleidungsstücke und Toilettenartikel kündeten noch vom eiligen Aufbruch am Morgen.

Scott lehnte sich an den Türrahmen und versuchte, seine widerstrebenden Lungen zum Atmen zu überreden. Irgendetwas musste geschehen. Doch was? Oder sollte er einfach den Dingen ihren Lauf lassen? Das Risiko eingehen, dass seine Identität aufflog?

Er riss sich zusammen und kam zu einem Entschluss. Nachdem er seine Kaltblütigkeit wiedergefunden hatte, arbeitete er ruhig und systematisch. Er schloss die Tür hinter sich. Dann holte er Papiertücher aus dem Kabinenbad und wickelte sie sich um die Hände – Fingerabdrücke musste er auf jeden Fall vermeiden. Schorses abgewetzter Wanderrucksack, sein einziges Gepäckstück, stand unausgepackt am Fußende des Bettes. Der Kerl hatte sich natürlich nicht die Mühe gemacht, seine Sachen in die Schrankfächer einzuräumen. Scott griff nach den wenigen Unterhosen und Pullovern, die auf dem Boden und dem Sessel lagen und stopfte sie in den Rucksack. Auch Kamm und Zahnbürste verschwanden, ebenso die Reiselektüre auf dem Nachttisch – eine zerfledderte Ausgabe von „Moby Dick".

Nach kurzer Zeit war die Kabine leergeräumt. Scott sah sich befriedigt um. Dann lauschte er nach Geräuschen auf dem Gang. Als alles ruhig blieb, wuchtete er den schweren Rucksack auf die Schulter und schlüpfte hinaus. Einen Moment überlegte er. Sollte er seine Last einfach über Bord werfen? Aber was, wenn Schorse doch noch auftauchte? Ein versteckter Rucksack wäre im Notfall leicht als „Kinderstreich" wegzuerklären, ein ganz beseitigter dagegen ... Scott machte sich leise fluchend auf den Weg, um den Verschlag unter der Treppe zu suchen, den die Kinder bei der Jagd nach dem Schiffskater entdeckt hatten. In dem Kabuff lägen nur alte Schwimmwesten drin, hatte Peter gesagt. So bald würde niemand dort nachsehen. Und in ein paar Tagen würde sich eine Gelegenheit finden, den Rucksack zu entsorgen.

Als letztes blieb noch die Aufgabe, mit dem Kapitän zu sprechen. Scott grinste in sich hinein. Dieser Freese schien ein gutmütiger Kerl zu sein – geradlinig und irgendwie „Old School". Er würde wohl kaum misstrauisch werden, wenn Scott ihm im richtigen Moment weismachte, dass der Passagier Schorse Irgendwas in Porto freiwillig das Schiff verlassen habe. Mit seinem Gepäck natürlich.

Rupert Vesper, 21. Februar nachts

Auf dem Kai, vor der Gangway bereits, wurde Vesper gegen Mitternacht von einigen Schiffsleuten in Empfang genommen. Kapitän Freese hatte sie für alle Fälle dort hinbeordert, um die letzten Trunkenbolde unter den Passagieren an Bord zu hieven. Rupert wäre aber auch ohne Mannschaftshilfe unversehrt an Bord gekommen. Er ging – für Alkis unverkennbar – kerzengrade die Gangway hinauf; das kleine, nicht gerade leichte Päckchen unterm Arm, das Tiago ihm zum Abschied überreicht hatte. Als er die Treppe hinunterging, seine Kabine ansteuerte, liefen einige Kommentare hinter ihm her.

„Hat sich grad noch aus dem Puff retten können, der Pope!"

„Der Zaubererprofessor bei 'ner scharfen Mutter."

„Na und? In Porto sind die Fleischpreise günstig."

„Woher weißt du?"

„Man weiß es."

„Professor Vesper ist Jesuit!", rief der „Dritte" dazwischen.

„Niemand kann den Verlockungen des Fleisches widerstehen."

Rupert war egal, von wem die Sätze ausgespuckt wurden. Er lachte. „Immer dasselbe."

Als er seine Kabine betrat, umwehte ihn, trotz des Weingeruchs im Hirn, dieser frischherbe Duft, der Solveig oft umgab. Da sie sich bisher noch nicht vulgär „an die Wäsche gegangen waren", konnte dieser Geruch nicht in seinen Kleidungsstücken haften. Wieder ein olfaktorisches Geheimnis? Oder durch das Musizieren vorhin, durch die intensiven Gedanken an Solveig ausgelöst?

Er öffnete das in Pergament verschnürte Päckchen: Eine blautonige Bildkachel, eine dieser beeindruckenden *Azulejos*, die er an vielen Stellen in Porto gesehen hatte, außen wie innen. Diese Kachel zeigte Venus und Mars, die sich zart einander zuneigten, im Hintergrund Cupido mit Bogen und Pfeil. Szene aus Ovids *Metamorphosen*. Dazu ein kleiner Zettel *Que sais-je?* Tiagos dezenter Verzicht auf näheres Wissen über Solveig und mich. Zugleich Ausdruck des Montaigne-Zweifels an allen absoluten Gewissheiten. Wann aber – verdammt – hat er das geschrieben und die Kachel verpackt?

Er sah, dass noch ein Rest des trockenen Rheingaurieslings in der Flasche war: *Rauenthaler Wülfen*, Weingut Weber. Obwohl es spät war, aber nicht zu spät für Rupert Vesper, schob er die CD mit dem *Adagietto* aus der „Fünften" Gustav Mahlers in das Wiedergabegerät. Als er versuchte, die Weinflasche zu öffnen, weigerte sich plötzlich seine Hand. Er schleuderte die Flasche auf sein Bett, grub seine Fingernägel tief in die Handballen, warf sich zurück in den Sessel und streckte seine Beine weit von sich. Er löschte das Licht. Nur noch Mahler hören. Nichts weiter.

Die Szene auf dem *Azulejo*, vor allem Mahlers musikalische Metapher für Liebessehnsucht und Tod weckten in ihm erneut quälende Gedanken an Solveig. Durch diese Musik wurden Erinnerungswogen hochgewirbelt. Und wieder war er seiner Geschichte ausgeliefert, die jetzt in imaginären Bildern vor ihm erschien, schmerzend, selbst in ihren glücklichen Momenten. Er schloss die Augen. Nur Streicher und Harfe ... langsames Einschwingen der Instrumente schwebende Metrik und Melodik ...

Und wehrlos überließ er sich den Bildcollagen und Wortketten, die ihn atemlos machten.

„Du oben auf der Leiter in der Apsis im Malerhemd buntfarben gefleckt ausgefranste Jeans graues Stirnband das Maßband in der Hand Angst dass du runterstürzt ja! deinetwegen du musst die Größe der Apsisfenster ausmessen deine Entwürfe eins zu eins auf dem Boden wartest auf mein Urteil du oben auf der Leiter deine Figur der geile Hüftschwung daher Marias Taille deine Jeans Solveig deine Jeans sind zu eng die doppelte Rundung. O Sainte Marie, Mère de Dieu, priez pour moi ..."

Das Thema: sehr langsam entwickelt ... diese zerbrechliche Intimität ... eine einzige Liebeserklärung an Alma ...

„Du sauckluger, herzensdummer Mann! Ich weiß es nicht: Soll ich dir eine gute Fahrt und eine gute Zukunft wünschen oder soll ich mich dem Rachebild hingeben, das dich gemeinsam mit deiner Urne in den Fluten des Atlantiks versinken sieht. Wobei allerdings alle Mitpassagiere mit dir absaufen würden. Geht also nicht! Deshalb habe ich nur noch den masochistischen Wunsch, mich nach mittelalterlicher Manier zu geißeln. Passt doch zu uns, ne? Deine Tagebuchtexte immer wieder gelesen am Abend in der Nacht eine lustvolle und schmerzende Litanei. O mein Gott. Ich hasse dich, Rupert Vesper! Ich könnte dich umbringen.Warum habe ich es nicht getan? Warum kann ich dich nicht hassen? Du hast es oft saupoetisch hinausposaunt ... Ans Kreuz einer unerfüllbaren Liebe geheftet. Verdammt, was für'n Wort, Jesuit. Sag besser: Verlassene Ruine der Liebe oder so'n Kitsch ..."

Bei Karajan und Haitink ... selbst bei Solti zu langsam ... Leonard Bernstein mit den Wienern trifft das richtige Tempo ... er betont das Sangbare ... den Liebesliedsound ...

„Bin ich glücklich mit dir? Bin ich unglücklich mit dir? Was liebe ich am meisten? Dich! Was hasse ich am meisten? Dich! ... Nein, nur den Zölibat. Hier bei mir bist du ein anderer Mann, ein echter, ein lieber, ein naiver Mann; nicht der überintelligente Pater, der den Menschen Gott erklärt. Du sagst, dass du niemandem Gott erklärst, weil du es nicht kannst. Du hast aber immer so getan, du tust noch immer so. Was ich an dir nicht mag, nicht ausstehen kann."

Jetzt wieder mehrere Klangwellen ... drängen zum dramatischen Höhepunkt...

„Wird es... wie wird es... wie könnte es mit uns weitergehen? Weiter so. Nein! Doch: Weiter, aber so nicht. Was für ne Frage. Liebster, mein Geliebter, mein Mann, mein Nicht-Mann, ich werde jede Nacht an dich denken, immer um Zwölf. Es wird furchtbar sein, wenn ich aufwache aus einem Traum, in dem du neben mir liegst."

„Wieder vor mir: Travel Charme. Bist eben aus dem Bad gekommen das Handtuch um den Kopf dein rechter Oberschenkel ragt ein wenig aus dem Bademantel hervor nur ein wenig habe meinen Blick von dir abgewandt und lächelnd den Kopf geschüttelt damit eindeutig meine Weigerung signalisiert weiter zu gehen du hast es an diesem Abend sichtbar hörbar spürbar gewollt zum ersten letzten Mal hast dich trotz meiner Abwehr so dicht an mich gedrängt nur ein Geschlechtsakt mit verhängten Türen hast du gesagt dass ich fast nicht mehr Nein sagen und bitte nicht weiter andeuten konnte ... nur fast! hab mich mit einem keuschen Interruptus von dir abgewandt dir damit auch zum x-ten Mal zu verstehen gegeben dass eine enge Beziehung nicht mit meinem Lebensprinzip kompatibel sein kann was dich wahnsinnig wütend gemacht hat und plötzlich etwas kostbar Gläsernes auf dem Boden zersprungen ist du wirfst mir Verzagtheit vor liebesmoralische Schwäche willst lieber einen Liebestod mit mir sterben als dich von mir zu trennen was für'n Wagnerpathos! du schlägst mir heftig ins Gesicht auf den Kopf auf den Solarplexus krümme mich vor Schmerzen bevor du mich aus dem Zimmer wirfst ja hat wehgetan wovon du nichts weißt und auch nicht glauben würdest dass mir vorher war als hätte mich eine Mine in der Luft zerfetzt ja...ja.. auch so n Pathos ... verdammter Zölibatsengel ... du lieb böse Freundin

Warum weinst du, meine Liebe? Neben mir in St. Pankraz hast du haben wir gebetet um eine Lösung gerungen Jesus! du bist die Liebe gib den Liebenden klare gute erlösende Gedanken."

„Dieser verdammte Freitag, wann war's? Vor drei vier fünf Wochen? Als du mich gebeten hast, deine Abreise zu managen. Nein, keine Abreise! Eine Flucht davor, im Ordensprozess deine Geldfehler offen zu bekennen, deine theologischen Thesen zu verteidigen, mit allen dialektischen Tricks, mit denen du gemeiner Weise das relativiert hast, was uns verbindet, wobei ich gar nicht mehr sagen kann, ob uns etwas verbindet ... o Mann, was rede ich da ...natürlich verbindet uns etwas, mehr als du willst, als du zugibst, du fliehst vor deiner Verantwortung, du fliehst vor der Liebe, die du in mir leichtfertig entzündet hast, ohne zu ahnen, wie schlimm ... du hast an deiner Bindung gezerrt, sogar versucht, dich von dem System loszureißen, wobei wir aber beide wissen, dass du dich nicht davon befreien kannst, dass dein Glaube an die Heilige Mutter dich durchdringt ...wie der Duft eines Tropfens Rosenöl ein ganzes Haus durchströmt..."

„Amrum weißt du noch stundenlang durch die endlosen Dünen.... am Flutsaum entlang... Steine Muscheln... FKK... du bist schön meine Freundin ja! o Gott ich danke dir für diese Frau für dieses Glück mit ihr ... frierst du?...ein Pharisäer wird dich wärmen ... nein, du sollst mich... mach ich ... komm ... Dorschleber im *Ual omreg wirtshuis* dazu einen Köm aber 50 Prozent macht mir nichts ..." „arrrch." „... warum schüttelst du dich, Pater?"

Im Mittelteil ein neuer musikalischer Gedanke ... Aber ohne Änderung der Stimmung ...

„Meine Fluchthilfe war für mich, als hätte ich mir die Adern aufgeschnitten. So weh hat es getan! Solltest du über mein Pathos spotten, dann sei verflucht, du steinkalter Jesuit."

„Ich bin von Tempel zu Tempel, von Uni zu Uni, von Vortrag zu Vortrag, von Verlag zu Verlag gereist ... gerast: Was ist davon geblieben? Außer den körperlichen Blessuren – brutal gesagt: nicht viel. Nur bei dir, Solveig, bin ich zur Ruhe gekommen, nur bei dir habe ich etwas von der Fülle und Freude des Lebens erfahren ... was für n Pathos... lach bitte auch nicht..."

Jetzt die dynamische Steigerung des Themenverlaufs.... hin zum Höhepunkt ...

„Zuerst war nur unser Atem im Raum, ich sah uns liegen, wie immer keusch weit von einander entfernt. Plötzlich dieses Fremde, Dunkle, Unheimliche, die Angst vorm Erwachen, die Angst vor der Wahrheit, die Verlustangst, wenn du dann die Wahrheit erfährst, siehst, wie der geliebte Mann sich wegduckt, mit pflaumenweicher Stimme zu stottern beginnt, was leidvoll klingen soll, aber nur voll Selbstmitleid trieft, wobei du vor Schmerz heulen und zugleich vor Wut brüllen möchtest, und dann, bevor er den Mund deutlich aufmacht, eine kühle Klarheit, eine klare Kälte im Hirn spürst; wie du danach schnell ins Bad gehst und erst nach zwei drei Tränenstunden wieder raus kommst und ..."

Der Satz verklingt ... nach der Rückkehr des Hauptthemas ... nahezu entrückt ... fast nicht mehr wahrnehmbar ... in einem Pianissimo ...

„Schwarze Schwester des Tages geheimnisvoller Raum dessen Vorhang sich öffnet wenn das Licht erloschen ist die Nächte lehren was die Tage niemals wissen sagen die Perser die Nacht zwingt uns auf uns selbst zurück die sichtbare Welt wird unsichtbar jetzt regiert das Körperlose jetzt ist die Zeit der Träume und Wachträume in denen sich alles ereignen darf und alles geschehen kann für manche auch die Phase der Kreativität die Stunde der Phantasie für mich nicht nur jetzt die Zeit äußerster Gefährdung."

Nein, es ist nicht die Musik ... es ist nicht das Kachelbild ... es sind auch nicht die Worte und Sätze ... Er klappt zusammen, fällt auf sein Bett, krallt seine Hände in Laken und Kissen. Rupert Vesper! Der selbstbewusste Mann, der Professor, der jesuitisch scharfe Denker, der theologische Spieler vorm Herrn ... nur noch ein weinender, wimmernder Mann, ein blutender Junge, ein Knabe, der sich mutwillig selbst verletzt hat, der jetzt seine Wut- und Schmerzensschreie in den Tüchern erstickt... der nicht mehr aufwachen, sich nicht mehr erheben will... der nur noch da liegen will, in seiner Hilflosigkeit und Verlassenheit... dem kein Gebet mehr einfällt...für den Gebet und Fluch dasselbe sind...

Am Morgen danach aber der selbstironische Erlösungsakt: „Das Lachen ist das Sympathischste am Menschen, das weißt du. Also entspann dich, Rupert!! Vielleicht das Beste, was du zu deiner Rettung, zu Solveigs Rettung, zur Rettung eurer Beziehung, ja, sogar zur Rettung der Welt tun kannst. Entspannung als Gebet, als Gespräch mit Gott – dem Ewig-Entspannten."

Markus, 22. Februar vormittags

Geschafft! Der Schiffsmotor lief wieder rund. Sie hatten die ganze Nacht daran gearbeitet, aber schließlich hatten sie es gemeinsam geschafft. Kapitän Freese war erleichtert, dass sein Schiff inzwischen Porto hatte verlassen können. „Danke!" hatte er gesagt, nur „Danke". Nichts weiter. Danach hatte er sich mit dem Chief und dem Ersten Offizier in irgendeinen Raum zurückgezogen und sie hatten leise miteinander geredet.

Was, hatte Markus nicht hören können, aber jetzt endlich kamen sie heraus und teilten ihm mit, dass man über ihn gesprochen habe. Ob er jedoch beim bevorstehenden Zwischenstop auf den Azoren von Bord gehen müsse oder ob er bis Costa Rica bleiben dürfe, werde man nach dem Mittagessen noch besprechen. Bei Jens Albrecht hatte es nur eine einzige mögliche Konsequenz gegeben. Er hatte das Schiff in Porto verlassen müssen, so viel hatte Markus mitbekommen, ein neuer Schiffskoch war bereits an Bord. Auch wenn er keine allzu großen Sympathien für Jens hegte, tat er ihm irgendwie leid. Immerhin hatte er es ihm zu verdanken, dass er überhaupt auf diesem Schiff war, und ein guter Koch war er außerdem gewesen.

„Wenigstens hat Freese nicht auch mich sofort von Bord geschmissen", dachte Markus erleichtert. Noch war die Partie also nicht verloren. Er kam sich vor wie ein Verurteilter, an dem das Urteil noch nicht vollzogen war, schlimmstenfalls wie ein Delinquent auf dem Wege zur Hinrichtung, in resignierter Erwartung, mit gesenktem Haupt. Hätte er den Kopf nur ein klein wenig gehoben und den Kapitän angesehen, hätte er das feine Lächeln in dessen Gesicht bemerkt. So konnte Markus nur ergeben nicken. „Aber was, wenn ich auf den Azoren doch weggeschickt werde?" dachte er immer wieder. „Dann kann ich Costa Rica knicken. Dann komm ich nie an mein Geld – und an Carla!"

Der Kapitän und der Erste verabschiedeten sich und überließen Markus dem Chief. Er solle sich jetzt erst einmal duschen und frisch machen, sagte dieser und bot Markus an, seine Kabine zu benutzen. Die Kabine lag unweit der Kabinen der Passagiere und Markus passte auf, dass niemand ihn sah, zumindest nicht in diesem Zustand: verdreckt, ölbeschmiert, unrasiert, das dunkelblonde Haar struppig und fast schwarz vor Schmutz. Es war genau so dunkel wie seine Augen, das hatte er mit einem kurzen Blick in den kleinen, fast blinden Spiegel erkennen können, der im Maschinenraum an der Wand gehangen hatte. Auch wenn er sich bei der Reparatur hauptsächlich mit dem Bordcomputer befasst hatte, das Motorenöl hatte keinen Bogen um ihn gemacht.

Kurz bevor er die Chief-Kajüte erreichte, sah er, dass die Tür einer Passagierkabine halb offenstand. Er konnte sich nicht verkneifen, hinein zu lugen. Ein Mann lag angezogen auf dem Bett, auf dem Stuhl davor eine rotfellige Katze, auf den ersten Blick erschien sie ihm recht ungepflegt. Nur kurz blieb Markus stehen; soviel er sehen konnte, war es ein jüngerer Mann. Noch bevor der Mann oder das Tier ihn bemerken konnten, ging er rasch weiter.

Also war doch eine Katze an Bord. Sein Geruchssinn hatte ihn nicht getrogen! Das, was er als Katzenpisse identifiziert hatte, war wirklich Katzenpisse gewesen.

Kurz zogen Bilder an ihm vorbei: Carla und er hatten auch eine Katze gehabt, „Susi". Es war eine alte, grau getigerte, inkontinente Katze, sie hatten sie aus dem Tierheim, wo sie eigentlich nach einem Hund hatten sehen wollen. Kaum dass das Tier Carla und ihn erspäht hatte, war es um ihre Beine geschlichen, hatte sich an ihren Waden gerieben und sie aus großen, bernsteinfarbenen Augen angesehen, als wolle es damit um Vertrauen und Mitleid gleichzeitig betteln. Diese Katze könne nicht vermittelt werden, hatte man ihnen erklärt, erstens weil sie schon zu alt sei und zweitens weil sie überall hin pinkele. Bisher sei sie jedes Mal wieder zurückgebracht worden, weil die Besitzer nicht mit ihr klar kamen, und das wolle man dem Tier nicht noch einmal zumuten. Sie hatten sie gestreichelt, und als sie das Tierheim verließen, war sie hinter ihnen her gelaufen. „Wir sollten sie mitnehmen", hatte er zu Carla gesagt, und sie war ihm um den Hals gefallen.

Das sei der Moment gewesen, in dem sie sich ernsthaft in ihn verliebt habe, hatte Carla ihm Jahre später einmal gestanden, als von Verliebtheit schon lange keine Rede mehr war und sie über ihre Trennung sprachen.

Ständig hatte es in der Wohnung nach Katzenpisse gerochen. „Susi" war nach fünf Jahren gestorben. Carlas Liebe zu ihm ebenfalls.

Markus rief sich zur Ordnung. Ja, Carla und Susi waren Vergangenheit, zumindest Susi. Was Carla anbetraf, nun ja, man würde sehen. Später. Jetzt erst einmal den Schmutz und Staub vom Körper spülen! Schon tagelang hatte er nicht mehr geduscht. Bereits auf dem Wege zur Duschkabine des Chief konnte Markus förmlich spüren, wie das Wasser prickelnd und prasselnd über seine Haut rann. Das warme Wasser, das nur wenig später tatsächlich über seinen Körper strömte, zeigte schnell seine entspannende Wirkung: Müdigkeit und Stress waren wie weggespült. Markus fand, der Chief war ein netter Kerl, er hatte nicht nur Duschgel, sondern auch Shampoo und einen Rasierer bereitgestellt. Er fühlte sich wie neu geboren und schlüpfte in den bereit gelegten Trainingsanzug, der ihm sogar einigermaßen passte.

Eine gefühlte Ewigkeit war mit Duschen und Körperpflege vergangen, und er erschrak, als er auf seine Armbanduhr sah: gleich würden die Passagiere Mittagessen bekommen. Ohne dass er es wirklich bemerkt hatte, war der Sonntagvormittag, der ihm anfangs endlos erschienen war, zu Ende gegangen. Früher, als er noch gearbeitet hatte, waren ihm die Sonntagvormittage immer länger vorgekommen als die anderen. Vielleicht weil er es eilig hatte, zum Sonntagnachmittag zu gelangen, zu den wenigen Stunden, in denen er mit Carla …

Auf einmal spürte Markus, wie der Hunger an seinen Eingeweiden nagte. Er hatte schon länger kein Essen mehr gehabt, Jens hatte ihn am Ende nicht mehr versorgt. Als es an die Kajütentür klopfte, schreckte er auf. Wer wusste denn, dass er hier war? Noch bevor er „Herein" sagen konnte, wurde die Klinke heruntergedrückt und ein junger Mann stellte einen mit einer Haube abgedeckten Teller auf den Schreibtisch. „Gruß aus der Küche", sagte er, verbesserte sich aber gleich darauf: „vom Käpt'n natürlich", und mit einem „Guten Appetit" verließ er die Kabine ebenso schnell wie er sie betreten hatte. Hmm, Hühnerfrikassee, nicht schlecht, ein richtiges Sonntagsessen, so wie er es von zu Hause kannte. Markus nahm es als gutes Zeichen. Trotzdem waren seine Schritte zögernd, als er sich auf den Weg machte, um sich bei Kapitän Freese zu melden, so wie dieser es ihm befohlen hatte.

Siegfried Hottenrott, 22. Februar

Siegfried Hottenrott glaubte, kaum geschlafen zu haben, da vernahm er von draußen Stimmen. Die Maschine wurde lauter, sie legten ab, er drehte sich noch einmal unruhig um. Siegfried Hottenrott dachte an den Steward, er war nicht seine Kragenweite. Die Passagiere. „Komisches Volk", ging es ihm durch den Kopf. Dann das Gesicht von diesem Farbigen. Wut stieg in ihm auf bei dem Gedanken, für diesen Kerl kochen zu müssen.

Der Wecker klingelte, er quälte sich aus dem Bett. Eine Viertelstunde später stand er in der Kombüse. Johnny, sein Küchenboy, stand schon in ängstlicher Erwartung seines neuen „Bosses" am Tisch und richtete die Frühstücksplatten. Ohne „Guten Morgen" zu sagen, hörte Johnny nur ein barsches „Du weißt Bescheid?". Er nickte hilflos. „Hol' mal Milch, Haferflocken und Kakaopulver für die Milchsuppe. Und heute gibt's Rühreier!" fuhr Hottenrott fort. Dann schaute der Steward zur Tür rein „Morgen, Siegfried, alles klar bei Ihnen?" begrüßte er Siegfried freundlich. Das munterte Hottenrott etwas auf, er antwortete: „Alles klar, Frühstück Mannschaft halb acht und Salon acht, ist das in Ordnung?". „O.K.", kam es vom Steward „und heute Mittag, bleibt's beim Plan?" Hottenrott: „Klar, *Hundefrühkon-*

zert!"Steward:"Waaaaas?" Hottenrott „Hühner-Frikassee, was denn sonst!" Nicht besonders amüsiert über den lahmen Scherz verließ der Steward die Kombüse.

Das Mannschaftsfrühstück war Routine. Dann schlug er 15 Eier auf, salzte sie und machte Rühreier. In der anderen Pfanne brutzelten die Bauchspeckstreifen bis sie knusprig wurden. Auf einer *plat russe*, einer feuerfesten, ovalen Platte, richtete er die Eier an und kippte den Speck darüber. Rein in den Speiseaufzug, Klingel drücken und ab nach oben in den Salon. Der Steward machte die Aufzugsklappe auf und schüttelte den Kopf. Er wagte es aber nicht, sich schon am ersten Tag mit dem Koch anzulegen, das sollten andere tun. Er war es gewöhnt, dass die Eier *à la minute* und auf Bestellung der Gäste zubereitet wurden, und das mit dem Speck fand er auch nicht gerade glücklich.

Die Passagiere im Salon spürten die Veränderung in der Schiffsküche. Conrad monierte die „furztrockenen und grieseligen Rühreier", Muhammad schaute betreten auf die Speck-Scheiben. Dann wandte er sich höflich an den Steward: „Herr Habermann, was meinen Sie, könnte der Koch mir vielleicht Eier ohne Speck machen?"

„Ich versuch's mal!". Dann klingelte er die Kombüse an: „Siegfried, Herr al Chatim darf keinen Speck, Du weißt schon, kann'ste mal ein paar Rühreier ohne machen?". Eisiges Schweigen. Fünf Minuten später waren die Rühreier oben.

Muhammad, 22. Februar

Muhammad al Chatim hatte noch nie in seinem Leben so versalzene Eier gegessen, sagte aber nichts. Was beunruhigte ihn so an diesem Koch?

Er dachte an den Aufenthalt in Matosinhos. Ein gemeinsamer Ausflug mit Elvira nach Porto hatte sich gestern nicht ergeben. Vielleicht hatte er sich zu rar gemacht, im Grunde war er aber froh. Es war ausreichend gewesen, den beiden Damen im Café zu begegnen.

Vorher hatte er noch einige seiner brisanten Recherchen auf eine *Micro-SD* kopiert, um sie dann von Porto aus auf dem althergebrachten Postweg nach London seinem Freund Ryan beim *Guardian* zu senden. Seit der Zusammenarbeit von Edward Snowden mit dem *Guardian* musste er vorsichtiger sein. Der Absender seines Briefes war ein Code-Name. Ryan wusste dann Bescheid.

Muhammad hatte den Tag in Porto sehr genossen. Das Mittagsgebet hatte er in der ihm bekannten Mosque vollzogen, danach ein Besuch der großen Kathedrale, die Treppen umlagert von bettelnden Roma-Kindern. Schließlich hatte ihn sein Weg runter zu den *Cais da Ribeira* am Douro geführt. Gegenüber auf der anderen Seite des Flusses in *Villa Nova de Gaia* lagen die großen Portweinkellereien. Er wusste, Ryan hatte einige sehr gute, sehr alte Portweine von dort im Keller liegen. Er hatte noch Zeit gehabt und sich entschlossen, im Hotel *Intercontinental* die aktuelle Berichterstattung seiner bevorzugten Journale durchzusehen. Er erinnerte sich, er hatte vor Jahren einmal recherchieren sollen, was die Chinesen mit dem großen ehemaligen Luftwaffenstützpunkt auf den Azoren vorhatten. Damals war er von Lissabon mit dem Zug gegenüber an der *Sao Bento Train Station* angekommen. Abends hatten ihn die portugiesischen Kollegen mitgeschleppt zu einem Fado-Abend ins *Café Majestic*, ja, da könnte er auch nochmal vorbeischauen, hatte er sich gedacht. Schon beim Eintreten hatte er sie gesehen, Tina und Elvira. Es war kein Entkommen. Wobei die beiden ihm von allen Passagieren noch die liebsten waren. Es hatte ihm nichts ausgemacht, den weißen Port zu trinken, im Gegenteil, er war vorzüglich. Die Damen hatten sichtlich Interesse an seinen Erläuterungen zur City. Dann hatte ihn Elvira mit ihrer aufkommenden Panik etwas verunsichert. Eigentlich konnte er sie aber sehr gut verstehen. Im Grunde ging es ihm nicht anders. Er spürte, wie gerne die beiden seine Geschichte gehört hätten, er vertraute ihnen auch, aber es war ihm doch noch zu früh. Dann dachte er über den Koch nach und über die Schwierigkeiten, die nicht wenige Deutsche mit Farbigen haben.

Bis zum Mittag las er und versuchte, im Internet Neues aus Ägypten und dem Sudan zu erfahren. Er machte sich Sorgen um seinen Bruder. Die Militärs in Kairo hatten ihn festgenommen, er wusste nicht, warum. Vor dem Mittagessen wollte er noch vorn am Bug ein wenig frische Luft schnappen. Er setzte sich auf einen Poller neben der Ankerspill, da kam der Erste vorbei. „Hallo, Herr al Chatim, wie geht's? Wollen Sie mit auf die Brücke? Ich hab gleich meine Wache!" Muhammad freute sich über das Angebot und willigte sofort ein. Es war kurz vor Mittag. Der Zweite machte sich daran, im Logbuch die Mittagsposition und die zurückgelegte Distanz seit Matosinhos einzutragen.

22. Februar 2015 12:00 GMT -1h N 40°58'35.68" W 11°03'08.09" 143 sm

„Morgen Abend werden wir die Azoren erreichen, das Wetter ist gut!" erklärte Lohfeld seinem Besucher, der die Situation auf der Brücke sichtlich genoss. Er schloss an: „Wenn Sie wollen, Herr al Chatim, können Sie mich gerne auch mal nachts bei meiner Wache besuchen. Je weiter wir nach Süden kommen, umso schöner wird der Sternenhimmel." Muhammad bedankte sich und machte sich auf den Weg zum Mittagessen in den Salon.

Beim ersten Gang, *Matjesfilet Hausfrauen Art*, verzogen die beiden Kinder das Gesicht. Die Tomatenkrem-Suppe mit der Gin-Sahne-Haube war nicht für alle unbedenklich. Das Hühner-Frikassee ließ die meisten schon beim Anblick schaudern. Abgesehen davon, dass es erst gestern Hühnersuppentopf gegeben hatte, schwamm das faserig zerkochte Fleisch in einer mehlklumpigen Sauce, lieblos umgeben von braunschwarzen Dosen-Champignon-Scheiben und Spargelbruchstücken. Der Zitronengeschmack übertönte alles. Am Reis konnte man nichts falsch machen. Die Beilage-Erbsen kamen ebenfalls aus der

Dose. Die appetitlichere Frostware hatte der Koch ignoriert. „Wo hat der denn kochen gelernt, im Knast?" kam es mürrisch von Muhammads Seite. Muhammad kochte selber sehr gerne, auch *Western food*. Er wusste, wie gerne die Deutschen ihre Mehlschwitzen-Saucen aßen und deshalb jedes *blanquette* zu einem Frikassee machten. Aber das, was da von dem neuen Schiffskoch aus der Kombüse kam, verdiente keinen der beiden Namen. Jetzt hatten die Passagiere ein Thema. Ralf Habermann, dem Steward, eigentlich hörte er *Salon-Steward* lieber, war nicht wohl dabei. Er saß zwischen den Stühlen und außerdem schwante ihm, dass sich die offensichtlich schlechter gewordene Küche nachteilig auf sein Trinkgeld am Ende der Reise auswirken konnte.

Conrad, Hottenrott und Muhammad, 22. Februar mittags

Conrad saß mit hochrotem Kopf vor seinem Teller mit Hühnerfrikassee. Sollte er, oder sollte er nicht? Er musste ja leisten, was seine Auftraggeber von der *Agency* erwarteten.

„Was soll das sein, was Sie uns hier serviert haben", rief er schließlich Ralf Habermann, den Steward, herbei. „Hühnerhaut im Frikassee, der Reis pampig und alles sieht aus wie schon einmal gegessen! Nehmen Sie das wieder mit und bringen Sie es zurück in die Küche!" „Ich kann Ihnen leider auch nur das servieren, was aus der Kombüse kommt. Wir haben einen neuen Koch. Geben Sie ihm eine Chance, er wird sich sicher bessern." „Ein neuer Koch? Den würde ich gern mal fragen, wo der das Kochen gelernt hat. Können Sie ihn mal herholen?" Der Steward rollte mit den Augen, nickte Conrad kurz zu und verschwand mit dem Teller. Mit beiden Typen, Conrad und dem Koch, wollte er sich nur ungern anlegen. In der Kombüse erklärte er Hottenrott, dass ein Gast mit dem Essen nicht einverstanden sei und ihn, den Koch, sprechen wolle. „Unerhört!", dröhnte Hottenrott los, „das ist mir ja noch nie untergekommen. Na, den nehme ich mir aber mal richtig vor. Sagen Sie ihm, wenn ich hier durch bin, so in zehn

Minuten!" „Herr Hottenrott, bitte... Der Herr ist Gast auf unserem Schiff. Können Sie ihm nicht alternativ was anderes machen?"

Kurze Zeit später war Hottenrott im Salon aufgetaucht, wutschnaubend und mit hochrotem Kopf. „Wer von Ihnen hat sich gerade beim Steward beschwert?" „Schön, dass Sie gekommen sind. Wollen Sie sich den Gästen nicht vorstellen, als neuer Koch ...?". Conrad war aufgestanden und hatte Hottenrott auffordernd zugenickt. Unauffällig drückte er auf die Tonaufnahme-Taste seiner Kamera, die er auf dem Tisch platziert hatte. Hottenrott kam drohend auf ihn zu und zischte wütend: „Papperlapapp, dass ich der neue Koch bin, sieht doch jeder. Was haben Sie denn an dem Essen zu meckern? Es reicht wohl nicht, dass ich dem Muselmanen Extrawürste braten muss? Und jetzt auch noch Sie. Wir haben hier doch kein Wunschkonzert."

„Sehen Sie, wir hier haben alle für die Schiffsreise bezahlt. Und wir wurden bisher von der Küche bestens bedient. Warum der bisherige Koch gehen musste, erschließt sich mir nicht. Aber das ist eine andere Geschichte. Was Sie hier jedenfalls heute auftischen ließen, ist einer Schiffsküche nicht würdig. Hühnerfrikassee mit Haut wurde mir bisher noch nie serviert, dann dieser matschige Reis und die komische helle Soße. Sah aus wie Tütensoße! Das alles erinnert mich an Hundefutter. Wo haben Sie bloß kochen gelernt?"

Die anderen Gäste im Salon hatten Messer und Gabel beiseite gelegt und waren der recht lautstarken Auseinandersetzung zwischen Conrad und dem Koch gefolgt. Hottenrotts Gesicht verfinsterte sich mit jedem Wort, das Conrad sagte, und als Conrad fragte, wo er denn gelernt habe, hielt der Koch ihm mit einer plötzlichen Handbewegung die Faust unter die Nase und fletschte drohend die Zähne. Dann riss Hottenrott sich aber für alle merkbar abrupt wieder zusammen und sagte: „Gut, ich habe Ihre Beschwerde vernommen. Sagen Sie dem Steward, was ich Ihnen statt des Frikassees liefern soll. Spaghetti oder so geht immer." Und dann drehte er sich um und verschwand.

Muhammad, der die Auseinandersetzung verfolgt hatte, ging auf Conrad zu und fragte, ob er sich kurz mit an seinen Tisch setzen könne. Conrad stimmte zu. Er, Muhammad, ertrage es nur schwer, wenn Menschen sich stritten und wünsche sich, dass Conrad diese Auseinandersetzung mit dem Koch nicht so hoch hänge. Dann könne man sich doch noch in die Augen sehen. Er erwischte Conrad wohl auf dem falschen Fuß, denn der zischte spöttisch: „Sie wollen sich als Friedensstifter aufspielen, wo Ihre Glaubensbrüder Andersdenkende erschießen, köpfen, foltern und vergewaltigen? Und hier an Deck sollen wir uns mit Toleranz und Nächstenliebe begegnen? Und dann immer Ihre Sonderwünsche. Das ist doch scheinheilig." In Muhammads bleichem Gesicht war die Enttäuschung ablesbar, als er wortlos aufstand und unter den mitleidigen Blicken der anderen Gäste ging.

Markus, 22. Februar nachmittags

Um 14:30 Uhr. Pünktlich! hatte der Kapitän gesagt. Laut und deutlich. Jetzt würde es nicht mehr lange dauern und Markus würde den Reisenden vorgestellt. „Beeil dich, Mann", feuerte er sich selbst an, „nur den Kapitän nicht mehr verärgern!". Hätte er gewusst, dass Freese seine Entscheidung längst zu seinen Gunsten gefällt hatte, wären seine Schritte fester und rascher gewesen.

Wieder kam Markus an der Passagier-Kabine vorbei, deren Tür meist offen stand. Der junge Mann lag auf dem Bett, jetzt in ein Buch vertieft. Auch die zottelige Rote lag wieder zusammengerollt auf dem Stuhl.

„Mensch, Mittelstädt, hab dich nicht so! Da musste jetzt durch! Schließlich bist du mit deinen Kunden ja auch nicht gerade zimperlich umgegangen!", sprach Markus sich selbst Mut zu und hoffte, dass sein Herzschrittmacher nicht aus dem Takt geriet. „Denk einfach, du gehst zum Appell wie ein Soldat!". Trotzdem: es war etwas anderes, ob es andere betraf oder einen selbst, fand er.

Ein wenig schneller setzte Markus einen Fuß vor den anderen und erreichte pünktlich das „Wartezimmer zum Schafott", wie er es nannte, weil man ihm aufgetragen hatte, hier zu warten, bis man über sein Schicksal entschieden habe und ihn hole. Er schloss die Tür, trotzdem drangen aus dem angrenzenden Raum undeutlich Stimmen herüber. Was gesprochen wurde, konnte er jedoch nicht verstehen.

Ein Kapitän brauchte kein fremdes Okay, aber es konnte nicht schaden, diesen Mittelstädt noch ein bisschen zappeln zu lassen, das hatte er verdient, hatten der Erste Offizier und der Chief gefunden und erklärt, dass eine kleine Strafe sein müsse, auch wenn sie ihm viel zu verdanken hatten. Und Klaas Freese spielte mit.

Er habe eine wichtige Mitteilung zu machen, hatte Kapitän Freese verkündet, während die Passagiere beim Mittagessen saßen und sie für 14:30 Uhr in den Salon gebeten. Und alle waren erschienen, auch die Kinder. Alle, bis auf Schorse. „Wo kann der Mann bloß stecken?", flüsterte Elvira Tina zu und wünschte, sie würde sie tröstend in den Arm nehmen und ihr sagen, dass ihm bestimmt nichts passiert sei. Doch Tina murmelte nur „Wer weiß? Er hat doch schon gestern Abend beim Essen gefehlt."

Eigentlich vermisste niemand Schorse wirklich. Die meisten fanden ohnehin, er sei ein komischer Typ, mit dem man nicht so richtig warm werden konnte. Außerdem umgab ihn eine merkwürdige Aura, ohne dass man genau sagen konnte, was es war. Trotzdem war es komisch, dass er nicht mehr da war, schließlich waren sie irgendwie eine Gemeinschaft. „Was ist denn nun mit diesem Schorse?" fragte Conrad Dreyer in die Runde. Er fand, das klang unverfänglich.

Kaum hatte er die Frage ausgesprochen, betrat Klaas Freese den Raum. „Damit geben Sie mir das Stichwort", sagte er und blickte in die Runde, ohne jemanden genau anzusehen. „Also, meine Damen und Herren", begann er, „sicher haben Sie ja schon alle bemerkt, dass einer Ihrer Mitreisenden nicht mehr an Bord ist..." Ja, auch er habe zuerst geglaubt, dass der fehlende Passagier beim Landgang einfach die

Zeit vergessen habe. Aber dann habe er von einem der Passagiere, Scott Williams, erfahren, dass ihr Mitreisender überraschend beschlossen habe, in Porto die Reise abzubrechen. Er sei offenbar bereits morgens mit seinem Gepäck von Bord gegangen, habe aber merkwürdigerweise niemanden außer Herrn Williams in seine Absichten eingeweiht. Zwar sei die Sache damit grundsätzlich geklärt, aber er habe als Kapitän sicherheitshalber schließlich doch die Polizei verständigen müssen.

„Das ist ja seltsam", „Hoffentlich ist nichts Schlimmes passiert", ging ein Murmeln durch die Gesellschaft, alle sprachen durcheinander, erst leise, dann immer lauter werdend.

„Was ist denn mit dem Mann, Mama?" fragte Karima und sah Anna fragend an. Die zuckte die Schultern. „Ich weiß es auch nicht, mein Schatz!"

Peter, der Karimas Frage zwar gehört, die ganze Situation aber nicht wirklich verstanden hatte, erklärte altklug: „Den sehen wir nie wieder. Nie, nie, nie!"

„Hör auf mit dem Unsinn!" Scott boxte seinen vorlauten Sohn in die Rippen. „Du liest zu viele Krimis, mein Sohn!"

„Aber ich hab doch gesehen, dass er ohne seinen Rucksack von Bord gegangen ist!"

Scotts Gesichtsausdruck veränderte sich. Peter war überrascht, mit welcher Heftigkeit er von seinem Vater zum Schweigen gebracht wurde. „Halt den Mund, Junge! Ich hab selber mit Schorse gesprochen; er hat mir gesagt, dass er in Porto bleiben wollte. Anscheinend irgendeine dringende Nachricht, weiß der Teufel. Jedenfalls hat er seinen Rucksack mitgenommen, da kannst du Gift drauf nehmen. Kein Wort mehr!"

Peter sah seinen Vater fragend an, sagte aber nichts weiter. Mehr als einmal hatte er während ihrer Segelreisen solche Situationen erlebt. Wenn Scott mit Entschlossenheit log, war es weitaus besser, nicht lauthals auf der Wahrheit zu bestehen.

Klaas Freese bat um Ruhe. „Die portugiesische Polizei ist rührig, die wird des Rätsels Lösung schon finden", beruhigte er die Reisenden. „Wir mussten jedenfalls heute früh um 04:30 Uhr auslaufen und konnten nicht auf eine Klärung warten. Schließlich müssen wir unseren Zeitplan einhalten. Das verstehen Sie doch?"

Alle nickten.

„Und dann ist da noch etwas, das ich Ihnen sagen möchte", fuhr er fort und berichtete, dass man einen blinden Passagier an Bord habe – beziehungsweise gehabt habe. Ein Raunen ging durch die Menge, aber der Kapitän erklärte, dass man es zum größten Teil diesem „Blinden" zu verdanken habe, dass der Maschinenschaden repariert worden sei und die *MS Pavia* Porto überhaupt verlassen konnte. Aus diesem Grunde habe er sich entschlossen, diesen Mann an Bord zu behalten, womit er auf aller Einverständnis hoffe. „Und nun möchte ich Ihnen unseren neuen offiziellen Passagier vorstellen" – wobei er das Wort *offiziell* besonders betonte – „Herrn Markus Mittelstädt!"

Damit öffnete er die Tür zum Nebenzimmer, und Markus trat ein wie ein Schauspieler, der auf ein bestimmtes Stichwort auf die Bühne kommt. Alle Augen waren auf ihn gerichtet und er fühlte sich unwohl, wie er da so in dem schlabbrigen, grauen Jogginganzug des Chief vor den korrekt gekleideten Leuten stand. Das Herz rutschte ihm in die ausgebeulte Hose und er vergrub seine feuchten Hände tief in den Taschen. Im Stillen hörte er bereits, wie das „Todesurteil" über ihn verhängt wurde und er wagte nicht, jemanden direkt anzusehen.

Als der Kapitän das Wort ergriff, schreckte er auf. „Sie sind ein Glückspilz, Mittelstädt", verkündete Klaas Freese, „Sie sind sogar ein doppelter Glückspilz! Soviel Dusel haben nicht viele!", und noch bevor Markus fragen konnte „Warum?", fuhr er fort:

„Nicht nur, dass Sie an Bord bleiben dürfen, sondern zufällig ist auch gerade noch eine Kabine frei geworden, die Sie für die Dauer der weiteren Überfahrt beziehen können."

Markus war so überrascht, dass er nichts sagen konnte als „Danke!". Er kniff sich selbst in den Unterarm, um sich durch den kurzen, stechenden Schmerz zu beweisen, dass er nicht geträumt hatte. Zügig wandte er sich zum Gehen. Nur schnell aus dieser peinlichen Situation und diesem Jogginganzug heraus. In seinen eigenen, frisch gewaschenen Klamotten würde er sich wohler fühlen.

Im Hinausgehen schnappte er noch mit halbem Ohr auf, dass jemand hinter ihm sagte „Das ist bestimmt die Kabine von Schorse. Der kommt ja wohl nicht wieder! Na ja, des einen Pech, des anderen Glück!" Des einen Pech, des anderen Glück? Im Bruchteil einer Sekunde erinnerte Markus sich, dass er das schon einmal in genau diesem Tonfall gehört hatte. Aber wo? Er wandte sich zurück, um zu sehen, wer gesprochen hatte, und traute seinen Augen nicht. Diesen Mann hier wiederzusehen, an diesem Ort, nach all den Jahren – es verschlug ihm die Sprache.

Mühsam quetschte er heraus „Mensch, Cornelius, du hier?"

„Wie bitte?" kam es zurück und der Mann, den Markus eben Cornelius genannt hatte, fügte in arrogantem Tonfall hinzu „ich denke, Sie verwechseln mich!"

„Entschuldigung", sagte Markus kleinlaut, „ich dachte, Sie wären ein früherer Bekannter von mir. Jedenfalls sehen Sie ihm verdammt ähnlich!"

„Soll vorkommen", erwiderte Dreyer kühl. „Gestatten, mein Name ist Conrad Dreyer."

„Und ich bin Markus Mittelstädt – ab heute neuer offizieller Passagier an Bord."

„Aha. Ich hab's mitbekommen. Also auf nach Costa Rica." Noch bevor Markus antworten konnte, erklärte Dreyer weiter „Ich muss los. Hab's eilig." Damit ließ er Markus stehen und verließ den Salon.

Markus brauchte einige Sekunden, um sich von dieser Begegnung zu erholen. Als er wieder klar denken konnte, fragte er sich, wieso jemand es hier an Bord eilig haben konnte. Jetzt war er sich absolut sicher, dass dieser Mann Cornelius Knolle war, auch wenn er es vehement abgestritten hatte. Gut, sie hatten sich einige Jahre nicht gesehen und es war viel passiert, Carla hatte ihn verlassen und er war sogar im Gefängnis gewesen, aber einen Mann wie Cornelius Knolle vergaß man nicht so schnell.

Conrad Dreyer verstand die Welt nicht mehr. Da schlich einer heimlich an Bord als blinder Passagier, erschlich sich so Beförderungsleistungen, wurde dadurch straffällig und der Kapitän belohnte ihn noch und nahm ihn als Passagier auf. Früher haben sie Blinde Passagiere einfach über Bord geworfen oder auf einem Floß mitten auf dem Meer ausgesetzt. Und jetzt? Warum hatte man diesen Markus nicht in Porto der Polizei übergeben? Und dann will der mich noch kennen … Sicher, in Warschau hatte ich eine Menge Kontakte und hab mit vielen Leuten Geschäfte gemacht … Aber Markus Mittelstädt? „MM", ja, MM könnte dieser Markus Mittelstädt gewesen sein. Den hatten sie ja irgendwann in den Knast gesteckt. Warum eigentlich? Der sah aber damals deutlich besser aus. Egal! Ich kann und will mich nicht auf solche Spielchen einlassen. Cornelius Knolle gibt es nicht mehr, nicht hier an Bord und nicht in Costa Rica.

Als sich Conrad und Markus später zufällig noch einmal an Deck begegneten, trat Markus zögernd auf Conrad zu und sprach ihn erneut an. „Entschuldigen Sie, dass ich noch mal nachfrage. Ich bin mir verdammt sicher, Sie von früher, von gemeinsamen Geschäften in Warschau zu kennen. Ich kann mich doch nicht so sehr irren?" Conrad reagierte sichtlich genervt: „Ja, ich hatte früher mal in Warschau zu tun. Aber Geschäfte mit Ihnen…, nein!" Er schien zu überlegen und meinte schließlich kühl: „Lassen Sie mir ein wenig Zeit, mich zu erinnern. Wenn Sie wollen, können wir heute Abend noch mal darüber sprechen, unter vier Augen aber bitte. Treffen wir uns um 22:00 Uhr bei der Heckflagge?" Markus stimmte diesem Vorschlag sofort zu. Erleichtert verschwand er in Richtung Kabine. Beide hatten jedoch nicht bemerkt, dass sich Scott Williams unterdessen genähert und so das Gespräch mitgehört hatte. Conrad holte tief Luft. Er war bei aller Vorsicht angesichts seiner aktuellen Lage fest entschlossen: Würde dieser Mittelstädt weiter darauf bestehen, ihn als Cornelius Knolle zu kennen und so seine neue Identität zu gefährden, würde er ihn einschüchtern, erpressen oder bestechen müssen. Da kannte er nichts.

Anna und Karima, 22. Februar nachmittags

Seit dem frühen Morgen hatten sie wieder die vertrauten Motorengeräusche gehört und das sanfte Schwanken des Schiffes gespürt. Nach dem Mittagessen meinte Karima: „Mama, ich mag das Schifffahren! Wenn es hier noch ein Kind gäbe, also eins so alt wie ich, könnte ich hier immer wohnen! Peter – ja, aber der ist ja schon groß, der kann wie ein Großer mit dem Kapitän reden! Der weiß richtig viel, aber dabei sagt er, dass er noch nie zur Schule gegangen ist. Glaubst du das? Ich glaub das nicht, das darf er gar nicht. Oder?" Anna hielt das auch eher für ein Märchen.

Sie fühlte sich ebenfalls wohl auf dem fahrenden Schiff. Seit dem gestrigen Landgang auch weniger einsam. Am Vormittag hatte sie den Dritten allerdings noch gar nicht wieder gesprochen, und Karima hatte auch noch nicht ihren täglichen Witz von ihm hören können, er war sehr beschäftigt. Was machte eigentlich Freund Björn? Sie wollte sich gegen Abend mal um ihn kümmern, vielleicht könnte sie ihm ja anbieten, mit ihrem Netbook zu skypen oder eine Mail an seinen „Popa" zu schicken. Sie wusste gar nicht so recht, was bei ihrem Sicherheitsbedürfnis geheim gehalten werden musste und was nicht. Konnte ihr

Netbook irgendwie geortet werden? Ihr Handy anscheinend ja, deshalb hatte Pablo ihr kürzlich ein neues geschenkt.

Um 14 Uhr 30 waren sie alle vom Kapitän zu einer kleinen Versammlung in den Salon gebeten worden. Es ging um Schorse, der anscheinend von dem Landgang nicht zurückgekehrt war, warum auch immer, und um einen neuen Passagier namens Markus, der bisher unten im Schiffsbauch blinder Passagier gewesen war! Das war ja unglaublich. Es hörte sich an wie eine Abenteuergeschichte aus früheren Zeiten. Näheres wurde jedoch nicht erwähnt. Bevor alle wieder auseinander gingen, bot sie Björn an, ihr Netbook zu benutzen, falls es ihm sicher genug erschiene. Er wollte darüber nachdenken.

Jetzt war erst einmal wieder Skype-Time. Pablo erschien heute tatsächlich mal ohne seine Mutter auf dem Bildschirm! Da Karima sowieso gerade von dem Steward (wieder ein neuer Freund?) Tischtennis-Spielen beigebracht bekam, nutzte Anna die Gelegenheit, höflichen Smalltalk beiseite zu lassen und mit ihrem Verlobten Tacheles zu reden. Wieso richtete seine Mutter das Kinderzimmer ein, wollte sie von ihm wissen. Und dann die Geschichte mit der Schrankwand – sie wollten doch nur ein paar Wochen, höchstens Monate, im Haus der Mutter wohnen, bis sie etwas Eigenes erworben oder gemietet hätten. „Ach Amorcito, wir haben alles gut durchgerechnet und denken nun, es ist viel sinnvoller, wenn wir alle zusammen hier in diesem Haus leben. Es ist so schön und wirklich groß genug. Ich glaube, du wirst das einsehen. Meine Mutter bekommt auch irgendwann einen eigenen Eingang. Sie müsste sich mit uns im Haus nicht mehr so einsam fühlen. Du wirst sehen, wir werden uns alle gut verstehen."

„Pablo! Ich habe eingewilligt, DICH zu heiraten, NICHT DEINE MUTTER! Sie bestimmt doch jetzt schon alles, das wird sich ja keinesfalls ändern. Ihr walzt so richtig über mich hinweg. Mich brauchst du eigentlich nur zum Vögeln, oder?"

„Anna! Ich bitte dich, sei nicht so ordinär! Vergiss doch nicht, was ich im Laufe des vergangenen Jahres alles für dich getan habe, Geld,

Zeit, Energien, alles doch nur, weil du mir am Herzen liegst und ich dich nicht weiterhin unglücklich sehen wollte. Mi amor, hab Vertrauen, alles wird gut werden."

Ja, aber nur, wenn sie ihre eigenen Vorstellungen von ihrem Leben gänzlich aufgäbe. Und Karima? So gerade geduldet von Mutter und Sohn, nach deren Vorstellung geformt? Mit dressiertem Lächeln ein armes Käfig-Faultier betrachten müssen statt Abenteuergefühle im Urwald erleben zu dürfen? Wie sollte denn da bloß alles gut werden können?

Während sie seine Fragen über den Ausflug nach Porto beantwortete, fiel ihr plötzlich ein Argument gegen das Zusammenziehen mit dieser Ödipussi-Mutter ein: „Pablo, was ist denn eigentlich mit Karimas Schulbesuch? Du hast doch immer gesagt, in der Nähe deines Elternhauses gäbe es gar keine Grundschule?" Die Antwort, die Anna nun erhielt, bedeutete einen endgültigen Wendepunkt in ihrer Einstellung. Bis dahin hatte sie sich in dem Bewusstsein, ihm für ewig dankbar sein zu müssen, mit der Unausweichlichkeit dieser Heirat abgefunden. Es jedenfalls versucht. Aber jetzt diese Antwort: „Amor, querida, das haben wir auch in diesen Tagen ausführlich besprochen und uns mit einem Vertreter der Schulbehörde, den meine Mutter sehr gut kennt, beraten. Es gibt hier in unserem Viertel tatsächlich keine Schule, und die öffentlichen Schulen in San José sind sowieso auf keinem hohen Niveau. Er hat uns daher dringlich ein privates Institut für Kinder anspruchsvoller Eltern empfohlen. Wir haben es uns bereits angesehen. Es ist wirklich sehr hübsch gelegen und charmant eingerichtet, es wird dir gefallen, glaub mir. Es ist recht teuer, aber das macht gar nichts, deiner Tochter soll es doch gut gehen. Natürlich würde Karima jedes Wochenende und die Ferien bei uns verbringen, das ist ja klar. Sie soll wissen, dass wir ihre Familie sind."

Anna sah fassungslos und wortlos in sein feistes – ja, genau: feistes – Gesicht und loggte sich aus.

Björn, 22. Februar nachmittags

Björn schien es täglich besser zu gehen. Ja, es ging ihm gut: Er schlief nachts fest, er wachte morgens in guter Stimmung auf, er sprach mit dem Kater, er spielte mit den Kindern, hatte kleine Unterredungen mit Anna.

Er hatte sich, um seine Kondition zu halten, einen Laufplan ausgedacht, mit dessen Hilfe er zweimal am Tag trainierte. Er konnte auf dem Schiff nicht so richtig ins Rennen kommen, aber schnelles Gehen, ohne Unterbrechungen einzulegen, war ein guter Kurs, in den er Gymnastik und kleine Kraftübungen einbaute. Er musste dabei Treppen steigen und hinunterspringen, Ecken und Erker überwinden, sich dehnen und sich krümmen, das passte alles gut ins Programm, das rettete ihn vor Muskelabbau und Langeweile. Vom ersten Oberdeck aus beobachtete er die Wellen und versuchte, die Windstärke einzuschätzen. Er stellte sich vor, wie man ein Surfbrett durch die gewaltigen Brecher navigieren könnte und ging unwillkürlich in die Knie oder verlagerte sein Gewicht, ohne sich von der Stelle zu bewegen.

Manchmal erschienen nun wieder die zurückgelassenen Personen in seinen Träumen, ohne dass er sie bekämpfen musste, ohne dass sein schlechtes Gewissen in ihm zu bohren begann, ohne dass er heimliche Tränen vergoss. Er hörte seinen Popa schnaufen und sah, wie er ihm, Björn, fröhlich zuzwinkerte, er sagte seiner Großmutter, dass er zurückkehren werde, und Malah, ja Malah, die hielt er sogar einmal in seinen Armen, flüsterte ihr zu, dass die Trennung die einzige Möglichkeit für sie beide war, zu sich selbst zu finden ...

Dann gab es plötzlich Raum für neue Gedanken, darüber was ihn vielleicht am Ziel dieser merkwürdigen Reise erwarten könnte. Er wusste es noch nicht, aber er fand Gefallen an dem Gedanken, es einfach auf sich zukommen zu lassen, nicht planen zu können. Er spürte Neugier in sich aufsteigen, ja fast Unternehmungslust, Gefühle, für die er seit seiner Verfolgung nun wirklich keinen Platz mehr gehabt hatte.

Er war gerade auf „seinem Weg" durch das Schiff, wie er seinen Parcours nannte, kam an der Kombüse vorbei, als es plötzlich laut wurde, Metall auf Metall schepperte, irgendein Topf auf den Boden polterte, Beschimpfungen und Gebrüll hörbar wurden, als ob ein Kampf stattfände. Dann wurde die Tür aufgerissen und der Kater Kumpel flog als feuerrote Fellkugel an seinem Kopf vorbei, mit weit aufgerissenen Augen, die Beine starr, aus dem offenen Maul klagende Laute, so schlug er klatschend auf den Boden auf. Gut, dass Katzen sich im Fallen auf die Füße drehen, sodass Verletzungen selten sind. Da lag der Kater nun, zu Tode erschrocken, zitternd, fauchend. Die beiden Kinder waren auch plötzlich da. „Kumpel, Kumpel!", die Kleine eilte auf das Tier zu, streckte die Hände nach ihm aus. „Nein, nein," schrie Björn, der wie angewurzelt stehengeblieben war, stürzte sich jetzt selbst in eine Art Flug, schubste das kleine Mädchen aus seiner Bahn, so dass es Peter in die Arme fiel. Björn packte ordentlich zu, aber das rote Ungeheuer reagierte prompt, teilte Ohrfeigen kratzend über Björns Wangen aus, die spitzen Zähne schlugen wie Nadeln in seinen Unterarm, so dass Björn das Tier erschreckt wieder fallen ließ. Das schoss nun endgültig davon, wühlte sich irgendwo in ein dunkles Versteck. Björn rieb sich die Wangen mit einem Tempotuch ab, fuhr wischend über den Arm: Vier kleine rote Punkte, kaum sichtbar, die nicht bluteten ...

Anna war ihrer Tochter gefolgt, drückte das Kind fest an sich, das aber schwer zu trösten war. „Börn, Börn ... hat mich ... gestoßen", kam es schluchzend heraus. „Aber nein, Karima, der Kater war so verstört. Björn wollte nicht, dass das Tier dich verletzt. Aber ihn hat es erwischt." Sie sah sich nach ihm um, aber er war auf seinen leichten Füßen, so wie er gekommen war, wieder verschwunden ...

Anna, Karima und Olli, 22. Februar abends

Kurz vor dem Abendessen ließ Oliver durch Karima einen Zettel zu Anna bringen. Er fragte sie, ob er sie nach dem Essen ganz kurz sprechen könnte, vielleicht an der Reling in der Nähe ihrer Kabine. Sie war einverstanden.

Viele Passagiere sammelten sich mit warmen Decken versehen auf den Deckchairs, um dem Chief, diesem netten alten Seebären, bei seinem Seemannsgarn zuzuhören. Karima durfte auch eine Weile dabei sein. Sie wusste natürlich, warum sie das durfte, „sie war ja nicht blöd." Aber es war ok. Es war schließlich ihr Olli, mit dem ihre Mutter reden wollte.

Oliver hörte sich an, was Pablo, der für ihn allerdings immer noch namenlose Verlobte, heute von sich gegeben hatte. Es tat ihm sehr leid, eine so große Härte und Bitterkeit in Annas Stimme zu hören und in ihrem Gesicht zu sehen. Ob sie wohl auf Dauer stark genug sein würde, sich nicht zerstören zu lassen?

Er hatte inzwischen mit seiner Mutter gesprochen und ihr alles erklärt. Danach hatte sie ihm per Mail ein paar Fragen zugeschickt, die er nun Anna stellte:

Hatten Anna und Karima gültige Pässe? Vor allem durfte das Kind nicht bei der Mutter eingetragen sein, musste einen eigenen Pass haben. – Ja, alles in Ordnung.

War sie erziehungsberechtigt, allein oder mit dem Kindesvater? – Mit ihm zusammen.

War sie offiziell geschieden? - Ja.

Wovon lebte sie seit der Scheidung? – Von Hartz IV und von den Zuwendungen ihres Verlobten.

Hatte sie Anspruch auf Unterhalt von ihrem Ex-Mann? – Eigentlich ja, aber er war ja verschwunden.

Hatte sie den Ex-Mann angezeigt nach Karimas Entführung? – Ja.

Wurde er von der deutschen oder französischen Polizei gesucht? – Vermutlich.

Wurde sie von der deutschen Polizei gesucht? – Keine Ahnung. Vielleicht wegen Kindesentziehung oder weil sie einfach verschwunden war.

Hatte sie ein Visum für Costa Rica? – Nicht bei sich. Der Verlobte würde damit zum Hafen kommen.

Hatte sie die Adresse der deutschen Botschaft in San José? – Nein. Sollte sie sie vorsichtshalber aus dem Internet holen?

Und: Wollte sie den Mann definitiv nicht heiraten oder unter Umständen doch? – Keine Heirat, auf keinen Fall, das hatte sie vor ein paar Stunden endgültig entschieden!

„So, jetzt wisst ihr eine Menge über mich", sagte Anna nach der Beantwortung der Fragen. „Weißt du, wofür sie diese Infos braucht, hat sie irgendeine Idee?"

„Nun, vermutlich erst einmal nicht. Weißt du, meine Mutter ist etwas wortkarg, niemals impulsiv, sie denkt immer diszipliniert nach, bevor sie sich äußert. Sie wird sich wieder melden. Vielleicht fällt ja sogar mir etwas ein, mal sehen. So, jetzt will ich mal wieder was tun." Er rieb kameradschaftlich ihren Rücken. „Halt die Ohren steif, Mädel! Und grüß mir das kleine Rübchen!"

Björn, Anna und Rupert, 22. Februar abends

Mehrere Stunden später sah Anna nach Björn. Die Schrammen im Gesicht waren nur oberflächlich und hatten ihn kaum verletzt, aber die kleinen Wunden an der Innenseite seines linken Unterarms sahen nicht gut aus. Die vier Punkte waren rot umrandet und ihr schien die Haut leicht geschwollen. Björn hatte ein weißes Unterhemd angefeuchtet und um seinen Unterarm gewickelt.

Als sich innerhalb von zwei Stunden ein roter Strich gebildet hatte, der sich von der Bissstelle in Richtung Achsel zog, beschloss Anna, Olli zu alarmieren, der als Dritter Offizier für medizinische Erstversorgungen zuständig war. Olli wirkte sehr erschrocken, als er den Zustand des Patienten sah. Er erklärte Anna und Björn, dass Katzenbisse fast immer zu Infektionen führen, besonders, wenn sie nicht bluten. Und wenn sich schon nach kurzer Zeit eine rote Linie auf der Haut zeigt, muss man sofort handeln, um eine lebensgefährliche Blutvergiftung zu verhindern. Er spritzte Björn ein Antibiotikum und schickte Anna mit zuversichtlicher Miene in ihre Kabine. Doch im Stillen hoffte er inständig, dass das Mittel schnell genug wirken würde und dass Björn keine Allergie entwickeln würde, die sich zu einem tödlichen anaphylaktischen Schock auswachsen kann. Viele medizinische Möglichkeiten gab es an Bord nicht, sie hatten keinen Arzt dabei, und eine Klinik waren sie schließlich auch nicht.

Björn war in einen unruhigen Schlaf gefallen, erwachte verwirrt, als Pater Rupert Vesper an die Tür klopfte, um ihn zu besuchen.

„Hallo, Björn, du zitterst ja so. Vor was hast du Angst?" Der Pater hatte sich auf dem einzigen Stuhl niedergelassen.

„Ich hatte einen schweren Traum", keuchte Björn.

„Kein Wunder in deinem Zustand", meinte der Pater freundlich. „Was hat dich so erschreckt?"

„Ich träumte, ich müsste sterben", sagte Björn leise. „Ich fürchtete, ich müsste über den Zustand meiner Seele Auskunft geben. Als brauchte ich eine Eintrittskarte. Mein Popa sagte mir als Kind: Halte deine Seele sauber und klar, dann kann dir nichts passieren. Ich dachte immer, sie sei so etwas wie ein weißes Damasttischtuch, das man nicht bekleckern darf beim Festtagsessen..."

„Ein schönes Bild, finde ich", meinte der Pater, „und, hast du das Tischtuch befleckt?"

„Ach", stöhnte Björn, „gibt es denn eine Seele? Kein Wissenschaftler hat sie im menschlichen Körper aufgespürt."

Der Pater war vorsichtig. „Vielleicht ist die Seele gar kein Organ, wie wir sie uns vorstellen. Vielleicht nur ein Merkmal in unserer Gen-Kette. Vielleicht nur irgendein Zeichen."

„Ein Tattoo sozusagen von innen, das man noch irgendwann entdecken kann?"

„Vielleicht, vielleicht."

Björn zog die Stirn in Falten. „Vielleicht ist das Zeichen ein Defekt? Für was sollte denn so ein Merkmal gut sein? Ein geheimnisvolles Zeichen von einem geheimnisvollen Geist?"

Der Pater lächelte. „Warum nicht? Vielleicht ist es uns eingehaucht worden..."

Björn setzte sich in seinem Bett auf. „Wir bestehen aus Materie des Universums. Dafür brauchen wir keinen Geist. Wir haben also alle Zeichen des Universums in uns."

Der Pater atmete laut aus. „Leider weiß ich es auch nicht besser. Wir sollten mal die Bibel befragen."

Björn lachte auch. „Die Bibel als Wort Gottes oder als eine Anthologie von Geschichten über Gott?"

„Menschen aus allen Kulturen beten zu einem Schöpfer."

„Ich seh schon, du weißt es auch nicht!" Björns Stimme klang leicht verärgert.

„Nein, ich weiß es auch nicht. Ich glaube, du machst es dir sehr schwer. Wenn wir es wüssten, bräuchten wir keine Fragen zu stellen. Björn, ruh' dich aus und schlaf' wieder. Vielleicht begegnet dir die Antwort im Traum." Der Pater erhob sich. „Übrigens, auf deine Seele ist mindestens ein gutes Licht gefallen: Du hast das kleine Mädchen vor einer Verletzung geschützt."

Björn wickelte sich in seine Decke. „Ich friere", sagte er, „obwohl mein Kopf sich heiß anfühlt. Mir ist irgendwie übel..." Björn schloss die Augen.

Der Pater zog die Tür leise zu.

Björn zitterte immer noch und sogar noch heftiger, kalter Schweiß stieg ihm auf die Stirn.

Muhammad, 22. Februar abends

Die Stimmung unter den Passagieren hatte sich verändert. Muhammad al Chatim registrierte die latente Aggressivität in der Gruppe. War es vielleicht seine Zurückhaltung oder seine Erscheinung, die dazu führte, dass er Distanz zu spüren glaubte? Was war mit dem Pater los, war er wirklich ein Mann des Glaubens? Oder ein grandioser Schauspieler? Er erinnerte sich an die angeregte Unterhaltung, die der Pater beim „Leinen-los-Dinner" am ersten Tag, vor allem mit den Frauen, geführt hatte. Eigentlich hatte er ein Tischgebet von diesem Christenmenschen erwartet, zumindest ein stilles. Stattdessen sublimierte er ganz offensichtlich männliches Verlangen in eine intellektualisierte Legitimierung der Genuss-Sucht. An diesem Abend hatte er wieder dieses westliche Überlegenheitsgebaren verspürt, das sich über alle anderen Kulturen stellte. Doch waren es nicht Weise aus dem Morgenland gewesen, die der europäischen Kultur ihr Wissen geliefert hatten, von Friedrich II. über Goethe bis Karl Marx? Stellten sich nicht der Rationalismus und die Institution Kirche zwischen Allah und den Menschen? Das kollektiv aus dem Gedächtnis gelöschte „Bildnis-Verbot" von Gott verhinderte auch den Zugang zu der Einsicht, dass Gott in den Menschen wohnte. Die mutigen Denker auch bei den Christen werden bis heute geschasst.

Muhammad hatte keine Lust auf die Passagiere im Salon, zudem misstraute er dem Abendessen. *Sahnegeschnetzeltes* war angekündigt, er glaubte aber nicht daran, dass es Kalbfleisch war. So meldete er sich beim Steward ab und suchte seine Glaubensbrüder, die muslimischen Decksleute, auf. Freundlich, fast ehrerbietig wurde er begrüßt. In einem großen zerbeulten Kochtopf köchelte *Rawon* vor sich hin, die köstliche *Black soup* aus *Jawa timor*, Ostjava. Kapitän Freese hatte der Gruppe einen großen Kühlschrank zugestanden. Sie bezeichneten ihn als *Koolkast*, ein sprachliches Relikt aus der holländischen Kolonialzeit. Außerdem hatte der „Alte" einem Indonesier namens Sutowo, sie nannten ihn alle nur „To", eine Stunde seiner täglichen Arbeitszeit für die Verpflegung seiner Landsleute zugestanden. Eine kluge Maßnahme, wie sich herausstellte. Vor vier Tagen hatten sich der alte Koch, „Napoleon" Jens Albrecht, und To noch über das Material abgesprochen. Überglücklich hatte To reichlich Lebensmittel aus der Kombüse geschleppt, darunter ein großes Stück Rindfleisch, *Daging sapi*, ein fettes Lankenstück. Daraus zauberte To jetzt das *Rawon*. Mit großer Geduld, fast andächtig, zerkleinerte er in einem Steinmörser die Gewürze, Gewürze, die es in Europa nicht gab. Darunter die hartschaligen Nüsse, die aussahen wie schwarze Paranüsse, in ihrem Inneren aber eine schwarze, aromatische Masse enthielten, die der Suppe ihre Farbe und ihren unvergleichlichen Geschmack gab. Nebenher garte der Reis, *Nasi*, in dem großen elektrischen Reiskochtopf. Von dem Reis hatten sie etliche 20kg-Säcke in der Ecke deponiert. Auf der anderen Gasflamme erhitzte To im *Wok* dunkelschäumend das Palmfett für das Kroepoek. Die unverzichtbaren Maniokchips. Es waren die guten mit *Udang*, Garnelenanteilen, nicht die billigen mit Karotten, die man den westlichen *Langnasen* andreht. To schöpfte von der Suppe in die gereichten Schalen. Die Decksleute träufelten aus Limonenstücken Saft darüber, gaben kräftig *Sambal oelek*, die höllisch scharfe Chilli-Masse dazu und vermengten alles mit Reis. Die aufgebläht gebackenen Kroepoek-Chips krönten die Ess-Schalen. „*Enak sekali!*", „sehr lecker!" hörte man es reihum. Muhammad al Chatim strahlte, die Mundwinkel glänzten fettig. Dann begannen sie zu palavern. Mit ihrem amüsanten *Sailor-English* versuchten sie Muhammad teilhaben zu lassen. Für Muhammad war es auch erstaunlich, wie viel Arabisch sie beherrschten. Als aber das Gespräch auf die Ladung in den Luken kam, wurden sie sichtlich leiser und schauten sich vorsichtig um. Später holten sie ihre Gebetsteppiche für das gemeinsame Nachtgebet.

Zurück in seiner Kabine dachte Muhammad darüber nach, wie der Rest der Reise wohl verlaufen würde. War seine Entscheidung richtig gewesen, mit einem Schiff zu versuchen, seinen Verfolgern zu entkommen? Er wusste, dass die Überwachung der Airports und der ein- und auscheckenden Passagiere, sowie der weltweite umfassende Datenabgleich in den letzten Jahren nahezu perfektioniert worden waren. War es das wert gewesen, sich und seine Familie durch die Recherchen zu den Hintergründen der Gräuel im Nahen Osten in Gefahr zu bringen? Unfassbar war sein Schmerz bei den Gedanken, dass er seine Frau Fatima in ihren letzten Stunden nicht hatte begleiten können. Glaubte er wirklich, dass sein Enthüllungsjournalismus die Welt verändern könnte?

Warum umgarnten ihn die maßgeblichen Kräfte in diesem Spiel? Wer ist Feind, wer ist Freund? Die USA hatten ihm Schutz angeboten, die Deutschen halfen diskret und effektiv. Was würde der Preis dafür sein, würde er zum Verräter werden müssen, würde er gegen den Islam missbraucht werden? Er kannte die Ressentiments des Westens gegenüber den Muslimen, die himmelschreiende Ignoranz gegenüber der gesellschaftlich fruchtbaren Kraft seines Glaubens. Da gab es einen Teil der Welt, der glaubte, die Wahrheit für sich gepachtet zu haben. Wie um das Goldene Kalb tanzten sie um scheinbare Ideale für das Heil der Welt ... Freiheit des Individuums, Erfolg und entmenschlichte Leistungsansprüche, grenzenloser Konsum und Sex, Exzesse des Neoliberalismus, dem alle Mittel recht sind, um die Gier zu befriedigen.

Für Muhammad passten Machtansprüche und Glauben nicht zusammen. Das Christentum hatte sich da nicht gerade mit Ruhm bekleckert und tat es immer noch nicht. Das dritte Offenbarungsbuch, der Qu-ran, aber auch die Thora und die Evangelien, die Weisheit der

Schamanen und fernöstlichen Religionen enthielten genügend Hinweise für ein *Gutes Leben*, ein Leben im Paradies, falls die Menschen bereit wären, sich ihren Schatten, man konnte auch sagen, dem Teufel, zu stellen.

Zu gerne würde Muhammad darüber mit einigen der Passagiere ins Gespräch kommen, Rupert Vesper, Elvira, Anna oder sogar Björn. Conrad und Markus schloss er aus. Mit Dreyer stimmte ganz sicher etwas nicht und jetzt gab es auch noch diese undurchsichtigen Spannungen zwischen ihm und Mittelstädt. Ob die sich wirklich kannten?

Oder der Erste Offizier, Lohfeld? Er machte einen intelligenten Eindruck und schien über viele Vorgänge auf dem Schiff Bescheid zu wissen. Ja, das war's. Am besten auf der Brücke, zur ersten Wache nach Mitternacht. Das Rauschen des Atlantiks an der Bordwand, das unendliche Firmament, das von Tageszwängen befreite aufgelöste Zeitgefühl, vielleicht auch die gemeinsame Wellenlänge, die sie verband. Heute war er zu müde, morgen würden sie die Azoren erreichen, mal sehen...

Heinz Petersen, 22. Februar abends

Die Bandnudeln zum Sahnegeschnetzelten waren viel zu weich, aber das störte Heinz Petersen, den Chief, nicht. Nudeln, Spätzle, Knödel, das war für ihn ohnehin was für Bayern oder die anderen *Italiener* südlich der Donau. Salzkartoffeln, die mehligen, liebte er eigentlich, und das am liebsten dreimal am Tag. Ob Schweine- oder Kalbfleisch, das interessierte ihn nicht. Na ja, beim *Hamburger Rundstück* muss es schon Schweinebraten sein. Zufrieden zog er den Serviettenzipfel aus dem Hemdkragen und wischte sich dann genüsslich Mund und Bart ab. Es war kein einfaches Unterfangen. Gerne beim Essen zu reden, führte beim Chief zwangsläufig dazu, dass regelmäßig Speisereste in seinem grauen Vollbart landeten. Saucenschlieren schienen sich geradezu gierig mit den struppigen Barthaaren zu vermählen. Fasziniert schaute Karima dem Reinigungsmanöver in dem zerfurchten Gesicht des alten Mannes zu. Ihre Mutter fand den Anblick wenig appetitlich, überspielte die Situation aber mit der Frage: „Herr Petersen, was macht Ihre Maschine, läuft sie wieder gut?"

Ja, er hatte richtig gehört „... Ihre Maschine ..." hatte sie gesagt, und damit hatte sie jetzt einen Stein bei ihm im Brett. „Läuft wie ne Eins, sag ich Ihnen. Gut, dass es jetzt passiert ist und nicht drei Tage später oder bei schwerem Wetter.", donnerte er über den Tisch. „Der Junge kann übrigens nichts dazu", damit meinte er den Dritten Offizier. „Das muss die Maschine aushalten. Auf der Werft haben sie Schei... schlecht gearbeitet", verbesserte er sich schnell.

Heinz Petersen fühlte sich prächtig. Noch vor zwei Tagen hatte er seine Entscheidung, als Chief einzusteigen, verflucht. Er hatte sich schlichtweg überfordert gefühlt, wollte es sich aber nicht eingestehen. Markus war für ihn ein Glücksfall gewesen. Jetzt hatte er zudem einen deutschen Gesprächspartner der noch was von „hängenden" Ventilen, Wellendichtungen, Öldruckaufbau und *Bunker C*, dem berüchtigten Schweröl, verstand. Als die Maschine gestern Nacht wieder angelaufen war, hatten sie sich in die Arme genommen, wie HSV-Fans nach einem Sieg über Werder, und gegrölt: „Dem Inschinör is nix zu schwör!" Kapitän Freese hatte beiden vom Steward eine Flasche Calvados in die Kammer bringen lassen. Heinz Petersen fand das sehr, sehr anständig. Mit der erfolgreichen Reparatur hatte der Chief an „Stellung" gewonnen. Nach und nach legte er seine anfängliche Zurückhaltung ab und belieferte die Salongesellschaft mit immer neuen Stories aus seiner Zeit an Bord.

Die Stewardboys machten sich daran den Salon aufzuklaren. Der größte Teil der Gesellschaft bequemte sich auf das Promenadendeck. Wärmende Decken lagen auf den *Lazy chairs* bereit. Der Chief mittendrin. Auf dem Achterdeck sahen sie die Decksleute lebhaft mit Muhammad schwatzen. Dann legte „Heini", Heinz Petersen, erneut los:

„Damals Anfang April 70, wir sollten Bananen in Puerto Barrios, Guatemala laden, wartete beim Anlegen ein Passagier an der Pier. Nach Deutschland wollte er mit zurück. Ich seh' ihn noch vor mir, heller Tropenanzug, aber keinen Hut. Gleich nachdem die Gangway gefiert war, kam er hoch. Im Salon ..." Heinz Petersen zeigte dabei rückwärts mit dem Finger auf den Salon „... soll er einen Kaffee gewünscht haben. Na ja, ne halbe Stunde später kam ein alter Krankenwagen. Auf der Bahre trugen sie ihn runter. Ich sah noch, wie sein Unterarm aus der Bahre glitt. Herzschlag! Er hieß Hartmann, Botschafts-Attaché. Damals hatten sie, die Guerillas, die FAR, den deutschen Botschafter Graf Spreti entführt und ermordet. Dann haben sie die Botschaft dichtgemacht. Herr Hartmann sollte mit dem Schiff zurück nach Deutschland, warum auch immer. Der Steward hat was zu hören bekommen, von wegen ‚Wir haben ja immer gewusst, dein Kaffee ist tödlich', und so weiter. Später kam der Leichenwagen. Wieder mit Herrn Hartmann, der mit zurückkam, aber im Zinksarg. Er kam ganz nach vorne in die kleine gekühlte Bug-Luke. Tja und am nächsten Tag stand ‚Hackbraten' auf dem Speiseplan. Die Kommentare könnt ihr euch ja denken!"

Keiner der Zuhörer auf dem Promenaden-Deck wusste so richtig, ob er lachen oder gespielt ernst sein sollte. Mit der zweiten Geschichte holte sich Petersen aber die Lacher auf seine Seite: "69, Januar, ich war an Bord noch ziemlich grün hinter den Ohren, liefen wir die Elbe hoch nach Hamburg. Max, unser Storekeeper, sollte aussteigen. Er wollte, oder...", jetzt grinste Heinz Petersen breit, „musste heiraten. Beim Anlegen stand sie schon unten und winkte. Ingrid, war ganz schön rund. Max hatte ein seltenes Monstrum von Koffer. Ganz altes Stück, so ne Art Korbgeflecht mit Eisenbeschlag rundum. Vermute, ein Erbstück von Christoph Columbus. Jedenfalls machte Max noch seine Abschiedsrunde; mit der *Holsten*-Flasche in der Hand ging er nach oben zu den *Drei Eisheiligen*, die waren gerade in'ner Besprechung. Max war auch kein Freund von Traurigkeit. Einmal hat er den Bootsmann..." Petersen stockte, dann fuhr er fort „Au weh!", er zog ein Gesicht als hätte er Zahnschmerzen, „Das erzähl ich euch ein andermal. Erst mal zu der Geschichte." Als ob er ein Abendmahl halten würde, griff Heinz Petersen langsam und würdevoll zum Glas, nahm einen tiefen Schluck und setzte an: „Also, Max war oben, der Koffer unten auf dem Stahldeck neben der Gangway. Blitzschnell kam der Bootsmann mit dem Schweißbrenner an, einer schleppte die Gasflasche. Die Flamme zischte ... eins, zwei, drei, mit vier Schweißpunkten war der Koffer fest. Kaum war der Bootsmann mit seinem Gerät weg, kam Max runter und sagte: ‚Also Jungs war schön mit Euch, haltet die Ohren steif, meine Kleine wartet, dann werd ich mal ... in den Hafen der Ehe einlaufen!' Dann griff er zum Koffer ... nichts, er zerrte nochmal dran, wieder nichts, dann schaute er das Malheur an. „Ihr Schweinepriester, das war bestimmt der Bootsmann, wo ist die feige Sau?" Dann herrschte er einen von seinen Schmierern an: „Hol' mal den dicken Bimbo, aber dalli!" Er meinte den dicken Vorschlaghammer, natürlich. Er holte aus, ein Schlag genügte, der Koffer war frei, aber ziemlich ramponiert. Kurz bevor er explodierte, war da die Hand vom Bootsmann mit ner Bierflasche. Mann, ham wir gegrölt."

Heinz Petersen, der Chief, fühlte sich an diesem Abend wie damals auf der *MS Persimmon*. Mit der zunehmenden Dunkelheit des Abends kroch aber auch allmählich die Kühle herauf. Es war eben doch erst Februar. Das merkte man selbst in diesen Breiten. Die Deckchairs leerten sich einer nach dem anderen. „Vielleicht gehen wir besser in den Salon", meinte Petersen. Auch an der Bar konnte er weiter sein Seemannsgarn spinnen.

Rupert Vesper, 22. Februar abends

Rupert Vesper konnte sich nicht auf seine Abendlektüre konzentrieren. Weder Hermann Brochs „Tod des Vergil" noch die „Four Quartets" von T.S. Eliot vermochten es heute, ihn zu fesseln. Er war beunruhigt. Björns bemitleidenswerter Zustand, seine Angstträume, sein blasses, schweißnasses Gesicht gingen ihm nicht mehr aus dem Kopf.

293

Er legte das Buch beiseite, um noch einmal nach dem jungen Mann zu sehen.

Wenig später rannte, nein stolperte er völlig verstört in Richtung Offiziersmesse, um dem Kapitän schwer atmend über das Gesehene zu berichten. Klaas Freese funkte sofort den Dritten Offizier an und fragte, ob man einen Hubschrauber anfordern solle. Oliver Hecht eilte im Laufschritt zu Björns Kabine und erfasste mit einem Blick die Situation. „Anaphylaktischer Schock!", flüsterte er entsetzt. Er spritzte umgehend Adrenalin und ein Antihistaminikum. Das war das Notfallmanagement, das er immer wieder eingebläut bekommen, aber bisher noch nie angewendet hatte. Er schwitzte fast genauso stark wie sein Patient und es fiel ihm sehr schwer, ein paar Minuten Ruhe zu bewahren, um die Wirkung des Adrenalins abzuwarten.

Doch nach einiger Zeit wurde Björns Puls fester und sein Atem ruhiger. Der Dritte gab erst einmal Entwarnung, man brauche wohl keinen Hubschrauber. Er deckte Björn behutsam zu. Der ließ alles mit sich machen, er schien weit weg zu sein. Allerdings antwortete er zerstreut auf ein paar Testfragen, alle Umstehenden, die dazugekommen waren, atmeten hörbar aus und lösten ihre Schockstarre.

Hottenrott, 22. Februar abends

Jetzt war er gerade mal zwei Tage an Bord und hatte schon Stress. Es war sein erstes Schiff mit Passagieren. Natürlich hatte Hottenrott sein Berufsleben in der Gastronomie begonnen. Gäste zu bekochen, oft größere Gesellschaften, und das nicht selten an 12 Stunden-Tagen, hatten sie ihm beigebracht, im *Elbstern*. Das Ausflugs- und Eventhotel *Elbstern* gehörte zu den Betrieben, die nicht zimperlich waren mit Gästen und dem Personal. „Raushauen" mit dem Essen war die Devise, Brüllen des Küchenchefs, Fluchen des Chefsauciers, wenn ellenlange Bons annonciert wurden. Die *Schwarze Brigade*, die Kellner, sammelten die Bons gerne bis zu einem ansehnlichen Stapel, um dann die Küche „in den Saich" zu bringen, dafür bekamen sie im Gegenzug schon mal eine glühend heiße Anrichteplatte in die Hand gedrückt. Die Azubis gerieten in Panik weil sie in der Hektik „alles falsch machten" und wurden „angeschissen". Die schmutzigen Gerätschaften, Pfannen, Sauteusen, Kellen flogen direkt vom Herd ins Becken zum Casserolleur, dem Spüler. David hieß er. „Du schwule Sau, klemm Deine Arschbacken zusammen und mach' zu!" kam es nicht selten vom *Entremetier*, dem Beilagenkoch. Im dritten Ausbildungsjahr war Siegfried Hottenrott dann voll mitgeschwommen, jetzt hatte er was zu sagen, gegenüber den *Stiften* im Ersten und Zweiten Lehrjahr. Der Betrieb lebte vom All-inclusive-Geschäft. Vor allem an den Wochenenden kamen die Busse. Meist Vereine, Männer-Schützenverein, Frauen-Schützen, Frauenhandball-Gruppen, Männer-Kegelvereine, alles schön austariert. *Welcome Cocktail*, Buffet, Disco mit DC Valentin, *Nabel-Tango*, Sektbar, in den Damenwaschraum noch mal aufbrezeln, in den Herrenwaschraum, nochmal pinkeln, Mundspray, Kondome ziehen. Nach Mitternacht verzogen sie sich, meistens paarweise, ganz selten auch zu dritt. Wenn Siegfried Hottenrott dann so in stattlicher Pose hinterm Buffet stand, gab's schon mal Angebote.

Essen „raushauen" konnte er, aber in der Prüfung hatte es Probleme gegeben, damals im Januar 2006. Bei den ersten beiden Gängen hatten die Prüfer schon sehr bedenklich geschaut. Mit dem Dessert wollte er es rausreißen. *Heimischer Winter-Apfel* nannte er seine Kreation, sozusagen sein Erstlingswerk. Er schälte die Boskoop-Äpfel aus dem *Alten Land*. Mit dem Kugelausstecher entfernte er das Kerngehäuse, blanchierte die halben Äpfel in Weißwein, Zucker, Zimt und Nelke und fror sie im Schnellfroster ein. Dann die Vanillesauce. Selber herstellen? Er kannte sie nur aus der Tüte. Er nahm die falsche Speisestärke. Dann hörte er: „In fünf Minuten geht das Dessert!" Schnell arbeiten konnte er. Teller ausbreiten, mit Puderzucker bestäuben, Vanillesauce-Spiegel drauf, zwei halbe, runde, blanchierte, gefrorene Äpfel und der missglückte Versuch, mit Himbeermark eine künstlerische Note zu setzen. Unsicherheit bei den Gästen, fragende Blicke, beim Abstechen flutschten die hart gefrorenen halben Äpfel von den

Tellern, der ganze Saal lachte. Hottenrott bestand dennoch die Prüfung, sein Chef war Vorsitzender des Prüfungsausschusses. Zurück im Betrieb hörte er vom Entremetier: „Dein Dessert muss ausgesehen haben wie der Arsch von ner Nutte, die die Tage hat!" Hottenrott kochte. Nach dem Auftritt von Dreyer, diesem arroganten Arschloch, im Salon, kam ihm alles wieder hoch. Er würde es ihm zeigen. Und den Kameltreibern auch.

Conrad, 22. Februar abends

Conrad lag in seiner Kabine auf dem Bett. Sein Blick schweifte immer wieder zur Uhr. Erst 20:30. Wie die Zeit dahin schlich. Er spürte wieder den kleinen nervösen Klumpen in seinem Bauch. Und das waren nicht die matschigen Bandnudeln von diesem kochenden Hornochsen, dachte er grimmig. Eigentlich hätte man den auch heute wieder zitieren müssen. Conrads Ärger über das Essen war jedoch schlagartig durch einen anderen Schrecken ersetzt worden, als sich Scott, sein Tischnachbar, zu ihm herüber gebeugt hatte: „Na, Cornelius oder besser Conrad? Oder müssen wir uns vielleicht auf noch einen anderen Namen bei Ihnen einstellen?" Fast wäre ihm die Gabel aus der Hand gerutscht, als Scott grinsend weitergestichelt hatte. „Da scheinen Sie ja wohl eine Leiche im Keller zu haben. So, wie der Mittelstädt heute reagiert hat, das kann der doch nicht spielen." Noch jetzt wurde Conrad beinahe übel, aber er hatte sich mühsam zusammengenommen und mit gepresster Stimme erwidert. „Es spricht nicht für Sie, wenn Sie einem blinden Passagier glauben. Warum hat er sich denn wohl an Bord geschmuggelt? Hat ihn das denn mal jemand gefragt? Der hat doch was zu verbergen. Und dann diese Behauptungen, er kenne mich. Quatsch, alles Quatsch, was der erzählt!" Er senkte seine Stimme noch mehr, schließlich konnte er nicht die Aufmerksamkeit des ganzen Raums gebrauchen. „Eigentlich gehört der vor den Kadi. Soweit ich weiß, ist die Reise als Blinder Passagier strafbar. Früher haben sie solche Typen einfach über Bord geworfen." Damit wandte er sich wieder dem Geschnetzelten zu. Mit angestrengtem

Dauerkauen signalisierte er seinem Tischnachbarn, dass für ihn das Thema erledigt war.

Und nun lag er hier auf dem Bett, versuchte wieder zur Ruhe zu kommen und einen Plan für das bevorstehende Gespräch zu entwerfen. Immer noch über eine Stunde Zeit. Er könnte Mittelstädt offensiv ausfragen und so vielleicht herausfinden, wie viel der tatsächlich noch über ihn wusste. Er könnte ihn bei dieser Gelegenheit so massiv einschüchtern, dass er sich nie mehr trauen würde, seine neue Identität anzuzweifeln.

Er könnte ihn aber auch verständnisvoll fragen, warum er sich als Blinder Passagier an Bord geschmuggelt habe, so auf die weiche Tour sein Vertrauen gewinnen und gleichzeitig von sich ablenken. Aber in angespannten Momenten, das wusste er nur zu genau, war er nicht unbedingt der gewandteste Redner.

Es gab ja auch noch die ganz einfache, direkte Methode. Er grinste. Natürlich nicht über Bord werfen, auch wenn er schon Lust gehabt hätte, das Problem auf diese Weise zu erledigen. Aber: ein zweiter Vermisster – das käme nicht gut. Dann hätten sie spätestens in Costa Rica die Polizei an Bord, vielleicht schon auf den Azoren. Und darauf war er, Conrad gewiss nicht scharf. Grade mal neun Uhr durch, das Warten war echt unerträglich.

Aber es ging ja noch einfacher. Jetzt war Conrad sich seiner Sache langsam sicher: Markus war bestimmt käuflich! So abgebrannt wie der momentan war, könnte er auf jeden Fall in Costa Rica zehntausend Dollar für einen Neustart gebrauchen. Vielleicht auch mehr. Da wollte er im Zweifelsfall mal nicht geizen. Das war ihm seine Sicherheit wert. Und sollte Markus dann später in Südamerika noch mehr wollen, könnte man immer noch zu anderen Mitteln greifen. Jetzt ging es Conrad tatsächlich besser. Er hatte einen Plan, der für sie beide nützlich sein konnte. Bevor man sich einen Feind machte, kaufte man sich besser einen Freund. Des einen Pech, des anderen Glück.

Gegen halb zehn machte sich Conrad auf den Weg an Deck. Die tiefen Deckchairs waren leer, die übrigen Passagiere waren inzwischen wohl in ihren Kabinen oder hockten noch an der Bar. Gut gemacht, dachte er bei sich, da stört uns jedenfalls niemand. Sein Blick schweifte über das Meer, ihn fröstelte ein wenig. Gut, dass er seinen dicken Pullover angezogen hatte. Er würde erst einmal hier vorn bleiben und warten. Von seinem jetzigen Standpunkt konnte er das Heck und die Flagge noch gerade erkennen. Er würde sich nicht von Mittelstädt überraschen lassen, sondern selbst erst auftauchen, nachdem er ihn hatte etwas schmoren lassen. Das kam immer gut.

Conrad lehnte sich mit dem Rücken an die Reling und wartete. Es war dunkel. Nur ein paar Sterne und einige Lichter erleuchteten das Deck spärlich. Gleich würde es soweit sein. Ungeduldig trommelten seine Finger auf den metallenen Handlauf. Noch nichts zu sehen hinten. Markus ließ sich offensichtlich Zeit. Vielleicht sollte er selbst doch schon ans Heck gehen. Dort stehen, Entschlossenheit zeigen. Ja, das war besser als noch zu warten. Entschieden löste er sich von der Reling und machte sich auf den Weg.

Hinter dem Abgang zum Maschinenraum sprang plötzlich aus dem Dunkel ein vermummter Mann hervor. Er schien auf ihn gewartet zu haben. Reflexartig wich Conrad zurück, aber der andere war schneller und unversehens stand Conrad mit dem Rücken zur Wand. Er hob die Arme, ob zur Gegenwehr oder zum Schutz, das war ihm in diesem Moment nicht klar. Der erste Schlag traf ihn im Bauch. Dreyer japste nach Luft und sackte nach vorn. Ein zweiter Schlag ging durch seine schwache Deckung direkt aufs Kinn. Die Lippe platzte, er spürte den Geschmack von Blut im Mund. Seinem Blut! Er begann zu schreien. Früher einmal war er vielleicht noch schneller gewesen, aber jetzt, gegen einen offensichtlich erfahrenen und ganz sicher gewaltbereiten Gegner? Dem Schlag konnte er gerade so ausweichen. Die Faust donnerte knapp neben seinem linken Ohr ans Metall. Der Gegner zuckte zurück. Gerade wollte Conrad zu einem Grinsen ansetzen, aber da traf ihn eine unerwartete Linke direkt über dem Auge. Auch hier ein stechender Schmerz. Stöhnend sackte er am Fuß der Wand zusammen. Nun begannen die Tritte. Während er versuchte, mit den Armen seinen Kopf zu schützen, schrie er noch einmal um Hilfe, so kräftig es ging. Zum Glück für Conrad hatte wohl der Wachhabende auf der Brücke von dem Lärm was mitbekommen. Die Scheinwerfer tauchten das Deck plötzlich in Inseln von hellem Licht. Er glaubte, eine Stimme zu hören und bemerkte mit einem Auge, wie sein vermummter Peiniger in den Schatten im Schiffsinneren verschwand. Dass er dabei gezielt einen kleinen Gegenstand neben Dreyer fallen ließ, bemerkte der vor Schmerz Gekrümmte nicht mehr.

Lohfeld, 22.Februarabends

Leise stampfend zog die *MS Pavia* ihre Bahn durch die Dunkelheit. Nur das rhythmische Vibrieren der Metallplatten unter den Füßen und hin und wieder eine leichte Krängung des Schiffskörpers in der langen Dünung des offenen Meeres erinnerten den Wachhabenden daran, dass sie sich auf hoher See befanden. Lohfeld liebte diese Zeit auf der Brücke. Wenn nach einer kurzen Dämmerung die Nacht das Schiff von Osten her kommend einholte, war man auf einmal seltsam allein, mit sich, seinen Gedanken, den Sternen.

Heute war der Nachthimmel von einzelnen Wolkenbänken durchzogen, die Sternbilder wechselten dadurch zu immer neuen Fragmenten und wechselnden Konstellationen. Dort am Himmel kannte er sich aus. Wenn er in solchen Momenten Passagiere zu sich auf die Brücke einlud, genoss er es, andere an seinem Wissen teilhaben zu lassen. Großzügig teilte er die Unendlichkeit mit ihnen und fühlte sich dabei immer öfter schon ganz als Herr des Schiffs. In der Bewunderung konnte er ganz vergessen, dass er noch nicht die vier Streifen des Kapitäns auf den Schulterklappen hatte.

Auf dieser Reise hatte es ihm dieser Sudanese al Chatim angetan, ein kultivierter Zeitgenosse, der offensichtlich als Journalist selbst schon weit herumgekommen war, irgendwie schien er ihm wesensverwandt. Lohfeld hatte ihn bereits mehrfach während seiner Wache auf die Brücke eingeladen. Vielleicht könnte er es ja an diesem Abend noch einmal versuchen. Häufig genug war al Chatim in den letzten Tagen zu dieser nachtschlafenden Zeit an Deck gewesen und hatte sich mit seinen indonesischen Glaubensgenossen auf dem Achterdeck unterhalten. Lohfeld schaute über das weitgehend dunkle Deck. Heute war nach dem Abendessen noch recht viel los gewesen. Zuerst hatte die Traube der Passagiere den Chief auf dem Promenadendeck umlagert. Wahrscheinlich erzählte der mal wieder aus alten Seemannszeiten. Lohfeld rümpfte die Nase. Das war so gar nicht sein Stil, diese alten Klischees. Als ob es noch Holzbeine und Papageien gäbe an Bord. Er war modern.

Dann waren sie in die Bar abgezogen, sollten sie doch.

Im Schein der wenigen Lampen hatte er eben noch Scott Williams gesehen. Der hatte mit energischen Schritten zwei, drei Mal an Backbord die ganze Länge des Schiffes abgeschritten, so als müsse er irgendeine Erregung unter Kontrolle bringen. Warum wirkte dieser Mann nur immer so angespannt auf ihn? Er hätte doch allen Grund gehabt, die ruhige Zeit zusammen mit seinem Sohn zu genießen. Inzwischen war er wieder verschwunden, wahrscheinlich doch zu kühl nur im T-Shirt.

Lohfeld zuckte die Achseln. Natürlich wusste er diesmal mehr über seine Passagiere als sonst, das verdankte er diesem Job für die Agency. Auftragsgemäß hatte er Fotos, Videos und Gesprächsmitschnitte nach Hamburg weitergeleitet und regelmäßig mit diesem Degenhardt telefoniert. Ihm war klar, dass unter solchen Bedingungen für einen zuverlässigen Mitarbeiter, der diskret seine Pflichten tat, am Ende schon etwas rausspringen würde. Er war dem Kapitänsrang wieder einen Schritt näher gekommen.

Aber jetzt war Zeit für seine erste Tasse Tee. Der Steward hatte ihm eben die übliche kleine Thermoskanne und einen Becher heraufgebracht. Er goss sich den dampfenden Assam in die Tasse, kleine Wirbel bildeten sich, als er die Spur Zucker verrührte.

Als Lohfeld wenige Minuten später von seinen Instrumenten aufsah, war da wieder eine Gestalt. Jemand schlenderte nach vorn zum Bug, suchte ganz deutlich etwas oder wartete auf jemanden, wobei er versuchte, möglichst unbeteiligt zu wirken.

Die hochgezogenen Schultern, der leicht geduckte Gang – unschwer erkannte er seinen „Schützling" Dreyer, der schließlich mit dem Rücken an der Reling lehnte. Was war nur los heute? Im fahlen Schein der Lampe konnte Lohfeld genau erkennen, wie Dreyer immer wieder angestrengt zum Heck sah und nervös mit der einen Hand auf dem metallenen Handlauf trommelte. Der wartete ganz sicher auf jemandem.

Plötzlich aber war auch Dreyer wieder verschwunden, die Nacht hatte ihn wie die anderen verschluckt, wahrscheinlich war es auch ihm zu zugig geworden trotz des dicken Pullovers.

Lohfeld nippte wieder am Tee. Von innen wurde ihm warm, während er seine Blicke noch einmal über das Deck schweifen ließ. Niemand zu sehen, auch die letzten waren wohl inzwischen in ihrer Kabine. Noch ein Schluck und noch einer. Gleich würde er nachschenken. Er schnalzte leise mit der Zunge und wollte sich gerade zu seiner Kanne umdrehen, als er ein leises Geräusch hörte. Doch noch jemand unterwegs an Bord außer der Brückencrew?

Gab es dort draußen in der Nacht etwas, von dem er, Lohfeld, nichts wusste? Plötzlich meldete sich der sechste Sinn ganz hinten in seinem Kopf. Auf dieses Gefühl konnte er sich verlassen. An Deck blieb kaum etwas vor ihm verborgen.

Eine leise Unruhe breitete sich über seinen Nacken aus. Irgendetwas stimmte hier nicht. Gespannt lauschte er weiter auf die Bewegungen im Dunkel. Beinahe befriedigt realisierte er das dumpfe Fallgeräusch. Von irgendwo da unten folgte eine gedämpfte, aber unverkennbar verängstigte Stimme. Dann wieder Stille, nur Wellen und Schiffsdiesel als monotones Hintergrundgeräusch. Hatte er sich getäuscht? Kaum möglich, dafür waren ihm die Klänge seines Schiffes zu vertraut. Angespannt wartete er. Plötzlich registrierten seine Ohren ein Stöhnen und einen verzweifelten Ruf um Hilfe.

Wie beiläufig warf er den Lichtschalter um. Licht flammte überall an Deck aus den erwachten Strahlern. Trotzdem blieben Schatten, aber es reichte, um eine stämmige Gestalt mit raschen Schritten im Niedergang verschwinden zu sehen. Das Trappeln verhallte im Bauch des Schiffs. Das Stöhnen blieb.

„Sie übernehmen", mit dieser knappen Bemerkung zum zweiten Mann auf der Brücke machte Lohfeld sich auf den Weg zum Deck. Sofort bemerkte er den männlichen Körper, der zitternd am Boden lag, den Kopf tief zwischen den Schultern. Unverkennbar Dreyer, der stöhnend die Knie zum Unterleib hochgezogen hatte. Lohfeld beugte sich hinunter, griff nach der Schulter, sprach in beruhigendem Ton auf den Geschockten ein, während er die Blessuren im Gesicht registrierte. Neben Dreyer hockend, konnte er erkennen, dass ein Auge stark angeschwollen war, blutunterlaufen, die Augenbraue aufgeplatzt. Ein Blutstropfen hing im linken Mundwinkel, die Lippe ebenfalls geplatzt.

„Erkennen Sie mich? Ich bin's, Lohfeld." Er schaute Dreyer prüfend an, es war wichtig, mit dem Benommenen im Gespräch zu bleiben. Hatte der Mann eine Gehirnerschütterung, Brüche, sonstige Blessuren? Leises Stöhnen antwortete. „Jetzt setzen wir Sie erst einmal langsam auf." Mit geübten Griffen zog er den Verletzten hoch, lehnte ihn an die Metallplatten der Wand, vor der Dreyer zusammengesunken war. Beiläufig registrierte er in diesem Moment die Zigarettenpackung, die unter dem Verletzten sichtbar geworden war. Kretek, indonesische Nelkenzigaretten. Mit einer knappen Handbewegung steckte er sie ein. Besser ist besser, dachte er.

„Was ist Ihnen denn zugestoßen? Das war doch kein Sturz! Sind Sie zusammengeschlagen worden?" Dreyer nickte langsam, fast so, als müsste sein Körper erst spüren, welche Bewegungen noch ohne allzu großen Schmerz möglich waren.

„Da ... war ... auf einmal jemand ...", er konzentrierte sich sichtlich, verzog aber erst noch einmal schmerzvoll das Gesicht, ertastete die blutigen Lippen mit der Zunge. „Hab ihn ... das ging einfach so schnell," er atmete mühsam und hielt sich die Rippen, stöhnte tief und lang. Währenddessen merkte Lohfeld voll dankbarer Erleichterung, dass sich das Gewicht auf seinen Arm verringerte. Der Mann konnte sich wohl langsam wieder selber halten. „Konnte ich ... nicht erkennen", murmelte er, „... zu dunkel, alles so schnell." Er holte tief Luft.

„Jetzt kümmern wir uns erst mal um Sie und ihre Blessuren." Lohfelds Stimme strahlte die nötige Ruhe aus. „Die Sache selbst werden wir dann morgen am helllichten Tag untersuchen. Den Täter finden wir schon. Da können Sie sicher sein." Dreyer zuckte zusammen, stöhnte wieder, versuchte sich aufzurichten. Er wirkte plötzlich deutlich konzentrierter, ganz so, als sei ihm gerade etwas klar geworden. „Keine Polizei! Auf keinen Fall Polizei!", nuschelte er zwischen den geschwollenen Lippen heraus.

„Keine Sorge, jetzt beruhigen Sie sich erstmal. Können Sie mir beim Aufrichten helfen?" Während Lohfeld aus der Hocke hochkam und sich wieder nach unten beugte, um Conrad unter die Arme zu greifen, bemerkte er einen Mann, der aus sicherem Abstand herüberschaute. Der Erste Offizier fragte sich, wie lange sie beiden hier wohl bereits von Markus Mittelstädt beobachtet worden waren, schluckte den aufsteigenden Ärger aber wieder herunter. Der Mann irritierte ihn. Blinder Passagier, talentierter Ingenieur und gefeierter Retter im Maschinenraum. Warum blieb er heute Abend im Schatten?

Letztlich kam ihm dieser Mittelstädt aber sogar ganz gelegen. Sollte der doch den blessierten und wimmernden Dreyer in seine Kabine schaffen. Energisch winkte er den Zögernden herbei. „Herr Mittelstädt, kommen Sie her. Ich brauche Ihre Hilfe, ich kriege Herrn Dreyer nicht allein aufgerichtet. Aber wenn er erst einmal steht, wird es ihm gleich besser gehen. Der Mann ist bös zugerichtet worden. ... Ja, so ist gut. So bekommen wir ihn gemeinsam hoch! ... Sehen Sie, schon steht der Gute." Gemeinsam hielten sie, rechts und links untergehakt, den mächtig Stöhnenden so einigermaßen in der Senkrechten. „Es sieht, glaube ich, übler aus, als es ist ...." fuhr Lohfeld erleichtert fort. „Ich denke, Herr Mittelstädt, Sie können den Mann jetzt ganz gut allein zurück in seine Kabine begleiten." Mittelstädt und Dreyer sahen ihn beide verblüfft an. So hatten sie sich ihr Treffen nicht vorgestellt. Lohfeld entschied sich, die Blicke zu übersehen. „Er kann Sie schon ganz gut dabei unterstützen, nicht wahr Herr Dreyer? Die Treppen und Gänge sind ohnehin eher zu schmal für uns drei. Ich sehe dann in der Zwischenzeit zu, dass der Dritte rasch nachkommt und Sie dann im Warmen verarztet. Das ist sicher gemütlicher als hier im Wind."

Damit wandte er sich ab und machte sich auf den Weg zurück zur Brücke. Nachdem er einen verschlafen klingenden Oliver Hecht mit Verbandskasten zu Dreyers Kabine beordert hatte, starrte Lohfeld lange nach vorn, über den Bug hinaus in die Dunkelheit. Er spürte leise Wut in sich aufsteigen. Schon wieder gab es Scherereien mit diesem Dreyer. Was hatte sich die Agency nur dabei gedacht? Der war doch offensichtlich nicht das richtige Kaliber für den Job. Sollte er Degenhardt beim nächsten Anruf Mitteilung davon machen? Wahrscheinlich war es aber besser, keine allzu große Aufmerksamkeit zu erregen. Das mochten die Vorgesetzten in seiner Welt nämlich meist gar nicht. Aber von einem solchen Dilettanten würde er sich keinesfalls seine Perspektiven kaputt machen lassen! Genervt nippte Lohfeld an seinem kalten Tee.

Markus, 22. Februar nachts

Markus fühlte sich wieder einmal unsicher. Diese Flucht in die Sicherheit eines neuen Lebens war nun doch eine Reise voll unerwarteter Überraschungen und unberechenbarer Wendungen geworden, die ihm mehr als einmal seine Abhängigkeit von anderen vor Augen geführt hatte. Im Schiffsbauch war er völlig auf seinem Kumpel Jens angewiesen gewesen. Kein Essen ohne in das Gesicht des Spielsüchtigen zu starren. Dann – wie in einem Märchen – vom Blinden Passagier zum geachteten „offiziellen" Mitglied der Reisegesellschaft, wie Kapitän Freese sich ausgedrückt hatte. Sogar mit eigener Kabine. Und das alles dank eines überraschenden Maschinenschadens!

Aber gerade in diesem Moment des Triumphs die Stimme aus dem Hintergrund: „Des einen Pech, des anderen Glück!" Dass er hier – ausgerechnet – plötzlich diesem Knolle wiederbegegnet war. Gespenster der Vergangenheit? Der wollte aber davon zuerst gar nichts wissen. Er hieße Dreyer, Conrad Dreyer. Dann hatte er Markus aber plötzlich doch zu einem Gespräch unter vier Augen gebeten. Da könne man dann alles besprechen. Hatte der Mann nicht sogar angekündigt, er brauche Zeit, sich zu erinnern? Je länger er nachdachte, desto sicherer wurde sich Markus seiner Sache wieder, schließlich hatte sein Gegenüber ja bereits zugegeben, dass er mal „Geschäfte" in Warschau gemacht habe.

Markus lächelte leise, als er sich auf den Weg zum vereinbarten Treffpunkt machte. Um 22:00 wollten sie sich unter der Flagge am Heck treffen. Dann wäre es sicher ruhig an Deck geworden. Markus stutzte, als er das Poltern hastiger Schritte auf der Treppe hörte. Der Lärm schwerer Stiefel verschwand jedoch in einem Nachbargang oder auf einem anderen Deck. Hoffentlich nicht wieder was mit der Maschine, dachte er. Sonst wird der Chief sofort nach mir schicken und es wird nichts aus dem Gespräch.

Als er das Deck betrat, verblüffte ihn die unerwartete Helligkeit des Lichts. Warum waren nur alle Strahler an? Er blickte sich um und sah den Ersten Offizier, Lohfeld hieß er anscheinend, der sich über eine am Boden liegende Gestalt beugte und besorgt auf sie einredete. Markus zuckte zusammen, spürte wieder die leidige Angst hervorkriechen. Er hatte das Opfer sofort erkannt, ganz egal, ob der Kerl nun Knolle oder Dreyer hieß. Aber was war ihm zugestoßen? Sein Gesicht sah übel aus. Blaues Auge, geplatzte Braue, blutende Lippe. Ganz offensichtlich hatte ihn gerade jemand zusammengeschlagen. Aber doch nicht der Erste Offizier?

Markus verharrte bewegungslos. Die verschiedensten Gedanken schwirrten in seinem Kopf herum. Sollte er hingehen und seine Hilfe anbieten? Oder besser schnell und ungesehen verschwinden, bevor er schon wieder in eine neue Geschichte hineingezogen wurde? Was könnte das für Folgen haben? Würde man am Ende gar ihn selbst verdächtigen? Alle hatten schließlich die Spannungen zwischen ihnen beiden gespürt.

Da richtete sich Lohfeld auf. Sein Blick fiel auf Markus, ließ Erleichterung erkennen. Energisch winkte ihn der Erste Offizier heran. „Hallo, Herr Mittelstädt! Kommen Sie her! Ich brauche Ihre Hilfe!" Stimme und Armbewegung des Schiffsoffiziers duldeten keinen Widerspruch. Nun kam er aus der Geschichte nicht mehr raus. Markus ging auf die beiden zu. „Ich brauche Ihre Hilfe", wiederholte Lohfeld, „ich kriege Herrn Dreyer nicht allein aufgerichtet. Aber wenn er erst einmal steht, wird es ihm gleich besser gehen." Markus nickte, ein wenig schüchtern, denn beim Anblick von Blut bekam er immer so weiche Knie. Aber vielleicht brächte es ihm ja sogar was, wenn er dem Typen hier jetzt helfen würde. War doch ein freundliches Signal. Vielleicht fasste der dann Vertrauen. Er griff beherzt zu. „Hallo Herr Dreyer, wir helfen Ihnen. Gleich wird alles besser." Der Angesprochene stöhnte und ließ sich unter Jammern hochziehen. Auf beiden Seiten untergehakt würde man schon vorankommen, dachte sich Markus, auch wenn der Weg zur Kabine ziemlich lang werden würde. Ganz so als könne er Gedanken lesen, meinte plötzlich der Erste Offizier „Es sieht, glaube ich, übler aus, als es ist …. Ich denke, Herr Mittelstädt, Sie können den Mann jetzt gut allein zurück in seine Kabine begleiten." Dreyer zuckte merklich zusammen. Auch Markus stutzte und sah Lohfeld verblüfft an. Konnte das gutgehen? So hatte er sich das Treffen mit Knolle sicher nicht vorgestellt.

Lohfeld blieb jedoch ungerührt. Ermutigend klopfte er Markus auf Schulter. „Er kann Sie sicher dabei unterstützen, nicht wahr Herr Dreyer?" Markus schluckte. „Die Treppen und Gänge sind ohnehin eher zu schmal für uns drei", fuhr der Erste fort. „Ich sehe dann in der Zwischenzeit zu, dass der Dritte rasch nachkommt und Sie im Warmen verarztet. Das ist sicher gemütlicher als hier im Wind." Er lächelte Dreyer und Markus noch einmal ermutigend zu und war Richtung Brücke verschwunden.

Markus spürte die Last des schwer atmenden Mannes an seinem Arm. Unwillkürlich schaute er in das zerschundene Gesicht hinunter. Das konnte tatsächlich seine Chance sein. „Erst mal sehen wir zu, dass wir dich gut in deine Kabine bringen, Conrad." Wenigstens zum „Du" wollte er schon mal zurück, auch wenn es jetzt vielleicht nicht der beste Moment war, irgendwelche Fragen nach Cornelius Knolle zu stellen. „Alles weitere später." Gemeinsam arbeiteten sie sich an Deck entlang. Immer wieder hielt Dreyer an und stöhnte. „Danke, Markus" quetschte er hervor, als sie schließlich das Innere des Schiffs erreicht hatten. Doch nun kam die steile Treppe. Während sie sich mühsam Stufe für Stufe hinunter tasteten, kamen Markus unwillkürlich die Unterweltsreisen antiker Helden vor Augen, wie er sie aus seinen Sagenbüchern und dem Ransmayr kannte. Blutend, auf zerbrochene Speere gestützt, geborstene Helme im Nacken, wankend, aber nicht aufzuhalten. So stiegen sie in die Tiefe. Er musste grinsen und murmelte beinahe zufrieden, ganz in der Rolle aufgehend „wie es sich für alte Kampfgefährten gehört". Seine gute Laune verschwand jedoch abrupt, als er den finsteren Blick von der Seite bemerkte. „Was soll denn der Quatsch!" Missmutig spuckte Dreyer blutigen Schleim auf den Boden. Dann starrte er eine Weile vor sich hin „Wir sind uns heute zum ersten Mal begegnet! Und hier ist schon meine Kabine!"

Markus war überrascht. So genau kannte er die Aufteilung an Bord noch nicht. Schritte näherten sich. „Jetzt ist wirklich nicht der Zeitpunkt für irgendwelche Klärungen, Markus", zischte Dreyer seinen überraschten Helfer noch an. Dann kam ihnen schon, müde, aber gut gelaunt wie meist, der Dritte Offizier entgegen. Hecht schwenkte den Verbandskasten. „Da gibts ja ne Menge zu tun für mich." Er öffnete ganz selbstverständlich Dreyers Kabinentür, hakte sich bei dem Verletzten unter und übernahm dessen Gewicht von Markus. „Wir setzen Sie erst mal aufs Bett und ziehen ihnen den dicken Pullover aus. Dann sehen wir zwei mal weiter." Gleichzeitig nickte er Markus zu. „Herzlichen Dank für Ihre Unterstützung. Sehr hilfsbereit! Aber wenn Sie mich jetzt bitte mit meinem Patienten allein lassen würden." Freundlich lächelnd schloss er direkt vor Markus' Nase die Tür.

Anna und Karima, 23. Februar vormittags

Karima hatte nach dem Frühstück wieder „Schule". Sie konnte sich heute gar nicht für Minus-Aufgaben erwärmen, sie hatte so viele andere Dinge im Kopf. „Mama, kannst du Französisch?" Bevor die Mama überhaupt antworten konnte: „Peter kann Französisch. Heute hat er vor dem Frühstück zu mir gesagt: ‚Alors, ma petite Karima, ça va?' Ich hab das gleich verstanden!" Und bevor Anna die Aufmerksamkeit wieder auf 15 minus 7 richten konnte, ging es weiter: „Und dann hat Peter gesagt, ich wäre noch ein richtiges Mama-Kind, den ganzen Tag würde ich Mama Mama Mama sagen. Er sagt zu seiner Mama Diana, sagt er. Maurice aus meiner Klasse sagte auch zu seinen Eltern Léon und Louise. Kann ich nicht Anna zu dir sagen?"

Anna lachte. „Ja, wenn du unbedingt möchtest, warum nicht. Aber jetzt sollten wir..." „Zum Papa sage ich auch manchmal Yacine", unterbrach Karima sie. „Aber einmal hat er gesagt, es gibt so viele Yacines, so viele, aber für jedes Kind gibt es nur einen Papa. Und das stimmt." Anna nickte. „Ja, klar, das stimmt."

„Mama – äh Anna – nein doch Mama! Ich wollte noch was sagen: Ich werde nie nie nie, hundertmal nie, zu dem Pablo Papa sagen!"

„Mäuschen, das war sowieso klar für mich. Dein Papa bleibt dein richtiger und einziger Papa, und Punkt." Anna dachte kurz nach, fasste einen Entschluss. „Schätzchen, komm mal her zu mir, ich will etwas mit dir besprechen, etwas ganz Wichtiges. Ich glaube, du hast schon gemerkt, dass ich mich mit Pablo in den letzten Tagen beim Skypen nicht besonders gut verstanden habe. Und gestern haben wir uns ganz schlimm verzankt, so schlimm, dass ich beschlossen habe – und das ist mein voller Ernst – ihn auf keinen Fall zu heiraten. Daran wird sich nichts mehr ändern! Du kannst dich darauf verlassen."

„Mama!" Das war ein Aufschrei. Karima warf sich auf den Schoß ihrer Mutter, presste sich mit ihrem ganzen Körper an sie, krallte sich an ihr fest und schluchzte. Viele Minuten saßen sie so, stumm, bis Karima sich etwas beruhigte. Sie sah, dass auch Anna die Tränen herunterliefen und küsste sie ihr überschwänglich weg. „Ach Mama! Ach, ich möchte immer nur Mama Mama sagen! Jetzt wird alles gut. Ach Mama, ich bin so froh! Auch wenn ich erstmal geweint habe, das war, weil ich so froh bin."

Anna musste ihrem Kind klar machen, dass von nun an nichts mehr geregelt war. Es war ja noch völlig offen, wie es nach Betreten costaricanischen Bodens mit ihnen weitergehen könnte. Karima meinte zuerst, sie könnten doch einfach nach Göttingen zurückfahren und dann wieder Yacine heiraten und alle zusammenleben. Diesen Zahn konnte Anna ihr relativ leicht ziehen, Karima wusste eigentlich ganz gut, dass die Beziehung ihrer Eltern schon lange völlig kaputt war. Nein, es würde alles entschieden schwieriger werden, Anna wusste noch keine Lösung, fühlte sich aber wieder mutig.

Conrad, 23. Februar morgens

Nach einer unruhigen Nacht erwachte Conrad morgens mit den ersten Sonnenstrahlen in seiner Kajüte. Er spürte seinen ganzen Körper, überall mussten blaue Flecken sein. Aber gleichzeitig war er doch auch erleichtert. Gott sei Dank, ich lebe noch", schoss es ihm durch den Kopf. „Jetzt bloß nicht bewegen. Ah, diese verdammten Schmerzen." Irgendwie quälte er sich schließlich aus seiner Koje und schlich leise stöhnend bis zum Spiegel im Bad. Als er sein geschundenes Gesicht betrachtete, überkam ihn eine Welle von Selbstmitleid, das blaue Auge, dicker Schorf auf der Platzwunde an der Braue, geschwollene Lippe. Und dann der Oberkörper, Blutergüsse wohin er auch schaute. Wenigstens hatte der dicke Pullover das Schlimmste etwas abgemildert. Auch seine Beine und sein Po – überall blaue Flecken. Waren die überhaupt in der Nacht von diesem Hecht wahrgenommen worden? Conrad fühlte sich auf einmal allein und deprimiert. Immer traf es ihn. Seufzend nahm eine Schmerztablette, ließ sich vorsichtig wieder auf sein Bett sinken und begann zu grübeln.

Was war da eigentlich gestern Abend passiert? Er versuchte intensiv, sich auf die Geschehnisse des Vortags zu konzentrieren. Erst dieser Mittelstädt mit seinem Wiedererkennungsfimmel. Dann die blöden Sprüche von Scott in Sachen ‚Cornelius oder Conrad'. Und schließlich als Höhepunkt der Überfall an Deck. Was sollte das? Wer hatte es auf ihn abgesehen? Seine Gedanken begannen, sich selbständig zu machen. „Und überhaupt: Was haben die bloß alle gegen mich? Verstehen die mein Spiel nicht? Den anderen den Spiegel vorhalten, damit sie sich am Ende selbst erkennen. Eulenspiegel eben. Provozieren, aber nur auf 'ne spielerische Art. Nicht wirklich böse gemeint. Sollte ja keiner zu Schaden kommen. So einer bin ich ja nicht! Aber so'n bisschen Spott muss der Mensch doch vertragen können! Heuchlerisch, dieser ewige Protest gegen meine Fotos! Sie fordern für sich Schutz, auch durch Videoüberwachung an Bahnhöfen, auf Plätzen und Straßen, lehnen die Überwachung aber ab, wenn sie davon betroffen sind. Sie machen Selfies, posten sie auf Facebook und freuen sich über Likes. Sie lehnen es ab, von anderen fotografiert zu werden, fotografieren aber selbst andere Menschen. Sie akzeptieren Videoüberwachung in Kaufhäusern und in Stadien und würden am liebsten in ihr Auto eine Videokamera einbauen, sie sagen, wegen der Unfallbeweise. Mich erinnert das alles an den Spruch meiner Großmutter: ‚Wasch mir den Pelz, aber mach mich nicht nass'. Alle möchten den Pelz gewaschen bekommen, aber dabei nicht nass werden. Und wenn's nicht klappt, werden sie gleich gehässig. Wie soll ich da bloß meinen Auftrag erfüllen, ohne totgeschlagen zu werden?"

Unter das Selbstmitleid mischten sich jetzt andere Gedanken, wurden dringlicher. „Wer hat mich so zugerichtet?", fragte sich Conrad, „Das will ich, das muss ich wissen. Keine offiziellen Ermittlungen hier auf dem Schiff. Das könnte heikel werden, falls dabei zu viel ans Licht kommt!" Plötzlich war er hellwach. „Da muss ich mir den Freese noch schnappen, bevor's zu spät ist. Keinesfalls Polizei! Mich verprügelt keiner ungestraft, da werd ich mich schon noch selbst drum kümmern. So kommt mir keiner, mir nicht! Aber wer ist es bloß gewesen? Diese Frage nagte in seinem Hinterkopf, überlagerte sogar seine Kopfschmerzen. Außerdem half die Tablette, endlich!

Markus? Eigentlich ein Weichei, wenn er sich recht an MM erinnerte. Außerdem hatte er ihn ganz hilfsbereit in der Nacht in die Kabine begleitet. Könnte natürlich auch nur zur Tarnung gewesen sein. Vielleicht cleverer, als er bisher gedacht hatte. Und warum war der überhaupt illegal an Bord, wenn er nichts zu verbergen hatte?

Muhammad? Ein gläubiger Muslim, wirkte immer so ausgeglichen, hatte scheinbar auf alles eine Antwort. Auch auf sich selbst? Außerdem war er neugierig. Eine gefährliche Berufskrankheit. Warum zog es ihn zu seinen Glaubensbrüdern unter Deck?

Und Scott? Eine Nervensäge, warf eine Nebelgranate nach der anderen. Kräftig genug zum Prügeln war der sicher. Zog mit seinem Sohn einsam um die Welt, abseits von seiner Frau. Sah der nicht, dass sein Sohn Peter überhaupt kein Kind mehr war? Ein dressierter Scott-Ableger, oberschlau und verklemmt.

Hottenrott...? War der Mann überhaupt Koch? Dieser giftige Blick auf Conrads Reklamation gestern. So einer schlug bestimmt auch mal zu.

Tja, und Björn? Der schaute überhaupt nicht in den Spiegel, der versteckte sich nur. Vor wem? Vor einem Dutzend Passagiere hier an Bord und dann noch einmal soviel Besatzung ... Klasse fand er diese Karima. Dieses Mädchen! Ehrlich, wenn auch ein wenig verschlossen. Schade, dass Anna sie an der kurzen Leine hielt. Warum eigentlich? Anna, mit der Conrad am ersten Tag an der Reling ein nettes Gespräch gehabt hatte. Was war mit ihr? Wovor lief sie weg?

Ja, und dann Tina und Elvira ... immer „mit einem Schleier vor ihrem Gesicht". Hinter diesem Schleier; welches Spiel spielten die beiden?

Der Härtefall aber war wohl dieser Pater Rupert. Ein Schauspieler vor dem Herrn! Ein geschasster Priester. Nicht Fisch, nicht Fleisch, lässt sich nicht festlegen und wenn doch, dann mit einem ‚Amen' im Nachsatz.

Die Schmerztablette wirkte jetzt wunderbar und Conrad begann, noch einmal wegzudämmern.

„Hallo, Herr Dreyer! Wie geht es Ihnen?" Oliver Hecht hatte, als auf sein Klopfen an der Tür nicht geantwortet wurde, die Kabine betreten und ihn mit unbekleidetem Oberkörper schlafend auf dem Bett vorgefunden. Conrad berichtete dem Dritten ausführlich über seine Selbstdiagnose am frühen Morgen. Sein Seufzen und Stöhnen kam wohl etwas zu übertrieben rüber, denn der Dritte unterbrach ihn mit einem grinsenden „So schlimm ist die Sache nun auch wieder nicht. Die Blutergüsse werden bald abklingen, wenn sie sie mehrfach am Tag mit dieser Salbe einreiben. Die lasse ich ihnen da, und ein paar Schmerztabletten."

„Hat man denn bereits herausgefunden, wer da gestern zugeschlagen hat?", fragte Conrad. "Nein, nicht dass ich wüsste." Hecht dachte kurz nach. „Werden Sie heute schon in den Salon gehen oder soll ich Ihnen Frühstück auf die Kabine bestellen?"

„Nicht erforderlich", sagte da unvermittelt eine Stimme unter der Tür. Rupert Vesper trat ein. „Der gute Herr Mittelstädt hat uns alle beim Frühstück von den dramatischen Ereignissen der Nacht berichtet. Und da habe ich als Engel der Verwundeten gleich beim Steward nachgefragt", grinste er ein wenig selbstironisch, „ob ich dem Herrn Dreyer nicht mal einen Kaffee und zwei Sandwiches bringen solle. Ich werde Ihnen natürlich Gesellschaft leisten beim Essen. Ist das okay, Herr Dreyer?" Conrad nickte zustimmend und Rupert Vesper zog sich einen Stuhl heran. Oliver Hecht verabschiedete sich rasch und schloss mit einem „Na dann guten Appetit!" die Kabinentür hinter sich.

Während Conrad vorsichtig den ersten Schluck Kaffee schlürfte – selbst Kaffeetrinken war beschwerlich – begann der Pater mit nur schwach verhohlener Neugier zu sondieren. „Irgendwie scheint mir das Klima auf diesem Schiff zunehmend vergiftet. Ich habe zwar so meine Ideen, kann es mir aber trotz allem nicht richtig erklären. Haben Sie vielleicht eine Ahnung oder ist Ihnen das Thema etwa unangenehm?" Was sollte dieser plötzliche Beichtstuhlton? Conrad antwortete nicht sofort. Misstrauisch dachte er nach. Was hatte dieser Pater vor? Wollte er ihm einreden, er sei selbst an der Misere schuld? Wusste er vielleicht wirklich etwas? Einen Moment befürchtete Conrad, bereits aufgeflogen zu sein. Dementsprechend antwortete er erst einmal sehr zurückhaltend und setzte, während er langsam und bedächtig sein erstes Sandwich kaute, zu einer weitausholenden Geschichte an. Vorsichtig, und für den Pater vorerst nebulös, begann er aus dem Leben Till Eulenspiegels zu erzählen. Man habe den seinerzeit nicht verstanden, als er wie gefordert Eulen und Meerkatzen buk. Regelmäßig habe es Ärger gegeben, wenn er den Menschen den Spiegel vorgehalten hatte. So fühle er sich heute manchmal auch, wie ein moderner Till Eulenspiegel, dessen Humor nicht verstanden werde. Vesper sog hörbar die Luft ein und erwog seine nächste Frage sorgfältig. „Diese Selbstidentifikation war mir bisher noch nicht klar. Wollten Sie schon immer Eulenspiegel sein?" Conrad wimmelte den jetzt endgültig überraschten Vesper verblüffend schnell ab. „Nein, sicher nicht.

Wer will schon in einer solchen Rolle auftreten? Da geht man doch lieber gleich ins Dschungelkamp oder produziert sich bei *Deutschlands nächstes Supermodel*. Obwohl, das wäre auch nicht mein Ding! Aber hier an Bord gefällt mir die Rolle. Ob Sie es glauben oder nicht, ich habe viel in den letzten Tagen gelernt, indem ich Menschen genauer beobachtete und ihnen den Spiegel vorhielt. Aber wem sage ich das?" Er spülte den Rest des Sandwichs mit einem Schluck Kaffee hinunter und fügte mit einem schiefen Grinsen hinzu: „Freunde hab ich mir übrigens damit wohl nicht gemacht. Wer will schon gezeigt bekommen, wie er ist?"

„Warum machen Sie das dann? Etwas, das Ihre Mitmenschen nicht wollen? Das ist doch Masochismus!" Vesper schüttelte den Kopf. „Ich möchte Sie das ganz deutlich fragen. Welche Botschaft haben Sie und für wen? Haben Sie sich denn schon einmal selbst den Spiegel vorgehalten, nicht den überm Waschbecken, sondern den Eulenspiegel? Haben Sie sich darin wiedererkannt?"

Conrad schwieg und Rupert Vesper schwieg. Endlich bohrte der Pater nach: „Noch zwei Fragen, direkt und ungeschönt. Sie müssen darauf aber nicht antworten! Kann es sein, dass Sie den Eulenspiegel gar nicht freiwillig geben? Und wie sehen Ihre Pläne für Costa Rica aus?" Wieder war Conrad überrascht durch die Klarheit von Vespers Gedanken. Lernte man das so bei den Jesuiten? Um seinen Auftrag nicht noch mehr zu gefährden, wich er schnell auf die zweite Frage aus und zog ein Bild aus seiner Nachttischschublade, hielt es dem Pater hin. Auf so einer Kaffeeplantage zu leben, sie eventuell auch zu kaufen, das konnte er sich vorstellen. Statt mit Schrott zu handeln, etwas erzeugen, das die Menschen mögen, das wäre schon länger sein Traum. Manchmal erfüllten sich ja Träume ...

Anscheinend war mit dem erzwungenen Themenwechsel aber der Gesprächsfaden gerissen und Pater Rupert verabschiedete sich. „Ein interessanter Dialog, den wir heute geführt haben. Ich hätte Lust, ihn gelegentlich fortzusetzen, wenn Sie wollen." Conrad nickte schwach, Vesper verschwand lächelnd mit seinem leeren Tablett.

Anna, Björn und Olli, 23. Februar

Im Laufe des Vormittags hatten alle Passagiere im Salon erfahren, warum weder Conrad Dreyer noch Björn zum Frühstück aufgetaucht waren: Dreyer war in der Nacht zusammengeschlagen worden, von wem auch immer. Björn aber hatte eine Blutvergiftung durch einen Katzenbiss, und der Schuldige war Kumpel, der zerzauste rote Schiffskater, mit dem Björn sich angefreundet hatte!

Was die Schlägerei betraf, schwankte die Stimmung unter den Passagieren zwischen Empörung, klammheimlichem Verständnis für den Täter und Sorge um die eigene Sicherheit. Womöglich würde der Kerl wieder zuschlagen? Angeblich hatte man bei Dreyer eine Zigarettenpackung der indonesischen Decksleute gefunden, sodass diese in Verdacht standen. Musste man künftig aufpassen, was man zu ihnen sagte, um sie nicht erneut zu provozieren? Aber auch unter den Mitreisenden selbst konnte sich der Täter befinden. Immer öfter wandten sich die Blicke auf Scott Williams, der sich aus den Diskussionen still heraushielt. Der gebräunte Sportsmann war kräftig genug, um Dreyer auf die Bretter zu schicken. Und er war mehrfach mit ihm aneinandergeraten, vor allem wegen der Fotos.

Aber auch Björns Schicksal wurde diskutiert. Es gab Stimmen, die forderten, den Kater als zu gefährlich zu eliminieren. Ausgesprochene Sympathisanten der Katze waren wohl nur Karima, Peter, Anna und Muhammad, doch auch die anderen wollten keine radikalen Maßnahmen ergreifen, zumal das Tier ja eigentlich nicht angriffslustig, sondern extrem scheu war.

Während Anna beschloss, später, nach dem Mittagessen, Björn in seiner Kabine zu besuchen, ging Karima auf die Suche nach dem Kater. Sie hatte mit Peter verabredet, dass sie ihn abwechselnd gegen

Feinde beschützen wollten. In der Kombüse wollten sie überprüfen, ob hinter der Tür noch die Fressschälchen standen. Nein, sie waren fort, obwohl Johnny doch gesagt hatte, er wollte sich darum kümmern. Der neue Koch stand am Herd, grinste Johnny an, der neben ihm stand und sagte: „So, dann geben wir doch mal dem Neger wieder seine Extraportion Salz. Mal sehen, ob er sich heute traut, was zu sagen." Karima verstand, dass der neue Koch etwas ganz Gemeines gesagt und getan hatte. Sie lief so schnell sie konnte zu ihrer Mutter und berichtete. „Und weißt du, was ich dann gemacht habe? Ich habe mich vor ihn hingestellt und ihn so angeguckt – guck mal – so." Und damit zeigte sie ein ganz böses Gesicht. „Da hat er gesagt, verschwinde und lass dich ja hier nicht wieder blicken!"

Anna wollte das auf keinen Fall auf sich beruhen lassen. Sie suchte zuerst Muhammad al Chatim in seiner Kabine auf und berichtete ihm, was sie von Karima gehört hatte. Er behielt die Ruhe, wie wohl immer, obwohl er doch eigentlich verletzt oder wütend sein musste. Aber sie verstand ihn ja sowieso nicht. Er wollte das Ganze überdenken und sich dann vielleicht selbst an den Kapitän wenden.

Björn lag apathisch auf seinem Bett, aber anscheinend freute er sich über Annas Besuch. „Mensch, Björn, du machst ja Geschichten!" sagte sie, wie man das so sagt bei Krankenbesuchen. „Und dann ausgerechnet ein Katzenbiss – ich dachte doch, du bist ein Katzenflüsterer!"

„Na ja, bei der Katze habe ich eben falsch geflüstert!"

Anna fragte, ob sein Fan Karima ihn etwas später besuchen dürfte und ging in ihre eigene Kabine zurück. Sie hatte sich vorgenommen, Pablo eine Mail zu schicken. Sie informierte ihn nun, dass sie nun bis zum Ende der Fahrt nicht mehr mit ihm skypen werde und dass eventuell notwendige Kommunikation nur noch über Mails laufen könne. So! Sie atmete auf.

Karima war noch nicht wieder zurück von ihrem Kumpel-Schutz-Projekt mit Peter, und so hatte Anna eine Karima-freie Zeit zum Nachdenken. Was immer ihr einfiel – sie stieß ganz schnell an die Grenzen durch die Realität. Toll wäre es zum Beispiel, in Costa Rica mit der Organisation zum Schutze verwaister Faultiere zu arbeiten. Im Dschungel natürlich. Was fiel ihr dazu ein? Ohne Visum käme sie gar nicht erst ins Land. Oder: Nach drei Monaten müsste sie als Touristin sowieso wieder fort. Und im Dschungel gab es wohl kaum eine Grundschule. Und eine normale Arbeitserlaubnis bekäme sie als Touristin sowieso nicht.

Sie müsste in jedem Fall von Puerto Limón nach San José kommen. Mit oder ohne Cousin? Und dort? Mit dem Flugzeug irgendwohin auf der Welt? Sie hatte etwa 400 Euro Bargeld, nicht besonders viel und eindeutig Pablos Geld. Na ja, auch egal. Aber vielleicht konnte er sie durch seine Beziehungen an der Ausreise hindern?

Ob Olivers Mutter wohl inzwischen etwas eingefallen war? Anna hielt die Ungewissheit nicht mehr aus, zog ihre Schuhe an und wollte gerade die Tür öffnen, als es klopfte: Oliver, den sie hatte suchen wollen. Ja, und jetzt wurde es wirklich sehr spannend. Er hatte heute mehrfach mit seiner Mutter gesprochen – konferiert, sagte er – und gemeinsam hatten sie einen Plan gebastelt. Bevor er loslegte, fragte er Anna, ob sie Lust auf irgendein Getränk aus der Bar hatte. Ja, hatte sie: einen doppelten Whisky, pur und ohne rocks! „Donnerwetter! Starke Frau!" sagte er lachend und holte das Bestellte.

Also: Olivers Mutter hatte sich am Vormittag mit ehemaligen Kolleginnen in Düsseldorf beraten. Eigentlich war Annas Fall nicht besonders schwierig, solange sie noch nicht in Costa Rica wäre. Da die Azoren der letzte Anlegeort vor dem Ziel sein würden, wäre das auch ihre letzte Chance, nicht in Puerto Limón zu landen. Gut sei es, dass ihre Pässe in Ordnung wären. Anna und Tochter müssten also morgen an Land gehen! Oh! Das leuchtete ihr ein, aber war das machbar? Sollten sie das Ausflugsprogramm mitmachen und sich heimlich in die Büsche schlagen?

Nein, Mutter und Sohn hatten anscheinend alles oder jedenfalls vieles bedacht: Die Eltern wohnten zwar auf der größten Insel, auf São Miguel, würden aber heute noch zu Freunden auf Terceira übersetzen. Dort würden sie morgen Anna und Karima und ihr Gepäck in aller Seelenruhe am Schiff in Empfang nehmen, denn es war ja nichts Illegales dabei. Für alle Fälle sollte er, Oliver, bei der ganzen Aktion nicht in Erscheinung treten, falls einer dieser durchgeknallten Männer aus Annas Leben versuchen sollte, ihren Spuren nachzugehen. „Und dann?" „Ja, und dann nehmt ihr vier die nächste Fähre nach São Miguel, und ihr bleibt bei meinen Eltern, bis meine Mutter einen Flug in irgendein gelobtes Land, also Bundesland, organisiert hat!"

Anna sah ihn mit glänzenden Augen an, mit tränenfeuchten. Alles, was er gesagt hatte, hörte sich märchenhaft und dabei doch realisierbar an!

Sie berieten nun Annas nächste Schritte. Sie musste zuerst mit dem Kapitän sprechen, unter vier Augen: einfach nur, dass sie mit ihrer Tochter von Bord gehen wolle, sich schon übers Internet eine Pension gesucht habe. Keine Details.

Dann müsste Karima vorbereitet werden, damit sie sich über das Kofferpacken nicht wundern würde. Sie sollte bis morgen wenig wissen und wenig reden. Verabschiedungen? Mal sehen, wie der kommende Morgen überhaupt organisiert werden würde.

Oliver saß eine Weile nachdenklich da und sagte dann zögernd: „Vielleicht solltest du lieber erst morgen früh kurz vor dem Landgang mit dem Kapitän sprechen. Wahrscheinlich muss er in einem solchen Fall die Reederei benachrichtigen, und da kann es nicht schaden, wenn ihr schon bald fort wärt. Ich weiß es nicht so recht. Auf dieser Fahrt hier habe ich manchmal das ungemütliche Gefühl, als wäre nicht alles koscher bei den Verantwortlichen in Hamburg oder wo auch immer die sitzen. Es ist noch nicht alles in trockenen Tüchern."

Beide waren aufgestanden. „Wir treffen uns nach dem Essen nochmal an der Reling? Das haben wir ja schon öfter getan, es wird nicht auffallen. Da können wir uns noch kurz austauschen. Ja?" Sie standen voreinander, offensichtlich unschlüssig, welche Grenzen sie zum Abschied einhalten wollten. Er nahm ihre beiden Hände und küsste sie, sagte mit belegter Stimme „ich würde euch gern eines Tages wiedersehen" und ging.

Klaas Freese, 23. Februar später Vormittag

Freese starrte hinaus auf die bewegte See. Dieser Anblick hatte ihn immer beruhigt. Manchmal brauchte es länger, manchmal ging es rascher. Der Rhythmus der Wellen übertrug sich auf seinen ganzen Körper, brachte ihm auch diesmal die nötige Ruhe, um nachdenken zu können. Musste er sich Sorgen machen? Ging alles noch mit rechten Dingen an Bord zu? Es hatten sich bereits genug Seltsamkeiten ereignet. Ein Maschinenschaden, ein Blinder Passagier, ein verschwundener Passagier und nun noch ein zusammengeschlagener Passagier.

Am Morgen hatten ihm der Erste und der Dritte beim Wachwechsel Meldung gemacht. Er gab sich zwar erleichtert gegenüber den beiden Untergebenen, dass es so offensichtlich glimpflich für Herrn Dreyer abgegangen war, aber um eine ordentliche Ermittlung würden sie wohl nicht herumkommen. Nicht wahr, meine Herren? Zu seiner Überraschung hatte der Erste gleich darauf gedrängt, lieber mit schiffsinternen Nachforschungen rasch einen Täter zu präsentieren. „Damit ist dann ruck-zuck wieder Ruhe an Deck!" hatte er auf seine saloppe Art gesagt. „Polizeiliche Ermittlungen brauchen wir auf keinen Fall, das erhöht nur die allgemeine Nervosität." Er hatte Freese grinsend zugenickt. „Daran hat doch wohl keiner ein Interesse. Außerdem habe ich hier was, das uns vielleicht weiterhilft." Ganz im üblichen Bewusstsein seiner Wichtigkeit hatte er ein leeres Päckchen indonesische Nelkenzigaretten mit den Worten präsentiert „Sehen Sie mal, was ich neben unserem bedauernswerten Opfer gefunden habe, damit sind wir doch schon ein gutes Stück weiter." Freese mochte diesen Tonfall gar nicht, hatte aber das Päckchen mit spitzen Fingern gefasst und als mögliches Beweismittel unter Verschluss genommen. Man konnte nie wissen, oder? Lohfeld war in seine Kabine verschwunden und Hecht hatte gähnend angekündigt, erst noch einmal seinen Pflichten als Sanitäter bei Conrad Dreyer nachzukommen und sich dann ebenfalls genüsslich für ein paar Stunden aufs Ohr zu legen.

Der Blick auf die Wellen machte Freese einmal mehr deutlich, um was es wirklich ging: Ruhe bewahren, Beobachten, Abwarten. Bei einem wohlgeordneten System stellte sich ein geregelter Ablauf der Dinge mit etwas Geduld oft wieder von selbst her. Und ein gut geführtes Schiff war ein wohlgeordnetes System. Das hatten ihn die vergangenen gut dreißig Dienstjahre gelehrt. Als Kapitän jedenfalls war er damit immer gut gefahren. Und er gedachte nicht, daran etwas zu ändern.

Deshalb gefiel ihm die Meldung des Zweiten, der gerade die Brückenwache hatte, so gar nicht. „Kaptain, der Herr Dreyer möchte Sie mal kurz unter vier Augen sprechen!"

„Führen Sie ihn in meine gute Stube, ich komme gleich." Kopfschüttelnd machte er sich noch einmal an den Gerätschaften zu schaffen, las Werte ab, die er genau kannte, überprüfte Daten, die ihn nicht interessieren mussten. Als er schließlich sein Reich betrat, registrierte er auf den ersten Blick, dass die nächsten fünf Minuten unangenehm würden. Conrad Dreyer wirkte wie ein geschlagener Hund auf ihn, unbehaglich wund hockte er im bequemsten Sessel, strahlte eine Mischung von Angst und Aggression aus. „Guten Morgen, Herr Dreyer, habe bereits von Ihrem Malheur gehört, hoffe, es geht Ihnen bereits besser. Auf unseren Dritten als Sanitäter ist immer Verlass." Freese versuchte krampfhaft, die Stimmung zu verbessern. „Selbstverständlich werden wir uns der Sache annehmen. Eine Untersuchung …" setzte er an und schob gleich, Dreyers plötzliche Unruhe bemerkend, in beruhigendem Ton nach: „Spätestens in Puerto Limón werde ich dem Konsulat berichten. Die werde dann polizeilich ermitteln und den Täter wohl auch finden." Das hätte er offensichtlich besser nicht gesagt, denn Dreyer brüllte sofort los. „Keine Polizei, dass das klar ist! Schlimm genug, dass man an Bord Ihres Schiffes nicht mal mehr seines Lebens sicher ist, aber dann nicht noch irgendwelche dämlichen Beamten!" Freese verschlug die unerwartete Erregung die Sprache. Er holte tief Luft, hob beschwichtigend die Hand. Aber sein Gegenüber schrie schon weiter. „Keine uniformierten Schnüffler, ist das klar! Einer von denen und ich streite alles ab, bin bloß im Suff die Treppe runtergefallen." Dreyer sackte im Sessel zusammen. Der heftige Ausbruch hatte ihn offensichtlich erschöpft. Freese ruderte instinktiv zurück, erst mal beruhigen den Mann: „Natürlich können wir auch mit unseren eigenen Mitteln weitersehen." Erleichtert nahm er zur Kenntnis, dass Dreyer sich bereits bei diesen Worten ein wenig entspannt hatte. „Vertrauen Sie mir", beugte er sich nun mit seinem ganz speziellen Kapitänston zu ihm herüber, „in einer so überschaubaren Welt wie auf einem Schiff ergibt sich oft ganz schnell etwas. Das hat mich die Erfahrung gelehrt. Irgendjemand hat immer was gesehen." Er vermied es bis auf weiteres, die Zigarettenpackung zu erwähnen. „Das wäre nicht das erste Mal, Herr Dreyer." Damit waren sie schon ein gutes Stück weiter, fand Freese. Dreyer nickte, schien nun wirklich erleichtert und sagte mit etwas leiserer Stimme: „Den Täter will ich selbstverständlich auch erwischt sehen. Nicht dass Sie mich missverstehen, Herr Kapitän. Strafe muss sein. Der Kerl darf nicht ungeschoren davonkommen." Unerwartet heftig schlug Conrad mit der Faust auf den Tisch, verzog aber gleich wieder sein Gesicht vor Schmerzen. Freese musterte ihn schweigend, während Dreyer sich aus dem Sessel stemmte. „Ich denke, wir haben uns verstanden. Ich bin Ihnen sehr dankbar, Herr Freese." Er wandte sich zur Tür. Auf die Klinke gestützt drehte er sich noch einmal um. „Ihnen noch einen guten Tag, Kapitän."

„Sie können sich auf uns verlassen, Herr Dreyer." Freese nickte dem Mann erleichtert hinterher und trat wenige Minuten später wieder neben dem Wachhabenden auf seine Brücke. Sein Blick richtete sich auf die Wellen. Nun würde alles den gewohnten Gang nehmen, ohne dass er vorläufig etwas zu tun brauchte. Hatte er wieder einmal gut gemacht. Befriedigt spürte er die gleichmäßige Dünung des Atlantik in seinen Knochen.

Rupert Vesper und Peter, 23. Februar nachmittags

Er hatte ihn oft beobachtet, diesen blonden, blauäugigen, schlaksigen Jungen, der offensichtlich gern mit seinem Vater stritt, im Großen und Ganzen aber einen gut erzogenen Eindruck machte und auch, was er offenbar nicht nach außen zeigen wollte, ein selbstbewusster, gewitzter Kerl zu sein schien: Peter, Sott Williams' Sohn, der Vesper an seinen Neffen Norbert erinnerte, dem Peter wie aus dem Gesicht geschnitten war. Rupert mochte diese aufgeweckten, gut erzogenen, aber auch kessen, oft sogar recht frechen Burschen mit den widerspenstigen Haaren, zu denen er ebenfalls als Ministrant gehört hatte. Jungen, die bei aller Ausgelassenheit schnell wieder in eine vernünftige Ordnung einzufügen sind, und nicht selten eine unerwartete Sensibilität zeigen, wenn es um die Wahrnehmung von Gefühlen anderer Menschen geht – so wie es Peter mit dem Verdacht ging, den andere gegen seinen Vater äußerten. Nach der Attacke auf Conrad Dreyer brodelte die Gerüchteküche, zumal weder vom Kapitän noch von Conrad selbst Genaueres zu erfahren war. Und Scott, der sich so heftig über Dreyers Fotos erregt hatte, gehörte zu den Hauptverdächtigen. Peter litt unter der angespannten Situation.

Horst Lohfeld, der die Geschehnisse an Bord genau übersah, hatte Vesper auf Peter aufmerksam gemacht und ihn gebeten, sich, wenn er wolle, ein wenig um den Jungen zu kümmern, der jetzt bedrückt und mit feuchten Augen in einer Ecke des Oberdecks saß und vor sich hinbrütete. Ein Fall für den Seelsorger! Der aber wusste, dass der Junge sofort eine „Kehre" machen würde, sollte er ihn mit plumpen Ablenkungsangeboten überfallen. Deshalb setzte er sich bewusst ungezwungen lässig ihm gegenüber.

„Na, wie war's in Porto, interessant für dich?" fragte er, mit gespielter Langeweile.

Peter schwieg. Vesper auch. Dann, nach einer Weile aber:

„Ja, war ganz spannend ... Einiges. Ham' auch Fotos gemacht."

„Und jetzt: Langweilst du dich?"

„Nein... ja, doch!"

„Und, was gedenkst du zu machen?"

„Nichts!"

„Is ja nicht viel. Haste keine Idee?"

Peter lebte plötzlich auf.

„Sie wollten doch noch mehr zaubern."

„Ich glaube, das wird nichts mehr. Außer - du willst, dass ich dir zeige, wie's geht."

Die Augen des Jungen leuchteten auf vor lebendigem Interesse.

„O ja! gern!"

„Dazu müssen wir nach unten gehen."

Dort steuerte Peter sofort in Richtung Passagierkabinen.

„Nee, nee, dazu gehen wir in den Salon; vielleicht gibt's da ne ruhige Ecke. Ich hol derweil meine Utensilien. Nimm dir ne Cola oder so was"

Mit dem Jungen in meine Kabine – das hätt mir noch gefehlt. Aha, der Jesuit! Denken doch alle gleich an die Scheiße in Berlin, die Mertes gottlob ausgemistet hat. Aber auch ohne unsere Gangsterpriester ist unsere Gesellschaft inzwischen derart hysterisiert, dass du ein nettes

323

Kind nicht ansprechen kannst, ohne dass irgendeiner Missbrauchsalarm schlägt.

Als Rupert mit seinen aufs Notwendigste reduzierten Sachen in den Salon kam, saß Peter schon mit seiner Cola erwartungsvoll in einer etwas abseitigen Ecke des Raumes, die auch Vesper für die geplante „Entzauberung" geeignet schien. Und schon ging es los, wobei Vesper nicht vorhatte, alle Zaubertricks offen zu legen.

Beim Würfelzauber zeigte er Peter, dass er rasch die nach oben weisenden Zahlen addierte und diese von der Zahl 21 abzog. Woraus sich die Summe ergab, die der Zuschauer im Kopf hatte.

Die Zahl des nächsten Würfelspiels, wobei man die Würfel zweimal ausrollen ließ, ermittelte er dadurch, dass er, bevor er sich umdrehte, die Werte der drei Würfel rasch addierte und sieben hinzuzählte. Der Effekt war möglich, wie er zeigte, weil sich bei einem Würfel die beiden gegenüberliegenden Seiten zur Zahl sieben ergänzen.

„Heute wie damals, als Palamedes seine Leute auf der Fahrt nach Troja zum Würfelspiel anhielt."

„Wer war Palamedes?"

Vesper blühte auf. Endlich mal wieder ein Anlass zur Lehre.

„Angeblich der klügste Heerführer der Griechen."

„Ich denk, das war Odysseus?"

„Gut aufgepasst, Peter. Palamedes hatte rausgekriegt, dass Odysseus ne Fliege machen wollte, um nicht am Trojakrieg teilnehmen zu müssen ..."

„Und?"

„Deshalb hat er ihm aus Hass Verrat untergeschoben und bewirkt, dass er gesteinigt wurde. Was Nemesis, Göttin des gerechten Zorns, Odysseus wiederum ... Los, komm, weiter!"

O Himmel nein, das sollte doch keine Vortragsreihe über Ilias und Odyssee werden.

Beim Kartenexperiment zeigte Vesper dem Jungen, dass **Herz As** als Ziel des Spiels von vorneherein feststeht, dass der Spieler mit 16 Karten und vier eingeschränkten Bewegungen in eine Falle gerät, die immer enger wird – bis nur noch ein Zug übrig bleibt; was der Magier natürlich weiß.

Auch beim Gedankenlesen mit den Namen bedeutender Persönlichkeiten war die Methode einfach. Vesper hatte, wie er Peter zeigte, von den Zuschauern ungesehen, auf alle Zettel den gleichen Namen geschrieben; und zwar den, der ihm an erster Stelle zugerufen worden war. Das Weitere hing von der Kunst ab, die Sache dramatisierend dem Höhepunkt zuzuführen.

Den Trick mit den beiden Sektgläsern brauchte er Peter nicht zu erklären, weil Scott ihn bereits entlarvt hatte.

„Hast du gesehen, wie einfach die Zauberei ist, auch bei anderen, weit schwierigeren Sachen.

Nun musst du mir aber versprechen, dass du die Zaubertricks nicht verrätst; womit du in den Kreis der Magier aufgenommen bist. Okay?"

Peter strahlte.

„Okay! Vielleicht wäre ich auch selber drauf gekommen, wenn ich genug geübt hätte."

„Haste aber nicht, du Schlaumeier!"

„Und wie ist das mit dem Bild von diesem Hieronymus, das Sie auch noch erklären wollten?"

Rupert Vesper hatte keine Lust, das Wandbild herauszukramen, er wollte den Jungen aber auch nicht enttäuschen. Es passte, dass sich unter seinen Utensilien ein Bosch-*Gaukler* im verkleinerten Format befand. Er stellte das Bild schräg gegen eine Tischvase.

„Komm näher! Man muss den Inhalt eines Bildes erstmal genau betrachten, um den Sinn des Kunstwerkes und die Absicht des Malers verstehen zu können, aber auch die Schönheit der Formen und Farben wahrzunehmen."

„Ach! Der Magier erklärt seine Tricks!" schallte es vom Eingang her; und schon kam der Steward mit weiteren Passagieren in den Salon. Bevor sie sich dem Tisch näherten, hatte Vesper bereits – „Ich glaube, es reicht!" – seine Utensilien zusammengeräumt, worauf er schnell den Raum verließ. Peter trat zornig gegen sein Stuhlbein.

Peter, Karima, Tina, Conrad, Scott und Markus, 23. Februar nachmittags

Viel Zeit bekam der Junge nicht, um über seine Enttäuschung nachzudenken. Denn hinter dem Steward betrat Scott den Salon, ins Gespräch vertieft mit Markus. „Diesen komischen hinkenden Typ hat doch der Käptn gestern vorgestellt", dachte Peter, „Wie in einem von diesen amerikanischen Krimis! Blinde Passagiere gibts doch eigentlich gar nicht, erst recht auf so 'nem voll überwachten Kahn." Dann kam Tina, leider zusammen mit dem blöden Knipser, Conrad Dreyer. Er hatte ein zugeschwollenes Auge und stöhnte theatralisch bei jedem Schritt. „Das soll also angeblich Paps gemacht haben?" Peter kniff die Lippen zusammen. Verdient hatte dieser Mistkerl die Prügel zwar bestimmt, aber Scott würde niemals so was Brutales tun, da war Peter sicher. Bevor er sich aber richtig in seine Empörung hineinsteigern konnte, wurde er dadurch abgelenkt, dass Karima hinter den anderen in den Salon fegte. Unter dem Arm trug sie das Pokerset, das die *Adventure Investment Agency* den Passagieren zur Verfügung gestellt hatte. „Die wollen jetzt wirklich Poker spielen!", flüsterte sie Peter aufgeregt zu, „Und wir dürfen zugucken. Über die Schulter! Aber nur, wenn wir ganz, ganz bestimmt nicht verraten, wer welche Karten hat!" Peter grinste.

Die Erwachsenen ließen sich um einen der Tische nieder, Peter und Karima hockten gespannt auf einer Bank daneben. „Wo ist der Pater eigentlich?", fragte Scott provozierend. „Traut er sich doch nicht?" „Ich wollte ihn ja einladen", erwiderte Tina, „aber Sie haben doch selbst gesehen, wie eilig er gerade verschwunden ist. Fragen wir ihn lieber ein andermal. Welche Version spielen wir?" Sie begann, die Pokerchips auszuteilen.

„*Texas Hold'em*?" schlug Markus vor und strich sich die widerspenstige Haarsträhne aus der Stirn, sodass seine Narbe sichtbar wurde.

Tina verzog das Gesicht. „Für diese komplizierte Turnierversion bin ich nicht so zu haben. Lieber einfach *Five Cards Draw*?"

„Na gut", meinte Conrad, etwas nuschelnd durch die Schwellungen in seinem Gesicht, „aber dann mit richtig hohem Einsatz. Wir legen gleich was auf die Spielmünzen drauf. Zehn Euro, fünf gleich als *Ante*?" Unauffällig betätigte er unter dem Tisch die Tonaufnahme-Taste seiner Kamera.

„Du gehst ja ran, Cornelius! Tschuldigung, Conrad. Geht's nicht ne Nummer kleiner?", fragte Markus. Conrad runzelte die Stirn. Musste diese Provokation mit seinem Namen schon wieder sein? Jetzt war sie auch noch auf der Aufnahme dokumentiert. Der Kerl konnte ihm wirklich gefährlich werden. „Meinetwegen", murmelte er.

Man einigte sich schließlich darauf, fürs erste bei den Spielchips zu bleiben. Die Mindesteinsätze wurden getätigt und als der *Pot* gefüllt war, bekam jeder fünf Karten. Alle betrachteten ihre Hand mit dem sprichwörtlichen Pokerface. Nur auf Tinas Gesicht war ein kleines Stirnrunzeln zu erkennen. Conrad, der als erstes zu bieten hatte, murmelte „raise" und erhöhte den Einsatz um zwei Euro. Die anderen schlossen sich an. Beim nun folgenden *Draw* versuchte Conrad dann aber zur Überraschung seiner Mitspieler, gleich alle fünf Karten auszuwechseln. Scott lief puterrot an. „Was soll denn dieser Blödsinn, Herr Dreyer? Erst erhöhen Sie, also haben Sie ja wohl ein gutes Blatt, und dann werfen Sie alles weg? Wollen Sie uns veralbern? Außerdem wissen Sie doch hoffentlich, dass man normalerweise nur drei Karten tauschen kann. Für den *Fünf-Karten-Draw* gibt es komplizierte Sonderregeln, damit wollen wir uns ja wohl nicht befassen! Was spielen Sie hier eigentlich für ein schräges Spiel mit uns?" Conrad unterdrückte ein befriedigtes Grinsen und ließ sich scheinbar widerstrebend auf Tinas Vermittlungsvorschlag ein: Bis zu vier Karten durften künftig getauscht werden. Trotzdem – die Stimmung war irgendwie verdorben. Tina grübelte beim Anblick von Scotts wutverzerrtem Gesicht darüber nach, ob er nicht tatsächlich den brutalen Angriff auf Dreyer verübt haben konnte. Ihre Lust auf Poker ließ merklich nach. Dennoch schaffte sie es, zu ihrer bewährten Strategie zurückzufinden. Am Beginn der nächsten Bieterrunde klopfte sie nur stumm auf den Tisch: Sie wollte nicht weiter erhöhen. Da auch die anderen lediglich ihren Einsatz hielten, wurden die Karten aufgedeckt. Tina hatte einen Drilling mit Königen – ein sehr gutes Blatt, das einen weitaus höheren Einsatz gerechtfertigt hätte. Ihre drei Mitspieler sahen sie verblüfft und fast ein wenig mitleidig an. „Mädel, das war ja wohl Vergeudung!", meinte Markus gönnerhaft. Tina bemühte sich, beschämt auszusehen.

Im nächsten Spiel stieg sie beim Bieten zügig aus und gab ihren Einsatz achselzuckend verloren, während die drei Männer in Kampfstimmung gerieten und Flüche vor sich hin murmelten. Scott zeigte dem hinter ihm stehenden Peter sein Blatt, um die Schwierigkeit seiner Entscheidung zu beweisen. Am Ende gelang es Conrad Dreyer, einen mäßigen Gewinn einzustreichen.

Das dritte Spiel begann. Diesmal blickte Tina noch skeptischer als bisher auf ihre Karten hinunter, was die Männer dazu veranlasste, zuversichtlich zu bieten. Sie hielt aber mit und erhöhte um kleine

Summen. Unmerklich steigerten sich die Einsätze immer weiter. Der bisher höchste *Pot* des Spiels war erreicht. Nach dem *Draw* – Tina hatte sich mit einer einzigen Tauschkarte begnügt – schaute sie plötzlich ungemein selbstbewusst in die Runde und forderte die Männer zu einer weiteren Erhöhung der Einsätze heraus. Unruhig schob sie die randlose Brille auf der Nase hin und her. Scott, Markus und Conrad sahen einander an. Diese vorsichtige Person wusste mit Sicherheit, was sie tat. Alle drei stiegen aus und überließen Tina kampflos den Gewinn. Sie brauchte ihre Karten nicht aufzudecken. Aber Karima, die hinter ihr gestanden hatte, flüsterte ihr nachher ins Ohr: „Du hattest doch nur zwei Buben, oder?" Das listige Zwinkern, das sie daraufhin zu sehen bekam, passte überhaupt nicht zu der Tina Sommer, die sie bisher kannte.

Anna und Olli, 23. Februar abends

Während Karima und Peter im Salon den Pokerspielern über die Schulter sahen, trafen sich Anna und Oliver kurz an der Reling. „Es wird nicht alles ganz so ablaufen, wie ich mir das heute Nachmittag vorgestellt habe, weil die Fähre zwischen Terceira und São Miguel erst im März wieder fährt! Man kann nur fliegen," raunte er ihr leise zu. „Aber keine Bange, meine Mutter ist ja pfiffig. Sie hat mir keine klaren Anweisungen gegeben, weil ich ihr mein wachsendes Misstrauen hier auf dem Schiff durch die Blume mitteilen konnte. Nur so viel: Du musst dem Kapitän morgen noch vor dem Frühstück erklären, dass ihr von Bord gehen wollt. Er kann dann eigentlich nur vorschlagen, dass ihr mit mir und Björn an Land geht. Dort – und jetzt pass gut auf – gibt es an der Marina ein Riesenmonstrum von Hotel, einen Glaskasten, der so aussieht, als würde er rückwärts abkippen. Dort in der Lobby wartet ihr auf ein älteres deutsches Ehepaar, die Webers. Für alle Fälle gebe ich dir die Handy-Nummer meiner Mutter", und damit drückte er ihr unauffällig einen Zettel in die Hand. „Ich glaube, du solltest dem kleinen Rübchen am besten nichts von meiner Beteiligung an den Plänen sagen. Wir werden uns dann an der Marina verabschieden, und ich fahre im Taxi mit Björn zum Krankenhaus. Da sollen sicherheitshalber noch ein paar Tests gemacht werden, wegen der Sache mit der Blutvergiftung.

Anna, guck nicht so zweifelnd, auch wenn ich in ein paar Stunden wieder auf den Wellen schaukele – meine Mutter wird dafür sorgen, dass alles gut läuft, sie wird euch auf keinen Fall hängen lassen!" Er lachte leise. „Mein Gott, da wird man so alt und ist doch bisher noch nie konspirativ tätig gewesen! Ich glaube, das macht die – ach beinahe hätte ich was Vorschnelles gesagt – also das macht jedenfalls die Freundschaft zu deinem wunderbaren Kind! Ich möchte, dass es euch gut geht. So, genug! Hast du noch Fragen?"

Nein, Anna hatte keine Fragen. Nachdem sie ihr maulendes Kind aus dem Salon in die Kabine genötigt hatte, machte sie ihr klar, dass sie beide morgen früh das Schiff verlassen würden. Karima war schockiert. Es war so schön auf dem Schiff, sie hatte so viele Freunde, alle waren nett zu ihr, auch die, die eigentlich nicht richtig nett waren. Würde sie die alle nie wiedersehen? Und es war so schön, wenn das Schiff schaukelte und wenn man auf das Wasser gucken konnte. Und der Kater! Warum mussten sie denn runter von dem Schiff? Doch Anna hatte das gewichtige Argument, das Karima sofort überzeugte: Wenn sie bis nach Costa Rica führen, müsste Anna dann doch den Pablo heiraten.

Nein, dann lieber aussteigen aus dem Schiff, aber beim Packen musste sie doch ein bisschen weinen.

Markus, 23. Februar abends

Nach der Pokerrunde und dem Abendessen zog sich Markus in seine Kabine zurück. Noch etwa 75 Seemeilen bis zu den Azoren, hatte ihm Horst Lohfeld, der Erste Offizier, gesagt. Man rechne mit der Ankunft gegen Mitternacht und würde dort vor Anker gehen. Die Passagiere hätten am nächsten Tag die nochmalige Gelegenheit zum

Landgang oder zu einer Whale-Watching-Tour und die Mechaniker wollten derweil sicherheitshalber noch einmal die Maschinen des Schiffs überprüfen, schließlich lägen ja noch einmal sieben Tage Fahrt vor ihnen. Ob Markus wohl nochmal behilflich sein könne, immerhin kenne er sich ja bestens mit Elektrotechnik aus und speziell mit dem Bordcomputer, der nicht nur zur Überwachung und Anzeige von Betriebs- und Umgebungszuständen diene, sondern auch zur Navigation, und außerdem verstehe er was von Wellendichtungen und Öldruckaufbau. Das Lob war Markus runtergegangen wie reines Öl. „Ja, klar, ich helfe gern, wenn ich kann", hatte er geantwortet, sich gleichzeitig aber gefragt, ob er wirklich auch an Bord bleiben durfte, wenn man seine Hilfe nicht mehr benötigte. Konnte man denn wissen, ob der Kapitän wirklich Wort hielt?

Ruhig stampfte die *MS Pavia* durch die glatte See. „Ein Glück, kein schwerer Seegang", dachte Markus. Er hatte noch immer das Geräusch des Wassers im Ohr, wie es hart gegen die Bordwand und den Bug klatschte, während er unten im Schiffsbauch gesessen hatte, im Dunklen, ein Raum stinkend von Katzenpisse und ohne regelmäßiges Essen, abhängig von Jens Albrecht und mit der ständigen Angst vor einer Entdeckung. All dies hatte Markus mehr zugesetzt, als er sich eingestehen wollte.

Er hatte inzwischen die Kabine des verschwundenen Schorse bezogen und sich dort häuslich eingerichtet. Häuslich, das bedeutete, er hatte seinen Rucksack ausgepackt und seine Überlebensnotfallration an Waschzeug, Kleidung und Papieren in einen Spind geräumt.

Als er seinen *Ransmayr* auf den Nachttisch legte, sah er, dass die Schublade nicht ganz geschlossen war. Vorsichtig zog er sie auf und entdeckte eine Broschüre, auf deren Vorderseite in großen Buchstaben *Kommentierte Passagierliste* stand. Er blätterte sie durch und sah, dass offenbar die Steckbriefe aller Teilnehmer dieser Reise darin enthalten waren. Interessante Einzelheiten konnte man da lesen! Dass „Conrad Dreyer" einen ganz unschuldigen Lebenslauf vorzuweisen hatte, war wenig überraschend. Oder war es womöglich die Wahrheit? Und wenn nein – waren die anderen Passagiere wohl ebenso großzügig mit der Wahrheit umgegangen?

Markus lag auf dem schmalen, aber bequemen Bett und ließ mit einem tiefen Seufzer die Anstrengung der letzten Tage aus sich heraus. „Es kann ja alles nur noch besser werden", sprach er sich selbst Mut zu. „Keine illegalen Geschäfte mehr! Die haben mir das Genick gebrochen. Andere lachen sich 'nen Ast und ich lass mich ins Gefängnis stecken. Schön blöd!"

Nein, das sollte ihm nicht nochmal passieren. Ab jetzt immer schön sauber und korrekt. So wie in seinem alten Leben als Ingenieur. Als Geld noch keine große Rolle spielte! Wenn Carla damit nicht leben konnte, bitte, dann eben nicht. Aber wenn sie erst einmal etwas von den Millionen erfuhr, dann würde sie gar keine andere Wahl haben, als zu ihm zurückzukehren. Irgendetwas war mit Carla, er konnte sich nicht erinnern. In seinem Kopf schwirrten weiße Puzzleteile herum, die sich nicht zu einem vernünftigen Ganzen zusammenfügen ließen, so sehr er sich auch anstrengte. Er musste sich unbedingt bei ihr melden. „Wenn ich den Kopf wieder frei habe, dann schreib ich ihr", beschloss er, „aber keine E-mail, sondern einen Brief." Einen richtigen Brief zum Anfassen, den sie aus dem Briefkasten holen und in die Hand nehmen konnte. Er stellte sich vor, wie Carla ungläubig den Kopf schüttelte, wenn sie den Absender las, den Brief hin und her drehte, zur Seite legte, wieder zur Hand nahm, sich fragte, was wohl drin stehen mochte, sich eine Tasse Kaffee holte, dann gespannt den Umschlag mit dem zierlichen Brieföffner aus Elfenbein, den er ihr einmal von einer Afrika-Reise mitgebracht hatte, aufschlitzte und die Zeilen atemlos überflog. Dann, diesmal etwas langsamer, alles noch einmal durchging, weil sie nicht glauben konnte, was sie soeben gelesen hatte.

Ja, er war ein guter Briefschreiber. Nur an Carla hatte er noch nie geschrieben. Da musste er ganz vorsichtig sein in der Wortwahl. Er hatte mal den „Cyrano de Bergerac" im Theater gesehen, so schöne Liebesbriefe wie der für einen Freund geschrieben hatte, konnte er, Markus, bestimmt auch hinkriegen und Carla würde sich seinen Worten nicht entziehen können. Den Brief könnte er morgen auf den Azoren einwerfen.

In Gedanken begann er schon einmal, Sätze zu formulieren. „Liebste Carla, ich habe viel Geld für uns gespart, für dich und mich ..." Nein, das war nicht so gut. Vielleicht „Liebste Carla, ich habe dich nie vergessen ...", Nein, auch nicht. Besser wäre „Ich liebe dich noch immer. Lass es uns noch einmal zusammen versuchen. Wir sind doch ein gutes Team ..."

Na, ihm würde schon etwas einfallen. Markus konnte sich jetzt sowieso nicht richtig konzentrieren. Die Begegnung mit Conrad und die Pokerrunde gingen ihm nicht aus dem Kopf. Komisch, er war sich im ersten Moment doch sicher gewesen, dass Dreyer der Cornelius war, den er früher gekannt hatte. Zu diesem Warschauer Cornelius passte es auch, dass er offenbar in Schwierigkeiten steckte und irgendjemanden dermaßen verärgert hatte, dass er Prügel bezog.

Nun, es waren ja noch ein paar Tage Zeit bis Costa Rica. Vielleicht ergab sich ja noch einmal die Gelegenheit, sich näher mit diesem Kerl zu unterhalten. Während Markus über all dies nachdachte, fielen ihm die Augen zu.

Siegfried Hottenrott, 23. Februar abends

Zum Abendessen hatte sich Siegfried Hottenrott was einfallen lassen. *Honigmelone mit Portwein - Cordon bleu von der Putenbrust – Reis Trauttmansdorff.* Der Erste, Horst Lohfeld hatte ihm höflich, aber bestimmt deutlich gemacht, dass er natürlich Schweinefleisch verwenden dürfe, aber strikt darauf zu achten habe, dass Herrn al Chatim eine Alternative angeboten werde. Mit dem Ersten wollte er es sich auf keinen Fall verderben.

Goldgelb knusprig kamen die Cordon bleus auf der Platte nach oben. Durch den Aufzugsschacht rief der Steward nach unten: „Siegfried, welches ist denn für Herrn al Chatim?" „Warum, ist doch kein Schwein!" tönte Hottenrott nach oben. „Was ist mit der Füllung, Emmentaler und Schinken?" kam es zurück. Hottenrott „Verdammte Scheiße!" Steward: „Genau, mach noch eins nur mit Käse!" Was dann Hottenrott in sich hineingrummelte, war nicht sehr freundlich. Dabei schlug er mit der Faust, die aus unerfindlichen Gründen mit Mullbinden umwickelt war, auf die Arbeitsplatte.

Zwei Tage hatten sie nun zusammengearbeitet, Siegfried Hottenrott und Johnny, der Philippino. Johnny wünschte sich Jens Albrecht zurück, der war schon nicht einfach, aber vor Hottenrott hatte er Angst. Als sein Boss das „Cordon Bleu ohne Schwein" in den Aufzug knallte, zuckte Johnny zusammen. „Was guckst Du so blöd, mach' die Kombüse sauber!", damit schmiss Hottenrott sein *Torchon* auf den Tisch und verließ die Küche. In seiner Kammer setzte er sich erst mal hin, stemmte beide Hände auf die Knie und schnaufte laut. Wenigstens hatte er's diesem Dreyer ordentlich besorgt. Hoffentlich würden die „Kameltreiber" wie geplant in Verdacht geraten – die Packung mit ihren Stinkezigaretten sollte eigentlich selbst einem Blinden als Hinweis reichen. Von Freese war allerdings bisher nichts in dieser Richtung zu hören. Aber das konnte ja noch kommen. Aus seinem Board holte er eine CD, *Makss Damage „Bye, bye"*. Den Player stellte er deutlich lauter als sonst.

Scott Williams, 23. Februar abends

Peter war endlich eingeschlafen. Nun konnte Scott daran denken, den verwünschten Rucksack aus dem Verschlag zu holen und verschwinden zu lassen. Von Schorse würde man wohl kaum noch hören. Jedenfalls nicht vor der Landung in Costa Rica. Und danach würden sie zusammen verschwunden sein – er selbst, Peter, Diana und Josèphe. Sie würden irgendwo unter neuem Namen ein Haus mieten, die Kinder in die Schule schicken und ein langweiliges Vorstadtleben beginnen. Er schauderte wieder einmal bei dem Gedanken.

Zurück zur Gegenwart. Er musste unbedingt dafür sorgen, dass Peter mit seiner Quasselschnauze nicht wieder alles in Gefahr brachte. Schlimm genug, dass man ihn selbst wegen des Überfalls auf diesen widerlichen Dreyer verdächtigte und ihm dadurch unerwünschte Aufmerksamkeit verschaffte.

„Ich hab ihn doch ohne Gepäck von Bord gehen sehen!" Also wirklich. Dusseliger kleiner Klugscheißer. Höchste Zeit, dass das Teil verschwand. Heute Nacht noch. Er würde aufpassen müssen, dass ihn bei der Aktion keiner sah, er durfte aber auch nicht zu lange zögern. In wenigen Stunden würden sie sich den Azoren nähern, das Ankermanöver musste eingeleitet werden; dann war die Gefahr einer Entdeckung viel höher.

Als Scott vorsichtig das Deck betrat, wurde ihm schlagartig deutlich, wie günstig der Zeitpunkt gewählt war. Laute Rapmusik dröhnte aus Hottenrotts Kabine über das Schiff. Ein Wunder, dass sich noch niemand von den Passagieren beschwert hatte! Doch ihm selbst war der Lärm mehr als willkommen, denn er konnte das unvermeidliche Klatschen übertönen, das gleich zu hören sein würde. Eilig huschte Scott zum Verschlag unter der Treppe und begann, das schwere Gepäckstück herauszuzerren. Erst jetzt fiel ihm ein, dass er diesmal vergessen hatte, Handschuhe anzuziehen. Egal, der Rucksack würde ohnehin bald jenseits aller Polizeikontrollen auf dem Meeresgrund liegen. Scott wuchtete das sperrige Ding kurzerhand auf die Schultern. Ein leises Stöhnen war nicht zu unterdrücken und er erlaubte sich einen kurzen Gedanken an Schorse: „Respekt, Mann. Muckis haste gehabt. Wie's mit dem Hirn aussah, war aber wohl ne andere Frage." Dann schob er sich gebückt durch die Deckstür und schlich hinaus. Er zog die Arme aus den Schulterriemen und kippte den Rucksack entschlossen über Bord. Die schlanke Gestalt von Oliver Hecht, der im

Schatten eines Rettungsbootes an der Reling lehnte, bemerkte er nicht.

Muhammad und Horst Lohfeld, 23. Februar abends

Muhammad al Chatim verließ die Abendgesellschaft, er wollte noch etwas frische Luft schnappen auf der Backbordseite, da hörte er laute türkische Musik, es klang wie von Tarkan Simark, den er gerne hörte. Aber dann ... der deutscher Rapper-Ton: i-r-g-e-n-d-w-a-s i-s-t a-n-d-e-r-s a-l-s e-s f-r-ü-h-e-r w-a-r, i-s-t d-a-s n-o-c-h D-e-u- t-s-c-h-l-a-n-d?

S-c-h-o-n s-c-h-r-e-i-t d-e-r E-r-s-t-e a-u-s d-e-m F-e n-s-t-e-r: A-l-l-a-h A-k-b-a-r! ....". Er war wie gebannt. Er hatte sie gesehen, in den Medien, diese grölenden Nazis. Aber jetzt hautnah, ihn schauderte, Wut stieg in ihm hoch, am liebsten hätte er diesen Primitivling Hottenrott aus der Kabine gezerrt. Er holte tief Luft. „Nein, so sind nicht alle", dachte er.

Jetzt hatte der Erste, Lohfeld, Wache. Horst Lohfeld hatte mit seinen 42 Jahren seine Karriere fest im Blick. Vielleicht würde er in Puerto Limón schon den vierten Streifen bekommen. Das vertrauliche Gespräch in der Reederei in Anwesenheit eines Eignervertreters von der *Adventure Investment Agency* ließ ihn auf den baldigen Karrieresprung hoffen. Lohfelds CV, der Lebenslauf, war tadellos. Vater Reederei-Inspektor in Bremen. Der nautische Werdegang makellos. Zurückhaltend im persönlichen Umgang, mit analytischem Sachverstand ausgestattet, konnte er beides in die Waagschale werfen, Loyalität und Autorität. In der Reederei hatten sie schon fest auf ihn gesetzt. Im Gegensatz zu dem stattlichen Erscheinungsbild von Kapitän Freese mit seinem grauen, kantigen Schädel und dem Kinnbart wirkte Lohfeld eher unscheinbar. Blond mit Halbglatze, stand er oft mit gebeugtem Rücken an der Reling. Er vermittelte das Gefühl, dass er gerade über alles und jeden nachdachte.

Muhammad stieg langsam den Aufgang zum Brückendeck hoch. In der Hand eine Confiserie-Packung mit Mandelgebäck aus Porto. Lohfeld sah ihn kommen und winkte ihn freundlich herein. „Guten Abend, Herr al Chatim, schön, dass Sie mich besuchen!" „Ich habe zu danken, Herr Lohfeld, wann hat man denn im Leben so eine Gelegenheit, die wirkliche Seefahrt zu erleben?" mit diesen Worten reichte al Chatim dem Ersten seine Hand. Das Gebäck legte er, ohne etwas zu sagen, ab. Dann fuhr er fort „Heißt es in Ihren Kreisen nicht *Christliche Seefahrt?*" Lohfeld lachte „Da wären wir ja schon bei einem Thema." „Gerne!" kam es von al Chatim zurück. „Immerhin haben wir doch mit Moses, wir nennen ihn übrigens *Mûsâ*, der mit dem Bastkörbchen auf dem Nil, einen gemeinsamen Seefahrer." Beide lachten. Dann tastete sich Lohfeld langsam an al Chatim heran: „Ihr Einstieg mit dem Fleischtransporter war ... wie soll ich sagen? etwas außergewöhnlich." „Immerhin wurden mir die Schweinehälften erspart", spaßte Al Chatim, um dann fortzufahren: „Ja, die deutschen Behörden haben mir dabei geholfen. Diskretion ist für mich überlebenswichtig." Dabei schaute er Lohfeld prüfend in die Augen.

„Ich verstehe, Herr al Chatim, die Passagiere auf dieser Reise sind nicht unbedingt die typischen Seefahrt-Romantik-Urlauber." Irgendwie erwartete der Erste auf seine Bemerkung eine nähere Erklärung von Muhammads Situation, aber der nickte nur. Dann schwenkte Lohfeld um, sein Blick glitt über den Schiffsbug in die schwarze, von kräuselnden Wellenkämmen belebte See: „Mit Chance", er sprach es *Schangs* aus, „sehen wir spätestens morgen Blauwale rund um die Azoren. Es sind mit die artenreichsten Gewässer der Welt." „Falls es noch Wale gibt", erwiderte al Chatim. „Sie haben recht" sinnierte Lohfeld, „die Ausrottung ist nicht gestoppt. Ich frage mich, was für *wissenschaftliche Zwecke* das sein sollen, mit denen die Japaner den Walfang rechtfertigen, und dann betonen die fernöstlichen Religionen die Gier als Sünde!" „Das tun wir und ihr Christen auch, und was ist die Wirklichkeit?" Ohne die Antwort auf seine eher rhetorische Frage abzuwarten, fuhr Muhammad fort: „Vor einigen Jahren wurde ich während eines Aufenthalts in Singapur zu einem Jahresempfang der *Chamber of Commerce,* der Handelskammer, eingeladen. Die üblichen Ansprachen, aber spannend waren für mich die Gruppengespräche. Einer begann mit der Frage an seinen Nachbarn: ‚An was glauben Sie, was sind Sie?', alle anderen hörten zu. Dann ging es reihum mit den Bekenntnissen: Sikh, der Pandschab-Inder; Calvinist, der Schweizer; Buddhist der Geschäftsmann aus Rangoon; Shintu, der Japaner; ich sagte, ‚ich bin Muslim', ein Chinese, ein *Hui* aus Xinjiang sagte ‚me, too', Katholik, der Philippiner; auch Katholik, der schwarze Südafrikaner; Orthodox katholisch, der Serbe aus Zagreb, Baptist, der Yankee, Mormone, der aus Salt Lake City; reformierter Protestant, der Däne; als der gutgekleidete Aborigine aus Perth von *Traumzeit* sprach, sahen sich die anderen fragend an, zum Schluss meldete sich ein Chinese aus Hongkong zu Wort: ‚I believe in money!' Alle lachten, nicht alle unverkrampft."

Ohne die Reaktion von Lohfeld auf seine Geschichte abzuwarten, setzte al Chatim nach: „Die Frage heutzutage ist: *Geld und Gott* oder *Geld oder Gott?*"

Muhammad bemerkte, dass er seinen Gesprächspartner auf ein Terrain gezogen hatte, auf dem der sich nicht mehr sicher fühlte. „Wann werden wir die Azoren erreichen?", wechselte er das Thema. „Etwa 30 Seemeilen südlich liegt *Sao Miguel* mit *Punta Delgada,* wir werden *Terceira,* also *Angra do Heroismo* anlaufen, etwa 35 Seemeilen voraus. Morgen früh werden wir ankern", antwortete der Erste. Dann gab er seinem wachhabenden Decksmann eine Reihe von Anweisungen.

Oliver Hecht lehnte derweil an der Reling und dachte über eine Reihe von wichtigen Entscheidungen nach, die zwei ganz besondere Menschen betrafen. Leider war er mit diesen Überlegungen so sehr beschäftigt, dass er das klatschende Geräusch, mit dem ein sperriger Gegenstand auf der Wasseroberfläche aufschlug, nur mit halbem Ohr aus der dröhnenden Deutschrock-Musik heraushörte. Auch als er kurz darauf die untersetzte Gestalt von Scott Williams durch die Deckstür nach innen verschwinden sah, machte er sich keine längeren Gedanken.

Muhammad, Hottenrott, Freese, 24. Februar vormittags

Sein Freund Ismail von der Hamburger Ahmadiyyat-Gemeinde hatte Muhammad den Tipp mit der *Gebetszeiten app* gegeben. Ideal, vor allem, wenn man mit Flugzeug oder Schiff unterwegs ist. Es war Zeit, Muhammad al Chatim verrichtete sein erstes Gebet zur Morgendämmerung, zusammen mit den Konyas auf dem Achterdeck. Er wollte noch eine Runde an der Reling drehen und ging entlang der Steuerbordseite Richtung Bug. Im morgendlichen Dämmerlicht sah er die Silhouette von *Angra do Heroismo*. Ein Fischerboot legte gerade in dem kleinen Hafen an, ein alter Kleintransporter wartete schon auf den Fang. Vor dem Frühstück wollte Muhammad sich noch im Internet über die Stadt informieren. Gestern Abend hatte er mitbekommen, dass das Steuer- und das Backbord-Beiboot ausgehievt werden sollten. Kapitän Freese sah darin eine gute Gelegenheit für eine Funktionsübung, in 20 Minuten wären sie in der Marina. Er würde mit dem Steuerbordboot schon um sieben Uhr losfahren. Dabei der Dritte, Hottenrott und Björn Bäumer, der zu einer Überprüfung der Blutwerte nach der überstandenen Sepsis ins Krankenhaus gebracht werden musste. Mit dem Backbordboot könnten die verbleibenden Passagiere mit dem „Zweiten" in der Nähe der Südspitze der Halbinsel auf *Whale watching*-Tour gehen.

Der Kapitän bemühte sich nach Kräften um eine attraktive Seereise. Diese frühe Stunde hielt aber noch eine Überraschung für ihn bereit: Anna García unterrichtete ihn, dass sie hier in Angra ihre Schiffsreise beenden und mit ihrer Tochter an Land gehen wollte! „Das kann doch nicht Ihr Ernst sein!" Als er ihr entschlossenes Gesicht sah: „Wieso haben Sie mir das denn nicht angekündigt? Und was wollen Sie denn hier? Ich weiß doch, dass Sie in Costa Rica von Ihrem Verlobten erwartet werden. Ich verstehe Sie nicht!" Anna entschuldigte sich für die Unannehmlichkeiten, die sie ihm vielleicht durch die plötzliche Entscheidung verursache. Sie habe erst gestern am späten Abend eine Mail von ihrer Tante erhalten, die gerade auf Terceira urlaube und die sie unbedingt sehen wolle. Sie würde später mit dem Flugzeug nach Costa Rica kommen. Der Verlobte wisse schon Bescheid.

„Na gut", sagte Kapitän Freese etwas verwirrt und unschlüssig. „OK. Ich kann Sie nicht zurückhalten. Dann bringen Sie schon mal Ihr Gepäck hierher an die Reling und frühstücken Sie." Seine Pläne für diesen Tag wurden durch diesen merkwürdigen Entschluss ja nicht beeinträchtigt.

Beim Frühstück nutzte Freese die Gelegenheit, die Passagiere zu informieren. Fast alle waren begeistert über die Aussicht, Blauwale beobachten zu können. Missmutig verzichtete Björn zugunsten der Blutuntersuchung darauf, auch Muhammad al Chatim zog den Trip mit dem Kapitän an Land vor.

Als die Passagiere bei dieser Gelegenheit nun auch davon unterrichtet wurden, dass Anna und Karima das Schiff verlassen wollten, herrschte erst einmal betretenes Schweigen. Anna lächelte alle an, entschuldigte sich auch bei ihnen wegen dieses unerwarteten Entschlusses und dankte ihnen für die nette Zeit, die sie miteinander verbracht hatten. Karima sah niemanden an, blickte todernst zu Boden. Niemand wusste so recht, wie man mit dieser Situation umgehen sollte, bis schließlich Scott das Schweigen brach. „Mensch, das ist ja wirklich sehr plötzlich. Ich werde euch vermissen. Jedenfalls wünsch ich euch alles Gute!" Damit war das Eis gebrochen, fast alle umarmten Anna und Karima, teils angedeutet, teils herzlich.

Karima rief noch laut nach Dojo, dem Mann von der Besatzung. Irgendjemand suchte ihn tatsächlich, ölverschmiert kam er aus dem Maschinenraum. Karima sagte Tschüss, drückte sich an ihn und war dann erst bereit, Olli und seinem Patienten Björn auf das Beiboot zu folgen. Peter rief von der Reling herunter: „*Bon courage, petite Kari-*

ma, et bonne chance!" Sie lächelte ihre Mutter an, aber unter Tränen: „Siehst du, er kann wirklich Französisch!" Ein Trost war es für Anna und Karima, dass ihre beiden engsten Freunde nun mit ihnen zusammen im Boot saßen.

Ein schnelles Thermoskannen-Frühstück auf dem Brückendeck nutzte der Kapitän, um das Wichtigste mit dem Ersten zu besprechen. Lohfeld blieb an Bord. Ihm oblag die Bord- und zugleich die Ankerwache. Auf Kanal 12 erreichte Freese den Hafenkapitän in der Marina und meldete sich an.

Hottenrott war nicht gerade bester Laune, als er hinter Muhammad die Jakobsleiter runter in das schwankende Rettungsboot stieg. Ein indonesischer Decksmann startete den Motor, der Dritte übernahm das Steuer und langsam drehte das Boot ab Richtung Hafeneinfahrt. Oliver Hecht hatte den Auftrag, später mit einem Taxi den Patienten zum *Hospital de Santo Espirito* zu begleiten.

Es gab nun für Anna und Karima einen kurzen Moment des Abschieds vom Kapitän und vom Koch. Von Muhammad, Björn und Olli wurden sie dagegen heftig umarmt, bevor diese mit dem Taxi verschwanden. Mutter und Tochter machten sich mit ihrem Rollkoffer auf zu dem auffälligen Hotel Marina, das sie schon vom Boot aus gesehen hatten.

Kapitän Freese begrüßte den Lieferwagenfahrer mit dem Proviant. Der Kontakt zur *Agronomischen Fakultät* über Freeses Freund Hebeler hatte prächtig funktioniert. Während der Decksmann den Proviant ins Boot lud, ging der Kapitän ins Hafenbüro. Sich umdrehend, rief er al Chatim und Hottenrott zu: „Wir schauen uns nachher noch im Ort nach frischem Fisch um!" Hottenrott schien nicht begeistert. So standen sie nebeneinander an der Pier und schauten dem dünnen, braunhäutigen Decksmann beim Verladen der Waren zu. Hottenrott dachte nicht im Entferntesten dran, einen Finger zu rühren. Ebenso wenig dachte er daran, al Chatim einen Kaugummi anzubieten, als er für sich selber einen aus der Packung zog.

Um das Eis etwas aufzutauen, begann Muhammad mit der unverfänglichen Frage: „Herr Hottenrott, freuen Sie sich auf Mittelamerika?" Überrascht von der Frage in akzentfreiem Deutsch, nickte der erst nur, um dann aber nachzusetzen: „Ja, Mittelamerika ist klasse, die mögen da lieber die Deutschen als die Gringos!" Nicht ohne Ironie antwortete Muhammad: „Da haben wir ja fast ein bisschen was gemeinsam." Wer WIR sein sollte, war Hottenrott gar nicht so richtig klar. Kurze Zeit später kam Kapitän Freese zurück: „So, ich weiß jetzt wo's frischen Fisch gibt. *Mercado Muncipal* in der *Rua do Rega*, hier gleich um die Ecke!", und schon ging er voraus. Brav und scheinbar einträchtig gingen die beiden hinter ihm her.

Schon von draußen hörte man das Stimmengewirr aus der Markthalle. Am eindrucksvollsten waren die Fischstände gleich am Eingang. Sorgfältig auf gestoßenem Eis gebettet lag alles, was der Atlantik zu dieser Zeit hergab: Dornhai, Seelachs, Drachenköpfe, Steinbutt, schwarzer Heilbutt, Rotbarsch, Heringe, Sprotten, Makrelen, Seeteufel, Brassen, Sepia, Oktopus, Schellfisch, Taschenkrebse, Seezungen, Limandes, Rotzungen, Schollen, Knurrhahn, Blauleng, See-Aal. Blitzschnell wurden die Fische für die Käufer gesäubert und geputzt.

Kapitän Freeses Augen leuchteten: „Herr Hottenrott, kochen Sie uns für heute Abend mal 'ne richtig schöne *Bouillabaisse!*" „Ähm ... Herr Freese, wir haben aber heute Abend Bauernomel..." „Ach was... Hottenrott", unterbrach ihn Freese, „wann kriegen Sie denn wieder mal so'n Fischangebot, stellen Sie sich mal nicht so an!" Der graue, unrasierte Fischverkäufer schaute interessiert hinter dem Marktstand zu dem merkwürdigen Dreiergespann. Freese zu ihm „*Sopa de peixe!*" Der Verkäufer nickte und griff selber, ohne zu fragen, nach Knurrhahn, Schellfisch, Drachenköpfen, Blauleng und, schlitzohrig, zum teuren Seeteufel. „Was brauchen Sie noch dazu?", kam es von Freese. Ohne Hottenrotts Antwort abzuwarten: „Knoblauch, Tomaten, Petersilie, Safran. Was noch?" „Äh, Suppengemüse" hörte man hilflos den Smutje. Am Nebenstand gab es frisches Weißbrot. Mit sechs vollgepackten Plastiktüten marschierten sie zurück zum Hafen. Dort wartete der Decksmann. Sie reichten ihm die Tüten ins Boot. Kapitän Freese nahm sein Handy und versuchte, den Dritten im Krankenhaus zu erreichen. Er nickte und sagte ins Handy „Alles klar, wir warten so lange!" Dann zu Muhammad und Hottenrott: „Meine Herren, darf ich Sie zu einem Kaffee einladen?" und zeigte dabei auf die kleine Taverne auf der anderen Seite des Platzes. Wenige Minuten später saßen sie an einem kleinen runden Tisch vor der Kneipe. „*Bom Dia!*" begrüßte sie der Kellner. „*Três cafés!*" orderte Freese. Er erklärte seinen beiden Begleitern, wie er zu dem Kontakt zur Agronomischen Fakultät hier auf der Insel über seinen ehemaligen Passagier Hebeler gekommen war. Muhammad überraschte Freese und den Koch mit Informationen zu dem riesigen amerikanischen Luftwaffen-Stützpunkt Lajes hier auf Terceira und den Plänen von Präsident Obama, ihn zu schließen. Dazu das Kuriosum, dass sogar die örtlichen Kommunisten wünschten, dass die Amerikaner blieben, wegen der Arbeitsplätze. Er kam vorsichtig darauf, dass die CIA über Lajes Gefangene nach Guantanamo geschleust habe. Unmerklich beobachtete er dabei genau seine beiden Zuhörer. Kapitän Freese hörte mit großem Interesse zu. Hottenrott konnte wenig zur Konversation beitragen und fühlte sich zunehmend unwohler, auch bei dem Gedanken, für die Salongesellschaft für heute Abend die Fischsuppe kochen zu müssen. Seit er Schiffskoch war hatte er NOCH NIE Fischsuppe zubereitet.

Kapitän Freese spürte Hottenrotts Unbehagen. Überraschend wandte er sich an den Smutje: „Herr Hottenrott, ich durfte erfahren, dass Herr al Chatim Hobbykoch ist", dabei schaute er Muhammad spitzbübisch an. „Würden Sie es ihm erlauben, mit Ihrer Unterstützung eine Suppe aus unseren Fischen zu zaubern?" Damit hatte Hottenrott nun gar nicht gerechnet. „Ein Mohammedaner in meiner Küche", grollte er zunächst innerlich, dann dämmerte es ihm aber zunehmend, dass er dann vom Kochen dieser dämlichen Suppe befreit war. „Ja klar!" sagte er scheinbar kooperativ „Johnny kann ihm dabei helfen." Auf der anderen Seite des Platzes kam ein Taxi an der Pier zu stehen. Björn und der Dritte stiegen aus. „Na, dann wollen wir mal!" sagte Freese und legte einen Schein auf den Tisch. Zwanzig Minute später erreichten sie die *MS Pavia*.

Anna und Karima, 24. Februar

„Guck mal, Karima, die beiden kleinen Hunde da!" Karima zuckte mit den Schultern, schaute gar nicht hin. Sie hatte schon während der Überfahrt im Boot kein Wort gesprochen, immer nur stumm Björn und Olli angesehen. Björn war sichtlich geschockt von Annas anscheinend plötzlichem Entschluss, er hatte ja auch gar keine Erklärung erhalten. Er strich Karima mal sanft das Haar aus dem Gesicht, mal nahm er ihre kleine Hand in die seine, mal schaute er Anna ratlos und unglücklich an. „Es lässt sich nicht ändern, Björn. Es tut mir sehr leid! Ich hoffe, für dich wird alles gut ausgehen!" Das war alles, was Anna geäußert hatte. Und Olli? Er hatte sich abgewandt und betrachtete die Wellen. Erst beim Abschied hatte er das Kind hochgehoben, ihr Gesicht an seine Wange gedrückt und ihr ins Ohr geflüstert: „Ich glaube, wir werden uns wiedersehen!" Dann war er ins Taxi gestiegen.

„Karima hör mal, da vorne bei dem Kiosk werden wir anhalten und verschnaufen, und dann werde ich dir erklären, warum wir hier sind und was wir hier tun. Das ging vorher nicht. Ok?" Karima nickte ernst. Sie wirkte stark angespannt und schaute ihre Mutter nicht an. Erst als Anna ihr dann bei dem Kiosk sagte, dass es Oliver war, der alles heimlich geplant hatte – da war es, als fiele ihr eine Last von der Seele. Jetzt war sie bereit, alles Weitere auf sich zukommen zu lassen, mit oder ohne Erklärungen.

Im Foyer des Hotels Marina erblickte Anna sofort das ältere Ehepaar, die Webers, die Oliver angekündigt hatte. Sie begrüßten Anna und Karima zwar zurückhaltend, aber sehr freundlich. Sie schlugen vor, erst einmal zu ihnen nach Hause zu fahren und dort alles Nötige zu besprechen. Unterwegs fragte Frau Weber Karima, ob sie Angst vor Hunden habe, denn im Haus lebten zwei sehr liebe, aber übermütige

Hunde, der eine groß und mit wilder Haarmähne, der andere klein und spiddelig und nicht besonders hübsch. Darüber musste Karima endlich mal lächeln, und sie freute sich schon.

Im Haus setzte sie sich in die Nähe der Hunde und beobachtete sie, während Anna mit dem Ehepaar Tee trank. Herr Weber polterte gleich los: „Na, da haben Sie ja unserem Oliver ganz schön den Kopf verdreht, junge Frau!" Anna wurde rot und konnte zuerst gar nicht antworten, so überrascht war sie. Seine Frau wandte sich an Anna: „Wissen Sie, an Feingefühl hat es ihm schon immer gemangelt. Er ist oft reichlich direkt. Rau, aber zum Glück dabei herzlich!"

Rau aber herzlich, so hatte ihr Großvater sich stets selbst charakterisiert, dabei war er aber nur rau. Hart aber gerecht war auch solch ein Spruch von ihm, und auch hier stimmte nur der erste Teil.

„Nehmen Sie es nicht krumm! Es ist mehr ein Scherz. Wir wissen doch so gut wie gar nichts über Sie oder wieweit Sie unseren Olli überhaupt kennen. Sein Vater hat da bestimmt mal wieder übertrieben am Telefon!"

Sie erzählten, dass sie die Hechts schon seit Jahrzehnten kannten, schon aus Köln, wo sie Nachbarn gewesen waren und häufig zusammen Urlaub in Portugal gemacht hatten. Und nun hatte Ollis Mutter sie gebeten, sich nach genauer Anweisung um Mutter und Kind zu kümmern. „Sie hat uns auf die Seele gebunden, Ihren Aufenthalt hier ganz vertraulich zu behandeln, so wie früher manche Geschichten aus dem Frauenhaus. Das fällt uns nicht schwer, vertrauen Sie uns! Wir wissen jetzt nur, dass Sie nachher um kurz nach eins von hier nach *Ponta Delgada* fliegen werden – hier sind die Tickets – und dort um 14 Uhr ankommen und abgeholt werden von Klaus, also von Herrn Hecht. Mehr wissen wir nicht."

Anna fühlte sich beinahe geborgen. Irgendeine freundliche Macht hielt eine wachsame Hand über sie und Karima. Es wurde anscheinend alles geregelt. Na ja, nicht irgendeine unbekannte Macht, sondern Olivers Eltern natürlich.

Nachdem sie am Esstisch vor einer Schrankwand – ja! Schrankwand! – und mit Blick auf ein Gemälde von der Loreley einige „Schnittchen" gegessen hatten, fuhren die Webers sie zum Flughafen Lajes. Der direkte Weg auf der Schnellstraße hätte nur zwanzig Minuten gedauert, aber Herr Weber meinte, sie sollten doch wenigstens ein kleines bisschen von Terceira sehen. Die Landstraße, die er aussuchte, verlief weitgehend an der Küste entlang. Sie war auch nur sieben Kilometer länger, führte jedoch durch eine Reihe von Ortschaften.

„Unsere Landschaft hier ist ja nicht gerade spektakulär, nicht so wie im Westen der Insel. Aber die sanften Hügel, diese endlosen Felder und Weiden, die lange Küste, teils felsig, teils wunderschöne Strandbuchten – also uns gefällt's hier richtig gut! In allen Ortschaften stehen die hübschen kleinen Kapellchen, manchmal gleich mehrere, ganz bunt angemalt. Gleich, in *Ribeirinha*, werde ich euch mal auf solche *imperios*, wie die hier heißen, aufmerksam machen. Sie sind alle dem Heiligen Geist gewidmet." Anna fand sie lustig aussehend, Karima „voll süß", wie Kinderkirchen. „Es ist schade", meinte Frau Weber, „dass ihr nicht im Sommer hier seid! Terceira wird ja auch die Insel der Feste genannt. Es ist wirklich unglaublich, wie viele Feste hier ab Mai gefeiert werden, und zwar in jedem Dorf! Heiliggeist-Feste natürlich, Karneval, Weinfeste, Strandfeste und noch andere, immer mehrere Tage lang, mit Umzügen, Tanz, Musik und viel Essen und Trinken. Ach, und die *touradas*, die ..." „Nein, warte", unterbrach sie ihr Mann, „wenn wir durch *Fonte do Bastardo* kommen, können wir ja mal anhalten und von unserem Erlebnis im vergangenen Jahr erzählen. Das soll jetzt die Beiden ruhig ein bisschen neugierig machen! Oder?"

In *São Sebastião* wollte Herr Weber auf den weithin sichtbaren Leuchtturm aufmerksam machen, verhedderte sich jedoch in der portugiesischen Aussprache des Ortes und fluchte. „Ja", meinte Frau Weber spöttisch, „manche Leute können ewig hier wohnen und werden es doch nie schaffen! Noch nicht einmal die Stadt, in der wir leben, kann er richtig aussprechen!" Für Anna hörte es sich so an, als sei dies eine in langen Jahren eingespielte Neckerei.

Schließlich kamen sie zu dem angekündigten *Fonte do Bastardo* und hielten an der Straße an. „Wisst ihr denn, was eine *tourada* ist, eine *tourada a corda*?" fragte Herr Weber. Das war wohl eher eine rhetorische Frage. Es war eine Art Mutprobe mit jeweils einem Stier, auf der Straße, ohne Waffen. Ein Volksfest, das jedes Jahr und in jedem Dorf einmal stattfand. Junge Männer neckten und ärgerten den Stier, so ähnlich, wie man das im Fernsehen aus dem spanischen Pamplona sehen kann, aber immer jeweils nur mit einem Tier. Diese Stiere hier wurden allerdings an ganz langen Seilen geführt, und ihre spitzen Hörner waren umwickelt, um sie zu entschärfen. Jeweils sechs Männer in weißen Hemden, grauen Hosen und mit schwarzem Hut hatten die Seile in den Händen und waren dafür verantwortlich, dass durch ihren Stier nichts Schlimmes passierte. „Seht ihr das blaue Haus auf der anderen Seite der Straße? Also das neben dem rosafarbenen mit den bunten Fensterrahmen? Das blaue gehört Freunden von uns, und dort saßen wir hinter dem Mäuerchen im Vorgarten, um uns das Ganze mal anzusehen. Überall an der Straße saßen die Menschen hinter Mauern oder mit Latten und Brettern verbarrikadiert, hingen aus den Fenstern, auf den Balkons. Auf der Straße selbst warteten viele auf den ersten Stier, allerdings nur Männer, keine einzige Frau. Alle Menschen waren guter Laune, so richtig aufgekratzt. Und dann sah man ihn kommen, schon von weitem. Plötzlich waren fast alle älteren Männer fort von der Straße. Die jungen Männer tänzelten übermütig dem Tier vor der Nase rum und ärgerten ihn mit roten Schirmen und großen Tüchern und versuchten, ihn anzufassen. Der Stier lief mal hierhin, mal dorthin, mal schnell, mal ganz langsam. Ich glaube, den hat keiner vorher gefragt, ob er überhaupt Bock auf den ganzen Zirkus hatte. Manchmal wirkte er ziemlich wütend. Ja, und – jetzt kommt's – plötzlich sprang er mit einem Satz über das Mäuerchen

347

von dem Grundstück neben uns in den Vorgarten! Die Nachbarn schrien auf und rannten ins Haus, aber der Stier guckte nur bedröppelt hinter ihnen her. Dann guckte er über die niedrige Mauer zu uns rüber. Wir waren schon aufgestanden, um wegzulaufen, aber er guckte uns nur in die Augen, drehte sich um und sprang wieder auf die Straße zurück. Naja, er war wohl auch an dem langen Strick gezogen worden." Herr Weber schaute Anna und das Kind an und konnte mit dem Eindruck, den seine Erzählung auf sie gemacht hatte, zufrieden sein. „Und was ich auch noch sagen möchte, etwas Bemerkenswertes: ich konnte euch die ganze Geschichte erzählen, ohne dass meine Frau mich auch nur ein einziges Mal unterbrochen hätte!" Das trug ihm einen freundschaftlichen Klaps auf den Hinterkopf ein.

Während sie nun nach *Praia do Vitoria*, Richtung Flughafen, weiterfuhren, konnte Herr Weber noch ein paar Erinnerungen an jenen aufregenden Tag des vergangenen Jahres hinzufügen und seine beiden Gäste damit beruhigen, dass hier die Stiere nicht wie in spanischen Stierkämpfen ums Leben kamen. Eher im Gegenteil: die einzigen Verletzungen des Tages hatten sich ein paar übermütige junge Männer zugezogen. Die Stiere durften wieder auf ihre Weide und sich erholen.

Markus, 24. Februar vormittags

Markus war gerade noch einmal in einen unruhigen Schlaf gefallen, als es an der Tür klopfte und diese gleich danach aufgerissen wurde. „Mittelstädt, kommen Sie!?" rief der Chief und war gleich darauf wieder verschwunden. Markus war sich nicht sicher, ob das ein Befehl oder eine Frage gewesen war, aber er war sofort hellwach. Ach ja, die Überprüfung der Schiffsmotoren stand an! Er schlüpfte in den Trainingsanzug, den er vom Ersten Offizier bekommen hatte, zog seine geliebten Sneakers an und fuhr sich mit den Fingern durchs Haar. Er wusste nicht, wie spät es war, aber da die *MS Pavia* relativ ruhig lag und er kein Stampfen und Rollen mehr vernahm, vermutete er, dass sie inzwischen die Azoren erreicht und angelegt hatten.

Schnell folgte Markus dem Chief zum Maschinenraum. Schon von weitem hörte er den Lärm der starken Maschinen. Die ölgetränkte, stickige Luft schlug ihm entgegen. Der mit Schmiere befleckte Overall, den er während der Reparatur in Porto getragen hatte, hing noch am gleichen Haken und Markus zog ihn über den geliehenen Jogginganzug. Ein kurzer Blick in den kleinen Spiegel, der ebenfalls noch immer an der gleichen Stelle hing, zeigte ihm strubbeliges braunes Haar und darunter ein verknittertes Gesicht, aber das konnte natürlich auch an der Blindheit des Spiegels liegen. Der Leitende Ingenieur, die diensttuenden weiteren Maschinenleute und der Bordelektriker waren bereits dabei, die Maschinen auf ihre Funktion zu überprüfen. Markus konnte nichts Verdächtiges hören, trotz ihrer Lautstärke klangen die Motoren gleichmäßig und ruhig.

„Hören Sie was, Mittelstädt?" fragte der Leitende.

Markus schüttelte den Kopf. „Nein, scheint alles in Ordnung. Ich guck mir die Maschinen aber trotzdem nochmal an. Vor allem den Bordcomputer und das Navigationssystem!"

„Das ist ja wohl Ihre Spezialität." Der Leitende lächelte, was Markus aber nicht sehen konnte, weil er sich gerade über einen der Zylinder beugte.

„Da haben Sie recht", stimmte Markus zu. Immer, wenn es eine technische Herausforderung gab, deren Lösung mehr als kompliziert war, war er in seinem Element. Schon als Kind hatten ihn technische Dinge fasziniert und später in der Firma war immer er derjenige gewesen, den man zu Rate gezogen hatte, wenn die Kollegen nicht weiterwussten. Mittelstädt wird's schon richten, hatte es jedes Mal geheißen und er *hatte* es gerichtet. Aber mit ehrlicher Arbeit war er ja nicht weit gekommen. Die Finanzdeals, ja, die hatten ihm die große Kohle gebracht ...

Markus' Gedanken waren für einen Moment abgeschweift, aber er war sofort wieder voll und ganz da, als der Leitende sagte: „Die ‚Mittelschicht' hat sich schon verdient gemacht. Die Abgasturbinen und die Hilfsdiesel für die Stromerzeugung sind bereits überprüft. Die Aggregate ebenfalls!"

„Dann wollen wir mal!" Damit wandte sich Markus seinem „Lieblingskind", dem Bordcomputer, zu. Bereits in Porto hatte er verschiedene Komponenten deaktiviert, die beschädigten Subkomponenten ersetzt und die Komponenten dann wieder aktiviert. Es waren mehrere Schritte vonnöten gewesen, um eine Komponente an- oder auszuschalten, einschließlich der Umleitung der Energie oder der Kühlung zu anderen Teilen des Schiffes.

Er hatte alles wieder hingekriegt. Auch die Kühlung hatte funktioniert, und auch jetzt lief alles bestens.

Markus wusste nicht, was genau dieses Schiff noch transportierte. Der alte Schiffskoch hatte ihn anfangs in den Lagerräumen des Versorgungstrakts untergebracht. Offensichtlich hatte sich dieser rote Kater auch dort unten aufgehalten. Von was der sich aber ernährte, war ihm schleierhaft.

Was es mit diesem Vieh wohl auf sich hatte? Ob es jemandem gehörte? Ob es gefüttert wurde? Wenn nicht, würde er gern dafür sorgen, dass das arme Tier keinen Hunger litt. So viele Mäuse, dass es davon satt werden konnte, gab es ja sicherlich nicht an Bord. Wieder musste er an die alte, inkontinente „Susi" denken, die er und Carla fünf Jahre lang gehabt und geliebt hatten.

Markus rief sich zur Ordnung: „Vergiss die Katze! Denk lieber an die Motoren und den Bordcomputer!" Noch einmal überprüfte er sämtliche Details. Alles war bestens. Sie würden ohne weitere technische Störfälle weiterfahren und die Maschinen auch den schwersten Stürmen und höchsten Wellenbergen aussetzen können. Auch die „Kollegen" waren zufrieden und verabschiedeten sich.

Das Bücken war Markus heute schwer gefallen, sein Bein schmerzte. Schnell entledigte er sich des schmutzigen Overalls und humpelte zurück zu seiner Kabine, um zu duschen und sich umzuziehen. Viele Kleidungsstücke hatte er ja in seinem Rucksack nicht mitnehmen können, deshalb fiel die Entscheidung leicht. Als er in einer Jeans und seinem leichten Lieblingspullover aus hellblauer, dünner Cashmere-Wolle auf dem schmalen Kojenbett lag, das für seine Körpergröße ein wenig kurz war, fasste er einen Entschluss:

Ja, er hatte etwas geleistet, das seinen Aufenthalt an Bord dieses Schiffes rechtfertigte! Heute würde er über seinen Schatten springen und mit den übrigen Passagieren gemeinsam essen, wenn sie von ihrem Ausflug zurückkamen. Und sich ihren Fragen stellen. Vielleicht waren auch Kinder mit an Bord, er erinnerte sich, kürzlich im Gang vor seiner Kabine Kinderstimmen gehört zu haben. Er liebte Kinder, die waren noch unverdorben und ehrlich, er konnte gut mit Kindern umgehen. Leider hatte er selbst keine. Er hätte gern welche gehabt, aber Carla hatte keine gewollt.

Ja, alles war gut, alles funktionierte einwandfrei, und doch schwang wieder ein kleiner Rest von Zweifel mit: Ob der Kapitän ihn weiterhin an Bord akzeptierte und ob die Leute ihn mögen würden? Ob er diesen Conrad Dreyer wiedersehen würde?

Früher hatte Markus vor Wasser Angst gehabt. Es war ihm jetzt zwar nicht mehr ganz so unheimlich wie als Kind, aber wohler fühlte er sich auch heute noch, wenn er festen Boden unter den Füßen hatte. Als junger Mann hatte er dann Tauchen gelernt und geglaubt, damit seinen inneren Schweinehund überwunden zu haben.

Aber jetzt mit dem Herzschrittmacher durfte er nicht mehr so tief tauchen, hatte sein Kardiologe ihm eingeschärft. Und er war ja auch kein junger Mann mehr. Immerhin war er schon sechsundfünfzig, da musste man schon auf seine Gesundheit aufpassen! Früher hatte er auch noch keine Probleme mit dem Herzrhythmus gehabt, so etwas kannte er nur vom Hörensagen, und es betraf nur andere, nicht ihn selbst. Ja, ja, man wurde alt ...

Man sagte zwar, dass Alter einen Zugewinn an Erfahrung und Gelassenheit bedeute, aber war das wirklich so? Die Ängste, unter denen Markus bereits in seiner Kindheit gelitten hatte, waren noch immer da. Schon damals hatte er Angst im Dunkeln gehabt, immer musste nachts ein kleines Licht brennen, und Schatten hielt er für finstere Gestalten, die ihm Böses wollten. Wenn ihm ein Missgeschick passiert war, wenn er nur etwas verschüttet hatte oder irgendetwas hingefallen war, hatte er geheult, während andere gelacht hatten. Auch wenn seine Mutter ihn in den Arm genommen hatte, war er lange untröstlich gewesen. Am liebsten hatte er sich stundenlang allein in seinem Zimmer beschäftigt, erst mit Lego, später mit Fischer-Technik oder seiner elektrischen Eisenbahn. Schon als Junge hatte er es geliebt, elektrische Geräte wie Radios auseinander zu nehmen und wieder zusammenzubauen, den Dingen auf den Grund zu gehen. Einmal hatte er Mutters defekte Küchenmaschine zerlegt und wieder zum Laufen gebracht, aber das Lob, das er sich erhofft hatte, war ausgeblieben. Zu experimentieren und so lange zu probieren, bis etwas wieder funktionierte, war eine Herausforderung, die ihn so sehr gereizt hatte, dass er sie zu seinem Beruf gemacht hatte.

Martin war ganz anders gewesen. Martin, sein älterer Bruder, der jetzt tot war. Durch seine Schuld. Martin war mutig, selbstbewusst, stark und überall beliebt, in der Familie, in der Schule, bei den Freunden. Er hatte nie geheult. Selbst als er einmal einen Fußball in eine Fensterscheibe gedonnert hatte und diese zersplittert war, hatte er gelacht, und sogar die Eltern hatten in dieses Lachen eingestimmt. Er ist halt ein richtiger Junge, hatte der Vater stolz gesagt.

Martin war sein Vorbild gewesen, Markus hatte ihn bewundert und sich gewünscht, so zu sein wie er. Als Martin ihn zu diesen Finanztransaktionen überredet hatte, war er Feuer und Flamme gewesen, hatte alle Skrupel über Bord geworfen und sogar Talent gezeigt.

Er hatte Deals abgewickelt, die ihm einen Millionengewinn beschert hatten. Er sei ein Überflieger, hatte Martin gesagt und ihm auf die Schulter geklopft, und da war er das erste Mal über sich selbst hinausgewachsen, hatte sich seinem Bruder ebenbürtig gefühlt.

Bis zum Abendessen blieben noch ein paar Stunden Zeit. Markus hob das Buch auf, das bei seinem plötzlichen Aufbruch vom Nachttisch gerutscht und auf den Boden gefallen war. Es war sein Lieblingsbuch, das einzige, das er bei seiner Flucht mitgenommen hatte. Er wusste, es war blöd, ein Buch mitzunehmen, wo doch ohnehin nur wenig Platz in seinem Rucksack war, zudem ein Buch, das er bereits in- und auswendig kannte. Aber er liebte alles, was mit Mythologie zu tun hatte, und diesen *Ransmayr* ganz besonders. Er hatte *Die letzte Welt* schon so oft gelesen, dass die Seiten Eselsohren und Flecken hatten. Das Buch handelte von einer Welt, die bevölkert ist von Figuren aus Ovids *Metamorphosen*, die sich in Traum- und Albtraumwelten bewegen. Wie er selbst, das war ihm inzwischen klar geworden. Manchmal schien es, als fliehe er in seine Bücher, verstecke sich zwischen den Geschichten, weil er mit der Welt draußen nicht mehr zurecht kam. Beim Lesen drang er in Ecken und Winkel vor, die ihm bisher verschlossen geblieben waren. Auch er hatte sich mehr als nur einmal in eine Traumwelt geflüchtet.

Aber damit war jetzt Schluss! Er legte das Buch zur Seite und schloss die Augen. Wieder schmerzte die Narbe an der Schläfe. Markus vermutete, dass bei dem Autounfall ein Nerv verletzt oder sogar durchtrennt worden war, jedenfalls hatte der Arzt, der ihn damals operierte, so etwas gesagt. Man könne nichts machen und er müsse damit leben.

Hoffentlich störte es Carla nicht! Als sie noch zusammen gewesen waren, war sein Äußeres perfekt gewesen, ja, ein schönes Paar waren sie gewesen. Damals hatte er auch noch einen Bart getragen. Carla hatte das gemocht, es kitzele so angenehm beim Küssen, hatte sie gesagt. Sie hatte ihn spontan an Schneewittchen erinnert, als sie sich kennenlernten. Die Haare lang, glatt und schwarz, die Haut hell, der Mund üppig und rot. In ihren Augen tanzten goldene Punkte, die glitzerten, wenn sie sich liebten. „Katzengold" hatte er es genannt und sie hatte gelacht und dabei die Nase auf eine kesse Kleinmädchenweise krausgezogen. Ja, damit hatte sie ihn angelockt und das Netz so fest um ihn gezogen, dass er nicht mehr hinausschlüpfen konnte – und auch nicht wollte. „Ich wusste es", hatte sie nach ihrem ersten Mal, nur kurz nach dem Kennenlernen, gesagt. „Was?" hatte er verständnislos gefragt und Carla hatte gelächelt und gesagt: „Dass wir früher oder später miteinander schlafen würden". Diese rauschhafte Beziehung, die schon nach drei Monaten in einer Ehe und nach fünf Jahren in einer Trennung geendet hatte … Der Altersunterschied hatte nicht gestört, sie liebe die Ruhe an ihm, die Erfahrung, die Männlichkeit – Qualitäten, die offenbar nicht für ein ganzes Leben ausgereicht hatten, vielleicht war auch ihre Ehe einfach zu kurz gewesen für diese Erkenntnis. Und dann hatte sie … war sie … woher kam nur plötzlich wieder dieses weiße Rauschen in seinem Kopf? Es überfiel ihn jedes Mal, wenn er längere Zeit an Carla zu denken versuchte. Und dann quoll eine Flut von Zweifeln und Ängsten in ihm hoch.

Markus wusste, er musste daran arbeiten. Dieses ferne Reiseziel hatte er sich ja nicht umsonst ausgesucht. Je weiter weg, umso näher ist man an sich selbst, hatte er gedacht. In einem anderen Land wäre er befreit vom eigenen Korsett, er könnte Neues entdecken und freier sein im Handeln und Denken. Aber natürlich war es eine Flucht, das war ihm klar.

Conrad, Scott, Peter, Tina, Elvira und Rupert, 24. Februar mittags

Miguel stand breitbeinig, dem Seegang trotzend, im Bug des Beibootes, in der linken Hand ein Sprechfunkgerät und mit der rechten Hand zeigend, mal nach links, dann nach rechts und dann einen Kreis in die Luft zeichnend. Am Ruder des Beibootes saß Lüders, der zweite

Offizier der *Pavia*, und steuerte das Boot nach den Zeichen Miguels durch die unruhige See, mächtig schaukelnd, wenn es quer zu den Wellen lag und hart im Wellental aufschlagend, wenn es gegen den Wind steuerte. Wenn das Boot dann in solch ein Wellental eintauchte, spritzte schon einmal die Gischt über die Besatzung, die diese unfreiwillige Dusche meist mit einem leichten Aufschrei quittierte.

Conrad war trotz seines empfindlichen Magens, seines zerschundenen Gesichts und seiner schmerzenden Rippen mit auf die *Whale-Watching*-Tour gegangen. Für ihn war die Aussicht, an Bord zu bleiben und dann wieder diesem Markus Mittelstädt ausgeliefert zu sein, keine echte Alternative. Und so heftete er seinen Blick an den Horizont, ebenso wie Miguel, hinter den er sich gestellt hatte, und spürte nur noch ein leichtes Grummeln in der Magengegend. Scott und Peter hatten mit dem Seegang ebenfalls keine Probleme, waren sie doch oft genug unter Segeln auf dem offenen Meer unterwegs gewesen. Tina und Elvira sowie Rupert Vesper war dagegen anscheinend nicht sehr wohl.

Als Lüders den Lotsen Miguel am Hafen von Angra abgeholt hatte, hatte Miguel schon gewarnt. „Eigentlich ist noch keine Walsaison. Das Meer ist meist noch zu stürmisch und es kann sein, dass wir in den Wellen die Wale überhaupt nicht finden. Aber versuchen wollen wir es gern. Ich habe *meu vista*, mein zusätzliches Auge, oben auf dem *Monte Brasil* postiert. Wenn es Wale oder Delphine sieht, werde ich über Funk unterrichtet." Miguel war beim *Observatorio do Ambiente dos Acores* in Angra als wissenschaftlicher Mitarbeiter angestellt. Bei der Fahrt hinaus aufs offene Meer ließ er es sich daher nicht nehmen, den Passagieren die Fauna der Azoren und des umgebenden Atlantik zu erklären.

Die Bootsbesatzung hatte Glück. Kurz nach der Hafenausfahrt kreuzte eine Meeresschildkröte, groß wie ein Wagenrad, ihren Weg und tauchte schnell ab, anscheinend vor dem Boot flüchtend. Als die Gruppe mit ihrer Nussschale um die Landzunge vor Angra herum aufs offene Meer fuhr, blies ihnen ein kräftiger Westwind entgegen. Miguel sprach von Zeit zu Zeit mit seinem *meu vista* und gab dann Zeichen an Lüders. Nach für die Passagiere unendlichen zehn Minuten tauchte an der rechten Seite des Beiboots ein Delphin auf, kurz, Luft ausblasend, das Boot neugierig betrachtend, und dann war er wieder in der Tiefe des Meeres verschwunden. Nach weiteren ein bis zwei Minuten erschienen auf beiden Seiten des Bootes Delphine, erst vereinzelt, dann in Zweier- und Dreiergruppen, aus dem Wasser springend und wieder elegant eintauchend. Bald waren beidseitig des Bootes ein Dutzend Tiere, „freundlich lächelnd", wenn sie auftauchten, verspielt springend … War das wirklich Spiel? Wollten sie den Menschen gefallen mit ihrem Lächeln? „Diese Augen", dachte Conrad, „mit denen ihr unser Boot betrachtet, schmunzelnd wie es scheint. Kennt ihr uns Menschen und unsere Boote nicht, dass ihr so vertraut seid? Habt ihr noch keine schlimmen Erfahrungen mit uns gemacht? Oder seid ihr auf der Jagd?" Conrad stand nachdenklich und breitbeinig neben Miguel im Bug, während Peter und Scott sowie Elvira, Tina und der Pater aufgeregt über ihre Beobachtungen sprachen. Wie kam es, dass sich plötzlich so viele Tiere, Tümmler, so Miguel, um das Boot herum scharten? Hatte der erste Delphin sie gerufen? Wurden durch das Boot Fische aufgetrieben und so den Tümmlern direkt als Mahlzeit serviert? Bevor Conrad für sich eine Antwort finden konnte, hatten sich die Tiere zurückgezogen, waren abgetaucht, hatten wohl genug gesehen von den Menschen. Und die Bootsbesatzung? Sie erzählten einander aufgeregt, was sie gerade beobachtet hatten und merkten nicht mehr den Tanz des Bootes auf und in den Wellen.

Conrad stand weiter neben dem Lotsen, auf das Meer hinausschauend. Die Gedanken schossen ihm durch den Kopf, die Erinnerungen an seinen Onkel Johannes, die Dachstube mit der Schmetterlingssammlung und den vielen Büchern. Gern war er dort stöbern gegangen und der Onkel hatte es wohlwollend geduldet, hatte er doch keine Kinder und sich immer einen Sohn gewünscht. Conrad konnte noch nicht richtig lesen, als ihm das Buch von Moby-Dick das erste

Mal in die Finger fiel. Er hatte darin geblättert und Zeichnungen gefunden, Zeichnungen des weißen Wals, wie er ein Harpunierboot mit seinen Zähnen zermalmte; das Schiff, die *Pequod*, mit dem die Walfänger ausgelaufen waren; er sah Ismael, der als einziger die Jagd nach dem weißen Wal überlebte und er sah Kapitän Ahab, der mit seinem Boot vom harpunierten Moby-Dick in die Tiefe gezogen wurde. Der Onkel hatte Conrad immer mal aus dem Buch vorgelesen und Conrad hatte mit offenem Mund und großen Augen den Geschichten gelauscht. Und jetzt war er hier, stand im Bug eines Bootes, wie die Walfänger von der Insel Föhr vor einhundert oder zweihundert Jahren. Er sah sie, mit einfachen Harpunen und Speeren, wie sie damals auf Jagd gingen. Er hatte mit seinen Eltern mehrmals Badeurlaub auf Föhr gemacht. Und er sah die Walknochen und Jagdgeräte, ausgestellt im Museum in Wyk. Was war wohl wirklich passiert, wenn die Waljäger einen Wal harpuniert und nicht gleich getötet hatten, sodass er noch abtauchen konnte? Hatte der Wal tatsächlich seine Jäger mit in die Tiefe gezogen? Und dann sah er sie, die Frauen der Waljäger, wie sie zu Ostern in Nieblum in den „Friesendom" zum Gottesdienst gingen, in ihren Trachten, verziert mit reichem Silberschmuck. Je erfolgreicher die Seefahrer gewesen waren, umso mehr Schmuck trugen ihre Frauen. Und dann diese Kirche in Nieblum, schlicht, groß und mächtig, mit einem kreuzförmigen Kirchenschiff. Und in der Mitte dieses Kreuzes hing ein Segelschiff, ein Modell, fast die einzige Zier dieser Kirche, im Sonnenlicht, das durch ein Ostfenster in den Kirchenraum fiel.

Conrad lief bei diesen Bildern eine Gänsehaut über den Rücken. Er wurde jäh aus seinen Träumen gerissen, als eine aufgeregte Stimme aus dem Funkgerät auf Miguel einredete. Sein *meu vista* hatte einen Wal gesichtet und Miguel dirigierte das Boot in die Richtung, in der der Meeresriese sein sollte. Tatsächlich war, wenn das Boot wieder einmal auf einem Wellenkamm ritt, ein grauer Rücken zu sehen, der wie eine kleine Insel aus dem Meer herausragte. Das Beiboot näherte sich jetzt langsam diesem Rücken, während Miguel erklärte, dass es ein Blauwal sei, das größte Lebewesen der Erde. Als das Boot näher herankam, tauchte der Wal ab, noch einmal mit seiner Fluke winkend. Miguel erklärte, dass er wohl in etwa zwei Minuten wieder auftauchen werde, um zu atmen. Mit etwas Glück würde man ihn dann noch einmal sehen. Die Bootsbesatzung hatte Glück. Der Wal tauchte zirka fünfzig Meter vom Boot mit einem kräftigen *Blas* wieder auf, in seiner Begleitung ein weiterer kleiner Wal. Selbst Miguel war jetzt aufgeregt und sprach, geduckt im Boot hockend, fast flüsternd, als wolle er die Tiere nicht vertreiben, das sei eine Blauwalkuh mit ihrem Kalb. Das habe auch er selbst nur ein- oder zweimal so nahe gesehen. Jetzt ärgerte sich Conrad, hatte er doch seine Kamera auf der *Pavia* gelassen. Diese riesige *Fluke*, das wäre sicher ein einmaliges Foto gewesen. Nach weiteren zwei Minuten tauchte die Blauwalkuh mit ihrem Kalb dann wieder ab, die mächtige Flosse, größer als das Boot, noch einmal demonstrativ zeigend.

Während Miguel das Boot auf Weisung seines *meu vista* jetzt nordwärts dirigierte, erklärte er der Bootsbesatzung, dass Blauwale vom Krill leben, den sie mit ihren Barten aus dem Meerwasser vor Grönland herausfiltern, dass sie daher hier nur auf dem Durchzug seien. Und dann tauchte er vor dem Boot auf, mit einem mächtigen senkrechten *Blas*, ein Pottwal in etwa einhundert Metern Entfernung. Auch ihm konnte sich das Boot noch etwas nähern. Dann stellte Lüders den Motor ab und die Bootsbesatzung schaute andächtig, leise miteinander sprechend, zu dem Tier hinüber. Es störte die „Waljäger" nicht, dass das Boot auf den Wellen wie wild tanzte und schaukelte, so sehr waren sie von dieser mächtigen Erscheinung ergriffen. Und der Wal: Es sah so aus, als betrachte er mit seinem dem Boot zugewandten Auge die Menschen genau, ruhig und gelassen. Nach etwa fünf Minuten tauchte er ab, nicht so spektakulär wie sein blauer Artgenosse, ohne einen Gruß mit der Fluke.

Auf der Rückfahrt zum Hafen von Angra spürte die Bootsbesatzung jetzt wieder das Aufschlagen des Bootes im Wellental und die

Gischt, die immer wieder über sie hinwegspritzte, während der Pater, Tina und Elvira aufgeregt miteinander sprachen. Peter hatte sich auf Miguel gestürzt und löcherte ihn mit zahlreichen Fragen und Scott begann eine angeregte Unterhaltung mit dem zweiten Offizier. Und Conrad? Er hatte sich jetzt in der Bugspitze hingesetzt, blickte starr und nachdenklich aufs Meer hinaus. Seine Rippen schmerzten und seine verletzte Nase hatte Salzwasserspritzer abbekommen. Sie brannte. Er fühlte sich klein und verunsichert. Wie war er hierher gekommen? Was machte er hier? Wie würde es weitergehen mit seiner Flucht?

Anna und Karima, 24. und 25. Februar

„Mama, guck mal, der Mann da drüben, das ist bestimmt Ollis Papa, der sieht fast ganz so aus wie Olli, nur viel dicker!" Das stimmte. Im Eingangsbereich des Flughafens in Ponta Delgada stand eine korpulente und ältere Ausgabe von Oliver und winkte ihnen schon von weitem zu! Außer ihnen war keine junge Frau mit Tochter ausgestiegen, sie waren also leicht zu erkennen.

In den nächsten Stunden gab es einiges zu besprechen, vor allem mit Frau Hecht. Sie war eine sportlich-hagere Frau, gut aussehend, mit kurzen grauen Haaren und einer dunklen Stimme. Anfangs lächelte sie so gut wie gar nicht, sprach ruhig und sachlich. Karima fühlte sich von ihr deutlich eingeschüchtert, aber auch Anna hatte ihr Tun, diese Frau zu verstehen und einordnen zu können.

Herr Hecht hatte schon im Auto gefragt, ob Karima wohl Pfannkuchen möge. Was für eine Frage! Ihr allerliebstes Lieblingsessen! Nun, im Hause angekommen, schlug er ihr vor, mit ihm zusammen in der Küche zu backen.

Seine Frau sprach unterdessen mit Anna über den Plan, den sie entwickelt und auch schon festgezurrt hatte: Der nächste Flieger nach Deutschland würde am kommenden Tag mittags starten, sie wären dann gegen halb sieben in Düsseldorf. Dort würden sie von jemandem aus dem Frauenhaus im Empfang genommen werden. Anna blickte sie schockiert an. Frauenhaus? Sie wusste, dass Frau Hecht dort gearbeitet hatte. Sie wusste, dass in den Frauenhäusern misshandelte Frauen Zuflucht fanden, aber sie selbst war doch noch nie geschlagen worden. Das wäre ihr auch unendlich peinlich gewesen, sagte sie.

Frau Hecht stellte Anna nun eine Menge sehr direkter Fragen zu ihren Problemen und forderte dann von ihr, sich nüchtern klar zu machen, dass sie sowohl von dem ehemals so sehr geliebten Yacine wie auch aktuell von Pablo seelisch misshandelt und bedroht worden war. Schläge wären nicht „peinlicher" gewesen.

Ja, das war wohl so, und je mehr diese Frau ihr die Einrichtung Frauenhaus erklärte, desto mehr machte sich in Anna das Gefühl breit, dort wirklich geschützt zu sein und endlich in Ruhe realistische Vorstellungen für ein weiteres Leben mit Karima entwickeln zu können. Sie lächelte schüchtern Ollis Mutter an und diese – lächelte zurück.

Beim Pfannkuchenessen wurden aus den Hechts Gertrud und Klaus, und man verstand sich gut. „Unser Oliver hat das ja prima gemacht, dass er euch unter seine Fittiche genommen hat", sagte Klaus. „Nicht nur, weil ihr so nett seid, sondern dass er auch so verantwortungsvoll gehandelt hat. Seine Mutter hält ihn nämlich ein bisschen für eine Art Hallodri." „Nein, nein!" protestierte Gertrud. „So auch nicht. Aber er hat vor allem beruflich einfach nicht genug Ehrgeiz. Von ihm aus könnte er sein Leben verbringen mit nur einer Litze am Ärmel, als ewiger Dritter auf dem Schiff, jedoch mit möglichst viel Spaß. So war er schon immer, im Gegensatz zu seinem Bruder. Aber das hat er dir bestimmt schon längst erzählt und dabei über seine schwierige Mutter geklagt." Anna schüttelte den Kopf, doch eigentlich, bei manchen von Ollis Andeutungen, hatte sie einen Konflikt schon erahnt.

Nachmittags wollte Karima ein bisschen „raus", weil die Sonne so schön schien, aber Gertrud war dagegen. Der gestern so plötzlich überrumpelte Kapitän hatte natürlich seine Reederei informiert über den Abgang zweier Passagiere, das musste er ja, aber was passierte danach mit dieser Information, an wen wurde sie weitergegeben? Die Hechts hatten ihren Sohn so verstanden, dass auf diesem Schiff und mit den Veranstaltern der Reise irgendetwas fischig war und Informationen über merkwürdige Kanäle flossen. Deshalb wollte er sich auch in den kommenden Tagen nicht melden, hatte er in *Terceira* vom Krankenhaus-Telefon aus gesagt. Also sollten sie lieber übervorsichtig sein. Es war noch nicht alles in trockenen Tüchern, wie er sich ausdrückte.

So blieben sie im Haus. Herr Hecht, also von nun an Klaus, fragte Karima, ob sie die Azoren auf dem Globus finden könnte. „Globus haben wir doch noch gar nicht gehabt! Ich bin erste Klasse", war die Antwort. „Ach Gott, du bist ja erst sechs, stimmt ja. Aber deine Mama findet unsere Insel, oder?" Anna wusste wenigstens in etwa, wo sie suchen musste, und staunte dann, wie total verloren die Inselchen im riesigen Ozean wirkten. Sie war richtig erschrocken. „Macht euch das nicht manchmal Angst, hier so weitab von der ganzen Welt zu leben?" Gertrud verneinte sofort, sie fand den Gedanken wunderschön und beruhigend, genauso wie die Vorstellung von unserer Erde im weiten Weltall.

Doch ihr Mann antwortete mit „jein". Manchmal, wenn er an die gelegentlich vorkommenden Katastrophen dachte, sich Vulkanausbrüche, Erdbeben, Erdrutsche und Orkane vorstellte, dann wollte er doch gern wieder nach Europa. Obwohl überall auf den Inseln an Frühwarnsystemen geforscht und gearbeitet wurde. Auch der Gedanke, dass er im Alter pflegebedürftig werden könnte, war beunruhigend. „ABER, ein großes Aber: es ist ja so wunderschön hier! An manchen Stellen denkt man, das ist ein wahres Paradies! Ein immer mildes Klima, außerordentlich viel Grün, die vielen, vielen Blumen überall, alles so üppig. Und dann so abwechslungsreiche Landschaften –

ich glaube, manche unserer Briefe oder Mails nach Deutschland haben sich schon wie Reiseprospekte gelesen!"

Um auch Karima in die Unterhaltung einzubeziehen, fragte er sie, ob sie wüsste, was Piraten sind. Klar, das wusste sie, sie besaß ja sogar ein Piratenschiff. „Bei meinem Papa", sagte sie etwas trotzig, mochte aber dann doch von dem Schiff erzählen. Es war von Playmobil und hatte zwei schwarze Segel mit Totenkopf drauf. „Ja, so haben die echten früher ja auch ausgesehen, und genau hier, wo wir sind, da haben die Piraten immer wieder die Bewohner überfallen und ihnen alles weggenommen. Aber dann wurde eine starke Burg gebaut, und dann konnten die Piraten bekämpft werden. Die Burg kann man immer noch sehen, und wenn du möchtest, fahren wir morgen auf dem Weg zum Flughafen da einfach mal vorbei." Ja, das wollte Karima. „Aber ich finde das trotzdem gemein, dass die die Piraten bekämpft haben!" Klaus schmunzelte, so hatte er es noch gar nicht gesehen. Anna jedoch verstand das sehr gut, denn schließlich hatte sie als Kind selbst Piratin werden wollen.

Nach dem Abendessen regelte Anna mit den Hechts das Finanzielle, da sie ja von Pablos 400 Euro noch eine ganze Menge übrig hatte. 120 Euro kostete der Flug nach Deutschland, sie hatte mit mehr gerechnet. Dann gab ihr Gertrud für alle Fälle noch eine Düsseldorfer Telefonnummer mit, falls beim Abholen irgendetwas schiefgehen sollte.

Nach dem Frühstück am nächsten Morgen sahen sich Anna und Karima zusammen mit Klaus ein paar Familien-Fotoalben an. Anna hielt sich bei neugierigen Fragen zu Olivers Leben zurück und bekundete mehr höfliches Interesse, doch Karima begeisterte sich richtig beim Thema Olli und wollte alles ganz genau wissen. „Man sollte meinen, es ist das Mädelchen, das sich in unseren Sohn verknallt hat", sagte Klaus in der Küche leise zu seiner Frau, während er eine Ananas „schlachtete", wie er sich ausdrückte. Auf Sao Miguel gab es die süßeste und aromatischste Ananas der Welt, da waren sie sich einig.

Dann mussten sie losfahren, an der fiesen Burg der fiesen Piratenfeinde vorbei, die wuchtig und grau zwischen Straße und Meer lag. Der Abschied im Flughafen war kurz und sehr herzlich, und dann saßen Anna und Karima im Flieger. Wegen der Kurzfristigkeit der Buchung konnten sie nicht nebeneinander sitzen, aber wenigstens hintereinander.

Karimas Nachbar zum Gang hin war ein Mann mittleren Alters, dessen rechtes Hosenbein etwas hochgezogen war und einen weiß verbundenen, mit leuchtend rot-weißem Plastik-Flatterband umwickelten Unterschenkel freigab. Das Bein ragte ein wenig in den Gang hinein, und das Band sollte wohl Vorbeigehende warnen. Karima schaute so lange abwechselnd auf das Bein des Mannes und in sein Gesicht, bis er schließlich zu ihr sagte: „Du möchtest wohl wissen, was mit meinem Bein los ist, oder?" Verlegen sagte sie „nein" und dann doch: „Hast du das gebrochen?" Ja, das war ein Schienbeinbruch, und er zeigte ihr die Bruchstelle. „Bist du Bergsteiger?" fragte sie weiter. „Bei uns auf dem Schiff war auch ein Bergsteiger, aber jetzt ist er verschwunden."

Anna, die von hinten zugehört hatte, wollte gerade alarmiert eingreifen, als eine Stewardess einen kleinen Block zum Ausmalen und Stifte an Karima übergab. Diese bedankte sich höflich, drehte sich mit einer Grimasse zu ihrer Mutter um und begann artig zu malen. „Macht dir das Ausmalen eigentlich Spaß?" fragte ihr Nachbar nach einer Weile. Karima antwortete nicht gleich, sagte dann trocken „nö" und kritzelte weiter zackig über die Linien. Sie fügte mit breitem Grinsen und in zufriedenem Ton hinzu: „Das wird jetzt voll hässlich." Der Mann lachte und sagte: „Genau so habe ich das auch manchmal gemacht als Kind!" Und dann vertiefte er sich wieder in seinen SPIEGEL.

So allmählich entspannte sich Anna. Der Mann neben Karima war wahrscheinlich harmlos, alle anderen Männer hier im Flugzeug bestimmt auch, die Frauen erst recht, und so erlaubte sie sich zu dösen und nicht mehr jedes Wort ihres Kindes zu überwachen. Jetzt war vielleicht tatsächlich alles in trockenen Tüchern.

Im Ankunftsbereich in Düsseldorf hielten in der wartenden Menschenmenge zwei Frauen ein Pappschild hoch mit der verabredeten Aufschrift *Hotel Abri*. Anna und Karima waren angekommen!

Muhammad, 24. Februar nachmittags

Vor der Rückkehr der *Whale-Watcher*-Gruppe herrschte an Bord der *MS Pavia* eine „idyllische Atmosphäre", wie Kapitän Freese schmunzelnd bemerkte. Achtern hingen, fröhlich schaukelnd, Wäscheteile von den Besatzungsmitgliedern. Zwei der Konyas standen auf der Leeseite und hielten, scheinbar ins Leere starrend, jeweils eine Angel in den Händen, daneben stand ein Eimer mit Meerwasser. Johnny, der Kochsmaat, hatte es sich in einem der *Lazy chairs* auf dem Sonnendeck gemütlich gemacht. Kaum sah er Kapitän Freese, stand er verlegen auf. Er wusste, dass der Kapitän sein Sonnenbad auf dem Passagiermöbel missbilligte. „Was gibt's zu Mittag?" kam es knapp von Freese.

„*Serbisches Reisfleisch, Kapitän!*" wispelte Johnny beflissen.

„Wir haben heute morgen schon alles vorbereitet!", schob sich Hottenrott dazwischen, um zu signalisieren, dass er das Sagen in der Kombüse hatte.

„Darf ich nach meinem Nachmittags-Gebet Ihre Küche in Beschlag nehmen und die *Bouillabaisse* vorbereiten?", wandte sich al Chatim an Hottenrott.

„Wann wollen Sie rein?" Muhammad spürte, dass Hottenrott alles andere als begeistert war, dass dieser Muslim in seinen Herrschaftsbereich eindringen wollte.

„Ich werde zwischen 16 und 17 Uhr kommen." Mehr als ein Nicken hatte Hottenrott für al Chatim nicht übrig.

Später, in seiner Kabine, zog Muhammad wie selbstverständlich seine *Dschallabijia*, die traditionelle Männerbekleidung seiner sudanesischen Heimat an. Das Mittags- und Nachmittagsgebet vollzog er mit den Konyas gemeinsam wieder an ihrem Gebetsplatz achtern. Wieder half die *Gebetszeiten App* mit Hilfe des integrierten Kompasses, die Gebetsrichtung nach Mekka zu bestimmen. Dass das Schiff an der Ankerkette *schwoite*, also langsam hin und her pendelte, störte die Gläubigen nicht, nachdem sie ihre Gebetsteppiche ausgerollt hatten. Nach dem Gebet zog sich Muhammad leger um und tauchte in der Kombüse auf. Breit grinsend begrüßte ihn Johnny; offenbar hatte ihn der Koch instruiert.

„Wir putzen erst mal die Fische, dann können wir von den Abfällen gleich einen Fischfond ziehen."

Johnny nickte, obwohl er nicht genau verstand, was Muhammad mit *ziehen* meinte. Gemeinsam standen sie an dem Arbeitstisch. Die Kombüse befand sich auf Relingshöhe mittschiffs auf der Backbordseite. Aus dem Küchenfenster hatten sie freien Blick auf den Atlantik, ganz rechts zeigte sich die Südspitze der Halbinsel. Johnny war äußerst geschickt im küchenmäßigen Umgang mit Fischen; Hottenrott hatte nie gerne frischen Fisch verwendet, gefrostete Filetware war bequemer. Wenn er Fisch vorbereiten ließ, bläute er seinen Küchenhelfern immer die „3-S-Regel" *Säubern-Säuern-Salzen* ein. Die Fische, die jetzt vor ihnen lagen, hatten aber klare, pralle Augen, kräftig rote Kiemen und bogen sich vor „Lebendfrische". Kein Hauch von Fischgeruch. Gerade als Johnny pflichtgemäß die Fischteile mit Zitronensaft beträufeln wollte, stoppte ihn Muhammad deshalb. Nicht erst von einem Kochseminar her wusste er: Frischer Fisch braucht keine Säure, da gibt es keine Verwesungsprodukte zu neutralisieren. Gerne hätte al Chatim die Fischsuppe rustikal mit ganzen Fischteilen zubereitet. Aber er kannte die Deutschen, bloß nicht mit den Fingern essen und dann noch die Gräten! Das Salonpersonal wäre zudem mit der Bereitstellung von Fingerbowlen überfordert. So konnte er mit den reichlich anfallenden Fischkarkassen, Häuten, Köpfen einen intensiven Fischfond ansetzen. Dazu ließ er das Material in einem zuvor erhitzen Topf in Öl scharf angehen, so wie es die Chinesen mit Fischsuppen machen. Dann löschte er mit Weißwein ab, füllte den Topf auf, gab das *Große Bouquet Garni* dazu, eine Zusammenstellung von Wurzelgemüsen, Lorbeerblättern, Gewürznelken, gestoßenem Pfeffer und anderem. Während der Fischfond ganz leise vor sich hin köchelte, bereiteten sie die Einlagen vor: Tomaten wurden blanchiert, enthäutet und zu Tomatenfleischwürfeln, *tomates concassée* verarbeitet. Wurzelgemüse und Staudensellerie in hübsch aussehende Rauten, *paysannes,* geschnitten Der Optik wegen griff er dann doch noch auf zwei Hände voll Gefrier-Erbsen zurück. Zum Glück hatte er sich noch auf dem Markt mit reichlich Knoblauch, Frühlingszwiebeln und, vor allem, Safran eingedeckt.

Dann tat er etwas, was Johnny sehr erstaunte: Mit der geballten Faust hieb er auf die Knoblauchzwiebeln, eine nach der anderen. Dabei zerfielen diese mit der Haut in einzelne Zehen. Dann schob er alles auf einem Blech in die heiße Backröhre, bis die Zehen sich bräunten.

Mit einem „Schau mal, Johnny!", sie hatten sich in der Zwischenzeit das Du angeboten, drückte er auf die kleinen Knollen und Johnny sah, wie aus den Schalen die nackten Knoblauch-Zehen flutschten. „Und jetzt probier' mal!"

„Lecker!!", säuselte Johnny und dabei verdrehte er die Augen.

„Das ist der Trick", hörte er al Chatim sagen „Damit bekommst du den scharfen, unangenehmen Knoblauch-Schwefelgeschmack weg."

Dann zerquetschte Muhammad mit dem flachen Messerrücken den Knoblauch und zerrieb ihn mit grobkörnigem Salz zu einer Paste. Ein großer Teil der Knoblauchpaste verarbeitete Muhammad dann zu einer *Aioli*, einem Olivenöl-Eigelb-Knoblauch-Dip für das mitgebrachte Weißbrot.

Muhammad wies Johnny an, den Fisch-Sud durch ein Leinentuch zu passieren. Köstlich duftend und klar floss die Brühe in die große Marmite, den Suppentopf. Die ausgekochten Fischreste, Köpfe, Karkassen, Flossen, Schwänze, standen dampfend an der Seite.

Draußen auf dem Deck entstand lautes Leben. Das Backbord-Boot hatte angelegt und die Jakobsleiter für die *Whale watcher* wurde heruntergelassen. Den Ausflugspassagieren im Beiboot sah man den wilden Ritt im Atlantik an, zu dem der Zweite Offizier das Boot mit den beiden starken 350 PS Yamaha-V8Viertakt-Motoren gepeitscht hatte. Einige waren sehr blass, aber dennoch schien alle das überstandene Abenteuer zu beseelen.

„Johnny, schmeiß mal die Fischabfälle in die *Fullbrass*!" Mit *Fullbrass* meinte Muhammad die mit einem schwenkbaren Deckel abgedeckte Abfallröhre, die dicht unter der Wasserlinie ins Meer mündete. Ausgerechnet wenige Meter neben dem dümpelnden Beiboot. Es dauerte nur Sekunden dann „kochte" das Meer von den Fischen, die sich auf die Reste ihrer gekochten Artgenossen stürzten. Schreie von den Passagieren. „Fischfütterung!", lachte Muhammad. „Die Möwen warten auch schon!"

Rupert Vesper und Björn, 24. Februar nachmittags

Vesper war erfreut, dass Björn wieder an Bord und damit auch wieder „an Bord" war. Das Erste, was er ihn fragte, als er ihn auf dem Oberdeck sah, lässig an die Reling gelehnt:

„Haben Sie's hinter sich? Alles im grünen Bereich, wie man heute bei jeder Gelegenheit sagt?"

„Ich denke, ja! Trotz Ihrer Gebetsverweigerung."

Hey! Das saß. Björn hatte während Vespers Besuch angesichts seiner lebensgefährlichen Blutvergiftung leise die Wirkung von Gebeten erwähnt; womit er ihn unausgesprochen um ein Bittgebet gebeten hatte. Vespers Antwort jedoch, in jesuitischer Manier formuliert, hatte Björn schockiert und enttäuscht. Auch über das Gebet dachte der Jesuit völlig anders. Seine These:

Das Bittgebet um alles Mögliche hat mit unserem heutigen Gottesverständnis nichts mehr zu tun. Gott als Generalmanager, der das Weltall steuert und zugleich unsere privaten Probleme löst – was wäre das für ein Gott! Ein echtes Gebet kann nur die wortlose Bejahung des göttlichen Willens in uns sein. Mach mit mir, was du willst, zerstöre mich oder richte mich wieder auf.

Björn hatte Pater Vesper zwar wörtlich verstanden, sich aber von ihm nicht angenommen gefühlt, er hatte nicht ein Gramm Trost gespürt.

Jetzt seufzte er hörbar auf.

„Na gut, meine Hand und anderes okay. Aber sonst ... ich weiß nicht ... wofür das alles ..."

Vesper konnte partout nicht leiden, wenn Studenten nicht sauber artikulierten, was sie ausdrücken wollten. Björn jedoch tat ihm im Moment leid; warum wusste er auch nicht genau. Trotzdem:

„Ja, weiter, aber bitte etwas präzise, sonst kann ich – und werde ich auch nicht folgen."

Björns überstandene todgefährliche Vergiftung hatte offenbar bewirkt, dass die Bedeutung, die Malah für ihn hatte, spürbar abnahm. Er erwähnte „Kemal Atatürks Tochter" nur noch selten.

Vielleicht hatte auch die selbstkritische Sicht, mit der Vesper seine eigene Liebesaffäre betrachtet hatte, diese Distanzierung bewirkt. Offenbar gab es für Björn andere Fragen, die ihm im Moment wichtiger waren; wie er auch schon beim ersten Gespräch angedeutet hatte.

„Wenn ich mein Leben betrachte und den Wahnsinn in der Welt, dann frage ich mich, ob das Ganze einen Sinn hat - vor allem das, was ich selber mache, oder tun soll."

„So ne Frage passt ja hervorragend zu unserer Situation hier."

„Blöde Frage, Pater, oder?"

„Das Thema gehört zu jedem denkenden Menschen. Vielleicht denken Sie, dieser Jesuit, einer der Hirnakrobaten der Kirche, wird dir alles erklären. Nee, Björn, geht nicht. Alles, was der weiß, ist relativ, abhängig vom Tag, von Zeiten und Räumen. Früher hatte ich auf solche Fragen schnelle, gottgewisse Antworten, die zunächst in sich schlüssig zu sein schienen, oft aber leeres Stroh waren. Das ist vorbei. Die hochmütigen Antworten sind von ehrlichen Denkern, auch von mir, von einer demütigen Theologie der Frage abgelöst. Die Frage nach dem Sinn des Lebens ist ein lebenslanger Frageprozess. Meist ergebnislos, ohne Antwort."

Vesper machte eine schlucknotwendige Pause, um seinen Flachmann „zur Brust zu nehmen". Björns sehr private Offenbarung veranlasste ihn jetzt, **du** zu ihm zu sagen.

„Du weißt, wie ich heiße, mein Freund ... Aber weiter zum Thema. Die für mich wichtigste Frage lautet: Wie soll ich leben. Die Frage, ob das Leben an sich und das Weltgeschehen einen Sinn haben, solltest du den Profidenkern oder den Amateurphilosophen überlassen. Mein Bekenntnis, wenn du es hören willst, Björn – vielleicht wird's dich wundern: Der Sinn des Lebens, der Sinn von Allem liegt **in dem, was ist:** Alles trägt seinen Sinn in sich. Nicht von außen draufgesattelt. Es ist das Sakrale, das dem Leben und allem Sein von vornherein innewohnt. Große Worte. Der kopfversaute Jesuit, he?"

„Quatsch! Mir geht es in erster Linie um die Frage: Wie soll ich mein Leben sinnvoll gestalten?"

„Ja, das ist die Kernfrage. Aber niemand kann dir genau sagen, wie du zu leben hast. Ich kann dir nur helfen, zu erkennen, wie du leben solltest, kann auf etwas hinweisen, was dir vielleicht noch unbekannt ist oder was leicht aus dem Blick gerät. Aber: du kannst doch selber denken: Also ist es dein Ding. Probier das Leben aus. Dieses beschis-

369

sene wunderbare Leben ist ein lebenslanges existentielles Experiment. Wozu Geduld gehört. Und die Bereitschaft, die Gegensätze des Lebens und der Welt auszuhalten, auch wenn es wehtut. Jedoch kann, bei allem Ernst, auch etwas Selbstironie dabei nicht schaden. Befreit enorm."

„Lebst du als Theologe ein gutes Leben?"

„Wäre ich dann auf diesem Dampfer?"

Vesper hielt die Öffnung seines Flachmanns nach unten; es lief kein Tropfen mehr heraus. Er begann lächelnd leise zu singen:

„Frag den Wind nicht - und den Regen, was das Beste für dich sei. Musst es selber überlegen, sonst gehst du an dir vorbei. Frag den Sand nicht - und die Sterne, wo das Glück dir morgen blinkt. Nimm dein Leben selber in die Hand, dass die Zukunft dir gelingt. Komm n für dich auch trübe Tage, musst du nicht verzweifelt sein, denn nach jedem schönen Wetter - gibt es wieder Sonnenschein. Trotz´ dem Wind und - auch dem Regen, habe immer frohen Mut. Geht dir manches auch daneben, so wird am Ende alles gut ...

Eine alles harmonisierende Schnulze; der Kern stimmt aber. Du musst nur höllisch aufpassen ..."

Vesper rülpste.

„Wovor, Pater?"

„Dass du nicht in eine ideologische Falle läufst. Und denk daran: Die wilde Suche nach einem lohnenden Leben wird oft abgelöst von einer trüben Wut im inneren Wartesaal. Das Letzte ist ein Zitat."

Björn sah Rupert an. Sein Versuch, ihn spontan zu umarmen, missglückte. Rupert schlug ihm lächelnd auf die Schulter.

„Ende der Durchsage."

Muhammad, 24. Februar abends

Der Weg auf der Backbordseite die Reling entlang, führt immer an den beiden Kombüsen-Fenstern vorbei und zwangsläufig, ja geradezu zwanghaft ist es, einen Blick in das Innere der Kombüse zu werfen. Dieses „Fenster zur Bordwelt" ist unverzichtbarer Bestandteil des Berufsbildes eines Schiffskochs in der Handelsmarine. Es ist zugleich ein willkommener Kanal für Informationen, wie auch für Gaumengelüste. Dazu gehört, dass auch die eine oder andere Flasche *Becks* oder *Holsten* durchgereicht wird. Im Gegenzug gibt es dann ein Häppchen außer der Reihe, oder noch besser was Süßes, oder, wenn der Koch gerade Schlagsahne geschlagen hatte, eine kräftige Ladung direkt aus der Spritztüte in die Backen, dass sie kugelrund aufquellen. An Bord ist man als Besatzungsmitglied nie vor Überraschungen sicher. Es kann passieren, dass zwei Tage vor Hamburg die Order kommt: Fracht wird in Antwerpen gelöscht. Taucht dann das urlaubsfreudige und liebeshungrige Besatzungsmitglied einen Tag früher als erwartet zu Hause auf, kommt es nicht selten zum klassischen Seemanns-Ehedrama. Natürlich kann es nach der Ladungslöschung in Puerto Limón auch heißen: statt erwarteter Rückfahrt in den Heimathafen neue Sub-Charter und ab durch den Panamakanal nach Fernost. Da jedermann an solcherlei Informationen sehr früh interessiert ist und die Schiffsführung, aus verständlichen Gründen, erst sehr spät die Besatzung informiert, ist der Schiffskoch immer eine wichtige Informationsquelle. Speisenangebot und Proviantplanung machen es unumgänglich, ihn umgehend über neue Dispositionen zu informieren. Natürlich kennt der Kapitän das „Leck" und meist ist es ihm nicht unrecht.

So kam auch Elvira nach ihrem *„Whale-watching*-Abenteuer" am Kombüsenfenster vorbei. Noch tief in Gedanken, fast im Unterbewusstsein, nahm sie die andere Person hinter den Gitterstäben des Fensters war. Sie ging einen Schritt zurück: „Muhammad ... Herr al Chatim!", entfuhr es ihr, „Was machen **Sie** denn hier?" Schlagfertig setzte sie gleich nach: „Ist der Neue auch schon wieder entlassen worden?"

Das, was ihm auf der Zunge lag, sprach Muhammad nicht aus, stattdessen, leicht sarkastisch: "Warum sollte man ihn entlassen bei seiner guten **deutschen** Küche?", um dann verbindlich fortzufahren: „Liebe Elvira, heute darf ich für Sie kochen. Wir haben heute morgen den Fischmarkt in *Angra* geplündert, und weil ich so gerne Fischsuppe mag, hat mir Kapitän Freese den Vorschlag gemacht, zu kochen. Der Koch hat dafür Freistunden für seine kulturelle Erbauung bekommen!"

So ganz verstand Elvira nicht, was er damit meinte, schließlich kannte sie Hottenrotts Lieblingsmusik nicht. Das mit „Liebe Elvira ..." ging ihr dagegen samtweich runter, merklich hob sie die Brust beim Atmen. War es nur Bewunderung für diesen Mann, was sie da spürte? „Wann wird denn serviert?", fragte sie keck.

„Wie immer 18:30 Uhr. Mögen Sie Knoblauch?", setzte al Chatim gleich dazu.

„Und wie!" lachte sie und mit einem schüchternen Winken war sie weg.

Muhammad war zufrieden, das *mise en place*, die Vorbereitungen für die Fischsuppe, war fertig. Sie hatten so reichlich Fisch eingekauft, dass es sich al Chatim erlaubte, eine Schüssel mit Fischteilen den Konyas zukommen zu lassen, natürlich würde er den Kapitän darüber informieren, war sich aber seiner Zustimmung sicher. Einen kleinen Teil grätenfreier Fischstücke panierte er zu Fisch-Nuggets, er wusste, dass Fischsuppe nicht jedermanns Sache ist. Der Fischsud wurde erhitzt, abgeschmeckt, als ob *Maître Bocuse* persönlich zu Gast sein würde: Safran, reichlich Knoblauch, der Pfeffer frisch gestoßen und so weiter. Dann gab al Chatim in der Reihenfolge der Gardauer die Gemüseeinlagen dazu und kurz vor 18:30 Uhr die Fischeinlage. Johnny hatte in der Zwischenzeit nach Anweisungen von al Chatim die *Aioli* hergestellt und aus dem Weißbrot *Croutons* geschnitten, die er auf einem Blech zum Rösten vorbereitete. Jetzt war er dabei, die Fisch-Nuggets auszubacken. Dann hörte er al Chatim: „Johnny, mit Dir macht's Spaß zu arbeiten. Ich geh jetzt hoch in den Salon. Lass' die Suppe noch fünf Minuten ziehen, dann schick alles rauf. Wir schöpfen sie oben in die Terrinen!" Dabei klopfte er Johnny auf die Schulter und wollte sich zur Tür wenden. Da spürte er ein Zupfen an seinem Ärmel. Johnny hielt ihn fest, mit einem so ernsten, fast verzweifelten Gesichtsausdruck, dass Muhammad abrupt stehen blieb. Was konnte der Indonesier jetzt noch von ihm wollen? Johnny begann auf ihn einzureden, so schnell und leidenschaftlich wie nie zuvor. Während des gemeinsamen Kochens hatte er seine Gefühle unter Kontrolle behalten, nun brach alles aus ihm heraus. Die indonesischen Seeleute hatten rasch von der Packung mit Nelkenzigaretten und von dem Verdacht erfahren, einer von ihnen sei der Schläger gewesen, der Conrad Dreyer so schlimm zugerichtet hatte. Die ständigen misstrauischen und ängstlichen Blicke der Passagiere hatten sich zu einem Geflecht verdichtet, zu einer Wand von Ablehnung, die Johnny und seinen Landsleuten die Luft zum Atmen nahm. Sie hatten Angst. Und sie waren wütend. Denn keiner von ihnen, das schwor Johnny bei Allah, hatte jemals daran gedacht, einen Passagier anzugreifen. Muhammad möge, so bat Johnny inständig, dafür sorgen, dass der Kapitän endlich ernsthafte Nachforschungen anstellte, um den wahren Schuldigen zu finden. Sonst könne niemand mehr für Ruhe unter den Decksleuten garantieren, nicht einmal Abdul Wahabi, der Bootsmann.

Muhammad sog erschrocken die Luft ein. Er versprach, nach dem Essen mit dem Kapitän zu sprechen, damit dieser, wenn möglich, noch am selben Abend eine Untersuchung in Gang setzte.

Markus, 24. Februar abends

Es hatte lange gedauert mit der nochmaligen Überprüfung der Schiffsmotoren, zu lange, um noch an Land gehen und sich die Insel ansehen zu können. Markus bedauerte das sehr, denn er hatte gehört, dass die Azoren landschaftlich wunderschön wären.

Zu gerne hätte er den Blütenzauber, von dem man erzählte, in natura gesehen, denn auch im Februar blühten hier angeblich Pflanzen wie Hortensien, Kamelien, Hibiskus und Paradiesblumen. Es wurde früh dunkel, bald würde es Abendessen geben und die Mitreisenden waren sicher schon vom Landgang oder ihrem *Whale-Watching* zurückgekehrt. Ob sie überhaupt Wale gesehen hatten? Markus erinnerte sich an die Erzählung von Freunden, die auch einmal an solch einem Event teilgenommen, aber keinen einzigen Wal oder Delphin gesehen hatten. Alle hätten in einem Schlauchboot gehockt und gespannt aufs offene Meer gestiert, ob irgendwo ein Schwanz aus dem Wasser auftauchte. Ständig habe jemand „Da! Da! Da!" gerufen, aber außer verdächtigen Blasen und Kringeln habe niemand in dem dunklen Wasser etwas entdeckt. Zu viele Boote auf dem Meer, zu viele laute Stimmen durcheinander, die die Tiere vertrieben. Rausgeworfenes Geld.

Markus fragte sich, wann es weiter Richtung Costa Rica gehen würde. Sicher schon morgen. Nun, dort würde die Vegetation genauso üppig und bunt sein, und vor allem das Wasser freundlicher und wärmer, er freute sich schon auf seinen ersten Tauchgang. Jetzt erst einmal allen Mut zusammen nehmen und zum Abendessen mit den übrigen Passagieren gehen!

Das Essen verlief ohne Zwischenfälle, die Suppe schmeckte köstlich, jeder war freundlich, jeder erzählte von seinen Erlebnissen und vom *Whale-Watching*, das wohl doch recht erfolgreich abgelaufen war. Einen Blauwal, einen Pottwal und Delphine hatten sie entdeckt! Im Frühling schienen die Azoren ein richtiger Tummelplatz für Wale zu sein, vielleicht der wichtigste Ort der Erde. Die meisten dieser majestätischen Tiere zogen auf ihren Wanderwegen hier vorbei, andere lebten ständig in diesem Gewässer.

Markus begann, sich zu entspannen. Niemand, der mit am Tisch saß, stellte unangenehme Fragen, niemand wollte etwas aus seinem Vorleben wissen und wieso er versteckt an Bord gekommen war. Keiner schien seine unübersehbare große Narbe an der Schläfe zu bemerken, keiner sprach ihn darauf an, niemanden interessierte es offenbar, woher sie kam. Niemand machte ihm Vorwürfe. Im Gegenteil: man gratulierte ihm dazu, dass er geholfen hatte, den Schiffsmotor wieder flott zu bekommen und bewunderte sein technisches Know How, man tauschte allgemeinen Small Talk über die leckere Fischsuppe aus und übers Wetter, und man machte es ihm leicht, sich zugehörig zu fühlen.

Kapitän Freese, Muhammad und Lohfeld, 24. Februar abends

Als Kapitän Freese mittags die beiden Kartons mit je sechs Flaschen portugiesischen Rot- und Weißwein in Augenschein genommen hatte, hatte er sich über die Aufmerksamkeit seines Freundes Johannes Hebeler gefreut. Auf den Kartons stand jeweils rot mit Filzschreiber: *Pessolamente Senhor Capitão Freese*. Die beiden Kartons waren nicht auf dem Lieferschein für die Reederei vermerkt. Er hatte lächeln müssen, als er das Etikett des Weißweins las: *Vinho Verde Messias*. Er hatte an Pater Rupert Vesper und Muhammad al Chatim gedacht – eine interessante Gesprächsvorlage. Dann hatte er den Steward gebeten, vier Flaschen von dem Weißwein kaltzustellen.

Jetzt schaute er nochmal in den Spiegel. Bis auf die Nasenhaare, die er umgehend ausrupfte, war er zufrieden mit sich. Er freute sich auf al Chatims Fischsuppe und hoffte, dass er damit nicht seinen Schiffskoch brüskiert hatte. Das Bild, das er sich in der kurzen Zeit von dem neuen Smutje gemacht hatte, war nicht unbedingt das eines gut erzogenen, gebildeten Gentleman.

Schon beim Eintreten in den Salon schlug ihm der unverkennbare Geruch der offenbar gelungenen mediterranen Fischsuppe entgegen.

Eingesetzt sah er auf kleinen Tellern appetitliche Bruschettas, Oliven und marinierte Camarones, Tiefseegarnelen, die beim morgendlichen Fischeinkauf Berücksichtigung gefunden hatten. Noch am späten Nachmittag war al Chatim auf die Idee mit den *Antipasti* gekommen, das Weißbrot war reichlich und die Tomaten außergewöhnlich aromatisch, und das um diese Jahreszeit. In den Gewächshäusern des Agronomischen Institutes mussten wohl andere Bedingungen herrschen als bei den Tomatenfabriken der Gemüseindustrie um *Murcia* in Andalusien. Nachdem alle, voller Vorfreude auf dieses Abendessen, Platz genommen hatten, wandte sich Kapitän Freese, ohne aufzustehen, an die Gesellschaft: „Meine Damen und Herren, wie im ganzen Leben hat auch das Leben hier auf unserem Schiff seine traurigen und freudigen Seiten. Sie werden es bemerkt haben, Anna Garcia und ihre Tochter Karima haben sich kurzfristig entschieden, doch in Europa zu bleiben und sind heute morgen ausgestiegen." Die Reaktion der Umsitzenden war durchaus gemischt, von sichtlichem, ehrlichen Bedauern bis zu kalter Gleichgültigkeit. „Und jetzt zu den erfreulichen Dingen." fuhr Freese fort, „An dieser Stelle danke ich meinem Zweiten, Christoph Lüders. Das *Whale-watching* war wohl ein voller Erfolg." Zu Lüders gewandt, bemerkte er scherzhaft: „Bei Ihrem Gespür für die Meeresfauna wären Sie auf einem Fischdampfer vielleicht besser aufgehoben." Lüders bemerkte trocken; „Im Prinzip sind mir menschliche Säugetiere aber lieber, vor allem wenn sie zum anderen Geschlecht gehören!"

Damit hatte er die Lacher auf seiner Seite. Freese räusperte sich und fuhr mit etwas lauterer Stimme fort: „Fisch oder nicht Fisch, das ist heute keine Frage. Spätestens jetzt können Sie es riechen. Heute bekommen Sie Fisch und anderes Meeresgetier, wie es frischer nicht geht. Und dann ist es mir noch eine ganz besondere Freude, ihnen mitzuteilen, dass für heute Abend Herr al Chatim unser *Maître de cuisine* ist. Als erfahrener Hobbykoch konnte er mein Angebot, uns zu bekochen, gar nicht ausschlagen. Details zu unserem Mahl dürfen wir vielleicht gleich von Herrn al Chatim erfahren." Dabei schaute er auffordernd nickend zu Muhammad hinüber. Langsam stand dieser auf und lächelte in die Tischrunde: „Vielen Dank, Herr Kapitän, für die Ehre und die Gelegenheit, für unsere Salongesellschaft kochen zu dürfen. Mit *Hummer Thermidor, Seezungenröllchen Kardinalsart* mit *Belugakaviar* oder *Turbot,* also *Steinbutt in Champagnerschaum* kann ich heute nicht aufwarten. Es gibt eine einfache Fischsuppe. Geschmacksrichtung *Bouillabaisse* und als Dessert ein *Sabayon*. Das *Amuse gueule* sehen Sie vor sich. Der Wein von Kapitän Freese passt exzellent zu unserem Fisch. Als ich das Etikett gesehen habe, habe ich mich entschieden, auch das Dessert ‚gläubig' fortzusetzen!" Bevor jemand auf die Idee kam, nachzufragen, was er damit wohl meinte, setzte er gleich nach: „Lassen Sie sich überraschen." Es lag in der Natur der Sache, dass Muhammad al Chatim an diesem Abend zum Mittelpunkt avancierte. Dies entsprach so gar nicht seinem Gemüt, aber er nahm die Herausforderung an.

Steward Ralf Habermann hatte Freude an dem Abend. Reklamationen schloss er faktisch aus. Wenn der Alte den Wein selbst spendierte, dann dürfte es wohl auch an diesem nichts auszusetzen geben. Um die Symbolkraft des „Kapitän-Weins" zu steigern, hatte er von seinen Jungs die vom äußerst seltenen Gebrauch angelaufenen Sektkühler vorher auf Hochglanz polieren lassen. Es war auch das erste Mal auf der Reise, dass er den *guéridon,* den Beistelltisch, benutzte. Die Mischung „Eiswürfel, Wasser und Salz" senkte den Gefrierpunkt und sorgte für einen hervorragend gekühlten Wein. Elegant entnahm der Steward die Flasche dem Kühler, trocknete sie sorgfältig mit der Handserviette ab und öffnete sie gekonnt mit dem Kellner-Messer, geräuschlos, ohne das in Fachkreisen gefürchtete PLOPP. Gnädig nickend zog der den Korken an der Nase vorbei, um ihn dann auf einem kleinen Teller dem Kapitän zu präsentieren. „Fast wie im *Vier Jahreszeiten!*" flachste dieser, kam aber auch nicht umhin, sachkennerisch zustimmend zu nicken. Beginnend, wie es sich gehörte, bei Elvira, präsentierte er vor dem Einschenken der Reihe nach den Wein.

Prustend vor Lachen kam es von Pater Rupert: „Ich glaub's nicht, am 24. Februar, am Tag des heiligen Matthias, serviert uns ein korankundiger, gläubiger Muslim einen *Messias-Wein*. Was sagt man denn dazu?"

„Herr Vesper ich habe nicht die Absicht zu konvertieren. Soweit mir aber bekannt ist, war Matthias sozusagen der Apostel-Nachrücker für Judas. Übrigens gibt's noch als Dessert eine *Zabbaione* mit *Vinho Santo*, den hatte ich noch in Porto gefunden." Mit diesen Worten blickte al Chatim den Pater verschmitzt an.

Bevor Rupert Vesper zu einer Antwort ansetzen konnte kam von Chief Petersen: „Kennen Sie den schon? ‚Der Papst stirbt und kommt an die Himmelstür. Petrus begrüßt ihn und fragt nach seinem Namen. 'Ich bin der Papst!' – 'Papst, Papst', murmelt Petrus, 'tut mir leid, ich habe niemanden mit diesem Namen in meinem Buch' – 'Aber ich bin der Stellvertreter Gottes auf Erden!' – 'Gott hat einen Stellvertreter auf Erden?', fragt Petrus, 'Komisch, davon hat er mir gar nichts erzählt.' Der Papst läuft krebsrot an: 'Ich bin das Oberhaupt der Katholischen Kirche!' – 'Katholische Kirche – nie gehört.', sagt Petrus, 'Aber warte mal einen Moment, ich frag den Chef.' Er geht nach hinten in den Himmel und sagt zu Gott: 'Du, da ist einer, der sagt, er sei dein Stellvertreter auf Erden. Er heißt Papst. Sagt dir das was? – 'Nein.' sagt Gott, 'Kenn ich nicht. Aber wart mal: ich frag Jesus.' Jesus kommt angerannt: 'Ja, Vater, was gibt es?' Gott und Petrus erklären ihm die Situation. 'Moment', sagt Jesus, 'Ich guck mir den mal an. Bin gleich zurück.' Zehn Minuten später ist er wieder da, Tränen lachend. Ich fass es nicht!', japst er, 'Erinnert ihr euch an den kleinen Fischerverein, den ich vor über 2000 Jahren gegründet habe? Den gibt's immer noch!'"

Mit dem Abklingen der Heiterkeit nach dem Witz, wendete sich Chief Petersen direkt an al Chatim: „Muhammad, ich staune nicht schlecht. Seit Sie hier an Bord sind, komm ich ganz schön ins Grübeln, was meine gestandenen Vorurteile euch Moslems gegenüber betrifft.

Ich glaub, ich kann ne ganze Menge von Ihnen über Ihren Glauben lernen."

Muhammad empfand die Wechsel von Petersen's SIE zum DU und umgekehrt als amüsant und spürte darin Warmherzigkeit von dem alten Seebären. Die Diskussion über das Dogma der Trinität, das *Athanasianum*, und die Vergottung des Propheten Isa, des christlichen Jesus, wollte er lieber mit Pater Rupert Vesper führen. Mit Genugtuung beobachtete er, wie die Abendgesellschaft und besonders der Pater die Bouillabaisse genossen und kräftig dem Wein zusprachen. Plötzlich hörte er seinen Namen:

„Herr al Chatim...", Kapitän Freese stand dabei auf und hob das Glas: „...ich bin kein Restaurant-Tester, aber ich sage Ihnen, mir hat schon lange keine Fischsuppe mehr so gut geschmeckt wie diese und dann noch der *katholische* Weinschaum, was wollen wir mehr?" Gelächter, zustimmendes Gemurmel, Gläserklingen. Freese stand auf, dann, an seine Offiziere gerichtet: „Meine Herren, dann wollen wir uns mal den Anker anschauen!" Er ging voraus, ihm folgten Chief Petersen, der Erste, Lohfeld, und der Zweite, Lüders. Der Dritte, Hecht, war auf Wache und bereitete das Ankermanöver zum Ablegen vor.

Kurze Zeit später rasselte die Ankerkette, langsam nahm die *MS Pavia* Fahrt Richtung Südwesten auf. Al Chatim verabschiedete sich ebenfalls, er wollte diesmal allein das Abendgebet *Ischa* in seiner Kabine verrichten. Vielleicht würde er abends noch vor Mitternacht zum Ersten auf die Brücke gehen. Er freute sich auf die Sternbilder. In der Kabine zog er sich nackt aus, dann betrat er, sorgsam mit dem linken Fuß zuerst, die Nasszelle mit dem WC. Al Chatim schätzte es sehr, dass die Waschräume der Passagierkabinen mit einem Bidet ausgestattet waren. Nach der sorgfältigen Waschung zog er Boxershorts, Unterhemd und einen dünnen Pullover an. Darüber die *Dschallabijia*, das traditionelle Gewand aus seiner Heimat, und verrichtete das Gebet.

Die Nachrichten aus dem Nahen Osten waren beunruhigend, sehr beunruhigend.

Einige Zeit später bemerkte er ein zögerliches Klopfen an der Tür. Er stand auf und öffnete. Einer der indonesischen Decksleute verneigte sich ehrerbietig: „Selamat malam, salam malaikum Pa...", sein arabisch-indonesisches Kauderwelsch ergänzte er gebrochen englisch „Captain Freese wants to speak you, all of you, ten o'clock, saloon!". Schüchtern nickend verschwand er. Erleichtert setzte sich Muhammad al Chatim in den Sessel. Offenbar hatte der Kapitän die Bitte ernst genommen, die er ihm im Namen der Konyas nach dem Abendessen vorgetragen hatte. Nun würde Freese wohl endlich eine Untersuchung über den Angriff auf Conrad Dreyer in Gang bringen. Hoffentlich würde das Ganze auch wirklich mit einer Entlastung der indonesischen Decksleute enden!

Pünktlich 22 Uhr erschien al Chatim im Salon. Alle Passagiere waren da, außer Dreyer. Mit ernstem Gesicht betrat Kapitän Freese den Raum. Ohne Umschweife kam er zur Sache: „Meine Damen und Herren es geht um Herrn Dreyer, ihm ist vorgestern am Abend etwas zugestoßen. Sie haben es sicherlich bemerkt. Herr Dreyer hat mich gebeten, auf eine polizeiliche Untersuchung zu verzichten, deshalb habe ich selbstverständlich hier auf den Azoren nichts in dieser Richtung unternommen." Die Umstehenden nickten sprachlos. „Es schockiert mich zutiefst", fuhr er fort, "dass so etwas auf meinem Schiff passiert ist. Wir haben nur eine indonesische Zigarettenpackung bei ihm gefunden, auch dem werde ich nachgehen. Aber ich muss Sie dringend bitten, von Vorverurteilungen abzusehen. Auch alle anderen an Bord kommen als Täter in Frage. Falls jemand von Ihnen etwas weiß, teilen Sie es mir bitte mit. Selbstverständlich behandle ich jede Information absolut vertraulich. Auf keinen Fall dulde ich Gewalttätigkeiten in irgendeiner Form auf diesem Schiff!" Damit verließ er grimmig die Gruppe.

An diesem Abend kam im Salon keine Stimmung mehr auf. Die Passagiere verzogen sich nach und nach. Al Chatim entschloss sich, den Ersten auf der Brücke zu besuchen.

Die Nacht war klar, tief sog Muhammad die frische Meeresluft ein. Die Azoren lagen hinter ihnen. Vorne am Bug durchschnitt das Schiff unaufhaltsam die Wellen, weiße Gischt-Kronen belebten die dunkle See. Oben am Aufgang zur Brücke sah er durchs Fenster Kapitän Freese beim Ersten, Lohfeld, stehen. Sie sahen ihn, Kapitän Freese winkte ihm einladend zu: „Kommen Sie rein Herr al Chatim, Sie stören nicht, ich werde Sie dann auch gleich verlassen, für heute reicht's!"

Al Chatim spürte, dass vor allem der Vorfall mit Conrad Dreyer dem Kapitän zu schaffen machte, daher setzte er auch gleich an: „Sie erwähnten vorher die indonesischen Zigaretten, Herr Kapitän, denken Sie dabei an die Decksleute?" Ohne die Antwort abzuwarten fuhr er fort: „Wie Sie wissen, habe ich vorgestern den Abend bei ihnen verbracht, sie hatten mich zum Essen eingeladen." Wohlweislich vermied al Chatim, zu erwähnen, dass er einem Eklat mit dem Koch ausweichen wollte, weil er dem *Geschnetzelten* nicht traute. „Darf ich noch was anmerken? Wir haben über den neuen Koch gesprochen. Die Konyas finden ihn auch nicht gerade besonders sympathisch. Ich hatte aber überhaupt nicht das Gefühl, dass da was hochkochte, die Jungs haben sich eher über ihn amüsiert. Sie sind ganz offensichtlich nicht aggressiv, erst recht nicht gegenüber den Passagieren." Dann setzte er nach: „Ich bin Journalist, da bekommt man so eine Art *Sechsten Sinn* für das, was die Leute sagen." Nachdenklich rieb sich Kapitän Freese die Barthaare an der Wange: „Wahrscheinlich haben Sie recht, ich denke wir müssen woanders suchen!" Damit verließ er die Brücke.

Auch dem Ersten, Lohfeld, war das Thema „Dreyer" nicht angenehm. Schneller als gedacht war er jetzt mit seiner Sonderaufgabe konfrontiert. Die Supervision von Dreyer bedeutete, dass er nach Hamburg berichten müsste und das ohne Wissen des Kapitäns. Bei diesem Gedanken war ihm nicht wohl. Er wusste nicht, warum, aber er vertraute al Chatim. Vielleicht könnte der ihm mit seiner journalistischen Erfahrung sogar helfen. Natürlich setzte er sich damit über die Anweisungen des Direktors Degenhardt von der *Adventure Investment Agency* hinweg, ganz verdeckt zu operieren, aber al Chatim spielte eine gewisse Sonderrolle unter den Passagieren. Lohfelds Bauch sagte ihm: „Den brauchst du!" Aber ein Spiel wollte er nicht treiben. Unvermittelt sprach er den deutlich älteren Journalisten an: „Herr al Chatim ... oder darf ich Muhammad zu Ihnen sagen? Ich bin Horst." Dabei reichte er al Chatim die Hand. Dieser kam nicht umhin, ebenfalls die Hand auszustrecken: „Aber gerne doch", dann etwas zögernd: „Horst!"

Fast bereute Lohfeld schon die schnelle Vertraulichkeit und ergänzte: „Um Missverständnisse zu vermeiden, sollten wir ... äh ... bei den anderen, äh ..., im Salon den formalen Umgang beibehalten."

„Natürlich, ich verstehe", kam es zurück.

Dann fuhr Lohfeld fort: „Kapitän Freese musste mir einiges von Ihnen erzählen, das hängt ganz einfach damit zusammen, dass ich als Erster mit Ein- und Ausklarierungen, dem ganzen Formalkram, wer an Bord ist und so, betraut bin. Ich weiß, dass Sie mit offizieller, behördlicher, deutscher Unterstützung an Bord gekommen sind."

Al Chatim spürte darin eine Frage und fand es angemessen, Lohfeld so viele Informationen zu geben, dass dieser Vertrauen in ihn fassen konnte. „Sie haben recht, Horst", erst irritiert, dass Muhammad trotz der Vornamen beim *Sie* blieb, fand Lohfeld immer mehr Gefallen an dieser Anredeform. Muhammad fuhr fort „...es war eine Tarnung nötig, um an Bord zu kommen. Die Idee hatte übrigens Freese, es war alles mit den BND-Leuten so besprochen."

Lachend fragte der Erste: „Muhammad, sind Sie etwa Geheimagent?"

„Um Allahs Willen, nein!" lachte Muhammad zurück, um dann ernst fortzufahren: „Es geht in der Tat um Informationen, brisante

Informationen, Informationen, die vielleicht verhindern können, dass noch viel mehr Blut fließt, wenn die westlichen Dienste klug damit umgehen. Mein Leben war ernsthaft bedroht!" Damit wollte er es bewenden lassen und wechselte das Thema: „Horst, ich dachte, ich werde hier auf einem Bananendampfer ins Ausland geschippert, aber wenn ich mich hier so umschaue, habe ich das Gefühl, eher in einem supermodernen Kommunikationszentrum zu reisen."

Lohfeld wurde nicht misstrauisch, im Gegenteil, er war stolz, dass Muhammad die großartige technische Ausstattung pries und offenbar zu schätzen wusste, dass er, Horst Lohfeld, Erster Offizier der *MS Pavia* und Master of Science, der entscheidende Elektronik-Experte an Bord war. Lohfeld legte noch drauf: „Ja, Muhammad, wir können hier zu jedem Zeitpunkt eine weltweite Telekonferenz durchführen, es gibt nicht viele Handelsschiffe, die dieses Satelliten-Kommunikations-System in diesem Format haben. Ich bin gespannt, was der Eigner mit diesem Schiff noch alles vorhat. Bananen dürfte es wohl nur noch selten transportieren!" Schlagartig wurde Lohfeld klar: Mehr durfte er nicht sagen. Er fuhr scheinbar gleichgültig fort: „Muhammad, sind Sie an der Astronomie interessiert?"

„Aber ja, ich glaube sogar, in unserem Kulturkreis wurden die Grundlagen für diese Disziplin gelegt", entgegnete Muhammad, „für fast alle Kulturen hat die Astronomie magische Bedeutung."

„Ja, wo wären wir heute ohne die Sternen-Navigation? Hätten die Menschen die anderen Kontinente erreicht?" bestätigte Lohfeld, um dann unvermittelt Muhammad zu fragen: „Kennen Sie die *Cook-Sammlung* in Göttingen? Wenn man da sieht, was die Polynesier mit Hilfe der Sterne geleistet haben, schnallt man ab!" Muhammad lächelte sowohl über die Begeisterung des Ersten wie auch über seine saloppe Sprechweise. Dann fragte er ganz überraschend: „Horst, darf ich Sie zum Ende Ihrer Wache noch zu einem Glas Portwein einladen?" Staunend schaute Lohfeld ihn an: „Aber hallo, supergerne!"

„Dann werd ich schon mal schauen, was an den Hängen des Douros gewachsen ist. Bis nachher auf dem Promenadendeck." In seiner Kabine nahm er eine der beiden Flaschen roten Ports, die er in Porto erstanden hatte, aus dem großen Hartschalenkoffer. Prüfend sah er die dicke, gedrungene Flasche an: *Delaforce Oporto, 1992 Vintage Port.* Aus dem Wandregal griff er zwei kleinbauchige Gläser und verließ seine Kammer Richtung Promenadendeck.

Der Erste Offizier checkte zum Ende seine Wache nochmal die Position und das Log: Fahrt über Grund 21,5 Knoten. Die *Weather forecast* meldete keine gravierende Wetteränderung. Er nickte zufrieden und schon hörte er: „Moin, moin, Erster!"

„Hallo, Herr Lüders", gab er formeller zurück. Was folgte, war die Routine des Wachwechsels. Dann beschloss Lohfeld, wie er es fast jedes Mal nach der nächtlichen *8-12-Wache* tat, einige Minuten in der *Nock*, dem Brückenbalkon auf der Steuerbordseite in der frischen Fahrtluft „abzuschalten". Er genoss den Fahrtwind. Tief zog er die Salzluft durch die Nase, seine Brust weitete sich unter dem weißen, kurzärmeligen Hemd, das durch den passgenauen Schnitt seine muskulöse Ausstattung deutlich betonte. Er fühlte sich überhaupt nicht müde; diese Zeit liebte er am meisten an Bord, sie vermittelte ihm Freiheit pur. Mit beiden Händen ließ er sich den Abgang Richtung Promenadendeck gleiten. Dort sah er al Chatim nachdenklich am Geländer stehen. Auf dem Cocktail-Tisch neben den hell-beige gepolsterten Teaksesseln eine Portweinflasche und zwei Gläser.

Muhammad al Chatim beeindruckte ihn. Lohfeld hatte einen Blick für Menschen, Menschen aus allen Kulturkreisen. Breit und laut lachende, wohlgenährte nigerianische Hafenbeamte in Lagos? Es musste schottischer Whisky sein. Die kalt sachlichen, arroganten Uniformierten der *Schwarzen Gang* in Houston, die schon mal jede honduranische Grapefruit im Küchenlager durchschneiden ließen, aus angeblicher Angst vor der Fruchtfliege. Das eingewachsene fratzige Lächeln der *Immigration Officers* in Shanghai, ein falsches Wort und sie drehten sich abrupt um und ließen dich stehen. In den kurzen Khakihosen die Aussies in Sydney, immer derbe Jokes auf Lager, klar in der Arbeit, einem *Jever sixpack* nie abgeneigt. Aber Muhammad al Chatim, den Mann aus Khartum, den konnte er keinem Klischee zuordnen. Nicht einmal, wenn er seine knöchellange *Dschellaba* anhatte, kamen die Assoziationen, die die Westler gerne mit Arabern verbinden: Misstrauen, Glaubensfanatiker, Krummdolch, korrupt.

Zur Begrüßung hob al Chatim die Hand. Lohfeld nickte. Rubinfarben stieg der Portwein die Gläser hoch. Ein stilles kurzes Zuprosten. Anerkennung sprach aus dem Gesicht von Lohfeld. Einen solchen Portwein hatte er noch nie getrunken.

„Horst, es interessiert mich: Wie wird man Erster Offizier auf so einem schönen Schiff?"

Lohfeld war eigentlich kein Mensch, der sich gerne ausbreitete, aber bei al Chatim hatte er das Gefühl, dass er ein *Gegenüber* hatte, einen, der ihn ernst nahm. „Tja, dann fang ich mal wohl ganz von vorne an!" Dabei schloss Lohfeld seine Hände, aufgelegt auf dem Promenaden-Geländer, blickte in die schwarze See und begann. Al Chatim erfuhr eine Menge. Aus Lohfelds Geschichte entnahm er viel Ehrgeiz, Suche nach Anerkennung, sogenannte deutsche, oder besser, preußische Tugenden, hohe Professionalität, unterdrückte Gefühle, Einsamkeit und die unbewusste oder unbeholfene Suche nach Nähe zu einem Menschen. Wenig erfuhr al Chatim über die *MS Pavia*, über die *Adventure Investment Agency*. Er war zu erfahren als Journalist, um hierbei Neugier spüren zu lassen. Er war sich sicher, er würde seine Informationen bekommen. Al Chatim füllte erneut die Gläser. Diese Gelegenheit nutzte Lohfeld: „Und Sie, Muhammad, was haben Sie so auf dieser Welt getrieben?"

Al Chatim schaute in das Glas vor sich, das er mit beiden Händen umschlossen hielt. Als ob jetzt sein Leben aus dem dunklen, schweren Rot des Weins auftauchen sollte, begann er.

„Horst ...", dabei drehte er sich zu Lohfeld und schaute ihm in die Augen: „dass ich heute hier stehe und mit Ihnen Portwein trinke, hätte ich vor wenigen Monaten nicht geahnt. Nach dem Tod meiner Frau fiel ich in ein großes Loch. Alle Maßstäbe, die wir für unser Leben geschneidert hatten, galten nicht mehr. Ich kann das schlecht beschreiben. Aber dann war es meine Arbeit, an der ich mich festhielt. Da spürte ich auch, dass ich nicht mehr derselbe war. So wie früher konnte ich die Arbeit nicht wieder angehen. Früher ... ein Hinweis, eine Spur, ein Ereignis, die Suche nach zuverlässigen, ergiebigen Quellen, die sorgfältige Recherche, der Text, gefällig für die Redaktionskonferenz, die Veröffentlichung, die Resonanz, die Anerkennung, das Honorar. Irgendwie ist mir die journalistische Distanz abhanden gekommen. Ich spürte eine Verantwortung, dass mein Wissen, meine Informationen mehr bewirken könnten, ja sogar müssten, als die sogenannte Öffentlichkeit zu informieren, falls ein kleiner Teil davon überhaupt dazu bereit war, diese Informationen in ihrer Bedeutung wahrzunehmen."

Langsam, fast wie abwesend, nahm Muhammad einen Schluck aus dem Glas. Dann, ganz unvermittelt, überraschte er Lohfeld mit der Frage: „Horst, wissen Sie, was eine *Schmutzige Bombe* ist?" „Ich glaub schon", kam es von Lohfeld, und in technischer Sachlichkeit fuhr er fort: „konventionelle Explosivbombe mit radioaktiv-verseuchtem Material." Monoton und wie abwesend redete al Chatim weiter: „Ich habe darüber Informationen bekommen, meine Quelle kam aus Zentralasien, er vertraute mir, sie haben ihn erschlagen wie einen Hund, jetzt sind sie hinter mir her. Ich musste mich verkaufen." Ein tiefer Seufzer brach aus al Chatim: „Auf diesem Schiff wird keiner erfahren, wer ich wirklich bin!"

Horst Lohfeld legte Muhammad al Chatim die Hand auf die Schulter: „Muhammad, ich glaube, wir sollten in die Koje!" Es war schon lange nach Mitternacht.

Elvira und Markus, 24. Februar abends

Elvira hatte sich nach dem Abendessen und der Ansprache des Kapitäns über Conrad Dreyer in ihre Kabine zurückgezogen, da sie kein Bedürfnis mehr nach Gesellschaft und Smalltalk hatte. Aber lange hielt sie es auch dort nicht aus, sie brauchte Luft.

Sie wickelte sich in ihren hellgrauen Allwettermantel, schlug den Kragen hoch, schützte den Rest ihres unbedeckten Halses mit einem breiten Wollschal und zog den Gürtel so eng es ging. Nachdem sie auf das zweite Oberdeck herausgetreten war, wurde sie von lebhaften Böen empfangen, die ihr Haar in alle Himmelsrichtungen aufscheuchten und ihr den Atem nahmen. Die Luft war feucht, der Himmel schwarz, dicke Wolken jagten wie fette Untiere über den trüben Halbmond.

Elvira sah sich nach einem geschützten Eckchen um und nahm nach kurzer Suche auf einer kühlen, von Gischt feuchten Metallbank Platz. Dort kauerte sie nun, beide Hände tief in den Manteltaschen, die Beine weit ausgestreckt und horchte in die finstere Weite. Der Dieselgestank, der gelegentlich zu ihr herüber wehte, störte sie nicht, auch das Dröhnen der Maschinen machte ihr nichts aus, sie stieg gerade tief ab in ihr Inneres.

Ihre Gedanken schweiften zurück in die Vergangenheit, die sie seit Beginn ihrer Reise geflissentlich ausgeklammert hatte. Was hatte sie eigentlich zurückgelassen, was jemals zu Ende gebracht oder bewältigt? Sie atmete gerade tief ein, da stockte auch schon der Atemfluss, als sie plötzlich eine Person, einen Mann, undeutlich in ihre Richtung kommen sah. Wer war das? Würde er sie sehen? Ihr Herz hörte wieder auf zu hämmern, als sie erkannte, dass es Markus Mittelstädt war, der Neue, der unter so eigenartigen Umständen an Bord gekommen war. Wahrscheinlich näherte er sich ihr ganz zufällig, er schien genau wie sie einen Rückzugsort zu suchen. Hatte man denn nirgends seine Ruhe?

Als Markus sie entdeckte, schrak auch er zusammen und schien nicht an einer Begegnung interessiert zu sein. Sie räusperte sich verlegen und versuchte, die Situation zu entspannen. „Na, auch noch draußen bei dem Wetter?" „Ich liebe frische Luft und die Freiheit", gab er zurück, „ich bin gern draußen und mag nicht dauernd eingesperrt sein." Er hatte eine warme Stimme, fand Elvira, und was er so schlicht gesagt hatte, klang sehr ehrlich. „Und ich liebe das Meer und den Wind, das sind zwei Gewalten, die mir echt gut tun." Elvira schwieg. Sie konnte seine Empfindung verstehen. Nach einer Weile bemerkte sie: „Immer, wenn ich dieses Rauschen und Tosen höre, kann ich besser über mich und die Welt nachdenken. Übrigens: Hier ist noch Platz auf der Bank, wenn Sie etwas bleiben möchten. Trocken ist sie leider allerdings nicht." Elvira rückte nach rechts und wischte mit dem Ärmel über die Sitzfläche.

Markus, der Umtriebige, manchmal Großkotzige, Gewiefte, Getriebene setzte sich tatsächlich zu ihr. Irgendwie schienen sie in diesem unwirtlichen Winkel miteinander ein Gefühl der Geborgenheit zu teilen, zwei, die sich zufällig begegneten, beide auf der Flucht vor der Vergangenheit, ohne Plan für die Zukunft. Markus hatte plötzlich das Gefühl, dass er dieser unbekannten Frau, die er bisher kaum wahrgenommen hatte, von sich erzählen konnte, nur so, ohne Bewertungen, Antworten oder Ratschläge.

Lange Zeit schwiegen trotzdem beide, jeder in seine Gedanken vertieft. „Das hat man selten", dachte Markus, „jemanden zu treffen, mit dem man zusammen schweigen kann und sich doch was zu sagen hat."

„Schön ist das", dachte auch Elvira und genoss das wortlose Einverständnis. Wenn sie ehrlich war, mochte sie diesen Markus. Offenbar war er auch auf der Flucht vor sich selbst, wie so viele der Patienten, die sie in ihrer Praxis behandelte. Fast allen hatte sie helfen können, nur bei ihr selbst hatten ihre eigenen Methoden versagt. Denn dass auch sie auf einer Flucht war, war ihr inzwischen wieder einmal bewusst geworden.

„So schlecht, wie ich erst fand, sieht sie gar nicht aus, man muss nur nahe genug an sie herankommen und sie reden hören", dachte Markus, während er Elvira von der Seite ansah. Gut, er hatte sie bereits während des Abendessens gesehen, aber nicht mit ihr gesprochen. Das hatte sich wegen der Sitzordnung nicht ergeben. Außerdem war sie war nicht der Typ Frau, der einem Mann auf den ersten Blick auffiel, sie trug ein paar Pfunde zu viel mit sich herum, um nicht zu sagen, sie war recht korpulent und, wie es ihm schien, mit sich selbst nicht im Reinen. „…mich zu besinnen und über mich und die Welt nachzudenken…", hatte sie eben gesagt. Das ließ tief blicken. Da hatten sie etwas gemeinsam, fand Markus.

Elvira strich sich die Haare aus dem Gesicht, die der Sturm immer wieder hineinblies. Auch Markus kämpfte mit seiner Haarsträhne, die unter seiner Mütze hervor rutschte und sich nicht bändigen lassen wollte. Seit dem Autounfall war er empfindlich am Kopf und bei feuchtem Wetter machte ihm die Narbe zu schaffen, deshalb trug er jetzt oft eine wollene, wärmende Kopfbedeckung.

Die Fahne flatterte wild im Wind, es herrschten starke Böen. Ob es geregnet hatte? Gut möglich, denn die dunklen Planken glänzten feucht und die Lichter der Schiffsbeleuchtung spiegelten sich darin. Tagelang hatte er im Schiffsinneren gehockt, umso mehr genoss er jetzt die frische Brise. In das Schweigen hinein sagte Markus „Das berühmte *Azorenhoch* kennt jeder, aber die wenigsten denken daran, dass es auch für turbulente Wetterwechsel mit Regen sorgt."

„Ja, genau", antwortete Elvira. Sie sahen sich an und lächelten.

„Hier gibt es jeden Tag vier Jahreszeiten, wenn man den Meteorologen glauben kann", erklärte Markus weiter. Was Wetter anbetraf, war er ein Experte. Zumindest hatte das Martin früher immer behauptet, wenn sie gemeinsam unterwegs waren.

Elviras lange stillgelegte Lachfältchen um ihre Augen und um ihren Mund machten ihr Gesicht sehr lebendig. „Ja, ich weiß, das sagen Azorianer stets mit schräg zum Himmel gerichtetem Blick und sind bereit, den Regenschirm aufzuspannen oder ins nächste Café zu flüchten. Letzteres, finde ich, ist eine super Idee oder?"

„Beides gibt es hier ja wohl nicht!" Markus schmunzelte. „Sähe ja auch irgendwie blöd aus, mit Regenschirm auf 'nem Schiff, nicht wahr?"

Elvira lachte. „Och, warum nicht, abgesehen davon, dass er ständig überschnappen würde."

Das Lachen gefiel Markus, es war hell und offen, und er nahm all seinen Mut zusammen: „Ich bin übrigens Markus", stellte er sich vor.

„Ja, ich weiß, der ‚Blinde'. Und ich heiße Elvira." Ihm ein *Du* anzubieten hielt sie für unpassend und vor allem unnötig, aber das *Sie* mit Vornamen hatte durchaus seinen Reiz. Sie gab ihm die Hand, und Markus taten ihre Wärme und der feste Händedruck gut. „Vielleicht sollten wir reingehen, es gibt sicher gleich Regen", meinte Elvira, „und außerdem wird mir langsam kalt. Ich glaube, die Bar ist noch geöffnet."

Markus ging nicht auf ihre Anregung ein „Nein, nein, für Regen ist der Wind gerade viel zu stark." Er fühlte sich in seinem Element. „Die heftigen Böen blasen die Regenwolken weg. Die haben absolut keine Chance!"

„Ich versteh leider nicht viel vom Wetter. Natürlich können wir gern noch einen Moment hierbleiben."

„Wissen Sie", sagte Markus und lächelte, als er sah, wie Elvira mit ihrem fliegenden Haar kämpfte, „ich mag Regen wirklich, aber jetzt muss er nicht sein." Er schickte einen kurzen Blick in den dunklen Himmel und erklärte: „Kurz nach Regen sieht die Insel aus wie ein frisch gemaltes Gemälde, das noch trocknen muss. Kurz *nach* dem Regen ist auf den Azoren aber immer auch kurz *vor* dem Regen."

„Das haben Sie aber schön gesagt! Das klingt ja richtig poetisch!" Es gefiel Elvira, was Markus sagte und vor allem, *wie* er es sagte. Nach einer Weile fragte sie „Interessieren Sie sich für Kunst?"

„Ja. Früher hab ich sogar selbst einmal ein paar Bilder gemalt."

„Aha. Was denn für welche?"

Und Markus berichtete, dass er nur so, zum Spaß, mal in Öl gemalt habe, hauptsächlich Landschaften. In der Natur sei immer alles so geordnet und harmonisch, und er liebe Farben, vor allem kräftige Farben, dieses satte Grün von Wiesen zum Beispiel und das leuchtende Blau des Himmels. Solche Bilder hätten ihn befreit von seinen Alltagsproblemen, wo stets alles Grau in Grau war, von seinen Ängsten und Schuldgefühlen und von dem schlechten Gewissen, das er schon so lange mit sich herumtrage. „Jeder schöne malerische Moment ist aber nur ein kurzer Augenblick, der bald vom nächsten Schauer davongeschwemmt wird", erklärte er.

Elvira bestätigte lächelnd, ohne auf seine rätselhafte Bemerkung über das schlechte Gewissen einzugehen: „Ja, genau! Wie im richtigen Leben, da folgt auf Sonnenschein auch immer Regen."

„Hat es bei Ihnen viele Regenschauer gegeben?" fragte Markus und Elvira nickte.

„Ja, ziemlich viele, und es gibt sie noch immer!"

„Bei mir auch", sagte Markus und Elvira forderte ihn auf, von sich zu erzählen, falls er mochte. Beide vergaßen Kälte und Windböen und fühlten sich sicher im Schutz der Dunkelheit, die sie wie ein weicher Mantel umgab. Hier gab es keine neugierigen Blicke und Ohren, das machte es leichter, sich zu offenbaren, ohne Vorwürfe und ohne Bewertungen. Und Markus begann zu erzählen. Er redete sich in einen Fluss, der lief und lief und nicht zu stoppen war, wie befreit sprudelten die Worte aus seinem Mund. Nichts verschwieg er und Elvira unterbrach ihn nicht: Wie er Carla kennengelernt und wie sie ihn verlassen hatte, dass er sie noch immer liebte, und dass er einen Millionenbetrug begangen hatte und dafür im Gefängnis gewesen war. Nur, dass diese Millionen jetzt in Costa Rica waren, das behielt er für sich. Das ging niemanden etwas an, auch Elvira nicht.

Elvira griff verständnisvoll nach seiner Hand, drückte sie und hielt sie wie selbstverständlich für eine Weile fest. Markus spürte den Trost, der zu ihm hinüberfloss, so dass er es wagte, erst stockend, dann immer flüssiger, auch über seine Schuld am Tod seines Bruders zu erzählen, für die er zwar gebüßt habe, die aber noch immer an ihm nage.

„Das kann ich gut verstehen", sagte Elvira, als Markus geendet hatte, und es klang wirklich verständnisvoll. „Daher also Ihr körperliches Handicap." Jetzt wurde ihr Vieles klar. Sein steifes Bein war ihr bereits aufgefallen, aber sie hatte sich gescheut, Markus darauf anzusprechen. „Wir haben einen Seelsorger an Bord, Pater Vesper, er ist ein sehr netter Mann und er kann gut zuhören. Vielleicht sollten Sie sich ihm anvertrauen", schlug sie vor, doch Markus schüttelte nur den Kopf und fragte stattdessen „Möchten Sie mir vielleicht auch etwas über sich erzählen? Vielleicht etwas, das Sie belastet?" Elvira fand, dass sie für heute genug geredet hatten und vertröstete Markus auf später. Sie war es gewohnt, ihre Probleme mit sich selbst auszumachen.

„Das bleibt aber unter uns, nicht wahr?" versuchte Markus sich plötzlich mit etwas Angst in der Stimme zu versichern.

„Na, klar. Von mir erfährt niemand was. Versprochen." Elvira war geübt darin, Geheimnisse für sich zu behalten.

„Na, dann wollen wir mal. Ist jetzt eh zu kalt hier draußen. Vielleicht ist die Bar ja doch noch geöffnet!"

Fast gleichzeitig standen beide auf und umarmten sich wie zwei Freunde, die sich schon jahrelang kennen.

Plötzlich bewegte sich etwas ganz in ihrer Nähe, und auch wenn Elvira im Dämmerlicht eines entfernten Scheinwerfers keine Farben erkennen konnte, war ihr doch sofort klar, dass die Farbe blassrot war und signalisierte, dass eine kleine struppige Gestalt wieder einmal in ihr Leben trat und sie zum Handeln zwang. Sie kannte ja nun schon einige Nöte dieses unangenehmen Tieres, aber was sie jetzt sehen konnte, war schon sehr speziell.

Der Kater hüpfte wie ein Springteufel auf der Stelle auf und ab, verharrte kurz auf dem Boden um zu würgen und fuchtelte dann wie rasend mit allen vier Pfoten an seinem Maul herum.

Der Mann einer Kollegin von Elvira in der Klinik war Tierarzt, und so waren sie alle im Frühstücksraum regelmäßig brühwarm und detailliert über alle Katastrophen der tierischen Patienten informiert worden. Elvira hatte immer sehr genau zugehört, obwohl sie eigentlich kein Herz für Tiere in ihrer Brust schlagen fühlte. Aber sie sah stets sofort sehr konkrete Bilder des Geschehens vor ihrem geistigen Auge und speicherte sie sorgfältig ab.

Diese Panikveranstaltung zu ihrer Rechten konnte nur bedeuten, dass die Katze etwas verschluckt hatte, was für Katzen nicht vorgesehen war, jedenfalls nicht so.

„Markus, pack' das Vieh mit einem Jutesack da hinten aus der Ecke und drück' es auf den Boden. Es muss wirklich gut fixiert sein, aber erdrück' es nicht!" Ohne nachzudenken – Elvira ließ auch keine Alternative zu – griff sich Markus einen der feuchten, muffigen Säcke, machte einen großen, aber vorsichtigen Schritt hinter die Katze, die so mit sich beschäftigt war, dass sie sich überhaupt nicht um ihn kümmerte. Tatsächlich gelang es ihm, das Tier sanft, aber bestimmt auf den Boden zu drücken, und da konnten beide ein Bindfadenende aus ihrem Maul hängen sehen. Sehr vorsichtig zog Elvira daran. Zum

Glück spürte sie keinen Widerstand und beförderte ganz langsam ein Stück Faden und daran ein Salamiende ans Dämmerlicht. Elvira gab Markus ein Zeichen zum Weiteratmen, als sie sagte: „Geschafft, zum Glück war die Wurst noch nicht im Darm. Jetzt kannst du übrigens loslassen ..." Elvira musste etwas grinsen, als sie sah, dass sich Markus in eine Marionette verwandelte hatte. Er war völlig nass geschwitzt, was Elvira zum Glück nicht sah, er ließ die Katze fahren und sich auf die Bank sinken. Elvira fiel daneben, sie waren wieder allein, die Katze hatte sich wie der Blitz entfernt. „Jetzt brauch ich einen Drink, das Vieh macht mich fertig, das war nicht unsere erste dramatische Begegnung. Gut, dass Sie da waren, allein hätte ich nichts machen können." Sie war in der Aufregung impulsiv in ein *Du* gefallen, das sie aber gleich entschieden zurücknahm, dafür lud sie Markus auf einen Drink an der Bar ein. Das hatte es in ihrem früheren Leben auch noch nicht häufig gegeben.

Muhammad, 25. Februar morgens

Er hatte eine unruhige Nacht. Als er den Weckton frühmorgens hörte, umgaben ihn noch wirre Traumfetzen. Er realisierte, wo er war, auf einem Schiff nach Amerika, was würde ihn da erwarten? In Costa Rica würden sie ihn in Empfang nehmen, so hatten es ihm die Bundesnachrichten-Dienst-Leute in Hamburg bedeutet. Die amerikanischen Kollegen würden dann für eine sichere Weiterreise in die USA sorgen. Die USA waren nicht unbedingt das Land seiner Wahl, aber er wollte überleben.

Muhammad entschied, das Morgengebet mit den Deckleuten zu verrichten. Auf dem Weg nach Achtern zum Gebetsraum, nahm er die Luvseite des Schiffes. Es hatte aufgebrist und der Wind schlug ihm scharf entgegen. Auf den Luken-Deckeln sah er einige merkwürdig zuckende Lebewesen. Es waren fliegende Fische. Zur Bewegung unfähig, endete ihre Flucht vor den Fressfeinden im Meer hier, hilflos, auf der *MS Pavia*. „Prima Katzenfutter" dachte al Chatim. Ansonsten verstand er nicht, warum einige seiner Mitpassagiere sich so sehr mit diesem Bordkater beschäftigten. Er erinnerte sich an die streunenden, verkrätzten Tiere in seiner Heimat, den zahlreichen Ratten oft nicht gewachsen.

Als die Konyas ihn sahen, winkten sie ihm zu. Unter ihnen Abdul Wahabi, zu erkennen an seinem schwarzen indonesischen Fez, dem *peci*. Abdul Wahabi war der Vormann der Decksleute. Aus Bulukumba im äußersten Südosten Sulawesis stammend, hatte er nach einer mehrjährigen Ausbildung im *Pinisi*-Schiffsbau, über die *Global Seaman Indonesia* Recruiting-Company bei einer deutschen Reederei als Seemann angemustert. Sehr schnell waren seine nautischen Fähigkeiten erkannt worden und er konnte sich zum Bootsmann entwickeln. Bei seinen Decksleuten genoss er uneingeschränkte Autorität und zugleich bei Kapitän und Offizieren große Wertschätzung. Als gläubiger Muslim zeigte er nach al Chatims erster arabischer Koran-Rezitation große Achtung vor diesem Religionsbruder aus dem Sudan.

Jetzt stand er auf und kam lachend auf Muhammad zu: „Terimah kasih banjak. Ikan kemarin enak sekali!" bedankte er sich für den leckeren Fisch von gestern. „Kembali!" erwiderte al Chatim den Dank, sein Indonesisch war nicht allzu umfangreich. Für die muslimischen Konyas war die Verrichtung des Gebets unter Anleitung eines der Sprache des Propheten Kundigen wie al Chatim eine sie tief berührende Pflichterfüllung. Nach dem Gebet nahm Muhammad den Bootsmann wie zufällig auf die Seite. In einem scheinbar fließend verständlichen Mix aus Englisch, Arabisch und seinem sparsamen Indonesisch erkundigte er sich vorsichtig nach der Frachtladung der *MS Pavia*. Er bemerkte die Nervosität von Abdul Wahabi, scheu schaute sich dieser nach rechts und links um, dann bedeutete er Muhammad, dass die Frachträume bei dieser Ladung nicht ohne weiteres jedem zugänglich seien. Dann – al Chatim spürte ein inneres Aufraffen des Bootsmannes – hörte er von Abdul Wahabi: „Besok pagi, pagi!" (Morgen ganz früh ...) Sofort fiel al Chatim in den Satz ein: „Morgen früh, vor dem Gebet, zeigst Du mir die Frachträume, ja?" Abdul Wahabi nickte bedeutungsvoll, er wusste, mit dieser Vertrauensgeste könnte er dem Korankundigen Muhammad Ehrerbietung und Dank erweisen.

Rupert Vesper, 25. Februar morgens

Auf seinem Abendweg zum Oberdeck hatte Rupert Vesper mehrmals mit „halbem Auge" gesehen, wie Muhammad und zwei Konyas auf dem Boden kniend das muslimische Nachtgebet *Al^- Ischâ* murmelten. Darin zeigte sich ihm, dass die Muslime ihre Gebote tief verinnerlicht hatten. Auch bei Tisch betete Muhammad vorm Essen, von einer dezenten rechtshändigen Geste unterstützt, *Bismillah,* und nach dem Mahl, von der Linken gestisch begleitet, *al – hamdulillah;* wobei er dabei, was Vesper auffiel, aufgerichtet saß, seinen Rücken nicht anlehnte.

Dieses offene Beten forderte Vesper Respekt ab. Welcher Christ, ja, selbst welcher Katholik würde Ähnliches wagen; die meisten würden sich bereits schämen, in der Öffentlichkeit das Kreuzzeichen zu machen. Wobei er sich selbstkritisch einschloss. Was sich unter anderem darin ausdrückte, dass er auf den obligatorischen Priesterdress verzichtete, während die Farbe seiner zivilen Kleidungsstücke zwischen Schwarz und helldunklen Grautönen changierte.

Auf seiner Syrien-Reise in den späten achtziger Jahren hatte er den Orden *Mar Musa* kennen gelernt, der kurz davor in einem verfallenen frühchristlichen Kloster gegründet worden war. Diese einzigartige Gemeinschaft hatte ihn fasziniert: Ein Hauptanliegen des Ordens war die Begegnung mit dem Islam und die Liebe zu den Muslimen. So gewissenhaft die Nonnen und Mönche die Gebote und Rituale der katholischen Kirche befolgten, so ernsthaft befassten sie sich mit dem Islam und nahmen sogar bis zum Ramadan teil an der muslimischen Tradition.

Der Jesuitenpater Paolo Dall'Oglio, Gründer des Ordens, hatte sich in Europa und in den UN intensiv für den Frieden in dieser Region eingesetzt und vergeblich vor einem Krieg der Konfessionen gewarnt. Leider war er im Juli 2013 vom *Islamischen Staat* entführt worden; seither fehlte von ihm jede Spur.

Rupert wusste, dass schon Goethe, Proust, Lessing und Joyce von der islamischen Kultur fasziniert gewesen waren, den Koran als großes religiöses Liebesgedicht begriffen hatten. Aber erst sein eigenes Syrienerlebnis hatte sein Verhältnis zur islamischen Religion entscheidend verwandelt; das unter anderem, weil er – abgesehen von der ihm unsympathischen Unterwerfungsgestik – bei den Muslimen ein stärkeres Grundvertrauen in das Erbarmen Gottes entdeckt hatte, als er es im katholischen Christentum verspürte.

Da er in Muhammad zunächst einen der meist oberflächlichen Journalisten gesehen hatte, war Rupert umso erstaunter, dass dieser Mann offensichtlich von einer tiefen Religiosität erfüllt war.

Als er ihn später in der Bar respektvoll auf die offene Oration und Devotionsgestik ansprach, ging der Moslem unvermittelt zur freundlichen Attacke über:

„Glauben Sie an Gott, Pater Vesper?"

Der Jesuit war von diesem Überfall überrascht, er fühlte sich einen Moment lang sogar etwas „sprachbehindert".

„Ja ... Doch ... Noch ... Vielleicht etwas anders als ..."

„Weichen Sie nicht aus, Pater! Präziser gefragt: Glauben Sie an ein Leben nach dem Tod, an ein Ewiges Leben?"

„Warum sollte ich diese kostenlose Option ausschließen?" Der Jesuit hatte sich schnell wieder gefangen und setzte fort: „Man könnte umgekehrt aber auch fragen: Warum sollte ich mir eine solche paradoxe Option offen halten?"

„Sie sind ein dialektischer Spieler, Pater Vesper."

„Ich erwähne nur zwei legitime Möglichkeiten."

„Sie sind Katholik!"

„Als Jesuit ist man das. Ich – bis jetzt."

„Ist das die wahre, die richtige Religion?"

„Ich sage mit Michel de Montaigne: *Que sais-je?* Was weiß ich? ... Wer kann's wissen ... Lässt sich das objektiv sagen?"

Nachdem Muhammad schweigend seinen Tee genossen, und Rupert Vesper beim *Black Velvet* über Sinn und Gefahr des Genießens meditiert hatte, schoss der Moslem erneut eine Fragesalve ab: „Weshalb sind Sie aus dem Orden? Wenn Ihnen diese Frage nicht zu intim ist."

„Aber nein!"

Vesper war wieder routiniert schnell am Ball. „Wenn Sie eine knappe Antwort wollen, muss ich Sie enttäuschen. Für eine ausführliche Erklärung würde weder die Zeit noch der Ort passen."

„Sie sind doch, wie wir Journalisten, auch ein Mann des schnellen Wortes – Also!"

„Kurz: Ich habe gegen alle Ordensregeln verstoßen, und theologische Thesen propagiert, die nach der herrschenden Lehre pure Häresie sind."

„Da wären Sie bei den Wahhabiten längst gesteinigt worden."

„Der kleine große Unterschied zwischen Rom und Riad."

„Jetzt! Früher hätte es am Frankfurter *Römer* nach Ihrem gerösteten Fleisch gerochen."

„Stimmt! Wobei zum Verbrennen mein Bestreiten der Trinität gereicht hätte."

Neben anderen kirchlichen Lehrsätzen war das Dreifaltigkeitsdogma für Rupert Vesper ein theologisches Konstrukt, das keinen vernünftigen Sachverhalt implizierte.

„Ein Gott in drei Personen: Für uns Monotheisten eine Gotteslästerung," sagte der Moslem.

„Selbst Herder, Generalsuperintendent im Weimar Goethes, hat über die Trinität gesagt: Die Dreigötterei ist klarer Unsinn!"

„Und was sagen Sie heute dazu?"

„Was das Mysterium Gottes ist, weiß ich nicht und will ich auch nicht wissen. Ich vertraue darauf, dass Gott uns Menschen wie auch seine Schöpfung begleitet und alles zu einem guten Ende führt, dass Er wie ein gütiger Vater und eine liebevolle Mutter ist, und dass wir, Erben Seiner Schöpfungskraft, zu ihm gehören. Die Trinitätslehre als Glaubensgegenstand ist mir abhanden gekommen. Die Ablehnung der Wesensgleichheit von Vater, Sohn und Heiligem Geist heißt aber nicht, dass Jesus nicht der Sohn Gottes ist. Hängen wir's mal etwas tiefer, was vielleicht mehr Wahrheit zu Tage fördern kann: Jesus, Sohn Gottes, kann doch nur heißen, dass er, von Anbeginn auserwählt, die Inkarnation der Liebe Gottes ist; weshalb er diese Liebe auch mit der Nächstenliebe gleichsetzt."

Da dieser dogmentheoretische Monolog ohne Erwiderung oder Ergänzung Muhammads blieb, war das Gespräch damit beendet; was Vesper allein deshalb recht war, weil er sich wieder der Bar zuwenden konnte; der Keeper hatte bereits den zweiten *Black Velvet* ins Glas gefüllt.

Siegfried Hottenrott, 25. Februar morgens

Mürrisch schälte sich Siegfried Hottenrott aus der Koje. Er hatte nur in der Unterhose geschlafen. Schmutzigfarben und zerknittert schien sie Schutz unter dem wabbligen Bauch zu suchen. Gestern hatte er doch noch ganz schön zugelangt. In letzter Zeit hatte er sich mehr auf *Gin Tonic* spezialisiert. Vom Steward Habermann hatte er sich gleich drei Flaschen Gin geben lassen, zollfrei, dazu eine ganze Kiste *Schweppes Tonic Water*. Er war spät dran. In der *Back*, dem Aufenthaltsraum für das Bordpersonal, hatten sie gestern spätabends gesessen, nur noch zu dritt. Er, der Steward und Chief Petersen. Hottenrott achtete nicht darauf, was die anderen tranken. Er goss sich ein Glas nach dem anderen ein, halb voll mit Gin und dann aufgefüllt mit der Bitterlimonade. Bei der „Scheiß-Saison" vom HSV waren sie sich einig. Er erzählte von seinem Kampfsport- und Nahkampftraining. Die anderen hörten teilnahmslos zu. Der Chief wurde zunehmend lockerer, erzählte von alten Zeiten. Damals als der Zahnarzt in Antwerpen dem Koch das Penicillin verschreiben musste, es durfte ja keiner erfahren, dass sich der Smutje in *Porto Barrios* den Tripper geholt hatte. Er hätte sonst nicht mehr für die Rückfahrt in die Kombüse gedurft. Den Bootsmann hatte es damals auch erwischt. Dann zitierte Chief Petersen den Bootsmann: „Nicht mal meiner eigenen Hand kann ich trauen!" Sie grölten vor Vergnügen, sogar Steward Habermann hatte sich von seinem Handy-Computerspiel ablenken lassen.

Hottenrott schlurfte ins Bad und kämmte sich missmutig die Haare. Er dachte an Antje, Antje Druwe, die Blonde mit den Zöpfen, in der *Elbkameradschaft*. Sie hätte ihm schon gefallen. Vor zwei Wochen war sie Zwanzig geworden. Er hatte sich für sie ein ganz besonderes Geschenk ausgedacht: *Die Deutsche Mutter*, das damals millionenfach verbreitete Standardwerk, war gar nicht so einfach zu bekommen. Das *Nationale Antiquariat* konnte es ihm besorgen über den üblichen Weg. Was hätte er dafür gegeben, sie im Bett zu haben.

Hottenrott dachte an Puerto Limón, die Bars mit den Hinterhöfen, wo die Ziegen rumliefen. Er sah sie schon vor sich, die *Muchacha*, wie sie das Marienbild an der Wand über dem Bett umdrehte. Er spürte die Erregung ... nein, er hatte keine Zeit, der Frühstücksjob musste gemacht werden.

Johnny war schon gut dabei, er spürte die schlechte Laune von Hottenrott. Ohne einen Guten-Morgen-Gruß wurde er angeblafft: "Wie weit bist Du?"

„Alles klar, Boss!" antwortete Johnny mehr in sich hinein.

„Du übernimmst heute die Eier für die Affen da oben!" Damit meinte Hottenrott die Frühstückseier-Gerichte für die Passagiere. Ich mach jetzt die Polpetti!" Johnny war nicht ganz klar was *Polpetti* waren, wagte aber nicht zu fragen.

Polpetti in Tomatensauce gehörten neben *Philadelphia Pepperpot*, *Chili con Carne* und *Russischen Eiern* zum nicht allzu umfangreichen Repertoire an *Internationaler Küche*, mit dem sich Hottenrott immer bei Vorstellungsgesprächen schmückte. Jetzt setzte er sorgfältig den Fleischwolf zusammen, Schnecke, Vorschneidescheibe, Messer, grobe Scheibe, Messer, feine Scheibe, Abschlussring. Dann „wolfte" er fünf Kilo grobe Stücke vom Schweinenacken und der Rinderlanke in den Mengbehälter der Küchenmaschine, gab 100 Gramm Kochsalz und zwei Päckchen Backpulver dazu. Das mit dem Backpulver war ein Geheimtipp. In der Berufsschule hatten sie dazu mal was von „Wasserbindung", "Elektrolyten" und „Phosphaten" erzählt, er hatte's aber nicht kapiert. Dann ließ er den Rührhaken arbeiten. Langsam wurde die Masse „bindig", nach und nach gab er einen dreiviertel Liter Wasser dazu. Am Schluss Röstzwiebeln, Pfeffer, Koriander, Knoblauchpulver, Paprika und ganz „italienisch" Basilikum und Oregano. Mit einer kleiner runden Suppenkelle stach er aus der Masse einigermaßen gleichmäßig runde Haufen ab, um diese dann mit der gefeuchteten Hand noch zu Kugeln abzudrehen. Die Arbeit machte er gerne. Hottenrott begann sogar zu pfeifen: *„Die Fahne hoch, die Reihen fest geschlossen....!"*

Johnny mochte Musik, aber diese Melodie hatte er noch nie gehört.

Mit der Tomatensauce machte Hottenrott nicht viel Aufhebens. Die Fleischbällchen rein in die Sauce und ein großzügiger Zusatz von

Glutamat für den „runden" Geschmack. Damit es richtig „italienisch" wurde, wählte er immer *Penne Rigate* als Beilage. Ordentlich weichgekocht. Von „*al dente*" hatte er noch nie was gehört.

Steward Habermann empfahl Muhammad al Chatim, heute doch besser mit den Decksleuten zu essen.

Conrad, 25. Februar morgens

Conrad hatte sich nach dem Fischsuppen-Abendessen schnell in seine Kabine zurückgezogen. Diese Lobhudelei vom Kapitän für Muhammad, die mitleidigen Blicke einiger Passagiere, wenn sie ihn mit seinem geschwollenen Gesicht und dem blauen Auge ansahen, dieses scheinheilige Getue konnte er nicht ertragen. Außerdem schmerzten seine Prellungen im Brustbereich und Rücken immer noch. Oliver Hecht hatte noch einmal vorbeigeschaut, ihm eine Schmerztablette gegeben und die Prellungen mit Arnica-Salbe eingerieben. So hatte Conrad die Nacht gut geschlafen. Er betrachtete sich nach der morgendlichen, heute schmerzfreien Rasur lange im Spiegel, wobei er sein Gesicht vorsichtig abtastete. „Hätt ich nicht gedacht, gute Arbeit vom Dritten. Schmerzt nichts mehr. Und das Auge, auch schon wieder ganz gut. Der Schläger? Ob einer von den Passagieren dem Käpt'n gestern einen Tipp gegeben hat?"

Er war neugierig zum Frühstück gegangen, gespannt auf das Ergebnis. Am Tisch von Markus Mittelstädt war noch ein Platz frei. Conrad setzte sich dazu und bohrte gleich nach, was der Kapitän nun gestern erreicht habe. Nach der Aussage von Markus hatte der nur ein Kraftwort gesprochen, dass er solche Handlungen an Bord seines Schiffes nicht dulde und die lapidare Aufforderung, dass sich doch Zeugen melden möchten. Keine Einzelgespräche mit möglichen Augenzeugen, keine Nachfrage, wer zum Zeitpunkt der Schlägerei wo war. Conrad kochte. Eine polizeiliche Ermittlung wollte er zwar auf keinen Fall riskieren, aber die Prügel durften auch nicht einfach ungesühnt bleiben. „Diese Null von Kapitän bringt es einfach nicht! Wird

Zeit, dass ich selbst handele!" Markus war erschrocken über die heftige Reaktion seines Gesprächspartners. War das wirklich Cornelius, der Cornelius Knolle von früher? Oder hatte er sich doch getäuscht und es saß tatsächlich Conrad Dreyer vor ihm?

Conrad starrte abwesend auf seine Kaffeetasse und Markus wusste, dass er ihn jetzt nicht mehr ansprechen durfte. „Das nehm ich nicht hin, wie das der Käpten angeht. War immer erfolgreich, wenn ich das Heft selbst in die Hand genommen habe. Irgendwer muss doch .... Aber wen fragen ...? Die Passagiere, nee, geht nicht, hab die wohl zu sehr verärgert. Die Mannschaft? Nee, da würde keiner vorpreschen, wo sich schon ihr Kapitän nicht vorgewagt hat. Bleibt nur noch Lohfeld ..." Conrad hatte das Gefühl, der wusste mehr als alle anderen an Bord. Hatte er ihm doch den Auftrag der *Agency* übermittelt. Gab es eigentlich neben Conrads Spionage-Kamera noch weitere Kameras und Wanzen an Bord? Standen womöglich alle Passagiere und die Mannschaft unter ständiger Beobachtung? Er würde es herausbekommen. Und er würde zurückschlagen, den oder die Schläger „auf die Bretter" schicken, wie er es immer gemacht hatte.

Conrad fragte den Steward: „Wann hat denn Herr Lohfeld Wache?"

„Der sollte jetzt auf der Brücke sein."

„Kann ich ihn da mal kurz besuchen?"

„Sicher, ich meld Sie an, wenn Sie wollen."

„Ja, das wär mir lieb."

Kurze Zeit später gab der Steward das Okay vom ersten Offizier an Conrad weiter und er machte sich auf den Weg zur Brücke. Lohfeld erwartete ihn schon. „Oh, Ihre Blessuren sind ja weitgehend verschwunden. Das freut mich aber", begrüßte er ihn freundlich. Conrad hatte keine Lust auf Smalltalk und wurde direkt. „Haben Sie heute mal Zeit für ein Gespräch?"

„Ja sicher, worum geht's denn?"

„Das ist nicht mit zwei Sätzen erklärt."

„Na gut, dann um fünfzehn Uhr heute in der Bar?"

Conrad wich aus: „Können wir uns nicht in Ihrer Kabine treffen? Wissen Sie, mögliche Zuhörer ..."

„Wenn es denn so geheimnisvoll ist, von mir aus. Also um fünfzehn Uhr in meiner Kabine", willigte Lohfeld mürrisch ein. Conrad dankte und war gleich verschwunden.

Elvira, 25. Februar morgens

Durch das Gespräch mit Markus war Elvira auch am Morgen noch ziemlich aufgewühlt. Dagegen waren ja diese skurrilen Katzenabenteuer harmlos und inzwischen schon fast Routine. Zum Glück hatte sie nachher in der Bar verhindern können, über sich erzählen zu müssen. Was hätte sie auch sagen sollen? Sie würde in jedem Fall nur ausgewählte Infos rausgeben und Markus bestimmt nicht ihre dunklen Seiten offenbaren.

Aber wie gern würde sie sich jemandem anvertrauen, endlich über ihre Ängste und ihre Einsamkeit sprechen und darüber, dass sie fast immer in ihrem Leben auf das falsche Pferd gesetzt hatte. Wie oft hatte sie deutliche Warnsignale missachtet, gut gemeinte Ratschläge in den Wind geschlagen. Warum nur hatte sie zehn Jahre damit zugebracht, einen Mann anzuhimmeln, der sich zwar gern mit ihr unterhielt, aber ansonsten, wenn sie ehrlich war, nicht das geringste Interesse an ihr als Frau gezeigt hatte? Noch viel schlimmer, er hatte ihr sogar gelegentlich von seinen amourösen Abenteuern erzählt, und sie hatte es für einen besonderen Vertrauensbeweis gehalten. Wie hatte sie nur so entsetzlich blind sein können?

Und was hatte sie an ihrem ehemaligen Chef eigentlich so fasziniert? War er überhaupt ihr Typ, oder war er nur der einzige Mann in ihrer Umgebung? Je weiter sie sich räumlich von ihm entfernte, desto mehr tropfte die Bewunderung von ihr ab, wie Kleister, der sich wieder verflüssigte. Sie würde sich noch einmal genüsslich unter die Dusche stellen, um auch die letzten Kleberreste abzulösen.

Was würde sie mit ihrer neu gewonnenen Freiheit anfangen? Wenn sie schon dabei war zu planen, könnte sie versuchen, noch ein paar hinderliche und unschöne Kilos abzuschmelzen, denn sie würde deren vermeintlichen Schutz gegen den Dauerfrost vielleicht nicht mehr brauchen.

Was erwartete sie eigentlich von Costa Rica? War das etwa auch so eine übereilte Schnapsidee gewesen? Karibik und schöne braune Menschen, die nur darauf warteten, sie, die frustrierte Elvira Pekus, glücklich zu machen? Wie blauäugig und kindisch war das denn? Aber, obwohl, vielleicht war das doch ein sehr gelungener Cut.

Wie gern war sie als Kind und noch als Jugendliche ins kalte Wasser gesprungen, war ins Ungewisse aufgebrochen und hatte es geliebt zu improvisieren! Als ihr das bewusst wurde, stellte sich wieder dieses Kribbeln im Bauch ein, das sie auch schon beim Kauf des Schiffstickets verspürt hatte, erst zaghaft, dann deutlicher.

Leicht verwirrt, aber mit neuem Schwung, stand sie auf, und nach dem Duschen und Anziehen bürstete sie ihre Haare mit Hingabe, trug ein Lipgloss auf, zu dessen Kauf Tina sie in Porto überredet hatte, blickte unternehmungslustig in den Spiegel und ging zum Frühstück. Egal, was kommen würde, sie würde wieder ins kalte Wasser springen und mit Freuden improvisieren, wenn es nötig wäre.

Conrad und Horst Lohfeld, 25. Februar nachmittags

Pünktlich um fünfzehn Uhr klopfte Conrad an Lohfelds Kabinentür. Etwas reserviert öffnete dieser, bat Conrad herein und bot ihm einen Platz an. Zwei Ledersessel, ein kleiner Tisch, ein Bett, vorbildlich gemacht – wie bei der Bundeswehr vor dem Apell, dachte Dreyer.

Ein kleines Bücherregal mit einem Bild darauf. Vielleicht Lohfelds Frau mit seinen Kindern. Ein Kleiderschrank, kein Wandbild, keine persönlichen Gegenstände, eigentlich recht dürftig eingerichtet für einen Ersten, dachte Conrad. „Sieht so aus, als wolle er hier nicht lange bleiben."

„Nun, was gibt's denn so Geheimnisvolles, was Sie mit mir besprechen wollen?", begann Lohfeld das Gespräch.

„Ich will nicht lange drum herum reden: Ich möchte wissen, wem ich mein blaues Auge und die vielen Prellungen zu verdanken habe."

„Da fragen Sie mich? Das zu klären, ist doch Sache von Kapitän Freese. Oder der Polizei, aber die wollten Sie selbst ja auf keinen Fall einschalten, wie ich gehört habe."

„Herr Lohfeld, spielen Sie mir doch nichts vor. Sie und der Kapitän wissen doch genau, wer zugeschlagen hat. Was der Kapitän da gestern Abend von sich gegeben hat, das waren doch nur Nebelgranaten, wenn ich Herrn Mittelstädt richtig verstanden habe. Verschleierung, nichts weiter. Entweder er weiß nichts und will sich die Sache vom Leibe halten oder er weiß was, möchte aber die Sache aussitzen, bis sie irgendwann vergessen ist. Nee, mit mir nicht! Mich streckt man nicht ungestraft zu Boden. Also, wer war's?"

„Das sind schon sehr absurde Vermutungen, Herr Dreyer, die sie da loslassen. Die sollten Sie lieber für sich behalten. Ich kann Ihnen da nicht helfen", erwiderte Lohfeld in einem deutlich abweisenden Ton.

„Na gut, dann zäumen wir das Pferd mal von der anderen Seite auf. Wer wie Sie präparierte Kameras und geheime Schriftstücke vermittelt, weiß mehr als alle anderen. Wer wie Sie technisch mit allen Kniffen der Nachrichtenübermittlung vertraut ist, der braucht eigentlich keine Hansel wie mich, um Bilder zu machen. Der braucht mich nur als Marionette. Der hat seine Bilder schon längst, bevor ich ihm den Kamerachip bringe und der weiß auch, was hier an Bord gesprochen wird. Man sagt ja mittlerweile, dass dieses Schiff nachrichtentechnisch total überdimensioniert ist. Also: Sie wissen, wer zugeschlagen hat. Irgendeine Ihrer geheimen Kameras hat das aufgezeichnet und irgendeine Wanze liefert den Ton dazu."

„Und an all das, was Sie mir hier erzählen, glauben Sie, Herr Dreyer? Vermutungen, weiter nichts. Ich denke, wir sollten das Gespräch hier und jetzt beenden."

„Oh nein, so nicht. Ich denke, die Kamera, die Sie mir gegeben haben und der Auftrag der *Agency* werden sicher die internationale Presse begeistern. Also Herr Lohfeld, wer hat zugeschlagen?"

„Sie spielen da ein riskantes Spiel, Herr Dreyer. Sie wissen doch, dass Sie nur unseren ... Schutz genießen, wenn Sie das Spiel nach den vereinbarten Regeln spielen. Ich hoffe mal, dass Sie den Auftrag wie verlangt vernichtet haben. Und die Kamera, die liefern Sie bei der Ankunft in Costa Rica pünktlich ab! Sonst bekomme ich Ärger und Sie noch mehr. Die *Agency* kennt Ihre wahre Identität."

Lohfeld war erschrocken über sich selbst. Hatte Dreyer ihn doch derart gereizt, dass er sich beinahe verplappert und seine eigene Rolle preisgegeben hätte. Es reichte ihm. Er stand auf, ging zur Kabinentür und öffnete sie einen Spalt weit.

„Es tut mir leid, Herr Dreyer, aber ich kann Ihnen nicht helfen. Auf Wiedersehen." Er hatte die Tür nun weit geöffnet und forderte Conrad mit einer Handbewegung auf, die Kabine zu verlassen. Mit hochrotem Kopf stellte sich Dreyer vor Lohfeld, atmete tief durch, so dass sich sein Brustkorb weit aufblähte, ließ all die eingesogene Luft mit einem kräftigen Stoß heraus und zischte: „So nicht, Herr Lohfeld! So nicht! Wird die Passagiere sicher interessieren, dass sie ausspioniert wurden und Sie die Technik dazu geliefert haben. Der Name oder dieses ganze Schmierentheater fliegt auf!"

Wutschnaubend stapfte er in seine eigene Kabine. Würde ihn die *Agency* tatsächlich fallen lassen, wenn er plauderte? Lohfeld jedenfalls saß in deren Boot, da gab es nach dem heutigen Gespräch keine Zweifel mehr. Aber … war es wirklich so wichtig, den Namen des Schlägers zu erfahren und dafür das Risiko einzugehen, selbst enttarnt zu werden? Sein neues Leben in Costa Rica oder irgendwo in Mittelamerika gefährden? Es widerstrebte ihm, jetzt aufzugeben; das war nicht sein Stil. Doch er musste das Risiko minimieren. Dreyer hatte sich auf sein Bett geworfen, starrte gegen die Decke seiner Kabine und merkte erst jetzt, dass die Prellungen im Rücken wieder schmerzten. Nein, diese Schmerzen durften nicht ungesühnt bleiben!

Da plötzlich, aus heiterem Himmel, kam ihm die Erinnerung an einen Geruch. An einen ganz bestimmten Geruch, neulich in der Nacht an Deck, als sich der Schläger über ihn gebeugt hatte. Unverkennbar! Der zwiebelig-abgestandene Küchengeruch aus den Klamotten von Hottenrott! Ja, das war es, nun wusste er Bescheid. Der Mistkerl konnte sich auf was gefasst machen! Aber wie sollte er Rache üben, ohne seine eigene Position zu gefährden?

Warum erinnerte er sich jetzt nur an seinen Mathelehrer, der die Quadratur des Kreises zu erklären versucht hatte?

Er dachte über den Streit mit Lohfeld nach. „Lohfeld … das wird er nicht schlucken. Wird sicher versuchen, an alle Beweise für meinen Auftrag ranzukommen. Damit ich sie nicht selber verwenden kann, um ihn zu erpressen. Er selbst? Oder hat er einen Komplizen? Meine Bude durchsuchen …? Der Auftrag … wo versteck ich ihn? Darf keiner finden. Schrank abrücken? Hinten ankleben? Geht nicht, keine Klebestreifen! Unterm Schrank? Vielleicht. Und die Kamera? Zu groß, um sie irgendwo unauffällig zwischenzustecken. Besser, Auftrag und Kamera außerhalb der Kabine … Mittelstädt? Warum nicht. War früher immer loyal. Muss den dann wohl einweihen … mal sehen. Auftrag … erst mal untern Schrank. Ja, das sollte gehen." Conrad stand schnell auf, nahm den Umschlag mit dem Auftrag – den er natürlich keineswegs vernichtet hatte – aus seiner Reisetasche, kippte den Schrank ein wenig an und schob das Dokument darunter. Die Kamera packte er unter sein Kopfkissen und legte sich wieder aufs Bett. Während er darüber nachdachte, wie er Mittelstädt einsetzen könnte, war er eingeschlafen und wachte erst wieder gegen achtzehn Uhr auf.

Muhammad und Abdul Wahabi, 26. Februar frühmorgens

Nach dem Wachwechsel auf der Brücke, um vier Uhr morgens, wollten sie sich treffen. Abdul Wahabi wusste, dass dann der Dritte Offizier keinen Verdacht schöpfen würde, wenn er ihn, auch mit Muhammad al Chatim, an Deck antreffen würde. Je nach Fahrtgebiet war in der Zeit der *Hundewache* meist Sonnenaufgang und damit Gebetszeit für die Muslime. Für Abdul Wahabi war es eine Ehre, den von ihm verehrten korankundigen Muhammad an seinen Sonderrechten an Bord teilhaben zu lassen. Der ungehinderte Zugang zu den Laderäumen war nur dem Kapitän, den Schiffsoffizieren und ihm als Vormann gestattet. Im Bootsmannraum achtern war ein Abgang. Unten standen sie sogleich vor einer schweren Stahltür.

Es gab nicht mehr die Luken-Verriegelungen wie früher. Die Eingabe eines Codes auf einem Display genügte und langsam glitt die Stahltür außen auf. Al Chatim musste sich erst an das Halbdunkel, das schwache, fahle Licht in der Ladeluke gewöhnen. Sie waren in Luke Vier auf dem obersten Zwischenboden. Dann sah er sie. Wie bucklige Ungetüme, wie riesige, verhüllte Bisons erschienen ihm die bulligen Fahrzeuge. Lachend ging Abdul Wahabi auf eines zu und schob hinten die weiße Kunststoff-Folie hoch. Ein knallroter Mercedes GLK enthüllte sich. „Etwas für ganz bestimmte Frauen!" entfuhr es al Chatim, dabei dachte er an die TV-Serie *Sex and the City*, da fuhr so ein Gefährt herum. Schon war Abdul beim nächsten ... Folie hoch: *Range Rover Discovery*, dahinter noch sechs weitere in silbernen Metallicfarben. Und schon ging's weiter: *BMW X 5*, davon gleich 15 Exemplare. Al Chatim war sprachlos.

Ungefragt brach es aus Abdul Wahabi heraus: „Alles Sonderschutzfahrzeuge, explosionssichere Tanks, Außenluftfilter gegen Gasangriffe, Gegensprechanlage nach außen, Notlaufreifen, Ortungssystem, Anti-Kidnapping-System, per Fernsteuerung heraussprengbare Frontschutzscheiben..."

„Da hast Du Dich aber ziemlich gut informiert Abdul!" schmunzelte al Chatim.

„Ja, endlich mal ne interessante Ladung, in den unteren Zwischendecks geht's noch weiter. Der Zweite, Christoph Lüders hat mir alles erklärt."

Mit dem Bestimmungshafen Cartagena/Kolumbien bekam al Chatim eine Ahnung, wer wohl die Abnehmer dieser Karossen sein dürften. Dann gingen sie zum Gebet.

Nach dem Gebet fragte al Chatim ganz beiläufig: „Können wir uns morgen die vorderen Luken anschauen?"

Ohne nachzudenken antwortete der Bootsmann: „Geht klar, Muhammad!"

„Allah sei mit Dir!" antwortete al Chatim freundlich.

Tina, Elvira, Markus, Conrad, Scott, Peter und Björn, 26. Februar morgens

Beim Frühstück an diesem Morgen war die Stimmung gedämpft. Die Länge der Reise machte sich bemerkbar, die Zeit begann sich für alle Passagiere zu dehnen wie Kaugummi. Conrad, dessen Blessuren allmählich abzuheilen begannen, starrte mit einem Ausdruck dumpfen Brütens auf sein trockenes und wenig appetitlich wirkendes Rührei. Pater Rupert nippte schweigend an seinem *Kaffee brutal*, während Markus ihm gegenüber in einem zerfledderten Roman blätterte. Tina und Elvira teilten sich wie gewöhnlich einen Tisch und eine Kanne Kaffee zu den aufgebackenen Brötchen. Flüsternd tauschten sie Bemerkungen über die anderen Reisegäste aus. „Dieser Markus ist gar nicht so übel", meinte Elvira leise, „neulich hab ich ein tolles Nachtgespräch an Deck mit ihm gehabt. Aber was für ne Schwarte liest er da eigentlich?" „Vermutlich Ransmayr's *Letzte Welt*", erwiderte Tina kennerhaft. „Kennst du das nicht? Ein Roman über den römischen Dichter Ovid und seine Verbannung. Herr Mittelstädt hat mir neulich davon vorgeschwärmt, aber natürlich hatte ich es selbst schon gelesen. Ist schließlich fast dreißig Jahre alt." Elvira runzelte die Stirn. Diesen oberlehrerhaften Ton schätzte sie an ihrer Freundin überhaupt nicht. Außerdem missfiel ihr die Tatsache, dass Tina sich anscheinend ebenfalls mit Markus unterhalten hatte. Aber immerhin – zwischen den beiden war es offenbar beim *Sie* geblieben. Entschlossen wechselte sie das Thema. „Der Dreyer sieht ja immer noch ganz schön lädiert aus. Und finster gucken kann er auch. Meine Güte! Meinst du, dieser undurchsichtige Scott war's? Oder wer sonst?" Bevor Tina zum Antworten kam, öffnete sich die Salontür und der Verdächtige erschien persönlich, aufrechten Ganges und mit bemüht forschem Gesichtsausdruck, gefolgt von seinem Sohn. Peter sah niedergeschlagen aus, geradezu verzweifelt. Offenbar setzte ihm der Verdacht gegen seinen Vater zu, aber vielleicht auch die Länge der Reise und das Fehlen von Karima. Vater und Sohn holten sich ihr Frühstück vom Büfett und ließen sich an ihrem üblichen Tisch in einer hinteren Ecke des Salons nieder. Peter wagte es kaum, die Augen zu heben. Ein erbarmungswürdiger Anblick, wie Tina fand. „Der Junge war's jedenfalls bestimmt nicht.", flüsterte sie Elvira ins Ohr, „Wir sollten uns vielleicht was einfallen lassen, um ihn aufzuheitern, was meinst du?" Elvira zögerte.

Als Tina wieder zu Scott und seinem Sohn hinübersah, traf sie Peters Blick. Wachsam, misstrauisch und unverkennbar traurig.

Wenige Minuten später kam auch Björn herein – mit federndem Gang wie immer, deutlich vergnügter als die anderen, und offenbar voller Tatendrang. Das brachte Tina auf eine Idee. Sie stand auf und setzte sich zu dem jungen Mann, der mit Appetit an seinem Toastbrot kaute. „Hätten Sie nicht Lust, heute dieses *Escape*-Spiel mit uns auszuprobieren, das die *Agency* spendiert hat? Vielleicht könnte man Peter damit eine Freude machen. Der Junge sieht so niedergeschlagen aus." Björn zuckte die Achseln. Die Blutvergiftung war überstanden, er hatte begonnen, über seine Zukunft nachzudenken und dafür verständnisvolle Gesprächspartner an Bord gefunden. Er fühlte sich lebendiger und aktiver denn je. Eigentlich stand ihm der Sinn gerade eher nach Fußball oder Tennis als nach einem spießigen Brettspiel. Aber das war an Bord nun mal schlecht möglich. „Klar, warum nicht?" antwortete er also auf Tinas Frage. Einige der übrigen Passagiere kamen neugierig dazu und ließen sich das Vorhaben erklären. Peter war sofort Feuer und Flamme, aber auch Markus fand sich zum Mitspielen bereit. Scott ließ sich widerwillig von seinem Sohn überreden. Pater Rupert dagegen wandte sich verächtlich ab.

Conrad zog ein verdrossenes Gesicht. Er wusste, sein Auftrag zwang ihn regelrecht dazu, diese Aktion mitzumachen. „Bin dabei", erklärte er kurz angebunden. Elvira meinte vorsichtig: „Neugierig bin ich eigentlich schon, aber aus Spielen mach ich mir nun mal überhaupt nichts. Kann ich vielleicht einfach zuschauen?" Bereits diese Annäherung war ein ungewohntes Signal von Elvira. Daher wurde ihr der Beobachterstatus sofort zugestanden.

Alle versorgten sich mit Getränken und kleinen Snacks. Dann holte Tina den dunkelroten, mit *Escape* beschrifteten Karton aus dem Schrank und öffnete ihn. Wie beim letzten Mal entfaltete die Spielausstattung einen eigenartigen Zauber, eine Sogwirkung, die die Aufmerksamkeit der Spieler bannte. Das quadratische Brett, sorgfältig mit schwarzem Samt bezogen, konnte auf die vierfache Größe aufgeklappt werden. Es wies keinen normalen Spielplan auf, sondern ein unregelmäßiges Muster aus weißen Linien, die unterschiedlich große Felder umschlossen. In der Schachtel befanden sich kleine Fächer mit Halbedelsteinen in sechs unterschiedlichen Farben. Diese sollten offenbar als Spielfiguren dienen.

Tina lächelte versonnen und griff nach einem rosafarben schimmernden Bröckchen: „Hübsch, nicht wahr? Das ist ein Rosenquarz, da bin ich mir ziemlich sicher. Aber die anderen Steine kenne ich nicht alle. Könnten die schwarzen vielleicht Obsidian sein?" „Glaub ich nicht", meinte Scott mürrisch, „Der ist mehrfarbig. Das Zeug da kann auch irgend 'ne Plastikmasse sein oder sonstwas. Ist doch sowieso egal, die Dinger sind eben Spielsteine."

Tinas Lächeln gefror. Elvira runzelte die Stirn. Peter sah enttäuscht aus. Sein Vater legte es offenbar wieder mal drauf an, durch seine Ruppigkeit die Stimmung zu stören. Als ob es nicht schon genug Zoff gäbe! Leise meldete der Junge sich zu Wort: „Aber die schillernden gelben hier sind Tigeraugen, das weiß ich ganz genau. Papa, du hast mir doch selber mal welche aus Südafrika mitgebracht, stimmt's? Sowas kann man nicht aus Plastik machen." Scott antwortete nicht, sondern blätterte schweigend in der Spielregel. Tina und Elvira sahen sich an. Genügte diese Art von Grobheit, um allen die Spielfreude auszutreiben? Sollte man den Versuch vielleicht besser abbrechen?

„Lasst uns anfangen", meinte Björn lächelnd, um die angespannte Stimmung zu lockern. Die sechs Teilnehmer setzten sich um einen der größeren Tische, während Elvira einen bequemen Stuhl in der zweiten Reihe aufstellte, um zu „kiebitzen". Markus las die Regel aus dem kleinen, dunkelroten Heftchen vor. Sie umfasste nur vier Seiten, war daher schnell vorgetragen, ließ dafür aber eine Reihe von Fragen offen. Im letzten Absatz hieß es denn auch: „Bei Unklarheiten empfehlen wir eine individuelle Absprache unter den Mitspielern." „Na, das kann ja heiter werden", murmelte Markus. „Das ist ein sicheres Ticket für Streitigkeiten." Er warf einen listigen Blick auf seinen Nachbarn. „Meinst du nicht auch, Cornelius?" „Nicht Cornelius, sondern Conrad! Conrad Dreyer! Ich wüsste außerdem nicht, dass wir uns duzen", antwortete der Angesprochene mürrisch und legte dabei unauffällig seine Kamera auf den Tisch. Die Sprachaufnahme-Funktion hatte er bereits vor einigen Minuten aktiviert.

Markus grinste. „Wie auch immer. Ich fasse zusammen: Das Ziel des Spiels besteht darin, mit den eigenen Steinen die richtigen Felder zu besetzen, um den Gegner zu umzingeln. Aber wenn man eingeschlossen ist, kann man eventuell flüchten, falls man einen Bündnispartner hat, der einem hilft. Deshalb heißt das Spiel *Escape*, also Flucht." „Komischer Name eigentlich", meinte Peter. „Klingt wie die *Escape*-Taste auf dem Computer. Aber wenn man die beim Computerspielen drückt, stürzt das Teil meistens ab. Hoffentlich passiert uns das nicht!" Alle lachten. „Quatschkopp!", meinte Björn, doch er verspürte dabei eine leichte Beklemmung in der Magengrube. Er war nicht der einzige. Auch Elvira auf ihrem Beobachtungsposten fragte sich – nicht zum ersten Mal – was für ein seltsames Spiel wohl insgesamt auf der *MS Pavia* gespielt wurde.

Markus war schon wieder bei der Erläuterung der Regeln. „Man braucht sich ausdrücklich nicht an getroffene Absprachen zu halten. Lug und Trug sind erlaubt. Wer aber tatsächlich einem Eingeschlossenen zur Flucht verhilft, erwirbt damit das Recht, anschließend einem beliebigen Mitspieler einen Stein wegzunehmen. Interessant. Und am Ende gewinnt natürlich derjenige, der als letzter noch Bewegungsfreiheit hat. Alles klar?"

Das Spiel begann. „Passt bloß auf, was Tina Sommer vorhat!", meinte Scott schon nach den ersten Runden. „Die haut uns sonst wieder in die Pfanne wie neulich beim Poker!" Tatsächlich war Tina mit großer Konzentration und Zielstrebigkeit bei der Sache. Sie hatte sich eine Strategie überlegt, die mit einiger Sicherheit zum Erfolg führen würde. Doch dann wurde einer nach dem anderen ihrer sorgfältig platzierten Rosenquarze von Conrad Dreyer vom Brett gepflückt. Ganz gegen seine sonstige Gewohnheit zeigte dieser sich nämlich als Wohltäter, befreite seine Kontrahenten aus jeder Umzingelung und dezimierte dafür systematisch Tinas Steintruppen. „Was soll denn das, wenn ich fragen darf? Warum immer ich? Suchen Sie sich gefälligst ein anderes Opfer!" Tina starrte Conrad böse an und hatte Mühe, die Contenance zu wahren. Elvira legte ihr von hinten die Hand auf die Schulter und flüsterte ihr ins Ohr: „Ist doch nur ein Spiel, Tina!" Umsonst. Tina schimpfte weiter: „Mit solchen Leuten wie Ihnen sollte man sich gar nicht an einen Tisch setzen!" Das zufriedene Lächeln von Conrad bemerkte sie nicht.

Tina war nicht allein mit ihrer Erregung. Die Regelmechanik des Spiels war offensichtlich dazu geeignet, Ärger zu provozieren. Scott, der seine Obsidiansteine mit lässiger Miene und scheinbar absichtslos auf dem Feld verteilt hatte, schloss ein lockeres Verteidigungsbündnis mit Conrad. Bald darauf geriet er in Bedrängnis bei einem hochriskanten Manöver. Conrad aber verweigerte ihm die versprochene Unterstützung: „Steht doch in den Regeln: Lug und Trug erlaubt. Pech gehabt, mein Lieber!" Conrad grinste.

Scotts Gesicht lief rot an. Er sprang auf, griff wortlos nach dem Spielbrett und stürzte es so heftig um, dass die Edelsteine in alle Ecken des Salons flogen. Dann verließ er wutschnaubend den Raum. Peter senkte den Kopf, kniff die Augen zusammen und versuchte mit aller Macht, die Tränen zurückzuhalten, der sich in seinem Inneren ansammelten. Björn legte ihm wortlos den Arm um die Schultern.

Markus und Conrad, 26. Februar nachmittags

„Mensch, ich erkenn dich doch! So kann man sich nicht irren" sagte Markus, als er Dreyer wenig später wieder einmal an Deck begegnete. „Immer mit der Ruhe!" antwortete Dreyer vage, drehte sich zur Reling und blickte auf das unruhige Wasser. Heute herrschte starker Wellengang und die Gischt spritzte ihm ins bleiche Gesicht. Ihm war wieder mal schlecht. Markus hatte sich neben ihn an die Reling gestellt. Schweigend starrten beide auf die Gischtkämme, die ein starker Westwind immer wieder neu formte.

„Früher hätt ich gesagt: CK, du siehst heute aber echt scheiße aus – tut mir leid, wie sie dich zugerichtet haben'", bohrte Markus weiter.

Knolle alias Dreyer gab keine Antwort.

„Bist du's nun oder bist du's nicht?"

Conrad wusste, diese Gelegenheit musste er nutzen, um seinen künftigen Verbündeten zu gewinnen. Auch um den Preis, die Tarnung zu lockern. Langsam wandte er sich um und sah Markus grinsend ins Gesicht: „MM, noch genau so nervig wie damals in Warschau. Du hast dich aber auch nicht zu deinem Vorteil verändert!"

„Also doch!"

„Halt aber bloß die Klappe! Braucht niemand zu wissen", zischte Conrad Dreyer leise. „Versprich es mir! Sonst schmeiß ich dich über Bord!"

„Versprochen!", antwortete Markus mit fester Stimme. „Trotzdem wüßte ich gern …"

„Ich erklär dir das später", unterbrach ihn Dreyer, starrte ihm mit durchdringendem Blick in die Augen und fuhr flüsternd fort: „Hier sollten wir jetzt verschwinden. Ich hab da so einen blöden Verdacht … Außerdem ist mir noch immer schlecht, keine guten Bedingungen für ein Gespräch. Was hältst du davon: heut Abend in der Bar? Vielleicht geht's mir dann besser."

„Klar", willigte Markus ein. „Bin echt gespannt, was dich hier an Bord getrieben hat!"

„Das ist ne längere Geschichte. Ich erzähl sie dir nachher beim Drink, aber nur, wenn du auch auspackst!" Conrad stapfte zurück in seine Kabine. Erleichtert legte er sich in die Hängematte, die das Schaukeln des Schiffs so herrlich ausglich, und überlegte, wie viel er Markus erzählen sollte. Schon bald war seine Übelkeit verflogen.

Tina und Elvira, 26. Februar nachmittags

Tina konnte nicht mehr. Zusammengerollt wie ein Embryo lag sie auf dem Bett in ihrer Kabine und schluchzte vor sich hin. Die Stimmung auf dem Schiff wurde immer bedrückender, aber sie konnte nichts dagegen tun. Im Gegenteil: Sie machte alles noch schlimmer mit ihren naiven Aufheiterungsversuchen! Tee und Toffees! Brettspiele wie bei Oma auf dem Sofa! Wie blöd konnte man eigentlich sein?

Peter jedenfalls war jetzt noch übler dran als vorher. Und das Peinlichste von allem war, dass sie selber, Tina, die Kontrolle über ihre Gefühle verloren hatte. Sie hatte diesen Widerling Dreyer beim Spielen beschimpft. Lautstark wie ein Fischweib. Vor den anderen Passagieren! Dabei hatte sie doch als erfahrene Lehrerin jahrzehntelange Übung darin, Provokationen jeder Art zu ignorieren. „Cool Summer" hatten die Schüler sie immer genannt, halb respektvoll, halb spöttisch.

Und nun hatte sie sich zu einem solchen Ausbruch hinreißen lassen! Aus so nichtigem Anlass noch dazu. Was war nur mit ihr los? Sie drückte den Kopf in ihr Kissen und tastete blindlings nach der braunen Tasche mit dem „Notvorrat aller wichtigen Dinge". Sie brauchte ein Toffee, falls noch eines da war. Oder ... besser noch ... in diesem besonderen Fall ... Das silberne Zigarettenetui glitt ihr kühl und tröstlich in die Hand. Hatte sie überhaupt ein Feuerzeug dabei? Ja, ganz unten in der Tasche fand sich eines. Sie setzte sich auf und zündete mit zitternden Fingern die Zigarette an. Das war doch eigentlich in der Kabine verboten, fiel ihr ein. „Scheiß drauf", murmelte sie und nahm einen tiefen Zug.

Es klopfte an der Tür. Tina antwortete nicht. Elvira öffnete zögernd, blickte vorsichtig durch den Spalt – und erstarrte. „Was ist denn hier los?", fragte sie, verzichtete aber auf jede weitere Äußerung, als sie das tränenverschmierte Gesicht der Freundin sah. Lieber setzte sie sich neben sie und drückte sie an sich. Tina rauchte die Zigarette schweigend zu Ende – ohne großen Genuss, eher mit grimmiger Entschlossenheit. Durch den Tabakrauch hindurch konnte sie Elviras Nähe riechen. Ihren fülligen Körper, ihr Kräutershampoo, ihr etwas zu blumiges Deo. Sie fühlte Elviras Atem auf der Wange und den warmen, rundlichen Arm, der sie festhielt. Tröstlich war das alles. Ehrlich gesagt, tröstlicher als das Nikotin. Sie drückte die Zigarette aus.

„Ich hab mich furchtbar dumm benommen", sagte sie mit einem schiefen Lächeln und ließ offen, ob sie dabei den Auftritt bei der Spielerunde oder das verbotene Rauchen meinte. Doch Elvira hatte ohnehin verstanden. Sie ließ Tina los und sah ihr ins Gesicht. „Was glaubst du denn, was ich schon so alles für Blödsinn angestellt habe? Peinlicher geht's nicht. Ich hab in der Klinik meinem Chef hinterhergeschwärmt, der überhaupt nichts von mir wollte. Bestimmt wussten alle Krankenschwestern Bescheid und haben sich kaputtgelacht über mich. Und was mach ich hier auf dem Schiff? Genau denselben Mist, schmachte diesen unnahbaren Muhammad an, versuche immer wieder, mit ihm ins Gespräch zu kommen, und was ist, er kümmert sich nicht die Bohne um mich! Verdammt, kann ich nicht endlich mal aufpassen, statt mich ständig lächerlich zu machen? Ich bin kaputt, verkrüppelt wie meine eigenen Bonsais." Elvira sah verbittert zu Boden, die Lippen heftig aufeinandergepresst. „Aber ich lebe noch, wie du siehst."

Als sie sich wieder Tina zuwandte, sah sie, dass sie die Brille abgenommen hatte und sich die Augen mit einem Taschentuch wischte. Offenbar war sie dabei, die Fassung wiederzugewinnen. Elvira bemühte sich um tröstende Worte: „Kontrollverlust ist immer scheußlich, oder? Aber meistens fühlt er sich für einen selber schlimmer an als für die anderen. Wir sind alle irgendwie angespannt und nervös, jetzt, wo Costa Rica immer näher kommt, da nimmt dir doch keiner übel, dass die Spielerunde geplatzt ist. Dieser Dreyer hat es auch richtig auf Ärger angelegt, hatte ich das Gefühl. Genau wie dieser Rüpel Scott."

Tina sah sie nachdenklich an. „Meinst du? Du könntest schon recht haben. Aber die beiden sind verschieden. Scott ist, glaub ich, einfach ein mürrischer Einzelgänger. Der kann nicht anders. Gefährlich kommt er mir nicht vor und ich kann mir auch nicht vorstellen, dass er Dreyer zusammengeschlagen hat. Er pöbelt einfach rum wie ein schlecht erzogener übergroßer Junge. Solche hatte ich immer wieder in meinen Oberstufenkursen. Unglaublich nervige Kerls, bis sie irgendwann kapieren, dass sie der Welt kein blaues Auge schlagen können. Dann sind sie mitunter richtig charmant und aufgeweckt. Wer weiß, wie Scott sich aufführen würde, wenn seine Frau dabei wäre. Aber Dreyer? Dem macht es doch überhaupt keinen Spaß, uns ständig zu provozieren."

Elvira nickte: „Im Gegenteil, manchmal sieht er richtig verzweifelt aus, wenn er wieder alle gegen sich aufgebracht hat. Und dann diese dauernde Knipserei. Wie ein Selbstzerstörungs-Zwang ist das. Pathologisch. Vielleicht ist das ein ganz armer Kerl."

Tina kaute auf der Unterlippe. „Ein armer, kranker Kerl, kann sein. Aber was ist, wenn der Zwang von außen kommt? Gar nicht von innen?"

„Wie meinst du das?"

„Irgendwas ist sehr merkwürdig auf diesem Schiff. Wir sind alle keine normalen Touristen, das hat sich ja schon längst gezeigt. Sondern jeder von uns hat Riesenprobleme mit seinem Leben. Ich selber weiß ja auch noch überhaupt nicht, was aus mir werden soll, wenn wir in Costa Rica ankommen. Wir alle machen uns Sorgen, wir sind unsicher, aufgeregt, wütend. Und es wirkt so, als ob die *MS Pavia* all diese miesen Gefühle irgendwie aufsaugen würde. Gierig fast. Hungrig. Wie ... wie ein Vampir. Hältst du mich jetzt für verrückt?"

Elvira schüttelte stumm den Kopf. „Ich weiß, was du meinst. Es fühlt sich an, als ob wir gegeneinander aufgehetzt und ausspioniert werden. Aber warum das alles?"

„Keine Ahnung. Vielleicht würde es helfen, wenn man mal jemandem an Land von dieser seltsamen Reise erzählen könnte. Ich hab das Satellitentelefon da noch nie ausprobiert. Angeblich geht es aber ganz einfach. Ich versuch heute Abend mal, meinen Bruder in London anzurufen, was meinst du?"

„Mach nur." Elvira schmunzelte trotz ihrer Beklommenheit. „Aber nicht zu spät, ja? Wir sind 5 Stunden vor der MEZ. Du willst ihn doch wohl nicht im Tiefschlaf erwischen!"

Conrad und Markus, 26. Februar abends

Sie waren die einzigen Gäste an diesem Abend. Trotzdem bat Dreyer den Barmann, die Musik etwas lauter zu drehen. Es war typische Musik, so wie man sie in allen Bars auf der Welt spielte, gerade lief zum vierten Mal *As time goes by*. Sie suchten sich einen ruhigen Platz in einer Ecke, wo sie unbeobachtet waren und wo niemand verstehen konnte, was sie redeten. Der Kellner brachte zwei gut gefüllte Gläser Whisky, on the rocks, wie früher, und Conrad begann zu erzählen. Was er getrieben hatte, nachdem sie sich nach dem erfolgreichen Deal mit den Schiffsbeteiligungen in Warschau getrennt hatten und jeder seine eigenen Wege gegangen war, wie er mit Hilfe seiner Geliebten an Bord dieses Schiffes gekommen war ... Nur, dass er für die *Agency* tätig war, verschwieg er. Das war eine Sache, die absolut niemanden etwas anging. Markus hörte aufmerksam zu und unterbrach nur dort, wo es zu seinem besseren Verständnis nötig war.

Als Dreyer geendet hatte, bat er Markus noch einmal, über das Gehörte Stillschweigen zu bewahren. „Wir beide wissen es jetzt. Das genügt." „Ja, das genügt. Von mir erfährt keiner was", bestätigte Markus mit fester Stimme und sie bestellten den sechsten Whisky. Dreyer lachte sich innerlich ins Fäustchen. Dieser naive Hornochse verlangte gar kein Geld für sein Schweigen! Dabei hatte er, Conrad, sich doch bereits damit abgefunden gehabt, mindestens zehntausend abzudrücken. Aber wer nicht will, der hat schon. Des einen Glück, des anderen Pech! „Von dir musst du mir aber auch erzählen, aber das hat Zeit bis morgen", sagte er schließlich mit gespielt schwerer Zunge. „Vor allem, warum du als Blinder Passagier gereist bist! Haste etwa auch Dreck am Stecken?"

Als Markus nicht antwortete, wechselte Conrad das Thema. „Tut mir übrigens leid, das mit Carla!", sagte er versöhnlich „Sie war 'ne tolle Frau!"

„Wieso war? Ist sie immer noch!"

Dreyer sah Markus fragend an. Das verstand er nicht. „Ich dachte, Carla ist tot!"

„Nein. Ist sie nicht! Sie wird nach Costa Rica kommen!"

„Quatsch, MM, was redest du da für'n Unsinn? Ich war doch dabei, als sie diesen Ski-Unfall hatte!"

„Ski-Unfall? Was für'n Ski-Unfall?"

„Mensch, Markus, erinner dich doch! Ihr wart schon lange getrennt, Carla und ich hatten noch Kontakt und sind mit einer Clique zum Skilaufen in die Schweizer Alpen gefahren. Carla und ihr neuer Typ mussten natürlich abseits der Piste fahren und haben eine Lawine losgetreten. Das stand doch in allen Zeitungen."

„Carla und eine Lawine?" Markus konnte nicht glauben, was Conrad Dreyer ihm da erzählte. Darüber musste er in Ruhe nachdenken.

„Ich muss unbedingt ins Bett" nuschelte Markus und stand auf. Er schwankte ein wenig.

„Ich glaub, ich auch." Conrad verabschiedete sich, nicht ohne Markus noch einmal auf die vereinbarte Schweigepflicht hinzuweisen und dem jungen Mann hinter dem Bartresen zuzurufen: „Schreiben Sie's auf meine Rechnung!"

In der Kabine legte er sich wieder aufs Bett und begann erneut, über seine Rachepläne nachzugrübeln. Je länger er nachdachte, desto deutlicher wurde ihm, wer hinter dem Überfall gesteckt haben musste. Ja, er würde die Sache selbst in die Hand nehmen.

Tina, 26. Februar abends

„Guten Abend, Stefan!"

„Hallo, Kleines! Nett, von dir zu hören! Was machen deine Reisepläne? Und warum rauscht das Telefon so komisch? Gewitter über Göttingen?"

„Nee, Steff. Du glaubst nicht, wo ich bin. Rat mal."

„Sag bloß, du hast dich mal bis Hannover getraut?"

„Falsch. Weiter weg."

„Hamburg?"

„Nee, da kommst du nicht drauf. Ich bin mitten auf dem Atlantik. Zwischen den Azoren und Südamerika. Auf dem Weg nach Costa Rica. Mit einem umgebauten Bananenfrachter."

„…"

„Stefan, bist du noch dran? Sag mal was!"

„Äh."

„Tja, da staunste, was? Hättest du mir nicht zugetraut. Dabei hast du mir das doch selber geraten! Weißt du noch? Fernreise, was richtig Abenteuerliches, ne coole Destination, hast du gesagt. Genau so hab ich's gemacht. In dem Reisebüro in der Goetheallee gab es ein unglaublich günstiges Angebot für diese Sache hier, da hab ich kurzentschlossen zugegriffen. Obwohl ich dafür einen Fragebogen mit lauter persönlichen Informationen ausfüllen musste."

„Wahnsinn, Tina. Mir fehlen echt die Worte. Ich bin stolz auf dich! Jetzt erzähl mal! Ist es denn so cool, wie es klingt? Wie sind die anderen Leute auf dem Schiff? Und was willst du anstellen, wenn du in Costa Rica ankommst?"

„Äh … viele Fragen auf einmal. Was ich in Costa Rica machen will, weiß ich auch noch nicht so genau. Das ist ein Teil des Problems. Vielleicht erst mal 'nen Spanischkurs. Die anderen Leute an Bord sind soweit ganz nett. Da ist ein ziemlich redseliger katholischer Priester, der Zauberkunststücke kann und ein schwarzer Journalist, der immer fragt, ob sein Essen auch *halal* ist und ein furchtbar nerviger Typ, der dauernd Fotos von allen machen will und eine wirklich sympathische Psychologin aus Wuppertal. Die ist ein bisschen plump und ungeschickt, sodass man sie völlig unterschätzt, und dann sagt sie plötzlich unglaublich kluge und freundliche Sachen. Aber ... du..."

„Ja?"

„Elvira – das ist die Psychologin – und ich und sicher auch noch andere von den Passagieren haben das Gefühl, dass hier irgendwas nicht stimmt. Diese *Adventure Investment Agency*, die die Reise organisiert, ist so komisch neugierig und überfürsorglich. Ich hab dir ja schon erzählt, dass wir alle möglichen Fragen beantworten mussten, als wir uns um die Tickets beworben haben. Überhaupt: Warum musste man sich extra bewerben? Aus den Informationen haben sie kommentierte Passagierlisten gemacht, die in jeder Kabine auslagen, sodass jeder schon mal was über jeden wusste. Das war ja soweit noch ganz nett. Aber inzwischen hat sich rausgestellt, dass wir alle keine normale Reise machen, sondern dass jeder auf der Flucht vor irgendwas ist. Frag mich jetzt bloß nicht, was das bei mir ist. Da reden wir ein andermal drüber, ja?

Jedenfalls werden jetzt alle immer gereizter und aggressiver. Der nervige Knipser ist sogar neulich richtig zusammengeschlagen worden. Und es ist, als ob diese schlechte Laune von irgendwem absichtlich angestachelt würde, warum auch immer. Heute morgen haben wir zum Beispiel ein Brettspiel gespielt, das diese *Agency* extra für uns Passagiere entworfen hat. Eigentlich sollte das einem kleinen Jungen eine Freude machen, aber dann hat sein Vater einfach das Spielbrett umgeschmissen. Die Regeln waren aber auch so, dass man leicht sauer werden konnte. Ich hab das Gefühl, dass dieses *Escape-Spiel ...*"

„Hast du gerade *Escape* gesagt?"

„Ja, wieso?"

„Da klingelt bei mir was. Im *Club Gascon* in der City hab ich neulich was von nem geheimen Projekt namens *Escape* gehört, als ich mit Geschäftsfreunden essen war. Das könnte ungefähr passen. Wär natürlich ziemlich blöd von den Typen, dem Brettspiel ausgerechnet den Codenamen zu geben, aber wahrscheinlich fällt diesen arroganten Kerls im Traum nicht ein, dass die Passagiere Lunte riechen könnten. Für die ist das ein Insiderwitz.

Hör mal, Kleines. Wenn das stimmt, was ich vermute, dann steckst du mitten in 'ner ziemlich schrägen Sache drin. Nerven behalten, hörst du? Du wolltest doch ein Abenteuer! Ich recherchiere und melde mich dann morgen oder übermorgen wieder. OK?"

„In Ordnung. Aber ... Stefan ... meinst du, es ist gefährlich?"

„Ich sag mal: Rede besser nicht zu viel über deinen Verdacht. Und vor allem lass dich nicht provozieren!"

Markus, 26. Februar nachts

Es war schon spät, als Conrad und Markus sich trennten.

Eigentlich gar nicht so übel, dieser CK, dachte Markus, als er im Bett lag. Aber er hatte behauptet, dass Carla tot sei! Markus war schwindelig, das Bett drehte sich, sein Kopf dröhnte, die Erinnerung klopfte an, die Narbe trat dicker hervor und schmerzte. Er rieb sich die Schläfe, als könne er das Gehörte wegreiben. Die Narbe kam durch den Autounfall, bei dem sein Bruder gestorben war. Ja, das wusste er, sie war ja allgegenwärtig, aber das andere ...? In seinem Kopf war nur ein Rauschen und ein Pochen, das jetzt stärker wurde, sein Herz klopfte lauter und er fühlte, wie sein Schrittmacher kleine, schmerzhafte Impulse aussandte.

Fast gleichzeitig nahmen die weißen Puzzleteile in seinem Schädel Farbe an und fügten sich zu einem Bild: Er am Frühstückstisch ... die Zeitung ... Er hatte gerade den Bericht über die Eröffnung eines Möbelhauses gelesen, als sein Blick auf eine Überschrift fiel: *Lawinenunglück in den Schweizer Alpen* ... ein Rettungshubschrauber im Schnee ... Und dann Carlas Name ... Carlas Name ... Carla tot! Er hatte die Tasse fallen lassen, der heiße Kaffee hatte seine Hand verbrüht ... eine braune Lache ... Scherben ...

Carla tot ... Das hatte Cornelius gesagt und irgendwo, tief versteckt in dem Teil seines Gehirns, das Grausamkeiten nicht wahrhaben wollte, hatte er es auch gewusst. Wie hatte er es bloß vergessen können? Hatte Martins Unfalltod ihn dermaßen erschreckt, dass er nur noch an seinen Bruder gedacht hatte und nicht mehr an Carla? Oder hatte er ihren Tod einfach beiseite geschoben, aufgehört daran zu denken, damit das Geschehen nicht wahr wurde?

Ja, Carla war tot. Gestorben in einer Lawine, die sie selbst losgetreten hatte. Unter Schneemassen begraben, erstickt und erfroren. „Schneewittchen" in einem Sarg aus Schnee ... Carlas geliebte Natur als Mörderin? Das konnte einfach nicht sein und was nicht sein konnte, durfte auch nicht sein! ... Was mochte sie gedacht und gefühlt haben, als plötzlich der Boden unter ihr in Bewegung geriet? Hat sie gewusst, was geschah? Hat sie Angst gehabt?

Auf einmal löste sich der Knoten in seinem Gehirn, der das Paket fest verschnürt gehalten hatte, in dem er seine Erinnerungen aufbewahrte. Die Erkenntnis strömte heraus und Markus wurde überflutet von dem Wissen: niemand, keine Macht der Welt, würde ihm Carla zurückbringen. Ihren besonderen Duft, die Goldpünktchen in ihren Augen, die fröhlich krausgezogene Nase ...

Ein weißer Alb hockte sich auf seinen Brustkorb, schlug seine Krallen hinein und umklammerte sein Herz wie ein Schraubstock. Immer fester zog sich der eiserne Ring und nahm ihm die Luft zum Atmen. Nichts wünschte er sich in diesem Moment mehr, als dass sein

Herz stehen bliebe und er nicht mehr über Carlas Tod nachzudenken brauchte. Markus hatte das Gefühl, dass sein Schrittmacher ihm jeden Moment diesen Gefallen tun würde.

Markus und Elvira, 27. Februar morgens

Markus erwachte sehr früh am nächsten Morgen mit rasenden Kopfschmerzen, die sich wie ein spitzer Dolch in seinen Schädel bohrten. Wie lange er so dagelegen hatte, konnte er nicht sagen, aber es mussten mehrere Stunden gewesen sein, und mit Erstaunen stellte er fest, dass er noch lebte. Die eiserne Klammer um seinen Brustkorb hatte sich inzwischen gelockert. Ein Stein fiel ihm vom Herzen, als er merkte, dass er seine Finger und Zehen bewegen und frei atmen konnte. Doch mit jedem Atemzug schlug sein Herz heftiger und machte ihm schmerzlich bewusst, dass er nicht geträumt hatte. Die grausame Gewissheit, dass Carla wirklich tot war, war endgültig in seinem Kopf angekommen und er musste damit weiterleben. Doch was für ein Leben würde das sein?

Er brauchte dringend frische Luft. Markus zog sich seine warme Wollmütze über den Kopf, stopfte die nicht zu bändigende Haarsträhne darunter und stieg die schmalen Stufen hoch aufs Oberdeck. Als er oben ankam, hörte er ein leises Kratzen, als würde jemand mit den Fingernägeln über ein Stück Holz fahren. Gerade in dem Moment, in dem er darüber nachdachte, ob hier wohl jemand eingesperrt war und auf sich aufmerksam machen wollte, sauste ein rotes Etwas an ihm vorbei und er erkannte den Kater, dem Elvira und er erst vor kurzem das Leben gerettet hatten. „Na, Kumpel, wohin so eilig?" rief er dem Tier leise zu und streckte behutsam die Hand aus. Doch der Kater war ängstlich und scheu, möglicherweise auch einfach nur vorsichtig, und offenbar deshalb immer darauf bedacht, dass ihm niemand zu nahe kam. So ähnlich wie bei ihm selbst, fand er, auch er ließ nicht gern andere Menschen zu nahe an sich heran.

Markus spürte eine frische Brise, die würzige Meeresluft in seine Lungen blies und schwarzgraue Wolken in sämtlichen Schattierungen vor sich her trieb. „Fifty Shades of Grey" fiel ihm dazu ein, das Buch, von dem alle Welt sprach, aber das er nie gelesen hatte. Schwarzgrau war auch seine Stimmung.

Noch war es dunkel, aber in der Ferne, am Horizont, deutete ein schwacher heller Schimmer bereits den beginnenden Tag an. Er sah sich suchend um, aber niemand war da. Zu dieser frühen Stunde war das Oberdeck verwaist. Um seine Müdigkeit zu vertreiben, rieb er sich die Augen und fuhr mit der Hand über die Bartstoppeln an seinem eingekerbten Kinn. Tiefe Falten hatten sich in seine Wangen und in seine Stirn eingegraben, er konnte sie fühlen, und die Narbe an seiner Schläfe schmerzte wieder einmal. Unaufhörlich kreisten seine Gedanken um Carlas Tod.

Da sah er Elvira plötzlich. Sie stand eng an die Reling gedrückt, ganz vorn am Bug, und zog ihren Mantel enger um sich. „Na, so früh auch schon unterwegs?" fragte er, um überhaupt etwas zu sagen. Markus wusste, es klang nicht sonderlich intelligent, aber er war froh, dass er überhaupt wieder etwas Leichtes und Unverfängliches sagen konnte nach den trüben und verzweifelten Reflexionen der Nacht, die sich ausschließlich um Carla gedreht und jeglichen vernünftigen Gedanken im Keim erstickt hatten.

Elvira drehte sich langsam um und sah Markus erstaunt an. „Was tun Sie denn hier? Ich dachte, ich bin allein hier oben, nur mit dem Wind und dem Meer und ..."

„... und Ihren Gedanken?" ergänzte Markus fragend den Satz.

„Na, da sind wir offenbar schon zu zweit." Elvira lächelte Markus an und sofort spürte er wieder die Vertrautheit, die sich beim letzten Gespräch zwischen ihnen angebahnt hatte.

Wie Markus hatte auch Elvira kaum geschlafen, das konnte man ihr mühelos ansehen. Ihr Gesicht wirkte zerknautscht, Querfalten waren in ihre Wangen eingeprägt, die Augenlider wirkten geschwollen, die Haare waren verfilzt. Elvira hatte gehofft, an der frischen Luft, auf Deck und vor allem allein die Spuren der nächtlichen Verzweiflung vom Wind wegblasen zu lassen. Seufzend hatte sie sich an einen Pfosten gelehnt, ihren Gürtel noch einmal fester gezogen und die Brise durch ihre wirren Haare streifen lassen.

Da war plötzlich wie ein Geist Markus aus dem Dunkel aufgetaucht. Auch er hatte sicher lieber allein sein wollen vermutete Elvira. Soweit sie das bei dem kärglichen Morgenlicht ausmachen konnte, sah er noch verzweifelter aus als sonst.

„Wollen wir uns irgendwo eine Bank suchen und zusammen den Sonnenaufgang beobachten? Davon hab ich früher immer geträumt, auf hoher See, noch steif von der Kälte des frühen Morgens, den Sonnenaufgang zu verfolgen und von den ersten Strahlen gewärmt zu werden."

Ihr gefiel ihr eigenes Geplapper, das eigentlich nur von ihrer beider Elend ablenken sollte, schon jetzt so gut, dass sie beschloss, weiter zu fantasieren und Markus mit einzubeziehen. Was konnte ihnen beiden jetzt Besseres passieren, als sich in eine magische Welt aufzuschwingen? Sie erzählte noch das eine oder andere Romantische über den Mond und das Reich der Schatten, als Markus schon Anlauf nahm, um wieder auf das Azorenhoch zu sprechen zu kommen. Elvira griff ein, denn das konnte sie jetzt gar nicht vertragen, etwas romantischer sollte es schon zugehen. Dazu war ihr fast jedes Mittel recht, und sie ging einfach ohne Ankündigung dazu über, ihn zu duzen. „Kennst du eigentlich die Göttersagen mit dem Sonnenwagen? So ähnlich möchte ich auch mal über's Meer fahren und dann die Sonnenkugel aus dem Wasser ziehen." Markus war noch nicht ganz bei ihr, auch wenn ihn ihre mythologischen Phantasien zu einem anderen Zeitpunkt sicher interessiert hätten.

Doch jetzt saß er fest im Hier und Jetzt auf der feuchten Bank und freute sich, dass Elvira ihn geduzt hatte. Und das hörte sich nicht nach einem Versehen an, sondern schien ein Zeichen ihrer Vertrautheit zu sein. Diese so lange vermisste Empfindung ließ ihn ruhiger werden und er hatte das Gefühl, er könne endlich einschlafen, sicher, geborgen, sorgenfrei, hätte sie ihn nicht immer wieder mit ihrem Geplauder aufgeschreckt.

Muhammad und Abdul Wahabi, 27. Februar morgens

Wie am Vortag trafen sich Muhammad und Bootsmann Abdul Wahabi noch vor dem Morgengebet. Muhammad spukten die Bilder vom späten Abend im Kopf herum, als er im Internet gesehen hatte, wie die Leute vom *DAISCH*, vom so genannten *Islamischen Staat*, die dreitausend Jahre alten assyrischen Torwächterfiguren bei Mossul mit Presslufthämmern zerstörten. Aber *er* war noch am Leben, anderen arabischen Journalisten hatten sie die Köpfe abgeschnitten. Abdul Wahabi spürte die Bedrücktheit seines Freundes. Durch eine Luke im Maschinenraum gelangten sie wie gestern mit Hilfe eines Zahlencodes in eine der vorderen Luken. An der Seite der riesigen Öffnung gab es wiederum einen Abgang in die unteren Zwischendecks. Al Chatim glaubte, seinen Augen nicht trauen zu können.

Im Vergleich zu der achtern liegenden Luke Vier waren die vorderen deutlich heller beleuchtet. Die Luke wurde eingenommen von zwei Doppel-Reihen mit je drei 40-Fuß-Containern, einem breiten Durchgang in der Mitte der Reihen und einem schmalen Durchgang an den beiden Luken-Seiten.

Jeder der über zwölf Meter langen, zwei Meter dreißig breiten und zwei Meter vierzig hohen Container war mit Großbuchstaben von eins bis zwölf nummeriert, wie Hausnummern. Es waren Wohncontainer, wie man sie für ausländische Bauarbeiter auf megagroßen Baustellen zusammenwürfelt. Der mittlere Durchgang wirkte mit seinem gepflegten Bodenbelag fast wie ein Boulevard.

Al Chatim bemerkte auch die für Frachtladeluken außergewöhnlichen Versorgungsleitungen, wie sie in Wohnanlagen vorkommen. Bootsmann Abdul grinste: „In den unteren Zwischendecks das Gleiche!" klang es fast stolz von ihm. „Das ist kein Frachtgut, das sind Installationen", ging es al Chatim durch den Kopf, „Aber wofür?"

Viel Zeit blieb ihm nicht für diese Überlegungen, denn er war mit Rupert Vesper und einigen Mitreisenden zu einer kleinen Feier an Deck verabredet.

Die muslimischen Decksleute, 27. Februar morgens

Mit jedem Abend, den die Muslime achtern nach dem Gebet zusammen verbrachten, war ihr Gefühl für die Gemeinschaft und das Vertrauen zueinander gewachsen. Gebannt hatten sie al Chatim zugehört, wenn er ihnen aus seinen Einsatzgebieten als Journalist bei *Al Jazeera* berichtete. Vor allem aus Syrien und dem Libanon, den Schmelztiegeln der alttestamentarischen Religionen. Den indonesischen Muslimen war ein Nebeneinander der Religionen nicht fremd. Die *Panthasila*, die Staatsverfassung ihres Landes, gewährte Religionsfreiheit, verlangt aber zugleich, dass jeder Staatsangehörige an einen Gott glauben müsse, gleich welcher Religion. In den großen Städten Jakarta, Surabaya, Benjarmasin usw. hört man frühmorgens den Ruf des *muazins*, gefolgt vom Sechs-Uhr-Läuten der Katholischen Kirche, dem schweren Gong aus dem chinesischen Tempel. Aus den *Puras*, den Tempeln der balinesischen Hindus die Flöten, Trommeln, Gongs, Streichlauten und Xylophone der *Gamelan-Ensembles.* Aber in den ländlichen Gebieten der Hauptinseln Java, Sumatra, Kalimantan und Sulawesi, ist der Halbmond auf der *Mashid*, der Moschee, das weithin sichtbare Zeichen der Religion ihrer Dorfbewohner, die ihren Glauben recht ungezwungen leben.

So war es für die Bootsleute nicht befremdend, als Pater Rupert schon am frühen Morgen auf dem Sonnendeck eine Art Altar aufbaute und seine Mitpassagiere zu einer religiösen Zeremonie versammelte.

Auch ihr philippinischer Kollege Benigno Arroyo und der Dritte Offizier, Oliver Hecht, waren dabei.

Interessiert und dabei bemüht, ihre Neugier zu verbergen, beobachteten sie aus sicherer Distanz, wie Pater Vesper und seine Feiergäste miteinander redeten. Alle hatten dabei ihre Hände gefaltet. Wie dann der Pater Matzen aus dem Brotkorb nahm, etwas dazu sprach, die Matzen in kleine Stücke brach und diese an die anderen verteilte, darauf wieder mit einem kurzen Spruch den Wein aus einem Krug in die Gläser der anderen Beter goss, die dann das Brot aßen und den Wein tranken; worauf Muhammad al Chatim ein Blatt von Pater Rupert entgegennahm und daraus laut vorlas, und wie der Pater zum Schluss noch einen offenbar heiteren Spruch losließ, worauf sich alle lachend umarmten.

Rupert Vesper, 27. Februar morgens

Der katholische Filipino Benigno Arroyo, auch Björn Bäumer, hatten Vesper getrennt voneinander darauf angesprochen, ob er nicht täglich Messe halten müsse. Vesper hatte ihnen gesagt, dass dieses nicht für Fernfahrten gelte, ohnehin aber von ihm nicht beachtet werde. Auf ihre Bitte hin hatte er sich dann aber doch zu einer Miniliturgie an Deck bereit erklärt; allerdings wollte er den Kapitän vorher um Erlaubnis bitten. Björn wollte die Schiffsbesatzung und andere Passagiere dezent darauf hinweisen; ihm war nicht bekannt, ob Katholiken unter ihnen waren. Die Küche würde sicher fähig und bereit sein, das passende „keusche" Matzenbrot zu backen und normalen Wein zur Verfügung zu stellen.

Nach Vespers Vorstellung sollte die Liturgie nur die „Essentials" der Heiligen Messe umfassen; also die Lesung eines Evangeliums, darauf ein kurzes Gespräch über die individuelle Wirkung des Textes; danach die Mahlfeier: Matzen aus dem Brotkorb, liturgisches Brechen des Brotes, der Wein aus Glaskrug und Gläsern.

Außer Björn, Benigno und Oliver Hecht, dem Ex-Ministranten aus Köln, schloss sich auch Muhammad al Chatim der Miniliturgie an; wobei er von Vesper auch zur Mahlfeier eingeladen wurde. Ebenfalls zum großen Erstaunen der Teilnehmer wollte der Jesuit neben den christlich-liturgischen Gebetstexten auch Gebete oder Gebetsdichtungen anderer Kulturen vortragen.

Während der allgemeinen Mahlzeiten vorher wanderte Vespers Blick über die Anwesenden, die *Boat-People,* wie er sie – sich eingeschlossen – nannte. In letzter Zeit hatte er verstärkt das seltsame Gefühl gehabt, dass etwas an Bord nicht stimmte, dass sie alle observiert würden, dass etwas Konspiratives im Gange war. Was ihn bei aller trotzigen Unbekümmertheit veranlasst hatte, sich etwas reservierter zu verhalten. Angesichts der geplanten Miniliturgie spottete er jedoch selbstironisch über seine „Paranoia" und nahm sich selber auf den Arm: *Sieh, Rupert Vesper, dort: Die Schergen der römischen Inquisition!*

Obwohl es noch relativ früh am Morgen war, als sie im Kreis um einen kleinen Tisch versammelt auf den Deckstühlen saßen, hüllte sie die Sonne in ihren warmen Mantel.

Vesper, in ziviler Kleidung, ohne Stola, sprach am Anfang das Gebetsgedicht „Gottwerdung" aus Dschelal-ed-din Rumis Werk *Mathnawi – Die mystische Suche*:

„Siehe, ich starb als Stein und stand als Pflanze auf,
Starb als Pflanze und nahm drauf als Tier den Lauf,
Starb als Tier und ward ein Mensch.
Was fürcht' ich dann,
Da durch Sterben ich nie minder werden kann?
Wieder, wenn ich werd als Mensch gestorben sein,
Wird ein Engelsfittich mir erworben sein,
Und als Engel muss ich sein geopfert auch,
Werden, was ich nicht begreif', ein Gotteshauch."

Danach das Evangelium nach Lukas 10,25; dessen Thema zunächst die Gottesliebe ist, das höchste Gebot der Juden und Christen; nach Vespers Interpretation jedoch im gleichen Rang mit der Nächstenliebe. Weshalb die Gesprächsteilnehmer den Folgetext vom „Barmherzigen Samariter" auch als Nagelprobe des gesinnungsethischen Anfangsteils begriffen, und auch angesichts der Aufnahme fremder Menschen in unseren Kulturraum als brennend aktuell empfanden. Nächstenliebe nicht nur als individueller Moralakt, sondern eine drängende gesellschafts-ethische Frage.

Pater Vesper brach die Matzen in gleich große Stücke, sprach die Abendmahlsworte, nahm ein Stück für sich, reichte dann den Korb an die Mahlgäste weiter. In gleicher Weise nahm er den mit Wein gefüllten Glaskrug, sprach ebenfalls die Abschiedsworte Jesu, reichte das Gefäß an die anderen weiter, die ihre eigenen Gläser füllten und den Wein tranken. Die von einer ungewöhnlichen Schlichtheit und Stille erfüllte Szene wurde sichtbar von allen Teilnehmern der Mahlfeier als ergreifend empfunden. Björn wischte sich scheu mit dem Handrücken über die Augen.

Nach dem „Vaterunser" ließ Vesper Muhammad das so genannte „Friedensgebet des Franz von Assisi" vortragen

„Herr, mach mich zum Werkzeug deines Friedens,
dass ich liebe, wo man hasst;
dass ich verzeihe, wo man beleidigt;
dass ich verbinde, wo Streit ist;
dass ich Glauben bringe, wo Zweifel droht;
dass ich die Wahrheit sage, wo Irrtum ist;
dass ich Hoffnung wecke, wo Verzweiflung quält;
dass ich Freude bringe, wo Traurigkeit wohnt;
dass ich Licht entzünde, wo Finsternis regiert."

Nach dem Friedensgruß umarmten sich die Teilnehmer mit ungewöhnlicher Herzlichkeit.

Pater Vesper konnte es nicht lassen, die Miniliturgie mit einem Gebet abzuschließen, das angeblich auf Thomas Morus zurückgeht, und den Geist des humanistischen Humors atmet:

„Schenke mir eine gute Verdauung, Herr, und auch etwas zum Verdauen. Schenke mir die Gesundheit des Leibes, mit dem nötigen Sinn dafür, ihn möglichst gut zu erhalten. Schenke mir eine heilige Seele, Herr, die das im Auge behält, was gut ist und rein, damit sie im Augenblick der Sünde nicht erschrecke, sondern das Mittel finde, die Dinge wieder in Ordnung zu bringen. Schenke mir eine Seele, der die Langeweile fremd ist, die kein Murren kennt und kein Seufzen und Klagen, und lass nicht zu, dass ich mir allzu viel Sorgen mache um dieses sich breit machende Etwas, das sich *Ich* nennt. Herr, schenke mir Sinn für Humor, gib mir die Gnade, einen Scherz zu verstehen, damit ich ein wenig Glück kenne im Leben und anderen davon mitteile."

Kaum war dies ausgesprochen, sauste ein plötzlicher Sturmwind über das Deck und riss das Tuch vom Tisch, wodurch die – gottlob leeren – Gläser auf den Boden rollten. Niemand hatte während der Feierstunde bemerkt, dass sich von Westen her – von wo sonst? sagte Vesper – ein gelindes Unwetter genähert hatte.

„Jetzt bist du dran, Pater!" riefen Muhammad und Björn mit einer Stimme.

Und Oliver Hecht, der Ex-Ministrant aus Köln, ergänzte:

„Markus 4, 35-41. Glaub ich zumindest!"

Was Pater Rupert Vesper – sonst eher selten – völlig die Sprache verschlug.

„Wollen wir die Viertelstunde bis zum Frühstück noch mit einem kleinen Schiffs-Spaziergang überbrücken?" wandte sich Muhammad al Chatim an Björn Bäumer, „der Wind wird uns gut tun!" „Gerne Herr al Chatim!" kam es zurück. „Wie wär's mit Muhammad?" lachte al

Chatim. Zurückblickend auf Pater Vespers *liturgische Reste* auf dem Teak-Tisch des Promenaden-Decks setzte er fort: „Björn, eigentlich hat uns nur noch der Dalai Lama gefehlt bei unserer göttlichen Feier und die Einsicht, dass wir auch ohne Religion keine Atheisten sein müssen." Al Chatim spürte, dass Björn ihm nicht folgen konnte, um dann zu fragen: „Wie hat dir denn das Gedicht von Rabindranath Tagore gefallen?" und um Björn von einer Antwort zu befreien, fuhr er sogleich fort: „Wusstest du, dass dieser bengalische Dichter Rainer Maria Rilke kannte?" „Ja, das tolle Panthergedicht!" kam es spontan von Björn. Al Chatim freute sich, dass er damit den Jungen offensichtlich in seinen Gefühlen erreichte. Beide blickten gedankenversonnen Richtung Bug, wie die MS Pavia die See durchpflügte und langsam kamen die Worte von al Chatim:

"Nur manchmal schiebt der Vorhang der Pupille
sich lautlos auf –. Dann geht ein Bild hinein,
geht durch der Glieder angespannte Stille –
und hört im Herzen auf zu sein."
Und nach einer kurzen Pause fuhr al Chatim fort
„...aber die Liebenden gehen
über der eigenen Zerstörung ewig hervor."

„Was war denn das?" mit leicht provozierendem Unterton schaute Björn Bäumer al Chatim an. „Das ist auch Rilke. Ja mein lieber Björn, ihr habt auch große Mystiker, nicht nur wir!" antwortete al Chatim mit breitem Lächeln und schlang damit kurz seinen Arm um Björn. Björn ließ es sich gefallen und al Chatim durchzuckte es, diese Geste unter Männern, in seinem Kulturraum etwas ganz Selbstverständliches, konnte im Westen leicht falsch verstanden werden.

Als sie nach Achtern gingen, schlug ihnen schon die grelle Tropensonne entgegen. Hinter dem Bootsmannhaus war einer von den Bootsleuten damit beschäftigt, seine Wäsche aufzuhängen. Fröhlich kam es von ihm: „Selamat pagi sama sama" um gleich von al Chatim zu hören: „Kembali Toh, apa kabar?" Björn nahm an, dass er den Gruß erwiderte und den jungen Konya nach seinem Ergehen erkundigte. Von dem bordeauxroten T-Shirt, das der Koch der Konyas Sutowo, genannt „To", gerade aufhängen wollte, prangte: *Harvard University,* darunter der stilisierte Lorbeerkranz mit dem Wort *ver it as.* Eine offensichtliche Blüte chinesischer Produktpiraterie. Al Chatim grinste bei dem Gedanken, dass To wohl kaum eine Vorstellung davon haben dürfte, wie es an einer solchen amerikanischen Elite-Universität zugeht. Zum bedingungslosen Erfolg hin gepamperte Kids, von denen ein Großteil zur „*street*" wollte. Dort an der *wallstreet* würden sie die wirklichen Fleischtöpfe dieser Welt finden.

To hielt inne um zu fragen: „Pa, malam sama sama?" Er hoffte, dass al Chatim am Abend wieder zu ihnen komme, das Wort *Pa* verwendete er wie im Indonesischen üblich als Ansprache für Männer in einem Gespräch, um dann auf *Singlisch,* diesem asiatischen Gegenstück zum karibischen *Pidgin-English* holprig fortzufahren*: „Like playing chess very much!"* Offensichtlich sollte auch Björn dies als Einladung verstehen und bekam sofort die Antwort: „I like also chess very much and would be very happy to participate!" Al Chatim sah, wie der Decksmann und zugleich Mannschaftskoch To angestrengt versuchte, die Worte Börns zu verstehen. Al Chatim vergnügte sich bei dem Gedanken, wie hier im *Bermuda Dreieck* die englischen Sprachwelten aufeinandertrafen und amüsierte sich, dass sein guttural arabisch gefärbtes Englisch da ganz gut dazu passen würde. „Alright nine o'clock this evening!" kam es knapp von ihm. Dann gingen sie Richtung Salon, wo sie der Steward schon mit einem fröhlichen „Guten Morgen die Herren!" begrüßte.

Muhammad und Björn bei den Konyas, 27. Februar abends

Der einzige an Bord, der sich an diesem Abend wohl auf das Abendessen von Hottenrott richtig freute, war Kapitän Freese. Es gab *Hamburger Labskaus*! Als der Kapitän den ersten Happen nahm, verzog er das Gesicht. „Was meinen Sie, Herr Lohfeld, kann man das…"

dabei zeigt er auf die angetrocknete rosa Masse auf seinem Teller, „als Labskaus bezeichnen?" „Ich dachte, der Kerl kommt auch von der Waterkant und müsste davon was verstehen. Ich würde sagen: ungenießbar!" antwortete der Erste.

Missmutig beobachtete der Koch, wie der junge Maliki, der philippinische Stewardgehilfe, den gut gefüllten Eimer mit den Labskaus-Resten in die *Fullbras,* den Abfallbehälter in seiner Kombüse, der in einem dicken Rohr unterhalb der Wasserlinie endete, leerte. „Wozu habe ich mir eigentlich die ganze Scheissarbeit gemacht für diese Banausen?" maulte Hottenrott still in sich hinein.

Auch al Chatim und Börn Bäumer ließen nach einem Happen *Labskaus* den Teller stehen. „Ich hätte da 'ne Idee", raunte al Chatim dem jungen Mitpassagier zu „kommen Sie bitte mit. Mal sehen, was es achtern gibt." Früher als geplant, machten sie sich auf den Weg zum Bootsmannshaus, hinter dem die Konyas mit ihrem Bootsmann Abdul Wahabi lachend, schwatzend oder sich die fettigen Finger leckend auf ihren Matten am Boden saßen. Als Abdul Wahabi die Beiden sah, nickte er freundlich: „Sudah makan?" erkundigte er sich, ob sie schon gegesssen hätten. „Tidak enak!" kam es knapp von al Chatim. Rundum erhob sich Gelächter und einer nach dem anderen der Konyas stimmte in den fröhlichenChor ein: „Nga mau! ... didak enak ... makanan dari Hottenrott!" Immer wieder stimmten sie diese Worte an und mussten dazu herzlich lachen. Offensichtlich hatten sich Hottenrotts umstrittene Kochkünste auch bei ihnen schon herum gesprochen. „Mau nasi goreng?" kam die Einladung von To, dem Koch der Konyas. Dankbar nickten al Chatim und Björn, dann setzten sie sich auf die angebotenen Matten.

Wortlos wurden ihnen zwei gut gefüllte Schalen mit dem gebratenen Reis gereicht. Er roch köstlich mit den gebräunten Zwiebeln, den Rühreiern, den knusprigen Hähnchenstreifen und dem *Kroepek,* den gebackenen Krabbenchips aus Maniokmehl obenauf. Al Chatim reichte Börn die Schale mit *sambal oelek,* der höllisch scharfen Chillipaste.

„Vorsicht, die hat's in sich!" warnte al Chatim den Jungen. Als ob er beweisen müsste, dass er „hart im Nehmen" ist, schaufelte sich Björn drei Löffel von der Paste unter den Reis, um dann sogleich beim ersten Bissen mit weit geöffneten Augen und offen klaffendem Mund nach Luft und Kühlung zu ringen. Und wieder setzte der Chor lachender Konyas ein: „Sambal oelek orang jerman tidak tahu...hahaha."

Nachdem Björn mit einer neuen Schale *nasi goreng* versorgt wurde und alle dann gegessen hatten, holte To das Schachbrett und forderte Björn freundlich mit einem Nicken auf, mit ihm das *Spiel der Könige* zu spielen.

Björn hatte den ersten Zug und begann mit der Gelassenheit zeigenden Sicherheit eines Spielers mit der *Italienischen Eröffnung*. Die nächsten Züge von To machten deutlich, dass er alles andere als ein Anfänger war. Al Chatim durchblickte sofort die Situation und fragte sich, wie der sensible Björn mit einer möglichen Niederlage, und das vor einem Publikum emotionsgeladener Konyas, umgehen würde. Geschickt zog er das Interesse auf sich, indem er Abdul Wahabi auf den indonesischen interinsularen Verkehr mit den traditionellen *Pinisi* ansprach, den komplett aus Merpati-Holz konstruierten Lastenseglern, die meist mit furchterregendem Tiefgang die großen und kleinen Sundainseln bedienten. Bei diesem Thema konnten sie alle mitreden, was nicht lang dauerte. Jeder von ihnen versuchte eine Geschichte einzubringen, mal fachsimpelten sie über den Werftbau der Schiffe, mal überschlugen sie sich mit Schilderungen von haarsträubenden Überfahrten unter Lebensgefahr oder sogar vom Untergang oder der Strandung einzelner Schiffe.

Damit waren Björn und To plötzlich allein und konzentriert auf ihr Spiel. Ohne nur das geringste Wort zu verlieren, stieg mit jedem Zug die gegenseitige Wertschätzung füreinander.

Al Chatims indonesische Sprachkenntnisse reichten nicht aus, um die worteifrigen Beiträge der Seeleute zu verstehen. Immer wieder gab Abdul Wahabi seinem Freund geduldig die Essenz der Erzähler, übersetzt in sein fröhliches *Singlisch,* weiter. Dann erkundigte sich al Chatim nach der Piraterie in diesen südostasiatischen Gewässern. Dies erregte auch Björns Aufmerksamkeit, zugleich war er nicht mehr voll auf das Spiel konzentriert. Für To kam die entscheidende Gelegenheit, den Gegner mit drei Zügen, denen Björn nichts mehr entgegen zu setzen hatte, schachmatt zu setzen. Björn hatte kaum Zeit, den Grimm in sich aufsteigen zu lassen, da streckte ihm die To mit breitem Grinsen die rechte Hand entgegen, um sogleich aus dem *sixpack Becks beer* zwei Dosen zu angeln.

Björn hatte einen Freund, einen Muslim.

Conrad, 27. Februar später am Abend

Conrad hatte schon eine ganze Zeit auf die Kombüsentür gestarrt. Die Filipinos waren anscheinend nach dem Abendessen für heute entlassen, hatten sich schon längere Zeit nicht mehr blicken lassen. Hottenrott räumte anscheinend allein in der Kombüse auf. Es war Zeit, zu handeln. Dreyer nahm die Eisenstange, die er unter einer der Schiffstreppen gefunden hatte und stieß die Kombüsentür auf. Hottenrott sprang erschrocken vom Herd zurück in die hintere Ecke des Raums und starrte ungläubig auf Dreyer, der mit erhobenem, zum Schlag bereitem Eisen ihm nur wenige Schritte entfernt gegenüberstand.

„Wenn Sie jetzt schreien, geht's ganz schnell, und die Stange spaltet Ihre Rübe. Das wollen Sie doch nicht, oder?" Hottenrott war sprachlos, suchte mit seinen Augen krampfhaft nach etwas, mit dem er sich wehren konnte, erfolglos, und schüttelte schließlich nur den Kopf. „Also, mein blaues Auge, mein zerschundenes Gesicht und meine geprellten Rippen, das waren doch Sie! Ja? Ich hör nichts!" Hottenrott war anscheinend schockiert, sprachlos. „Und dann die linke Art, Fährten zu legen, um den Verdacht auf die Filipinos zu lenken. Ein feiner Zeitgenosse sind Sie. Lassen die die Drecksarbeit hier in der Kombüse machen und schieben denen noch Ihre Schlägerei unter."

„Nein, nein, ich war das nicht, der Sie geschlagen…"

„Hottenrott, sehen Sie die Stange? Wie kommt es denn, dass Sie den Morgen nach der Schlägerei Ihre rechte Hand verbunden hatten?"

„Ich bin in der Kombüse ausgerutscht …"

„Hottenrott! Sie werden ja nicht mal rot, wenn Sie lügen! Den abgestandenen Küchengeruch aus Ihren Klamotten hab ich auch wiedererkannt. Also, ich will mir nicht die Finger an Ihnen schmutzig machen, so speckig wie Sie sind. Aber eins sollten Sie sich merken: legen Sie sich nicht noch mal mit mir an. Dann spalte ich Ihnen die Rübe, wirklich." Conrad hatte in der Zwischenzeit die Tür zum Kühlraum aufgemacht und Hottenrott mit der Eisenstange signalisiert, dass er hineingehen solle. „Sie können sich den Kühlraum sparen, wenn Sie zugeben, geschlagen und getreten zu haben. Also, was ist?" Hotterott schüttelte nur den Kopf. Da holte Dreyer mit der Eisenstange zum Schlag aus, Hottenrott wich aus und floh in den Kühlraum. „In drei Stunden komme ich wieder, dann will ich hören, dass Sie neulich zugeschlagen haben!" Mit diesen Worten schloss Conrad die Kühlraumtür und verriegelte sie von außen. Dann machte er sich auf den Weg zur Bar. Darauf musste er einen Whisky trinken.

Im Salon waren nur noch wenige Gäste. Conrad hatte keine Lust mehr auf ein Gespräch, verabschiedete sich nach dem Drink und ging in seine Kabine. Nun war es Zeit für die geplanten Sicherheitsvorkehrungen. Er holte den Umschlag der *Agency* unter dem Schrank hervor, öffnete ihn und legte den darin enthaltenen Brief bereit. Dann nahm er einen Zettel und schrieb darauf: „Diesen Auftrag werde ich als Beweis behalten und an einem sicheren Ort aufbewahren. Falls ich verhaftet werde, werde ich ihn an die Presse weitergeben. Sie erhalten ihn erst von mir zurück, wenn ich in Costa Rica unbehelligt von Bord gegangen bin und alle Kontrollen unbeschadet passiert habe." Dann fotografierte Conrad den Auftrag zusammen mit dem Zettel, schaltete die Kamera aus und versteckte den Umschlag wieder, um ihn bei nächster Gelegenheit MM zu übergeben. Bei dem würde er gut aufgehoben sein.

Mitternacht war schon vorbei, da schaute Dreyer noch einmal in die Kombüse. Es brannte noch Licht. Anscheinend hatte noch niemand bemerkt, dass Hottenrott im Kühlraum eingesperrt war. Vorsichtig lauschte er an der Tür. Die war anscheinend gut isoliert, denn es war nur sehr leise ein Klopfen zu vernehmen, unregelmäßig, aussetzend, dann mehrmals hintereinander. Hottenrott war anscheinend noch nicht geschwächt. Conrad öffnete die Verriegelung, schob aber gleichzeitig die Eisenstange zwischen einen Haken an der Wand und die Tür, so dass Hottenrott diese nicht mit Gewalt aufstoßen konnte. „Na Hottenrott, ich höre!" „Verfluchter Bastard", rief Hottenrott aus dem Kühlraum.

„Ist das alles?"

„Lass mich hier raus!"

„Wie Du willst, Hottenrott! Gute Nacht!" Damit schloss Conrad die Kühlraumtür, während drinnen Hottenrott fluchte und schimpfte. Dann ging er erneut in die Bar. Da war niemand mehr, so dass er sich entschloss, es auf der Brücke zu versuchen. Dort hatte der Erste Wache und öffnete verdutzt die Tür, als Conrad klopfte.

„Haben Sie schon mal auf den Monitor geschaut, der die Kombüse zeigt?"

„Herr Dreyer, was soll das jetzt schon wieder?"

„Na, dann sag ich's Ihnen: In der Kombüse brennt noch Licht. Und irgendetwas stimmt mit dem Kühlraum nicht, da sind so komische Geräusche. Und noch eins: kein Wort zum Käpten, dass Sie von mir nen Tipp bekommen haben. Ne angenehme Nacht!" Er drehte sich um und noch ehe Lohfeld etwas sagen konnte, war Conrad verschwunden.

„He, Christoph, schau doch mal in der Kombüse nach, ob da und im Kühlraum alles okay ist." Lohfeld hatte über Bordtelefon Christoph Lüders, der Rufbereitschaft hatte, geweckt. „Ich kann hier nicht weg. Irgendwas stimmt da nicht. Hab schon versucht, Hottenrott ans Telefon zu bekommen. Der nimmt aber nicht ab."

„Oh Mann, mitten in der Nacht, hab gerad so schön geschlafen", hatte Christoph den Auftrag mürrisch quittiert. Als Lüders die Kühlraumtür öffnete, stolperte der Koch schlotternd und zitternd in die Kombüse. In seinen Haaren hatte sich schon Reif abgelagert, er sah aus wie jemand auf Polarexpedition.

„Mensch Hottenrott, wie siehst Du denn aus? Was ist denn passiert? Warum warst du im Kühlraum eingesperrt? Die Filipinos?"

„Halt die Schnauze! Geht Dich nichts an! Der Saukerl! Wenn ich den erwische ... Mach's Licht aus!" Hottenrott hatte sich bei dem kurzen Wortwechsel seine Arbeitskleidung vom Leib gerissen und war schnell verschwunden, in Richtung seiner Kabine. Am anderen Morgen dauerte es mit dem Frühstück etwas länger. Der Dritte war, so munkelte man, in die Kabine von Siegfried Hottenrott gerufen worden; gesundheitlicher Notfall. Der Koch solle wohl mit Fieber im Bett liegen und erst einmal für die Küche ausfallen.

Klaus Schiewer, Sven Kurth, Mathias Degenhardt, Hamburg, 28. Februar morgens

Kurth und Schiewer ließen die Rollos im Besprechungsraum der *Adventure Investment Agency* herunter und fuhren den Computer hoch. Genüsslich ließen sie sich in die Sessel fallen. Die neuen Aufnahmen versprachen, unterhaltsam zu werden.

Auf dem Monitor erschien das erste Foto. „Schau mal, die Dicke mit der Schlabberbluse hat sich in die zweite Reihe gequetscht. Die hatte wohl keine Lust zum Mitspielen. Dabei hab ich mir so viel Mühe gegeben, die Regeln richtig knackig zu machen." Schiewer grinste und ließ das zweite Foto folgen. Kurth meinte: „Der Sunnyboy da mit dem kleinen Sohn scheint aber auch nicht gut drauf zu sein. Wie heißt der Junge nochmal?" „Peter, glaub ich", kam es von Schiewer, „aber das Spiel ist sowieso nix für Kinder. Das kapiert die Rotznase doch gar nicht. Und Papa ist schon schlechter Laune, bevor es losgeht. Super Sache." Das dritte Bild leuchtete auf. „Aha, unser Freund mit der Narbe auf der Stirn liest die Regel vor." Kurth konnte sich offenbar die Namen nicht merken: „Wer ist das gleich?"

„Mittelstädt, der Blinde Passagier! Du Affe."

„Ist ja gut. Was ist mit der Tonaufnahme?" Schiewer klickte eine weitere Datei an. Die Stimme von Markus tönte durch den Raum, leicht verzerrt, aber doch gut erkennbar: „Na, das kann ja heiter werden. Das ist ein sicheres Ticket für Streitigkeiten. Meinst du nicht auch, Cornelius?" Nach einer winzigen Pause folgte die Antwort: „Nicht Cornelius, sondern Conrad! Conrad Dreyer! Ich wüsste außerdem nicht, dass wir uns duzen." Erschrocken brach Schiewer die Aufnahme ab und sah seinen Kollegen an.

Da kam von der Tür her eine scharfe Stimme: „Scheiße. Das durfte nicht passieren." Unbemerkt war Mathias Degenhardt im Eingang des Besprechungsraums erschienen, um die Qualität der neuen Aufnahmen zu überprüfen. „Dieser Trottel Dreyer wird garantiert auffliegen. Der hat viel zu heftig provoziert. Die Prügelattacke hätte nicht sein müssen, daran war er selber schuld. Ständig erlaubt er sich Eigenmächtigkeiten und verpatzt seinen Auftrag. Dann droht er auch noch Lohfeld und versucht, ihn zu erpressen. Und jetzt stellt sich obendrein raus, dass Mittelstädt seine Identität kennt. Scheiße. Wir hätten den Kerl nie einstellen dürfen. Ein Glück, dass wir dafür gesorgt haben, dass die Aufnahmen von Dreyer hier auf jeden Fall ankommen, auch wenn er womöglich mit der Kamera abhaut oder über Bord geworfen wird. Auf Lohfeld ist Verlass, der schickt die Bilder immer sofort rüber. Aber trotzdem: Dieser Dreyer ist ein Sicherheitsrisiko auf zwei Beinen."

„Die *Pavia* ist doch schon kurz vor Costa Rica, Herr Degenhardt. Die paar Tage geht die Sache bestimmt noch gut.", versuchte Schiewer zu beschwichtigen. „Hören Sie sich doch mit uns die Tonaufnahme weiter an. Die spielen gerade *Escape*!"

„*Escape* habt ihr das Spiel genannt? Seid ihr des Wahnsinns? Wenn jetzt einer von den Passagieren die Verbindung zieht?"

„Den Projektnamen kennt doch keiner, Herr Degenhardt. Wie sollen die denn darauf kommen? Wir fanden die Idee einfach lustig."

„Lustig!", brummte Degenhardt missgestimmt, ließ sich aber dann doch in einen der Sessel vor dem Monitor fallen und hörte die Fortsetzung der Tonaufnahme an. Während Tina aus dem Lautsprecher schimpfte: „Mit solchen Leuten wie Ihnen sollte man sich gar nicht an einen Tisch setzen!" breitete sich wieder eine gewisse Zufriedenheit in ihm aus. Die Passagiere gingen offenbar richtig theatralisch aufeinander los – genau so musste man es also machen, um fernsehtaugliche Bilder zu erzeugen! Schiewer hatte vermutlich recht. Seine, Degenhardts, Paranoia war übertrieben; es würde alles gut gehen, Programmchef Dieter Möllerhoff würde zufrieden sein und in wenigen Tagen, nach der Ankunft der *Pavia* in Puerto Limón, würden im Dovenfleet die Sektkorken knallen.

Kapitän Freese und Oliver Hecht, 28. Februar vormittags

Nach seiner „Hundewache" von vier bis acht Uhr machte sich der Dritte, Oliver Hecht, auf in den Salon, um zu frühstücken. Danach wollte er wie immer bis Mittag schlafen. Noch im Stehen am Frühstücks-Buffet schob er sich ein halbes Croissant in den Mund, da hörte er hinter sich die Stimme von Elvira: „Herr Hecht wo sind wir eigentlich gerade?" Es war ihm unangenehm und er ärgerte sich auch, das köstlich duftende Frühstückgebäck nicht genussvoll verzehren zu können. Schnell schluckte er es, wischte sich mit dem Handrücken die

Krümel vom Mund und antwortete: „Wir dürften zur Zeit die Bermudas passieren, sie liegen deutlich nördlich, aber außer Sichtweite!"

„Ach wie schade!" kam es von Elvira zurück.

„Heute macht sie einen deutlich fröhlicheren Eindruck als gestern" dachte Oliver. Dann fiel ihm ein, dass er sein *tablet* auf der Brücke vergessen hatte. Er hatte sich *twilight struggle*, ein packendes Strategiespiel zum Kalten Krieg, heruntergeladen. In seiner Wache genoss er es, allein die Geschicke der Weltmächte zu lenken.

Als Oliver die Brücke betrat, spürte er sofort, dass etwas nicht stimmte. Der wachhabende Erste Offizier, Lohfeld, war nicht anwesend, offensichtlich hatte er von Kapitän Freese einen Auftrag bekommen. Er sah den Ersten vorne am Bug am Ankerspill mit dem Bootsmann Wahabi diskutieren.

Freese hielt mit versteinerter Miene den Telefonhörer ans Ohr. Er nickte, murmelte „Yes, sure", wiederholte noch einmal portugiesisch „sim, sim" und legte auf. Unbewegt starrte er einen Moment über Olivers linke Schulter, bevor er mit leiser Stimme zu einer Erklärung ansetzte. „Das war die portugiesische Polizei. Verdammt. Sie haben diesen Schorse gefunden. Der angeblich in Porto freiwillig von Bord gegangen ist. Er ist tot. Unter 'nem Steinhaufen im Dourotal. Irgendwer muss die Steine da hingeschafft haben, also offenbar weder Unfall noch Selbstmord. Arme Sau. Wer könnte den umgebracht haben?" Freese seufzte. Jetzt auch noch ein mysteriöser Todesfall – als ob es nicht genug merkwürdige Überraschungen auf dieser Reise gegeben hätte. „Er hatte seine Bordkarte dabei, also haben sie die Spur zu uns verfolgt. Und jetzt wollen sie von mir wissen, wo sein Gepäck geblieben ist, vor allem dieser abgewetzte Lederrucksack. In Porto haben sie nichts gefunden. Wenn er bloß einen Landausflug vorhatte, müsste das Ding ja noch hier sein. Die haben gefragt, warum ich nicht Alarm geschlagen hätte. Aber Scott Williams war bei mir, bevor wir ausgelaufen sind, und hat gesagt, der Kerl wär freiwillig von Bord gegangen und hätte sein Zeug mitgenommen. War ja auch nix mehr da. Wie soll ich denn ahnen, dass da was faul ist?" Freeses Stimme klang gepresst. Oliver war sofort klar, dass dem Kapitän ein schwerer Fehler unterlaufen war. Er ließ sich auf einen Stuhl fallen und kratzte sich am Kopf. Scott Williams... ein verschwundener Rucksack ... irgendwas schien sich bei diesen Worten in seinem Hinterkopf zu regen. Wenn er sich nur erinnern könnte. Er hatte was gesehen. Im Dunkeln. Rapmusik aus der Kajüte von Hottenrott. Und dann ...

Freese versuchte, wieder zur Tagesordnung überzugehen. Mit zitternden Fingern blätterte er in seinen Unterlagen und bemühte sich um Konzentration. Erschrocken fuhr er zusammen, als er den Dritten plötzlich schreien hörte: „Jetzt weiß ich! Ich hab ihn gesehen!"

„Wen?"

„Den Mörder. Scott. Er hat irgendwas Schweres über Bord geworfen. Bestimmt den Rucksack! Kurz vor den Azoren, in der Nacht. Hottenrott hatte diese laute Musik an, deshalb hab ich das Klatschen kaum gehört. Aber danach hab ich gesehen, wie Williams durch die Deckstür verschwunden ist. Er war ja nachher der einzige, der behauptet hat, dieser Schorse sei freiwillig von Bord gegangen. Und außerdem hat ihn ja wohl jeder hier in Verdacht wegen der Prügelei mit Dreyer. Ein übler Kerl scheint das zu sein. Richtig gefährlich!" Oliver geriet regelrecht außer Atem. Alles passte zusammen! Er war sehr stolz auf seine Folgerungen und kam sich vor wie ein Fernsehdetektiv. Doch Freese wiegte nur nachdenklich den Kopf. „Also, wegen Dreyer bin ich mir nicht so sicher. Da hab ich inzwischen was anderes gehört", meinte er bedächtig. „Aber die Sache mit dem Über-Bord-Werfen ist wirklich merkwürdig. Das muss ich der Polizei melden."

Ein weiteres Telefonat mit der Mordkommission in Porto mündete in die Anweisung, sämtliche Informationen über das Verbrechen vorläufig zurückzuhalten, um den Täter nicht vorzeitig zu warnen. Man werde Scott Williams in Puerto Limón am Hafen erwarten. Bis dahin solle niemand ein Wort verlauten lassen.

Oliver lehnte sich zurück. Was für ein Drama! Wie gut, dass Anna und Karima nicht mehr an Bord waren, sondern gemütlich in ihrem Zimmer in Düsseldorf saßen. Zwar fiel ihm kein besonderer Grund ein, warum Scott Williams über die beiden hätte herfallen sollen, aber bei solchen brutalen Schlägertypen wusste man ja nie.

Er atmete tief durch und erhob sich, um die Brücke zu verlassen. Am Aufgang begegnete ihm der Erste. Mit einem Blick auf das Tablet griente er Oliver Hecht an: „Na, Dritter, sind die Russen schon in Berlin einmarschiert?" Vor zwei Tagen hatte ihm Oliver das Spiel vorgeführt. Da klingelte das Telefon erneut. Freese nahm seufzend ab. „Mathias Degenhardt, *Adventure Investment Agency* aus Hamburg!", schallte es lautstark durch die Leitung.

Lohfeld, Freese, Muhammad, 28. Februar mittags

Horst Lohfeld, der Erste Offizier, trug zum Ende seiner Wache die Koordinaten in das Logbuch auf dem Bildschirm ein: *N 29°10' 54 ..."W 62°45'14" Kurs 225°*. Zwanzig Seemeilen hatten sie weniger zurückgelegt als gestern, der Golfstrom zeigte seine Wirkung.

Er hatte Hunger und freute sich auf das Mittagessen im Salon. Samstag war Eintopftag und *Pichelsteiner* stand auf dem Speiseplan. Er mochte einfache, deftige Kost. Als er den Salon betrat, schlug ihm unverkennbar eine Woge des Eintopfgeruches entgegen. Diesen Duft kannte er von zu Hause.

Den grauen Bart über den Suppenteller bugsierend, löffelte Chief Petersen den Rindfleischeintopf in sich hinein. Lohfeld blickte fragend auf den leeren Platz von Kapitän Freese an der Tafel. Als ob er seine Gedanken geahnt hätte, schob Oliver auf ihn zu: „Herr Lohfeld, ich glaube, der Alte hat keine guten Nachrichten aus Hamburg bekommen." „Was meinen Sie damit, Herr Hecht?" fragte Lohfeld betont sachlich. „Naja, als ich ihn aus seiner Bude kommen sah, hörte ich ihn ‚Degenhardt, der Mistkerl!' knurren!"

Hecht hatte kaum ausgesprochen, da flog die Tür auf. Kapitän Freese nickte in den Raum, ohne einen der Anwesenden anzuschauen, dann setzte er sich und griff wortlos nach der Suppenterrine. Alle spürten, dass mit dem Alten etwas nicht stimmte. Langsam drehte der Erste, Lohfeld, den Kopf zu seinem Vorgesetzten. Leise fragte er: „Schlechte Neuigkeiten, Herr Kapitän?" Eisig kam es vom Kapitän zurück: „Kann man wohl so sehen, aber vielleicht wissen sie ja mehr … Herr Lohfeld!" Lohfeld durchzuckte es. So hatte er den Alten noch nie erlebt, war da Misstrauen ihm gegenüber? Gestern hatte er wieder via Satelliten-Telefon das übliche Gespräch mit Mathias Degenhardt in Hamburg gehabt und ihm über den Verlauf der Reise und die Ereignisse an Bord Bericht erstattet. Immer beschlich ihn dabei ein ungutes Gefühl, weil er den Kapitän darüber nicht informieren sollte. Die anfänglich benannten technischen Sachzwänge schienen ihm kein ausreichender Grund für die Heimlichtuerei mehr zu sein. Doch war da noch der Satz von Degenhardt: „Herr Lohfeld, was macht eigentlich ihre Karriereplanung?", um gleich, ohne eine Antwort abzuwarten, fortzufahren: „Sie leisten exzellente Arbeit, Erster, wir haben Sie im Blick!"

Nachdem Kapitän Freese bedächtig drei Löffel von der Suppe genommen und sich noch einen Kanten Brot abgebrochen hatte, hörte man ihn ins Leere blickend: „Das Schiff wird in Cartagena unterverchartert. Chinesische Company, in Panama registriert", dann stand er abrupt auf und verließ den Salon. Aus dem eintopfverkleckerten Bart von Chief Petersen hörte man: „Oha, da ist was im Busch, Subcharter, so eine Scheiße. Juli 70 hatten wir auch ne Subcharter von der *United Fruit Company*. Wir lagen in Puerto Limón, da wo wir gerade hinsteuern. Da kamen die Flieger aus El Salvador und beschossen die Stadt. Die hatten ein Migrantenproblem und ein verlorenes Fußballspiel brachte das Fass zum Explodieren. Aber an die Yankees und unsere *MS Persimmon* haben sie sich nicht ran getraut." „Was hat das mit unserer Subcharter zu tun?", fuhr der Dritte, Hecht, dazwischen. Fast schon verärgert schaute ihn der alte Petersen an: „Hör mal Junge, wo die Amis ihre Finger drin haben, stinkts. Die hatten damals beiden Seiten ihre alten Jagdflieger verscherbelt und sich über den Krieg halb tot gelacht und glaubst Du wirklich, die Chinesen sind besser?" Sofort fuhr er fort: „Vielleicht brauchen sie einen neuen Kapitän." Ganz kurz schaute er zu Lohfeld und sah, wie diesem die Röte ins Gesicht stieg.

Nachdenklich verfolgte der gegenübersitzende al Chatim den Vorgang. In drei Tagen würde er die amerikanischen Kontaktleute in Costa Rica treffen. Irgendetwas beunruhigte ihn dabei. Und in kurzer Zeit würden sie nicht allzu weit an Guantanamo vorbeikommen. Bei dem Gedanken, dass dort immer noch Glaubensbrüder unschuldig festgehalten wurden, stiegen Zweifel in ihm auf, ob sein Agreement mit den amerikanischen Sicherheitsbehörden ihn nicht noch tiefer ins Verhängnis ziehen würde. Auch im Umgang mit Lohfeld würde er vorsichtiger sein müssen.

Zurück in seiner Kabine ließ sich al Chatim in den Lehnstuhl vor dem Schreibtisch sinken. Er nahm den kleinen Bilderrahmen in beide Hände. Es war das letzte gemeinsame Familienfoto. Die Hochzeit seines ältesten Sohnes Abed im kanadischen Edmonton. Kurz nach seinem Master-Diplom hatte Abed die aus Palästina stammende Hatice geheiratet. Trauer überkam Muhammad, als er daran dachte, dass er nicht hatte dabei sein können, als sie seinem ersten Enkel den Namen, seinen Namen *Muhammad*, ins Ohr flüsterten. Beim Anblick von Fatima, seiner verstorbenen Frau, ließ er seinen Tränen freien Lauf. Bis heute konnte er ihren Tod nicht verwinden und verdrängte die Trauer, indem er sich mit immer größer werdender Verbissenheit in seine Arbeit als Journalist stürzte. Er hatte exquisite Informationsquellen. Zuletzt hatte er als freier Journalist gearbeitet, regelmäßig druckte der *Guardian* seine Berichte über den Nahen Osten und die islamische Welt. Dann hatte das blutverschmierte „Zeichen" vor seiner Hotelzimmertür gelegen. Das Zeichen, dass sein Leben keinen Pfifferling mehr wert war. Das Foto hatte er dabei, obwohl ihn die Leute vom *Bundes-Nachrichten-Dienst* in Hamburg eindringlich gebeten hatten, keinerlei Dinge mitzunehmen, die Hinweise auf seine alte Identität liefern könnten. Er griff er nach dem kleinen ledergebundenen Band mit *Dschelaluddin Rumis* Gedichten. Es war ein Geschenk von Fatima. In seinen traurigen, einsamen Stunden spendeten ihm diese Zeilen immer wieder Ruhe und Kraft. Geistesabwesend schlug er eine Seite auf ...

„Schmerz entsteht, wenn Du siehst, wie arrogant du warst.

Und Schmerz ist es auch, der dich von Anmaßungen befreit."

Al Chatim dachte an den gestrigen Morgen, als Pater Rupert auch Gedichte von *Rumi* und *Tagore* eingebracht hatte. Wer ist dieser Pater? fragte er sich auch diesmal wieder. Ein wirklich Gottgläubiger? Befreiungstheologischer Rebell, Anarchist, schamloser Hedonist, Deliziösem und Delikatessen nicht abgeneigt, ein Gratwanderer menschlicher Prinzipien und Abgründe, ein typischer Vertreter deutscher Bildungsaristokratie oder ein belesener Jesuit? Zugleich von Selbstzweifeln geplagt, im Tal des Schmerzes mystische Erfahrungen sammelnd. Was wusste dieser merkwürdige, von seiner katholischen Amtskirche geschasste Pater von seiner, al Chatims, Geisteswelt?

Auch er selbst entstammte der postkolonialen Bildungsoberschicht. Nur die Hinwerfung vor Allah vereinte ihn mit seinen Mitmenschen im heimatlichen Sudan. In seiner Jugend hatte er nur wenig über sein Land erfahren, das noch wenige Jahre vor seiner Geburt unter britischem Protektorat gestanden hatte. Als hoher Verwaltungsbeamter sorgte der Vater für ein recht gutes Auskommen. Seine Heimat, seine Herkunft verband Muhammad nur mit den Megazentren *Khartum* und *Omdurman* am Zusammenfluss des Blauen und Weißen Nil. Er erinnerte sich an die ausgedehnten Spaziergänge mit seinen Eltern auf der Nil-Insel und an den jährlich herbeigesehnten *Mawlid*, die ausschweifende Festwoche zu Ehren des Geburtstages des Propheten. Hunderttausende strömten nach *Omdurman*, es war die Zeit des Volksislam. Nachts herrschte ohrenbetäubender Lärm, die religiösen Gesänge mit den schrillen Kopfstimmen, die Trommeln, die kreischende Musik, das Geschrei der Gaukler, Schlangenbeschwörer, Marketender, sich in Trance tanzende Sufis und die endlosen Koranrezitationen, denen andächtig gefolgt wurde. Die bunten Umzüge, alles war außer Rand und Band. Am Tage war dann alles still, als ob die ganze feiernde Gesellschaft vor Müdigkeit in einen Märchenschlaf versetzt worden wäre.

Sein Vater wünschte sich sehr die Vereinigung mit Ägypten, ein Großreich am Nil wie das alte, sagenhafte *Nubien*. Die neuen Machthaber betrieben zunehmend die Islamisierung des Landes. 1963 wurde die *Scharia* eingeführt. Es herrschte Bürgerkrieg. Im Süden die ölgierigen Christen, im Westen die blutrünstigen Rebellen in Dharfur. Von den Greueltaten der Regierungstruppen hatte er erst später erfahren. Muhammad war es mit Hilfe seiner Familie gelungen, in Kairo eine Studienlaufbahn zu beginnen. Mit dem Studium der Politikwissenschaften war auch sein Widerwille gegen den westlichen, vor allem den US-Imperialismus gewachsen. Dies umso mehr, als in späteren Jahren der Sudan zum offiziellen Kriegsgegner der USA erklärt wurde, weil sein Land den Irak unter Saddam Hussein unterstützte. Dass den damals meistgesuchten Terroristen der Welt *Carlos* und *Osama bin Laden* Unterschlupf im Sudan gewährt wurde, trug auch nicht gerade zur Verbesserung der Beziehungen zum Westen bei. Das Goethe-Institut in Kairo hatte ihn zu einem Studium in Deutschland inspiriert.

Zu dieser Zeit gab es kaum ein Land, das jungen Menschen aus den Dritte-Welt Ländern so exzellente Studienmöglichkeiten gab. Berlin war der Schmelztiegel für diese agile Studentenschaft, die hier zugleich ihren Unmut gegenüber den Zuständen in ihren Heimatländern ausleben konnten. Fast täglich gab es Demonstrationen, Kundgebungen, Aktionen von iranischen Schah- und später Khomeini-Gegnern, von lateinamerikanischen Junta-Widerständlern, von indonesischen Vereinigungen, die gegen die blutige Verstrickung von CIA und Suharto-Regime vorgingen, fast jedes Land war mit mehr oder weniger entschlossenen studentischen Oppositionsgruppen vertreten. Seit dem Vietnamkrieg schien die Botschaft der USA in Berlin in einem Dauerbelagerungszustand zu sein. Dies alles hatte al Chatim geprägt, als er an der Freien Universität sein Journalistik-Studium betrieb.

Und nun sollte er in wenigen Tagen in die USA ausgeflogen werden. Sie hatten ihm alles versprochen, natürlich gegen Gegenleistung. Was für Befragungen erwarteten ihn, gab es für ihn als Journalisten Arbeit? Er dachte an die großkotzigen, rabiaten Kollegen von den US TV-Sendern *CNN* und *Fox*. War das seine Welt? Al Chatim entschied sich, zum Achterdeck zu gehen, dort würde er bestimmt seinen Freund Abdul Wahabi, den Bootsmann treffen.

Hottenrott, 1. März

Er hatte alles gut vorbereitet. Noch am Vorabend hatte er sich beim Steward, Ralf Habermann, eingedeckt. Zwei Kästen Jever Pils, Coca-Cola, Captain Morgan Black Label, Korn, Sinalco und Champagner, ja, Siegfried Hottenrott hatte Champagner geordert. Schließlich war heute sein Geburtstag und der musste angemessen gefeiert werden. Schon um halb fünf stand er in Unterhosen vor dem Spiegel und streckte den ausgestreckten rechten Arm vor. Aus seinen Laptop-Lautsprechern dröhnte wieder der *Badenweiler Marsch.* Dann nahm er den ersten langen Schluck, direkt aus der *Fürst-Bismarck* Kornflasche. Kurze Zeit später erschien er aufgeräumt in der Kombüse. „Na Johnny, du alte Kanaille, heute machen wir uns einen fröhlichen Tag!"

Johnny ganz verwundert: „Boss, was ist los?"

„Ich hab Geburtstag, du Arsch! Bööörthdei! So, und jetzt stell mal den Kasten Bier neben die Klappe!" Hinter der Klappe der Essensausgabe hörte man in der *Back, d*er Mannschaftsmesse, das Stimmengemurmel der einfachen Mannschaftsgrade.

Zwischenzeitlich hatte der Steward das frühstückshungrige Schiffspersonal mit der Information versehen, dass der Smutje heute

Geburtstag habe. Als Hottenrott die Klappe aufriss, tönte ihm ein vielstimmiges „Hääääbbi Böööörthdaei!" entgegen. Ein Moment tiefer Rührung überkam den Koch, das hatte er nicht erwartet.

„Johnny los, hol den Champagner!"

„Was soll ich?" kam es verunsichert.

„Ach was!" schrie Hottenrott und rannte in den Kühlraum. Mit zwei Flaschen gings direkt in den Mannschaftsraum. Das Stanniol hastig abgerissen, und ungeschickt drehte der Koch den Draht auf, ruckelte am Korken, bis dieser knallend aus der Flasche schoss und der Veuve Clicquot herausschäumte. Er nahm einen tiefen Schluck, dann reichte er die Flasche an den Steward weiter. Hinter dem Steward tauchte plötzlich Chief Petersen auf und grinste: „Ich hab's einfach im Urin, wenn einer Geburtstag hat und es Kaffee-Ersatz gibt!" Damit zog der die Flasche vom Steward weg, trank genüsslich, um sie dann an Dojo, seinen Maschinisten, weiterzugeben.

Jetzt rief der Koch durch die Klappe in die Kombüse. „Johnny, schieb mal den Kasten Bier durch; das Frühstück schaffst du doch alleine!" Ohne eine Antwort abzuwarten, griff er in die Bierkiste und verteilte die Flaschen; auch die indonesischen Bootsleute griffen grinsend zu. Kurz nach acht machte der Bootsmann Abdul Wahabi mit einem scharfen: „Cepat, berkerja!" seinen Landleuten klar, dass die Bordarbeiten warteten. Der Steward wollte sich noch schnell zum Frühstück im Salon blicken lassen, seine Boys *einnorden*, um dann zum gemütlichen Umtrunk zurückzukehren. Mittlerweile hatte sich nach der Wachablösung auch der Dritte Offizier eingefunden. Zu viert saßen sie in der Ecke der Mannschaftsback und ließen die Flaschen kreisen. Hottenrott begann zu schwitzen. Der Dritte, Oliver Hecht, flachste: „Die Karibik lässt grüßen, Smutje!" Dabei ließ er den nächsten Kronkorken ploppen. Das war das Stichwort für Chief Petersen: „Jungs!", setzte er an, „Wisst Ihr, wie wir das damals auf den P-Linern bei *Laeisz* gemacht haben?" Petersen nahm einen tiefen Schluck: „Also wir feierten den ersten Karibiktag immer mit ner Polarparty. Dicke

Mäntel an, Fellmützen, Handschuhe, aus der Kombüse gab's Glühwein und Grog und am liebsten hätten wir noch ein Feuerchen gemacht. Geschwitzt haben wir wie die Schweine und hacke-dicke-voll waren wir. Weiß der Geier, wo der Steward den achtzigprozentigen Rum her hatte!"

Lachend klatschte er Hottenrott auf die fette Schulter, dass der aufjaulte. „So und jetzt einen *Cuba Libre!*" kam es von Hottenrott. Der Steward hatte schon die Rumflasche in der Hand. Plötzlich hörte man Kapitän Freeses tiefe Stimme, mit einem fragend-ärgerlichen Unterton von der Tür: „Die Herren feiern?" Entschuldigend stellte sich der Steward vor den Koch: „Unser Smutje hat heute Geburtstag, Herr Freese." Dann kam ein: „Meinen Glückwunsch, Herr Hottenrott, bitte feiern Sie heute Abend weiter!" und damit verschwand der Kapitän schon wieder. Betreten verließ einer nach dem anderen den Mannschaftsraum.

Als Muhammad nach dem Frühstück auf das Sonnendeck trat, blendete ihn das grelle Licht von Osten. Er kannte die Kraft dieser tropischen Morgensonne aus seiner Heimat, dort war es dann Zeit, in die Kühle der Häuser zurückzukehren. Mit beiden Händen an den Seitengeländern ließ er sich rückwärts den Abgang hinuntergleiten. Da hörte er ein lautes Rülpsen und sah den Koch mit glasigen Augen an der Reling lehnen. Grußlos und in stiller Verachtung ging er an ihm vorbei. Auf das Mittagessen im Salon hatte er keinen Appetit. Achtern sah er Abdul Wahabi, der ihn freudestrahlend mit einem „Selamat pagi pa!" begrüßte. Al Chatim antwortete mit „Salam maleikum!" Dann winkte Abdul Muhammad in das Bootsmannshaus, wo er seinem Gast heißen Tee in einem Wasserglas anbot. Muhammad nahm dankend an und griff nach dem Zucker. Beide saßen sich auf einem Teppich mit gekreuzten Beinen gegenüber. Wahabi rief kurz nach einem seiner Bootsleute, um ihm klar zu bedeuten, dass er nicht gestört zu werden wünschte. Dann begann Muhammad zu erzählen. Abdul Wahabi hörte schweigend zu, immer wieder nachdenklich nickend. Schließlich begannen beide zu flüstern, um sich dann mit einer Umarmung zu verabschieden.

Tina, 1. März abends

Das Abendessen schmeckte noch unerfreulicher als sonst. Als Tina eine Bemerkung darüber machte, berichtete ihr Elvira von dem Gerücht, der Koch habe Geburtstag, sei deshalb stockbetrunken und habe daraufhin das Würzen komplett vergessen, statt, wie üblich, den Salzstreuer allzu großzügig in den Topf zu leeren. Die Frauen kicherten zusammen über diese Behauptung.

Nach dem Essen fühlten sich beide wenig aufgelegt zu weiteren Unternehmungen. Elvira wollte sich aber vor dem Schlafengehen ein wenig in den Salon setzen, wie sie meinte. Tina ahnte, dass die Freundin hoffte, vor der Ankunft in Costa Rica noch einmal mit Muhammad ins Gespräch zu kommen. Daher zog sie sich lächelnd in ihre Kabine zurück, um einen der englischen Kriminalromane zu lesen, die immer eine so angenehm beruhigende Wirkung auf sie hatten. Gerade hatte sie sich in die Vernehmung einer wichtigen Mordzeugin vertieft, als das Satellitentelefon neben ihrem Bett zu schrillen begann. Stefan!

Ihr Bruder wirkte müde, fand sie.

„Alles in Ordnung bei dir, Steff? Du klingst richtig fertig."

„Mensch, Kleines, hier ist es zwei Uhr morgens. Schon vergessen? Ich versuch seit drei Stunden, dich zu erreichen. Aber ist schon OK, ich hab auch ne Weile gebraucht, um die richtigen Leute für meine Recherchen zu erwischen. Ein Dokument hab ich erst vorhin geschickt bekommen. Aber es lohnt, sag ich dir. Du hattest völlig recht, bei euch auf der *Pavia* ist was oberfaul. Und jetzt kann ich dir auch sagen, was es ungefähr ist."

Stefan machte eine dramatische Pause. Tina, die ihren Bruder und seinen Geltungsdrang kannte, gab die erhoffte Antwort:

„Komm, spann mich nicht auf die Folter. Wie hast du das bloß wieder gemacht? Immer kommst du an die Informationen ran, die man braucht, egal wie geheim die angeblich sind!"

„Tja, diesmal war's auch wirklich nicht einfach. Ich war nochmal im *Club Gascon*, um den Typen zu treffen, der mir beim letzten Mal von der Sache erzählt hat. Aber er hat sich ziemlich geziert, bis er endlich mit den Informationen rausrückte. Er arbeitet als Agent ..." „Was, vom Geheimdienst? Du meine Güte, Stefan! Da können wir doch nicht ..."

„Immer mit der Ruhe, Dummchen. Wir sind hier nicht in einem von deinen Krimis. Tief durchatmen! Tommy arbeitet als Schauspielagent und kennt deshalb jede Menge Leute von den großen Fernsehsendern. Und bei denen kursiert seit dem letzten Sommer offenbar ein Gerücht über ein deutsches Geheimprojekt namens *Escape*, das von Hamburg aus gesteuert wird. Dahinter stecken anscheinend Fernsehleute aus Köln rund um einen Programmchef namens Dieter Möllerhoff. Und ein Schiff und Costa Rica spielen auch ne Rolle bei der Sache. Das ist mit Sicherheit euer Kahn! Und jetzt halt dich fest: Das Ganze soll was mit einer geplanten großen Doku-Soap zu tun haben. 'Nem richtig dicken Fisch!"

„Das verstehe ich, glaube ich, nicht ganz, Stefan."

„Ne Doku-Soap! So ne Real-Serie, die richtig lang läuft und jede Menge Merchandising-Profit abwirft! Du guckst so was bestimmt nicht, aber du weißt ja wohl, was ich meine, oder? So'n Zeug wie *Dschungelcamp* oder *Big Brother*, wo Leute in total fiese Situationen gebracht und dabei gefilmt werden. Allerdings sind das normalerweise Freiwillige, die ordentlich dafür bezahlt werden. Das kann's bei euch nicht sein. Andererseits: Heimlich filmen und das Material am Ende echt auf Sendung bringen – das geht auch nicht, das wär selbst dem wüstesten Privatsender zu riskant. Also ist mir nicht ganz klar, was die eigentlich vorhaben. Vielleicht ist das Ganze sowas wie ein Probelauf. Genaueres wusste Tommy auch nicht. Oder er wollte es mir nicht sagen. Jedenfalls ist er abgehauen, als ich versucht habe, noch mehr Informationen aus ihm rauszuquetschen."

„Aber Steff, was soll ich denn jetzt machen?" Tinas Stimme war ganz klein und ängstlich geworden.

„Weiß ich auch nicht so genau. In Lebensgefahr schwebt ihr wohl nicht. Aber andererseits ist das mit Sicherheit illegal, was die da abziehen. Schließlich seid ihr nie drüber informiert worden, was es mit den Costa-Rica-Tickets auf sich hat. Und wer was Illegales vorhat, schreckt vielleicht auch vor üblen Methoden nicht zurück, wenn er Sorge hat, aufzufliegen. Wie ist der Käpt'n denn drauf? Steckt der womöglich in der Sache mit drin?"

„Nein, der wirkt eigentlich ganz seriös. Aber man weiß ja nie. Was soll ich bloß machen?"

„Beruhige dich, Kleines. Wenn du zu viel Angst hast, dann behalte eben alles für dich, geh in Puerto Limón unauffällig von Bord und versuch, die ganze Geschichte zu vergessen."

„Aber dann kommen die damit durch."

„Genau. Plan B wäre, die anderen Passagiere einzuweihen. Jedenfalls die, die dir vertrauenswürdig vorkommen. Dann sammelt ihr heimlich noch ein paar Beweise, ich versuche, hier in London an weitere Informationen zu kommen. Übermorgen, wenn ihr in Puerto Limón angelegt habt, meldest du dich dann bei mir und wir überlegen zusammen, wie wir die Arschlöcher von der *Agency* und dem Sender am besten auffliegen lassen. Das könnte ein richtig fetter Skandal werden." Stefan klang geradezu begeistert bei dieser Aussicht.

In Tina stieg der leise Verdacht auf, dass es ihrem Bruder möglicherweise gar nicht mehr hauptsächlich um sie ging, sondern dass er eine Chance witterte, im Scheinwerferlicht auf der ganz großen Pressebühne zu stehen. Klar, das würde ihm gefallen. Solche Auftritte hatte er schon als kleiner Junge geliebt – selbst wenn sie bedeuteten, dass er dafür Prügel bezog.

Leise antwortete sie: „Ich überleg's mir, Stefan. Ich glaub, ich brauch jetzt erstmal etwas Ruhe. Vielen Dank jedenfalls."

Stefans Stimme klang ein wenig enttäuscht, als er ihr einen erholsamen Abend wünschte.

Tina ließ sich auf ihr Bett fallen und vergrub wieder einmal den Kopf in den Kissen. Die Vorstellung, in der Mitte eines wilden Medienskandals zu landen, machte ihr fürchterliche Angst. Sie würde mit einem solchen Aufruhr nicht fertigwerden, das wusste sie genau. Die AUGEN würden sie bei jedem Schritt verfolgen, sie würde nächtelang nicht schlafen können und tagsüber ein ständiges Würgen in der Kehle verspüren. Genau wie während der Scheidungsverhandlung damals. Nein, sie würde diesen Wahnsinn nicht auf sich nehmen. Stefan hatte es ja selbst gesagt: Sie brauchte nur den Mund zu halten und in Puerto Limón unauffällig von Bord zu gehen.

Andererseits ... irgendetwas Mieses schien auf der *MS Pavia* vor sich zu gehen. Jemand benutzte die Reisenden skrupellos. Hier wurde gezockt, ohne Rücksicht auf Verluste. Und die Passagiere waren dabei nichts als austauschbare Spielfiguren auf irgendjemandes Brett. Während sie selbst das Gefühl hatten, unabhängige Entscheidungen von großer Tragweite für ihr eigenes Leben zu fällen, wurden sie in Wahrheit von den Spielmachern irgendeines Fernsehsenders an unsichtbaren Fäden gezogen. Und der Zweck des Ganzen? Nicht einmal eine böse Weltverschwörung, sondern bloß sinnfreie Unterhaltung des Publikums und maximaler Gewinn für den Sender. Weiter nichts. Geradezu peinlich oberflächliche Ziele.

Doch seltsam: Hatten sie und ihre Mitreisenden auf der *Pavia* nicht selbst immer wieder Spielfreude entwickelt? Spiele an sich waren ja auch nichts Böses. Tina dachte an die Knobelrunde zurück, an den Pokerabend, an die missglückte *Escape*-Partie, aber auch an die

Zaubershow des Paters. Gut, der Sender hatte mit dem Spielepaket ein wenig nachgeholfen, doch die Passagiere waren von sich aus irgendwie in Zockerstimmung gewesen. Kein Wunder, denn sie hatten ja alle beim Kauf des Tickets ihr altes Leben zum Pfand gesetzt, in der Hoffnung, eine bessere Zukunft damit zu gewinnen.

Tina setzte sich auf. Plötzlich erinnerte sie sich an einen Zeitungsartikel, den sie vor einiger Zeit gelesen hatte. Das Word *Escape* hatte darin eine Rolle gespielt. Es war um eine Form von geselligem Event gegangen, das gern für Geburtstagsfeiern gebucht wurde: Besuchergruppen wurden in einen vorbereiteten Raum gesperrt und mussten versuchen, gemeinsam bestimmte Rätsel zu lösen, um innerhalb einer bestimmten Zeit wieder herauszukommen. Diese *Escape-Room*-Spiele waren außerordentlich beliebt, wurden bereits in vielen Städten als Touristenattraktion eingerichtet und sollten demnächst als Brettspiel-Version auf den Markt kommen. Kein Wunder, dass der Sender scharf darauf war, eine Doku-Soap mit ähnlichem Titel herauszubringen. Man wollte ja im Trend liegen.

Was, wenn man auf der *Pavia* versuchen würde, den Spieß umzudrehen? Die Passagiere könnten vielleicht aus dem *Escape-Room* der *Agency* ausbrechen. Die Sache an die Öffentlichkeit bringen, wie es Stefan vorgeschlagen hatte, und die selbst ernannten Spielleiter zu Verlierern machen?

Doch um das zu ermöglichen, würde sie sich dazu aufraffen müssen, ihre Neuigkeit weiterzugeben und die Folgen zu tragen. Eine schwierige Entscheidung Aber sie musste ja nicht unbedingt gleich alle informieren. Wenigstens Elvira konnte sie doch ins Vertrauen ziehen. Vielleicht auch den Pater. Und was den Skandalrummel betraf: Die Rolle im Scheinwerferlicht würde Stefan ihr im Notfall sicher liebend gern abnehmen. Entschlossen stand sie auf.

Als sie den Salon betrat, stellte sie fest, dass sie es günstig getroffen hatte. Elvira saß mit Muhammad an einem der kleinen Vierertische und blickte ihn verträumt von der Seite an, während Pater Rupert den beiden gegenüber vor einem Glas *Black Velvet* saß und einen Vortrag über das Frauenbild des Koran hielt. Sonst war niemand im Raum; selbst der Barkeeper schien in der Küche beschäftigt. Einen Augenblick überlegte Tina, ob sie dem undurchsichtigen Muhammad vertrauen konnte. Doch dann setzte sie sich kurzentschlossen auf den freien Platz am Tisch, unterbrach Ruperts Ausführungen und begann ohne Umschweife zu erzählen, was sie von Stefan erfahren hatte.

Als sie geendet hatte, folgte ein kurzes Schweigen. „Das erklärt Manches", meinte Elvira beunruhigt, „Wir werden also aufeinandergehetzt und ausspioniert, weil irgendein Fernsehsender ein Interesse hat, uns dabei zuzuschauen. Das reinste Stalking ist das! Aber was wollen die mit dem Material? Vielleicht senden sie es nachher doch?"

„Das glaub ich nicht", antwortete Muhammad ruhig, „Als Journalist habe ich mit solchen Dingen Erfahrung. Allein das Schmerzensgeld, das wir vor Gericht durchsetzen könnten, wäre ruinös. Aber sie können uns als Versuchskaninchen verwenden. Sie wollen mit unserer unfreiwilligen Hilfe herausfinden, wie man Menschen, die auswandern wollen, auf einem Schiff am wirkungsvollsten zusammenpferchen und in möglichst fernsehtaugliche Konflikte stürzen kann. Anschließend werden sie das Setting entsprechend vorbereiten und ganz legal auf die Suche nach Freiwilligen gehen. Ich sehe schon die Anzeige vor mir: ‚Flucht aus dem alten Leben? Palmenstrände und karibisches Flair? Das muss kein Traum bleiben! Bewerbt euch als Kandidaten bei *ESCAPE!*'"

Die reißerische Werbung klang so realistisch, dass Tina und Elvira wider Willen in Lachen ausbrachen. Doch der Pater blieb ernst. „Ich kann mir das gar nicht vorstellen", erklärte er zweifelnd. „Das würde doch heißen, dass unsere preiswerten Fahrkarten vom Sender und der *Adventure Investment Agency* gewissermaßen subventioniert wurden. Sie müssten ja unter vielen möglichen Passagieren auswählen, um eine interessante Mischung zusammenzubekommen. Dazu hätten sie den Fahrpreis künstlich gesenkt. Aber welcher Fernsehsender investiert denn eine solche Summe, nur um einen Versuchsballon zu starten?"

„Zu diesem Punkt hätte ich vielleicht eine Erklärung", antwortete Muhammad. „Das Ganze wurde gewissermaßen querfinanziert durch eine geheime Ladung im Zwischendeck, mit der der Sender und die *Agency* einen üppigen Gewinn machen werden. So lässt sich der Verdienstausfall durch die Tickets leicht verschmerzen." Er berichtete – allerdings unter Auslassung zahlreicher Details – von seiner Entdeckung im Schiffsbauch.

„Das passt zusammen." Nun war auch Pater Rupert überzeugt. „Die *Agency* versucht also tatsächlich, möglichst viele Konflikte an Bord zu schüren und dabei unser Verhalten zu studieren. Und mit dem Provozieren und dem Fotografieren wurde ein- und dieselbe Person beauftragt." Elvira nickte: „Conrad Dreyer. Der hängt eindeutig in der Sache drin. Aber was ist mit Scott, diesem braungebrannten Rüpel? Der kam uns doch auch die ganze Zeit verdächtig vor."

Muhammad meinte zweifelnd: „Der Mann benimmt sich merkwürdig, das gebe ich gerne zu, aber wenn er wirklich im Auftrag der *Agency* handeln würde, warum hätte er dann seinen Sohn dabei? Und warum hätte er Dreyer zusammenschlagen sollen? Der müsste doch dann sein Komplize sein?"

„Zur Tarnung?" Tina war selbst nicht recht überzeugt. Außerdem war Scotts Schuld an dem Überfall auf Dreyer nie schlüssig bewiesen worden. Man einigte sich am Ende darauf, Scott am nächsten Tag unauffällig zu beobachten. Das gleiche galt für Markus, obwohl dessen verspätetes Auftauchen als Blinder Passagier eigentlich nicht im Interesse der *Agency* sein konnte. Björn dagegen schien harmlos zu sein, ebenso der Großteil der Mannschaft. „Aber irgendjemand auf der Brücke muss das Spiel der *Agency* mitspielen", gab Muhammad zu bedenken, „Denn Dreyer kann uns nicht allein überwachen. Es gibt sicher noch weitere Kameras und Mikrofone. Das muss koordiniert werden, sonst ist die ganze Mühe umsonst. Der Kapitän scheint harmlos zu

461

sein. Ich tippe auf Lohfeld. Neulich war ich schon mal oben auf der Brücke und habe ein bisschen auf den Busch geklopft, weil mir die ganze Nachrichtentechnik hier an Bord merkwürdig vorkam."

„Das stimmt", meinte der Pater leise. „Der Erste kennt sich bestens mit elektronischer Nachrichtenübermittlung aus. Das hat er mir selber gesagt. Ich könnte nachher nochmal zu ihm auf die Brücke gehen und versuchen, mir ein Bild davon zu machen, welche technischen Finessen da so installiert sind. Leider verstehe ich nicht viel davon, aber vielleicht kann ich ihn zum Plaudern bringen. Er kommt bestimmt nicht auf die Idee, dass ausgerechnet ich ihn aushorche."

„Sehr guter Einfall, Pater." Elvira fühlte sich allmählich richtig in ihrem Element. „Seine Eitelkeit wird ihn verleiten, mehr preiszugeben, als er möchte. Und Sie kommen dann zurück und erstatten uns Bericht, damit wir über die nächsten Schritte beraten können." Der Pater schüttelte lachend den Kopf und murmelte etwas von „Emil und die Detektive", erklärte sich aber bereit, den versprochenen Versuch zu unternehmen.

Tina war erleichtert und beunruhigt zugleich. Es gab kein Zurück mehr, der Skandal würde unweigerlich ins Rollen geraten. Sie war mit Stefans Neuigkeit nun nicht mehr allein. Aber das, was kommen würde, war nicht zu kontrollieren. Sie würde abwarten und die Ereignisse hinnehmen müssen. Dieser Gedanke machte ihr unsagbare Angst. Aus einem versteckten Winkel ihres Inneren stieg eine tiefe Müdigkeit auf. „Meint ihr, ich könnte jetzt erstmal schlafen gehen?", fragte sie unsicher. Elvira antwortete mit leuchtenden Augen: „Überhaupt kein Problem, Tina. Muhammad und ich werden zusammen hier warten, ob der Pater was Interessantes von der Brücke mitbringt." Trotz ihrer Ängste konnte Tina sich ein Schmunzeln über den Eifer der Freundin nicht verkneifen, als sie zum zweiten Mal an diesem Abend den Salon Richtung Kabine verließ.

Conrad, 1. März nachts

Dreyer holte die Kamera aus der Schublade. Er wollte noch einmal an Deck, Nachtaufnahmen machen. Mehrfach hatte er beobachtet, dass sich Passagiere zu zweit oder in kleinen Gruppen spät nachts oder vor Sonnenaufgang dort oben trafen. Offenbar wirkte die Dunkelheit wie eine Einladung zu vertraulichen Gesprächen. Vielleicht würde es ihm sogar gelingen, die Kamera unauffällig in der Nähe eines solchen Grüppchens zu deponieren und die Sprachaufnahme einzuschalten? Dann hätte er noch einen Knüller im Kasten, bevor er das Gerät in Puerto Limón abgeben musste. Oder sollte er das Ding vielleicht besser gar nicht rausrücken? Er konnte es auch Markus anvertrauen, der bereits den Umschlag mit dem Auftrag der *Agency* in sicherer Verwahrung hatte. War vielleicht nicht schlecht, ein weiteres Erpressungsmittel in der Hand zu haben.

Er stapfte nach oben. Das Deck war verlassen, die Scheinwerfer ausgeschaltet. Am Himmel zogen eilige Wolken, die hin und wieder den Mond sehen ließen, doch meist war es zu dunkel zum Fotografieren. Einige Minuten schlenderte Conrad unschlüssig im Wind an der Reling entlang und wandte sich schließlich zur Deckstür, um in seine Kabine zurückzukehren. Da spürte er plötzlich, wie sich ein kräftiger Arm von hinten über seine Brust legte. Er wurde energisch in den Schwitzkasten genommen. „Nicht schon wieder!", stöhnte er und überlegte einen kurzen Moment, ob sich Hottenrott nach der alten Methode an ihm rächen wollte. Oder hatte er womöglich überhaupt den Falschen verdächtigt?

Da hörte er Lohfelds Stimme direkt neben seinem Ohr – leise, aber bedrohlich zischend: „Keinen Ton, Dreyer. Her mit der Kamera! Oder glauben Sie, ich warte wie ein Lämmchen, ob sie mir das Ding aushändigen?" Verdrossen ließ sich Conrad das Gerät abnehmen. Auch egal. Schließlich hatte er immer noch den Brief der *Agency* als Druckmittel. Wenn Lohfeld sich die letzten Bilder auf der Kamera ansah, würde er das Foto mit dem Auftrag rasch entdecken. Dann würde man ja sehen, wer zuletzt lachte …

Der Erste Offizier löste den Klammergriff und verschwand mit seiner Beute eilig in Richtung Brücke – offenbar hatte er Wachdienst. Conrad zog sich in die Kabine zurück.

Tina, 1. März nachts

Tina zog sich in der Kabine um und putzte über dem kleinen Waschbecken die Zähne. Als sie dabei in den Spiegel sah, erstarrte sie vor Schreck. Die Augen, die ihr hinter der randlosen Brille entgegensahen, waren nicht ihre eigenen. Es waren die weißen, furchtbaren AUGEN! Sie unterdrückte einen Schrei, wandte sich ab und wollte in die entgegengesetzte Ecke des Zimmers flüchten. Doch plötzlich wehrte sich etwas in ihr. Etwas, das mit dem kleinen Mädchen zu tun hatte, das von zu Hause weggelaufen war. Es hatte auch mit Stefan zu tun. Mit dieser Reise nach Costa Rica und den Entdeckungen, die sie dabei gemacht hatte. Und seltsamerweise außerdem mit Pokerspiel und Toffees. Das Etwas hatte eine laute Stimme, die im Befehlston einen einzigen Satz wiederholte: „Sieh! Dich! An!"

Tina wandte sich wieder dem Spiegel zu, zitternd vor Angst, mit Übelkeit im Magen. Die AUGEN schauten sie aus dem verkratzten Metallrahmen an. Weiß. Kalt. Bedrohlich und doch irgendwie faszinierend. Wild. Unkontrollierbar wie das Leben selbst. Verlockend. Abenteuerlich. Sie starrte unverwandt zurück – Hypnotiseur und Opfer zugleich. Langsam, ganz langsam, verblasste das Weiß hinter den gespiegelten Brillengläsern und machte ihren eigenen dunklen Augen Platz.

Sie hatte gesiegt.

Rupert Vesper, 1. März nachts

Also gut, dachte Vesper, er würde sich noch einmal mit Lohfeld unterhalten. Nachts auf der Brücke war der Mann offenbar gesprächiger als sonst. Ob viel dabei herauskommen würde, war allerdings eine andere Sache. Am besten wäre es sicher, erst einmal ganz harmlos nach der aktuellen Position und der Ankunftszeit zu fragen.

Als er die Brücke betrat, sah er den Ersten unruhig an verschiedenen Schaltern hantieren. Er wirkte ein wenig gehetzt und außer Atem. „Alles in Ordnung, hoffe ich?", fragte Rupert freundlich, „Wir haben doch hoffentlich nicht so kurz vor dem Ziel wieder ein Maschinenproblem?"

„Nein, keine Sorge." Lohfeld winkte ab, doch sein Lachen wirkte leicht nervös. „Alles in Ordnung." Er griff fahrig nach seiner Teetasse, die neben der frisch gefüllten Thermoskanne auf dem Tisch stand. Die Tasse rutschte ihm aus der Hand und zerschellte am Boden. Fluchend bückte sich Lohfeld nach den Scherben. Als Vesper ihm helfen wollte, fiel sein Blick auf einen kleinen, schwarzen Gegenstand, der versteckt hinter der Thermoskanne auf dem Tisch lag. Dreyers Kamera! Wie kam die denn hierher?

Innerhalb von Sekunden war Rupert klar, wie diese überraschende Gelegenheit genutzt werden musste. Die Reflexe des geübten Zauberers würden ihm hier gute Dienste leisten. Zunächst galt es, Lohfeld abzulenken, zum Beispiel durch die geplante Frage nach der Ankunftszeit. Der antwortete bereitwillig: „Die *MS Pavia* wird morgen und übermorgen ihre restlichen 550 Seemeilen nach Costa Rica hinter sich bringen, voraussichtlich um 9:30 h Ortszeit auf der Reede in Puerto Limón festmachen. So um ein Uhr werden wir heute nacht auf Kurs 205 zwischen Haiti und Kuba sein, vorbei an der Nordwestküste Jamaikas, und ... Guantanamo!

„Dieses Wort verstärkt jedes Mal meine Zweifel an der politischen Vernunft und Moral der United States." Rupert schob sich geschickt immer näher an den Tisch heran, während er Lohfelds Reaktion auf seine Äußerung beobachtete. „Zumal die noch immer genug einsatzfähige A-Bomben besitzen, um den Globus zu zerstören; weshalb die Worte des Friedensnobelpreisträgers Barack Obama, eine atomwaffenfreie Welt schaffen zu wollen, wie ein böser Witz klingen." Der Erste holte Luft, um auf diese Provokation – die übrigens durchaus Vespers tatsächlicher Meinung entsprach – zu antworten. Doch zu seiner Überraschung wich der Pater einer weiteren Debatte aus und verschwand zügig Richtung Salon. Die Kamera ruhte sicher in seiner Tasche.

Unten löste Vespers unerwartete Beute regelrechte Begeisterung aus. Elvira strahlte, und auch Muhammad konnte sich ein anerkennendes Nicken nicht verkneifen. Doch er gab zu bedenken: „Ich hoffe nur, dieses kleine Zauberkunststück gelingt Ihnen gleich noch einmal in umgekehrter Richtung. Vermutlich haben wir nicht viel Zeit, ehe Lohfeld den Verlust bemerkt. Sie tun also gut daran, ... sagen wir ... Ihren Kugelschreiber zu vermissen und oben auf der Brücke danach zu fragen. So ein schusseliger alter Mann verliert seine Sachen manchmal aus dem Blick, nicht wahr?" Muhammad grinste. Vesper schmunzelte ebenfalls und zog mit einer eleganten Zauberer-Handbewegung ein leeres Brillenetui aus der Tasche. „Ist bereits vorbereitet."

Innerhalb weniger Minuten wurden in Muhammads Kabine die Fotos auf einen handlichen, modernen Laptop kopiert. Vesper konnte die Kamera unbemerkt zurückbringen.

Als er anschließend wieder die Kajüte betrat, sah er Elvira und den Sudanesen atemlos und dicht beieinander vor dem Bildschirm sitzen. „Schau dir das an!", flüsterte Elvira. Vor Aufregung verfiel sie ganz selbstverständlich ins Duzen. „Dreyer wollte sich absichern. Und damit hat er uns den perfekten Beweis für seine Machenschaften geliefert!" Auf dem Bildschirm waren zwei Dokumente zu sehen, die gemeinsam abfotografiert worden waren. Ein getippter Brief und ein handschriftlicher Zettel. Rupert las die krakeligen Zeilen vor: „Diesen Auftrag werde ich als Beweis behalten und an einem sicheren Ort aufbewahren. Falls ich verhaftet werde, werde ich ihn an die Presse weitergeben. Sie erhalten ihn erst von mir zurück, wenn ich in Costa Rica unbehelligt von Bord gegangen bin und alle Kontrollen unbeschadet passiert habe."

Muhammad lächelte und meinte bedauernd: „Obwohl ich Journalist bin, kann ich diese Sache leider nicht selbst an die Öffentlichkeit bringen, ohne meine Zukunftspläne zu gefährden. Schade. Es könnte eine schöne Enthüllungsgeschichte werden. Aber Tina und ihr Bruder werden mit unserem Beweisstück hier sicher etwas anzufangen wissen. Gleich morgen früh gebe ich das Foto weiter." Er reckte sich und gähnte demonstrativ.

Elvira blieb nichts Anderes übrig, als widerwillig den angenehmen Platz neben Muhammad zu räumen und sich, zusammen mit Rupert Vesper, für die Nacht zu verabschieden.

Rupert Vesper, 2. März morgens

Es sollte für den Pater keine lange Nacht werden. Am frühen Morgen stürzte Oliver Hecht in Rupert Vespers Zimmer. Kapitän Freese ließ ihn auf die Brücke rufen. Eine Eilbotschaft von Ingrid Steigerwald, Solveigs Freundin und vor seiner „Fluchtreise" Vespers Assistentin am Philosophischen Seminar. Sie hatte keine Direktwahlnummer gehabt und deshalb die Brücke angerufen, um Vesper mitzuteilen, dass Solveig Braak nach einem lebensgefährlichen Zusammenbruch in die Mayo-Klinik Wiesbaden eingeliefert worden war.

Rupert starrte Freese wortlos an. Die Augen schreckweit geöffnet. Seine Fäuste gegen die Schläfen gepresst. Der Mund verzerrt. Schweißnass im Gesicht.

„Naaaiiin!" Das einzige Wort, das er von sich gab, bevor er in eine schockartige Starre fiel.

Es dauerte eine Weile, bis Freese und Hecht ihn „zurückholten", seine Reaktionsfähigkeit wieder aktivierten. Was sich keineswegs zärtlich vollzog.

In Ruperts Kopf nur der Gedanke: „Was ist mit Solveig? Was ist geschehen?" Dazu das Angst erzeugende Bild: „Solveig auf der Leiter ... streckt sich ... blickt hoch zur Kalotte ... lass das ... schwankt etwas ... pass auf, Solveig ... o Gott! ... sie stürzt hinab ... auf den Marmorboden ... Sainte Marie, Mère de Dieu, priez pour nous!"

Er muss umgehend Ingrid anrufen, um Genaues über Solveig zu erfahren. Er tut es nicht. Für ihn steht sofort fest: **„Ich muss zurück! Ich werde sofort zurückfliegen!** Egal, was mit Solveig ist – sein wird."

Am Morgen war im Salon etwas sichtbar verändert, das nicht nur atmosphärisch.

Rupert Vesper nahm sein Morgenessen abseits der Frühstücksgesellschaft ein. Sehr hastig. Ungewöhnlich für ihn. Auffallend blass im Gesicht. Tiefernst. Er erhob sich danach schnell, sichtlich bemüht um einen freundlichen Gruß, und verließ den Salon.

„Was ist mit Pater Vesper?" „Ob er sich unwohl fühlt, vielleicht sogar krank ist?" „Ob er sich über etwas geärgert hat?" „Ist er denn der Typ des schnellen Ärgers?" So die Fragen, die Björn, Markus und andere einander stellten. Tina, Elvira und Muhammad dagegen machten sich Gedanken darüber, ob die „Geheimdienst-Aktion" des vergangenen Abends bei dem Pater womöglich Ängste oder Schuldgefühle ausgelöst haben konnte. Erst ein paar knappe, erklärende Worte von Rupert machten ihnen klar: Er hatte nun ein ganz anderes, drängenderes Problem, bei dessen Lösung sie ihm wenig beistehen konnten. Und sie ihrerseits würden die Aufdeckung des Skandals wohl ohne ihn vorantreiben müssen.

Der Jesuit hatte das Gefühl, durchzudrehen. Er rannte aufs Oberdeck, starrte aufs Meer, stieß Kurzgebete aus, ging in die Bar, goss etwas Scharfes in die Kehle, lief in seine Kabine, riss seine Koffer auf, schloss sie wieder. Alles kreiste um die Frage: Was jetzt? Die Frage, was mit Solveig war – sein würde, was mit ihm sein würde, ob es für Solveig und ihn eine zweite Zukunft geben würde, oder ob er „aus einem nicht auszudenkenden tragischen Grund" doch wieder nach Mittelamerika zurückgehen würde – war zunächst eine Hintergrundfrage.

Plötzlich der Gedanke, dass dieser Rückflug weit mehr sein würde als eine situationsbedingte Rückkehr, dass es eine radikale, eine absolute Umkehr bedeutete. Wobei ihn ein unheimliches Gefühl der Erleichterung durchströmte, einer neu gewonnenen Freiheit, die bereits all seine Pläne, Projekte und alternativen Lebensentwürfe über den Haufen warf, und das – ebenso unheimlich – ohne genaue, ohne jede Kenntnis der Situation, in der Solveig sich befand.

Weshalb er diese euphorischen Empfindungen im Moment auch als unanständig empfand.

Dann aber im Tempo die notwendigen Aktivitäten. Da sich die *MS Pavia* nicht mehr weit von *Puerto Limón* befand, musste er Pater Ortegas Familie informieren, dass sein Aufenthalt nur kurz sein werde, dass er aus sehr wichtigem Grund schnell wieder nach Deutschland fliegen müsse, dass sein Lateinamerika-Projekt zunächst stillliegen, vielleicht sogar beendet sein würde.

Auch die *Academia de Centro América* in *San José* war darüber zu informieren, dass sein demnächst dort fälliger Vortrag zu annullieren sei. Er rannte auf die Brücke. Lohfeld hatte jetzt wieder das Kommando. Offenbar hatte er keinen Verdacht geschöpft. Er verschaffte Rupert schnell die nötigen Informationskontakte und sagte ihm sogar für die Abwicklung seines dramatischen Reiseendes Mannschaftshilfe zu. Das für mehrere Projektjahre gedachte „Großgepäck" würde Rupert sicher zunächst bei Ortegas Familie unterstellen können, um später situationsgemäß damit zu verfahren.

Pasquita, Ortegas Nichte, war am Telefon. Er hatte sie in *San José* gerade noch erreicht; sie war kurz davor, mit ihrem Bruder nach *Puerto Limón* zu fahren, um ihn dort abzuholen.

„Hoffentlich nichts Schlimmes?"

„Doch, sehr schlimm! Aus diesem Grund muss ich schnellstens zurück. Kann deshalb nicht an der Beisetzung von Ortegas Urne teilnehmen, was mir, seinem einzigen deutschen Freund, unsagbar schwer fällt."

Vesper hörte förmlich Pasquitas Tränen. Wegen der Verwahrung seines Großgepäcks sprach er mit Alvarez, Ortegas Neffen. Der junge Anwalt fand auch gleich eine für beide Seiten passable Lösung.

„Kein Problem, Padre. Gut, dass du uns rechtzeitig informiert hast; weshalb ich einen größeren Wagen nehmen muss. Wir werden dein Gepäck in einem verschlossenen Raum unserer Kanzlei unterbringen; das so lange wie notwendig. Gib uns später deine Weisung, wie damit verfahren werden soll."

„Ist alles okay, Ruperto", schob er nach, als Vesper nach den Kosten fragen wollte. „Wie Onkel Ortega zuletzt gesagt hat, warst du in Frankfurt, aber nicht nur dort, sein bester … sein einziger Freund."

Alvarez´ Stimme bebte etwas, offenbar auch vor Rührung. Er erklärt sich sofort bereit, einen schnellstmöglichen Flug nach Frankfurt zu buchen und ihn von *San José* aus zum Airport *Juan Santamaria* zu fahren. Diese Zusagen brachten Rupert wieder etwas ins Gleichgewicht.

Da seine Aktivitäten die Sorge um Solveigs Situation etwas verdrängt hatten, kam er jetzt auf die anfängliche Frage zurück: Hatte Ingrid gegen das von Solveig sicherlich ausgesprochene Benachrichtigungsverbot verstoßen oder hatte Solveig sie doch darum gebeten, ihn zu informieren?

Dieses waren neben den aktuellen Dingen die Gedanken, die ihn im Moment bewegten; und das nicht aus nebensächlichem Grund.

Weshalb er sich mit einer tieferen Frage konfrontiert sah, die er als theologischer „Freidenker" längst als obsolet abgetan hatte; weshalb er ihr auch tiefernst wie ironisch begegnete: War dieses alles, von wem und wie auch immer, nicht doch vorherbestimmt? Andersherum: Gab es eine nichtauszudenkende übermächtige Energie, die das Geschehen ausgelöst hatte und jetzt dessen Folgeereignisse steuerte? Wofür es für ihn, sollte dieses stimmen, eine im Grunde nie zerstörte und auch unzerstörbare Basis gab. An die er im Tiefsten immer geglaubt hatte und unverändert glaubte. Die er aber aus „intellektueller Vorsicht" nicht benennen wollte.

Wobei seine Augenfalten bei diesen Gedanken so etwas wie ein Glücksgefühl andeuteten.

Rupert Vesper, 3. März morgens

Als sich die *MS Pavia* der Küste näherte, waren fast alle Passagiere auf Deck oder Oberdeck.

Kameras und Phones wurden gezückt, die Fotografen brachten sich an der Reling in Stellung, um die letzten Meereseindrücke einzufangen, bevor sie ihr Handgepäck aus den Kabinen holten. Plötzlich eine kräftige, etwas verraucht-versoffene Lautsprecherstimme:

„Liebe Gäste, hier spricht der Kapitän: Bevor wir die Endstation unserer Schiffsreise erreichen und auf der Reede von *Puerto Limón* festmachen, sollten Sie mal kurz einen Blick auf die kleine Insel Uvita richten, die steuerbord vor uns liegt. Dort ist Christoph Kolumbus 1502 bei seiner vierten Reise in die neue Welt vor Anker gegangen, und hat dem Land auch gleich den schönen Namen *Costa Rica* – die reiche Küste – gegeben. In Erinnerung daran findet dort jedes Jahr im Herbst ein großer Jahrmarkt mit einem Umzug von Steeldrum-Gruppen statt, zu dem auch viele ausländische Touristen kommen."

Sofort stürmten die Fotofreaks an die Reling, um möglichst viele Bilder der Insel zu schießen.

Rupert Vesper fotografierte nicht; er hatte nie damit begonnen; hatte es immer Solveig, der Bildkünstlerin überlassen, die auch sehr gute, auch experimentelle Fotos gemacht hatte.

Er saugte dafür, an die Reling gelehnt, die Bilder des Meeres und der nahen Küste tief in sein Gedächtnisarchiv hinein, in seinen Erinnerungstresor; aus dem er selbst nach Jahren, was viele seiner Freunde und Bekannten immer wieder erstaunte, das dort Gespeicherte in fast unveränderter Qualität wieder hervorholen konnte.

„Man sieht: du kommst in ein katholisches Land, Pater. Hast dich wohl deshalb wieder in einen Priester verwandelt. Wo ist aber die Kalkleiste?" stichelte Muhammad, der Rupert durch ein freundliches Geplänkel ein wenig von seinen Sorgen abzulenken suchte.

Vesper trug seinen schwarzen Anzug, dazu aber statt des von Muhammad genannten Kollar einen gespaltenen weißen Hemdkragen über einer knopflosen anthrazitfarbenen Weste, den so genannten Guardini-Kragen, den er als schicker, als ziviler empfand als den ringförmigen weißen Stehkragen, das traditionelle Erkennungszeichen des römisch-katholischen Klerus.

Seine „Rückverwandlung" hatte er gewählt, weil er wusste, dass Costa Ricas Zollbeamte einem Priester von vornherein respektvoll begegneten; was, wie er dachte, aufgrund des befreiungstheologischen Schrifttums in seinem Bücherstapel sehr hilfreich sein konnte.

Sein „Priesterdress" sollte aber auch dazu dienen, dass Alvarez ihn am Hafen sofort erkennen würde. Er hatte Rupert zugesagt, so weit wie möglich die Beschleunigung der Abfertigung zu bewirken.

Der Kapitän fand einige weihevolle Abschiedsworte, die von den Passagieren mit mäßigem Interesse zur Kenntnis genommen wurden. Alle wirkten selbstbezogen, nervös, beklommen. Sie waren nun einmal von Anfang an keine urlaubsfreudige Touristengruppe gewesen, das wurde hier deutlicher denn je. Eher ein Stall voll Versuchskaninchen, die nun in eine zweifelhafte Freiheit entlassen wurden. Rupert sah sich nach seinen „Mitverschwörern" um. Muhammad war plötzlich nirgendwo mehr zu sehen. Wo mochte er stecken? Doch Tina und Elvira sah er an der Reling stehen. Er nickte ihnen aufmunternd zu. Mochte die Aufdeckung des *Escape*-Skandals ihren Gang nehmen – Tina würde schon dafür sorgen, dass die Fotos in die richtigen Hände kamen.

Wenig später stand er ausstiegsbereit auf dem Mitteldeck. Neben einer mittelgroßen Reisetasche trug er Ortegas Urne, in einem ledernetzartigen Gefäß stoßfest verwahrt. Sein Hauptgepäck, auch der Harzer Riesenrucksack, sollte von Lohfelds Leuten betreut werden.

Vom Deck aus konnte er die gesamte Hafenzone überblicken. Das Umfeld von Puerto Limón unterschied sich auffallend vom Vorfeld anderer Häfen. Hier dominierte nicht die Industrie, weshalb das Hafenumfeld auch nicht durch die sonst typischen Rauchwolken verdüstert und nicht von Geröll und Staub bedeckt war. Gegenüber den turmhohen Silos und Hallen anderer Häfen hatten diese Gebäude nur eine mittlere Größe und Höhe; sie dienten hauptsächlich als Lager für den Export von Kaffee und Bananen. Auffallend auch, dass die Hafenzone überwiegend von Menschen bevölkert wurde, die, wie zu sehen war, ursprünglich afrikanischer Herkunft waren. „Dieses mittelamerikanische Hafenchaos ist noch weit wirrer als das Treiben in Matosinhos", dachte Vesper irritiert.

Tina, 3. März morgens

Tina wurde hinterrücks von der Überraschung gepackt, als sie nach dem Verlassen der Gangway mit ihrem Gepäck an der Kaimauer stand und nachdenklich aufs Meer blickte. Die Überraschung nahm keine Rücksicht auf Tinas besinnliche Stimmung, sondern legte ihr von hinten die Hände auf die Augen und flüsterte mit der vertrautesten aller Stimmen neben ihrem Ohr: „Da staunste, Kleines, was?"

„Stefan!!" Die braune Tasche mit dem „Notvorrat aller Wichtigen Dinge" klatschte auf den Boden. Tina stürzte sich lachend in die Arme ihres Bruders. „Was machst du denn hier?" Etwas anderes als diese banale Frage fiel ihr nicht ein, während sie zu einem Taxistand in der Nähe dirigiert wurde. „Erzähl ich dir alles gleich noch", antwortete Stefan hastig, „Wir sind einer Riesensache auf der Spur. Aber dieser Degenhardt von der *AIA* ist ein ganz schön harter Hund." „Was ist denn die *AIA*?" „*Adventure Investment Agency*, Dummchen. Solltest du doch langsam wissen. Jedenfalls hat Degenhardt dafür gesorgt, dass kaum jemand Informationen über das Projekt *Escape* rausrückt. Wird nicht leicht sein, Beweise zu finden. Aber wenn ein paar von euch als Zeugen aussagen, ließe sich bestimmt was machen. Wir könnten zum Beispiel... Komm, den Wagen da drüben nehmen wir. Ich hab schon ein nettes, sauberes Hotel gefunden. *La Uvita*, nicht superschick, aber nah am Strand und preiswert. Wirst schon sehen. Soll ich deinen Koffer nehmen?"

Erst als sie im Taxi saß, fiel Tina ein, dass sie vergessen hatte, sich von den Mitreisenden zu verabschieden. Noch nicht einmal Elviras Handynummer hatte sie aufgeschrieben!

Rupert Vesper, 3. März morgens

Bevor Vesper das Schiff verließ, bedankte er sich formvollendet bei Lohfeld für die Gepäcktransporthilfe durch dessen Leute, denen er jeweils einen größeren Schein zusteckte. Die konnten schließlich nichts für ihren zwielichtigen Chef. Sie wünschten ihm Allahs, wie auch des Christengottes Segen: „Gracias! Yo agradezco!"

Die Pass- und Gepäckkontrolle drohte zu einer zeitraubenden Staatszeremonie zu werden. Wie erwartet, bewirkte jedoch Vespers klerikale Kleidung schon bei der Passkontrolle ein schnelles Durchwinken. „Saludo, Padre!" „Buenos dias!" Auch die Urne wurde nicht genauer inspiziert; das Oberflächenrund war mit einem Kruzifix verziert.

Bevor Rupert durch die Zollschranke ging, sah er, wie Scott Williams aus der kurzen Schlange der *Pavia*-Passagiere herausgeholt und von Polizeibeamten abgeführt wurde. Eine Frau mit einem kleinen Jungen im Schlepptau umarmte den weinenden Peter. „Vermutlich seine Mutter, diese Diana." Vesper konnte noch erkennen, dass Scott sich verbal und auch gestisch gegen die Festnahme wehrte. Lautstark argumentierte er: „Sind Sie wahnsinnig? Are you crazy? Was hab ich denn mit diesem Schorse zu schaffen? Warum zum Teufel hätte ich den Kerl umbringen sollen?" Vergeblich, er wurde abgeführt.

Vesper sah außerdem, wie Tina Sommer von einem Mann lachend begrüßt wurde und mit ihm ein Taxi bestieg. „Ist – deutlich zu sehen – in ihrem Alter und ihr auch sehr ähnlich. Muss wohl ihr sagenhafter Bruder Stefan sein. Was macht der denn hier? Na, umso besser, dann kann sie unser tolles Beweismaterial gleich an ihn weitergeben." Rupert zuckte die Achseln. Der ganze Abhörskandal und seine Aufdeckung waren ihm angesichts von Solveigs Schicksal ziemlich gleichgültig geworden.

Vespers Gepäckstücke waren zusammen mit dem Gepäck der anderen Passagiere von Zollbeamten in einen gesonderten Kontrollraum geleitet worden. Er fürchtete, dass die Überprüfungsprozedur längere Zeit in Anspruch nehmen würde. Plötzlich sah er, wie ein gut aussehender junger Mann und eine schöne junge Frau lächelnd winkend auf ihn zukamen.

„Herzlich Willkommen in Ortega Garcias Heimat", sagte der junge Mann und umarmte ihn. „Alvares!" „Pasquita!" Neffe und Nichte seines Freundes also, wobei ihm die frappante Ähnlichkeit zwischen Ortega und Alvares auffiel, so wie er auch das einwandfreie Deutsch der beiden als angenehm empfand; er erinnerte sich, dass Alvares zwei Jahre an der Uni Hamburg Jura studiert hatte, und Pasquita bis zum Abitur in einem südhannoverschen Ursulinen-Internat gewesen war.

Nach dem plötzlichen Herztod seines Vaters Manuel war Alvares Chef der Kanzlei *Flores Casanueva-Pérez*. Und gleich bewies der junge Anwalt auch seine Einflussmöglichkeit, mit der Wirkung, dass nach relativ kurzer Zeit Vespers Schwergepäck auf dem Transporter lag.

Pasquita saß am Steuer, offenbar kannte sie sich im Straßenverkehr und inmitten des regen multikulturellen Treibens der 100.000 Einwohner-Stadt besser aus als ihr Bruder, der auf dem Rücksitz neben Vesper saß und die Urne im Schoß hielt, die er dem Padre abgenommen hatte.

„Mit dem Transporter je nach Verkehr drei bis dreieinhalb Stunden!" sagte er zur Fahrzeit von Puerto Limón bis zur Landeshauptstadt San José, weshalb sie noch im *Pollo Campero*, einem Restaurant in der Nähe des Hafens, je eine mittelgroße Portion Gallo Pinto zu sich nahmen; wobei Alvares sein Bedauern darüber äußerte, dass sie ihm wegen des Zeitmangels nicht einige der Sehenswürdigkeiten Puerto Limóns zeigen konnten, wie den *Parque Vargas Limón*, mit seinen zahlreichen hohen Palmen und tropischen Blumen, und den Bäumen dort, in denen nicht selten Faultiere zu sehen seien.

Auch sei es schade, dass er für San José nur wenig Zeit habe, um dort näher in die Welt der Kindheit und frühen Jugend Ortegas einzutauchen, wie aber auch das unbedingt Sehenswerte der Stadt kennenzulernen: zum Beispiel die *Catedral Metropolitano*, wo am nächsten Tag das Requiem für Ortega stattfinden werde, vor der feierlichen Urnenbeisetzung auf dem Friedhof *Cementerio Obreros*. Vielleicht hätte er sogar ein Konzert im *Teatro Nacional* erleben können, wo gegenwärtig Werke von Hector Berlioz, Jan Sibelius und Camille Saint-Saens aufgeführt würden, und wo er eventuell auch den Komponisten Bernal Flores hätte treffen können, den berühmten Verwandten der Familie. Aber auch eine Plauderstunde im Café des Grand Hotel wäre sicher drin gewesen.

Da Ruperts Maschine nach Frankfurt morgen früh um 7 Uhr 27 starten werde, zur selben Zeit wie der Trauergottesdienst, würden sie sich bedauerlicherweise schon heute nach dem Abendessen voneinander verabschieden müssen.

Wegen des zähflüssigen Autoverkehrs dauerte es die von Alvares genannte Zeit, bis sie San José erreichten. Pasquita steuerte den Transporter elegant durch das Verkehrsgewühl der Hauptstadt Costa Ricas zur Kanzlei *Flores Casanueva-Pérez* in der Nähe der Avenida 10. Dort ließ Alvares Vespers „Schwergewichte" von zwei Mitarbeitern in die Kanzlei bringen und in eine Dokumenten-Stahlkammer verschließen; Trolley und Bordcase behielt Rupert bei sich. Nachdem der Transporter von einem Angestellten irgendwo einrangiert war, und nach einem kurzen Blick in die mit mehreren Mitarbeitern besetzte Kanzlei, fuhr Alvares jetzt mit einem weinroten BMW 6er Cabrio, Pasquita neben sich und Vesper mit Urne auf dem Rücksitz, zum Anwesen der Familie Flores Casanueva: Eine von einem parkähnlichen Garten umarmte Villa in der Calle 9, nahe des *Parque Zoológico Simon Bolivar*. Vesper war beeindruckt von der Größe und Eleganz des Hauses und des geschmackvoll gestalteten Umfeldes.

Elvira, 3. März

Und jetzt wurde Tina plötzlich von ihrem Bruder abgeholt. Elvira gönnte es ihr, aber nun fühlte sie sich doch sehr allein. Nicht einmal Tinas Handynummer oder email-Adresse hatte sie sich aufgeschrieben. Sie hatte noch keinen Plan, Muhammad war verschwunden und die Aufdeckung des Skandals würde sie wohl nun Tina und Stefan überlassen müssen.

Aber da stand noch jemand verloren am Kai. Björn hatte seinen Rucksack neben sich abgestellt und sah sich unschlüssig um.

Seufzend ließ sich Elvira auf ihrem reiseerprobten roten Lederkoffer nieder und fing plötzlich an zu weinen. Sie konnte nichts dagegen tun. Kräftige Schluchzer durchzuckten sie. Das war dann wohl zu viel für den alten Koffer. Beide Schnappschlösser sprangen auf, zum Glück wurde der geballte Inhalt noch von einem breiten Gurt aus Leinwandstoff zurückgehalten. Elviras Schluchzen ging ohne Übergang in fast hysterisches Lachen über. Es war ihr eine große Hilfe, dass Björn zu ihr eilte und ihr hochhalf. Er lächelte sie verschmitzt und warm an. Sie umarmte ihn zum Dank. Er hielt sie länger fest als sie erwartet hatte und drückte sie kurz.

„Danke" sagte Elvira flüchtig und sah ihm direkt in die Augen. „Und was hast du jetzt vor?", fragte sie. „Ich hab keine Ahnung, ehrlich", kam es prompt zurück.

Elvira erblickte zwischen den zahllosen Reklameschildern auf der anderen Straßenseite einen Hinweis auf ein Hotel oder zumindest eine irgendwie geartete Unterkunft. „Vielleicht sollten wir diesem Schild mal nachgehen!" schrie sie gegen den Verkehrslärm an, in den sie eintauchten, als sie direkt hinter sich Reifen bedrohlich quietschen hörten. Entsetzt sahen sie sich um und machten dabei instinktiv noch einen Satz nach vorn. Da landete mit einem wohlbekannten Kreischen eine blassrote Furie wie ein Geschoss auf Björns Rücken. Als Björn das Tier in seine Arme schloss, entspannte es sich augenblicklich, als wäre eine solche Attacke das normalste Ereignis der Welt. „Ich fass es nicht", stöhnte Elvira resigniert und hörte endgültig auf, sich über diesen Kater zu wundern.

Sie war beeindruckt von Björns Zärtlichkeit, die sie selbst erst vor einigen Augenblicken gespürt hatte und von der plötzlichen Friedfertigkeit Kumpels, der mit glattem Fell und geschlossenen Augen wie eine kleine Maschine schnurrte. Er war auf Björns Schulter geklettert und hielt sich bei allen Bewegungen erstaunlich stabil in der Balance, ohne seine spröden Krallen in Björns ungeschützten Hals zu bohren. Der junge Mann lächelte versonnen und dachte über die Konstruktion eines Rucksacks für ungewöhnliche Katzen nach.

Er wusste, was als Nächstes zu tun war. Für Elvira war noch alles offen.

Markus und Conrad, 3. März

Markus trieb sich nach dem Anlegen in Puerto Limón eine Weile in dieser glanzlosen und eher ärmlichen Hafenstadt herum. Hier war vor einer Ewigkeit Kolumbus gelandet, hieß es, aber da hatte es die vielen dunkelhäutigen Einwohner und dieses karibische Flair sicher noch nicht gegeben. Er sah am Hafen zu, wie Bananen, Ananas und Kaffee verladen wurden. „Das also ist das Land meiner Träume", dachte er, während er im Taxi zum Hotel fuhr. Diese quirlige, pulsierende Stadt machte ihn schon jetzt verrückt. Der Lärm, der Schmutz, diese Lebendigkeit und dabei niemand, der ihn kannte oder den er kannte, der seine Sprache sprach. Ja, es waren Träume gewesen. Träume, in denen Carla herumspaziert war wie eine Königin, daneben er, das costaricanische Volk ihr Hofstaat. Doch es gab keine Königin mehr und der Hofstaat entpuppte sich als eine Masse von Menschen, deren Kultur und Lebensweise ihm völlig fremd waren.

Er fühlte sich beschissen.

Als er endlich im Hotel ankam, musste er sich erst mal eine Weile hinlegen und sich von diesen Eindrücken erholen. Das *Park-Hotel* war das beste, das er hatte finden können, nicht weit von *Bonita Beach*, trotzdem war es nicht das, was er sich vorgestellt hatte. Ermüdet sank er auf das viel zu weiche Bett und schloss die Augen. Vor sich sah er das Gelände, wo er eine Tauchschule aufmachen könnte. Ein heller, feinkörniger Strandabschnitt, rosa schimmernd durch Korallen, das Wasser von einem hellen Türkis, und umgeben von Palmen, die eine wie die andere aussahen, kein Misch- oder duftender Tannenwald wie daheim. Es gab viele solche Strände, *Playa Cocles*, *Playa Chiquita* oder *Playa Uva* oder dieser hier, er würde sich mit seiner Entscheidung Zeit lassen.

Und er sah sich: einen alternden, dünnhäutigen und faltigen Mann, das dunkle Haar inzwischen völlig weiß, der nur mit einer Badehose bekleidet den ganzen Tag am Strand zubrachte und damit beschäftigt war, braungebrannten und gut aussehenden jungen Menschen die Tauchregeln zu erklären und Sauerstoffflaschen anzulegen, während er selbst nicht mehr tiefer als zehn Meter tauchen durfte.

Er war ein Aussteiger ohne Verpflichtungen und ohne Zeitdruck, der in den Tag hinein lebte und einen einfachen Lebensstil pflegte. Und das inmitten einer wundervollen Natur. Doch Natur hin, Natur her, es gab auch jede Menge Moskitos, Zecken und Schlangen.

Wollte er das wirklich?

Er sah die Wassertropfen auf den jugendlichen Körpern und wusste: Carlas Körper würde er nie wieder sehen. Er wünschte sich nichts mehr, als Carlas Stimme zu hören, sie anzurufen, ihr zu sagen, dass er da sei und sie erwarte, doch noch mehr wünschte er sich, sie würde ihn anrufen und fragen „Bist du da?" und sagen „Ich komme!"

Doch ihre Stimme gab es nicht mehr, sie war erstickt unter einem Haufen Schnee.

Dass er sich Elvira gegenüber offenbart hatte, hatte ihm gut getan. Doch sie würde nun nur noch eine Erinnerung sein, wie eine gute, alte Freundin, die ihn ein Stück des Weges begleitet hatte. Nie wieder wollte er jemanden so nah an sich heran lassen. Diese einfache Erkenntnis hatte er auf dem Schiff gewonnen und er fand, damit hatte die Reise ihren Sinn erfüllt. Jetzt fühlte er sich befreit und bereit für einen neuen Anfang.

Markus verspürte den Wunsch nach einem Drink, stand auf, duschte, schlüpfte in ein leichtes, kurzärmeliges Baumwollhemd und khakifarbene Bermudashorts, dann schlenderte er durch die Stadt. Bars gab es genug, zumindest solche, die diesen hochtrabenden Namen trugen. Ob sie ihn verdienten, war fraglich. Mit „Bar" konnte schließlich fast alles gemeint sein: Kneipe, Esslokal, Café, Gemischtwarenladen oder all das zusammen. Schon nach einer halben Stunde setzte ihm die hohe Luftfeuchtigkeit zu, die die Haare strähnig und feucht herunterhängen ließ und für die es keine Hemden gab, die dünn genug waren, um nicht darin zu schwitzen. Wie es wohl während der Regenzeit sein mochte?

Auf einem Platz, etwas abseits der Hauptstraße, setzte er sich eine Weile auf eine Bank und schaute dem Treiben zu. Er sah ein Gewusel von leicht gekleideten Menschen, er hörte Stimmen, die in einer Sprache redeten, die er nicht verstand, es war wohl ein kreolisches Englisch oder irgendwelche afrikanischen Dialekte. Der Verkehrslärm drang an sein Ohr, Autos und Motorräder rasten nicht weit von ihm entfernt vorbei und ließen die Motoren aufheulen, als wäre jeder hier schwerhörig, er atmete den Geruch von Öl, Benzin und Diesel ein. Er beobachtete einen Pulk von Tauben auf der Suche nach Futter; eine von ihnen hatte einen Brotbrocken ergattert, sie kämpfte damit, doch es gelang ihr nicht, daran zu picken, weil ihr Schnabel mit Kaugummi verklebt war. Er sah junge Frauen mit langen, schlanken, braungebrannten Beinen in High Heels unter kurzen Miniröcken, er verfolgte ihre aufreizenden Bewegungen, mit denen sie ihre Körper gegen Geld anboten; der Rauch ihrer Zigaretten zog in seine Nase. Markus schaute automatisch hin und sah doch nichts.

Er stand auf und ging weiter. Wo er war, wusste er nicht, die Gassen wurden immer schmaler und dunkler und die sogenannten „Bars" erinnerten ihn an primitive Spelunken, die man in den Rotlichtvierteln jeder Stadt fand. Diese Gegend schien ihm nicht sicher und Markus beschleunigte seine Schritte. Jeden Moment rechnete er damit, einen Schlag auf den Hinterkopf zu bekommen, oder dass jemand mit einer Aids-verseuchten Spritze in der Hand um die nächste Ecke biegen, ihn packen und drohen würde, ihm das Ding in den Körper zu jagen, wenn er nicht sein gesamtes Geld und das Handy hergab. Ein paar halbnackte Kinder liefen hinter ihm her und riefen etwas, das er nicht verstand. Nur die Worte „money, money" kamen bei ihm an, offenbar wollte hier jeder sein Geld. Ein abgemagerter Hund von undefinierbarer Rasse und mit einem stumpfen Fell, in dem sicher ganze Läuse-Kolonien wohnten, heftete sich an seine Fersen.

Endlich sah er wieder Licht am Ende der Gasse, eine belebte Straße und eine gelbe Neonreklame, die zum Betreten einer einigermaßen gepflegt aussehenden Bar einlud, aus der Reggae-Rhythmen dröhnten. Markus war irgendwie erleichtert, als der Wirt vor dem Eingang ihn ansprach und ihn einlud, hereinzukommen. Die Bar war fast leer. Er strich sich die Schweißperlen von der Stirn, setzte sich auf einen der Barhocker und bestellte einen *Cuba libre*. Nachdem er ihn heruntergestürzt hatte, schob er dem Barkeeper das leere Glas zu, das dieser erneut mit weißem Rum, Cola und Zitronensaft füllte. „Problemas?" fragte er, aber Markus schüttelte den Kopf. Er wollte mit niemandem reden. Worüber auch? Der Wirt würde ihn wohl kaum verstehen, nicht nur der Sprache wegen.

Als Markus wieder auf die Straße trat, blendeten ihn ungewohnt grelle Sonnenstrahlen. Er kniff die Augen zu und ging automatisch weiter. Hier sah es schon ansprechender und ungefährlicher aus, fand er, als er sich wieder an die Helligkeit gewöhnt hatte. In unmittelbarer Nähe entdeckte er ein Lokal mit landestypischer Küche. Erst jetzt merkte er, wie hungrig er war, und er blieb stehen, um die ausgehängte Speisekarte zu studieren. Ja, hier war er richtig, hier gab es *Gallo pinto*, das ihn an ein deftiges deutsches Bauernfrühstück erinnerte, außerdem Gerichte mit Fisch, Rind- oder Hühnerfleisch und exotischen Gemüsesorten wie Yucca und Maniokwurzeln, kreolische Eintöpfe mit Kokosmilch wie *Rundown* oder das Nationalgericht *Casado*, das „verheiratet" bedeutet und so heißt, weil es angeblich jeden verheirateten Mann für den Rest seines Lebens erwartet: Reis und gebratene schwarze Bohnen, Zwiebeln, manchmal mit Rührei oder Sauerrahm.

Gerade als er das Lokal betreten wollte, sah er ihn: Conrad Dreyer. Auch Dreyer hatte Markus im gleichen Moment erkannt: „Mensch, Mittelstädt! Das gibt's ja gar nicht!"

„Gibt's doch", sagte Markus, erfreut, ein bekanntes Gesicht unter all den Fremden zu sehen. Dass er Conrad Dreyer doch noch einmal begegnen würde, hatte er nach ihrer Verabschiedung auf dem Schiff nicht für möglich gehalten. Meistens war er in seiner Kabine geblieben, auch zum Essen. „Trinken wir einen zusammen?", fragte Conrad sogleich, „Ich hab Neuigkeiten!"

„Hoffentlich nicht wieder solche wie neulich in der Bar der *Pavia*!" Niemals würde Markus diesen Abend vergessen, an dem Conrad auf Carlas Tod zu sprechen gekommen war. Danach war Markus zusammengebrochen, er hatte seine Depressionen gepflegt und später einen großen Bogen um Dreyer gemacht.

„Besser!", unterbrach Conrad Markus' Gedanken.

Gemeinsam betraten sie das Lokal und suchten sich einen ruhigen Platz. Die beiden Animiermädchen, die bei den wie Touristen aussehenden Männern ein einträgliches Geschäft gewittert hatten, zogen sich beleidigt zurück, nachdem Conrad sie mit einer Handbewegung dazu aufgefordert hatte.

Gespannt fragte Markus „Was gibt's denn?"

Conrad Dreyer ließ sich Zeit mit der Antwort, dann rückte er mit der Sprache heraus. „Ich hab 'nen heißen Tipp", erklärte er und flüsterte, obwohl ihn hier niemand verstehen konnte: „Zwar am Rande der Legalität, aber sicher und sehr lukrativ!"

„Und der wäre?" Markus' Interesse war geweckt.

„Ich sag nur Schiffsbeteiligungen, Panama und so. Ähnlich wie unser Deal damals in Warschau. Weißte noch?"

„Klar, weiß ich noch. Wie könnte ich das vergessen? War wirklich ein Riesending." Und nach einem kurzen Augenblick des Überlegens: „Und wo ist der Haken?"

„Gibt keinen", antwortete Dreyer spontan, vielleicht ein klein wenig zu schnell. Als Markus ihn fragend ansah, gab er jedoch zu: „Außer, dass wir nach Deutschland zurückkehren müssen. Aber da muss ich sowieso hin. Muss irgendwie an mein Geld kommen. Meine Konten hat irgendwer gesperrt. Habe hier kein Geld bekommen. Ich muß unbedingt mit Luciano reden, in Hamburg. Irgendwie muß ich unerkannt in's Land kommen."

Das konnte nicht alles sein, vermutete Markus, der seinen alten Geschäftspartner nur zu gut kannte, nicht nur seine momentanen finanziellen Probleme. „Und weiter…?" bohrte er nach und Dreyer antwortete kleinlaut „… und dass wir ne ziemlich hohe persönliche Einlage brauchen".

„Und die wäre?" wollte Markus wissen. Dreyer hatte ihn tatsächlich neugierig gemacht.

„Halbe Million. Aber so, wie ich dich kenne, hast du doch bestimmt genug auf der hohen Kante!"

„Klar", sagte Markus nach einer kurzen Bedenkzeit, „Geld ist kein Problem. Ist das alles?"

„Nun, ich kann das Geschäft nicht selbst machen. Die suchen mich sicher noch … Machst du das Geschäft für uns? Machst du wieder mit?"

Markus zögerte einen Augenblick, nickte dann aber zustimmend. Im Geiste sah er bereits den gemeinsamen Deal vor sich, der ihnen nicht nur Nervenkitzel, sondern auch einen Riesengewinn bescheren würde. Erfahrung und Erfolg in solchen Finanztransaktionen hatten sie ja bereits bewiesen.

Erleichtert bestellte Dreyer zwei Tequilas. „Prost, Partner!", sagte er und verzog das Gesicht, als er den Agaven-Schnaps, Limette und Salz gleichzeitig auf der Zunge schmeckte.

Grinsend hob Markus sein Glas und sagte „Auf uns, Kumpel! Na, dann buch' schon mal den nächsten Flug! Und lass dir was einfallen, wie du unbemerkt in's Land kommst. Noch was Anderes. Was mach ich mit deinem „Auftrag"? Der liegt noch bei mir im Hotel?"

„Kannst du mir wiedergeben. Die Agency war nicht da, als ich von Bord ging. Wollten wohl kein Aufsehen. Egal. Falls die oder andere doch noch mal auftauchen sollten, hab ich was in der Hand."

Rupert Vesper, 3. März, Spätnachmittag und Abend

Am späten Nachmittag, nachdem er sich – sein Gepäck war nach der Ankunft in das für ihn bestimmte Gästezimmer gebracht worden – erfrischt und länger als vorgesehen ausgeruht hatte, wartete Vesper im Salon auf die Frau des Hauses. Es dauerte eine Weile, bis sie fast unbemerkt, dann aber mit großer Geste den Raum betrat: Isabel Flores-Casanueva Gallardón, Witwe des bekannten Anwaltes Manuel Flores-Casanueva, Alvares' und Pasquitas Mutter Eine große schlanke Frau von gepflegt exotischer, marmorner Schönheit, mit auffallend strengen Gesichtszügen. In edlem Schwarz gekleidet, die Haare streng nach hinten gekämmt.

„Ungefähr in meinem Alter. Hat was Hoheitliches, und zugleich Melancholisch-Asketisches, Typ klassische Patriarchin", dachte Vesper.

Sie begegnete ihm höflich kühl, mit einem unübersehbaren Zug von Abweisung, was sich in ihrem kalt-steifen Händedruck und der offenbar bewusst überkorrekten Diktion ausdrückte.

Wie Vesper zu recht vermutete, hatte Isabel Flores-Casanueva davon erfahren, dass er den Orden verlassen und angeblich mit einer

Frau zusammengelebt hatte, die ihn, ihrer Meinung nach, jetzt von dem geplanten, seinem Ordensbruder versprochenen Projekt zurückrief. Wie er von Ortega wusste, war dessen Familie, bei aller scheinbaren Offenheit den gemäßigten Reformbewegungen gegenüber, im Kern erzkonservativ; vor allem seine Schwägerin Isabel.

„Diese schlimmen Kräfte, die das Rad des Zweiten Vaticanums wieder zurückdrehen, das johanneische *aggiornamento* verheizen wollen", ging ihm wütend durch den Kopf.

Als er ihr die Urne überreichen wollte – warum, wusste er im Moment selber nicht –, wies sie die Übergabe mit einer herrischen Geste ab und bedeutete Alvares nur mit einem Blick, das jetzt netzbefreite Gefäß auf ein freies Bord des Bücherregals zu stellen.

Das Nachtessen war heißländerüblich für Zwanziguhrfünfzehn angesetzt. Im Gegensatz zu den dominierenden Erdfarbtönen des Salons war das Esszimmer konsequent in Schwarz-Grau gehalten. Trotz der Raumtemperatur von gefühlten 25 Grad Celsius begann Vesper zu frieren. Was sich erst gab, als das Essen serviert wurde. Vorweg jedoch – Rupert hatte es erwartet – „Padre nuestro, que estás en los cielos ..."

„Das Vaterunser als Tischgebet? Wow!", lachte er in sich hinein.

„... el pan nuestro de cada día dánosle ..."

„Mas líbranos del mal ... Amen!"

Aber da kommt's ja schon! Als Introduktion *Ceviche*, etwas Ähnliches wie Sushi aus frischen weißen Fischfilets, in einer Marinade aus Limonen-Saft, Chili, Tomaten und Gewürzen eingelegt, mit Zwiebeln, Knoblauch, Paprika und Zitrone verfeinert und gekühlt auf einem Salatblatt serviert. Dazu *Batidos* – frisch zubereitete Fruchtsäfte aus reifen exotischen Früchten, wie Pasquita erklärte, Mangos, Melonen, Maracuja, Papaja, Guave und Ananas, mit Wasser, Milch oder, wie hier, mit Joghurt gemischt. Vesper äußerte lebhaft, wie sehr er bereits von diesem Vorgericht angetan war.

Als Alvares begann, Vesper nach dem derzeitigen Hamburg zu fragen, wo er einige Jahre studiert hatte, blockte die Domina des Hauses schnell ab – sie wusste, dass Solveig dort lebte und arbeitete – und leitete das Gespräch sofort über auf Vespers Schiffserlebnisse, worüber es doch sicher Interessantes zu erzählen gäbe. Rupert redete jedoch von der Begegnung mit seinem Freund Tiago in Porto und über Bildwerke von Maria Elena Viera da Silva. Was zunächst unterbrochen wurde vom aufgetischten Hauptgericht: In Knoblauch gegrillte Rotbarsch-Filets, mit Reis und verschiedenen Gemüsen. Rupert schmeckte Kokosmilch, Ingwer und Muskat; der jamaikanische Einfluss auf die Küche dieses Landes. Auch hierzu statt des von Vesper erwarteten Weins wieder nur Fruchtsaftmix.

Dafür aber zum Kaffee – angenehm brutal – *Flan*, einen Karamellpudding, und *Tres leches*, saftige Milchkuchen; „Biskuitteig in Kondensmilch und Sahne getränkt, und, wie du siehst, mit Schlagsahne serviert", kommentierte Pasquita. Rupert zeigte seine Begeisterung über das feudale „Abendmahl."

Isabel Flores-Casanueva Gallardón faltete die Hände, blickte streng in die Runde, dann zur Esszimmerdecke.

„O Gott, muss das sein", dachte Vesper, „bitte nicht das Ave ... na ja, Franziskus' *Cantico del Hermano sol* ... so was ist erträglich."

„Altísimo, omnipotente, buen Senor, tuyas son las alabanzas ..."

„Das reicht, Priesterin", ging ihm verärgert durch den Kopf.

„Gloria al Padre y al Hijo y al Espíritu Santo!"

Als Abschluss gedacht, stellte Alvares eine Flasche Guaro, den nationalen Schnaps aus Zuckerrohr auf den Tisch. Die er jedoch, auf nur einen Blick seiner Mutter, sofort wieder entfernte, nachdem er Vesper ein Glas eingeschenkt hatte, mit dem dieser, der längst die Hierarchie in diesem Haus durchschaute, der Patronin mit betont feierlicher Geste zutrank.

Die gleich erneut Alvares unterbrach, der etwas über Leben, Krankheit und Tod seines Onkels Ortega erfahren wollte. Vesper wusste, dass dessen „grenzwertig" progressive Theologie von der Familie, vor allem von Isabel Flores-Casanueva abgelehnt wurde; die offensichtlich auch die Verbrennung Ortegas und die Urnenbeisetzung als familientraditionswidrige und gegen die Lehre der Kirche gerichtete Akte betrachtete.

Als Alvares aufstand und den scheuen Versuch machte, doch noch eine Flasche *Deu Le Deu Alvarinho* zu öffnen, ließ ihn auch jetzt allein der Blick der Mutter in den Stuhl zurückfallen. Diese familiären Szenen ließen Vesper spöttisch-grimmig an *Bernarda Albas Haus* denken, dieses düstere Lorca-Stück, das sein Freund Günter Ballhausen mit Erfolg im Frankfurter Schauspiel aufgeführt hatte; mit der großartig bösen Therese Giehse in der Hauptrolle.

Isabel Flores-Casanueva machte im Laufe der Folgegespräche unmissverständlich deutlich, dass sie für Ruperts Rückkehr zu „dieser Frau" nicht das geringste Verständnis hatte, dass sie, bei allem theologischen Vorbehalt ihm gegenüber, davon ausgegangen sei, und trotz allem immer noch erwarte, dass er seine Ortega versprochene Lehrtätigkeit in El Salvador fortsetzen und vollenden werde; Pater Jon Sobrino dort habe ihn sicher noch nicht abgeschrieben, sagte sie. Als sie ansetzte, sich mit der „befreiungstheologisch infizierten" Sozialtheorie ihres Schwagers auseinanderzusetzen, spürte Vesper ihre hohe theologische und politische Bildung; was ihm entsprechenden Respekt abnötigte.

„Ich habe damit gerechnet, dass Sie, trotz Ihrer angeblichen oder tatsächlichen Rückkehreile, zumindest beim Requiem für ihren Freund Ortega dabei sein würden," sagte sie recht schroff. „Das natürlich nicht als Co-Zelebrant, Ex-Padre", fügt sie hinzu, wobei sie ihrer Stimme eine ungewöhnliche Schärfe gab, die auch beim nächsten Satz anhielt: „Übrigens: Wen in aller Welt wollen Sie damit provozieren, dass sie wieder Schwarz und Guardini-Kragen tragen?" Vesper hatte erwartet, dass auch so etwas von ihr kommen musste.

„Noch bin ich Priester, gnädige Frau, was ich auch nicht ordensgebunden bis zum Lebensende zu bleiben gedenke."

„Mögen Sie Musik hören, Padre?" fragte Pasquita plötzlich, um die bereits kontaminierte Atmosphäre zu entgiften. „Vielleicht etwas, was Ortega sehr mochte, Mozarts Klavierkonzert Nr. 20 B-Dur zum Beispiel."

„Mozart hat auch ein Requiem komponiert, Tochter; KV 626, um genau zu sein."

„Boah! Ich glaube, ich gehe gleich raus!", dachte Vesper.

Was nicht nötig war, weil die Patriarchin bereits aufstand, um sich von ihm zu verabschieden.

„Wir sehen uns nicht mehr, Herr Vesper. Gott gebe, dass Sie bald wieder nach Mittelamerika zurückkehren, um die Ihnen von Ihm gegebene Arbeit nach Seinem Willen und im Sinn der Kirche weiterzuführen und zu vollenden."

Vesper schwieg.

Das, was du meine Arbeit nennst, hat mit dir und deiner reaktionären Bande nicht das Geringste zu tun, madre terrible ... würde ich dir am liebsten ins Gesicht schreien.

Nicht mit Handkuss, auch nicht mit Gnädige Frau, sondern ebenso kühl und distanziert wie sie, verbeugte er sich ironisch tief, als Isabel Flores-Casanueva Gallardón, Witwe des bekannten Anwaltes Manuel Flores-Casanueva, sich abrupt umwandte und ohne Gruß den Raum verließ; wobei ihre Schritte jetzt wie Hufschläge auf die Bodenfliesen klickten.

Eine Zeitlang blieb es völlig still im Raum, bis die spannungsgeladene Atmosphäre durch den Gesang der Abendvögel gereinigt schien, und *Bernarda Albas Kinder* mit ihrem tränenreichen Klagegesang begannen. Dem Rupert Vesper aber nicht mitfühlend zuhörte, sondern sofort seine Enttäuschung und Verärgerung darüber äußerte, „dass sich gebildete Menschen Mitte Vierzig, dabei ein Chef einer berühmten Kanzlei, widerredelos einer antiquierten hierarchischen Ordnung unterwerfen, in einem demütigen Verhalten ein System der Bevormundung aushalten, wofür es keine akzeptablen Entschuldigungen gibt."

Er rief die beiden Erschrockenen fast pathetisch zum Widerstand gegen ihre Mutter auf, was notfalls sogar Kampf bedeuten könne, um sich von dieser Art Kuratel zu befreien, um die ihnen eigene Souveränität zurückzugewinnen; was sicher voll im Sinn des „Freiheitsapostels" Ortega sei, auf dessen Autorität sie sich posthum bei ihrer Gegenwehr berufen könnten.

Als Rupert seine „Philippika" mit einem unerwartet homerischen Lachen beendete, rief Alvares: „O Mann, Rupert, da hast du uns aber mächtig den Marsch geblasen."

„Der notwendig war, und den wir sonst von Onkel Ortega gehört hätten!" ergänzte Pasquita.

Als „Vorspiel" ihres Widerstandes gegen die „Große Mutter" stellte Alvares die Flasche Guaro, dazu zwei Flaschen *Deu Le Deu Alvarinho* auf den Tisch, um auf den eigenen Mut, und auf ihn und Solveig anzustoßen. Insgeheim bemerkte Rupert beschämt, dass er während seines Hierseins nur selten an sie gedacht hatte.

Für Alvares und Pasquita war seine Beziehung zu Solveig okay; deshalb war es für sie auch selbstverständlich, dass er wieder zu ihr zurückkehrte. Obwohl er ihnen nichts über die Art und Ursache ihres Zusammenbruchs sagen konnte, gaben sie ihm ihre Genesungswünsche mit auf den Weg, und zeigten sich überzeugt, dass er für Solveig und sich den richtigen Weg der Gemeinsamkeit finden und mit ihr gehen werde. Ein unter Tränen lächelnder Abschied.

Bevor Rupert das Fenster des Gästezimmers schloss, warf er einen Blick in das keineswegs lautlose Dunkel des tropischen Villenparks, dessen undefinierbare Geräusche geheimnisvoll wie aber auch bedrohend auf ihn wirkten. Da er rechtzeitig geweckt werden würde und sogar ein Frühstück erhalten sollte, hätte er sich unbesorgt schlafen legen können. Aber der Tag, vor allem der Abend und das unangenehme „Reizklima" ließen ihn erst spät zur Ruhe kommen. Bevor er die Augen schloss – noch ein kurzes Gedenken für seinen veraschten Freund Ortega, und ein längeres Gebet für Solveig, die er in Kürze hoffentlich wiedersehen würde.

Rupert Vesper, 4. März

Es war noch Nacht, nein – eher die Zone zwischen Nacht und Tag, als das leise gestellte Telefon ihn weckte. Trotz des ausgiebigen Alkoholgenusses war er, was ihn als echten „Alki" auswies, schnell im und aus dem Bad, und auch wieder klerikal gewandet. Der kurze Blick in den Spiegel zeigte ihm einen unrasierten, unausgeschlafen wachen Mann. Er schlich leise hinunter ins Esszimmer. Das dort vorbereitete costaricanische Frühstück nahm er appetitlos zu sich. Vom „Kaffee brutal" jedoch trank er mehrere Tassen. Und schon weit früher als ihm mitgeteilt worden war, hörte er draußen das Taxigeräusch. Er sprang auf und steckte, verärgert über die unerwartet frühe Abfahrt, schnell das letzte Stück Toast in den Mund. Beinahe hätte er vergessen, seine Haussandalen mit den Straßenschuhen zu wechseln; wie es ihm früher schon einmal passiert war.

Der Taxifahrer zeigte *tiempo de conducción* auf seine Armbanduhr, womit er andeutete, dass „en coche al Aeropuerto" vielleicht länger als geplant dauern könnte. Der internationale Flughafen *Juan Santamaria* lag 20 km nordwestlich von San José auf dem Gebiet der Stadt Alajuela.

Obwohl sie den Flughafen weit vorm Einchecken erreicht hatten, war Vesper dem Fahrer im Nachhinein für die vorzeitige Abfahrt dankbar; Ankünfte auf die letzte Minute waren ihm zutiefst verhasst. Auch erlaubte ihm die Wartezeit, Ingrid Steigerwald per SMS über seine Rückkehr zu informieren; seine genaue Ankunft werde er ihr vom Frankfurt-Airport mitteilen.

Auch hier am Gate und in der Maschine wieder der katholische Respekt vorm Klerus. „Adios, Padre!" – „Le deseo un buen viaje, Padre!"

„Ja, macht's gut, Jungs!", dachte Vesper, „Leb wohl, Costa Rica, leb wohl lieber Ortega. Dir ein hoffentlich freundliches Requiem und eine freundliche Erde. Schmerzbefreit soll und wird es dir dort, wo du längst bist, in Ewigkeit gutgehen."

Wie man ihm gesagt hatte, sollte der Flug Costa Rica-Frankfurt 11 Stunden 43 Minuten dauern. Eine relativ lange Flugzeit also. Deshalb war er froh, dass er in seinem Bordcase Hermann Brochs *Tod des Vergil* verstaut hatte, seit Jahren seine Lieblingslektüre, sehr geeignet für lange Bahnfahrten und Flugreisen; hier verminderte sie seine Flugangst. Auch gab ihm der lange Flug den Raum für Meditation und Gebet.

„Heiliger Geist, sei mit uns. Zeig uns, was wir tun sollen, wohin wir gehen sollen, was wir zu wirken haben. Lass uns eins sein in Dir und nicht abweichen vom Weg der Wahrheit."

Tina, 15. April

Tina goß sich eine Tasse duftenden Earl Grey ein und klappte ihren neuen Laptop auf. Er war leicht, silberglänzend und handlich, besaß ein modernes Betriebssystem und viel Speichervolumen. Ihr Bruder hatte sie beim Kauf gut beraten. Die WLan-Verbindung in der Appartementanlage, in die sie mittlerweile gezogen war, hatte sich als recht brauchbar erwiesen. So konnte sie jederzeit Kontakt zu Stefan halten, der längst wieder in London war. Von dort aus setzte er seine Recherchen über die Machenschaften der *Adventure Investment Agency* fort und bereitete einen spektakulären Enthüllungsartikel in einer der großen Tageszeitungen vor. Das Beweisfoto aus Dreyers Kamera sollte dabei eine entscheidende Rolle spielen.

Stefan hatte Tina überreden wollen, mit ihm nach Europa zurückzukehren, doch ihre Pläne sahen anders aus. Eine Umkehr wäre einer Niederlage gleichgekommen, fand sie. Sie wollte erst einmal die neugewonnene Freiheit genießen und dieses fremdartige Land kennenlernen. Für ihren Spanischkurs leistete der Laptop ausgezeichnete Dienste. Sie machte gute Fortschritte.

Allerdings fühlte sich das Leben in der Appartementanlage ein wenig einsam an. Die Stacheldrahtzäune und Überwachungskameras machten ihr Angst, die Nachbarn schienen wenig Wert auf Geselligkeit zu legen und einen richtigen Zukunftsplan hatte sie, abgesehen von der Abschlussprüfung des Spanischkurses, auch noch nicht. Die Abende wurden lang. Sie schrieb detaillierte Berichte an Stefan. Sie söhnte sich auf dem email-Weg mit ihrer Freundin Hilde aus, die sie so rüde und ohne Erklärung in Göttingen zurückgelassen hatte. Für den Herbst war Hildes erster Besuch in Costa Rica geplant, der in ausführlichen digitalen Briefen geplant wurde. Auch heute galt Tinas erster Blick dem email-Postfach. Ein unbekannter Absender fiel ihr ins Auge: *epekus64*. Wer konnte das sein? Der Betreff lautete rätselhaft: *Wir*. Sie klickte die Nachricht an.

„Liebe Tina!

Das war ja ein etwas plötzlicher Abschied am Hafen in Limón, oder? Erst, als du fort warst, fiel mir ein, dass wir nicht mal unsere Handynummern ausgetauscht hatten, von email-Adressen ganz zu schweigen. Schöne Freundinnen sind wir! Oder möchtest du vielleicht wirklich lieber deiner eigenen Wege gehen? Dann lass es mich einfach wissen. Falls nicht, füge ich unten meine Handynummer an.

Es war gar nicht so einfach, dich wieder ausfindig zu machen, das kann ich dir sagen! Glücklicherweise hat deine frühere Schule in Göttingen eine nette Sekretärin, die es mit dem Datenschutz nicht so genau nimmt. Melde dich bald, denn es gibt Neuigkeiten, die ich dir unbedingt erzählen möchte. Und einen Plan, bei dem du mitmachen kannst!

Viele liebe Grüße

Elvira"

Tina schlug das Herz bis zum Hals. Sie hatte Elvira heftig vermisst und ihre eigene Nachlässigkeit beim Abschied bereut, aber keinen Weg gesehen, die Freundin wiederzufinden. Der Gedanke, den früheren Arbeitgeber einzuschalten, war ihr nicht gekommen. Dieses schlaue Weib! Und ihre Botschaft hörte sich nach genau dem Aufbruch an, den Tina herbeisehnte. Sofort griff sie zum Telefon und führte ein langes Gespräch. Dann wählte sie eine vertraute Göttinger Nummer. „Hilde, Du musst mir helfen! Ich brauch wahrscheinlich demnächst ein paar Sachen aus meiner Wohnung. Und dein Rezept für den Zitronentee und diese leckeren Walnusstörtchen!"

EIN JAHR SPÄTER

Muhammad, Februar 2016

Er fühlte sich nicht mehr im Fadenkreuz seiner Verfolger. Er war wieder zu Hause im Sudan, nicht in Omdurman, seiner Heimatstadt, sondern in der eher verschlafenen Grenzstadt Wadi Halfa über tausend Kilometer nördlich an der Grenze zu Ägypten. Die Familie hatte ihm das geräumige Haus seines verstorbenen Onkels Suleiman angeboten. Al Chatim erinnerte sich, wie sie einmal zum Beschneidungsfest Achmeds, des Sohns von Onkel Suleiman, eingeladen worden waren. Das war vor über vierzig Jahren gewesen. Es hatte sich wenig verändert, die bäuerliche Gegend, das Geschrei der Kamele, das Blöken der Schafe, das Meckern der Ziegen und der frühmorgendliche Ruf des Muezzins vom Minarett der grünen Moschee. In seiner Nachbarschaft die Gehöfte, umgeben von gestampften Lehmmauern. Als Schutz vor dem „bösen Blick" oder den *Dschinn,* den gefürchteten Wesen zwischen Engeln und Menschen aus rauchlosem Feuer, wie es im Koran geschrieben steht, sah man an vielen Mauereingängen die *Hand der Fatima*, ein Handabdruck mit gespreiztem Daumen und kleinem Finger eingedrückt.

Al Chatim saß im Arbeitszimmer seines Onkels. Onkel Suleiman war ein angesehener Clan-Chef in der Region gewesen. Das Vermögen der Familie ergab sich aus einem florierenden Transportunternehmen, aus dem Transithandel mit Ägypten, der aber mit der zunehmenden Islamisierung des Sudan fast zum Erliegen gekommen war. Onkel Suleiman war zudem Oberhaupt der *Waqf*-Stiftung, die sich für die Bedürftigen engagierte.

Mit seinem Einzug in das Haus hatte Muhammad eine vakante Führungsaufgabe in der Stiftung übernommen, zugleich widmete er sich dem Schreiben. Es hatte Wochen gedauert, bis er die Kiste mit seinen persönlichen Dingen aus Deutschland erhielt. Aus seinem großen Schatz an Aufzeichnungen, aus seinen Dossiers und Tagebüchern, seinen weltweiten Reisen als Journalist und seinem Verlangen, das zu schreiben, was sein Herz bewegte, ergaben sich Geschichten, die Jahre später unter seinem Pseudonym *Mahmud Omen* einen immer größeren Bekanntheitsgrad in der nordafrikanischen Literatur bekamen.

Al Chatim dachte an den Abend zurück, als er mit Abdul Wahabi besprochen hatte, in Puerto Limón nicht auszusteigen. Die Entwicklung der letzten Monate hatte ihm gezeigt, wie fatal es für ihn gewesen wäre, ein Leben als Muslim im US-amerikanischen Exil zu leben, gezwungen zu Wohlverhalten amerikanischen Diensten gegenüber, deren Absichten ihm nicht geheuer erschienen.

Die in kurzer Zeit entstandene feste Freundschaft zu Abdul hatte ihm die Möglichkeit gegeben, sich unerkannt vom Schiff abzusetzen.

Zunächst hatten sie den exklusiven Zugang von Abdul Wahabi zur „Tabu-Zone" im Laderaum der *MS Pavia* genutzt, um kurz vor der Ankunft in Puerto Limón ein Versteck in einem der komfortablen Wohncontainer in Luke Vier einzurichten. Vier Tage später war er dann in Cartagena/Kolumbien in einem der SUVs bei der Ladungslöschung unerkannt auf die Pier an Land gelangt. Sein amerikanischer Pass, den sie ihm schon in Hamburg gegeben hatten, wies ihn als Francis Belmont aus. Perfekt gemacht, mit internationalen Passeintragungen und Stempeln, war seine Identität als weltreisender Geschäftsmann absolut unauffällig. Es war für ihn ein Leichtes gewesen, den Einreisestempel vom kolumbianischen Immigration-Officer zu bekommen.

Der Erlös aus dem verkauften Häuschen in Pinneberg hatte ihm Zugriff auf die nötigen Barmittel ermöglicht. Wenige Tage später war er nach Kuala Lumpur geflogen. Von dem islamischen Malaysia war dann der Flug nach Kairo mit seinem sudanesischen Pass ebenfalls problemlos. Kairo hatte er mit dem Nachtbus Richtung sudanesische Grenze verlassen.

Es war mehr als ein dahingesagtes Versprechen gewesen, als er dankbar beim Abschied von Abdul Wahabi vereinbart hatte, eine gemeinsame *Hadsch*, die Pilgerreise nach Mekka, zu unternehmen. Angekommen im Sudan, war er im Kontakt mit Abdul geblieben. Von ihm erfuhr er, dass die *MS Pavia* unter einer chinesischen Charterfirma unter dem Namen *Sultan Mehmed II* aus Cartagena Richtung afrikanische Westküste ausgelaufen war. Der Koch Hottenrott war übrigens in Puerto Limón *achteraus gesegelt*, offensichtlich hatte er im Suff oder Liebesrausch in einem der berüchtigten Etablissements das Auslaufen verpasst. Bei dieser Nachricht konnte sich Muhammad ein Schmunzeln nicht verkneifen. Vor der Ankunft der *MS Pavia* in Cartagena hatte es einen handfesten Krach zwischen Kapitän Freese und dem Ersten, Lohfeld, gegeben. Kapitän Freese wurde in Cartagena abgelöst und Lohfeld übernahm das Kommando.

Als al Chatim seinen Freund gefragt hatte, mit welchem Frachtgut die ehemalige *MS Pavia* und neue *MS Sultan Mehmed II*, ausgelaufen war, spürte er das Unbehagen von Abdul Wahabi. Er konnte sich seinen Teil denken: Die Drogenroute nach Westafrika. Erst acht Monate später kam wieder eine knappe Mail von Abdul: „*Sudah bekerja die kabal, saya di Beyrut, minta sama sama* ke Mecca". Er hatte also abgemustert, war in Beirut und wollte mit Muhammad zur Hadsch. Da nahm al Chatim den Qu'ran und betete. In der Küche hörte er Hagar, seine jüngere Cousine, wie sie den Cardamom für den Kaffee fein mörserte. Manchmal, wenn er bei ihr lag, dachte er an Pater Ruprecht auf der *MS Pavia*. Vielleicht würde auch ihm die Liebe einer Frau, die tiefen Gespräche mit ihr, die Ängste nehmen und ihn von seinen Süchten ablenken.

Was ist wertvoller als Gold?
Das Licht!
Was ist erquickender als das Licht?
Das Gespräch!
Johann Wolfgang Goethe

Die *Sultan Mehmed II* und ehemalige *MS Pavia* verließ mit komplett neuer Besatzung den Hafen von Sirte/Libyen. Zuvor hatten zwei, von Milizen bewachte Busse die neuen Passagiere gebracht. Frauen, tief im *Tschador* verhüllt und zahlreiche Kinder. Sogleich bezogen sie die Wohncontainer in den Ladeluken. Der Emir sorgte, mit Billigung des Kalifen Abu Bakr al Bagdadi, mit den Millionen aus den Lösegelderpressungen, Öl- und Kunstraubgeschäften des *Islamischen Staates* für eine komfortable und unauffällige Verbringung ihrer Familien in die südwestliche pakistanische Hafenstadt Gwadar. In al Raqqa, in Syrien würde es keine Zukunft für sie geben.

Anna und Karima, März 2016

Was für ein angenehmer Sonntagvormittag! Anna saß auf dem Mini-Balkon in der überraschend warmen Märzsonne und lackierte sich die Fußnägel. Ihre Mitbewohnerin Lena brachte Tee für sie beide und vertiefte sich in eine Zeitung. Die beiden Kinder versuchten in der Küche, einen Nachtisch für das Mittagessen zu erfinden, nach einem sich gerade entwickelnden Geheimrezept, von dem die beiden Mütter noch nichts wissen durften. Doch jetzt fehlte ihnen etwas Wichtiges. Karima tauchte hinter Lenas Rücken auf und wies vorwurfsvoll darauf hin, dass es überhaupt gar keinen Zimt mehr gäbe, kein bisschen. Wie sollten sie denn ohne... Hier stockte sie plötzlich, zeigte über Lenas Schulter hinweg auf die Zeitung und rief: „Mama! Mama, guck mal das Bild hier! Guck mal, schnell, das sind doch die beiden Frauen, die von unserem Schiff, das sind die doch! Ich werd verrückt! Ist das da nicht auch noch unser Börn, ich meine Björn, der immer so wenig geredet hat, und bei dem unser wilder Kater Kumpel immer auf dem Bett liegen durfte? Das ist doch echt krass oder? Was hat denn der da auf dem Rücken, kannst du das sehen, ich werd verrückt, da ist doch sogar unser Kumpel!!"

Diesen Spruch „ich werd verrückt" hatte Karima von Ronny aus dem Frauenhaus übernommen, ebenso wie „echt krass". Aber auch Anna hätte am liebsten ausgerufen „ich werd verrückt", denn das war ja kaum zu glauben, was sie in der Zeitung sah: Tina und Elvira, lächelnd, nebeneinander im weißen Türrahmen eines kleinen Geschäfts stehend! Etwas undeutlich im Hintergrund der junge Mann mit Kater. Und zwar, wie die Bildunterschrift verriet, im Zentrum von San José in Costa Rica!

Die beschauliche Ruhe war hinüber, und Anna musste nun Lena und den beiden Kindern den ganzen Artikel aus der Reihe „Deutsche Frauen machen im Ausland ihr Glück" vorlesen: „Nach nur einjährigem Aufenthalt in der neuen Heimat Costa Rica haben sich zwei deutsche Frauen eine Existenz aufgebaut und sich damit alte Träume erfüllt. Die ehemalige Gymnasiallehrerin Tina Sommer führt im Zentrum von San José ein exquisites Lädchen mit dazugehörigem kleinem Café, in dem sie als Besonderheit selbst gemachte Toffees, Muffins und Makrönchen nach deutschen und englischen Rezepten anbietet. Im direkt angrenzenden ehemaligen Fischladen hat die Psychotherapeutin Elvira Pekus ein *Institut für Angewandten Schamanismus* eröffnet, das vor allem Menschen, die noch ihren Lebensweg suchen, viel zu bieten hat. Unterstützt werden die zwei agilen und charismatischen Damen von Björn Bäumer, der seit seiner Jugend mit Holz gearbeitet hat und für beide Damen das passende aber unkonventionelle Mobiliar entworfen und gefertigt hat. Nebenbei arbeitet der junge dynamische Mann als Surflehrer, dessen besonderes Kennzeichen ein winziger Neoprenrucksack ist, den er meist auf Schulterhöhe trägt, und aus dem eine rote Katze den Überblick behält."

Lenas fünfjähriger Sohn Simon konnte nicht verstehen, warum Karima zuhören und nicht sofort wieder mit ihm in die Küche gehen wollte. Und warum sie plötzlich ganz still auf dem Schoß ihrer Mutter saß.

Tina, Elvira und Björn waren also tatsächlich in Costa Rica geblieben. So stand es in der Wochenendbeilage der Lokalzeitung, die Anna nun wieder zu Lena zurückschob.

„Mensch, Mäuschen, Tina und Elvira und dann noch unser Björn und der Kumpel – fast, aber auch nur fast, könnte man ja Lust auf Costa Rica kriegen!"

„Weißt du noch, wie ich immer Kotzarika gesagt habe?" fragte Karima mit kleiner flacher Stimme. „Ja, Mäuschen, ich weiß das noch. Aber es ist alles ganz schön lange her. Jetzt geht es uns inzwischen ziemlich gut, oder? Auch ohne Tinas Toffees, obwohl – eigentlich könnten wir mal Toffifee für uns alle kaufen." Ja, das war keine schlechte Idee, konnte Karima aber nicht von ihren widersprüchlichen Erinnerungen ablenken. Lena schaute fragend auf Anna und Karima, die jetzt beide still dasaßen. „Ach Lena! Ich habe dir doch mal von unserer Schifffahrt erzählt. Weißt du, das waren ganz schön schwierige Tage für uns. Karima hatte oft ihren Spaß, aber doch auch viel Angst vor einem Leben in Costa Rica. Sie war sehr tapfer dabei und hat mir dadurch sehr geholfen." Da sagte Simon: „Ich auch!" Als alle ihn erstaunt ansahen: „Ich bin auch tapfer, ich verstecke mich nicht mehr immer unter dem Tisch. Ich weine auch nicht mehr immer, wenn einer mich komisch anguckt. Yvonne sagt, das ist tapfer." Nun saß auch er auf dem Schoß seiner Mutter und wurde gedrückt. Beide Kinder bekamen wieder Lust, in der Küche einen Nachtisch – dann eben ohne Zimt – zu erfinden.

Anna und Lena hatten sich im Frauenhaus kennengelernt. Damals hatten Anna und ihr Kind schon eine turbulente Woche hinter sich. Da bei ihrer Ankunft in Düsseldorf die beiden Frauenhäuser der Stadt voll belegt waren, sollten sie erst einmal in einer Notaufnahmestelle untergebracht werden. Schon die Fahrt vom Flughafen dorthin hatte eine kleine Aufregung verursacht, eine angenehme: Als das Auto an einer roten Ampel halten musste, sah Anna das Straßenschild „Oberbilker Allee", und ihr Herz machte einen kleinen Hüpfer. „Karima, guck mal, dies ist die Straße, in der der Olli eine Wohnung hat, wenn er nicht so wie jetzt gerade auf dem Schiff ist. Die Adresse habe ich von Gertrud!" Karimas Herz machte offensichtlich auch einige Hüpfer, sie schaute auf die breite, lärmende Straße, so als wäre das ein idyllischer Anblick, und drückte sich versonnen lächelnd an ihre Mutter.

Die Notaufnahmestelle war nicht gerade eine Traumunterkunft, sie war völlig überfüllt. Der Ton unter den Bewohnerinnen war daher etwas gereizt, und zwischen ihren Kindern gab es häufig Streitereien, aber Karima kam ganz gut damit zurecht. Doch waren beide sehr froh, als sie nach dieser Woche ein Zimmer in dem Frauenhaus beziehen konnten. Lena und Simon wohnten im Nachbarzimmer, und die Mütter freundeten sich schnell an. Karima war nun fast schon sieben, sie interessierte sich vorerst nicht für den kleinen und immer jammernden Simon. Stattdessen spielte sie mehr mit den beiden größten Rabauken des Hauses, mit Ronny und seinem Bruder Kevin. Deren Mutter Mandy war für niemanden sehr angenehm, sie nervte in der Küche, weil sie meinte, alles besser zu wissen, und außerdem machte sie allen Frauen klar, dass deren Leiden ein „Pipifax" wäre verglichen mit den ihren. Sie schimpfte pausenlos auf alle Männer. „Männer sind Schweine...", sang sie gern und laut einen alten Schlager. Und einmal, als Karima beim Decken für das Frühstück sagte, ihr Papa würde die Eier immer genau richtig kochen, da meinte diese Frau ruppig, sie solle nicht immer so reden, als wäre ihr Papa ein toller Kerl. „Der ist nämlich ganz genau so ein Schwein wie andere Männer!" Karima stürzte sich auf sie und schubste sie gegen die Spüle, ein Teller ging zu Boden, und Karima schrie: „Du Blöde, du weißt überhaupt gar nichts!" Sie schlug mit großem Knall und unter lautem Schluchzen die Küchentür hinter sich zu.

Zum Glück musste Anna nicht mehr alle Probleme ihres Kindes allein bewältigen. Yvonne war eine Psychologin, die den meisten der überwiegend traumatisierten Kinder gut tat. Und sie schaffte es sogar, dass Karima und die laute und wilde Mutter der beiden Jungen wieder halbwegs friedlich miteinander umgehen konnten. Allerdings sowieso nur noch für wenige Wochen, bis zu Kevins elftem Geburtstag. Das war die Altersgrenze für Jungen im Frauenhaus.

Für Anna waren erst einmal die Beratungsgespräche zur Organisation ihres Lebens am wichtigsten. Sie war so froh darüber, dass sie sogar in einer eigentlich eher trockenen juristischen Beratung in Tränen ausbrach, in Tränen der Erleichterung darüber, dass sie sich nicht mehr ganz so hilflos fühlte. Allerdings waren ihre rechtlichen Probleme wirklich „nicht von Pappe", wie sie Olli schrieb. Sie hatte sich ja durch Karimas Entführung genau so strafbar gemacht wie vorher Yacine. Zum Glück zeigten sich die Jugendämter in Göttingen und Düsseldorf nach anfänglichem Misstrauen verständnisvoll und kooperativ, ebenso der Internationale Sozialdienst. So konnte von einer „Inobhutnahme" Karimas und einer Unterbringung in einer Einrichtung oder einer Pflegefamilie schließlich abgesehen werden.

Das waren bange Wochen gewesen, und nicht selten hatte Anna die Angst beschlichen, durch ihre abenteuerliche Aktion das Wohl ihres Kindes erst recht und womöglich anhaltend gefährdet zu haben. Trotzdem hatte sie selbst dann noch gelegentlich impulsive Anwandlungen, um dem ganzen bedrohlichen Schlamassel entkommen zu können: Reisetasche packen, Karima an die Hand nehmen und mit ihr einfach verschwinden. Einfach verschwinden, zu einer Art Costa Rica ohne Pablo. Aber nein, nein! Sie wollte doch endlich besonnen und mutig auf dem Boden bleiben.

Anna musste nun auch ihre Probleme mit den beiden Männern – den durchgeknallten Typen, wie Olli sie nannte – angehen. Dem Pablo wollte sie über einen Rechtsanwalt und mit Hilfe eines Kredits die Auslagen für die Schiffsreise ersetzen, damit er mit abgemilderter Wut vielleicht weniger darauf aus war, ihre Spur zu verfolgen. Und dann womöglich sogar aus Rache Yacine auf sie zu hetzen. Einen guten Detektiv hätte er ja an der Hand, wie sie wusste.

Yacine war das größere Problem, juristisch sowieso, aber auch deshalb, weil Karima große Sehnsucht nach ihm hatte. Ein Rechtsanwalt hatte von Paris aus vorsichtig Kontakt zu ihm aufgenommen, doch Yacines erste Reaktion ließ es ihm angeraten erscheinen, vorläufig keine direkten Gespräche zu befürworten. Anna versuchte, dies Karima zu erklären. Das Kind „verstand" es wohl, war aber oft unglücklich darüber. Damit würden sie wohl vorerst leben müssen.

Nach Mandys Auszug fühlten sich Anna und Karima meistens wohl im Frauenhaus, die Stimmung unter allen Bewohnerinnen war harmonischer geworden. Doch als sich schließlich die Möglichkeit bot, mit einer anderen Frau und ihrem Kind in eine eigene kleine Wohnung zu ziehen, war Anna doch sehr froh, umso mehr, als diese andere Frau ihre Zimmernachbarin Lena war.

Sie lebten alle vier recht gern in ihrer Wohngemeinschaft. Sehr viel wussten sie auch nach Monaten nicht voneinander, aber es war deutlich geworden, dass Lena und vor allem Simon Schlimmes erlebt hatten. Anna fühlte, dass sie trotz ihrer eigenen Probleme auf alle anderen einen stabilisierenden Einfluss hatte. Und eigentlich ging es ihr auch gut: sie hatte Karima wieder, sie besuchte einen Kurs „Skulpturen aus Speckstein" – ihr großer Wunsch seit vielen Jahren – und demnächst wollte sie eine Ausbildung beginnen; sie suchte etwas in Richtung Mode, Design, Kunstgewerbe. Mal sehen, welche Möglichkeiten es gab. In den vergangenen Monaten hatte sie bereits einige peppige Kleidungsstücke für eine Kinder-Boutique genäht und verkaufen können. So etwas hatte sie schon als Teenager gut gekonnt.

Na, und dann war da auch noch ihr „Seemann", wie Lena ihn immer nannte. Sie hatten im Laufe des vergangenen Jahres häufig über Skype und Handy gesprochen oder Mails geschickt, gelegentlich übrigens auch mit seinen Eltern Gertrud und Klaus. Und dreimal hatten sie Olli in Düsseldorf getroffen.

Jedenfalls spielte der „Seemann" trotz seiner seltenen Anwesenheit eine zunehmend wichtige Rolle, und das nicht nur für Karima. Oder direkter ausgedrückt: Anna hatte sich in Oliver verliebt – da gab es kein Vertun, wie Lena meinte.

Was sich daraus entwickeln würde? Wer konnte das wissen. Vorläufig ordnete Anna ihr Leben, damit hatte sie viel zu tun, und Oliver sah ihr wachsam und liebevoll aus der Ferne zu. Sie hatten alle Zeit der Welt und wollten nichts überstürzt in irgendwelche „trockenen Tücher" packen.

Rupert Vesper, Mai 2016

Solveig legt ihre Zeichenmappe und Stifte beiseite; sichtlich unzufrieden mit dem, was sie entworfen hat, nimmt sie wieder das Buch zur Hand, in dem sie vorher geblättert hat.

„Was liest du im Moment, Solveig?"

„Ovid, *Metamorphosen!* Gehört zu den Antiquarien, die du dir hast zurückschicken lassen."

„Du bildest dich noch immer!"

„Weniger! Ich liebe diese wundervollen mythologischen Stories; den Stil, den Witz, die Anmut. Übrigens, was ich Dir vorhin schon sagen wollte: Wenn du magst, kannst du gern hier drin rauchen! Ich sehe doch, wie es in dir rumort."

Rupert staunt. Rauchen in der Ferienwohnung: Eine Todsünde! Bisher verboten! Allenfalls in dem kleinen Wintergarten; da aber nur ausnahmsweise, sonst draußen, selbst bei Regen und Wind.

„Deine Großmut nimmt von Tag zu Tag zu! Liegt es daran, dass du antike Literatur liest?"

„Deine Ironie war mal besser, Rupert. Es ist unsere Situation, die mich tolerant macht. Was soll ein Rauchverbot in dieser ambulanten Bleibe? In meiner Wohnung zuhause werde ich – wart's ab, Mr. Higgins! – wieder zum Frischluft-Drachen."

„Apropos Metamorphosen ..."

Rupert zieht eine Zigarette aus der Packung, wiegt sie eine Weile in der Hand, steckt sie dann aber schnell wieder zurück.

„... wenn du die Wahl hättest: In welches Wesen würdest du dich gern verwandeln oder verwandelt werden?"

Solveig schweigt eine Weile. Dann sieht sie Rupert mit ihren wachen graublauen Augen an und sagt leise: „In dich, Rupert Vesper ... Ich möchte sein wie du ... Ich möchte du sein."

Sie sagt es, während sie ihr Buch zur Seite legt und Tee in Ruperts Tasse gießt, der ihr gegenüber in einem tabakbraunen Ledersessel sitzt und mit seiner Zigarettenpackung spielt, *Gauloises bleu*, die er neben seiner Pfeife am liebsten raucht.

In ihren Augen nicht die Spur von Ironie. Als Rupert ihren Blick erwidert, errötet sie etwas; wobei sich eine Miniträne aus ihrem Augenwinkel löst, über ihre seitlichen Augenfalten hinweg auf die Wange rollt. Nur eine Miniträne, mehr nicht. Rupert nimmt ihr Bekenntnis ruhig entgegen, als hätte er keine andere Antwort erwartet, seine

Frage nur gestellt, um seine ohnehin vorhandene Gewissheit bestätigt zu erhalten.

Solveig blättert schweigend weiter in ihrem Buch. Rupert blickt hinaus auf den See. Die Wasserfläche spannt sich wie Glas, auf dem Segel des Bootes da hinten haftet noch das blasse Rot der untergegangenen Sonne. Ein selten schöner Frühlingsabend. Langsam wächst die Dämmerung ins Zimmer.

Rupert sieht Solveig mit sichtbarem Wohlgefallen an.

„Ihre Haut ist fast durchscheinend hell", denkt er, „wie Alabaster. Das Licht der Leselampe umgibt ihr Gesicht mit einer feierlichen Aura. Hey, Rupert, was macht dich denn so poetisch?"

Er wischt verstohlen eine Spur Zigarettenasche vom Ärmel seines Pullovers. Solveig sieht es; sie wollte, dass er zu seiner alten Cordhose diesen rostfarbenen Pulli anziehen sollte. Was sie jetzt nochmal begründet: „Rotbraun belebt, wie ich gesagt hab, macht nicht so alt."

„Macht alt?" Rupert lacht. „Ich bin es!"

„Für mich nicht!"

„Offenbar nur dann, wenn ich statt Grau, Anthrazit und Schwarz was Farbiges trage."

„Anders gesagt, Rupert: Die Rostfarbe entspricht deinem wahren Alter; dunkle Farben machen dich älter als du bist ... im Grunde aber bist du für mich altersfrei, zeitlos."

Rupert weiß, dass Solveig mit dem „für mich" die Wahrheit sagt; er ist fast gerührt von ihrer Bemerkung; vor allem, weil diese sich mit seiner Betrachtung deckt: „Ihr Gesicht hat nicht dieses Ebenmäßige, was ich als spannungslos empfinde, ihr Gesicht ist asymmetrisch, damit zeitlos schön! Nein, ich übertreibe nicht. Sie hat noch eine relativ glatte Haut. Was heißt relativ – sie ist erst sechsundsechzig. Wie ich weiß, hat sie nie die lügenden und selbstbetrügenden Kosmetika benutzt, sondern nur natürliche Mittel genommen, sich deshalb auch nie

505

der ersten Falten geschämt; für mich liebevolle Zeitzeichen, von denen, wie wir beide wissen, von Jahr zu Jahr weitere in unser Gesicht und in unsere Körperhaut eingeritzt werden. Ich liebe schon jetzt jede neue Falte in ihrem Gesicht, jede Unebenheit, auch jedes noch sichtbare Zeichen ihrer Leidenszeit. Vielleicht hat der Schmerz ihrem Gesicht diese zeitlose Schönheit gegeben."

„Ich sehe dich an", sagt er, „Und ich mag dich immer mehr."

„Sieh mich richtig an, Rupert."

„Ich liebe jede Falte, jede Unebenheit in deinem Gesicht und an deinem Hals, Solveig!"

Womit er das eben erst Gedachte laut wiederholt.

„Hör auf, bevor du weiterlügst!"

Rupert hebt die Rechte zur Schwurhand. Solveig schüttelt den Kopf. Worauf beide lächelnd schweigen.

„Apropos: wann hast du morgen...?" fragt Rupert plötzlich.

„Neun – bis kurz vor Zehn."

„Ich fahr' dich."

„Musst du nicht, ich trabe hin; soll ich auch!"

„Ist aber ne Ecke."

„Und?"

„Übernimmst du dich nicht?"

„Ich bin nicht in der Klinik! Ich bin – wir beide sind zur Kur hier, zur freien Kur, falls du es vergessen hast."

Zwischen ihren Augen steht eine steile Falte. Rupert schweigt. Solveig reagiert, wie er weiß, sehr empfindlich auf die kleinste Andeutung einer möglichen krankheitsbedingten Schwäche. Abrupt wendet sie sich erneut ihrem Zeichenblock zu, sie kritzelt aber nur etwas Tachistisches aufs Blatt.

Sie hatte Glück gehabt, dass sie die blitzartige Dunkelheit vor Augen rechtzeitig gespürt hatte; deshalb schnell die Leiter herunter, von der letzten Sprosse jedoch auf die Steinplatten der Martins-Kirche gestürzt. „Du hast mich aus der Dunkelheit wieder ins Licht geführt", hatte sie zu Rupert gesagt, als sie ihn zum ersten Mal an ihrem Bett sitzen sah. Während ihres Komas hatte er jeden Tag, um ihr Erwachen flehend, dort gewartet.

Entgegen der Warnung des Pfarrers hatte sie allein auf der Stahlleiter gestanden, um mit ihrem Smartphone den Mantel Sankt Martins abzulichten; das Farbfoto sollte ihr helfen, ein Glasstück zu finden, das farbidentisch sein musste mit dem zerstörten Teil, das sie ersetzen sollte.

Man hatte sie – das nicht zu ihrem Glück – erst einige Zeit nach dem Sturz gefunden, eine ältere Beterin hatte Alarm geläutet, als sie Solveig entdeckt hatte, die „wie tot" auf dem Boden des Chores lag. Die verspätete Einlieferung ins nächste Spital hatte denn auch zu erheblichen Komplikationen geführt. Solveig war lange bewusstlos gewesen, hatte danach viele Stationen der Neurologie, Neurophysiologie und Neuropsychologie durchlaufen. Jedoch hatten weder die vielfältigen Untersuchungen plus Gehirnbiopsie noch die Therapiegespräche eine Ursache der blitzartigen „Verdunkelung" entdeckt.

Rupert hatte sie zur Reha begleitet, kurze Zeit danach jedoch, durch eine infarktnahe Herzattacke veranlasst, eine Entziehungskur gemacht. Aufgrund seiner – wie die Ärzte meinten – „normalen" Alkoholsucht war der Entzug jedoch weniger brutal gewesen, als er befürchtet hatte.

Während dieser Privatkur am See will er durch einen grundsätzlichen Check von den Ärzten erfahren, ob inzwischen ein mäßiger Alkoholgenuss vertretbar ist; wobei er erwartet, dass das von ihnen empfohlene Maß bedürfnisentsprechend sein wird. Von Solveig kein Widerspruch. Sie ist überzeugt, dass seine enorme Trinklust genuin ist. Sie selber nutzt diese Privatkur ausschließlich zur Revitalisierung ihres psychischen und physischen Gesamtzustandes.

Inzwischen ist ihr Schreibtisch schon wieder voll von Aufträgen; meist jedoch nur Reparatur- oder Renovierungsarbeiten, die leider nicht ihre Kreativität herausfordern, umso mehr aber Konzentrationsfähigkeit und körperliche Standfestigkeit erfordern. Sie will und kann sich noch nicht zur „Ruhe setzen", nicht jetzt schon mit Rupert die „Ernte des Lebens" genießen, von der sie damals ihm gegenüber geredet hat; als freischaffende Künstlerin muss Solveig Braak mehr als andere etwas für ihre private „Alterskasse" tun. Der Gedanke, von Rupert Vesper abhängig zu sein, wäre für diese emanzipierte Realistin unvorstellbar.

Kurz nach ihrer Reha und „Kur" sind Solveig und Rupert, der schnellen, lauten und stinkenden Großstadtwelt entfliehend, in die Lüneburger Heide „ausgewandert", sie leben – auch Solveig hat ihr Atelier – in einem früheren Bauernhaus, abseitig ruhig gelegen, verkehrspraktisch jedoch nicht allzu weit von der Autobahn entfernt. Sie bewirtschaften dort auch einen größeren Garten, in dem sie ihr Öko-Obst und -Gemüse überwiegend selbst anbauen.

Im Seitentrakt des Hauptgebäudes, von den früheren Besitzern als „Bed and Breakfast" vermietet, wohnt jetzt die chaldäisch-katholische Flüchtlingsfamilie Aziz aus dem Irak, die von ihnen schon zu Beginn der Flüchtlingswelle aufgenommen wurde. Joseph Aziz hat zugesagt, während ihrer Abwesenheit das Anwesen zu hüten und zu pflegen.

„Aber hallo, du schnaufst ja ganz schön; hat dich offenbar mehr angestrengt als mich," sagt Solveig, als sie wieder vor der Ferienwohnung ankommen. Rupert hat sie am Morgen doch trabend zum Sanatorium begleitet, sich dort zugleich von Dr. Siebentau kurz checken lassen.

„Ein alter Mann ist halt ..."

„Bitte nicht so was Abgedroschenes!

Als sie die Wohnung betreten, sieht er auf dem Boden den SPIEGEL; Joseph hat ihm das Magazin geschickt, es wurde mit anderen Postsachen durch den Briefschlitz gesteckt. „Übrigens: Ich mach einen Salat, was Einfaches. Wenn du willst *Schweizer Zwiebel*. Dazu musst du einen trockenen Mosel-Riesling hochholen, ich brauch sechs Esslöffel davon; auch kannst du, nachdem du geduscht hast, vier große Zwiebeln schälen und in feine Scheiben schneiden – können in Ringe zerfallen; später brauche ich noch feine Käsestifte; das hat aber noch Zeit. Lies du erst mal deinen SPIEGEL, ich seh' doch, wie du drauf brennst."

Die beiden essen – das Müslifrühstück ist mäßig – zu Mittag meist nur Salat; erst am Abend gibt es je nach Bedarf etwas „Festeres".

Nach dem Duschen setzt Rupert sich zum Lesen auf die Terrasse; zunächst blättert er sich lose durch das Magazin, ab und zu ruft er Solveig einige Kurzinformationen zu.

„Ei, hör mal: Dieter Müller, Münchner Jesuit, ich kenn ihn von früher, sagt, die Kirche habe in der Flüchtlingsproblematik ein neues Kernthema gefunden. Im kirchlichen Raum gebe es Höchstleistungen von Ehrenamtlichen! Zugleich hat er die fremdenfeindliche Sprache der CSU verurteilt. Er erwarte von dieser Christenpartei wahrlich nicht, dass sie die Bergpredigt politisch umsetze, aber er fordere von ihr, dass sie in ihrer Rhetorik die Menschenwürde achte!"

„Wie lange der sich wohl hält?"

Nach einer neuen Gauloises:

„Hier steht eine Methusalem-Formel: Nicht trinken, keine Schwerarbeit, nicht rauchen, viel bewegen, gesund ernähren, Kinder erziehen."

„Also bist du prädestiniert, so alt wie Abraham zu werden."

„Hier steht aber auch, dass Kastraten deutlich länger leben als unversehrte Männer."

„Das Unversehrt finde ich gut. Aber könnte das heißen, dass wir was tun müssen?"

„Wenn es helfen würde!"

„Du Pseudokastrat!"

Als er in die Küche geht, um ein Glas Wasser zu holen, fehlt nicht viel, dass er Solveig eine Zigarettenschachtel an den Kopf wirft. Draußen liest er still weiter.

Plötzlich springt er auf und schreit wie von einer Wespe gestochen: „Da ist es ja endlich! Ein richtiges Gangsterstück ist das!"

„Was ist, Rupert, bist ja ganz ...?"

„Hier, Solveig, hör!"

Rupert liest laut vor:

„Dank des Enthüllungsberichtes eines Journalisten ist offenbar geworden, dass die *Adventure Investment Agency – AIA Medien Concept Management ...*", wenn ich diese Namen schon höre! ... eine Gruppe sehr unterschiedlicher Personen, die auf einer von ihr vermittelten Frachtschiffreise nach Costa Rica war, von einem *AIA*-Agenten heimlich hat fotografieren und auch abhorchen lassen, um das widerrechtlich erworbene Material als internen Testballon für eine geplante TV-Reality-Soap zu verwenden. Der Sender mit dem verantwortlichen Programmchef Dieter Möllerhoff wurde inzwischen zur Bußgeldzahlung verurteilt; ob Passagiere, die davon betroffen sind, bereits Entschädigung gefordert oder sogar erhalten haben, ist nicht bekannt. Bekannt aber ist die Tatsache, dass die mediale Berichterstattung für die *AIA* eine willkommene Werbung darstellt; wie zu hören ist, haben sich bereits über tausend freiwillige Kandidaten für die Teilnahme an einer demnächst startenden, jetzt jedoch legalen Reality-Soap unter dem Namen *Escape* beworben."

Rupert schnaubt: „Hatten wir also recht mit unserem Verdacht! Und das Beweisfoto auf der Kamera hat anscheinend auch gezogen. Aber warum hat es bloß so lange gedauert, bis die Bombe endlich geplatzt ist? Und vor allem: Welche von allen guten Geistern verlassenen Irren melden sich nach all dem auch noch freiwillig als Kandidaten beim Sender?"

Rupert überlegt, ob er einen Leserbrief an den SPIEGEL schreiben soll.

„Bitte nein! Wenn du im Nachhinein noch an diese Sache rührst, regst du dich noch mehr auf."

Rupert holt, Solveig dankbar anlächelnd, einen Sauvignon Blanc und eine Flasche Mineralwasser aus dem Kühlschrank.

„Aber hallo! Was ist das denn?"

„La Fleur Saint-Michel-Côtes de Gascogne, Madame ..."

„Das weiß ich, Sommelier!"

„In Maßen, Professor, hat Dr. Siebentau mir heute Morgen gesagt."

Rupert nimmt Solveig sanft in die Arme und drückt einen zarten Kuss auf ihre Stirn.

„Übrigens: Ich freue mich auf Sonntag übernächster Woche!"

„Ich auch, wobei ich hoffe, dass es Benyamin wieder gut geht."

Bevor sie zur Fahrt in die Kur aufgebrochen sind, hat Rupert – Maryam Aziz hatte ihn angefleht – dem einjährigen, lebensgefährlich erkrankten Sohn der Familie Aziz die Nottaufe gespendet. Der angefunkte Landarzt hatte den Jungen erst in letzter Minute gerettet.

Nach ihrer Rückkehr soll die Taufe, obwohl Vespers Handlung gültig war, in feierlicher Form – mit Taufkerze, Taufpaten, Taufbecken – in der Marienkirche Bispingen nachgeholt werden. Der für seine Toleranz bekannte dortige Priester soll damit einverstanden sein, dass

Benyamin von Rupert getauft wird. Die Nottaufe, die auch die Familie Aziz selber hätte spenden können, soll von niemandem erwähnt werden.

„Hast du das klassische Ritual denn noch drauf?" fragt Solveig spöttisch.

„Ein Priester verlernt so was niemals, Heidin!"

Rupert Vesper sitzt am Abend im Bett. Vor sich sein Notebook, das seit längerer Zeit die zahlreichen, per Hand vollgeschriebenen Tagebücher abgelöst hat.

Er hat am Abend lange mit Solveig über die Reise der *Pavia* geredet, die nach der recht interessanten und spannenden Anfangsphase zu immer seltsameren, sogar zu dramatisch-kriminellen Geschehnissen entartet war.

Nun beginnt er, seine Gedanken darüber, wie auch seine weitergehenden Reflexionen in sein elektronisches Journal zu tippen. Wobei er annimmt, dass dieses ihn etwas länger wachhält. Er will aber dabei so leise wie möglich sein, um Solveig nicht zu stören; die jetzt jedoch auch noch wach ist, und in ihrem Zimmer ebenso leise Mozarts F-Dur Klavierkonzert KV 459 hört.

„Das Unternehmen wurde als eine außergewöhnlich gemeine Farce entlarvt. Die Flucht, die für fast alle Passagiere etwas existentiell Ernsthaftes war, wurde durch die Machenschaften der *Agency* ad absurdum geführt. Sie - wir alle - haben nicht gesehen, dass wir nur Figuren auf dem Schachbrett der zynischen *Agency* waren, deren Macher jedoch – äußerst kurios - auch nur Spielsteine auf dem Roulette-Tisch der Medientycoons sind; jederzeit austauschbar. Wodurch das Schelmenstück neben dem tragisch-kriminellen Charakter eine tragikomische, fast sogar eine kabarettistisch böse Note erhält.

Meine Informationen über die Mitreisenden sind relativ dürftig; bis auf wenige persönliche Gespräche und auch offene Konfessionen kenne ich die meisten noch immer nicht gut genug, um ihre echten oder unechten Fluchtmotive erfassen und beurteilen zu können. Zwar habe ich während der Fahrt mehr Klatschfetzen aufgesammelt, als mir lieb war, insgesamt waren es aber nur Pixel, die sich nicht zu einem Gesamtbild fügen lassen.

Flucht! Das war die das Bordgeschehen beherrschende Chiffre. Ein großes Wort. Oft aber, auch in dieser Falschspielerei, nur ein nervöses Reizwort, das alles und nichts bedeuten kann.

Das jetzt aber, wie ich bereits deutlich spüre, in meinem Hirn wieder mal einen Film ablaufen lässt; ein Kaleidoskop historischer, aber auch hochaktueller Fluchtgeschehnisse; zugleich ein diagonaler Ritt durch die Weltgeschichte allmenschlicher Flucht. Begonnen bei Abraham bis zu den Hunderttausenden auf der Flucht vor denen, die in seinem und in Allahs Namen morden; viele im Mittelmeer ertrunken, in Minenfeldern ums Leben gekommen, in LKW-Containern erstickt, beim Überqueren von Flüssen erfroren. „Entweder ihr verschwindet über die Donau oder in der Donau!" sagte Eichmann zu den Juden, die, nirgends willkommen, ihr Schiff in die Luft gesprengt haben. Und Hanna und Andy, vor der Stasi flüchtend im Wasser der Ostsee, rettet nur ein dünner Faden um ihr Handgelenk vorm gegenseitigen Verlieren. Die Mutter sagte: „Wää mössen packän"! Die Januarnacht 45 war lang, und die ostpreußischen Straßen vereist. Und Jussuf flieht vor dem IS, er chattet und chattet; gleich ist der Akku leer.

Möwe, versengt von der sinkenden Sonne - Kamele zwingt der Sturm in die Knie - Zwischen einer Mirage und der nächsten. So Najet Adouani, geflohen vor den tunesischen Salafisten.

Nichts, um mein Haupt zu betten! Das Leitmotiv jeder Flucht. Überall ein Wettlauf mit der Zeit. Auf dem Weg nach Nirgendwo. „Stehen Sie auf Madame, Sie sind nicht verletzt. Der Kollege auf der anderen Seite hat in die Luft geschossen." Moment der Freiheit. Moment des Glücks. *Was ihr dem Geringsten eurer Brüder getan habt, das habt ihr mir getan.*

Im Gegensatz dazu die Leute auf unserem Schiff. Welche reale und moralische Differenz.

Wobei ich, wie gesagt, die wahren Motive der Mit-Passagiere nicht genau kenne, so denke ich doch aufgrund meiner Wahrnehmungen: Einiges schien eine echte Flucht zu sein, aus realer Angst vor dem Verlust von Leben oder Freiheit; wobei es leider auch gelogene Fluchtmotive gab. Das Meiste aber war ein angebliches Fliehen vor oder zu etwas; eine „Phantasieflucht", deren Ziel oft eine Fata Morgana ist. Bei vielen, wobei ich mich voll einbeziehe, war Mutlosigkeit, ja, Feigheit der unmittelbare Anlass ihrer Flucht. Bei mir: Feigheit vor dem Feind, Feigheit vor der Freundin.

Ein feiges Abhauen vor scheinbar unlösbaren Problemen, vor einer als unerträglich empfundenen Lebenssituation, Flucht aus einer echten oder eingebildeten Krise, einer privaten Finanzkrise, einer Partnerschaftskrise oder einer allgemeinen Lebenskrise; oft aber auch nur eine Flucht vor normalschwierigen Aufgaben, die das Leben stellt.

Wir alle sind vor echten oder angeblichen Krisen und Problemen geflohen, anstatt uns ihnen zu stellen, uns, vielleicht mit professioneller Hilfe, damit auseinanderzusetzen.

Das Fatale oder Tragikomische an einer solchen Pseudoflucht ist, dass der Fliehende sich im Kreis bewegt, wodurch er am Ende wieder bei sich selbst und seiner echten oder eingebildeten Misere landet.

Ein in ganzer Breite und Tiefe positiver Wiederanschluss an das bisherige Leben ist, wie ich denke, nur nachhaltig sinnvoll, wenn es sich dabei um eine echte Wende handelt, der eine brutale Auseinandersetzung mit sich selbst und mit dem, was ist und sein soll vorausgehen muss; wenn also die „Flucht" so etwas wie eine Katharsis bewirkt hat.

So unterschiedlich und gegensätzlich die Fluchtversuche und Fluchtziele auch sein mögen: Ich denke, das wahre Fluchtmotiv der meisten war der Versuch, vor sich selber zu fliehen; dem oft ursächlich zugrunde liegt, dass der Fliehende sich selbst nicht angenommen hat, nicht Ja zu sich gesagt hat, seinem eigenen Selbst fremd geworden ist.

Verdammt – wem sagst du das, Rupert Vesper.

Ich denke aber auch, womit ich mich aufs tiefenpsychologisch-philosophische Terrain begebe: Das in noch tieferer Schicht wurzelnde Fluchtmotiv der meisten Passagiere – zu denen, wie gesagt, auch ich gehöre – ist die ihnen kaum oder nicht bewusste Sehnsucht, nachhause zu kommen, heimzukehren, daheim zu sein. Dort zu sein, wo wir in unserem Tiefinneren immer waren, was uns von der Kindheit her tief eingeprägt ist: **Heimat.**

Was nichts Lokalisierbares ist, kein festgegründeter Raum, sondern etwas, was immer neu erobert werden muss.

Für Ernst Bloch ist die Metapher Heimat radikale Zukunftsorientierung, Zielrichtung aller Hoffnung, Utopie einer menschengerechten und naturgerechten Gesellschaft. Sie ist also etwas immer noch Ausstehendes.

Mon Dieu! Wo bin ich denn jetzt hingeraten!

Heimat wird, wie ich hoffe, am Ende etwas sein, an dem wir wieder bei uns selbst angekommen sind, befreit von allem Fremdbestimmten.

Deshalb sollten sich alle Heimgekommenen von den angeblichen oder echten Wichtigkeiten des Tages verabschieden; nur noch nach vorn träumen, von allem was guttut träumen; was vielleicht so etwas wie ein Rückzug sein kann, in dem sich die Welt langsam von ihnen löst, und sie sich lösen von einer Welt, die ihnen sagt, was wichtig, was unwichtig ist, was wertlos, was sinnvoll ist.

Es gibt nichts, was dem Leben von außen einen Sinn gibt. Der tiefere Sinn unseres Lebens ist das Leben selbst.

Und wer sich, so wie er ist, dem voll und ganz hingibt, der gibt dem Leben – und damit seinem Leben - Würde.

Mit diesen vom Ursprungstext abweichenden, am Ende aber beruhigenden Gedanken sickert der Ex-Jesuit Rupert Vesper übergangslos in einen Schlaf, der hoffentlich alle weiteren Worte beendet.